U0502322

繁华落尽

地产首富的崛起与陨落

张翼 著

中国出版集团有限公司
China Publishing Group Co., Ltd.

现代出版社

图书在版编目(CIP)数据

繁华落尽 / 张翼著. -- 北京 : 现代出版社, 2025.
5. -- ISBN 978-7-5231-1330-1

Ⅰ. I247.5

中国国家版本馆CIP数据核字第2025C7D002号

繁华落尽
FANHUA LUOJIN

著　　者　张　翼

责任编辑　姚冬霞
责任印制　贾子珍
出版发行　现代出版社
地　　址　北京市安定门外安华里504号
邮政编码　100011
电　　话　010-64267325
传　　真　010-64245264
网　　址　www.1980xd.com
印　　刷　三河市宏盛印务有限公司
开　　本　710 mm×1000 mm　1/16
印　　张　26
字　　数　350千
版　　次　2025年5月第1版　2025年6月第2次印刷
书　　号　ISBN 978-7-5231-1330-1
定　　价　50.00元

版权所有，翻印必究；未经许可，不得转载

本书所获赞誉

总体看，房地产商在中国社会各阶层中，无疑属于在经济发展中相应获取最大利益的群体。凡是小说，必定虚构，《繁华落尽》是地产江湖的"哈哈镜"，经由不规则的反射与折射，呈现出令人心悸的扭曲变形。

——自媒体大 V、人民日报海外版原总编辑　詹国枢

纪实体小说《繁华落尽》，彰显了张翼作为曾经的财经媒体首席记者的"脚力、眼力、脑力、笔力"，当然更有难能可贵的思考力和调查力。张翼在知名房地产上市公司服务 15 年，亲历地产江湖的浮沉跌宕，经受公司职场的角力较量，这些，在《繁华落尽》一书中都有活灵活现的生动再现。

——中国作协第十届全国委员会委员、天津市作协主席　尹学芸

知名财经媒体首席记者出身的张翼，创作完成的这部长篇小说《繁华落尽》，实非通常意义上的纯文学作品，更像是融合亲身经历与公司调查的"纪实小说"，切入当下、直击现实，以"地产＋产业＋首富＋足球＋金控"进行复合叙事，披露鲜为人知的产业地产真相，揭开隐秘奇特的地产金融假面，振聋发聩、发人深省。

——爱奇艺首席内容官　王晓晖

《繁华落尽》是曾经的知名财经媒体首席记者张翼在上市房企隐身"沉潜"15 年的力作，写出了公司职场的钩心斗角，揭示了地产首富的

心计权谋，解密了地产金融的灰色轨迹，再现了地产江湖的波诡云谲。

——教育部长江学者特聘教授、北京师范大学新闻传播学院

学术委员会主任　喻国明

张翼是我熟悉并认可的优秀财经记者、资深财经作家，他以首席记者身份"卧底"上市房企15年，见证了地产首富的跌宕沉浮、兴衰荣辱。在我看来，《繁华落尽》是一部"自传体纪实小说"，根据众多曾在地产界、财经界引发重大关注与广泛热议的真实事件改编，情节跌宕、文字优美、桥段精彩，悬念迭生、反转不断、引人入胜，还原并重现地产狂飙时代的种种不可思议，易激发受众的好奇与评议，购而窥之，掩卷深思。

——吴晓波频道 & 蓝狮子财经出版创始人、财经作家　吴晓波

小说《繁华落尽》满纸财经新知，举凡地产金融、资本运作、公司治理，一一呈现在小说人物孕育、成长、发展、壮大、起飞、跌落的宏大叙事之中。小说对地产首富从"圈土地"到"做金融"的转型困境，生存与生长的底层逻辑和时代考问进行了写实刻画，叠构而成一幅中国房地产和民营金控命运演变的典型图谱。

——南开大学商学院院长、教授　白长虹

《繁华落尽》是知名财经媒体首席记者出身的张翼历经15年精心创作的带有纪实性、文学性的长篇小说，"地产首富"王胜伟敬奉胡雪岩为偶像，以"脚踏实地"之功，谋"顶天立地"之业，发端于地产，醉心于金融，布下珍珑棋局，可谓步步惊心。《繁华落尽》揭示了商之为商的真谛与深意。

——吉林大学文学院院长、教授　张丛皞

房地产特别是"首富"一直都是舆论的焦点话题，甚至走向了社会化、娱乐化、八卦化。房地产市场可能已经明显超调，未来均值回复当属必然。从"首富"到企业家，践行新商业文明，打造可持续发展新生态，方为大道。

——人文财经观察家、"秦朔朋友圈"发起人　秦朔

从财经媒体人到房地产品牌官，张翼的职业转型很早也很彻底，因此对过去 10 多年中国房地产市场的繁荣与变局有着最深切的观察和体会，基于丰富职场经历全新创作的纪实小说《繁华落尽》，可以说是过去 20 多年中国房地产市场大起大落的典型化写照，个中存有很多现实故事的映射，但又远比现实中特定的人和事精彩。这本小说对于更好地思考房地产这个大行业的转型变革和未来发展，具有直击人心和触及人性的震撼启发。

——《财经》杂志主编、《哈佛商业评论》中文版主编　何刚

财经记者转型为财经作家，以小说的形式来描述企业，看起来似乎都是文字工作，再加上记者见多识广，素材丰富，有天然的优势，其实鲜有完成跨越者，往往会在非虚构写作与虚构写作之间游走迷失。张翼则写出了一部很优秀的作品，这得益于他既有卓越的媒体功底，又在房地产上市公司工作 15 年，真正了解公司运营细节，置身事内躬身入局，而非站在场外激扬文字。这部作品细节丰富，故事有张力，既有阅读快感，又是一部地产史的切片。

——《中国企业家》杂志副总编　何伊凡

《繁华落尽》不仅是一部内容丰富的商战小说，更是一部反映时代变迁、政商关系和人性欲望的深刻作品。它展示了一个从草根到顶峰，再从顶峰跌落的地产首富的时、运、命，令人深思。对于深入探讨中国

社会现象、房地产金融的读者来说，这是一部不容错过的作品。

——爱奇艺原副总裁　岳建雄

《繁华落尽》生动再造了王胜伟这样一个自卑又自大，自傲又自负，"爽朗豁达又疑神疑鬼，聪明绝伦又刚愎自用，生性多疑又率性真诚，耿直刚强又小肚鸡肠，既狡黠又愚钝，既狠戾又柔情，既宽容又怨毒，铁石心肠阎王脾气，儿女情长放荡不羁"的另类"首富"。

——自媒体"兽楼处"创始人　兽爷

首富是一个时代的缩影，更是无数人心中投射的图腾。《繁华落尽》讲述的故事跌宕起伏、悬念迭生，通俗而又不失专业的资本运作，为人们打开了一个资本世界的魔盒，生旦净末丑，演绎商场恩怨情仇，记录世间百态悲欢。

——自媒体尺度商业创始人、财经作家　李德林

目　录

第三章　高层公关 /115

王胜伟干的是以平方千米计量的产城地产的生意。独特而稀缺的商业模式若被高层肯定，则开泰伟业前程似锦；如被高层全盘否定，则开泰伟业前途黯然。要么"登堂入室、主流价值"，要么"身败名裂、一片狼藉"，这就是王胜伟的命和运。

第四章　协助调查 /159

《水浒传》里"哥哥"这个称呼，一百零八将唯有李逵叫得最亲、最真，"黑旋风"李逵算得上是整部《水浒传》最本真的人物。王胜伟绝望地在心里自语："裴定军啊裴定军，既然你是李逵，那就喝下这杯毒酒吧。"

第五章　请君入瓮 /211

鹏城富少李恒成慨然应允，嘿嘿贼笑着说："在商言商，我们对赌，如果成交价在 30 亿~40 亿元，你们拿走 2 亿元；如果成交价在 40 亿~45 亿元，你们拿走 3 亿元；如果成交价在 45 亿~50 亿元，你们拿走 4 亿元。就看你们有没有本事喽。"

第六章　局中之局 /269

王胜伟怔怔地在心里感慨："所谓结盟往往是'驱豺狼迎虎豹'，所谓盟友往往是'背后捅你一刀'。成吉思汗和札木合是发小，三次结为义兄弟，算得上是最牢靠的盟友，可起兵反对成吉思汗打得最凶的就是札木合。最惨的是宋朝，宋徽宗和金结盟共讨大辽，辽灭亡后仅仅两年，金攻陷宋都，宋徽宗成了俘虏受尽凌辱，北宋消亡；南宋和成吉思汗三儿子窝阔台结盟共讨金国，金国灭亡后，窝阔台的侄子忽必烈消灭了南宋。"

第七章　愿赌服输 /341

笑容僵在半路，脸猛然抽搐了一下，王胜伟心有余悸地皱了皱眉，他想尽力抑制内心的极度焦灼，神情却不由自主地变得极度愤怒、失望颓丧。王胜伟悚然意识到自己掉进了一个巨大的圈套，本能地感受到了让人极度不安的不祥气息。

尾声 /404

楔子

自作自受

12 月的杭州，气温骤降至 0℃，初冬的萧瑟与凄然如期而至。

被愁容萦绕的王胜伟独自打了一辆出租车，从三百公里以外的东虹市一路赶奔。此行的目的地是杭州郊外。

"水光潋滟晴方好，山色空蒙雨亦奇。"杭州一直是王胜伟心存感念的福地，这些年来，许多县市领导定向邀约、专程拜会王胜伟，恳请开泰伟业助力当地招商引资。王胜伟眼光很刁，专挑"有山、有水、有木"的城市，在他看来，这样的城市是"水地"，正所谓山旺业、水旺财、木旺人。杭州是一座拥有治愈型人格的城市，每逢心情不佳、心绪烦乱，王胜伟就会去西湖边发个呆，钱塘江边散个步，灵隐寺敬个香。

初冬的杭州绿意不衰，世间景物正以倍速倒退，一脸凝重的王胜伟，万千思绪频繁闪回。

从日式烧烤店小老板到产融新城首富，再从首富到"首负"，为了抵债，王胜伟的私人飞机湾流 G550 已经贱卖。遥想曾经，王胜伟搭乘私人飞机，频繁往来全国各地，会晤政商名流，裘马轻狂、纵横南北，觥筹交错之间，推杯换盏之际，谈论的都是百亿元、千亿元的大买卖。如今，煊赫一时的"第一牛股"，从产业界受人尊敬的"神话"沦为商业界遭人诟病的"笑话"。

时也、运也、命也，造化弄人。

出租车越开越快，路越走越荒凉，不知不觉来到杭州西南郊的白岩山。柏油马路早已不见，取而代之的是黄土飞扬的土路，土路两侧是一望无际的农场茶园，视线所及，几无人烟。

西湖区龙坞镇长埭村公园，两株高大挺拔的枫杨矗立路旁，导航到此为止，前路已无法通行，王胜伟只好下车，沿着土路踽踽独行。正不知所往，突然发现路口一块小木牌上写有四个楷体小字，王胜伟顺着箭头所指方向继续前行，只见山茶花列于两旁，土路尽头是山间路，山间路到头是碎石路。五分钟后，终于攀上一个不起眼的小山坡，气喘吁吁的王胜伟迈上九级台阶，一座高大的墓冢映入眼帘。

这里是红顶商人、一代商圣胡雪岩的墓地。

扑通一声，王胜伟双膝跪倒在青石板上，双手合十虔诚祭祷，微闭双目心中默念。

不知过了多久，窸窸窣窣的声音由远及近，王胜伟茫然四顾，只见一位身穿青袍的清癯僧人手持一把长长的扫帚，正弓着腰身专注地清扫地面。

"阿弥陀佛，搅扰施主。"扫地僧一脸歉意。

"师父，这附近竟有寺庙？"王胜伟对突然出现的扫地僧很是诧异。

扫地僧立在原地，平静地说："步步穿篱入境幽，松高柏老几人游。花开花落非僧事，自有清风对碧流。古刹就在白岩山之巅，施主可随我前往。"

王胜伟好奇心陡增，想和扫地僧攀谈几句，但僧人并无多余言语，只顾前行，他只好大步流星紧紧跟随。

一路之上，青山绿水，竹林掩映，溪流潺潺。

空山踏遍觅禅踪，唯见水月弄清泉。林木耸秀，涧水溜玉，画壁流青，云烟万状，山水极胜。王胜伟收敛心神，感慨这里真乃修身养性之净土。

"到了，施主请进。"扫地僧脸上挤出微笑，谦逊地点点头。

澄心禅寺，背倚白岩山，石笋峰形奇，依峻峰分势而合，傍三涧萦流交汇，峰拥翠掩，群峦环拱，自澄心大和尚开山至今，历千余年。

抬头端详，澄心禅寺的门楣格外醒目，再看落款，王胜伟着实吃了一惊，"澄心禅寺"四个字竟然是胡雪岩的墨宝。胡雪岩的书法点画峻厚，气象浑穆，笔力劲道，笔法纵逸，融合魏碑、隶书、楷书之妙，飘逸动人，自成一体。

王胜伟驻足古刹门前，啧啧称叹。

扫地僧悄然遁入寺中不见影迹，王胜伟拾级踱入古刹。大雄宝殿正前方，三株合抱银杏古树巍峨挺立，铺天盖地的伞盖之下落叶飘零，宛如翩然起舞的金色蝴蝶，把静谧的古刹衬托得绚烂斑驳。一枝一叶一菩提，一春一秋一棵树，银杏古树的树龄已近 300 年。

扫地僧再次出现，身旁多了一位身披袈裟、手持念珠的高僧，须眉皆白，慈眉善目："阿弥陀佛，施主别来无恙，我是澄心禅寺住持莹心。"

"法师好，'澄心禅寺'四个字是胡雪岩所题，不知胡雪岩和古刹有哪些佛缘呢？"王胜伟双手合十恭敬如仪，眼神温和而郑重。

身是菩提树，心如明镜台。暮年胡雪岩的最后时光就是在澄心禅寺度过的，准确地说，是在三株合抱银杏树下。澄心禅寺地处偏远，香火不盛，最初名叫白岩禅寺，澄心禅寺是胡雪岩所改，也是为了纪念大德高僧澄心大和尚。

三株合抱银杏树下是石质圆桌和石材圆凳，王胜伟与莹心对坐，清谈世事。少顷，莹心眉毛一扬，轻轻叹了口气，告诉王胜伟，垂暮之年，大彻大悟的胡雪岩与禅寺时任住持清心来往密切，二人时常在这银杏树下品茗聚议、品评历史。1885 年 12 月，胡雪岩在贫病交加中郁郁而终。生意场上仇家太多，胡雪岩死后秘不发丧，葬在何处一直是个谜。其下葬之处是清心选定的，此后，澄心禅寺历届住持都低调而坚定地为胡雪岩守墓，这是清心与胡雪岩的生死之诺。20 世纪 60 年代末，秘密终究没有守住，胡雪岩的墓被盗掘毁损，直到 1997 年才重修重建。

恍惚了一阵，眼睛里充盈着一探究竟的冲动，王胜伟适时追问："抄家破产，妻离子散，垂暮之年，晚景凄惨，胡雪岩一定对自己的失败有过很多思考和顿悟吧？"

莹心的下颌猛然一抖，双眉随即拧在一起："深院高墙梦幻堂，黄金屋里透凄凉。胡雪岩一生，成也官商败也官商。生命的最后几年，他一贫如洗，一直在读二十四史的最后一部《明史》。"

"《明史》？"王胜伟表情有点僵，怔怔地望向莹心。

"人人都想做历史的主宰，其实人人都是历史的奴隶。暮年胡雪岩不再纠结于个人因何而败，专心研究崇祯帝朱由检治下的大明王朝为何而亡。大明王朝十六个皇帝，康熙最佩服朱元璋，最同情朱由检。声色不染、不私不贪、获利不求、克己节约，这是明朝史官对朱由检的公道评价。朱由检性格方面存在致命弱点，猜忌多疑、反复无常，袁崇焕被诬为乱党，打入死牢关了八个月。朱由检听信佞臣谗言，将能征善战的功臣袁崇焕凌迟处死。"

王胜伟嘴角轻微上翘，饶有兴致地倾听，很想知道胡雪岩从明朝覆灭的历史中得到了哪些启悟。

萤心的脸色显出一丝古怪，表情复杂而微妙，语气舒缓，侃侃而谈。

"灵境在心，还应上下求索；顺时从事，自能左右逢源。朱由检凤夜在公、日夜操劳，他是明朝历代皇帝的楷模和表率，但是他并不能充分信任能征善战的大将军，而是笃信身边的宦官佞臣，国库被贪官污吏掏空了。崇祯时期，一年的财政收入三百二十六万两白银，扣除往年欠项只剩两百多万两，军费开支一项就要三百二十七万两，完全是入不敷出，按照今天的说法，大明王朝的资金链断了。"

"朱由检愤愤地说过一句话：朕非亡国之君，尔皆亡国之臣。我行我素、任性而为的将军们遇到生性多疑又善变的朱由检，自然演化出无穷无尽、无休无止的悲剧。我看施主心事重重的样子，今天就把崇祯的故事讲给你听。天道忌满，人道忌全。落叶满空山，何处寻行迹。最成功的时候也就是失败的开始，所有人的结局都是一样的，自作要自受，不了且了之。无所得，即是得；以是得，无所得。一念成执，千样疯魔；一念放下，万般自在。事能知足心常惬，人到无求品自高。施主若有空暇，我们虔诚礼拜《梁皇宝忏》。"

萤心意味深长地看着王胜伟，忽又露出阳光般暖暖的笑容。

佛经偈语，通透彻悟，王胜伟面沉若水，愕然无语，恍惚之间竟有遁入空门的冲动。

第一章　地产造富

男人的手，手软心狠，手硬心软

又是一场噩梦。李心远梦到了一脸悲苦的阮昊力，梦到了鲜血淋漓的郝华年。

一大早起床，"超级无敌困"的李心远坐进宾利慕尚，匆匆赶赴由开泰伟业投资集团董事长王胜伟亲自召集，指定高管参加的早餐会。

每日早餐，王胜伟必吃腌笃鲜，这是他最爱的美食，喝上一口汤，鲜香浸骨。腌笃鲜源于徽州，据说左宗棠到胡雪岩家中做客，胡雪岩招待的就是腌笃鲜。作为胡雪岩的拥趸，王胜伟有一万个理由迷恋腌笃鲜。

王胜伟的嘴角忽然翘了一下，面部并没有任何表情，更像是在发出一个引起旁人密切关注的重要信号。

高管们看向王胜伟的目光充满期待。

"我们将以 610 亿元收购华成银行 51% 的股权，收购成功后，开泰伟业将一步跨入《财富》世界五百强。"神采飞扬的王胜伟口若悬河，慷慨激昂地擘画着激荡人心的万亿元大金融梦。

开泰伟业投资集团的五位高管，每个人脸上先是露出震惊的神情，忽又荡漾着亢奋的神色。

开泰金融控股有限公司副总裁、首席品牌官李心远只觉得呼吸一滞，脸上浮起一丝异样，露出一个饱含讽刺意味的笑。

李心远在等，等那个每年此时此刻准时出现的短信。

9 点刚过，手机振动，短信如约而至："十年生死两茫茫。不思量，自难忘。千里孤坟，无处话凄凉。纵使相逢应不识，尘满面，鬓如霜。夜来幽梦忽还乡，小轩窗，正梳妆。相顾无言，惟有泪千行。料得年年肠断处：明月夜，短松冈。"

这是大文豪苏东坡纪念原配妻子的悼亡词。这则短信无疑是在提醒李心远，郝华年坠楼死亡已整整十年。之所以一直用"坠楼"这两个字，是因为李心远坚信，郝华年的死，隐藏着不可告人的阴谋，是坠楼不是跳楼，是谋杀不是自杀。

言辞锐猛、睨世傲物的王胜伟，是煊赫一时的地产首富，芸芸造城者的浓重显影。崖岸自高、兀傲孤高的王胜伟，说过一句霸蛮至极的狂语："公司的一草一木都姓王。"

"不见鬼子不挂弦"，王胜伟经常引述经典电影《地雷战》的这句台词。在他看来，"挂弦"的最佳时机就是把开泰伟业成功推向资本市场。

十年前的 5 月，开泰伟业完成了股份制改造，王胜伟成为大股东。不久，王胜伟顺势启动初次公开发行股票（IPO）程序。开泰伟业处于上市辅导阶段时，却因为一连串举报陷入滔天旋涡。

国庆假期过后，独家保荐机构南江证券高调宣布退出开泰伟业的上市辅导，鑫达会计师事务所、贵达律师事务所陆续退出，据称是因为接到匿名举报信。王胜伟重新寻找适格主承销商的当口，时任开泰伟业财务总监郝华年向中国证监会、中国证监会河东监管局、省市县纪委以及网络门户、财经媒体发送举报函，提供大量证据，实名举报王胜伟偷逃税，举报开泰伟业通过伪造和变造税务发票虚增收入和利润。

一时间，舆论汹涌，监管震怒，中国证监会、中国证监会河东监管局成立联合调查组入驻开泰伟业进行彻查。

王胜伟光速行动，反戈一击，向开泰伟业所在地新元县公安局报案，控告郝华年职务侵占、挪用公款。职务侵占行为属于刑事犯罪，新元县公安局立案侦查，经济犯罪侦查大队大队长马建设带队前往开泰伟业。10 月 14 日 9 点，嘶鸣刺耳的警笛划破天际，警车从天而降。当时，开泰伟业租用的办公地点位于新元县一栋商务楼宇的 16 层至 18 层。

马建设正要带队冲上楼，突然，17 层边角位置的一扇窗户洞开，一名长发女子飘然坠落。

经证实，死者系开泰伟业财务总监郝华年。马建设带人对郝华年的办公室进行搜查，在其办公室顶棚起获现金 1000 万元。

郝华年的丈夫阮吴力含泪上访，拉横幅、写血书，控诉王胜伟，要求还死者公道。阮吴力指出，郝华年常年受其顶头上司裴定军要求做假账，罹患严重抑郁症。郝华年没有挪用公款，一切都是裴定军栽赃陷害。

李心远时任《财经周报》首席记者，第一时间从京州赶往新元调查采访，在夏花花园见到了阮吴力。阮吴力神情哀怨，哽咽着回忆事发当天的情形："出事那天，华年心情很好，她说调查组陆续进驻，相信会有水落石出的那一天。平时都是我开车送她上班，那天华年兴致很高，非要自己开车上班。开车上班的路上，华年戴着耳机接听了一个电话。她8点半赶到公司，9点左右就跳楼了，那半个小时发生了什么？是不是有人逼迫、威胁华年？"

"什么电话？谁打来的？说了什么？"李心远试探着问。

"荣光地产董事长云天明。"阮吴力缓缓地说道。

云天明和郝华年在电话里说了什么，如今已无人知晓。阮吴力不可能知道的内情是，因为不堪裴定军的胁迫，郝华年和云天明早已暗通款曲。云天明、王胜伟曾是亲密无间的创业搭档，两人一同创办了夏花地产。2002年，王胜伟转而打造产城地产，云天明坚持深耕住宅地产，从此两人分道扬镳，大路朝天各走一边。

阮吴力向李心远提供并展示了郝华年的10个日记本。郝华年在日记中详细记录了在开泰伟业工作8年的点点滴滴，包括裴定军威逼她做假账偷逃税的细节。阮吴力还向李心远提供了一份视听资料证据，录音是郝华年生前录制的，她言之凿凿地指称："如果我有什么意外，一定是裴定军他们害的。"

李心远前往荣光地产要求采访云天明，对方始终不肯露面。李心远还多次前往开泰伟业，试图进入公司采访，并要求查看10月14日17楼的监控视频，却被告知"没有监控视频，不便接受采访"。李心远辗转联系上马建设、裴定军，两人均以"案件正在侦办中，不方便接受采访"为由婉拒。李心远在新元县待了三天，除了郝华年的日记本和录音，以及阮吴力对出事当天情形的回忆，没有获取其他更有价值的材料。

李心远在新元县那三天，白天被盯梢，原本约好的采访对象莫名其妙爽约，正常的新闻采访无法进行；晚上被骚扰，先是陌生女子给房间打电话询问是否需要服务，然后是身穿警服的公安例行查房。直到后半夜，李心远才迷迷糊糊睡去，这一觉睡得实在是沉，以至于记忆似乎被清空，时间仿佛不存在。不知过了多久，李心远在蒙眬中用力摇晃发胀的脑壳，只觉得眼前一片漆黑。他使劲揉搓双眼，拼命适应黑暗压抑的环境。每晚睡觉都要留小半边窗帘，是李心远的癖好，而此刻，房间的窗帘竟然蒙得严严实实。李心远强撑着坐起来，摸索着下床，一把扯开厚重的窗帘，日光瞬间透射而来。屋内的景象让李心远惊恐不已。摆放在桌面上的笔记本电脑不见了，装有身份证、记者证、钱包的双肩包不见了，外套、衬衣、长裤、鞋子、袜子都不见了。新元县110出警迅速，李心远身着裤头、背心，披了一条浴巾，狼狈不堪地配合做笔录。

财经周报社社长、总编辑宋秋阳，强硬要求李心远迅速返回京州。

在新元县的最后一天，阮吴力主动联系李心远，刚一见面就要下跪："李首席，我之前给你说的都不作数，请你不要引用我说过的话。华年拿了不该拿的钱，她有罪。"说完这番话，阮吴力号啕大哭。

郝华年的尸体很快火化，案子被定性为畏罪自杀。事发后一个月，新元县人民检察院对外披露：犯罪嫌疑人郝华年利用职务便利侵占开泰伟业1000万元，鉴于犯罪嫌疑人郝华年已经死亡，不再追究其刑事责任。根据我国现行法律，依法追缴其违法所得及其他涉案财产。两个月后，中国证监会、中国证监会河东监管局联合调查组举行新闻发布会，对外公布处理结果：未发现开泰伟业有明显财务造假行为，但存在账册不清、账实不符、虚增收入等多项违反财税制度行为，现予以处罚，罚款金额合计5000万元。新元县税务部门将开泰伟业隐匿收入少缴税款的行为定性为偷税，并对少缴企业所得税的行为进行罚款，罚款金额合计9000万元。

一条活生生的人命，一笔 1.4 亿元的巨额罚款，换来的是 IPO 夭折以及开泰伟业品牌形象的严重受损。

喧嚣过后，一切归于平静。阮吴力不再上访也不再串联媒体，据说是王胜伟支付了数目可观的"抚恤金"。

开泰伟业董事长王胜伟、总裁易安，与财经周报社社长、总编辑宋秋阳同为黄河商学院 EMBA 同学。郝华年事件后一年半，宋秋阳"钦点"李心远前往新元县专访王胜伟。

开泰伟业支付了 100 万元合作费用，按合同约定，《财经周报》要对开泰伟业进行四个整版的正面报道。走出"郝华年风波"的王胜伟已经当上了东虹市政协委员，迫切需要来一场大张旗鼓的正面宣传。

李心远再次来到让他心悸的新元县，径直去了阮吴力住的夏花花园，这是王胜伟在当地开发的第一个楼盘。还在京州时，李心远就给阮吴力打过电话，手机处于接通状态却始终无人接听，李心远抱着碰碰运气的心理去了夏花花园。

李心远此前多次来过阮吴力的家，这次自然也是轻车熟路。敲门敲了好几分钟，一直没动静，见门上贴着催缴水电、燃气的欠费单，李心远预感情况不妙。

持续不断的敲门声惊动了邻居，一名老妪颤颤巍巍地拉开门探出头，皱褶横生的一张脸拉得像个长冬瓜："找谁啊？这家早没人住了。"

"老人家您好，请问这家人是什么时候搬走的啊？"

"前年 11 月之后就再没见到过人。"

"您知道他们去哪里了吗？有联系方式吗？"

"不知道。"话音刚落，门砰的一声关上了。

后来，李心远收到了一条奇怪的短信："李首席您好，我带着幼子回了东北老家，再婚之后生了个女儿，女儿名叫阮一弦，儿子改名阮一柱。锦瑟无端五十弦，一弦一柱思华年。我们非常思念郝华年。"李心远心头一凛，赶紧回拨过去，可对方手机一直处于关机状态。

每一年的 10 月 14 日，李心远都会收到一则和郝华年有关的短信，内容多是引述古典诗词表达悼念之情。

时隔一年半，前往新元县专访王胜伟，李心远不是为了给开泰伟业歌功颂德，而是要追问事关郝华年的那桩充满悬疑的谜案。

约定专访王胜伟的时间是 4 月 1 日傍晚 6 点。李心远提前半小时赶到开泰伟业承租的办公楼，还特意去了 17 楼。郝华年的办公室 1724 号房间，如今成了堆放杂物的库房。

王胜伟的办公室在 18 楼，李心远敏感地注意到这一层安装有多个监控探头，而其他楼层只有一个。因为一个重要的项目论证会，采访被无限期推迟，李心远在大会议室焦急等候。鹏城盛世天骄管理咨询公司经理李渔，温言温语地陪伴在侧。一个留着寸头、身材矮胖、举止干练的小伙子忙前忙后，端茶倒水，很是殷勤。

李渔主动介绍："乔峰，金庸武侠小说《天龙八部》里的男主，领袖群伦的武学圣手。人家是从海军陆战队退役的，参加过南苏丹、海地的维和行动，现在是王老板的司机兼保镖，闲暇时负责接待工作。"

乔峰尴尬地笑："退役之后，胖了 40 多斤，胖得有点自私自利。"

王胜伟召集一众高管正在热烈讨论 20 平方千米产城地产项目的开发。李渔眨了眨丹凤眼，朝隔壁房间努努嘴："凡是董事长主持的会议，最短两三个小时，最长开过 10 个小时，从晚上 8 点一直开到第二天早上 6 点，散会后王老板请全体与会人员吃烧烤，还总说这是见猎心喜。"

晚上 10 点，李心远、李渔、乔峰打起了哈欠。就在这个时候，中等年纪、中等身材、留着板寸、一副方正国字脸、戴着镶金边眼镜的王胜伟昂首阔步走进办公室，身后跟着裴定军以及保镖、贴身助理。

左看右看，上看下看，王胜伟怎么看着有点像日本人？李心远困意顿消，轻轻吐了一口气。

"你好，李首席。"王胜伟豪爽地伸出右手，嘴角泛起淡淡笑意。

"腰粗脖子短，大脑门圆脸。"一想到坊间对王胜伟形象的戏谑描述，李心远心中不免偷笑。

握手的一刹那，李心远感觉好像是握住了一团棉花，只觉得王胜伟的手绵柔柔、肉嘟嘟。李心远倏然想起一句老话——男人的手，手软心狠，手硬心软。

宽大写字台后，王胜伟一身便装，闲适端坐，他从脖领子里摸出一个雪白剔透的翡翠虎牙吊坠，在额头、脸颊来回滚动。王胜伟携夫人孙夏花刚从西藏归来。夫妻二人专程前往拉萨大昭寺朝拜礼佛，拜会高僧。高僧语气郑重地说："鼠五行属水，兔五行属木，二者为水克木的关系，鼠与兔相冲相克。"王胜伟、孙夏花面面相觑，神情沮丧，因为孙夏花属鼠，王胜伟属兔。高僧将一个 13 厘米长的翡翠虎牙吊坠赠予王胜伟。虎牙吊坠的保养不难，如果是新的虎牙，要用纯天然橄榄油擦拭，以减少虎牙自带的腥气。此刻，王胜伟分明是在用额头、面部皮肤自然分泌的油脂对虎牙吊坠进行保养，这让李心远忍不住要发笑。

两米之外是一个茶几和一把椅子，那是李心远的座位。这让李心远大为激愤："我是记者，不是犯人，也不是刺客，你王胜伟犯得着如此轻视我，以凸显你的居高临下吗？"尽管过去了这些年，但那夜的场景，在李心远脑海中仍有挥之不去的屈辱感。那是一次尽显羞辱的访谈，一次最远距离的专访。

为了打消王胜伟的戒备，李心远先抛出一个八卦问题。两米开外，李心远挺着腰板、大着嗓门儿地问："听说你身边有 8 个保镖、12 个秘书，出差在外住宾馆都是保镖住外屋，你住里屋，秘书住隔壁，是这样吗？"

王胜伟眉头一蹙，眯缝着眼睛说："你说得不对，不是 8 个，是 10 个，一个专职司机，一个常年接听电话，剩下的 8 个人全天候跟着我。我的生活分成三段，中午 12 点之前是一段，傍晚 6 点前是一段，凌晨 2 点前是一段。我身边必须有二十四小时常开的手机，有时候深夜要去工地，身边没个人不行。最近，我一直在向高管推广'5 小时睡眠法'，一天睡 5 个小时足矣，睡觉时间越长越困。"

李渔托着下巴，惊奇地瞪大了眼睛："一天只睡 5 个小时？"

王胜伟乜了李渔一眼，慢吞吞地说："一个人的精气神，靠的是定力、念力、原力。'5 小时睡眠法'凭的是意念的力量，也就是超心理学上所说的念力。我每天零点准时睡觉，睡 3 个小时准时起床，让自己彻底清醒，半小时打陈氏太极，半小时打坐冥想，然后再睡 2 个小时，起床后跑步 5 公里，洗漱、沐浴、早饭。'5 小时睡眠法'我已经坚持了 5 年，每天都是神清气爽的。"

王胜伟配备保镖，与"鼻子事件"有关。夏花花园征地开发建设过程中，索要高价补偿的"钉子户"和维持秩序的保安发生争执，混乱中，一块板砖抢了过来，把王胜伟的鼻子砸得稀巴烂。王胜伟住进医院的当天深夜，"钉子户"被一伙不明身份人员强拆。半小时内，"钉子户"坚守了 3 个多月的房子被夷为平地。事情是裴定军安排人干的，"钉子户"报警，公安局立案，但破不了案。此种把戏在产业园征地拆迁过程中屡试不爽。

赚钱很多的富人都有一个共性，血管里的道德血液比较少，道德感比较低。生意做遍，不如地产。开发商的 DNA 里有一条染色体叫不择手段。不择手段达成目标，这八个字是王胜伟的座右铭。

"我的字典里没有'后退'二字。人们常说退一步海阔天空，退一步等困难过去了再说，于是你听从劝告开始往后退，退到悬崖边，除非奇迹出现，否则你已经无法做出任何应对和改变。前途光明看不到，道路曲折走不完。即便如此，只要能扛一定扛住，扛到最后，要么你强大了，要么所谓困难真就过去了。我每天只想三件事：哪些事是应该做而没有做的，哪些事是做对了需要持续的，哪些事是需要停止的。"

右手食指习惯性地轻轻叩击桌面，发出有节奏的细微响动，王胜伟自顾自地讲述着做房地产的过往经历和成功经验。

"郝华年是怎么死的？从她进入办公室到坠楼的那半个小时发生了什么？郝华年有没有被你胁迫？"李心远终于按捺不住，开始连珠炮式发问，目光咄咄逼人，如同利剑直插对方胸膛。

李渔恶狠狠地瞪着一双死鱼眼，说话的语气和腔调霎时滞涩凝重："李首席，郝华年的事情早就过去了，这不是今天采访的主题。"

王胜伟挺直腰板，将翡翠虎牙吊坠慢慢放回衣领，鼻腔喷出轻蔑的一声哼，冷笑道："最近我在看袁世凯的传记，这本书写透了袁世凯'治世之能臣，乱世之奸雄'的悍厉人生。成为大总统之后两年，袁世凯查办贪腐案件 253 件，查办涉贪官员 470 人，其中影响最大的是顺天府尹王治馨贪渎案。"

显然，王胜伟把郝华年比作王治馨，以此来为郝华年事件盖棺论定。虽然已有官方说法，但郝华年坠楼存在颇多疑点，王胜伟却坚称郝华年"贪腐贪占"，真可谓"无余诽谤三宝，无所不用其极"。

念及此，李心远发出一阵干笑之声："袁世凯处决王治馨，是典型的公报私仇，真正压垮王治馨的是宋教仁遇刺事件。"

王胜伟对这段历史心知肚明。郝华年是因实名举报被陷害。李心远以此影射，令王胜伟错愕。

王胜伟额头微微沁出汗水："如果你不是宋总编派来的记者，我见都不见，我从来不接受媒体采访。去年 10 月你来新元县做过采访，昨天你又去了夏花花园找阮吴力，有什么收获？郝华年职务侵占、挪用公款是有定论的，而且她患有严重抑郁症，她的死亡是一起意外，我们都很难过，也很痛心。公检机关已经定性的事情，你凭什么翻案？"

一举一动都在密切监控之下，这让李心远不寒而栗。挺着脖颈，李心远几乎是在怒吼，他要通过拔高音量的方式，努力让每一个字都铿锵有力、掷地有声："郝华年的日记详细记录了裴定军要挟她做假账、偷逃税的细节，郝华年生前录制的录音也有对裴定军的指控。我不光有一支笔杆子，还有个身体部位叫腰杆子。记者的责任和使命，就是接近真相、发现真相、报道真相。今天是西方的愚人节，你们可以在部分时间欺骗所有人，也可以在所有时间欺骗部分人，但永远不可能在所有时间欺骗所有人。"

王胜伟目光阴冷，久久不语，生生挤出来的只属于场面上的伪饰笑容变得越发僵硬。他猛地从老板椅上站起来，显然已不想再和眼前这个愣头青耗费口舌。李心远的连环质问触碰了王胜伟最敏感的逆鳞。王胜伟拂袖而去，裴定军等人鱼贯而出，乔峰、李渔冷冷地注视着李心远。

等了四个半小时，聊了不到半小时就不欢而散。李渔一张大脸好似接通了电源，涨得通红，神情沮丧。

李渔语带哭腔："开泰伟业是我们公司的核心客户，早就说好了的，请您来是采访新元产业园产业促进的亮点和贡献，您怎么问郝华年的事情啊？真是太尴尬了，我会被董事长骂死的。"

李心远轻轻冷笑一声："我不是来写'软文'的，我是来做调查的。"

之前一直客客气气的乔峰，突然挥动手掌推搡李心远："大年三十的凉菜，有你过年，没你也过年，哪儿凉快哪儿待着去。"

李心远猛然转身，狠狠甩腿，踢向乔峰腰部。毫无防备的乔峰一下子摔倒在地。

"旋风踢，你练过跆拳道？"乔峰一个鲤鱼打挺，快速站了起来。

"黑带六段，可以光脚踢破三块三合板。"李心远弯腰低头，模仿李小龙的动作，挥手轻轻掸了掸鞋面。旋风踢是跆拳道观赏性最强的技术，兼具观赏性和杀伤力，多用于进攻和追击的场景。

乔峰来自海军陆战队，自然也不含糊，又是踢腿，又是伸胳膊，摆出架势要和李心远切磋。

"记者是客人，乔峰你太不讲礼数了。"一声呵斥，王胜伟复又出现在办公室。

"乔峰，送记者回酒店休息，今天到此为止。"站在王胜伟身旁的裴定军面露诡异微笑。

乔峰开着悍马，载着李心远疾驰。快到酒店时，乔峰热情地递过一瓶纯净水："李首席辛苦了，喝口水吧，今天实在是不好意思。"

李心远拧开盖子喝了口水。很快就到了酒店，李心远下车走进酒店电梯间，一个陌生男人快步跟进，从裤兜里摸出一条毛巾，捂住了他的嘴。李心远只觉得头脑发晕、头皮发麻，感觉被人搀扶着进了房间，迷迷糊糊中好像有人躺在了他身边……

冰冷的凉水兜头浇下来，李心远猛然惊醒。四个警察站在面前，目光如炬，语气严厉："起来，跟我们走。"李心远一摸身边，被窝里竟然躺着一个一丝不挂的长发女子。

被两个警察一左一右摁在床上，李心远依然晕乎乎的。这个时候，李心远的手机猛然响了起来，戴眼镜的警察一把抢过去，干脆利落挂断。顽强的手机铃声继续响起，戴眼镜的警察斜眼看了一下来电号码的名字，倒吸了一口凉气："我的天，竟然是市长秘书。"

戴眼镜的警察看了李心远一眼，不情愿地摁下了接听键。

电话那头说道："李记者好，我是王守仁市长的秘书雷未来，王市长约你明天上午在市政府见面。"

"雷秘书，我是李心远，我在新元县被人下药了，被警察抓了，冤枉啊。"李心远冲着手机大喊。

"我马上联系新元县公安局常务副局长马红玉。"雷未来安抚道。

10分钟后，一辆警车拉着警笛赶来，一位身形健硕的中年男子冲进房间，双手叉腰，一副盛气凌人的样子："谁让你们出警的？"

戴眼镜的警察敬礼，大声说道："报告马局，我们是接110出警指令赶到现场，群众拨打110说有人在酒店505房间从事卖淫嫖娼活动……"

"胡说八道，我是被人下药了，我是被人陷害了，我是记者。"李心远扯着嗓子喊起来。

马红玉拉着警察直奔中控室调看监控视频。监控显示，李心远走进酒店大堂后，一名穿帽衫、戴口罩的男子尾随他进入电梯。口罩男先是和李心远简单交谈了一下，而后突然用毛巾在李心远嘴巴上捂了一下，接着搀扶着站立不稳的李心远进了505房间。5分钟后，一名女子进了

505 房间。一刻钟后，警察破门而入。

马红玉呵斥了一声"滚"，然后返回 505 房间，忙不迭向李心远道歉。李心远实在没心情和马红玉理论，他依然头昏脑涨，只想躺下睡觉。马红玉用警车把李心远送到新元县人民医院，医生检查后告知："吸入过量麻醉药物，输液就可恢复。"

第二天一大早，李心远从医院出来，先去酒店拿行李，然后赶奔省城东虹拜会王守仁市长。当着李心远的面，王守仁给新元县公安局常务副局长马红玉打电话，要求彻查此事。李心远心里有数，知道这可能是乔峰在下套，当然，也不排除是裴定军的授意和指使。

饱含屈辱、横遭算计的采访经历，让李心远深刻领教了什么叫狠辣与决绝。曾经是书生意气的首席记者，如今是吞声忍气的首席品牌官，李心远竟然吃上了王胜伟的"下眼食"。

人生叙事的重大切换，只因李心远遇到了贵人凌云飞、易安。

要想成为有钱人，先得认识有钱人

"前往京州的旅客请注意：您乘坐的 TY0340 航班很快就要起飞了，还没有登机的最后两位旅客凌云飞、李心远，请立刻前往 A60 登机口登机。这是 TY0340 航班最后一次登机广播。"

飞机舱门即将关闭的最后一刻，拖拽着拉杆箱，热汗涔涔，跟跟跄跄，凌云飞、李心远三步并作两步冲进客舱。空姐心急火燎地一通操作，沉重的舱门咣当一声，紧紧关闭。

蹙起的眉头和紧皱的纹路凌乱不堪地拥挤在一起，好似揉搓变形的软橘子，李心远一摊烂泥似的瘫在座位上，呼哧呼哧喘着粗气："稻草绳做裤腰带——尴尬啊！"

凌云飞是房地产上市公司开泰伟业的副总裁，俊朗而不失英气，儒雅而不失威仪，是广大妙龄女郎心目中"高富帅"的现实增强版。这一次，凌云飞受邀前往西京市参加当地开发商蔚蓝地产的周年庆活动，并在互动论坛环节做分享交流。蔚蓝地产周年庆活动由《财经周报》策划、执行，首席记者李心远是互动论坛主持人。活动中途遭遇业主维权，300多名业主长时间围堵在周年庆活动现场，导致凌云飞、李心远险些误机。

"您好，请问拖鞋在哪儿？"李心远刚一坐定就急着换拖鞋，一路狂奔让他的脚丫子都有点紧了。

头等舱空姐反应灵敏，款款而来，轻俯腰身来了个标准的"蹲式服务"，膝盖一上一下，上身拔得挺直，下蹲高度刚好与李心远的目光保持平视："李先生您好，这是您要的拖鞋。幸福而遇，相伴相惜，我是头等舱乘务员和春住。"

李心远笑呵呵地打断空姐的问候，脱口道："若到江南赶上春，千万和春住。"

眼神坦荡而愉悦，和春住羞赧一笑："其实我不喜欢这个名字，小时候经常被同学们取笑。"

李心远愣了几秒，随即抿嘴偷笑。

和春住赞道："您的内存实在太强大了，居然能背出这首宋词，我的名字正是出自王观的《卜算子·送鲍浩然之浙东》。强烈建议您参加诗词大会。我代表天涯航空向您致以诚挚的问候。空调有点凉，给您加一块毛毯。过会儿会调高空调温度，您有任何需要，随时叫我们。"

脱掉鞋子换上轻软的拖鞋的一刹那，敏感的李心远分明觉察到了凌云飞投来的异样目光。

李心远下意识地将右脚压在了左脚上，把裸露在外的左脚拇指及时遮盖。一条毛毯瞬间遮挡了所有的尴尬。

"刚才那位空姐说自己的名字小时候经常被取笑，为什么呢？"凌云飞眼眸中闪过困惑，好奇地问。

李心远嘴唇嚅动，缓缓吐出一句话："春住的谐音是蠢猪。"

挠了挠头皮，凌云飞轻轻地嗤笑一声，然后意味深长地瞟了一眼李心远："胡萝卜拌辣椒面，吃得出看不出，你还挺逗的。"

不知所以然的李心远蒙了。

凌云飞一反常态地把头凑过来，露出一个奇怪的笑容："刚才为什么让空姐给你送拖鞋？你安的什么心？"

"啊？！怎么了？"李心远沙哑着嗓音，脸色登时沉了下来。

"不知道？"凌云飞蹙紧眉头，冷冷地反问。

"不知道！"李心远身体笔管条直，定定地回了一句。

看着李心远满脸严肃的样子，凌云飞以极为低沉的细微声音说："刚才给你送拖鞋的空乘和春住，是'小三'。"

"啊！难道你认识她？"李心远眼睛眯成一条细线，两道剑眉异常紧凑地拢在一起。

凌云飞笑出声来，嘴咧得像一朵荷花，语气轻松："每次执飞，每个乘务员都有自己的固定号位，号位就是工作分工，就是所负责的区域。一号是乘务长，二号负责后舱，三号负责头等舱，四、五、六号负责经济舱……"

李心远抬起头来，露出诡秘的笑，他长长地呼出一口气，模仿起了山东快板的腔调："锵里个锵，锵里个锵，闲言碎语不要讲，表一表地产江湖的'软饭之王'，今天就给你说一说，你所不知道的地产首富王胜伟的传奇与八卦。"

凌云飞先是一脸愕然，讶异的目光从李心远脸上掠过，眉宇之间流露出猎奇的冲动。

一年前的11月5日，开泰伟业在香港联交所主板上市，上午9点30分举行敲钟仪式，省市县各级领导莅临现场，共同见证港股上市的重要时刻。盛大的上市敲钟仪式，政经界名流云集，唯独不见一手将开泰伟业推向资本市场的孙夏花，要知道，她既是王胜伟的发妻，更是开泰伟业背后的资本女人。香港媒体素有"娱乐至死"之风，香港记者现场追问王胜伟："请问孙夏花女士为什么没有参加上市敲钟仪式？"被问得烦了，王胜伟脆声回应："男女有别，她在家带娃。"

香港媒体如获至宝。第二天，港媒娱乐版头条刊出图文并茂的整版报道《资本女人孙夏花悄然退隐 "软饭之王"王胜伟跻身地产首富》，港媒挖出早年间王胜伟落魄潦倒，承蒙孙国胜、孙夏花加持，终于咸鱼翻生的逸事，行文言辞尖锐不留情面，言之凿凿地指称王胜伟是地产界的"软饭之王"。

港媒这篇报道狠狠地戳了王胜伟的"肺管子"，从那以后，他拒绝任何媒体的采访，同时指令李渔将公司官网以及各种平台上与孙国胜、孙夏花有关的文字和图片全部删除。自此，开泰伟业内部，孙国胜、孙夏花的名字成了不能提及的违禁词。王胜伟此举，无疑是对过往创业经历、创富故事的人为篡改，以及对真相底版的刻意封存。

王胜伟出生在上海虹口区山阴路上的大陆新村，那里号称上海最有特色的里弄，既有新式石库门的雅致，又有新式里弄的幽静。王胜伟曾经认真地说自己和大文豪鲁迅做过邻居。鲁迅故居正位于山阴路大陆新村9号。幼年时期，王胜伟时常站在鲁迅故居门外，抬头向上驻足眺望。8岁时，王胜伟随父母迁回东虹市新元县。

王胜伟是苦出身。出于家庭原因，20世纪70年代，一家人从大上海返回新元农村。当年流行一种来自日本，名叫"尿素"的化肥。庄稼一枝花，全靠肥当家，尿素的效果让人称奇。王胜伟的大伯是村干部，他发现了一个秘密，装尿素的蛇皮口袋很结实，比供销社里凭票供应的布料还耐用。买布做衣服是要凭布票的，王胜伟家没有布票。大伯利用职务便利偷摸截留了两个装尿素的蛇皮口袋，王胜伟母亲用蛇皮口袋给王胜伟父子做了一长一短两条裤子。王胜伟父亲那条蛇皮袋裤子，前面写着"日本"，后面写着"尿素"，屁股上还写着"净重50公斤"。王胜伟那条裤子的裤裆里残留"含氮量80%"的字样。尿素裤子成为那个年代王胜伟的苦痛记忆。

小时候王胜伟把剩菜剩饭倒进垃圾桶，被奶奶樊巧女看见了。奶奶跪在院子里一个劲儿地磕头，边磕头边自言自语："老天爷啊，我家孙孙不懂事，您饶过他吧。"

当爹的可就没那么仁慈了，抄起盖在夜壶上的木杆子抡圆了打他，愣是把木杆子打断了。从此，王胜伟懂得了一个道理：不浪费是最好的德行、最好的福报。苦日子苦过，乐在其中；富日子富过，才是罪孽。

12岁那年，王胜伟跟母亲去省城东虹，为姥爷平反昭雪寻找证据。多日奔波，身上的钱所剩无几。回家之前，王胜伟和母亲在一条僻静的小街上找到了一个开在地窖里的小饭铺，摸出身上仅剩的9毛钱，要了两碗高粱米饭、一小碟咸菜。一个20多岁的小伙子在饭铺里要了一盘炒肉、一盘炒白菜。饥饿难耐的王胜伟两眼直勾勾地盯着那盘炒肉，母亲眼含泪水，用身体挡住了儿子的视线。小伙子看到了，迅速吃完米饭和白菜，把一口没动的炒肉端到王胜伟母子面前，然后转身离开。多年过去，东虹小饭铺里的那一幕永远定格在王胜伟头脑里。大富大贵之后，王胜伟每年春节都要回趟老宅，带上老婆孩子吃顿忆苦思甜饭。

在省城东虹，王胜伟上的是财税中等专业学校。那年月，上中专不是丢人的事，国家包学费，还包分配，关键是能转为非农业户口。20世纪80年代初，中专毕业的王胜伟怀揣见世面挣大钱的宏愿，跟着一位温州"大哥"当起了"倒爷"，从温州、汕头进了些"的确良"衬衣、录音机，倒卖到上海，赚取差价。好景不长，很快就迎头赶上打击投机倒把的风潮，货款被扣在了温州，那位"大哥"也被抓了起来。

得到一笔钱的快乐，永远无法掩盖失去一笔钱的痛苦，郁闷至极、惊慌失措的王胜伟手拎大号旅行袋，坐着公交车往火车站赶，他要回新元，离开上海这个伤心之地。

开往上海火车站的公交车上，默默发呆的王胜伟，一歪脖颈，看到一名身穿藏蓝色中山装的猥琐男人，正鬼鬼祟祟地把手伸进旁边一个妙龄少女的挎包。王胜伟的心剧烈颤动，不由自主地大喊一声"抓小偷"，随即像离弦之箭一样冲了过去。扒手显然早有防范，从腰间抽出一把匕首猛刺过来，王胜伟躲闪不及，匕首扎进了小腹，顿时血流如注。妙龄少女看似弱不禁风，竟然是个"练家子"，以肘击打一气呵成，动作快速有力，干净利落地制伏了扒手。晕血的王胜伟眼前一黑栽倒在地，醒来时发现自己躺在洁白的病床上，床头柜上摆放着一罐上海麦乳精。

面容姣好的妙龄少女满面笑容，柔声细语："你终于醒了，今天多亏了你，你是见义勇为的英雄。我喂你喝点儿麦乳精。"

麦芽清香味道的麦乳精送到了唇边，王胜伟无比惬意地享受着这甜蜜时刻。一勺甜腻腻的麦乳精下肚，猛然间给王胜伟寡淡无味的生活加满了能量。好多年以后，回忆起当年在上海住院的经历，王胜伟嘻嘻笑着说："那时候每天和夏花在一起真是好甜蜜，好情绪就像信用卡，刷一下就能幸福好多天。"

王胜伟不着痕迹地将她上下打量了一遍，但见她眉如翠羽，眼若秋水，淡白梨花面，轻盈杨柳腰。

如同刚跑完一场马拉松，感觉五脏六腑被掏空，王胜伟的身体虚弱得很："我哪里是什么英雄，我只是特别痛恨小偷。"

话匣子一开，收都收不住。两人越聊越投机，越聊越亲近。他知道了女孩儿姓孙名夏花，东虹人，复旦大学经济学系大三学生。

王胜伟听说孙夏花是大学生时，原本彩虹满天的内心，顷刻间变得黯淡无光。王胜伟期期艾艾地说："你是天之骄子，和你相比，我这个中专生简直就是一枚弃子，生活欺骗了我。"

孙夏花莞尔一笑，甩出一长串足以明志的励志金句："学历是铜牌，能力是银牌，人脉是金牌，思维是王牌，成功的人不是赢在起点，而是赢在转折点！"

柔声细语飘散而来，每一句话都透着关切与激励。

王胜伟倔强地扭过头去，望着窗外的黄浦江，幽幽叹息："上海，我一定会回来的，死也要死在富人堆里。"

孙夏花漫不经心地附和着，忽然意有所指地感慨起来："要想成为有钱人，就要认识有钱的人，等我给你介绍个特别有钱的人。"

"那敢情好啊，我虽然只是个中专生，但是嘛，我有我的优点。"

"什么优点？说来听听，我拿小本子记下来。"孙夏花一本正经地说。

王胜伟挠着后脑勺，憨憨地一笑："会来事、敢扛事、能成事。"

孙夏花默默地笑，耐心地听。

住院半个多月，孙夏花每天都来探望，每天都不空手，要么带一罐麦乳精，要么带一听水果罐头。裙裾飘飘，笑靥嫣然，每当孙夏花出现在病房，病友们总会嘻嘻哈哈地冲着王胜伟挤眉弄眼。

尽管很享受与孙夏花在一起的美妙时光，但王胜伟不敢再住下去，因为这是在上海，住院费他根本付不起。冰雪聪明的孙夏花分明看透了王胜伟的小心思："政府负担了你的住院费，还奖励你 50 元呢，我都替你领回来了。"

出院时，孙夏花主动找王胜伟索要电话号码，说等放暑假了回去请他吃饭。王胜伟满心欢喜地留下了新元县水头镇化纤厂的座机号码："这是我爸工作单位的电话，你打这个电话就能找到我。"

回到新元的王胜伟百无聊赖，无所事事。一天晚上，父亲下班回家，递给他一张字条："下午有人打电话过来，让你后天上午 10 点赶到滨江银行河东省分行，说是有人要见你。"

王胜伟蒙头蒙脑地来到省城东虹，滨江道中心广场东南角矗立着一栋威严厚重的古建筑，这里就是滨江银行河东省分行所在地。走进大楼，仰头望见金字塔形的玻璃穹顶，丝丝暖阳透过玻璃穹顶打在身上，那一刻，王胜伟被震住了，他眼中的这座古建筑像钻石一样熠熠生辉。在工作人员的引导下，王胜伟来到二楼一间办公室。

办公室凌乱不堪，架子上的书籍东倒西歪，办公桌上散乱堆放着报纸，瓜子皮扔了一地，窗台上蒙着尘土。王胜伟拧着眉，莫名其妙地看着眼前的一切，一边念念有词"小娃勤，爱死个人；小娃懒，狼吃没人撵"，一边开始麻利地拾掇起来。

半小时后，一位身着深蓝中山装的中年男人走进办公室，瞪大眼睛四下打量，满意地点点头："你刚才念叨的那几句话，是谁教你的？"

王胜伟露出了得意的笑容："从小我奶奶就经常教育我，做人要勤奋，做事要勤快。"

中年男人表情郑重，语气热情："恭喜你通过了考核，我代表滨江银行河东省分行正式通知你，下周一上午8点前来报到，你的工作是给滨江银行河东省分行行长孙国胜同志做秘书兼司机，你的户口、档案、粮油关系都转到省城来。"

一个男人要成事，得看他和谁交往。俗话说"读万卷书不如行万里路，行万里路不如阅人无数，阅人无数不如贵人指路"，孙国胜是孙夏花的父亲，王胜伟的"贵人"。

年轻时的王胜伟从不留分头，向来都是板寸，去理发店剪头发也是特简单，喊一嗓子"卡尺，9毫米"，两三分钟就完事。这么多年一直都是板寸，初次见面，孙国胜调侃王胜伟像日本人，他就假模假样地点头哈腰、深深一揖，引得孙国胜开心一笑。

刚开始做秘书，王胜伟就是个愣头青，不谙世事，不通世故。孙国胜倒也不恼，手把手地带，不厌其烦地教："结账不能太早更不能太晚，应该在上完主食后悄悄去结。引导领导前行的时候，要站在领导右前方半米处。送别领导时，领导的座驾驶出5米才能离开。"

一天，孙国胜让王胜伟给省计划委员会递送一份重要文件。两天后，孙国胜从一堆文件中抬起头来，急促地把王胜伟喊到办公室："文件送到了吗？"

"当天就送到了。"王胜伟怔怔地看着孙国胜，搓着两只大手，表情木然。

"文件送到后为什么不给我回复确认？我给你交代的事情，就相当于一拍子把乒乓球打过去，你接了任务就是接了球，你要把乒乓球打回来，接了球不回球，你是要把球私吞。以后不管做什么，一定要记住：凡事有交代，事事有回音，件件有着落。还有啊，电梯里不管遇到任何一级的领导，越是级别低的领导，越是要尊重，要面向领导站立，不能把屁股对着人家。"孙国胜居高临下地盯视王胜伟，语重心长地说。

王胜伟牢牢记住了孙国胜教他的"乒乓球原理"和"屁股理论"。

一次，孙国胜阴沉着脸说："你刚才给我倒水的姿势不对，知道错在哪里吗？"

王胜伟愣愣地站着，满脸惶恐和紧张。

"给领导倒完水，不能立马扭头就走，更不能把屁股对着领导。倒完茶，一定要面向领导，一步步退着向后走，直到远离领导的视线再转身。记住了吗？"孙国胜不厌其烦地嘱咐。

王胜伟尴尬地挠了挠头，投以充满感激的微笑。对于孙国胜的批评乃至苛责，王胜伟非但不以为忤，反而欣喜莫名。

一年后，孙国胜将王胜伟安排到滨江银行河东省分行信贷处，孙夏花大学毕业进了大华银行河东省分行，两人迅速进入如胶似漆的热恋状态。又过了两年，王胜伟因在工作时间陪客户喝了一场大酒，造成不良影响，被上面定性为"信贷业务管理不尽责"。后经孙国胜极力斡旋，王胜伟被下放到新元县支行信贷处。

王胜伟心情灰暗，觉得心高气傲的自己活该就是"高加林"的命，大城市进不去，农村又回不了。

被王胜伟的话一顶，孙夏花就倔劲儿上头了。她声音干脆，眼光闪亮，充满期待地盯着王胜伟："你是'高加林'，我就是'刘巧珍'，反正这辈子我是跟定你了，胆敢负我，绝不饶你。"

孙夏花当即向大华银行河东省分行打报告，要求调到新元县支行，从省分行到县支行很容易，申请报告一递上去，很快就批下来了。孙夏花痛痛快快地转了户口、档案，转了粮油关系，还和王胜伟在新元县领证结了婚。

在滨江银行新元支行信贷处干了四年，儿子王山川也两岁了，王胜伟依然觉得日子过得没奔头、没劲头，脑子一热便递交了辞职报告。

"影子总裁"孙夏花

王胜伟在新元县开起了贝尔迪烤肉店，启动资金是孙国胜给的2万元。孙国胜敲着桌子告诫王胜伟："做生意，走正道，才能行稳致远；心不正，行不端，注定不会善终。"

贝尔迪烤肉店开在新元县委大院旁边，为的是和官员走得更近、交情更深。王胜伟从结交科级干部入手，科级干部在县直单位都是局长、副局长的实权派。有一次，王胜伟得到准确情报，县市城建局领导正在县宾馆聚餐。王胜伟赶到县宾馆，悄无声息地把包间的餐费酒水费全结了，心疼得王胜伟直嚯牙花子。结完账，王胜伟默默守在包间门口，像个低眉顺眼、逆来顺受的小媳妇。县市城建局领导都是东北人，东北人把有钱人叫"管子"，意思是经常下馆子的有钱人是难得一见的"管道"。这场饭局过后，王胜伟自然而然就成了人家的"管子"和"管道"。从此，给关键人物的"吃喝玩乐"买单就成了王胜伟的"爱好"和"专利"。

后来，眼见得干装修挣钱多，王胜伟就转做装修生意，最初是接政府部门的单，赚过钱也赔过钱，因为很多项目都打白条。这些白条累计起来超过了100万元，100万元的白条当年足以把王胜伟压垮，他可以手持这些欠条，一家家去找，一家家去清欠。然而，出乎所有人意料，王胜伟竟然一把火把所有白条全烧了。

烧掉的是白条，建立的是人脉。王胜伟频繁买单特别是火烧"白条"的壮举，很快便有了实际回报，当得知新元县农贸市场旁边的一块地要对外开发，脑筋活络的他立即行动。一辆破旧的二手奥迪作价顶了农民的青苗钱，征下 30 亩地，靠着媒体关系在《河东晚报》赊下一整版广告，打出的广告"触目惊心"：夏花别墅每平方米 1288 元。比一般商品房价格还低 300 元！一石激起千层浪，应者云集，1 个月内，筹资 8000 多万元。"走钢丝"的王胜伟瞬间拥有了第一笔启动资金，鼓捣出了物美价廉的经济适用型别墅。所谓别墅，其实也就是低密度洋房。

什么是激情？激情就是一敲鼓就上房，房地产让王胜伟充满激情。2000 年一个偶然机会，王胜伟听说在东虹迎宾馆召开房地产峰会，全国的开发商都要来，当年，鹏城千椽地产和王天石如日中天。王胜伟打听到王天石住在 1002 房间，买好鲜花、拎着果篮去拜见，房间里没人，他和孙夏花就来了个"程门立雪"，站在门口苦苦守候。

一个小时后，王天石回来了，见门口杵着两个陌生人，有点吃惊："你们是谁？"

王胜伟赶忙掏出名片，恭恭敬敬递过去："王总您好，我们是夏花房地产公司，在东虹市下面的新元县，想和千椽合作，请千椽帮我们设计房子。"

既有傲气又有傲骨的王天石，显然没把在省会城市周边县城搞开发的地产公司夏花，以及名不见经传的王胜伟放在眼里，语带不屑地说："你们干房地产，能干得过千椽？广东的开发商在搞复合地产、体育地产，北方的开发商在搞商业地产，你们立足长三角把产城地产做深做透，没准儿也能自成一派、称霸一方。"

王天石的话让王胜伟茅塞顿开。

跷着二郎腿，王天石摆出了居高临下的姿态："要想做好房地产，首先要学会运用杠杆，其次要学会拉高拍低。"

王胜伟、孙夏花面面相觑，一脸茫然。

王天石用怀疑的目光看向王胜伟、孙夏花，眼神分明在嘲笑："这都不懂，还搞什么房地产？"

王胜伟弯着腰，双手递上一支雪茄。

王天石手里把玩着雪茄，拧着眉毛，不以为然地看着王胜伟："杠杆越长就越省力，杠杆越短就越费力。不懂得杠杆、不会用杠杆的开发商不是合格的物理老师。对于我们来说，只需要2亿元的自有或者自筹资金，就可以启动10亿元的地产开发项目。其中，4亿元是买房人交付的定金和预付款，4亿元是承建方的垫资。"

"拿到一块地，首先要做强排，对土地的商业价值进行测算，对地面建筑的类型进行规划。做好强排，用足用好建筑密度、容积率、建筑限高、绿地率这四个指标。高层建筑一定会成为趋势，如果说地方对高层住宅的限高是100米，那就把楼层做到33层。建筑密度做足、容积率用足的手法，就是'拉高拍低'，也就是高低配，既有规模取胜的高层建筑，也有相当比例的洋房和别墅。"

王天石端坐在沙发上，跷起的二郎腿几乎蹭到了王胜伟的下巴："洋房的定价比高层住宅高15%到20%，别墅的价格比高层高60%。高层住宅是跑量产品，为的是冲销量并确保现金流，洋房是实用产品，别墅是利润产品。高层、洋房、别墅的比例设定，是技术活儿，搞得好挣大钱，搞不好也是会亏本的。"

王胜伟沮丧地用食指叩击太阳穴，露出感激不尽的笑容："我有个不情之请，跟着您做一年的助理，免费给您打一年工，可以吗？"

王天石冷漠地看了王胜伟一眼，露出了月下冰霜一样的眼神。后来架不住王胜伟的相求，王天石派出一位擅长产品、精于研发的总监赶往新元县。夏花花园的整体规划、产品户型都是千橡地产鼓捣出来的。

夏花别墅充其量是小试牛刀，夏花花园才是王胜伟地产生意的真正起点，开泰伟业从此进入发展的快车道。从年收入来看，基本上是每5年添一个0。在王天石的启发下，在以平方千米计量的广袤土地上，王胜伟将"拉高拍低"做到了极致。

王胜伟手软心硬，杀伐果断；孙夏花性格飒爽，侠义心肠。二人是生活伴侣，更是事业搭档，王胜伟笑称"她是文武双全的孙尚香"。孙夏花比王胜伟大3岁，他们的经历完美印证"女大三，抱金砖"这句俗语的正确。公司上市之前，孙夏花的名字一直和王胜伟紧密关联在一起，这对"夫妻档"被戏称为地产界"天仙配"。论学识、素养，学霸孙夏花自然胜出一筹；论见识、能力，学渣王胜伟当然高出一截。先有无原则的崇拜，再有无理由的恋爱。孙夏花是王胜伟的崇拜者、追随者，这种崇拜是发自内心的，是由衷的，就像日后孟春怡、郑春筠、唐春桧、和春住对王胜伟的顶礼膜拜。

复旦大学毕业后，为了能和王胜伟在一起，孙夏花毅然放弃京州、上海的就业机会回到东虹，进入大华银行河东省分行任放款专员，同期进入大华银行的还有清北大学高材生钱书光。孙夏花作风泼辣、雷厉风行、认真负责，两年不到，就被提为信贷处经理。

跟着王胜伟去搞房地产，国有企业的人事关系都要带走，这在当年实属孤注一掷的冒险。听说孙夏花要扔掉铁饭碗去当个体户，老太太樊巧女踮着小脚上门，拉着孙夏花的手千叮咛万嘱咐："花儿啊，小六子做事比较冲，你可一定要替我管着他。小六子是我带大的，这孩子实诚着呢，小时候捡个铅笔头儿都要交给老师，日子过得可仔细了，从来不浪费。这老话说得好，'男人是个耙，女人是个匣'，男主外女主内，小六子赚钱养家，小花儿你呢，得把钱给管住管好。"

在人们的惯常思维里，女性创业定然遭逢更多羁绊与磨难，孙夏花反而觉得自己幸运又幸福，女性身份让她做起企业来反而更能成事。

加入开泰伟业，孙夏花一开始负责银行贷款事务，经常要去各大银行疏通关系。那时候，王胜伟已经在东虹小有名气，都知道他开烧烤店成了暴发户。一身清新干练职业装的孙夏花拜见银行的头头脑脑时，总会被人家喜眉笑眼地说上一句："哎哟，新元首富王夫人驾到。"

每每此时，孙夏花总是会含笑掏出一张名片，毕恭毕敬呈上，不卑不亢地说："我是开泰伟业副总经理孙夏花，请多关照。"

对方接过名片，肃立而答："王夫人好。"

孙夏花板起脸，冷喝一声："没有王夫人，只有孙总。"

从那以后，公司内外没有人再敢当面称呼孙夏花"王夫人"。这是孙夏花成为企业管理者过的第一道坎儿。

地产生意最缺的就是资金，做得越大越缺钱，孙夏花多次苦苦哀求贵为滨江银行河东省分行行长的父亲孙国胜打个招呼，以便能从滨江银行河东省分行顺利贷款2000万元。原则至上的孙国胜坚决不松口，甚至甩出一句绝情的狠话："只要我还在滨江银行河东省分行一天，你们就不能贷一分钱。"

就因为孙国胜这句话，执拗的孙夏花半年多没和父亲打过照面。对于父亲孙国胜，孙夏花一度保持冷漠，说话也是惜字如金，吐出的每一个字都保持着适当的距离。

到底是复旦大学经济系的优等生，孙夏花称得上是融资高手，她凭借在大华银行河东省分行的人脉关系，硬是通过无抵押的方式贷出了1000万元，算是解了燃眉之急。这笔贷款，靠的是孙夏花，当然主要是孙国胜的个人信誉做了变相担保。孙国胜退休之后，滨江银行河东省分行才正式向开泰伟业敞开大门。

在由《财经周报》主办的论坛上，孙夏花发表过一个精彩观点：最大的财务风险是非财务因素引起的。闹得满城风雨的"郝华年事件"，充分验证了孙夏花的观点。

上市之前，王胜伟是董事长兼总裁，孙夏花是副总裁，主要负责财务、人力资源工作，招揽了数百位精英人才，其中就有郝华年。那时候，所有对外关系资源都在孙夏花的手上。郝华年是孙夏花一生的痛，至今令她追悔莫及，悔不该当初一根筋似的把郝华年招进公司，甚至把郝华年作为财务方向的接班人重点培养。

孙夏花没想到，儿子王山川喜欢上了有夫之妇郝华年，而且爱得死去活来。她更没想到，郝华年对王山川的拒斥决绝而绝情。

"郝华年事件"对孙夏花影响极大，她明确告诉王胜伟："把公司做上市，我就退出，说到做到。"

身为女性，孙夏花不愿意做企业一把手，她没有太多的物质欲和权力欲，A型血的孙夏花觉得自己更适合做副手，以辅佐O型血的王胜伟经营开泰伟业。地产生意做大，靠的是王胜伟、孙夏花两个家族的合力。创业初始的分工很清晰也很明确，王胜伟家族以搞关系、拿土地、盖房子、抓销售为主，王胜伟的哥哥、弟弟、妹妹都在这里面捞钱；孙夏花家族以抓融资、搞贷款、做战略、人财物为主，孙夏花的七大姑八大姨都跟着她来到了开泰伟业。

创业早期，家族文化与公司文化冲突最为剧烈，易安、马建业、云天明联合起来，强烈要求将王家人、孙家人请出管理层经营层。云天明异常尖刻地指责王胜伟："开泰伟业属于全体股东，不是你们家族的私有财产，开泰伟业是我们的理想家园，不是王家、孙家的农家小院。"

从完全程度的"家族企业"到典型意义上的上市公司，开泰伟业的每一步可谓鲜血淋漓。樊巧女曾经拄着拐杖来到开泰伟业，闯进会议室，指着易安、马建业、云天明怒斥："你们这些白眼狼，公司是王家、孙家的，谁要赶王家、孙家人走，我就和他同归于尽。"

让所有人大跌眼镜的一幕出现了，王胜伟竟然在众目睽睽中给奶奶樊巧女下跪，涕泗长流。

当王胜伟身陷家族企业的困局之中，饱受责难时，孙夏花颇有远见地说："家族企业是兔子尾巴，长不了，应该搞股份制。"

孙夏花请来管理咨询专家陆名扬，对开泰伟业进行财务、税务、组织结构、企业文化、发展战略的整体重构。陆名扬对开泰伟业进行了系统的管理诊断，客观、全面、冷静地解析了"开泰伟业乱局"的症结所在，指出了开泰伟业改造的出路：放弃家族式经营，完善公司治理，变革运营模式。他为开泰伟业制定了为期5年的战略规划。更关键的是，陆名扬认为开泰伟业值1000亿元。这一估值的抛出，极大地刺激和震撼了王胜伟及开泰伟业高层。当年王胜伟挣扎在友情与亲情的旋涡之中，时刻琢磨开泰伟业如何才能屹立不倒，根本不敢想象开泰伟业能值1000亿元。毕竟，当时的开泰伟业正处于内斗不休、内乱不止的风雨飘摇状态。

业界人士嘲笑道：陆名扬真敢胡说，开泰伟业都要倒了，还值1000亿元？

说起陆名扬，孙夏花笑言："当年我们花了100万元，只换回他的一句话——开泰伟业值1000亿元。"

没有"胆大妄为"，就没有商业传奇。陆名扬的豪言，激发起了王胜伟将开泰伟业"产业化、资本化"的豪情。

在孙夏花的支持与推动下，王胜伟和家族企业彻底决裂，王家、孙家亲属全部离开。王家、孙家成为开泰伟业的股东，从而实现了所有权与经营权的分离。

孙夏花彻底退出公司之际，单独约见易安，明确承诺支持易安就任总裁。在孙夏花看来，易安是为开泰伟业运筹帷幄决胜千里的"诸葛亮"，她一再要求易安代表孙家监督、辅佐王胜伟。

易安当时打趣说："监督和辅佐，哪个是优先项？"孙夏花略作沉吟，缓缓吐出"监督"二字。作为二把手，易安长期处在"一霸手"王胜伟的威权阴影之中，谈何监督？

外界总说孙夏花是开泰伟业的"影子总裁"，此言不虚，身为总裁的易安定期请孙夏花品茗叙谈。因此，尽管退出公司多年，孙夏花依然对公司各项要事了如指掌。

胡雪岩的忠实"信徒"

"尘缘如梦，几番起伏总不平，到如今都成烟云；情也成空，宛如挥手袖底风；幽幽一缕香，飘在深深旧梦中；繁华落尽，一身憔悴在风里，回头时无情也无雨……"

一首《尘缘》，荡气回肠穿透古今，道尽世间沧桑，话尽世事凄凉。罗文倾情献唱的这首《尘缘》，是20世纪80年代热播电视剧《八月桂花香》的主题曲，堪称一代人的永恒记忆。这首歌带给王胜伟的是深深的震撼，无尽的遐想，以及洞彻世事的浩然长叹。

王胜伟对胡雪岩的最初认知来自《八月桂花香》。《八月桂花香》演绎了红顶商人胡雪岩的爱恨情仇与起伏沉落，那年月，和孙夏花一起熬夜追剧，孙夏花感慨"米雪真漂亮，主题曲真好听"，王胜伟则喟叹"胡雪岩好凄凉"。"起伏不能由我，尝尽人情淡薄"的胡雪岩始终是王胜伟心中的偶像和榜样。

及至20世纪90年代末，《中华人民共和国公司法》颁行之后数年，下海做房地产的王胜伟全然没有搞公司、做企业的概念和意识，每天看的都是《胡雪岩》，创业搭档云天明、易安、马建业人手一本。王胜伟渴望成为"黄马褂"加身的"红顶商人"，想象通过灰色方式、灰色通道做成大买卖。

为了迎合关键人物的个人喜好，王胜伟苦练纸牌技法，经常是凑足人马一通鏖战，闹腾到后半夜才罢休。王胜伟的拿手好戏是用扑克纸牌为己占卦、为人占卜，每每颇为灵验。王胜伟为此专门成立了文化公司，研发、生产各式各样的扑克。重要的事情都是边打扑克边谈。

干了房地产，王胜伟对其他生意都不再有兴趣。他听从王天石的建议，不在住宅地产的红海里厮杀，转而盯上开发区的生意。2000年之后，开发区建设热潮在全国各地可谓风起云涌，省市县纷纷上马，各地以军备竞赛的架势跑马圈地。河东省贫困县新元也打起了圈地20平方千米搞县办开发区的主意，烟草、电力系统的国有企业，以及外地的知名开发商闻讯赶来，实地看过之后全都知难而退。原来，计划建设开发区的是一大片白茫茫的盐碱地，早年间是众所周知的泄洪区。谁都不看好的盐碱地，被王胜伟视为"一座尚未开发的富饶金矿"。王胜伟拿下了新元产业园经营用地拥有排他性质的开发权，最低时以 5 万元一亩的价格大量囤地，并把开发夏花花园赚下的 8000 万元投入进去，邀请国外顶级城市规划机构对新元产业园进行科学而超前的整体规划。王胜伟赌对了。正是得益于高质量规划，新元县产业园在后来的开发区专项整顿中，成为河东省硕果仅存的县办高新技术产业园。

20 平方千米的产业园，仿佛一架永动机，为王胜伟的地产开发提供源源不断的土地储备。开泰伟业"A+H"两地上市前夕，《房地产观察报》头版头条位置刊发长篇报道《开泰伟业上亿平方米土储全国第一："A+H"时代惊现最大地王》。

要想实现 1000 亿元的收入，就要有 4 万亩的土地储备总量。土地储备是房地产企业的核心竞争力，王胜伟在公司内部说过一句硬话："如果我说开泰伟业的土地储备全国第二，没人敢说自己第一。"

有了气门芯，就想攒洋车。地产是气门芯，产业是攒洋车。高阳版《胡雪岩》是王胜伟熟读在心的"商业圣经"。逆境时从中汲取力量，顺境时从中体会警醒，公司内部会议上王胜伟经常讲胡雪岩的故事，既调节气氛又发人深省。一次，胡雪岩和好朋友浙江巡抚王有龄聊天，胡雪岩说人是要呼吸的，你觉得是"呼"重要还是"吸"重要？王有龄想了想说，当然是"吸"重要。胡雪岩说不对，是"呼"重要，你只管使劲"呼"，"呼"到最后自然就"吸"了。

在王胜伟看来，产业是开泰伟业的"呼"，地产是开泰伟业的"吸"，产业最重要，因为产业园有产业导入就会有土地和地产，但是有地产和土地，不一定有产业。不能首鼠两端，一定要两头都占。"只管把产业引进、招商工作做好，地产是挣钱的买卖，是捎带脚的事情。胡雪岩是红顶商人、一代商圣，从寂寂无名到富可敌国，再从江南首富到一无所有，胡雪岩最珍贵的遗产是什么？他给后人留下了百年老店胡庆余堂，我们的胡庆余堂是什么？不是密密麻麻的楼房别墅，而是一个个产业园。"

2004 年 3 月，国土资源部、监察部联合下发 71 号令，要求从 2004 年 8 月 31 日起，所有经营性项目用地一律公开竞价出让。这就是房地产行业的 "831 期限"。表面上看，"831 期限"封死了王胜伟通过协议转让的方式低价拿地的通道。然而，上有政策，下有对策。一次，在京州某夜总会，有人给王胜伟出了个 "一二级联动开发"的奇招。推行招拍挂制度以后，新元产业园的土地都要以道路、电力、通信、有线电视、给水、排水、排污、供热、天然气 "九通一平"的 "熟地"形式，为国土收储、招拍挂打好基础。新元县土地整理中心无须动用土地开发整理项目专项资金，新元产业园区内土地整理所涉及的费用全部由伟业盛世承担，通过垫资方式进行土地一级开发整理，完成动拆迁以及基础设施建设。土地一级开发整理是 "抄近道"的投机取巧行为，关键是为了锁定土地二级开发，也就是低价拿地。新元县相关部门和伟业盛世签订协议，约定新元产业园住宅用地土地出让金的 60% 归伟业盛世所有。冠冕堂皇的说法是，这 60% 是伟业盛世在土地整理过程中 "九通一平"等工程建设资金的变相返还。事实上，土地出让金 60% 的变相返还，高于伟业盛世 "九通一平"的前期投入。有了这一纸密约，招拍挂便成了 "喝茶拿筷子"的摆设。土地拍卖价格越高越好，因为土地出让金的 60% 都会流入王胜伟的钱袋子。所以，一旦土地进入招拍挂程序，王胜伟最敢举牌。涉及新元产业园区住宅用地的招拍挂过程中，没有哪家开发商敢和王胜伟的公司公开叫板，真要碰上那种不知深浅的外地开发商，裴定军也会通过各种方式逼迫其放弃竞标。

"死守新元"是裴定军的核心工作，王胜伟颇有些为难地叹息道："地产生意三件宝，土地、融资、团队，一样不能少。新元是土地的源泉，新元是我们的核心利益，新元是我们的，谁也不许碰。假如从新元区域撕出一块地给荣光、万大，可能就没有我们了。这是地产开发的主权问题，局面只要撕开了，就容易失控。"

王胜伟对新元产业园 20 平方千米的住宅用地保持着绝对的开发主

导权。当然，为了营造公平、公开、公正招拍挂的氛围，裴定军也会注册小公司陪标走形式。

开建高达168米的办公大楼那年，适逢开泰伟业营业收入跨越100亿元，王胜伟名片上总经理的头衔变更为总裁，贤内助孙夏花自然而然就是副总裁。王胜伟特意在东虹市最好的五星级酒店大摆宴席隆重庆贺，还把84岁的奶奶樊巧女请到现场主桌就座。新元县委书记杨胜兵主动过来给樊巧女道喜。樊巧女抬起拐杖点了点杨胜兵，笑眯眯地对众人说："小兵小时候特别调皮，撒尿尿了我家小六子一头一脸。"王胜伟在家中排行老六，乳名"小六子"。

王胜伟、杨胜兵并排站在樊巧女的面前，听闻此言，彼此相视一笑，众人也是哈哈大笑。

王胜伟是奶奶樊巧女一手带大的，打小接受的是"扬名声、显父母，光于前、裕于后"的传统教育，王胜伟对父母长辈的尊敬与孝顺可以说是有口皆碑。事业发达、光前裕后，打下百亿元基业的王胜伟春风得意。觥筹交错间，每个人都称呼王胜伟总裁、孙夏花副总裁。端坐一旁的樊巧女年届耄耋，但耳不聋眼不花，听到"总裁""副总裁"，怒气横生，抄起拐杖狠戳王胜伟，愤愤然叫骂"小赤佬"。

众人赶紧拦阻，一脸酡红的王胜伟丈二和尚摸不着头脑。

樊巧女的情绪莫名激动起来，吼着嗓门儿道："小赤佬过来，大家叫你总裁，这是怎么回事？"

杨胜兵趋步上前解释："奶奶，总裁就是一把手，您的亲孙子'小六子'是一把手。"

樊巧女怒气凌然，挥动拐杖敲打桌上的杯盘碗碟："我看你还是当烤肉店店长吧。小六子竟然要当总裁，还拉着花儿做什么副总裁，你要当反动派头头，气死我这把老骨头。"

原本紧张兮兮的王胜伟如蒙大赦、如释重负，孙夏花纤腰一软，俯下身来一遍遍解释，10多分钟后，老太太终于老怀大慰，只不过依然对"总裁""副总裁"的称呼无法接受。

雄心勃勃的王胜伟从香港请来一位颇有名望的风水大师。他搭乘直升机把6587平方千米的东虹市俯瞰了一遍，锁定毗邻玄武湖，依傍中条山的一块12平方千米的区域。这块区域，倒退20年其实是东虹市郊的劳改农场，这让王胜伟很纠结。经点化，王胜伟双手抱胸，笃定地点了点头，神情变得怡然旷达。

王胜伟花费重金请来顶级城市规划团队，自己则以省人大代表的名义递交建议案《打造会展经济增长新引擎：助力省城高质量发展》，力主将位于东虹市观澜区12平方千米的区域打造为集生态公园、国际会展、星级酒店、商业综合体、金融总部为一体的住宅休闲度假区、功能集聚区。建议案得到时任河东省委常委、东虹市委书记王守仁的首肯和批示，后报经河东省委常委会最终审定。

占地4平方千米的东湖公园，荟萃百余种林木，植被资源极为丰富，如今的东湖公园是市民休闲的最佳去处。

通过严格的招投标程序，开泰伟业成为国际会展、生态公园、星级酒店的规划与建设方，河东新城CBD最初由江南省民营企业大禹地产承建。然而，河东新城CBD只建了一半，2008年金融危机爆发，扩张过快的大禹地产资金链断裂。河东新城CBD烂尾，成了东虹市一道刺目的"伤疤"。为了激活河东新城CBD，王守仁多次主持召开协调会，最终确定由开泰伟业、河东建投共同开发。

王胜伟被媒体誉为地产界"乔布斯"，在内部会议上常说做产品就要做到"全毛全翅"即完美无缺。一天上午8点，不打招呼直插现场，王胜伟突然出现在河东新城CBD住宅项目，直奔样板间查看。王胜伟看得非常细致，当场挑出了12个细节问题责令整改。

王胜伟问："主卧次卧的床，长度是多少？"

河东新城CBD住宅项目负责人答："样板房主卧是2米的床，次卧是1.8米的床。"

王胜伟轻声道："都换成小一号儿的，主卧的床长 1.8 米、宽 1.5 米，次卧的床长 1.8 米、宽 1.35 米。"

项目负责人拍着脑门，恍然大悟地点点头。样板房陈列展示的家具基本是缩小版，为的是让房屋空间看起来更大，这在地产圈是通行规则。

王胜伟随后来到河东新城 CBD 住宅项目展示区，展示区之于地产在售项目，就像女孩子的脸面一样重要，任何一家开发商都会不惜成本精心打造，为的是吸引业主尽快决策下单下定。

王胜伟边仔细查看边发火："绿植怎么这么少？规划可不是这样的。"

河东新城 CBD 住宅项目负责人低着头，小心谨慎地回答："取消了 300 多棵珍贵乔木，取消了 100 多个优质灌木及小品。"

王胜伟厉声责斥："浑蛋！谁让你这么干的？"

河东新城 CBD 住宅项目负责人委屈地解释："展示区的合同金额上千万元，取消一些贵重绿植，预计可以降本 200 多万元。集团总部要求我们降本，在各项降本举措中，景观降本是重点，所以……"

王胜伟抬高声音，恼怒地说："所以你们就降低景观的造价指标，所以你们就通过降低品质来降低成本？成本是降下来了，客诉就上来了，负面舆情就来了，观感和体验感就差了，谁还会来买我们的房子？马上整改，三天之内我要看到结果和效果。"

来到河东新城 CBD 住宅项目一期施工现场，站在基坑肥槽处，看着已经回填的一堆土，王胜伟质问："你看仔细了，这是什么？"

河东新城 CBD 住宅项目负责人猫下腰，抓了一把土端详："报告董事长，这是灰土。"

"含沙量这么高，这明明是素土，不是灰土，素土冒充灰土，会对建筑物的耐久性造成影响。素土冒充灰土，肥槽回填一项工程的成本就能相差百万元，这些钱进了谁的腰包？素土和灰土都傻傻分不清，你这个项目负责人该下课了。"王胜伟气哼哼地说。

说话间，王胜伟快步向前，手指样板间一处外围墙："这就是回填不实的后果，围墙下沉开裂，外装砂浆和腻子的厚度也不够，观感实在是太糟糕了。"

河东新城 CBD 住宅项目负责人，工程施工、成本造价负责人，全部被王胜伟当场免职。

离开工地时，面向随行一众人等，王胜伟语重心长地说："有人说房地产就是个渣男，祸害的人忒多；要我看，房地产绝对是个大染缸。既然进了这个行业，每个人就要爱惜羽毛、洁身自好。"

王胜伟经常突然到工地检查，随身揣着钢板尺检测地板接缝宽度，带着游标塞尺检测缝隙宽度。地板接缝宽度有时候只是差了 0.05 毫米，他也会大发雷霆责令拆除返工。王胜伟对各种工程问题深恶痛绝，狠批痛骂下属更是家常便饭，以至于在开泰伟业内部流传着一句话——"天不怕地不怕，就怕老王来电话"。开泰伟业规定，只要是王胜伟来电，如果电话响三声没人接，不管是谁，罚款 5 万元。分管地产的副总裁裴定军将王胜伟的来电显示设置为"119"，即使洗澡时也让夫人攥着手机，生怕错过王胜伟的电话。

入冬时节，王胜伟裹着军大衣抓质量、盯进度、提品质，晚上睡地板，白天当老板，终于在一年内圆满完成了河东新城 CBD 一期工程。

成功重建河东新城 CBD 被写进了东虹市党代会报告，王胜伟苦干实干，为开泰伟业树立了品牌和口碑。精明睿智的王胜伟，用了两招让河东新城 CBD 成为挣足面子、赚足票子的经典楼宇地产项目。第一招，高层公关。"加快推进河东新城 CBD 建设，加快聚集金融要素，优化金融机构布局"被写入河东省政府工作报告，被列入河东省"十三五"规划纲要，河东省、东虹市发文鼓励位于老城区的金融机构外迁到观澜区河东新城 CBD，形成新的产业集聚。第二招，营销创新。鼓励金融机构外迁的文件一经下发，王胜伟就推出了一个大胆的营销举措，凡是购买写字楼超过 3000 平方米的金融机构，即有资格以低于市场价 50% 的价格，为员工在新城 CBD 购置与所购写字楼相同面积的住宅。写字楼买得越多，配备的住宅也就越多。为金融机构普通员工配备的是高层住宅，中层骨干配备的是一梯两户的花园洋房，行长、董事长以成本价购置独栋别墅。这一招最厉害，超低价位配置住宅，破解了金融机构特别是员工不愿离开老城区的难题，也解决了河东新城 CBD "商住分离"的问题。

占地 4 平方千米的东虹国际会议展览中心、国际会议中心，对标京州国展，每年承办国家级进出口博览会。东虹市委、人大、政府、政协四套班子全部搬迁到东湖对面的行政办公区。四套班子四栋楼，顶层连廊相连，浑然一体。

观澜区 12 平方千米区域被整体命名为河东新城 CBD，王守仁无比自豪地说，河东新城 CBD 是东虹的城市阳台，是永不落幕的风景眼。王胜伟精心筹谋的河东新城 CBD 核心区中轴线将玄武湖、中条山贯连，实现了城市文脉的延展和集成，使王守仁强调的"护老城、建新城"的理念得以贯彻。

河东新城 CBD 的轴心是 168 米的开泰伟业大厦，以及耗资 20 亿元建造的占地 2 平方千米的"东虹温莎城堡"。

开泰伟业大厦对面，是王胜伟精心打造的花岗石建筑群。建筑群由英国皇家建筑师学会建筑师仿照英国君主行政官邸温莎城堡样式设计、打造，外墙颜色和温莎城堡一模一样，内部陈设极尽豪奢。值得一提的是，夜间在璀璨景观灯的烘托之下，整座"城堡"气势宏伟、奢华壮丽。"东虹温莎城堡"是开泰希尔顿酒店所在地，是文化展示中心、售楼处、商业综合体。其中两栋安保严格的独立城堡是王胜伟的私宅。

开泰伟业大厦整体造型酷似一把钥匙，与开泰伟业大厦相对而望的是玄武湖桥头耸立的两尊 26 米高的石狮子，石狮子巍峨雄壮的头部正对着开泰伟业大厦。当地人调侃，石狮子是在拱卫、守护开泰伟业大厦这把河东的"金钥匙"。

开泰伟业大厦的规划、设计煞费苦心。67 级台阶铺就，大厦两侧各有 7 个八角形厅廊，大厦门前广场青松挺立、水流潺潺。最令人称奇的是大厦门前广场屹立的全国首例"牛踏熊"造型雕塑，青铜材质，高 7 米，重达 10 吨。劲牛斗志昂扬，充满攻击性和力量感，气势远胜美国华尔街铜牛。两头熊被悍牛踏在脚下，似在哀号，象征资本市场的凌厉走势，与向阳向上的开泰伟业大厦、河东新城 CBD 相应和，寓意红红火火、蒸蒸日上。

开泰伟业大厦的造型，有人说它像一把钥匙，有人说它像一串糖葫芦，有人说它像一把对天鸣响的手枪，还有人说它像藏传佛教的转经筒，更有人说那是王胜伟昂扬竖起的中指。

行乐须及春

如愿实现"A+H"两地上市，孙夏花全面淡出，开泰伟业最有权势的女人当属孟春怡。

举止优雅地拎着坤包，杨柳摇曳般轻摆腰肢，孟春怡美目一挑，出现在王胜伟宽大、奢华、考究的办公室。

"今天是什么日子，还记得吗？"王胜伟弯腰低头脱下皮鞋，换上内联升千层底布鞋。

身穿雍容大气的深色职业套装，脖颈间随意地系着爱马仕丝巾，干练中透着妖娆与妩媚，孟春怡站在原地灿烂地笑。她微微张嘴，舔舐嘴唇，一切看似恰如其分，却又充满挑逗意味。孟春怡乐颠颠地坐到了王胜伟大腿上。

"十年前的今天，你入职。还记得十年前我对你许下的诺言吗？五年让你成为千万富翁，这个目标早就实现了。"说到这里，王胜伟看似不经意，实则别有用心地瞥了瞥孟春怡那价值不菲的坤包。

王胜伟面前的孟春怡是地产名媛装扮，手里拎的是 Prada 限量版深红色手工丝绒花朵奢华链条包，5万元一个。像这样的包包，孟春怡的独栋别墅里收藏了不下50个，以便应用于不同的社交场景。

"我知道你心里想什么，我更知道你背着我做了什么。你现在的生意模式就是寄生虫，寄生在我身上，总有一天我和公司会被你吃干榨净，一分不剩。"毫无征兆，仿佛受了什么刺激，王胜伟一边叱责叫骂，一边恶狠狠地将孟春怡一把推开。

显然没想到会遭受如此羞辱，原本怡然自若的孟春怡，冷不丁打了个寒战，强烈感受到了来自王胜伟的腾腾杀气。

孟春怡失态地抬腿甩掉高跟鞋，又把攥在手里的坤包狠狠地掼在沙发上，不争气的泪水喷涌而出。孟春怡嘴角剧烈抽搐，嘶哑着嗓音，发出一阵凄厉的冷笑："纵然你不是天性凉薄之人，但我知道你背着我约了多少女人，我陪了你整整十年，这十年，我不敢恋爱，不敢结婚，一个女人一生能有几个十年？难道我在你心目中就是个寄生虫？"

心肠柔软是王胜伟的另一面，他最见不得女人掉眼泪。看着孟春怡楚楚可怜的模样，王胜伟不免动了恻隐之心，忙不迭地抓过纸巾，温柔地为孟春怡擦拭眼泪："最近公司内外针对你的流言蜚语不少，收敛一点，低调一些，不要太招摇，这也就是你，否则我早办了。"

王胜伟嗓音低沉却异常严肃，透露出不容置疑的威严。

"行乐须及春，十年前我就是你的人了。"直视王胜伟，孟春怡抬手抹去眼角泪花，已然全无怨怼之意，甚至露出刻意为之的羞赧。

"要不了几年，地产业务就能突破1000亿元，营销推广费用全交给你打理，不也就是30亿元的生意嘛，女人就是头发长见识短。我给你规划的是百亿元乃至千亿元的大生意，将来你会懂的。怎么总是坛子里放屁——响（想）不开呢。"王胜伟起身拉开抽屉，取出一个档案袋，眼神忽又变得温柔，有些讨好地把档案袋递给孟春怡。

孟春怡爱慕虚荣、视财如命，在地产圈儿是出了名的，当年舍弃马建业，转而诱惑王胜伟，图的就是享不尽的荣华富贵。王胜伟的豪礼递上，气氛瞬间变得无比融洽。

情意真，心未远。可追忆，不枉然。十年，遥远而切近的回忆，温暖而甜蜜的回响。孟春怡的眼眸闪动着欣喜与欢快，先前的委屈、屈辱、惶恐、愤恨一扫而空。

这十年，孟春怡最大的变化是酒量突飞猛进，初出校门时还是滴酒不沾，干销售一年就已经是"三盅全会"，来者不拒了。

孟春怡之外，还有两名女性都是"一斤不倒两斤正好"的酒中女杰，挂的头衔是董事长助理，不用坐班，主要工作是紧跟王胜伟参加应酬、酒局，代表王胜伟"拎壶冲"打圈敬酒，为王胜伟挡酒。豪言壮语言犹在耳，宾主尽欢佳肴俱尽，孟春怡总是从王胜伟的贴身保镖手中接过深棕色的档案袋，不失时机而又恰到好处地塞给达官显贵。

此时此刻，接过沉甸甸的档案袋，孟春怡当然掂量得出袋子的分量、价值和意义。里面装的是以公斤计量的足赤金金砖、金元宝，只有尊贵宾朋和红粉佳人，才有资格享受王胜伟档案袋的重礼馈赠。

如果不是王胜伟的坚持，孟春怡不可能进入开泰伟业，因为当年分管人力资源的孙夏花对所有貌美女子都心生戒备乃至敌意。孟春怡是开泰伟业第一个硕士，研究生毕业后本来有机会留在东虹进国企端铁饭碗，被王胜伟忽悠了。

孟春怡是东虹大学校花，肤白貌美是她的醒目标签，身材高挑、长发如瀑，在校园里转上一圈儿，回头率直线飙升。

2001年初夏时节，东虹的酷热比以往来得更早。孟春怡被室友拉着参加人才招聘会，陆续投出了10份简历，兜兜转转就到了夏花地产公司的展台，当时在展台收简历的是王胜伟和易安。

人才招聘会就像农贸市场，孟春怡在一片嘈杂之中猛然看到"夏花"二字，当即怦然心动，因为她的QQ个性签名就是夏花，她喜欢盛夏如花的绚烂多姿。孟春怡家在新元县，夏花地产公司是从新元起家的，因为这层机缘，孟春怡在展位前停留了两分钟，漫不经心地放下了自己的简历。这两分钟，改变了孟春怡的命运。

王胜伟、易安是抱着"有枣没枣打一竿子"的心态去布展的，那时夏花地产公司处于草创期，难得有研究生看得上并且主动投简历。当孟春怡的简历呈现在面前时，王胜伟、易安都有些兴奋。

孟春怡正要转身离开，王胜伟恨不得冲过去拦住她，殷勤地说着讨好的话："我们马上要在新元推出新的楼盘，就在县委大院附近，这个盘能卖1亿元，如果你不安于现状，愿意挑战自己，欢迎加盟夏花。"

孟春怡不免骄矜，抿了抿嘴，老大不情愿地说："我考虑考虑。"

"有天有地有庭院，宽心宽屋宽天下。置业新元，让你心安。"王胜伟执着而有韧性，恭敬地递上自己的名片。

孟春怡对王胜伟的名片毫无兴趣，但出于礼貌还是接了下来，而真正打动孟春怡的是"置业"二字。2001年全国各地都在大拆大建，到处都是大工地，新元自然也不例外。努力工作、使劲攒钱，给父母买一套大房子，是孟春怡的奋斗目标。

周末，孟春怡从东虹坐长途车回新元看父母，父母是县委干部，住的是县委家属楼。家属楼建于20世纪80年代，是模仿京州的筒子楼建的，没有独立卫生间，没有单独的厨房。一到饭点，家家户户在楼道里打开煤气罐，支起燃气灶煎炒烹炸，油烟四溢，人声鼎沸。

女儿回来了，最开心的是爸妈，精心准备了孟春怡最爱的当地特色吃食：盐水鸭、鸭血粉丝、桂花糖芋苗、牛肉锅贴、皮肚面……

吃着家乡的特产，听着爸妈不停地唠叨：春啊，工作落实了没有？男朋友怎么样了啊？这两件事最让孟春怡纠结。

留在省城东虹应该问题不大，东虹市一家国企表达了录用意愿，能解决省会城市户口，还有集体宿舍，就是工资不高，每个月2000多元。男朋友的事情更麻烦，交往三年的男朋友品学兼优，拿到了美国芝加哥大学的录取，签证也过了，很快就要去美国读博了。

翌日上午，孟春怡心烦意乱，走出县委干部住宅小区，随意溜达起来。县委大院旁边是夏花胡同，孟春怡刚要拐进胡同，就听到有人喊她："孟春怡，孟春怡。"

一辆黄色悍马 H2 稳稳地停在路边，车内有人大喊："上车。"

孟春怡花容失色，暗想：这是谁啊，认错人了吧？

她没理会，继续往夏花胡同里走。

"司机"下了车，冲着孟春怡暧昧地笑了笑，原来是王胜伟。

"果然是你，我们的案场就在县委旁边，过去看看吧。"在王胜伟的诚意邀请下，孟春怡优雅地迈入了悍马 H2。

坐在副驾驶位置的孟春怡，用力将短裙边沿向下扯了扯。王胜伟漫不经心地瞟了一眼，看到了裙摆包裹的雪白的娇嫩肌肤。王胜伟心猿意马地驾驶着悍马 H2，看向前方的双眼一下子变得恍惚……

爱看美国大片、热衷硬汉形象的王胜伟，通过美国朋友搞了两辆施瓦辛格同款悍马 H2，一辆黄色，另一辆橙色。骁勇骄横的钢铁悍马 H2 运抵新元那天，引发公众热议，《东虹晚报》以"地产大亨王胜伟：我市第一位悍马车主"为题进行了报道。王胜伟索性将橙色悍马 H2 停在售楼处门口，权当为楼盘做广告。每天前来售楼处打卡的车迷络绎不绝。

"没有福利分房了，到夏花享受福利物业。"这是在新元脍炙人口的宣传口号。王胜伟经营房地产是剑走偏锋、以奇制胜，夏花地产实行的是半福利收费模式，乘车、开水、环卫、绿化、一般维修等 60 项服务全部免费，水、电、暖三费低于国家标准 10%。

案场不大，百平方米左右，站在沙盘前，王胜伟亲自解说："这个项目是去年拿的地，鹏城的千橡地产做的整体规划。一共 200 户，主力户型是 90~101 平方米的两居，也有 135 平方米的三室两厅，都是 5 层花园洋房，一楼送花园。项目的亮点有 4 个：福利物业优质服务、每户配有地下室、小区有游泳池、二十四小时封闭管理。"

听完讲解，售楼小姐带看样板间，孟春怡东摸摸、西看看，看着洁白的卫生洁具、宽大的落地飘窗，很是兴奋。

"生活如花，最爱夏花，这广告语谁想的啊？"孟春怡歪着脑袋好奇地问售楼小姐。

"王总自己想的，之前找了几家广告公司做比稿、做提案，都不满意，我们王总看着很粗犷，其实非常细腻，特别注重细节。"售楼小姐柔声细语地说着，语气中满是崇拜与敬意。

孟春怡乐了，细腻这个词用在男人身上总觉得有点怪异。

"怎么样？看得差不多了，中午我请你吃烤肉。"强势的王胜伟声音也变得尖厉起来，一副凛然不容拒绝的架势。

王胜伟大步流星，孟春怡一路小跑紧跟其后，边奔走边急切地探问："你们的楼盘每平方米多少钱啊？"

"2168元一平方米。"王胜伟生硬地说。

"新元市场的均价在1800元左右，你们为什么定2168元这个价格？"孟春怡一双明眸瞪得像铜铃，一脸疑惑。

王胜伟停下脚步，目光定定地看着孟春怡，看得孟春怡很不自在："你没注意吗？我的悍马H2车牌号的后三位是168。"

案场出门右拐，走过一个十字路口就是烤肉店，名字很奇怪——贝尔迪烤肉。店门口挂着一副镶金边的对联：烧烤胜三鲜，日式我最鲜。

王胜伟走进烤肉店，领班、服务员高声大喊"老板好"。王胜伟摆摆手，快步闪进包间。

空调是预先开好的，室外35℃，室内22℃，凉风迎面吹拂，让人感到清爽舒服。墙上挂着一幅套着镜框的书法作品《经商十八忌》，是清新典雅的小楷，落款居然是王胜伟。孟春怡拿腔拿调地念了起来——生意要勤快，切勿懒惰，懒惰则百事废；价格要订明，切勿含糊，含糊则争执多……

"王总的字写得好，生意经也很有哲理。"孟春怡露出钦佩的笑。

"字是我写的，文不是我的。"王胜伟微笑道。

"哦。"孟春怡有些诧异地竖起秀眉。

"知道范蠡吧？对，就是拐走西施的那位。范蠡被尊为天下商圣，《经商十八忌》据说是范蠡的经商之道。学懂弄通《经商十八忌》，也就参透了商业的真谛，我一直把《经商十八忌》视作行走江湖的'降龙十八掌'。"王胜伟脸上荡起一丝不易觉察的浅笑。

上炉火、蔬菜拼盘、牛羊肉、小料、餐具……两个服务员利利索索地忙活起来，熟练地用一小块牛脂在烤网上轻轻刷上一遍。烤网的热度渐渐上来，服务员抄起夹子开始放置薄如蝉翼的牛舌。

孟春怡娇憨地笑着，不解地问道："为什么不直接放？"

服务员得意地答道："火要猛、肉快烤、分开烤，是烤肉的窍门。用牛脂刷烤网，让烤网的温度迅速上升，然后再放肉。如果肉放得过早，容易粘在网上，这样烤熟的肉会影响口感。先放口味淡一些的牛舌，再放口感嫩滑的牛里脊。牛舌一定要多烤一会儿，稍微干一些最好，甚至有一点焦煳才好吃。"

王胜伟满意地点点头："满大街都是韩式烤肉，和日式烤肉相比，韩式烤肉简直不入流。日式烤肉为什么好吃？两个字——讲究。日式烤肉的服务讲究、酱料讲究、细节讲究。肉质好，烤肉才好，神户牛肉甲天下，我在日本吃过，确实地道。我们店里所有人都去东京最知名的烤肉连锁店叙叙苑学习体验过。"

孟春怡的神态依然有些拘谨，语气却充满敬佩："做生意不走寻常路，才能与众不同，要么唯一，要么第一。"

王胜伟露出赞许的目光，语调陡然变得豪爽："你名字里有个春字，今天我就喝东虹的地产白酒六朝春，43度酱香型，地方版茅台。你喝啥都行，反正白酒和雪碧都是白的。"

王胜伟摸了摸大鼻头，语气比空调的温度还要冷静，目光却在孟春怡的碎花短裙上游弋。

"烤肉店为什么起这么古怪的名字？贝尔迪，听着像日本的名字。"孟春怡不躲不闪，坦然接受并且很享受王胜伟灼热目光的注视。

"越古怪就越热爱。这里是总店，分店在省城东虹，这条街上这么多烤肉店，我家生意最好。能让你记住的，就是品牌。我是假的真球迷，川崎贝尔迪是日本一家知名的足球俱乐部，三浦知良是日本首位获得'亚洲足球先生'荣誉的顶级球员，他曾经是川崎贝尔迪的主力。我喜欢三浦知良，我是川崎贝尔迪的拥趸，于是就给烤肉店起了这么个名字。"王胜伟的第一桶金来自烤肉店，每个月能有100多万元的流水。

集齐"八大金刚"

王胜伟与孟春怡在贝尔迪烤肉店的欢愉倾谈，勾得孟春怡全身汗毛都在欢快舞蹈，明眸也不由得放肆起来。

"生如夏花之绚烂，夏花，很有才情诗意啊。"孟春怡唇角微微翘起，夹杂着一丝讥诮。

"县委大院旁边不是有个夏花胡同嘛，另外，我媳妇的名字是夏花。"王胜伟根本没在意孟春怡的讥诮，专注地用公筷夹起一块色泽焦黄、布满油光的肥牛，贴心地送到孟春怡面前的小碗里："别只顾着听我讲故事了，多吃点儿。这是雪花肥牛，色泽鲜艳，颜色柔和，口感细嫩，入口绵润，回味无穷。"

孟春怡刚有了自荐枕席的冲动，就被王胜伟一番话噎得没了念想。肥牛味美难掩美人心事，王胜伟一番话孟春怡听得真切，她的目光从白日炽烈变为暮夜暗淡，嘴角竟不自觉地轻微抽动起来。

孟春怡面部表情的细微变化，没有逃过王胜伟的视线。王胜伟怔怔地发了一会儿呆，旋即背诵起了社会学家马克斯·韦伯的名言："人是悬挂在自我编织的意义之网上的动物。在我看来，人生的意义就在于拥有有意义的人生。走千走万，比不上淮河两岸，自古以来咱们这里就是富庶的鱼米之乡。新元是省会东虹的直管县，距离省会40多公里，地铁会通过来，机场也会建过来。等咱们发达了，在省会建一栋属于自己的办公大楼。我们的大厦盖多高？至少要168米，一路发嘛。"

王胜伟连比画带说，陷入自我遐想的兴奋之中。

孟春怡仰起脸调皮一笑："我男朋友拿到了签证，去美国芝加哥大学经济系读博，就是经济学家林毅夫上过的那个专业。我的签证没拿到，走不成，现在就想找份工作快点挣钱，然后去美国。我准备去东虹一家国有企业，收入稳定，还能解决户口。"

王胜伟和人谈话谈事基本上就是三板斧：动之以情、晓之以理、诱之以利。痛说令人心酸、让人落泪的创业经历，这叫动之以情；豪言令人期许、让人憧憬的夏花地产的美好，这叫晓之以理；他最擅长的是诱之以利，在王胜伟许下的滔天宏愿面前，很少有人能够抗拒。

"现在是商品房时代，在国企熬上一辈子你也得靠自己的收入去买房。东虹的国企，好一些的每个月也就2000多元，一年到头加上奖金满打满算3万多元。公司效益好，连年涨工资，5年能挣20万元，10年能挣40多万元。也就这意思了吧？"

说教是苍白的，数字是真实的。数字不会撒谎，数字最有说服力。见孟春怡不住地点头，王胜伟趁热打铁把话挑明："人生三节草，不知哪节好。不要总想着美国的诗和远方，你也得常想想家乡的老爹老娘。我们还是小公司，没啥名气，没啥背景，但是有更多的可能性。你大学学的是会计，别干财务了，做销售吧。销售底薪不高，养家糊口没问题，卖出一套房你就有提成、有奖励，多卖多奖，重奖快奖。你在我们这儿，一年就可以挣到30万元，两年60万元，八年1000万元。当然，前提是你能吃苦、情商高、业绩好。现在是房地产最好的时代，再不上车就晚了。房地产行业从1998年国家实行房改政策以来，供给和需求都在井喷，每年基本保持两位数快速增长，进入了中长期繁荣阶段。"

孟春怡听得认真，沉默不语，而后露出一抹明艳的笑意。

正在这时，一个面庞黧黑、五大三粗的小伙子端着两盘羔羊肉走了进来，边端肉上桌边猫着腰说："老大，您看还需要些什么？"

"不用不用，就我们俩，吃不了那么多，回后厨忙你的。"王胜伟摆了摆手。

"烤肉店的服务员都是模样俊俏的女孩子，这怎么是个壮汉？"孟春怡啧了一声，口气中带着淡淡的诧异。

王胜伟鼓着腮帮子，差点把嘴里的羊肉喷出来："他叫裴定军，后厨切肉的，你看他这刀工，薄而不碎，切片均匀，肥瘦相间。别小瞧定军，人家可是大专学历，我是中专学历。4年前我准备开烤肉店，马建业就把小舅子裴定军推荐过来了。一见面，裴定军就给我跪下了，拜我为大哥，说是在学《水浒传》里的武松，叫推金山倒玉柱，纳头便拜。定军不会一辈子在后厨切肉，以后跟我做产业园，至少干个副总裁。"

"今天咱们聊了不少，你好好考虑，和家里也商量商量，愿意跟我干，可以干一年，干半年也行，干得开心就继续干，不开心随时可以走，去美国会男友呗。"王胜伟相信自己不会看错人。他第一眼瞅见孟春怡，就认定此人适合干销售、搞推广。

"王总，谢谢您请我吃饭，我现在就可以回复您，我愿意加盟夏花房地产公司，从销售干起。"孟春怡举起手里的玻璃杯，倒上小半杯六朝春，热情澎湃地和王胜伟碰杯。

"好嘞，算上你，我算是集齐八大金刚了，你是八大金刚里唯一的女金刚。"王胜伟开怀大笑。

"什么？八大金刚？"孟春怡满脸困惑。

"最初跟着我创业的八个人，就是干事业的八大金刚。刚才你看到的裴定军，他是赤声火金刚，你是白净水金刚。作为八大金刚中唯一的女金刚，白净水金刚三观最正，从不打打杀杀，而是典雅优雅，是唐三藏的拥趸。我就是唐三藏，八大金刚要保佑我历经九九八十一难取得真经。"说到这里，王胜伟纵声大笑。

孟春怡两颊绯红，轻耸肩膀，或许是被王胜伟的豪情感染，竟也豪爽地将小半杯 43 度的六朝春一饮而尽。

王胜伟爽快地干了一杯白酒，随后低头捡起掉在地上的菜叶扔进嘴里，接着端起桌上的烤肉蘸料灌进肚里，全然不理会孟春怡惊诧的表情。

感怀、伤戚、赞佩，各种复杂情绪揪扯在一起，一股脑儿浮现在孟春怡被酒精洗成绯红的面庞之上。

王胜伟慧眼识人，孟春怡果然是好销售，月月都是销冠，入职后的第二年年底拿到了王胜伟的董事长特别奖——价值 10 万元的金元宝。

收入丰厚的孟春怡为父母在夏花花园买了一套三室两厅的大房子，前后两个小院，满足了父母前院养花、后院种菜的愿望。

当了两年金牌销售，王胜伟提拔孟春怡管理案场、销售，后来做副总监、总监、副总经理、总经理，掌管开泰伟业地产业务的营销推广。夏花地产年收入的 3%~5% 专项用于推广，孟春怡手中掌控的营销推广费用越来越多。

王胜伟迷信"万丈红尘三杯酒"的说法，熟读《水浒传》的他擅长以酒结交各路神仙，集聚人脉资源，更喜欢以一杯浊酒广泛联络感情，积攒人际关系。年底的庆功宴，中层以上人员悉数参加，人人都穿得周吴郑王。晚宴开始先是王胜伟训话，而后一袭朱唇红中式旗袍的美女双手托举托盘，整齐列队鱼贯而入，一个个在圆桌前按顺序站定。

只听王胜伟大喊一声："整起！"

旗袍美女将盖在托盘上的红布掀开，堆成小山的黄灿灿的金元宝就露了出来。顿时，全场爆发出有节奏的呼声："王总威武！王总威武！"

从那以后，年底庆功宴人手一个金元宝成了开泰伟业的传统保留节目。"激励，就是把马达放在别人身上，把开关控制在自己手上。"这是王胜伟的名言。

酒场就是战场，每一年的庆功宴都是一场大酒一场醉，一抹酡红印脸上，王胜伟喝得踉踉跄跄东倒西歪。高开衩、朱唇红旗袍露出诱人曲线，孟春怡风摆杨柳般婀娜而至，与其说是当众敬酒，毋宁说是公然挑逗，一双热辣辣的眼睛定定地聚焦王胜伟。

王胜伟瞬间读懂了孟春怡眼神中的急切与渴望，彼时的孙夏花正处于孕期，他也有把持不住的时候，于是就给孟春怡发了条充满暧昧的短信："暂伴月将影，行乐须及春，就在今晚。"瞬间会意的孟春怡回道："花径不曾缘客扫，蓬门今始为君开，就在今晚。"

看罢短信，王胜伟肆无忌惮地欢笑。

宴席散去，孟春怡搀扶着佯装醉酒的王胜伟来到酒店的总统套房。目睹孟春怡、王胜伟进了总统套房，先是酸醋，然后是酸楚，随后是酸涩，最后是一股怒意，不可遏制地从马建业的心中浮出。这也成为马建业对王胜伟泛起滔天恨意的肇始。

孟春怡的手在王胜伟宽阔的胸膛上轻轻滑动，王胜伟稳稳地钳住，而后翻开孟春怡的手掌，一瞬间好似跌入冰窖，浑身上下发麻发冷。他清晰地看到，孟春怡的右手掌居然是一条直直的横纹。"女人断掌纹，人生不安稳。"想起这句老话，王胜伟吓出一身冷汗。从这一刻开始，王胜伟打定了主意，对这个女人必须"断舍离"。

孟春怡被外界称为开泰伟业最有权势的女人，备受媒体和供应商的追捧。该收的、不该收的，孟春怡一律笑纳。孟春怡胆子越来越大，由她实控的文化公司，承揽了开泰伟业房地产营销活动的承办、物料印制以及营销短信发送业务。开泰伟业拿地成本非常低，销售回扣非常黑，媒体投放回扣非常高，这三个"非常"，在地产圈是公开的秘密。

坊间人人都称孟春怡为"孟春亿"。依附于开泰伟业，孟春怡逐渐积累了上亿财富。

第二章　破产旋涡

首富开的高薪，有一部分是你的人格侮辱费

时间是遗忘的水声，原本轰动一时的"郝华年事件"早已被刻意湮没，唯有李心远固执而顽强地试图打开盘桓心中的问号。

端坐在飞机头等舱内，绘声绘色讲述王胜伟悠悠往事与缱绻情事的李心远，俨然沦为混迹娱乐圈的八卦记者。李心远眉宇之间依然纠缠着丝丝恨意，语速变得舒缓有序，似乎在尽力打捞尘封的记忆："王胜伟是睚眦必报的狠角色，对我这个记者都敢上手段、使阴招，我有理由怀疑郝华年的死和他有着密不可分的关系。因为年少时经历过生活艰辛，王胜伟其实很自卑，自卑到极致就是自傲、多疑、独断、狠厉。"

"凭什么认定是王胜伟给你上了手段？你就没有怀疑过裴定军？"凌云飞语气变得犀利。

李心远思绪轰鸣，木然地应了一句："还真有可能是裴定军干的。"

"很多上不了台面、见不得光的脏事，都是裴定军干的，和王胜伟其实无关。"凌云飞神情冷峻。

李心远若有所思地点头："裴定军最像《水浒传》里的李逵。我很钦佩学姐孟春怡，她当年可是我们东虹大学的校花，听说在你们开泰伟业，她已经是身家上亿元的厉害人物了。"

凌云飞原本不苟言笑，此刻也不由自主地露出一丝笑意，应声道："你懂的，你懂的。"

李心远饱含深意地笑了笑。

凌云飞猛地一怔，露出了不易察觉的笑："李渔从乙方到了甲方，现在是开泰伟业联席总裁马建业的助理，她一直对品牌工作很感兴趣。听我一句劝，郝华年的事情，就让它随风而逝吧。"

"阮昊力多年前就离开了新元县，如今早已不知所终，所有的线索都断了。喔，对了，你们公司为什么叫开泰伟业？"李心远双眼露出异

样的光芒，冷不丁开始发问。

这回轮到凌云飞发呆发蒙了，他脸一红，语气生硬地道："快说说，有啥来头？"

看着凌云飞一脸急切、求知若渴的神情，李心远得意地笑了："开泰伟业的创始人主要是王胜伟、易安、马建业，这三位都属兔，这叫三兔共耳、三兔开泰，开泰就取自三兔开泰。王胜伟、马建业名字的最后一个字连在一起，是什么？就是伟业。所以，我的判断是，尽管易安现在是上市公司总裁，但恐怕要不了多久，马建业就会接任总裁。听说'郝华年事件'对王胜伟刺激很大，为此搞了个神神秘秘的 D 计划。"

在飞机头等舱里，听了李心远长达三个小时相声贯口一样的精彩叙说，凌云飞内心生发出无尽感叹。他真没想到首席记者李心远居然对王胜伟以及开泰伟业的正史和野史如此熟稔。

凌云飞双手摩挲着啤酒肚，低头思索了好一阵子，不由自主地在人情关系列表上做了一番加加减减勾勾画画，把李心远的排位大幅提前。不仅如此，凌云飞暗暗咬牙，一定要把李心远招至麾下。

从西京回到东虹，处理完日常事务，凌云飞拿出花名册扳着指头细数手下七位"大神"，眉头皱得更紧。凌云飞之所以要促成易安面试李心远，是因为他需要李心远当工兵挖地雷，更重要的是要他去对抗李渔。

品牌管理中心第一名员工不是凌云飞，而是策划总监施夷光，来自知名房产信息研究机构，性格刁蛮，骨子里是祝融天性，人前一套人后一套。品牌总监曾素芬，是凌云飞在创想公司的前同事；公关总监蔡梦影，来自知名地产商桃花源，情商高，懂营销；媒介总监赵菡舒，毕业于清北大学新闻与传播学院，很有才情，很有性格；公关总监刘大江，来自沃尔玛中国，是戴着老花镜的公关界"老炮"；研究总监石力严，信奉"少谈些风月，多研究问题"；客户总监郭云涛，游走于多家地产公司，是当之无愧的"老司机"。

品牌管理中心，几乎全是总监。有帅有将没有兵，头重脚轻腹中空。

凌云飞是久经历练的职场达人，这一次他摆出的竟然是个吊诡的阵形、队列，表面上看像"皇家马德里足球队"，个个精英，人人英雄，一上场就乱套，一打仗就露馅儿，彼此掣肘，相互拆台。李渔这只狼带领着一群羊，竟然打败了凌云飞这只虎带领的一群狼。

七个总监，如果齐心协力，或可"七剑下天山，逐鹿大中原"，败就败在各怀鬼胎，演绎了一出"七个小矮人，一把辛酸泪"的活报剧。凌云飞在美国百老汇看过一部励志电影《卡特教练》，影片讲述的是高中篮球教练通过篮球打造了一支无人能敌的铁军，进而改变了一群高中生命运的故事。看电影学管理，凌云飞曾把七个总监召集在一起，关在会议室里集中观看这部电影，试图激发团队的凝聚力、向心力，用心良苦，但无果而终。

从西京回到京州，李心远重新投入紧张忙碌的工作状态，他无比热爱记者这个职业，因为记者不用坐班，不用循规蹈矩朝九晚五，身体和灵魂都属于自己。首席记者的收入虽然不高，但是养活自个儿没问题。脑筋活泛、笔头勤快的李心远摇着笔杆子一本本写书，日子过得还算宽展，活得还算硬朗周正。

这天是周五，李心远正在星巴克敲字赶稿子，手机铃声响了起来，见是外地的陌生号码，李心远直接挂断。对方倒是很固执，又把电话打了过来，李心远烦躁地撳下了接听键。

"李首席您好，我是开泰伟业总裁易安的助理柳依依。明天是星期六，易总约您明晚8点见面。我会安排同事把您来东虹的机票、酒店订好。"手机里传来的声音甜美而清澈，像一泓清泉沁人心脾。

"依依，依依……"李心远情绪失控地喊叫起来。

手机那头，显然早已挂断，传来的是嘟嘟嘟的忙音。

虽然已经过去了十多年，当熟悉的声音重新浮现耳畔，李心远心头剧烈一震，瞬间沉浸在悠远缠绵的思考与回忆之中。

柳依依是东虹大学商学院1997级本科生，李心远和她有一段"刚刚开始就已结束"的短暂恋情。那是一个平平常常的周末，李心远从北校区赶回南校区，在校门口遇到一个拎着袋子拖着行李的女生。见女生比较吃力，李心远主动搭讪，接过了拉杆箱。女生气质温婉，眉目如画，声音甜美，留着及肩短发，看上去很飒，她就是柳依依。

"皮肤白得像 LED 灯管一样耀眼，让人无法直视"，柳依依是让李心远怦然心动的"第一眼美女"，从里到外纯净如水。柳依依家在上海，这是刚从上海赶回学校。一路上，两人攀谈起来。

柳依依读的是会计专业："志愿是我爸给我填的，我不喜欢会计专业，也不想一辈子当个出纳，我的理想是当记者。"

《东虹大学报》正在公开选拔学生记者，我是《东虹大学报》下属的大学生通讯社社长，欢迎你报名参加。著名报人邹韬奋读的是电机专业，父亲希望他成为工程师。可邹韬奋对数学、物理毫无兴趣，24 岁考入上海圣约翰大学读文科，20 世纪 20 年代主编《生活周刊》，最终成为以笔为刀的新闻人。"李心远眼里闪光，娓娓道来。

面对突如其来的选拔学生记者的消息，柳依依心潮起伏，显得很兴奋，不停询问选拔学生记者的具体要求。

东虹大学有名，不仅仅因为它是教育部直属全国重点大学，还因为男女生寝室分层不分楼，五层六层通常是女生寝室，一层到四层是男生寝室，这在全国实属空前绝后。李心远一手拎着拉杆箱，一手拎着行李包，呼哧带喘地上到五层，敲开六舍 515 号房间门，放下行李扭头就走。

那天，同寝室友都去教室晚自习了，李心远独自一人在寝室翻看《中国古代文学史》，这是他成绩最差的一门课。

晚上 9 点左右，寝室门被推开，1994 级师兄卢险峰扯开嗓门吼道："有美女找你，好家伙，人家把咱们三舍三层寝室问了个遍，幸好遇到了我。这不，我把她带过来了。"

门被虚掩，旋即传来卢险峰阴阳怪气的坏笑。

李心远定睛一看，原来是柳依依。纤纤玉手之上是四个红色水晶苹果，柳依依满眼柔情蜜意。她深深地看了李心远一眼，怯生生地道："太感谢你了，帮我拉行李，我是专门过来表示感谢的。这是水晶苹果，我从上海带来的。"

李心远礼貌地伸手接过苹果，两人指尖轻触，奇妙的感觉荡漾周身。苹果象征平平安安，四个苹果是四季平安，红色水晶苹果象征热情与真爱，这些寓意卢险峰早就读懂了，迟钝的李心远却一头雾水。

"下周六，逸夫图书馆报告厅举行东虹大学第五届十大歌星决赛，你来给我加油吧。"红唇翘起，勾勒出优美的弧线，柳依依露出了甜美而友好的微笑。

"没问题，一定去。"李心远爽快地答应下来。

郭峰的《永远》、刘德华与那英合唱的《东方之珠》、周华健的《朋友》、腾格尔的《天堂》……1997年流行歌曲唱进千家万户，迎来了真正意义上的黄金年代。柳依依凭借翻唱《你那里下雪了吗》当选东虹大学校园十大歌星。后来，柳依依如愿成为《东虹大学报》学生记者，在李心远的帮助下公开发表新闻作品并顺利前往河东省电视台实习。

1999年6月，李心远毕业前夕的夏夜，柳依依吐露心声，羞涩表白："我要做你的女朋友！"

"为什么是我？"脸颊已被羞涩染成绯红，目光凌乱的李心远咬着牙，勇敢地追问了一句。

"我会用一生来回答，你准备好了吗？"柳依依嘴角得意地上扬，以女王般的语气说道。

以优异成绩读完四年本科，被评为优秀毕业生，而且光荣入党，尽管如此，来自山西夏县的小镇青年李心远依然不自信，特别是在柳依依面前。面对突如其来的"倒追"，李心远表情复杂地看了柳依依一眼，拿腔拿调地回了一句："我太不够温柔、优雅、成熟、懂事，如果我退回到好朋友的位置，你也就不再需要为难成这样子。"虽然嘴上插科打诨，心里早已缴械投降，也就坚持了几分钟，李心远的语气开始塌陷，正逢毕业季，无法掩饰的伤感和依恋自然格外凸显。

柳依依莞尔一笑："想为你做件事，让你更快乐的事，好在你的心中埋下我的名字。"

李心远语气坚决而笃定："我在京州等你，等你一毕业就娶你。"

"很爱很爱你，只有让你拥有爱情，我才安心。"柳依依露出璀璨的笑，故作调皮地眨巴眨巴亮晶晶的双眸。

"又和我'拽'歌词，和你这位校园十大歌星说话可真够累的。如果没有成千上万首歌词的强大内存，都没资格和你谈恋爱吧？"李心远扬起下巴，眼巴巴地望着柳依依。

温馨可人的柳依依笑成了一轮弯月。

确定恋爱关系后，李心远与柳依依进入甜蜜而让人折磨的异地恋状态，每周至少通信两封，互诉衷肠。柳依依在信里这样写道："爱情来得很快，只是你需要等待。爱情是一部只有开头没有结尾的'长篇小说'，我要把这部由我们共同书写的'长篇小说'切成散落的段落，一天天，每一天，讲给你听。"

柳依依的恋情遭到父亲的坚决反对，父亲坚决不同意女儿去京州，要她毕业回上海，并且给她联系好了就业单位。

大四上学期，柳依依从东虹赶到京州，按图索骥寻到团结湖，顶着家庭压力的她，要和李心远进行一次直截了当的谈话。柳依依已经决定和京州日报社签订三方协议，她要兑现自己的承诺，毕业就来京州，她要成为李心远的新娘。彼时，李心远所在的财经周报社在团结湖公园旁边的一栋白色小楼办公。柳依依想给李心远一个惊喜，却在团结湖公园意外撞见一个"小姐姐"扑倒在李心远怀里的"亲昵"场景。那个"小姐姐"叫许明莉，是李心远新招进报社的记者，两人在公园散着步聊选题，一只松鼠突然从草丛中蹿出，惊得许明莉身子摇晃，李心远颇有绅士风度地上去搀扶，于是就闹了一场天大的误会。

想起曾经与李心远雨中漫步白桦林、雪后徜徉净月潭的缠绵往事，柳依依眼角泛起盈盈泪光，恨恨离去，自此与李心远再无联络。

毕业后，柳依依在上海东方卫视做出镜记者，一年前从上海来到东虹，成为易安总裁的助理。

接完电话的李心远，悸动的心早已飞向千里之外的东虹，迫不及待地要见到柳依依。京州到东虹1000多公里，飞行时间2个小时。李心远搭乘星期六11点的航班，落地打开手机时，已是下午1点半。

从自动转盘取了行李，李心远迈着四方步走向出口，远远看见有人举着牌子，上面写着"李心远"三个字。

走到跟前，李心远愣怔了几秒钟，方才脱口而出："乔峰？"

乔峰面露尴尬："今天轮到我在小车班值班，易总安排我接机。"

坐上奥迪A8，扣上安全带，乔峰下意识地扭头说："李首席，车里有水，您自取啊！"

拿起来一看，还是纯净水，熟悉的味道。李心远立刻警觉起来，话里有话地说："五年前，就是喝了你递过来的水，我差点进了看守所吃牢饭。"

车内空气顿时变得凝滞，沉默了好一会儿，乔峰无奈地摇摇头，沉声说道："那个事情后来我听说了，我算是跳进秦淮河都洗不清了，真是'买咸鱼放生，尽做冤枉事'。"

李心远心里这个气啊，心想："乔峰你个臭小子嘴上积点德吧，谁是咸鱼？什么叫放生？要不是有王市长，我早就被你挖坑埋了。"想到这里，李心远毫不客气地哼了一声。

乔峰也感到自己的话欠妥，赶紧打开车载音响。优美的旋律响起，柔媚哀怨的女声飘散而出："不要你眼里伪装的内疚，该是自己幸福的时候，静静地想一想，谁会追求刻意的温柔，你伤害了我，还一笑而过……"

李心远听出来了，这是那英演唱的《一笑而过》。

听着听着，乔峰脸一红，手忙脚乱地调换车载音响的曲目。

"就放这首歌，那英唱得真好，唱得就是比说得好听。"李心远顺势笑道，语气冷漠。

乔峰摇了摇头，不再说话。

40分钟后，乔峰把李心远安顿在开泰伟业大厦对面的英式城堡——开泰希尔顿酒店。傲然挺立，直插云霄，高度168米，寓意一路发，开泰伟业大厦是东虹市的地标建筑。

"这家酒店是东虹人气最旺的五星级酒店，我们投资开发的。"乔峰胸脯一挺，充满自豪地说。

李心远猛然想起，就在最近，QQ群、贴吧、论坛、股吧里广泛流传着一份"开泰伟业集团各级领导客史记录总表"。那是一张神奇的大表，开泰伟业集团总部、产业、地产、区拓、物管等VP级别领导下榻酒店的喜好、偏好、禁忌，都被精心整理成表。李心远畅想着自己也能被收入此表，享受VIP待遇。

入住开泰希尔顿酒店，见房间里摆放着铜版纸精美印制的《开泰伟业报》，职业习惯使然，李心远拿起报纸端详，只见头版头条位置套红大标题异常醒目刺激——王胜伟主席考察东南省会见省委书记省长达成深化合作扩大投资五点共识。

内行看门道，外行看热闹。通过一篇报道的标题，就能品出开泰伟业的浮夸以及王胜伟的嚣张。首先，王胜伟是开泰伟业董事长，也称董事局主席，但在与政府官员并列行文时自称"主席"，可谓荒唐。其次，考察虽为实地观察调查之意，但多为自上而下，说企业家考察东南省，这个帽子太大。"会见"一词常见于外交场合，"王胜伟主席会见省委书记省长"的表述就极为失当，用拜会、拜晤才更为妥当。

开泰伟业大到会议的组织安排，小到公文流转的字体字号，全面效仿政府风格。比如，开泰伟业内部公文行文的字体是有严格要求的，正文一级标题是黑体三号，二级标题是楷体三号，正文是仿宋三号。

王胜伟对来自清北大学、知名房地产上市公司的经理人抱有相当程度的迷信，希望通过引进高阶人才导入大企业严谨、务实、高效的管理文化，让开泰伟业的管理更有章法。王胜伟、孙夏花曾经一举从清北大学招聘了 100 位博士，包了一架飞机，将 100 位博士请到东虹，其豪壮之举在地产界传为美谈。王胜伟"一支笔"签下去，每年付给 20 家猎头公司 4 亿多元猎头费。王胜伟不知道，至少有 2 亿元流进了郑春筠的腰包，郑春筠胞妹实控的 5 家猎头公司，常年为开泰伟业提供猎头顾问服务。郑春筠是开泰伟业分管人力资源的副总裁。

"用人两块一，吃饭九毛九。"王胜伟的这句话，在开泰伟业内部广为流传。王老板的本意很朴实也很朴素，意思是说，宁可在吃喝用度方面抠门一些，也要保证选聘人才方面多投入、多花钱。宁可花两个人的钱招一个能人，也不用一个人的钱去招两个孬人。

在地产圈，开泰伟业年薪之高是出了名的，凡是被王胜伟相中的，基本都是原有薪酬乘以 3 或者乘以 4。正规猎头公司的服务费，通常是企业录用人员年薪的 20%~30%，且甲方会要求候选人稳定服务至少半年才会支付相应猎头费。王胜伟不知道，为了拿到更多的猎头费，猎头像吹气球一样把候选人的年薪吹高，并且对候选人定薪的关键资料，也就是候选人过往一年工资的银行流水进行伪造，候选人定薪虚高导致开泰伟业每年多承担 5 亿元以上的薪酬成本。

王胜伟擅长礼贤下士，"用钱砸人"，也经常疾言厉色，"因钱骂人"，所以地产圈就有了这样的说法：首富王胜伟给你开的高薪里面，有一部分是你的人格侮辱费。

等待易安面试的李心远，莫名地陷入拜金状态，畅想着王胜伟会给他这个首席记者开出"人格侮辱费"。

原来你也在这里

为了从容应对易安的面试，早一点见到柳依依，李心远比约定时间提前了半个多小时进入开泰伟业大厦。驻足豪奢的一楼大堂，李心远的表情讶异而错愕，他被眼前的煊赫阵仗惊呆了。

梵音缭绕，佛光普照，17名身穿黄色方袍的高僧边诵经边敲木鱼。王胜伟被西装革履的一干人等簇拥着上台，众人紧随其后，每人手捧一盏莲花灯，李心远一眼认出凌云飞。主持人大喊一声："吉时吉刻已到，祈福法会开始，恭请不空大和尚上台主法，带领开泰伟业高管团队祈福纳祥。"一阵空灵的梵呗唱诵之后，不空大和尚逐一为开泰伟业高管团队开示点化。

身旁一名矮小瘦弱的女士脖子上挂着开泰伟业的工牌，上面写着"施夷光"三个字。原来此人就是品牌管理中心总监施夷光。李心远盯着台上不说话，心中窃笑："'施夷光'可是四大美女之首西施的本名啊！她咋长成这样？"

李心远好奇地询问施夷光："这是什么仪式啊？"

施夷光连眼皮都没抬一下，神情倨傲："今年房地产生意特别不好做，老板特意请来五台山的大和尚加持。这栋楼有专门的佛堂，各个售楼处也有专门的佛堂。之前请过喇嘛、道士、尼姑，不大灵光。"

一个人影在眼前晃了一下，李心远定睛一看，原来是凌云飞。

李心远赶忙笑脸相迎，压低了音调，声音显得怯怯的："每年都搞这样的法事活动吗？有用吗？"

凌云飞一脸谦卑恭顺，双手合十，一口一个阿弥陀佛。

见凌云飞一本正经的模样，李心远很想发笑，又生怕自己不敬，只好紧紧抿着嘴唇。忍了好半天，怎奈心中异动不止，李心远到底没控制住，轻声笑了起来。凌云飞恼怒地瞪着眼睛。

李心远径直上楼，来到了17层，这一层是易安总裁的办公区。走出电梯，映入眼帘的是开泰伟业的LOGO——"三足两耳"的千秋盛鼎。鼎分三足，缺一不可，开泰伟业的品牌LOGO就是"三足两耳"青铜鼎的变形。

李心远心中暗想："'三足'是王胜伟、易安、马建业，'两耳'又是谁呢？"李心远浑然不觉有人已经站在了他的身后。

"李首席。"清脆悦耳的女声响起，惊得李心远浑身一激灵。

柳依依一身浅灰色职业套裙，把本就婀娜的身姿衬托得绰约妖娆。身姿曼妙的柳依依，举手投足之间充满韵味。在柳依依的引导下，李心远来到二号会议室。

两道炽热的目光射出，李心远急切地开口："依依，你听我说。"

柳依依满脸都是阳光般的微笑，是发自内心的从容的笑："我不想听你说，你倒是应该好好想一想，一会儿见了总裁该说些什么。"

柳依依将文件夹放在会议桌正中位置，那里面是李心远的简历，然后转身离开。

比约定时间晚了半小时，易安迟到了。"你好啊，欢迎你。"一声热情的问候，易安快步走进会议室。易安看上去 50 多岁，身形略显颀长，鬓发白如霜雪，脸上洋溢着招牌式的和蔼微笑。

"易总您好，很荣幸认识您。"李心远条件反射般地站起身，挺直腰杆，语气恭敬，笑容显得有些拘谨，眉宇间流露出些许忐忑。

"请坐请坐，首席记者、财经作家，宋总编对你褒奖有加啊！武打江山文坐殿，公司需要你这样的笔杆子。听说你和乔峰起过冲突，我看你就是个暴脾气，这样谁敢用你？"易安盯着李心远，分明是在捕捉他面部表情的点滴变化。

李心远不由得皱起眉头，刚要解释几句，易安微笑着摆摆手："事情的经过，我也知道一二，是乔峰先动的手。"

李心远懊恼地垂下头："对不起易总，是我不对。"

"这就是你的态度？"易安一字一句地道。

李心远一时语塞，心想："事情都过去五年了还揪住不放，有完没完？我是自卫反击。"

易安双手一摊，轻描淡写地说："听说你那次在新元县差点进看守所。成长就会出丑，出丑才会成长。董事长的保镖个个都是好身手，却被你一脚踹翻在地，我就对你李心远充满了兴趣。"

身为总裁的易安，需要一位有胆气、敢亮剑、不鲁莽的干才，而眼前的李心远无疑是恰当人选。

"上市之后，出了不少负面报道，如果是你，如何应对？你觉得媒体和企业是什么关系？给你多少预算能把负面报道摆平？"画风突变，易安耸耸肩，继续提问。

"躲不开、惹不起，离不了、信不过。媒体只会锦上添花，很少雪中送炭。我听说贵司每年的媒体预算有 1 亿元，按照贵司的媒体合作方式，即使把 2 亿元花出去，负面非但不会减少，只会更多。"李心远压低声音且语带揶揄。

"为什么？"易安缓缓抬起眼皮，语气充满疑问。

"全国媒体都知道王胜伟最怕负面报道，写个负面就能给 100 万元的合作。写负面搞讹诈，已经演化为有组织、成规模的黑色产业，对于企业来说，既得好酒好肉随时伺候，更得猎人猎枪时刻准备。成年狼胃口大得惊人，一顿吃 10 公斤鲜肉都不够。成群而来，呼啸而去，狼这种动物，胃口大，肠胃好，吃相难看，腐肉、骨头、皮毛都能吞进肚里。全国财经类自媒体成百上千，这些自媒体几乎都是认钱不认人的'狼'。开泰伟业像散财童子一样四处撒银子，如同在狼群里扔几块肉，抢到肉的还要吃更多，没抢到肉的只会更凶狠地写负面要挟。"李心远略带忧虑，加重语气说道。

清脆的手机铃声遽然响起，滔滔不绝的李心远吓得一激灵，神情略显呆滞，生怕是自己的手机没有静音。

易安轻蹙眉头，拿起手机快步走出会议室。

半小时后，会议室的门洞开，男男女女夹着笔记本电脑，有说有笑地鱼贯而入。李心远浑身猛然一僵，不得不尴尬地起立，一脸局促地说："会议室有预定，易总的面试。"

众人闻言，齐齐地应了一声"喔"，然后做了个鬼脸，集体离开。

干扰来得突兀去得突然，李心远有些烦躁，也颇感无奈，一再忍着。又是半个小时过去，没有人给倒水，也没有人来招呼一声，李心远仿佛成了被遗忘的人。他给柳依依发微信，不回复；他又给凌云飞发短信，没回信。

晚上10点，易安一脸疲惫地折返会议室。

"易总您好，刚才有七位业主过来，他们购买的商品房都出现了不同程度的质量问题，这是他们的诉求，请您过目，并请方便时安排人和他们对接沟通一下。"李心远直截了当地道。

"我会考虑，不需要你指点。"易安接过材料，语气很不友好。

"都说旁观者清，站在外围来看，你觉得开泰伟业品牌工作要解决的难题有哪些？"一改之前的专注与认真，易安低头摆弄着手机，显得有点心不在焉。

"开泰伟业在产业园开发建设的翡翠湾，占领的是经济适用型别墅这一细分品类，但是美誉度太差，说到翡翠湾，消费者总是会将其和低价楼盘、低端别墅联系在一起。东虹另外一家房地产开发企业荣光地产，开发的楼盘品质比翡翠湾要好，价格也比翡翠湾高。荣光地产的物业管理有2000多条细则。比如，小区里垃圾桶顶部烟灰缸里的烟头不能超过4个，不能存留超过4分钟；雨停后15分钟，小区不允许有积水，草坪的高度不能超过9厘米；保安要记住60%以上业主的姓名……"可能是太过投入，李心远竟然没注意到柳依依已经推门而入，站在易安身后低声耳语。

听到李心远多次提及荣光地产，易安脸上掠过一丝不易觉察的复杂表情。易安怫然不悦，语气也开始有些不耐烦："你没有企业的从业经验，到企业来的话，会面临很多挑战。进入企业，和你之前以首席记者身份给企业做顾问是完全不同的。做顾问，人家对你客客气气，因为你是首席记者。进入企业之后，身份就完全不同了。听云飞说你想带团队，这个实现不了，这是对你负责，也是对团队负责，我不敢冒这个风险。"

李心远一听这话就来气，反复咀嚼话里话外的意思，不免诧异地反问："我从来都不是单打独斗，秉承协作意识，我希望能配备若干人，形成一个团队。"

易安冷冷地瞥了李心远一眼，脸上浮现出半是嘲讽半是揶揄的笑："你觉得自己一个人干不了？难道还要给你配个秘书不成？"

一股怒意猛然涌上心头，李心远愤然反驳："不是配秘书，是搭班子、建体系、带团队，不是一个人单枪匹马。"

"坐而论道不如躬身入局，你现在谈的一切都是浮光掠影、蜻蜓点水。"易安微微颔首，表现得沉稳自信又极其老练。

李心远还在回味刚才的慷慨陈词时，易安已经从椅子上起身，语气带着拒人千里之外的冰冷："你不适合我们的企业，你现在还是媒体思维而不是企业思维。"

易安转身离去，李心远呆坐一旁，原本明亮的眼神如风中烛火，倏忽熄灭。走出开泰伟业大厦，回望这栋灯火辉煌、通体透亮的奇特建筑，李心远禁不住黯然神伤。

铃声猛然响起，手机里传来柳依依幸灾乐祸的声音："你现在一定很不开心吧，说出来，让我开心一下。"

李心远神情并不沮丧，语气也透着轻松："你还是那么调皮。"

"我给你发了位置，现在过来，立刻，马上。"柳依依以不容置疑的口气说道。

和京州二里屯相比，东虹前海酒吧一条街显然更有腔调。十多年未曾谋面，深夜时分在充满情调氛围的酒吧约会，让李心远心中既充满莫名的期待，又生出隐隐的自责与不安。

妆容精致，裙裾时尚，虽已过而立之年，柳依依依然肤如凝脂，恰似剥了皮的雪花梨，令人赏心悦目。

"确认过眼神，你就是我在等的人。"李心远眼里先是充满熠熠光芒，不过很快又黯淡无光，"我被'霸道总裁'易安虐惨了，现在的我，处于'社死'状态。"

"河东卫视记者柳依依，在大型'社死'现场为您报道，今天我们将现场直播著名财经作家李心远的离奇'社死'。"柳依依右手握拳，做成话筒形状，瞪大眼睛，似乎陶醉在电视台连线直播状态。

直愣愣一番对视之后，定了定心神，李心远、柳依依同时疯笑起来。

"你不是在东方卫视做出镜记者吗？怎么从上海跑到了东虹，成了易安的助理？"李心远认真扫描柳依依的面部表情，清了清喉咙，小心翼翼地问道。

"如果有一家公司把你的工资乘以4，你说你来不来？"柳依依语气淡淡，神情自然。

李心远轻微点了一下头，脸上露出艳美的表情。

"你现在是离异状态？"柳依依一本正经地问了一个奇怪的问题。

"我看到了你的简历，婚姻状况一栏写的是'未婚'，我表示怀疑。"不待李心远回答，柳依依饱含深意地继续追问。

"不是离异，是丧偶。这个答案你满意吗？"李心远刻意挺了挺腰板，让气势更显霸气。

"你怎么可能未婚？毕业前夕我赶到京州，跑到你们报社见你，明明看到你和一个女生搂搂抱抱。后来听说你结婚了，还有了小孩儿。"柳依依语气中夹杂着迷惑和不解。

"眼见不一定为实，这么多年过去了，你为什么一直不和我联系，不听我解释呢？你和我，因为了解而相识；你和我，因为误解而分开。第一杯，敬我们的过去；第二杯，敬我们的过不去；第三杯，敬我们的过去了。"李心远端着高脚杯，说着绕口令一样的话。

柳依依欣然举杯，随之嘿然一笑。即使浅浅一笑，柳依依的面颊两侧也会露出深深的酒窝，如花笑靥，明亮无俦。

"爱情由情绪脑决定，而不受理智脑支配，情绪超越理智，感性凌驾理性。女人因为没有得到而焦虑，失去了一棵歪脖子树，就看不到眼前的一片森林；男人因为得到而焦虑，拥有一棵树，却还要觊觎整片森林。"纤纤玉手摆弄着面前的高脚杯，巧笑倩兮，美目盼兮，柳依依幽幽地叹息一声。

"女人因为得到会更焦虑。我有个记者朋友，有一天他媳妇突然在电话里说要离婚。我这位朋友急吼吼地赶回家，看到茶几上扔着一堆女人的照片。他媳妇愤怒地质问照片里的女人是谁。朋友一看照片，哈哈大笑。你猜是谁？是吴菲菲，我那位记者朋友很推崇的知名女明星，早年间他采访过吴菲菲，拍了一些照片，冲洗出来就放在家里了。没想到被翻出来了。"说起别人的恋爱与婚姻，李心远神色淡然，语调平和。

"男人为什么爱出轨？一年前，我和男朋友到了谈婚论嫁的地步，可他还是出轨了。"柳依依杏眼圆睁，嘴角竟也上翘了几分。

"没有结婚，只能算是'劈腿'，不能叫出轨。"李心远说起话来一板一眼。

柳依依不满地冷哼一声："'劈腿'也好，出轨也罢，都是背叛。"

"出轨的男人都是相似的，自私、自我、自利。恋爱都是假象，婚姻才是真相。男人女人都一样，总是沉迷于恋爱的假象，却不愿坦然直面婚姻的真相。爱情是百米跑，拼的是刹那间的激情；婚姻是马拉松，拼的是无边界的耐力。恋爱总是让人心驰神往，因为你看到的是另外一半的精装版；婚姻却经常让人心生绝望，因为你看到的是另外一半的毛坯版。"李心远看了一眼柳依依，随即快速转动眼球远视窗外夜景，谨慎地躲避着柳依依的目光。"恋爱靠的是激情，婚姻靠的是亲情，激情和亲情，哪一个更长久？现在的年轻人，既要、又要、更要、还要，到底要哪一个？如火的恋爱，激情过后长相依；如茶的婚姻，平平淡淡最是真；如水的家庭，弱弱流水任自然。"

"说得好深刻、好高深，依然单身的我，不懂婚姻的爱与哀愁。"柳依依内心不再犹豫，嫣然一笑，充满暗示与鼓励。

"感情就像按揭款，早晚都得还。可以选择放弃，不要放弃选择。我们的关系应该像牙齿和大白兔奶糖，咬一口就分不开，越嚼越有味。我发誓，我们的关系一定不能像两个台球，但凡遇到外力触碰，就要瞬间分离。"目光温柔得像软绵绵的沙发，李心远此刻的情绪就像 Wi-Fi 满格，一脸亢奋与期待。

"过去这些年，我和你的关系就像双向开启了 QQ 隐身模式，尽管彼此都在线，却已经相互失联。"泪水在眼眶里打转，柳依依的语气依然充满挥之不去的怨念。

"选择太多就没了主见，这就如同点了一桌满汉全席，却不知道究竟哪一道才算是正菜。"李心远啜饮一口美妙的红酒，神情懊恼。

沉吟片刻，柳依依从牙缝里生生挤出三个字："你虚伪。"

"依依，你大学毕业那一年，我就是个穿着牛仔裤，背着双肩包，拿着笔记本、保温杯，坐车挤公交，吃饭路边摊，天天赶稿子的小记者，什么都不能给你。"李心远露出一副无奈无助的可怜神情。

"李心远，你太不了解我了，你从来就没有真心实意地了解过我。"柳依依的嗓门儿越来越大，眼中恨意盎然。

"'人生若只如初见，何事秋风悲画扇'这两句诗什么意思你知道吗？初遇、初见总是很美好、很难忘，但时光如白驹过隙，让很多事情都发生了改变。"身体微微前倾，李心远语气满是无奈，不敢直视柳依依灼热的目光。柳依依的双眸明丽而深远，似乎要将李心远吞噬。

迷离的灯光映衬下，柳依依看到了李心远的沉静眼神，眼角滑出一行泪水，露出无限柔情。她抬手抹了抹眼泪，俏皮地笑了。"想不想听我唱歌？"柳依依的脸颊已被酒精染成绯红，突兀地切换着话题。

沉陷谵妄状态的李心远点点头，脸上露出期待的表情。

悠扬的旋律轻缓响起，温柔的女声飘荡而来："请允许我尘埃落定，用沉默埋葬了过去，满身风雨我从海上来，才隐居在这沙漠里。该隐瞒的事总清晰，千言万语只能无语，爱是天时地利的迷信。喔，原来你也在这里。啊，那一个人，是不是只存在梦境里，为什么我用尽全身力气，却换来半生回忆……"

两行清泪从李心远眼眶流淌而出，先是缓缓的涓涓细流，而后变为不息的汩汩泉涌。

时针指向凌晨，李心远拥着踉跄的柳依依离开酒吧："我送你回家。"

"我要和你在一起。"柳依依低声呢喃，眨了眨戴了美瞳的明眸。

出租车快速驶离酒吧一条街，柳依依紧紧依偎在李心远身旁。她将耳机塞进李心远的左耳，耳机里传来刘若英那首柔软而凄迷的《原来你也在这里》。

地产公司天天"夜总会"

从东虹返回京州，李心远早已将面试失败的糗事遗忘殆尽，始终沉浸在荷尔蒙发酵的甜美回想之中。消失已久的初恋情人，突然之间缠绵归来，蛰伏体内的缱绻爱恋慢慢复苏、静静复活，李心远像是一不小心掉进了蜜糖罐子里，甜蜜地享受着。

国庆长假到来前夕，李心远收到一封来自开泰伟业人力资源管理中心的邮件，他随手点开，竟然是录用通知书：欢迎您加入开泰伟业。附件是入职通知书及录用通知书等相关文件，涉及薪资及入职所需准备事项，敬请认真阅读相关内容并准备入职所需资料。

李心远简直不敢相信自己的眼睛。易安当时已经明确地表达了拒绝之意，怎么还会有这样一封录用通知书？

拨通柳依依的电话，李心远喉咙一涩，愕然问道："依依，我今天收到了开泰伟业的 Offer，是不是发错啦？"

柳依依爆发出爽朗的笑声："怎么可能发错？易安总裁把你的情况向董事长做了汇报，董事长说认识你，欣赏你的性格，董事长、总裁都反复叮嘱，一定要把你挖过来。"

"这怎么可能？那次面试，易总明确表达了对我的不满啊，我被易总虐惨了。"李心远嘴唇翕动，双眼发直。

"等你入职了，你也就懂了。"柳依依说了一句让人费解的话。

"柳依依，我来了。"李心远夸张地张开嘴喊道，眼神中透着坚毅和漫天自信。

收到 Offer 后一周，李心远拖着硕大的行李箱急不可耐地奔赴东虹。

凡是重要通知，通常会在晚间下发，时间越晚说明事项越重要，地产公司天天"夜总会"，是天天夜里总开会的"夜总会"模式，这是入职第一天李心远的发现。

晚上 11 点半，李心远收到柳依依的短信提醒："明天上午 9 点，在一号会议室召开三季度经营工作总结会，易总让我通知你参会。请着正装准时参会。"

提前 10 分钟，西装革履的李心远走进一号会议室，惊讶地发现会议室早已挤得满满当当，易安等一众高管正襟危坐，会议室的气氛静谧而威严，甚至有几分肃杀之气。开泰伟业高管团队此刻均聚集于此，每个人都敛声静气、乖巧异常，都以周密而慎重的心态和状态，等待着王胜伟现身。喜怒形于色，好恶言于表，刑可知，威可测，这就是王胜伟。王胜伟对高管在会场表现的顺从甚感快慰，因为这彰显着他对开泰伟业拥有绝对的控制力，这种感觉让他格外享受。

开泰伟业的会议管理讲究繁文缛节，什么级别、什么人员参加什么会议都有规范安排，运营管理中心专门负责董事长、总裁召集会议的组织工作，经董事长、总裁确认参会人员名单，才能下发会议通知。开小会解决大问题，融资、财务的会议保密级别最高、参与人员最少，王胜伟刻意在公司内部、部门之间制造信息不对称，掌握上市公司全盘信息的只有董事长、总裁、联席总裁三人。

会议室正中墙上悬挂着红色条幅，红底黄字，格外醒目——坚守长三角，坚定产城地产，稳步推进战略布局。每次会议的主题都会以大红条幅的形式明示，这是王胜伟很看重的内部宣贯。

仔细观察会议室，李心远发现长方形会议桌居中位置的物件摆设与众不同：电子计算器、青花瓷水杯、大号烟灰缸、打火机、雪茄、热毛巾、派克钢笔、文件夹。王胜伟烟瘾很大，不过早已不是猛吸猛嘬吞云吐雾，而是燃起一支，轻轻放在大号烟灰缸边沿，任其自然熄灭。

王胜伟桌子右上方必定有一个计算器，他会边听汇报边摁计算器，往往是还没听完汇报，就撇凉腔："猴子爬旗杆——没露脸，露红屁股了。你们这么干，裤衩都亏掉了，真是崽卖爷田不心疼！"

高管坐的是普普通通的会议座椅，居中位置摆放着一把高端大气上档次的老板椅，座签上写着"王董"两个字，显然是王胜伟的独享。

王胜伟左首是总裁易安，右边是联席总裁马建业。开泰伟业的会务管理是河东省委办公厅接待处专门调教、精心培训过的，座次排序以左为尊，王胜伟居中，王胜伟左首是二号领导，王胜伟右边是三号领导。易安左首是四号领导，马建业右边是五号领导，四号左首是六号领导，五号右边是七号领导，以此类推，不能乱序。

开泰伟业副总裁沈春平常年在美国生活，海外通常是以右为尊。一次开会，沈春平见易安、马建业的座签分别摆在王胜伟的左右两边，觉得不妥，便信手拿起易安、马建业的座签做了调换。会议开场前10分钟，易安到了会场，看到自己的座签放在王胜伟的右边，皱了皱眉头，迅速将自己的座签放到左边，将马建业的座签移到右边。

开泰伟业内部对高管排序异常敏感，每一期《开泰伟业报》最让凌云飞头疼的就是报道中涉及的高管排序。《开泰伟业报》名誉总编辑是王胜伟，编辑部设在品牌管理中心，凌云飞是总编辑。涉及集团高管、子公司高管的相关报道，经常会因为排序问题引发争议乃至冲突。

一次，裴定军发现自己的名字排在范德宝后面，登时就急了，先是把报纸撕得粉碎，然后一通电话质问凌云飞是不是要搞阴谋诡计。凌云飞也有点紧张，一问才发现，原来是小编疏忽大意。没办法，那一期1万份《开泰伟业报》全部回收，就地销毁。每年1月，集团总部以及子公司高管排序大名单经王胜伟审定后下发执行，公司规模越来越大，人员越来越多，但高管大名单一直控制在108人，据说是王胜伟坚持的。不知道是不是因为王胜伟爱读《水浒传》。

二号人物易安或许不如马建业更懂王胜伟的心思，但易安一定比马建业更懂得敬畏王胜伟。尽管比王胜伟大一轮，还当过王胜伟的老师，但在王胜伟面前，易安表现出的恭敬、顺从、忍让与妥协，完全可以用忍辱负重来形容。表面上拥护总裁的权威，然而，凡是易安召集的EMT（经营管理团队）会议，马建业一律不参加，而且不允许手下的副总裁参加。联席总裁马建业只听王胜伟号令，根本不受易安辖制。人与事的弯弯绕绕，构成了公司治理层面的僵局，为了平衡局面，包括开泰伟业在内不少地产公司设立联席总裁的职位。联席总裁这样的奇葩职位的产生，就是二把手、三把手搞内耗造成的。易安名为上市公司总裁，实际上管的还是地产业务以及集团总部，一级开发相关事项一概插不进去。马建业把自己的团队、体系经营得铁板一块，俨然上市公司体系之外的独立王国。

开泰伟业大厦有马建业的豪华办公室，他从来不去，而是在旁边的融汇中心租下三层，和伟业盛世团队在那里办公。马建业曾经愤恨地对范德宝说："什么时候做了总裁，我再搬进开泰伟业大厦办公。"范德宝是马建业的铁杆心腹。进入开泰伟业前，马建业在东虹四中教过数学，范德宝是他带出来的学生。范德宝好读书、悟性好，顺利考上中国人民大学，毕业后投到马建业麾下，先是给马建业当秘书，而后一点点介入业务。范德宝深得马建业真传，擅长搞关系，在平台公司一步步成长，一度做到了伟业盛世总经理，是最年轻的平台总。开泰伟业上市前，范德宝当上了物管公司总经理。这是马建业的妙招，易安当了总裁，那就往组织序列里"掺沙子"，至少膈应膈应你，让你不舒服。但凡易安的指令，范德宝从来都是表态最坚决的，私下里则是能慢则慢、能拖就拖，阳奉阴违是常态。

入职第一天，第一次参加公司会议，李心远努力让自己保持冷静，用深呼吸的方式压制紧张的情绪。

突然，会议室里所有人齐刷刷地起立、致意，不明就里的李心远像机器人一样机械地跟着起立。王胜伟大摇大摆地走进会议室在老板椅上坐定，所有人才齐刷刷地一屁股坐下去，随即响起推拉座椅的轻微噪声。

坐定之后，王胜伟摘下眼镜，顺手从面前的纸巾盒里抽出纸巾，轻轻擦拭着眼镜。见此情形，会务人员快步跑来，将一方眼镜布递过去。王胜伟摆了摆手，将擦拭妥当的眼镜折好放在会议桌上。

王胜伟气质很硬，举手投足间总是高昂头颅。他目光如炬，快速掠过全场。当扫过李心远时，他面露疑惑，低声询问易安："戴眼镜的那个小伙子是李心远？"他随即低头在参会人员名单里搜寻。

因为是入职第一天，参会人员名单中没有李心远的名字，这个细节被王胜伟捕捉到了，他不满地盯着易安。易安扭过身，凑到王胜伟耳边，一边比画一边解释。

"李心远，你这叫自投罗网。你离开京州离开报社来开泰伟业，宋总编知道吗？"王胜伟瞥了李心远一眼，眼里射出的光睿智而犀利。

会议室弥漫着紧张与不安，如此严肃的会议，会场气氛格外紧绷，一根针掉在地上都能听到响动。谁也没想到王胜伟会当众喊出一个陌生的名字，李心远不知所措地站了起来，所有人的目光一下子聚焦过来。李心远下意识地挺直腰板，心中忽然升腾起一股豪情壮志。

"李心远，之前是首席记者，今天入职开泰伟业品牌管理中心，他在报社的总编辑是我同学，我称呼人家宋姐。今天李心远第一次听我的会，是易总特批的。5年前，李心远采访过我。喔，应该说不是采访，而是质问。李心远挺生猛的，我的贴身保镖乔峰都打不过他，大家以后不要招惹李心远，他是跆拳道黑带六段。记者参加会议我最紧张，所以刚才我问易总是怎么回事。参会可以，但是不许乱写，在座的都可以做会议记录，唯独李心远不能记。"王胜伟面部表情并无异状，可语气颇有几分尖酸。

会场的紧张气氛一下子缓释了不少，还响起了轻快的笑声。感受到王胜伟充满警惕却并无恶意的注视，李心远刻意埋下头，任由会议室的笑声将自己淹没。

"我认为应该择机进入京津冀。京津冀协同发展，迟早会上升为国家战略，我们应该在政策出台之前推进北上战略，抢占京津冀协同发展的政策红利。如果我们不进，竞争对手就会进，不管是战略定位还是战术卡位都应该进。"见缝插针的是副总裁沈春平。

沈春平是以县高考状元身份考入清北大学的，读完本科后，在美国宾夕法尼亚大学沃顿商学院读 MBA。3 年前，沈春平海外学成归国，昔日的清北大学同班同学成东平极力邀请他出任华成投资执行副总裁。华见枭、成东平许以高薪反复游说，沈春平颇为心动。华成投资有限公司由华见枭、纪玉珠、成东平联合创立，三人和沈春平均为清北大学经济系同班同学，纪玉珠是华见枭的太太，成东平是华见枭最信赖的创业搭档，成东平和沈春平关系最为熟络。当年清北大学毕业后，华见枭、成东平去了英国剑桥大学贾奇商学院。华见枭是商业奇才，归国后通过炒卖法人股赚得第一桶金，通过行贿先后拿下 12 家城市商业银行的控制权。华见枭瞄准的是质地优良、体制僵化的城市商业银行，通过资本运营方式对其进行资本化改造，将城市商业银行资本化、民营化，派驻代言人出任董事长、行长，这些城市商业银行自然而然地成了"华成系"的"ATM 机"。华见枭、成东平以华成投资为平台，涉足银行、保险、信托、证券、基金、期货等领域，成为 10 余家上市公司的实控人，华成投资的资产规模已逾 2 万亿元，旗下最优质的资产当属华成银行。

当年还是孙夏花负责人力资源，沈春平的亮眼履历让她青眼有加，当绝大多数地产公司还在拼命延揽营销人才时，孙夏花已经开始猎寻能够制定战略、推动战略落地的能人。在孙夏花看来，营销充其量只是"术"，战略才是企业制胜的"道"。沈春平到了开泰伟业，先是跟着易安做地产业务，而后转到管理岗，目前分管资金管理中心和战略管理中心。沈春平是孙夏花为开泰伟业引进的第一位高学历、高颜值、高水平的"三高型"职业经理人，他擅长资本运作以及资源整合，易安最初的想法是把他当作一条鲇鱼，冲击一下马建业的固有体系，或许打不赢，但能咬两口也行。

易安轻咳一声，本意是提醒沈春平闭嘴，可沈春平并未理会，还要继续发言。他不愿错过这个和王胜伟面对面的机会。"布袋里装钉子"，沈春平这是想出头。

马建业肩膀一颤，斜着眼睛，语气重重地强调着会议纪律："请董事长讲话，不要随意插话。"

沈春平脸色突变，尴尬得只好缄口不言。王胜伟面试过沈春平，第一印象感觉此人油滑轻浮、言语浮夸，遂将他定义为摇唇鼓舌之辈。先入为主的印象一旦形成，后期就很难改变。

王胜伟眉头微皱，显然不满讲话被打断，但出于礼貌，他向马建业摆了摆手："开泰伟业就是土匪文化、坐山雕文化，何适无道，盗亦有道，我们的道就是划地盘、抢山头、当老大。做事得像'小狼崽子'一样，先把猎物咬死，把肉叼回来，怎么分肉，回家再说。开泰伟业的企业文化原本是一锅老汤，正在被不断稀释，正常的稀释倒还好，怕就怕招聘的新人、空降的高管是地沟油，那就坏了这一锅老汤。小公司管事做事，大公司管人做事。总部的人力成本占到全公司营业成本的20%，总部养着这么多高管，个顶个是大几百万元的高薪，摸着良心问问自己，为公司做了哪些贡献？如果大家总看着我这个当董事长的累，那只能说明坐在这个屋子里的高管无能。不是你做多少，而是你能做多少；先换思想再换人，不换思想就换人——这是我最想对高管们说的两句话。"

说者其实无意，听者绝对有心。沈春平全身似乎都在较着劲，一下子把脸憋得通红，不一会儿竟然变成了难看的酱紫色。

前有狼后有虎，中间一群小老鼠。开泰伟业是在长三角一体化"红利"外溢的历史进程中成长、发展、壮大起来的。"坚定不移深耕河东，真正做到河东省100个县市全覆盖，推行百城战略，把河东省做深、做透。当前以及今后，重点还是在长三角。5年时间，从现在100多亿元干到1000亿元以上，只有相信才有奇迹，只有敢想才能成功。开泰伟业是一群有理想的人，一帮胡思乱想的人，干了一件让地产界震惊的大事。"王胜伟眼神闪动，定了定心神，尽量让语调变得和缓轻松。

感觉到会议室的氛围有点紧绷，王胜伟开始打趣，语气竟也变得柔和："央视记者采访放羊娃，记者问，你放羊是为什么啊？放羊娃说为了挣钱。挣钱为了什么啊？娶媳妇生娃。生娃干什么啊？放羊。"

会议室顿时爆发出葱花炝油锅般的笑声。

王胜伟被突如其来的笑声搞得有点心烦，一脸严肃地连连摆手："裴定军是分管地产的副总裁，你卖房子是为了什么？"开烤肉店出身的王胜伟，总是习惯性把人放到火上烤，这一次针对的是裴定军。

"回款，完成公司的KPI。您经常教导我们，销售为先，现金为王。"裴定军瓮声瓮气地说。早年间在贝尔迪烤肉店后厨切肉的裴定军如今贵为开泰伟业副总裁，掌管的是每年百亿元规模的地产生意。

"别扯那么多，不就是为了挣钱嘛。挣钱之后呢？"王胜伟瞪起眼睛，不怀好意地继续追问。

"盖房子、卖房子。"裴定军嘴巴张了张，悬浮在半空中，神情有点沮丧。他显然没有听出王胜伟话语之中夹带的机锋，会议室再次爆发出哄笑声。

王胜伟兴奋地用手一指，笑里藏刀地调侃起来："裴定军就是那个放羊娃，绝大多数地产商都是那个放羊娃。这就是放羊娃的诅咒。产业＋地产的商业模式，会把我们带出放羊娃的魔咒与诅咒。"

方向不对，努力白费。王胜伟为开泰伟业确立了不同于住宅地产的发展战略——产业是面子，地产是里子，产业要差异化，地产要标准化，以地产豢养产业，以面子供养里子。

非驴非马，我自为大。王胜伟要把产业促进做成标准化的非标产品，开泰伟业拥有500多人的产业招商团队，形成产业升级的方法论，这是标准化的一面，与此同时，每个城市的产业园又各不一样，这就是差异化。土地成本占到商品房项目开发成本的48%，有的楼盘超过50%，土地储备是房地产企业的核心竞争力。王胜伟为开泰伟业设定的商业模式，是为地产开发源源不断地输送以平方千米计量的庞大的土地储备。

"50平方千米，专属开发40年，全中国哪个开发商有这样的霸气和豪气？要让资本市场看得懂、信得过开泰伟业的生意模式。我心目中的榜样是洛杉矶尔湾新城。尔湾公司是美国一家知名房地产开发商，尔湾是由加利福尼亚大学尔湾分校发展而来的一个城市，是一家私营公司建造出来的城市。尔湾新城就是我们的奋斗目标。"王胜伟双眉拧在一起，志得意满地感叹着，一字一顿，语调坚定。王胜伟是标准的单眼皮，绝对的小眼睛，两眼一眯缝，瞳孔都没了踪迹，可是在中国房地产领域，没有人敢质疑这双小眼睛的超强眼力。

"招商引资不是目标，产业打造才是目的。地产开发要充分体现竞争策略，制定相对好、绝对便宜以及绝对好、相对便宜的竞争策略，不以过度回款为目标，我反对快速去化低价卖房，因为这是贱卖价值。我们要创造出独特的、可持续的商业模式，让各个地方的领导排队来找我。"王胜伟的声音维持在高亢的分贝，脸上肌肉随之抖动着，忽然又咧开嘴乐了起来。

王胜伟目光在每个人的脸上扫过，好像这就是一场盛大的检阅。他弯曲食指，重重地敲了敲桌面，目光急切地寻找孟春怡。此时此刻，孟春怡就在他斜对面，四目相对，王胜伟分明看到她亮丽的眸子闪烁着期盼与哀怨、朦胧与暧昧，似云似雾，像雨像风，只有他们两人最懂。

散会后，董事会秘书唐春桧递上即将上报监管员审核的信披公告，请王胜伟签字确认。分管人力资源的副总裁郑春筠递上文件请签字，好不容易摆脱繁杂事务的干扰，王胜伟总算解脱，果断逃离。

王胜伟办公室门口有个宽大的候客区，摆放着一圈沙发，秘书刘美娜正贴心地给在此候场、等待召见的高管派发编好号码的小字条。门口左侧是巴掌见方的视频显示窗口，上面清晰地展现正在会见人员的名字。有资格出现在王胜伟办公室外候客区的，或是高管，或是职能中心总经理，这里也就成为高管开玩笑、聊八卦的话题角。

每当一位高管走出王胜伟的办公室，视频显示窗口的名字随即切换。这时，刘美娜总会条件反射般一溜小跑，离开工位，引导下一位高管进场，并反复叮嘱控制时间，不要超时。

此刻正在王胜伟办公室密谈的是裴定军。王胜伟办公室是参照五星级酒店总统套房标准设计、建造和装修的，所有摆设都经由风水大师实地勘测。办公室加装了隐蔽的安检装置，进入者一旦随身携带管制刀具等锐器，会立刻报警。除此之外，还加装了信号屏蔽器、录音屏蔽器，能够有效屏蔽手机信号，防止手机录音。

4名服务员端茶倒水，每隔一个小时敲门进入。4名西装革履的彪形大汉负责楼层安保，2名站在电梯口，专职开电梯，2名站在办公室门口，专职安保。27层整层楼都归王胜伟享有，一次开会，范德宝说漏了嘴："董事长那层楼每天的人工、运维成本就是2万元。"

王胜伟竟也不恼，笑意盎然地说："一年700多万元，这钱你让我出？"吓得范德宝再也不敢吱声。

王胜伟的办公室有500多平方米，大面宽落地玻璃窗呈现出令人震撼的视觉效果，红蕖万朵、翠盖层叠，玄武湖的秀丽风光尽收眼底。大班台背后一整面墙，摆放着王胜伟与达官显贵的合影，陈列着《胡雪岩全传》《水浒传》《三国演义》《资治通鉴》等书籍，还悬挂着著名书法家有道先生的墨宝——勉善成荣。大班台旁侧展陈着高端大气上档次的中式紫檀木办公家具，材质硬朗持重，色泽暗红透亮。墙上悬挂着一幅精心装裱的方家书法作品："存一片好心愿举世无灾无难，做百般善事要大家利民利人。"这 24 个字取自胡雪岩故居的楹联匾额。

"阮吴力躲哪儿去了？躲猫猫可以，别要小心眼，最好永远不要出现。如果不听话、不老实、不懂事，总想着翻旧账，你找人去敲打敲打他。"王胜伟唇角微微翘起，一副若有所思的神情，思绪仿佛回到了 6 年前。

"要不是我哥马建设，郝华年的事不会结得那么快。阮吴力回东北了，找了个小媳妇，生了个胖丫头，小日子过得挺舒坦，这都 6 年多了，闹腾不起来了。"裴定军两只手绞在一起，低头闷声说道，语气中明显带着一丝不以为然。

"新元产业园建筑工地的事故要严格封锁消息。三死两伤，这属于较大事故。现在全省上下正在开展安全生产大检查，新元的事故一定要捂住。最近你得消失三个月，就当带薪休假，新元产业园土地性质变更的事总有人在举报，一直不消停，等风声过了，你再回公司，对外就说处理家庭事务。我会叮嘱李心远，把网络上关于你的不良言论做些清理。"王胜伟深深地看了裴定军一眼，目光莹然，字字清晰。

"老大，土地的事情早就搞定了，谁在喝酱油耍酒疯，没事找事？"虽然有所预感，但是听到王胜伟这番话，裴定军心里又是好一阵哆嗦，游移的目光变得更加飘忽不定，仿佛失去了聚焦功能。

"听到风声了吗？杨胜兵要上调省城，做河东省住建厅副厅长，这你还不明白吗？"停顿片刻，缓缓吐出一大口烟圈儿，王胜伟并不正面回应，而是向裴定军透露了一个重要信息。

杨胜兵升迁，按说应该高兴，为他祝贺，但王胜伟最近总是莫名其妙地失眠，有种不好的预感。

王胜伟出奇的敏感并没有触动裴定军。裴定军正处于"数钱数到抽筋"的职业亢奋期，也正处于"泡妞泡到腿软"的荷尔蒙旺盛期。

"定军，你抬头看看这四个字——勉善成荣，意思你懂吗？"王胜伟仰躺在老板椅上，脚丫子跷到了大班台上，有节奏地不停抖动。

"老大，我读书少。"裴定军故意露出一副可怜兮兮的嘴脸，眉头蹙紧，满是迷惑。私下场合，裴定军依然坚持称呼王胜伟"老大"。

"这四个字是同治皇帝钦赐给胡雪岩的。勉是勉励加勉，善是善心善举，荣是荣耀荣华，勉善成荣的意思是说，要多做好人好事来成就福报和荣耀。"王胜伟腰身一挺，面色沉静，语气严厉。过去这些年，裴定军在政府关系疏通、取地拿地公关方面表现出了异于常人的练达与精通，但也沾染了赌博、行贿之恶习。现在的裴定军，就像一枚安置在身边随时可能引爆的炸弹，让王胜伟深感不安。

裴定军大刺刺地离开，把王胜伟重点交代的事情抛到了九霄云外。

裴定军的心思早就飞到了风光旖旎的夏威夷。商务包机很快落实，手机一关，诸事不烦。两周之后，裴定军一家老小开启了为期3个月的美国离岛、本土深度游。

三季度经营工作总结会结束后，回到办公室，马建业仰靠在真皮沙发上，拿起一支古巴雪茄，范德宝立刻递上喷枪式火焰打火机。蓝色火焰升腾而起，马建业用三根手指捏住雪茄，将雪茄尾部以45度角靠近蓝色火焰，缓慢旋转一圈，雪茄尾部均匀加热，变得焦黑发亮。

马建业惬意地将雪茄含入口中，轻柔吸吮，满脸陶醉。

"德宝，我们应该主动出击，把小事磨大，把大事磨炸，好让易安早点下课。"吐出一个烟圈，马建业目锐如芒。

范德宝心头一动，分明已经感觉到一股精悍杀气扑面而来。

就在上周，易安突然到访翡翠湾项目，主持召开翡翠湾地产项目经济责任审计情况通报暨整改工作会议。集团总部审计管理中心负责人详细通报了对翡翠湾项目的审计结果：销售人员私吞"老带新"奖励金，大量"老带新"造假，对应的老客户未领到奖励，被冒领的奖励金高达上百万元，甚至存在销售伙同他人伪造《老带新确认单》以骗取奖励金的情况。围标串标现象极其严重，违法转包问题普遍存在，偷工减料等质量问题相当突出，成本高估冒算，给上市公司造成上亿元经济损失。翡翠湾项目工程、成本、财务负责人及相关当事人 10 余人就地免职，涉嫌经济犯罪的相关人员移送司法机关处理。翡翠湾项目核心团队是马建业一手搭建的，如今被易安连锅端，这让马建业震怒不已。

"翡翠湾的别墅、高层、洋房，包括安置房，都已经出现了比较严重的质量问题，各方面的客诉让人应接不暇。云天明不是正在拿开泰伟业的客诉借题发挥吗？我们也加把力，顺势把易安推向风暴眼，让他成为众矢之的。地产业务每年 300 多亿元的生意，一直是易安的势力范围，这种局面必须改变。"马建业语气无比严厉。

"易安的背后是'影子总裁'孙夏花，我们和易安开战，就是向孙夏花开炮啊！"范德宝脸上难掩苦涩。

马建业豪气地跷起二郎腿，声音中透着坚定的自信："开弓没有回头箭，总裁的位子就一个，这个位子我坐定了。"

"好的，明白了，我马上去策划一下。"范德宝连声答应。

来自做空机构的"狙击"

孙夏花为家族利益选中的代言人是总裁易安。

易安是王胜伟的左膀，马建业是王胜伟的右臂。易安主责的地产板块是要赚取现金的，是王胜伟的钱袋子。马建业担责的产业板块是要圈占土地的，是王胜伟的命根子。

追随王胜伟创业之前，易安是地方国企东虹市城市建设投资有限公司的副总经理，马建业是昌达县建设局局长，正科级干部。马建业、王胜伟是发小，私交甚笃。私人情感方面，马建业和王胜伟走得更近。

上市之前，易安管地产，负责回款、挣钱，马建业管产业，负责圈土地、圈资源，两人各管一摊，相安无事。开泰伟业 IPO 前夕，在易安运作之下，东虹建投注资 50 亿元，成为开泰伟业的第二大股东，持股 20%，仅次于王胜伟。自此，开泰伟业成为混合所有制企业。

若论实力与能力，易安、马建业难分轩轾。上市之后，在谁当总裁的大是大非问题上，两人不可避免地产生了矛盾和争执。易安是外柔内刚，马建业是外刚内柔，谁都不肯退让。两边的团队一度也是剑拔弩张，面和心不和。私下里，地产的人称呼易安"老大"，产业的人称呼马建业"老大"，双方都称呼王胜伟"老板"。王胜伟听说后震怒，在公司内部会议上措辞强硬地表示，谁再称呼"老大"，谁就滚蛋。从那以后，开泰伟业再无"老大"，只有"老板"。

上市之后，产业、招商、地产、酒店、物管、文旅各大业务板块的人、财、物全部整合到开泰伟业集团旗下。公司大了，也就有了内耗和"宫斗"。所谓整合，也就成了"先整死再和你合"。王胜伟口口声声反复强调的团结，成了名副其实的"一团心结"。

回望过去这些年的职业生涯，易安始终觉得自己好似一刻不歇、不停旋转的陀螺，被各类繁杂事务裹挟着、揪扯着、牵绊着。

旋转的陀螺，肉身的躯体，钢铁般的脊梁。每天早上 8 点，易安一定准时出现在办公室。比董事长王胜伟提前 30 分钟到岗，是易安十年如一日的坚持。

8 点半，易安会在王胜伟办公室聊几句，和比自己年轻 12 岁的董事长对表，如果时间充裕，会沏上一壶金骏眉品茗叙谈。上市之后尽管股份被稀释，王胜伟依然牢牢把持千亿元市值的开泰伟业，易安很清楚自己的角色和定位，在各种场合常以职业经理人自居。易安甘居幕后，把所有光环和荣耀都给了王胜伟。对于易安，王胜伟历来奉行"给票子，给位子，再给一顶三尺三的高帽子"。

身为上市公司总裁、职业经理人，易安的人生目标是——为企业家生产实践，为经理人创新业绩。就任总裁已经两年，如今的易安备感压力，颇有内外交困之感。境外一家知名的做空机构秃鹫对在港上市的

"产城地产之王"开泰伟业发起精准狙击，长达44页的做空报告犀利指出，开泰伟业获取土地的成本比同行低70%，秃鹫据此怀疑开泰伟业通过不正当方式拿地。做空报告指出，开泰伟业存在恶意分红、恶意做假账、违规低价获取土地、高杠杆融资、非法改变土地使用性质等五宗罪。这份报告在香港资本市场引起极大震动，导致开泰伟业股价大幅重挫。

易安带领柳依依、沈春平及法务团队，频繁奔波于港岛、内地，积极公关、多方沟通。半年之后，等来了香港市场失当行为审裁处的一纸裁定，做空机构秃鹫创始人丹尼斯因散布虚假信息，做空开泰伟业，被判五年内禁入香港市场，归还做空所得之500万港元利润，并承担相应的法律费用。

战胜了做空机构秃鹫，易安却一点也高兴不起来。易安深知秃鹫的做空报告并非凭空捏造，其中很多质疑恰好打中开了泰伟业的"七寸"。做空机构秃鹫黯然退场，反而让易安更加小心谨慎。易安那警惕的眼睛如同安装在街头闹市的摄像头，总是眼观六路、高度戒备。

宏观政策毫不留情，地产调控持续加码，信贷层面不断收紧，导致开泰伟业资金链紧绷，现金流紧张。各级政府的应付款回不来，造成大量账期超过三年的应收账款；建筑公司的拖欠款付不了，造成大量长期积压的应付欠款。

一个地产商倒下，砸死的是许多个垫资垫背的建筑商。像开泰伟业这样长期拖欠的开发商，委实也不多见，拖欠一家建筑商超过了10年，生生把垫资的建筑公司拖垮了。建筑公司串联起来搞了个"反开泰伟业联盟"，凡是开泰伟业的项目坚决不接单，凡是开泰伟业的项目坚决不垫资。逼急了的建筑商正在通过各种方式维权，甚至通过网络散布针对开泰伟业的不利言论。

李心远的手机成了热线，都是媒体打来的，有合作的媒体语调柔和，坚定无比地催促付款，没合作的媒体言辞犀利，任性地暗示要曝负面。

心有不甘的做空机构秃鹫，向内地媒体发送质疑开泰伟业造假的数据、信息和材料，其中就有《房地产观察报》。《房地产观察报》是住建系统主管主办的日报，报社记者方勇峰在东虹待了好几天，采访了开泰伟业的合作伙伴，稿子弄得差不多了。方勇峰几经周折拿到马建业的手机号，问了一个不友好的问题："我是《房地产观察报》记者方勇峰，听说贵司已经向东虹市政府提出了破产申请，马总对此有何回应？"

面孔变得无情，大脑飞快地旋转，马建业思忖片刻，咽了口唾沫，冷冷说道："凌云飞是我们公司的新闻发言人，我把他的手机号告诉你，你可以和他联系。"马建业尽量把话说得客气，用意却很是鲜明。

接完方勇峰的电话，马建业匆忙赶去参会。王胜伟召集财务管理中心、融资管理中心负责人正在开简短而紧急的沟通会，专题讨论银行贷款、信贷支持事项。王胜伟、易安、马建业心情都很糟糕，特别是王胜伟，骂了一天，几乎把所有参会人员都训斥了一遍。

易安自告奋勇领了军令状，3个月内搞定100亿元的银行贷款。王胜伟反复强调，不是授信，要的是真金白银，如果100亿元能够在3个月内分批打入，就将一举化解开泰伟业的资金周转难题。

散会后，易安把沈春平拉到办公室，沈春平拍着胸脯打包票："大华银行东虹分行行长钱书光是清北大学校友，100亿元我来搞定。"

"钱书光，钱输光，这名字，不吉利。"易安嘴角挂着浅笑。

"每念一次他的名字，总感觉自己被诅咒了一回。所以，我从来都叫他老钱。"沈春平强装出一副嬉皮笑脸的模样。融资是沈春平的重点工作，当年孙夏花请他入局，看中的就是他在金融圈的人脉资源。

易安与沈春平密谈时，马建业和范德宝也在密谋。马建业随意呷了一口金骏眉，轻轻眯起眼睛："《房地产观察报》的记者已经到东虹了，我让记者去对接凌云飞了，估计会有个负面出来，借此把凌云飞干掉。河东银行行长樊国斌要一把搞定，3个月内拿到150亿元贷款，一定要快。大华银行东虹分行的朋友给我透露消息了，沈春平已经在行动了。干掉凌云飞、沈春平，相当于断了易安的手脚，看他还怎么和我斗。"

范德宝唯唯诺诺，点头称是。

两周之后，沈春平给易安发去一条短信："钱行长基本同意了，后面的流程我会盯死，我办事您放心。"

看着沈春平的短信，易安露出了久违的微笑。

因为有易安的授权和王胜伟的同意，李心远这两天一直在"开泰伟业大学"参加年度预算会议，每天晚上10点都走不了。当被问及在企业内部搞"开泰伟业大学"的初衷和目的时，王胜伟这样回答："它是企业的内训部门，在这里学习，不一定给你结果，但是可以为你解惑；不一定给你方法，但是能够给你启发；不一定给你新知，但是可以增长学识；不一定让你成就现在，但是可以助你把握未来；不一定让你更加成功，但是可以让你学会从容。"

每次看到易安，李心远总感觉有点尴尬，不敢直视他的目光，甚至不敢主动迎上去打招呼。这一次，李心远终于下定决心追问："易总，当时您已经明确拒绝了我，为什么还要给我发 Offer ？"

易安目光含笑面露慈祥，那眼神分明是在说你这个问题实在有点幼稚。易安的目光越过李心远头顶，看向窗外，缓缓开口道："男人的一生应该这样度过——10多岁时，有人养你；20多岁时，有人带你；30多岁时，有人捧你；40多岁时，有人跟你；50多岁时，有人服你；60多岁时，有人爱你；70多岁时，有人疼你；80多岁时，有人想你。心远，你已经过了而立之年，正是需要有人捧的年纪，我所能给予你的，是严厉的爱，而不是捧杀。"

易安一席话，让李心远心有戚戚，感动不已。

易安神色一动，继续说道："爱之深，责之切。因为对你倍加钦佩，所以要求过于严格。关键岗位的候选人我都会设局刁难，为的是考验候选人的定力，以及面对不公与不敬时的心理状态和现场应变。"

"维权的业主也是您安排的？"李心远嘿嘿轻笑。

"那可真不是，赶巧了，我都不知道业主怎么能上到我所在的办公楼层。突发事项应对，你处理得非常得体，那间会议室安装有摄像头，我看得清清楚楚。"易安得意地笑了起来。

李心远恍然大悟，禁不住哑然失笑。

李心远异常珍惜与易安面对面的宝贵机会，语气充满求知若渴、虚心求教的谦卑："记得您特别讲过，地产行业遍地都是精致的利己主义者，希望我是例外。您怎么定义精致的利己主义者？"

易安表情轻松地笑了起来，以推心置腹的语气讲起了故事。此前，开泰伟业重点引进了一位 28 岁的海归蔡博士，王胜伟和易安面试后都非常满意，把他安排在集团做首席副总裁，主要负责政府关系。一次，易安交代蔡博士向一位政府领导汇报工作，蔡博士拍着胸脯满口应承，并说前两天刚和那位领导吃过饭，关系非常铁。"经常和省部级厅局级领导一起吃饭"，这是蔡博士给自己立的"人设"。一个月后，易安问蔡博士："汇报了吗？领导怎么说？"蔡博士大大咧咧地说："汇报过了，领导说没问题，就按我们的方案办，不过，领导让我安排一个小姑娘到咱们公司工作。"易安一点没犹豫，立马就同意了。过了一段时间，易安在一个会上见到那位地方领导，就问蔡博士向他汇报工作的事情。那位领导当时就蒙了，很生气地明确告诉易安："我根本不认识蔡博士，他从来没给我汇报过，我也从来没和他打过招呼要安排人去你们公司上班。"小事见人品，大事见人格。易安立即指示人力部门把蔡博士开掉。蔡博士口才极好，各种瞎话张口就来，很有迷惑性和欺骗性。听说要被易安开除，蔡博士不知用了什么手段，竟然博得了董事长王胜伟、联席总裁马建业的欢心。这位蔡博士是斯文败类的突出代表，至今活跃在开泰伟业的重要岗位，顶着首席副总裁的头衔，做着瞒心昧己、招摇撞骗的事。

"地产职场人如果去学什么厚黑学，会越走越偏，心性会扭曲，举止会变形，最终就成了职场上的'西毒'欧阳锋，精致利己，害人害己。地产公司的奇葩人奇葩事忒多。都知道地产公司薪酬高，这些年混进来不少高学历、高智商的知识分子，一些人精心伪装、刻意包装、工于心计、钻营关系、极端利己。这种人一旦掌握权力，影响极坏，危害极大。"易安面色阴郁，语调沉重。

易安把李心远视为嫡系亲信。身为总裁，他也要建立自己的山头和圈子。易安所做的一切，不是为了挑战王胜伟，而是为了对撼马建业。

听了两天的会议，李心远对开泰伟业越来越没信心，很多项目比如河东省内的产业园要到 4 年后才能形成正现金流。资金密集是房地产行业的突出特征，信贷收紧就无法加杠杆，没有杠杆就无法周转，无法周转就面临高风险。李心远敏感地注意到，开泰伟业年年分红的金额都很高，甚至把收入和融资变成利润来分红，此外，开泰伟业的股权合作项目，几乎都签有不可撤销的回购条款。"把债权包装成股权，这是明股实债，好几百亿元的债务就这样神不知鬼不觉地凭空消失了，原来开泰伟业就是这样做报表的啊！"

易安询问李心远参加预算会议的感受和心得，李心远皱着眉头，似乎在努力回忆参会的各种细节，随后不紧不慢地说："以不确定的方式做不确定的事情，如果这样做预算，简直是自欺欺人。货值、房源、业绩，这是预算要解决的三个关键问题，货值一定是已经开发而不是待开发项目。预算应该和回款挂钩，比如昌达片区的预算应该取消，因为当年没有回款。"

易安脸上阴云转盛，压抑地叹了一口气："不能用问题来限制目标和解决目标，策略上达成共识，资源上取得共识，这是做预算的目的，预算是过程，不是过场。现在要过紧日子，必须坚持三项基本原则——可花可不花的不花，可还可不还的不还，可干可不干的不干。"

一周后的晚 8 点，一个重要会议刚结束，王胜伟看上去心情不错。好巧不巧，李心远在洗手间偶遇王胜伟。小便池前，和王胜伟并排站着，李心远不无得意地畅想："现在可是和河东首富在一起。"

毕竟是记者出身，李心远是典型的"过敏性"体质，善于捕捉细节，察言观色。李心远发现，王胜伟左右手大拇指指甲竟然留得很长。中年油腻男留着长指甲，这在李心远看来很奇特。

李心远当然不会知道，长指甲是暗号，是标志。王胜伟斥资5亿元购入一架湾流高端公务机G550，和互联网首富入手的湾流G550是同一型号。王胜伟以铂金卡会员身份加入了一个神秘的特殊圈子——"五十度灰"。名为"五十度灰"，实则"欲界之仙都，升平之乐土"，就是为顶级富豪提供顶流外围服务的私享俱乐部。长指甲、灰领带是"五十度灰"会员的独特标识，左手大拇指指甲留长，表明你是拥有百亿元财富的金卡会员；双手大拇指指甲留长，表明你是拥有300亿元以上财富的铂金卡会员。"五十度灰"在企业家圈层知名度极高，"60后"男性企业家留长指甲一度蔚然成风。公开场合，这些"60后"企业家聚会，每每看到彼此的长指甲、灰领带，总是会露出诡秘的笑。

李心远还发现，王胜伟如厕有个"怪癖"，两手叉腰，身体前倾，完全不用手扶，端端正正站定。马建业大刺刺地推门进来，一看到王胜伟，一字一顿地吼了一嗓子："手——掌——好！"

王胜伟显然听懂了其中的戏谑之意，白了马建业一眼。

马建业和王胜伟，从小学到初中都是同班同学，两人熟悉得"狗皮袜子——没反正"。开泰伟业上万名员工，唯有马建业可以公开调侃王胜伟，易安是总裁，却总是一副谨小慎微、谨言慎行的样子。

李心远脸再也忍不住，扑哧一声笑出声来。

李心远正要转身离开，被王胜伟一把拦住。王胜伟一只手撑着洗手间的门，侧过头来询问："喔，对了，最近有什么舆情？"

"舆情倒是有，但是不知道该不该说。"李心远面露难色。

"我最重视的就是舆情，你们必须如实上报，实话实说。"王胜伟猛地拉下脸，喉咙里喷出的话语裹挟着尖刻的严厉。

"最近在股吧、贴吧、业主论坛，有人散布消息说开泰伟业要破产……"李心远往前凑了凑，压低嗓门儿，嘴巴几乎贴在王胜伟耳畔悄声说。

"胡说八道，你们要严肃对待，能删的全给我删了。你记住一句话，多行不义必自毙，不管是谁，虽远必诛，如果有人对我们做了太多坏事，总会有人收拾他。"王胜伟抛下一番狠话，气哼哼地离去。

紧急公关，速度就是态度

周日晚 11 点，李渔心急火燎地拨打马建业的电话，一接通就急吼吼地说："《房地产观察报》记者方勇峰前些天来东虹采访，我按照老规矩安排得妥妥的，这家伙居然要给我们写个负面，说公司正在申请破产。您看要不要跟对方搞个合作，10 万元也行啊，先把负面撤下来再说。"

"什么情况？你认识方勇峰？他怎么找到你的？"马建业停了半刻，抖动嘴唇，嗓音干涩。

"我不认识方勇峰，他说是您让联系我的，所以我就按照惯例做了高规格接待，带他去了新元产业园，介绍了园区的情况，还带着他参观走访了入园企业。"李渔脑袋嗡嗡作响，极力回想接待记者的种种细节。

"他是诈你的，我让他联系的是凌云飞。"一次次领教李渔的颟顸，马建业的语气充满了"恨铁不成钢"的失望。

"啊，凌云飞怎么这么干，把雷甩给我。马总，我该怎么办？"李渔满腹愤懑，发出一声接一声的叹息。

"马上给董事长打电话，你就说《房地产观察报》记者方勇峰就失实信息采访凌云飞，他没有处理好，激怒了记者，你在跟进维护，现在得到确切消息，《房地产观察报》要出负面。至于那个方勇峰，我会收拾他的。"马建业情绪陡然变得激动，不无恶毒地说。

与此同时，凌云飞也在和李心远通话。凌云飞窃喜的声音传来："方勇峰去了新元产业园采访，稿子明天一早上网，是个大负面。"

"李渔什么时候接触的《房地产观察报》？为什么不早打招呼？自己捂不住就往我们这儿甩锅。"李心远心里咯噔一下，语气难掩愤慨。

"采访是李渔安排的，估计是没想到记者会录音，李渔说了一些不该说的话。后来怕出负面，就给记者塞红包，被拒绝了，记者今天早上回了京州，临走时甩了一句话，'周一见'。紧急公关，速度就是态度，速度和态度同样重要。你坐明天最早的航班去京州，一定要见到《房地产观察报》总编辑，如果稿子已经挂网，争取撤下来。现在还不好判断这个负面报道的影响力和杀伤力，负面一出，老王肯定震怒，板子会打在李渔身上。你第一时间冲在一线搞公关，这是邀功请赏的好机会。"凌云飞没有把更多细节告诉李心远，不是不信任，而是觉得没必要。

马建业把方勇峰推给凌云飞，自以为把"手雷"甩了出去，却没想到凌云飞和方勇峰早就熟识。机警的凌云飞来了个反弹琵琶，引导方勇峰对接李渔，就此把毫不知情的李渔"放到火上烤"。晚上11点，方勇峰趁这个时间点把负面报道的事情透露给李渔，就是不给她紧急公关的时间窗口。报纸已经下印厂，即使李渔连夜赶到京州，报纸也上报摊了。

李心远求助悠居房产总编辑李浩天，手机拨过去，没人接，继续拨，还没人接，再继续，终于通了。手机听筒传来嘈杂而躁动的背景音，李心远知道李浩天又去了酒吧。

在地产圈浸淫多年，李浩天把《房地产观察报》的内部关系盘得明明白白：社长兼总编辑李文中年过花甲，具体事务一律不管，公关他没错也没用；执行总编辑吴晓榕，一年前从一纸风行的《岭南周报》"转会"而来，以调查报道见长，报社的内容事务他说了算，只要吴晓榕点头，后面的事情就好办。

很准时，不晚点，是早班机的突出优势，甚至比原定时间提前了15分钟落地京州。天涯航空波音737仍在滑行状态，李心远就迫不及待地打开手机，短信、微信接二连三响个不停。

3个未接电话，显示都是凌云飞的号码。李心远赶紧回拨过去，手机里传来凌云飞紧张急促的声音："《房地产观察报》头版头条上了个大负面，网络转载量很大，新浪财经、搜狐财经、腾讯财经都推了首页，个股股吧、炒股软件都置顶了，河东卫视早间读报节目也做了报道。王胜伟把李渔骂了个狗血喷头，9点要开紧急会议，你在线上参加，把去京州危机公关的计划详细说一下。股票大概率跌停，上交所可能会发关注函，这回真是摊上大事了。王胜伟问我你在哪儿，为什么手机打不通。我说你在去京州的飞机上，他很欣慰，亲口说如果这件事情能摆平，一定重奖重赏。"

李心远冷笑一声，露出一副无所谓的表情，不动声色地听着凌云飞的诉说。

挂断电话，李心远拿起手机上网，搜到了《房地产观察报》记者方勇峰发自东虹的独家报道《长三角概念股开泰伟业深陷破产旋涡》。

10分钟快速浏览完毕，李心远得出四个基本判断：一、报道在内容上有硬伤，通篇除了李渔这个实名，基本上是匿名，要么是"知情人士"，要么是"消息灵通人士"，缺乏可信的信源，更关键的是把开泰伟业的业绩写错了；二、李渔这次要倒霉了，《房地产观察报》的报道带有倾向性地点名援引了李渔的说法"公司目前确实遇到了资金困难"；三、新元产业园会出问题，李渔把记者引导到新元产业园采访，记者挖到了很多内情，比如开泰伟业与新元的政商关系，比如政府的返税，都是不可触碰的敏感地带；四、股票跌停几乎没有悬念。

紧急公关，说得好听点是公共事务管理，说得直白些其实就是给首富干脏活儿。李心远刚入职那会儿，因为和董办配合得好，市值管理做得好，开泰伟业的股价、市值飙升，从而引发了证券媒体的深度聚焦。证券类权威媒体《资讯周刊》经营负责人郭晓敏和李心远频繁互动，要求建立商务合作关系。因为开价太高，被李心远一次次婉拒。随后，郭晓敏倒是不来骚扰了，但是李心远收到了《资讯周刊》采编部门发来的采访函，李心远自告奋勇赶回京州公关沟通。负责该选题的是资深编辑谷维多，此人曾在《财经周报》做过记者，称呼李心远"老师"。别人一给戴高帽子，李心远就飘飘然，回到东虹后信誓旦旦地对凌云飞说"没问题"，他料定谷维多会给面子，不会发出负面。但人算不如天算，《开泰伟业的扩张考问》的报道还是登出来了。该报道的核心观点是：开发土地所带来的一、二级土地价差的套利模式很难拓展到外地，庞大的垫资也考验其资金链，生存在地方土地财政基础之上的开泰伟业模式面临考验。李心远左看右看都觉得内容中肯，但王胜伟很生气，因为《资讯周刊》的报道第一次解密了开泰伟业土地盈利的商业模式，这让王胜伟忧惧。通过公关沟通，《资讯周刊》将报道的网络版做了修订，去除了表述敏感的内容。王胜伟依然不买账，给出的指令是把所有发行的杂志回收、销毁。李心远找到郭晓敏，要来杂志发行商名录，里面清晰列明各个发行商的发行数量。《资讯周刊》是国内知名的专业性财经媒体，自诩拥有 30 万册发行量。根据郭晓敏提供的发行商名录，《资讯周刊》发行区域主要集中在 4 个城市，京州、上海两地投放了 4000 本，广州、鹏城两地投放了 1000 本。李心远申请了 20 万元经费，10 个人忙活了 3天，最终将杂志全部回收。

李心远做了分工，范芳芳负责京州，郭云涛负责鹏城，李心远带着崔嵬负责上海和广州两地。品牌管理中心一直把"聚则一团火，散则满天星"作为信条坚持，但一遇到事便各揣心思、各怀鬼胎。内部做分工时，就属刘大江抗性最大，他当面指责这是李心远的过失，不应该由其他同事负责。这件事让李心远对品牌管理中心团队失望透顶。李心远和崔嵬打了车，把上海、广州的大街小巷转了个遍，向发行商、报刊亭收杂志。一捆捆杂志被拎回酒店，涉及开泰伟业的报道页被撕掉扯烂。回收的杂志越来越多，李心远、崔嵬在黄浦江畔一处垃圾场将所有杂志付之一炬。20 万元回购 5000 本杂志，这在地产圈儿一度是关于危机公关的笑谈。

王胜伟一再对李心远的公关能力表示赞许，但只有李心远自己知道外表光鲜的公关背后所承受的种种憋屈。

这一次，放李心远单飞，让他单独前往京州紧急公关，凌云飞是充满自信的，他相信李心远一定能搞定。

端坐在出租车里，李心远反复思量该如何公关《房地产观察报》，看完报道，他更有信心和底气。

李心远提前5分钟线上接入，他预感一场猛烈的暴风雨就要来了。紧急会议的主持人是易安，他刚开场说了几句，王胜伟就急不可耐地咆哮起来："锅底上戳窟窿——捅娄子！李渔，站起来，今天应该把你拉出去毙了！踩了雷，不想听爆炸声，行吗？哭什么哭？犯错要承认，挨打要站直！这种彻头彻尾的虚假报道，怎么能让它出笼？《房地产观察报》是怎么报道你李渔的？你这是在给人家报料啊！肇事者是李渔，消防员是集团品牌管理中心，云飞你说说吧，下一步怎么办？早上我看电视新闻，河东卫视给我们上眼药了，省台的预算我批给集团品牌管理中心5000万元，4000万元是硬广，1000万元赞助论坛，一分不剩都花出去，要花得惊天动地，花得惊心动魄！"

"今天最早一班飞机，李心远已经到了京州，他会去见《房地产观察报》总编辑，争取拿到报社的致歉函。集团品牌会联动董办、法务尽快出澄清函，10点前发出去，以此来对冲金融机构、买方卖方、合作伙伴的猜疑。准备5篇正面稿件做对冲、引导，紧急沟通所有合作媒体，重点是个股股吧、贴吧论坛以及炒股软件平台，能删则删，快速删撤。紧急拜访省网信部门，省内媒体一律不出报道。"扶了扶眼镜，气定神闲的凌云飞不疾不徐地说。

李心远很认真地听着，想努力从王胜伟、凌云飞的话语里听出他们的指令要求。凌云飞的话让李心远心头一紧，"拿到报社的致歉函"这个诉求，事先可没沟通过啊。一头雾水的李心远在线上吓得没敢接话，继续皱着眉头，做洗耳恭听状。

"24小时之内拿到《房地产观察报》的致歉函，以董事长特别奖的名义重奖。"王胜伟把茶杯往桌上一放，强硬无比地甩出硬话。

"董事长，我争取24小时之内拿到报社的致歉函。"紧张兮兮的李心远，声音都变了调。在线上通过抢答方式回应了王胜伟，头脑发热的李心远恨不得给自己一个嘴巴子，连他自己都不知道为什么竟然冲动得忘乎所以了。

"24小时之内拿到《房地产观察报》的致歉函，以董事长特别奖的名义奖励李心远100万元现金，财务的同事请注意，是税后金额。我的宾利慕尚让李心远免费用5年，司机给配好，汽油费保养费都是公司出。现在是9点35分，已经开市了，果然跌停了，20亿元没了，李渔你是公司的罪人！唐春桧带着董办的人抓紧沟通，持仓1%以上的公募基金都要打招呼，两地的交易所尤其要沟通到位，澄清事实、打消疑虑，机构不能再这么砸盘了。"王胜伟恶狠狠地白了李渔一眼，他对李心远的回应极为欣赏，语气也变得坚定而决然。

听到这里，李心远肾上腺素快速分泌，心潮澎湃，热血沸腾，好似即将奔赴战场的斗士。

"资金管理中心要完成重点金融机构的沟通，银行不能抽贷，机构不能断贷。闭市之后发布增持公告，我个人带头增持3亿元，高管团队增持2亿元，资金管理中心准备好5亿元的现金。董秘要串联几家头部券商，让首席分析师们推票、吹票，关系友好的资管、公募、私募基金、券商自营都拉进来，让他们备好银子，明天如果继续跌停，跌多少进多少！"义愤填膺的王胜伟抬高嗓门，没好气地甩开手掌拍了拍桌子。

电话会议结束时，出租车早已驶出机场，很快抵达三元桥附近，李心远的大脑快速思考着。

李心远深知，此时跑到报社去见"肇事者"方勇峰显然于事无补，况且，现在的方勇峰身在何处都是个谜。昨天晚间，今天早间，李心远连续拨打方勇峰手机，均处于关机状态。

思量再三，李心远决定把吴晓榕作为突破口。拼尽蛮力不是硬实力，借力打力才是巧实力。要想突破吴晓榕，就必须找到关系铁瓷、说话好使的"关键先生"。手机提示音响起，短信从天而降，李心远点开一看，是柳依依发来的："赶快联系卢险峰，他一定可以帮你。"

柳依依发来的短信，让李心远如同哥伦布发现新大陆一样极度兴奋，他立刻拨通了卢险峰的手机："师兄好啊，给您请安，您在京州出差？太好了，我刚到京州，中午可否拨冗会见？胸中事万万，非面不可道，我们师兄弟从容餐叙。"

"别跟我扯，有啥事，赶紧的。"卢险峰明显对李心远的殷勤不以为然，语气也有些随意，这是"熟不讲理"的朋友之间才有的特殊语境。

"吴晓榕您认识吧？"李心远故意轻描淡写，试探着说。

"是我当年招进《岭南周报》的记者，他现在是《房地产观察报》执行总编辑。喔，他们是不是点了你们的炮？"卢险峰干笑一声，语气也多了一丝警觉。

"《房地产观察报》今天的头版头条是我们的负面，说开泰伟业要破产了，报道有明显硬伤，我不认识吴晓榕，恳请您帮忙居中安排，中午一起聚聚呗，时间地点您定，好吗？师兄，您急公又好义，大人有大量，您得帮我。"千穿万穿唯有马屁不穿，李心远始终保持着"好话说尽"的恭维语气，声音平缓，甚至有点卑微。

"你这是让我当说客，我先不能答应你，你把报道链接发我，我要判断一下，半小时后给你信儿。"卢险峰故作不爽，挂断了电话。

"关键先生"救场

卢险峰是《岭南周报》执行总编辑，《岭南周报》始终秉持"正义、正念、正心"的编辑理念，是深具公信力的调查新闻大报。卢险峰是东虹大学中文系 1994 级本科生，李心远是 1995 级，二人有着师兄弟之谊。

卢险峰是少年作家，大学期间出版过多部个人诗集，毕业后顺应"孔雀东南飞"的潮流南下就职《岭南周报》。

20分钟后，卢险峰打回电话，语气不再犹疑，笑呵呵地说："报道我看了，确实不严谨，这个说客我当了。中午12点半，闽江饭店二楼梅园中餐厅和为贵包间，我请客，你买单，我把吴晓榕薅过去见你。"

吴晓榕吃软不吃硬，若要成功公关吴晓榕，就要打出感情牌，有卢险峰出面当说客，看来此次舆情危机有望成功化解。想到这里，李心远抑制不住地兴奋起来。

闽江饭店紧邻京州CBD，是20世纪80年代中国改革开放的标志。走进大堂，无暇他顾，李心远步履匆匆，直奔二楼中餐厅。梅园中餐厅，环境舒适，优雅温馨，菜品很有特色，佛跳墙、蜜汁鲈鱼、牛排、三杯鸡、蚵仔煎、黄金虾球、姜母鸭，李心远顺手点了7道名菜。

看时间尚早，李心远从双肩包里掏出笔记本电脑，随后键盘敲击声噼里啪啦地响了起来。一番字斟句酌，通篇咬文嚼字，一个小时后，李心远起草完成了《关于要求就失实报道公开致歉的函》："《关于严防虚假新闻报道的若干规定》明确要求，记者不得依据未经核实的社会传闻等非第一手材料编发新闻。贵报记者方勇峰撰写的《长三角概念股开泰伟业深陷破产旋涡》一文，信源失真、内容失实、观点失据，对我司品牌声誉及日常经营造成了极大的负面影响。贵报记者方勇峰就所谓破产传闻向我司相关人员进行求证时，我司相关人员明确告知对方该传闻纯属谣言，但贵报仍然继续发布，此行为无异于明知是谣言而继续传播扩散，作为公众媒体，此举不仅严重违背新闻职业道德与职业规范，涉嫌违法，而且根据后续发酵造成的严重后果，还有可能构成犯罪。该报道存在大量失实表述，其中主要包括……"

草拟的函经凌云飞、易安、王胜伟确认内容，套用开泰伟业红头文件格式，加盖公章后扫描发给了李心远。加盖公章的公函是必备的公关"利器"，见面叙谈是以情动之，公函奉上是以理服人，如果这两招吴晓榕都不买账，就只有走法律程序了。

"李心远！"人未到声先至，卢险峰大摇大摆、破马张飞地闯进包间，放开喉咙吼了一嗓子："这么多年没见，你小子胖了不少，看样子地产公司足够腐败啊。"

"师兄好，毕业这么多年了，您还是老样子。"李心远鞠着躬、哈着腰，满脸谦恭。

卢险峰故作夸张地嚷嚷起来："老样子？我是老了的样子吗？"

李心远尴尬地一缩脖，嘿嘿笑了起来。

"坐下来聊，干吗那么生分？你还记得吗？毕业那年，你帮了我一把的。"卢险峰乐呵呵地拉着李心远的胳膊在沙发上坐下来，摆出了忆友情、叙交情的亲热姿态。

李心远故作矜持地挠挠头皮，有些不好意思地笑了："这么多年了，师兄您还记着？"

毕业前夕喝大酒，卢险峰喝高了，在三舍楼道撒酒疯，砸坏了玻璃，用毛笔蘸墨汁在楼道墙壁上题了一首诗。文学院主管学生工作的副院长艾正仁，学生私下里叫他"爱整人"，此人可真是"吃了木炭，黑了良心"。那年头信息不发达，没有手机，没有呼机，也没有互联网，用人单位的招聘信息先到院里，招聘信息给谁看、推荐谁，都是艾正仁说了算。毕业班的学生为了能找个好工作排着队给艾正仁送礼，他是来者不拒、照单全收。卢险峰的事情落在了艾正仁手里，都要决定做劝退处理了。寒窗苦读四年，却被劝退，如此不分青红皂白简单粗暴的处理方式实在过分。

李心远向导师朱可臻教授求助。朱可臻找了自己的同学，时任东虹市委组织部常务副部长王守仁。王守仁根本不认识卢险峰，他把电话打给文学院院长，详细了解事情原委之后，以"年轻人犯错误，上帝都会原谅"的著名话术，为卢险峰成功"开脱"。劝退之事不了了之，但是，一向表现优异的卢险峰的入党问题，自然没能在毕业前夕圆满解决。这也是艾正仁从中作梗。毕业散伙之际，李心远才算彻底整明白，原来艾正仁和朱可臻"不对付"。尽管卢险峰是王守仁帮衬提携过的，但毕竟县官不如现管，卢险峰在文学院的命运，那还不是"走路包饺子——拿捏起来"，任由艾正仁摆布。毕业前夕，卢险峰有意放出狠话："艾正仁要是敢来，我拿板砖削他。"或许是心有忌惮，也许是做贼心虚，吃散伙饭和拍毕业照时，艾正仁都没现身。拿到毕业证、学位证之后，卢险峰可算是心无挂碍了，他拎着板砖跑到教师住宅楼日夜蹲守，居然也没发现艾正仁的踪迹。格局决定地位，人品决定高度。熬到白头混到退休，艾正仁也就是个副处级。

往事并不如烟，恍然就在眼前。一说起当年的那些恶心事、开心事，卢险峰、李心远眉飞色舞，二人笑得前仰后合，吐沫星子横飞。

"'旌旗耀日雪堆云，山涧风雨遍地寻。万物美好寄苍穹，人生旷野独不群。'师兄，您当年用毛笔写在三舍走廊墙壁上的诗真是牛，特别是最后这一句'人生旷野独不群'，实在是豪气满怀、大气磅礴！"李心远话锋一转，抑扬顿挫地朗诵起了卢险峰的七言绝句。

因为回望而遥想，因为回忆而珍惜，卢险峰舒坦地往沙发上一躺，惬意地发出一声长叹，眼眶湿漉漉："你小子显然是有备而来，整得有点煽情。要说当年啊，书生意气，落拓不羁，可真有'兴酣落笔摇五岳，诗成笑傲凌沧洲'的自信与自负。得了，说说你的正事吧，那个报道你得挑出错才行。吴晓榕是我带出来的，这哥们儿知理、认理、服理，如果报道有硬伤，我想他会出撤稿函的。"

眼见气氛已经烘托到位了，李心远也听出了卢险峰的弦外之音，连忙点点头："硬伤我都挑出来了，就怕人家不认账。"

"卢总的面子一定要给，不该见的人我可以见，不该认的账我当然不认。"吴晓榕推门而入，一脸鄙夷地说。

李心远悚然一惊，慌忙站起身来，扭头回望。

卢险峰陷在软软的沙发里纹丝没动，摆了摆手臂，热情招呼："吴总驾到，快请坐，快请坐。"

"哥，您别叫我总，在您面前，我哪敢称总啊。今天是周一，开完选题会我就请假跑过来了，今天要盯版、签版、发版，估计又得折腾到后半夜。"吴晓榕大马金刀地坐在卢险峰身旁，一通行礼作揖，存心把满脸堆笑的李心远晾在一旁，不予理会。

"谢谢晓榕百忙之中赏光，郑重介绍一下，这位是李心远，我师弟，朋友的朋友是朋友，大家都是兄弟。"卢险峰重新把李心远拉到自己身边坐下。

"吴总您好，幸会幸会。"李心远不卑不亢地伸出手。

吴晓榕表情淡然，碍于卢险峰在场，自然不能太任性，只好例行公事似的伸出右手，轻轻握了过去。

"菜都上齐了，入席吧。馆子是我定的，晓榕是福州人，刚好点了几道闽南菜，今天沾晓榕的光，咱们仨大快朵颐。包间是我选的，今天一定要和——为——贵！"卢险峰情商极高，他深知今天的主角是吴晓榕，一定要把软话递到，把面子给足。

卢险峰风轻云淡的几句场面话，果然让吴晓榕很受用。吴晓榕用汤匙轻轻拨弄着面前一盅让人惊艳的佛跳墙，说："卢兄用心了，食不厌精，脍不厌细，这佛跳墙可是正宗的闽南菜。"

"卢总，我可听到小道消息了，一家头部房地产企业挖您去做首席品牌官，开出的年薪 300 多万元，可有此事？"吴晓榕刚才称呼"卢兄"是为了套近乎，现在称呼"卢总"是为了表达心中的艳羡与仰慕。

卢险峰眉头一皱，捏在手里的汤匙有片刻停顿。这个微小的细节，李心远、吴晓榕都捕捉到了。卢险峰是传媒界的青年才俊，他此次来京州并非报社公干，而是接受头部房企万大集团董事长林慎行的最终面试。面试很顺利，卢险峰很快会拿到 Offer。

卢险峰既不承认也不否认，头也不抬地笑道："江南第一才子唐伯虎写过一首《言志》：'不炼金丹不坐禅，不为商贾不耕田。闲来写就青山卖，不使人间造孽钱。'这种境界真是成仙了，我辈心气虽高，却也要为稻粱谋算，为名望奔波。"

吴晓榕神情一滞，心有灵犀地点点头："呵呵，我明白了，就等着那家头部房企的正式官宣了。苟富贵，无相忘，卢总。"

"以茶代酒，越喝越有，敬卢总，敬吴总。"李心远恰到好处地提议。

"度数这么高，你们干！我随意。"吴晓榕露出了狡黠的笑。

菜过三巡，言谈甚欢，卢险峰、吴晓榕开始回忆当年在岭南传媒集团的往事。20世纪90年代末的酷夏，卢险峰亲自开车去广州火车站接吴晓榕。一上车，吴晓榕就发愣。卢险峰开的是国产老式敞篷皮卡，皮卡上装着沙发、茶几、折叠床、被褥、洗脸盆之类的生活用品。见吴晓榕发呆，卢险峰向他解释："这是社长定的规矩，岭南传媒集团的福利，所有招聘人员都要配好生活用品。"岭南传媒为新入职的应届高校毕业生统一安排宿舍，吴晓榕住的是双人间，卢险峰是单人间。吴晓榕怕热。南方盛夏时节，湿气蒸腾、溽热难耐，偏巧双人间没有电扇，那年月空调还是可望而不可即的高档奢侈品，吴晓榕卷个凉席，每晚去卢险峰的单间吹电扇。"没有一起扛过枪下过乡，却一起打地铺着过凉"，他们的友谊就是这么建立起来的。

见卢险峰迟迟不切入主题，李心远有点起急。卢险峰默默地看了李心远一眼，用眼神示意他沉住气、别着急。

吴晓榕轻咳一声，兀自转头看向李心远："吃人家的嘴短，那篇报道，有什么问题？"

卢险峰佯装回短信，低头不语，顺势向李心远递了个眼色。

终于等来了关键时刻，李心远清了清嗓子，尽量让语气语调保持应有的平淡："感谢师兄组局，感谢吴总赏光，《房地产观察报》是我敬重的媒体，但是不得不说，贵报这一次针对开泰伟业的所谓独家报道，是不折不扣的失实报道。"

吴晓榕拉下脸说："记者在新元产业园待了三天，采访是开泰伟业联席总裁马建业的助理李渔安排的，报道里也体现了李渔的观点。失实报道？失在哪里？不实又在哪里？"

李心远不慌不忙地取出一沓 A4 打印纸，递给吴晓榕，很认真地说："吴总您请看，我把贵报的报道打印出来了，凡是失实的地方我都用红笔做了标记，请过目。"

看着密密麻麻的红色标记，吴晓榕哈哈干笑了几声。

"传闻不是新闻，传闻可能是新闻，更可能是谣言，关键是要大胆假设、小心求证。贵报记者的报道只有假设，没有可信信源的印证。报道的开篇部分有这样的表述：'开泰伟业已经两次向政府提出破产申请，但被拒绝。'这样的表述纯属捏造，我可以代表开泰伟业郑重告知，我们公司无任何人员以任何形式向政府或相关机构提出过破产申请。"李心远知道留给自己的时间不多了，必须"打蛇打七寸"，从一开始就要旗帜鲜明地指出"破产"之说纯属诽谤。

"报道的第一段写道：'据消息人士透露，开泰伟业确有破产之意，仅保留物业管理有限公司在内的少部分优质公司，其余部分申请破产重组。'这样的表述毫无事实依据，纯属捏造或者主动传播谣言。请问报道中所说的这位消息人士是谁？"李心远板起面孔开始质问。

"报道的第四段写道：'根据某房企东虹分公司人士透露，由于地方保护主义的存在，当地并不愿意让外来企业介入产业园建设，开泰伟业作为河东省龙头房企自然要接受"政治任务"。开泰伟业近两年扩张较快，承担了很多政府委托建设的公共项目，受累于资金周转问题，有意甩包袱。'用'政治任务'来表述市场经济中政府和企业的关系，用意何在？"李心远丝毫不退让，继续追问。

"报道的第九段写道：'鉴于上市房企开泰伟业在东虹市的地位和影响，不排除这是开泰伟业跟政府博弈期间主动释放的一些信息，以增加谈判筹码。'请问以上表述内容的信源何在？这纯属记者的猜想，是毫无根据的捏造。"李心远脸色骤变，义正词严，冷冷问道。

吴晓榕的脸色越来越阴沉，却始终不发一言。

"更为致命的是，报道出现了数据援引的失真。倒数第二段写道："前四个月仅实现销售收入 5.52 亿元。"事实上，5.52 亿元为四月份开泰伟业旗下物业板块的单月收入，前四个月物业板块收入 21.32 亿元。前四个月开泰伟业整体收入是 98.9 亿元，税后净利 14.8 亿元。开泰伟业今年的收入预计会超过 400 亿元，税后净利 30 亿元左右，这样的收入水平在全国百家房企位列前二十。"李心远边说边用眼角余光偷窥吴晓榕的反应，既要把话说透让对方心服口服，又不能摔杯砸碗撕破脸皮。李心远小心翼翼地琢磨着用词，尽量控制着声调的高低。

仔细翻看着面前的一沓 A4 打印纸，耳朵支棱着聆听李心远的侃侃陈词，如芒在背的吴晓榕尴尬地笑了笑："相片扔到了大海里，丢人不知深浅。方勇峰这小子把数字搞错了，丢人现眼。"

李心远还想继续穷追猛打，卢险峰的目光从手机上收回，嘴里"嗯哼"一声，摆了摆手慢吞吞地说："两位兄弟是各为其主，吵归吵、闹归闹，不要坏了气氛。心远的诉求是什么？说出来让晓榕判断判断。都是自家兄弟，不要因为公事伤了和气，做人留一线，日后好相见。"

李心远、吴晓榕自然都能咂摸出卢险峰提醒与暗示的深长意味，事已至此，与其僵持，不如各自找个台阶就坡下驴。

"鉴于不实报道已经对上市公司品牌声誉及日常经营造成极大的负面影响，强烈要求《房地产观察报》今天出具致歉函，并在明天出版的新一期《房地产观察报》头版显著位置，以及官网、官微、官博发布致歉声明，消弭影响，以正视听。"李心远提高嗓音说道，间或用眼角余光谨慎地关注着吴晓榕的反应。

"今天出道歉函，明天登报致歉，如果我不同意呢？"吴晓榕冷冷地甩出一句狠话，目光中透出寒意。

李心远铁青着脸，抬起手做出拍桌子的架势："如果贵社一味拖延，我司保留采取相应法律行动及向相关主管部门投诉、举报的权利。"

愣怔了好半天，吴晓榕苦笑一声："李总不愧是首席记者出身，厉害了。这篇报道不是我签的版，确实有硬伤，我先向你及贵公司道个歉。至于致歉函嘛，你的诉求合情合理，但是我说了不算，得回去和领导们商量。"

李心远会意地点点头，随手递上那份加盖公章的开泰伟业股份有限公司的红头文件《关于要求就失实报道公开致歉的函》："吴总，这是我司的公函，期待贵报今天给我一个回复，无论多晚我都等，我会在贵报门口耐心守候。"

显然没想到李心远准备得这么齐全，吴晓榕先是愣了一下，随后豪爽地摊开双手接过公函："不必今天吧，明后天不也一样的嘛。"

"当然不一样，开泰伟业今天已经跌停了，市值蒸发了 20 亿元，上交所发了关注函。如果今天拿不到贵报的致歉函，我们会在今天晚间发布正式起诉《房地产观察报》的声明，我们的索赔金额是 100 亿元。"李心远扬了扬下巴，紧皱的眉头依然紧绷。

"半夜里听着鸡笼门响——胡（狐）敲呢。你这是在威胁我吗？"吴晓榕撇着嘴，闷闷地哼了两声。

见两人面红耳赤、剑拔弩张，卢险峰拎起茶壶续杯斟茶，打着圆场："心远有理有据说得明白，报道确实是有问题，晓榕也没有回避，刚才也道了歉。解决问题需要时间，心远不要得理不饶人。"

吴晓榕费力地调动五官表情，努力做出一个尽量自然的笑："我承认我们的报道有瑕疵，但是心远，你告诉我，你相信开泰伟业没有造假吗？你还相信你自己吗？"

李心远两眼瞪着，两耳支棱起来，像雷达似的把周边环境仔细扫描一遍，脸上露出心虚的表情，终究没有吐出一个字。

吴晓榕旋即摆出一副你知我知天知地知的神秘表情："我会一直盯着开泰伟业，做空机构秃鹫倒下了，还有我。"

当晚 11 点，李心远拿到了盖着公章、套有红头的致歉函：经调查，本报（6 月 11 日）头版头条位置刊发的《长三角概念股开泰伟业深陷破产旋涡》报道，尽管在导读和内页版面上都明确写道"开泰伟业官方回应本报称这是'恶意诽谤'"，但标题制作不够准确到位，使读者和社会各界产生了误解，由此对开泰伟业造成了负面影响，在此本报郑重向读者和开泰伟业诚恳致歉。本报同时郑重澄清：本报仅是对有关市场传闻的调查求证性报道，绝无开泰伟业破产或申请破产的意思或结论，请社会各界、读者以及其他媒体不要曲解或以讹传讹。由于编辑、记者工作的失误，对数据的引用存在失实，本报承诺将严肃追究相关责任人的责任，配合开泰伟业采取措施消除负面影响。

半小时后，致歉函挂在了《房地产观察报》官网首页，并在官方微博置顶。稍后，致歉函也挂在了开泰伟业官网首页，并在官方微博置顶。

凡事都有一个解释，就是不要和老板解释

翌日中午 11 点，李心远乘坐天涯航空航班返回东虹，落地后打开手机看到一条短信：李总您好，我是乔峰，我在停车场 A2 区恭候。

李心远拎着行李箱在地下停车场转了一大圈儿，都没找到接机的乔峰，突然，身后传来熟悉的声音："李总，我在这儿。"

李心远扭头一看，大吃一惊，一辆黑色宾利慕尚赫然出现在眼前。

乔峰殷勤地迎上来，接过行李，谄笑着拉开车门。直到坐进宾利慕尚，李心远都觉得一切仿佛梦境一般，有点虚幻，太不真实。

"董事长特别交代了，以后我就是您的专职司机兼保镖，这辆宾利车 5 年之内都是您的专车，随叫随到，5+2，白加黑。"乔峰留着寸头，长相阳光，说起话来嘎嘣脆。

气度不凡、气质高贵，价值 1100 万元，宾利慕尚 2012 款 6.8T-EIC 特别定制版，这可是王胜伟的心爱之物。

"这是董事长的专车啊，他怎么办？"处于发蒙状态的李心远说了一句很傻很天真的话。

"董事长买的湾流 G550，那可是航程最远、性能最优、客舱最宽敞、舒适性最好的豪华公务机。私人飞机都买了，董事长的豪车多着呢，不同的场合坐不同的车。"乔峰撇了撇嘴，呵呵笑了起来。

李心远不再言语，闭上眼睛靠在软软的椅背上，此刻的他要好好享受当下。迷迷糊糊的状态中，塞满脑袋的竟然一直是吴晓榕的铿锵一诺。乱蓬蓬的心绪毛刺刺的，总感觉心里一下子突然结了个疙瘩解不开，地产江湖利益交织光怪陆离，李心远分明在一点点迷失自我。

40 分钟后，李心远意气风发地出现在开泰伟业，前台小姐姐的神情诡异而夸张："李总您回来了，请先到一号会议室。"

一脸狐疑地走进会议室，李心远被眼前的景象吓傻了。长条会议桌上堆着一摞摞钞票，码成了一个小山包，品牌管理中心 15 位同事一个不少都在场，齐刷刷起哄式使劲鼓掌。

李心远定在原地，手足无措，略显慌乱。

身形妖娆、妆容精致的人力副总裁郑春筠，笑意盈盈，无比亲切地和李心远握手。

郑春筠也是王胜伟的亲信。开泰伟业内部，流传着王胜伟的"三个离不开"：情感生活离不开郑春筠，产业圈地离不开马建业，地产生意离不开易安。

说起郑春筠，还有一段逸闻。多年前，一位专职为澳大利亚赌场拉客的豪赌中介谢文雄，邀请王胜伟等十名企业家去澳大利亚悉尼、布里斯班、墨尔本赌博。豪赌中介，就是"叠码仔"，其工作就是寻找拥有上亿元身家的富商赌徒，以往返机票、星级住宿全包，提供过桥资金及带有情色意味的一条龙服务为诱饵，吸引富商走进澳大利亚赌场，从而赚取抽成。澳大利亚算得上全民涉赌，甚至有好几家赌场在澳洲证券交易所挂牌上市，悉尼的星港城赌场、布里斯班的银库赌场、墨尔本的皇冠赌场闻名全球。谢文雄邀请了 10 个美女伴随这 10 名企业家。王胜伟对随行美女没兴趣，反而盯上了谢文雄的助理郑春筠。这也是王胜伟的性格，总盯着别人锅里的菜。澳大利亚豪赌归来，郑春筠成了王胜伟的秘书。那是一年的仲夏时分，王胜伟乘坐私人飞机湾流 G550 前往美国尔湾考察。湾流 G550 有 16 个座位、8 个卧室、2 个浴室、2 个厨房。那次美国之行，陪同王胜伟的有易安、马建业、裴定军、郑春筠，外加两个美女翻译。从东虹到美国加利福尼亚州橘郡约翰韦恩机场，飞行时间 16 个小时。机长知晓王胜伟的习惯，所以即使夜间平飞，开启自动驾驶模式，他依然大睁着双眼，稳稳地操控湾流 G550，不敢有丝毫懈怠。王胜伟购得湾流 G550 后就做了改造，两间原本独立的卧室以不易察觉的暗门相互连通。郑春筠的卧室在王胜伟的隔壁，万米高空之上，夜深人静，郑春筠轻手轻脚推开那扇暗门，主动进了王胜伟的卧室。年平均气温 18℃，冬无严寒、夏无酷暑，风景旖旎、人文深厚的尔湾，位于美国加利福尼亚州橘郡，连续数年蝉联"美国最安全城市"的称号。百年以前，尔湾还是一片农场，让尔湾发生天翻地覆巨变的是加利福尼亚大学尔湾分校。在很长时间里，尔湾都是尔湾公司的私有财产。20 世纪 60 年代，尔湾家族以 1 美元的价格将 1000 亩土地赠予顶尖学府加利福尼亚大学在尔湾建设分校，优质的学术资源为尔湾带来了优质的增量人口，尔湾新城由此喷薄而出。在尔湾，王胜伟挥一挥手，买下两套独栋别墅，一栋 2000 平方米的别墅给了和春住，另一栋占地 2853 平方米的独栋豪华别墅赠予郑春筠。

凡是王胜伟嘉奖之人，郑春筠总是会热脸相向。凡是王胜伟排挤之人，郑春筠总是会变本加厉。此刻，郑春筠满脸堆笑地给李心远递上一个大红包："这是董事长特别奖，现金 100 万元整，税后金额。"

掌声继续响起。郑春筠优雅地摆摆手，示意大家安静，语气郑重其事："经公司研究决定，任命李心远为品牌管理中心总经理，全权负责集团品牌管理事务，薪酬上浮一级，享受高管待遇。任命即日起生效。"

入职不到一年的李心远，破格晋升为品牌总经理，这在开泰伟业历史上实属罕有。掌声再度响起。众人的目光有羡慕的，有嫉妒的，也有愤懑的，唯有施夷光的眼神飘过丝丝敌意。让李心远有点意外的是，会议室里唯独不见顶头上司凌云飞。

仪式很快结束，众人决意狠宰李心远一顿，纷纷撺掇他请吃请喝，李心远却在发愁这100万元现金怎么办。

郑春筠话题一转："你可以把这100万元现金交给财务，让财务打到你的工资卡上。"

李心远充满感激地望着郑春筠。

林玉辉、崔嵬不知从哪儿淘来两个宜家的购物袋，手脚麻利地把一捆捆钞票扔进购物袋，同时不忘和李心远开着善意的玩笑："李哥，拎着这些钞票，我们准备跑路了。"

"这点钱你们就跑路，瞅瞅你俩这点出息。"李心远笑骂。

三个人拎着鼓鼓囊囊的宜家购物袋走进财务管理中心，李心远交代了几句便转身离去。

崔嵬快步跟上来，把李心远拉到茶水间，看看四下没人，他沉着面孔说："李哥，你知道这100万元是哪里来的吗？"

"董事长奖励的啊！"李心远歪着脖子看了看崔嵬，自鸣得意。

"这100万元是李渔交给公司的罚金。悲伤的眼泪是流星，快乐的眼泪是恒星，满天都是谁的眼泪在飞。李渔那边的人我也认识几个，她们私下里告诉我，李渔很愤怒，说是被凌云飞下套算计了。"崔嵬神情有点怪异，挤眉弄眼一通坏笑，充满善意地提醒。

李心远心头一紧，表情也变得严峻起来。

凌云飞办公室的门紧闭着，李心远敲门而入，看到王胜伟正和凌云飞激烈地争论着。两人活像干仗的斗鸡，涨红了脸，谁也不服谁，恨不得要动手的架势。

"舆情工作做得很不错，李心远很辛苦，年底总结会我要专门和你喝杯酒。舆情工作之外，品牌管理中心欠账太多。品牌定位搞了快一年，到现在还没个结果。凌云飞你找的那两个所谓 4A 公司，一个想说服我更换标识，另一个想说服我做广告，这是正路子吗？"毕竟是董事长、开泰伟业实控人，在心理上、气势上，王胜伟都天然地占据上风。

"董事长，这次的舆情风波是在云飞总的直接领导下平息的。"犹豫了一下，李心远挺身而出，给凌云飞挡子弹。

对于李心远的反应，王胜伟毫不领情，语气依然严厉："云飞管的事情多了，舆情工作做得好，是兄弟们干得好，该表扬。品牌工作没做好，我就得找他掰扯掰扯。"

凌云飞绷着脸不说话，暗自给李心远抛来一个眼神，分明是在提醒他"凡事都有一个解释，就是不要和老板解释"。

"省台的预算我批给你了，广告要想清楚是打给谁看的。全国现在有 2856 个区县级行政单位，5712 个区县长、书记，加上主管领导，一万多个而已。'一座万达广场，一个城市中心'这样的广告，没有体现出政绩的含义，但是地方政府很认同。再看我们的广告'一个产业园，一个城市的明天'，简直就是抄袭！"王胜伟一边展示自己的慷慨，一边不忘适时打压品牌工作。不过，不知道是假意遗忘还是果真遗忘，"一个产业园，一个城市的明天"的广告语是王胜伟钦定的。

"县长、书记是我们的关键客户，各级政府是我们的衣食父母。"凌云飞以稳稳的腔调有板有眼地说。

王胜伟并不理会也不做回应，而是抬手在墙壁白板上重重地写下六个大字——开发区新城市！

书写完毕，意犹未尽的王胜伟还补上了一个大大的感叹号。

"开泰伟业的品牌定位——开发区新城市运营商。既然你们这帮秀才整不出来，就按我说的办，从今往后就用这个对外传播。"见凌云飞、李心远面露惊诧，王胜伟语气干脆而坚定。

"董事长，我坚决不同意，国家土地总督察办公室发布公告明确指出，各地以各种名义违规设立园区圈占土地的问题比较突出。国家层面三令五申严管严控严查严办开发区圈地行为，我们大张旗鼓对外宣传开发区新城市，政策风险太大了。以产兴城、以城带产、产城融合、产城一体，我坚持认为开泰伟业的品牌定位应该是——产融新城运营商。"凌云飞一阵苦笑，皱着眉头陈述着自己的理由和判断。

"我拍板的事情，不需要你同意，服从就可以了。"王胜伟抖了抖下巴，挂在腮帮子上的赘肉一颤一颤的，脸上的微笑顷刻间荡然无存。

产融新城的提法之前就专门给王胜伟汇报过，易安、马建业等人均未提出异议，王胜伟也已默许，怎么今天突然又开起了倒车？李心远的大脑快速地转动着，紧张地思考着。

李心远头脑溜号开着小差。凌云飞还在顽强地抗辩："董事长，我是分管品牌的副总裁，我斗胆进谏三次，如果您依然坚持使用开发区新城市的品牌定位，那我只有服从。"

"你必须听我的，否则走人。"王胜伟冷冷一笑，语气淡定而决然。

"我不同意您的观点，我捍卫自己说话的权利。"一向温文尔雅的凌云飞一反常态，出奇地强硬，毫不妥协的劲头凛然不容侵犯。

办公室的气氛仿佛划一根火柴就能燃起熊熊烈火。

王胜伟恼怒地拍了拍大腿，从沙发上站起来："真着急，不生气。我找王省长评理，我倒要看看咱俩究竟谁有理，他可是中国三个半圣人之一。心远，明天上午9点半省政府主楼等我，我们一起拜会王省长！"

李心远难掩亢奋，却一脸诧异。

走出凌云飞办公室的那一刻，王胜伟的冷峻神情已然消退，脸庞浮现出难得的笑意，却也并不言语，而是用右手按住李心远的左肩，用力拍打了三下。这让处置负面舆情有功的李心远有点落寞，他原本指望王胜伟好好表扬一番，等来的却是王胜伟不明就里的肢体动作。

送走王胜伟，凌云飞依然情绪激动，身体开始有节奏地抖动："产融新城创新实践，探索中国特色城镇化路径，品牌定位、观点内核、话术口径包括背书的专家名单都给他汇报过，他都同意的，今天又来我办公室拉抽屉、开倒车！"

"王老板是双子座，这个星座的特点是多疑善变，说了不算、算了不说，不可靠、不稳定。嗯，我看倒真是挺符合的。"李心远的语气有点迟缓，心不在焉地应承着。

见凌云飞并没接话，李心远又愣愣地问了一句："领导，听说您要离开开泰伟业？您如果要走，我肯定也走。"

凌云飞手指轻微抖动了一下，嗓音忽然有些喑哑："你是听到什么风声啦？不管是走还是留，尊严永远不能丢。"

"董事长的司机兼保镖，现在给我开车的乔峰说的。"李心远清脆地回答道。

凌云飞眉头紧锁，默然良久方才轻声喃喃："下周李渔就要转岗到集团品牌管理中心，王胜伟安排她负责品牌定位、品牌管理的相关工作。当然，你还是集团品牌总经理，这也是他刚签发的任命。把李渔安插进来，马建业这是往我眼里揉沙子啊！"

第三章　高层公关

地产是大后方，金融是正前方

去省政府，坐宾利慕尚自然不合适，提前向省政府办公厅秘书处上报了车牌号，李心远乘坐的黑色奥迪 A8 畅通无阻地进了省政府大院。

因为工作关系，出入省委大院次数更多，李心远在心里不禁做了一番比较。省委大院背靠中条山余脉，紧邻秦淮河水系，对面就是始建于万历年间的河东省文化地标锦绣楼，怎么看都是风水宝地，正门侧门后门都有武警值守，反复查验人车信息才谨慎放行。

清新的空气沁人心脾，暖暖的阳光打在脸上，眼前一切如诗般美好。

上午 9 点半，王胜伟准时现身省政府大院，他在主楼前驻足，深吸一口气，自言自语道："七上八下，还能进步啊！"

王胜伟、李心远一前一后走进省政府主楼。

就在二人寻觅电梯间的当口，一楼传达室跑出一个中年人，带着公职人员特有的职业微笑热情相迎，冲着李心远恭敬地点了点头："您是魏市长吧，领导正等您呢，在七楼。"说完，中年人抬手做了个请的手势，根本没看王胜伟一眼，显然是把李心远当成了位高权重的"市长"，把王胜伟当成了有头有脸的"老板"。

李心远冲中年人点了点头，径自昂首走向电梯间。中年人并未离去，快步向前，用手控住电梯门，再次做出一个请的手势。

电梯门徐徐关闭，王胜伟抢先摁下了数字"7"。敏感的李心远瞬间想起了王胜伟刚才"七上八下"的自言自语。

李心远还在琢磨"七上八下"的奥秘，王胜伟把头转过来，疑惑不解地问："你小子怎么成了魏市长？"

"董事长，您看看咱俩的衣服。"李心远笑而不答，故弄玄虚。

经这一提醒，王胜伟认真地打量起来，李心远穿的是一件藏青色男士翻领夹克，而他自己则是一套价格不菲的阿玛尼西装，还精心打了一条"朱唇红"领带。之前出入省委大院主楼，李心远多次被传达室值班人员误认为"市委书记"，如今进了省政府大院，从"市委书记"降级为"市长"了。想到这里，李心远心里偷着乐。

省政府主楼七层是省领导办公楼层，安装着玻璃屏蔽门。王胜伟、李心远刚走出电梯，玻璃屏蔽门洞开，一个身着藏青色翻领夹克的年轻人迎面走来："王总好，我是王省长的秘书雷未来，领导现在在忙，您先到我办公室等一下吧。"

"我知道你，复旦大学经济学博士，高级知识分子。"王胜伟步履从容地走进雷未来敞开的办公室。不大的办公室显得有些凌乱，办公桌、茶几上堆放着《河东商报》《河东经济报道》《河东日报》等报刊。

两杯茶已经沏好，此刻正冒着热气，雷未来端过来一个青花瓷茶杯，西服笔挺的王胜伟立马条件反射地起身，这场景让李心远颇为感慨。雷未来的级别也就是副处，王胜伟竟然对他如此恭敬。

李心远回忆起入职伊始李渔说过的一番话：别看董事长平时在公司里很强势，如果你做过政府接待，就会发现董事长对政府官员是多么恭敬和谦卑。

王胜伟端起茶杯，轻轻吹拂绿莹莹的茶叶。他正要寒暄几句，却见雷未来面露难色，有点沉不住气地说："王总，有件事情想求您。"

"请讲请讲，您说您说。"王胜伟放下茶杯，做洗耳恭听状。

"我儿子今年6岁，贵公司和京州小学合办的东虹京州小学，那可是咱们河东省名校啊，听说每年报名的都有上千人，名额难求啊。"雷未来脸一红，语气中既有羡慕也有无奈。

王胜伟露出了得意的笑容，毫不迟疑地答应下来："安排！我让心远和你对接，放心吧。"

办公桌上的内线电话响起，雷未来赶忙抓起放在耳边，嘴里不停地说着："好的，好的，我知道了。"

放下电话，雷未来热情招呼："省长请二位去他办公室。"

刚走出雷未来的办公室，走廊靠里一间办公室的门已经豁然打开，一位身材高大、器宇轩昂的中年男子站在走廊里大声说道："胜伟，胜伟，你好啊，欢迎！"

捱着小碎步亦步亦趋，满脸逢迎与讨好，王胜伟小跑前进，打躬作揖，伸出双手恭敬地握过去："省长好，省长好。"

被王胜伟称呼"省长"的正是王守仁，河东省委常委、常务副省长。王胜伟与王守仁的相识颇有戏剧性。2003年，王胜伟、易安在东虹大学商学院拿到高级管理人员工商管理硕士学位，参加毕业典礼，照毕业照，晚上吃散伙饭，大家喝得面红耳赤。席间，王胜伟拿同班同学黄小碧开玩笑："黄姐，听说你家就在旁边，让姐夫过来见个面呗。"黄小碧举止文雅，在班里最低调，大家只知她在国企工作。她压根儿没理会王胜伟的起心动念，只淡淡地回了句"不方便"。王胜伟佯装生气，不依不饶："我看不是不方便，是看不起同学们吧。"黄小碧依旧轻声细语地说"不方便"。酒桌上一时起兴再正常不过，同学们跟着起哄："有啥不方便的，请姐夫来嘛。"黄小碧无奈地掏出手机。不一会儿，一位身形伟岸的中年男子走进餐厅包间，所有人集体起立，王胜伟端着酒盅的手也开始抖动。出现在包间的正是黄小碧的先生王守仁，时任东虹市委常委、组织部部长。以往都是在《东虹新闻联播》里看到王守仁，如今竟然见到本尊，王胜伟、易安都激动起来。王守仁倒也不客气，端起酒杯温和一笑："嘤其鸣矣，求其友声，同学之谊地久天长，在座各位很多都是企业家，希望以后多为东虹经济发展贡献智慧和力量。"

当前河东省正在全力构建"亲上加清"政企关系，此番在省政府大楼见面，王守仁毫不避讳与王胜伟的熟稔，让王胜伟很温暖也很感动。

雷未来轻手轻脚把门带上，这个"小动作"让李心远想起，省部领导的办公室经常关着门，科长、处长的办公室通常不能关门。

一盆长势正盛的君子兰摆放在茶几上，满室馨香，生机盎然。王守仁钟情君子兰，君子兰寓意言行美好、品行高洁，这也算是王守仁做人做事做官的隐喻和投射。一摞摞文件整齐码放在办公桌上，暖暖的阳光透过玻璃窗照射进来，略显逼仄的空间充溢着和煦的暖意。并不宽大的办公桌上并排放着三部电话，其中一部红色话机格外醒目，这就是俗称的"红机"。东虹是副省级省会城市，但王胜伟在东虹市长办公室没有看到过"红机"。在河东省，只有省委常委才有资格在办公室以及住处配置"红机"。"红机"整个机身没有拨号盘，因为它不需要拨号，所有通话也都是加密的。李心远打小在军营长大，小时候家里安过一部军线电话，拿起电话直接报出你要找的部门或个人，比如"请转指挥连""请转杨政委"，话务员就会为你接通。相比军用保密电话，"红机"的使用范围更小，保密级别更高，而且设有防窃听装置，原电路被任何异物介入或外壳损毁，都会自动报警。

"办公室这么小啊。"王胜伟龇着牙，带着一脸谦卑的笑。

"35平方米，符合国家发展改革委和住建部制定的《党政机关办公用房建设标准》。我这办公室和你河东首富没法比喔，你的办公室我没去过，应该有350平方米吧？"王守仁不以为意地摆了摆手，笑了起来。

"省长，您办公室的藏书实在丰富。"王胜伟扫视一眼书柜里整齐堆放的各类书籍，抬头仰望王守仁，眼神中写满尊敬与崇拜。

"人若不读书，脑袋空如竹。不怕衣衫破，就怕肚没货。读过的书越多，读不完的也就越多。我可不是为了藏书，而是为了读书。天底下一等一的好事，就是读书。就像苏东坡诗里写的，'著书多暇真良计，从宦无功漫去乡'。读书越多才能越有锦囊妙计，入了仕途倘若没有建树，那可没脸返乡喔。"王守仁嘴角动了动，目光如炬。

苏东坡的名句，王胜伟哪里能参透，一下子跟不上节奏。突然，王守仁抬起头端详李心远，继而蹙起眉头："胜伟，这位是李心远？"

"对啊，我们公司负责品牌工作的李心远，您认识？"王胜伟赶忙答话，语气变得异常谦恭。

"李心远，哈哈，当年要不是我出面帮他，这小子差点就进了看守所。"王守仁笑眯眯地看向李心远，表情收放自如。

李心远嘻嘻一笑，心里却叫苦不迭。真是哪壶不开提哪壶，说起那件尴尬事，王胜伟、李心远显得都有些别扭。

"1997年12月我在东虹大学做校招，去朱可臻教授家里蹭了顿饭，幸亏朱教授夫人做饭比较慢，我和可臻教授多聊了半个多小时，偶然看到了李心远的毕业论文，我一下子就对他感兴趣了。如果教授夫人做饭快一点，我也就不会知道和认识李心远了。可臻教授把李心远喊过来，我在可臻教授家里面试了李心远，聊了半个多小时，很认可这个质朴而诚恳的小伙子。当时我就对李心远说，如果你愿意留在东虹，我会把你安排在市委组织部重点培养。李心远毕业后去了京州市粮食局，后来辞职去了媒体，还曾以《财经周报》首席记者的身份来东虹采访过我。能把知名财经媒体首席记者请到东虹为你打工，还是你首富面子大啊。"王守仁用手指戳了戳李心远，声音略带不悦，故意流露出失望的表情。

"嚯，没看出来，你小子是藏在我身边的唐小舟。"王胜伟顿了顿，意味深长地说。唐小舟是一部长篇小说的主人公，原是省报的落魄记者，省委办公厅一纸调令让他成为新任省委书记的秘书，也就是传说中的"二号首长"，自此开启了全新的人生篇章。

"省长，这次来是向您请益的。前些日子我去了贵阳修文县龙场，对阳明文化有了新的感悟。地产商对城市建设、民生改善、经济发展是有功劳的，房价过快上涨不是地产商的过错。挣钱不少、心情不好，这是地产商的心态和状态。每个地产商心中都应该有一个定盘针，只有按照心中定盘针的指引与指向做人做事，才不会迷失迷离，不会迷途迷路。定盘针是什么？本心、初心、内心，就是王阳明所说的良知。从贵州回来之后，我就把开泰伟业的企业文化修订为——知行合一、诚心正意。"王胜伟是有备而来，之前做足了功课，苦学苦读王阳明著作，为的就是能和王守仁成为心气相通的"朋友"。王守仁是河东省王阳明文化研究学会的名誉会长，他对阳明心学的研究很深入。

"王守仁是本名，阳明是号，后世直接称呼王阳明。我爷爷和父亲都是王阳明的拥趸，按照辈分排，到我这一辈正好是'守'字，父亲就给我起了'王守仁'这个名字。幸与阳明先生同名同姓，不把阳明文化研究透彻，真是愧对先人、愧对圣人。龙场悟道的核心是知行合一，阳明先生认为，如果知道了，但你做不到，那不叫真知。如果你真的知道了，就一定能做到。怎么代表真的知道？就是真的做到，这叫知行合一。阳明心学有一个核心概念非常重要，就是致良知。良知是与生俱来的天德，是每个人言行的监督者，知是知非，知善知恶。致良知就是回归本心、坚守初心、遵从内心。"王守仁不疾不徐地说着，透出上位者的威仪。

　　"做人做事都要学王阳明的知行合一。是不是凭着心性谦卑做人、虔诚做事？做人做事有没有正念？是不是念兹在兹？阳明先生提出'心即理''知行合一''致良知'的心学之道，用自己一生的实践证明——圣人之道，吾性自足，立志而圣则圣矣，立志而贤则贤矣。"王守仁目光幽深，言辞深刻，言语中有真知、有灼见，还有做人做事的真章。

　　王胜伟听得入神，频频颔首，既有顿悟又有醒悟，脸上尽是虚心求教的虔诚与恭敬。

　　"王半城，你这个江湖绰号霸气得很啊。"王守仁突然说出"王半城"三个字，王胜伟惊得差点从座椅上跌落下来。

　　"知行合一、诚心正意。知易行难啊，希望王总一心一意，不要三心二意、始乱终弃。你现在是商界名人，省会城市的一半都是你建的？这是你喝着茅台吹过的牛皮吧！东虹版温莎城堡，从里到外弥散着暴发户的铜臭味道。观澜区 12 平方千米是你的杰作，我做东虹市委书记时当着媒体的面夸赞过，那是东虹市永不落幕的风景眼。你不能飘飘然！'王半城'这种牛皮万万吹不得，是有可能葬送你的事业前程的。"王守仁收敛了笑容，话语之间明显有了斥责的意味。

　　"这是那些无良自媒体胡写呢，自媒体经常用这些博出位的字词句。"王胜伟一脸愧色，一张大圆脸涨得通红。

对于王胜伟的反应，王守仁毫不吃惊，露出的是"果不其然"的神情。一丝笑意浮现在王守仁的嘴角，王胜伟分明读到了轻蔑与不满。

"做人一定要像人，经商不可太重利。你是河东省工商联副主席、全国人大代表，河东省8500万人口，分配给河东的全国人民代表大会代表名额130人，一名全国人大代表代表着65万人。这是无上的荣誉，更是沉甸甸的责任。做人有规矩，做事有法度。依照本色做人，心中有底线。按照角色做事，脚下不越线。"王守仁端起青花瓷茶杯，呷了一口茶，嘴里含着一小片茶叶，自得其乐地细细咀嚼起来。

王胜伟很是懊丧，主动提及王阳明是为了套近乎、找共鸣，没想到王守仁竟然借助阳明心学结结实实地敲打了一下他这个河东首富。

"开泰伟业到底是做什么的？卖房子的地产开发商，还是做产业的城市运营商？"王守仁突然开口，冷冷地问道。

"过去这些年，全国各地是以大中城市特别是一线城市为核心来推动的摊大饼式发展，郡县治，天下安，县域经济才是新型城镇化的主阵地，我们要用一个个新型开发区去建设新型城市，要让我们开发的区域经济更活跃，社会更和谐，人民更幸福。"王胜伟语气平静地道。

一开始还颇有兴致，听着听着，王守仁就觉得不对劲，便不住地摇头，淡淡的官威透体而出："把开发区搞成城市？还是在搞圈地运动啊！全国、全省要开展开发区违规占地的全面检查，你还在说自己是开发区新城市，这不是往枪口上撞吗？土地，原本是最基本的生产资料，更是产城融合的核心资源，但是在很长一段时间内，却成为贪腐的高危区域。土地来钱最快也最危险，产业来钱最慢也最安全。让产业带动就业，让就业激活城市，以产业融合之名建设产融新城，打造宜居宜业的新型城市，这才是人间正道。"

"产融新城，省长您这个提法实在是太精彩了，高屋建瓴，高瞻远瞩，令我醍醐灌顶，您这一席话算是解了困扰我多年的心结，真是让我茅塞顿开。下周，《河东新闻联播》节目之前的黄金时段会出现我们的形象广告——开泰伟业，产融新城运营商。"王胜伟察言观色的本事真是好生了得，听到王守仁反复强调产业之于就业和城市的重要性，就迅速领会个中内涵，目光不再茫然。

"企业怎么干，那是你的事。我要说的是，所谓良知，就是自知、自省，是理性、德性的本源，良知是三观要正，致良知是操守要端。"王守仁细声细语，声调却变得严肃起来。

"和省行政学院联合搞课题研究，我已经叮嘱过张丽亚副院长，调集精兵强将，把产业升级、产融新城的大块文章做扎实。我把朱可臻教授挖到行政学院了，可臻教授一贯坚持原则，做人做事很有风骨，是省人民代表大会常务委员会委员，因体察民情、仗义执言被称为'布衣委员'，他是调研组的主力。调研报告不是为开泰伟业唱赞歌，而是为河东省15个工业园区高质量、可持续发展建言献策。你通过省工商联递上来的《关于进一步出台政策支持非公经济发展的情况汇报》，我看过了，也批示了。"一口气说完王胜伟关心的两个重点事项，王守仁话锋一转，陡然提高音量说，"该支持的事项不用你汇报请示，我会毫不犹豫地支持；不该支持的事项任凭你如何暗示，我也会不留情面地拒绝。"

"课题报告凝聚了省委党校、行政学院专家教授的智慧和心血，是不是可以择机向上呈报？"王胜伟小心翼翼地试探着，始终温和地笑着，"能力靠实力说话，实力靠本事说话。做地产靠实力，做金融靠本事。做地产是挣小钱，做金融是挣大钱。水往低处流，钱往高处走，谁能让钱生钱，谁能让钱更值钱，谁就拥有金钱永不眠。今年省两会，政府工作报告指出，推行金融强省战略，我们民营企业的机会在哪儿呢？"

"盯着前方，想着后方，更要知道去向何方。土地财政，那是河东省的过去时；金融强省，才是河东省的现在和未来。河东省着力发展的是绿色银行、绿色证券、绿色保险、绿色小贷、绿色担保、绿色基金等多元化绿色金融。让绿水青山成为'幸福不动产'，超越城市发展与经济增长的极限。"王守仁面部表情没有变化，只是克制地抽动了一下嘴唇，传递出一个似有若无的微笑。

"地产是我的大后方，金融是我的正前方。从地产进来，从金融出去，我要用脚踏实地的商业实践成为顶天立地的金融家。"低沉的语气透着坚定，王胜伟赶紧汇报从地产进军金融的种种设想以及现实路径。

王守仁精神为之一振，频频点头："我是省金融工作领导小组副组长，未来5年，争取把30家优质的保险公司、证券公司、公募基金、商业银行的总部引进到东虹，这比卖土地、建房子更有意义。"

虽然尽力压抑心中的兴奋与激动，但王胜伟的内心依然激情澎湃，此刻的他已经为开泰伟业找到了产城地产之外的第二增长极。

进门时热情相迎，寒暄时不端架子，这是"亲"的一面；会见时旁敲侧击，言语间机锋相向，这是"清"的一面。王守仁对亲、清关系的演绎与诠释堪称教科书级别。自诩熟谙官场潜规则、显规则的王胜伟此时此刻也不得不由衷地钦佩王守仁。

虽然被王守仁虐得不轻，走出省政府大院的王胜伟却无比畅快，王守仁鞭辟入里的一番话为开泰伟业指明了一条康庄大道。

"敢碰硬，不硬碰；走直路，拐活弯。"心服口服外加佩服，接下来，王胜伟要实现的是从产融新城到金融实业的转型升级。

"布衣委员"朱可臻的严厉质疑

"五十度灰"领带暂且弃之一旁，王胜伟特意从衣橱里拎起一条"朱唇红"领带戴上，昭示着他无须掩饰的好心情。

"朱唇红"领带是郑春筠在美国尔湾光谱购物中心阿玛尼官方专卖店精心挑选的，并给领带取了个很骚气的名字——欲望红唇。

郑春筠深知王胜伟对红色特别是性感的"朱唇红"情有独钟，因为红色招财聚财，浓艳的"朱唇红"，色泽浓烈、动人心扉。郑春筠在尔湾采购的"朱唇红"是一个套系，既有领带，也有男士内裤、男袜。那一年恰逢王胜伟本命年。"男人的品位不看西装、不看衣装，看的是袜子，越是不被看到，也就越重要"，这是郑春筠向王胜伟灌输的价值观。

破产旋涡安然度过，股价市值稳健上行，今天终于要举行河东省委党校、行政学院——开泰伟业研究院揭牌仪式暨产融新城专题研讨会。煎熬了半年多，凌云飞、李心远主导的品牌制高点打造"一号工程"终于步入正轨。

推广品牌，宣传企业，绝不宣传王胜伟。百度上不出现、网络上无负面、搜索端无图片，这是王胜伟关于个人 IP 的"三原则"。百度搜索关键词"王胜伟""开泰伟业王胜伟"，前 5 页无负面，这是王胜伟为李心远钦定的 KPI。很显然，这是不可能完成的任务。王胜伟曾经连续三年参加博鳌房地产论坛，第一年参加用的是假名，第二年、第三年都要求不上台、不说话、只旁听。

开泰伟业的业务分为三个端口：To G、To B 和 To C。To G 主要针对各级政府，与政府签订长达 30—50 年排他性的园区整体委托开发协议，由开泰伟业对园区进行前期规划、基础设施建设、土地整理、商品房开发、工业厂房开发、园区招商引资以及企业入园后的物业管理服务，政府仅提供行政方面的服务和管理。土地整理俗称一级开发业务，拿下一级开发业务就意味着后续地产开发业务的优先性，关键是可以拿下招拍挂流程，开泰伟业整理的土地终究还是王胜伟的。To B 是针对企业做招商。To C 是针对广大公众盖房子、卖房子。

独特而稀缺的商业模式若能被高层肯定，则开泰伟业前程似锦；如被高层全盘否定，则开泰伟业前途黯然。要么"登堂入室、主流价值"，要么"身败名裂、一片狼藉"，这就是王胜伟的命和运。

开泰伟业"产融＋新城"商业模式获得河东省乃至更高层面的认可与认定，是王胜伟最看重的关键事项。河东省内，对于开泰伟业以平方千米的方式大规模圈地的做法一直存有质疑和争议。河东不稳，基业不保。王胜伟锚定的突破口是河东省委党校、河东省行政学院，这两个机构是河东省顶流智库，也是培训省管干部、县处级干部、青年公务员的主要平台。王胜伟的用意再明显不过，就是要把开泰伟业的商业模式作为案例写进省委党校、行政学院的授课教材。

凌云飞、李心远的公关策略是紧盯目标、重点突破，主攻省委党校科研处处长管振水，此人是吉林大学管理学博士，目前只是正处级，但据说很有"背景"。重点拜访新近进阶为省管干部，履新省行政学院副院长的张丽亚，并恳请由省委党校、行政学院联合打报告，将调研报告上报高层。

河东省委党校校长是省委常委、组织部部长吴卓群，河东省行政学院院长则是省委常委、常务副省长王守仁。吴卓群、王守仁两位常委先后圈阅批示同意。李心远敏感地注意到，批示件第一页右下角盖上了两个长方形的小红戳印，分别写着吴卓群、王守仁的名字，右上分别是排序数字第 2419 号、第 2420 号，右下是批示时间。这是李心远第一次亲眼看到省委常委的批示件"长啥样"。

吴卓群作出批示：着眼高质量发展，突破机制体制约束，大胆尝试，勇于创新。

王守仁作出批示：以新元县产业园的实践、经验为样本进行认真调研，审慎研判，科学论断，调研报告要经得起时间、历史和人民的检验。

原本是要把签约仪式搞得热热闹闹，但是一想到王守仁的善意提醒，王胜伟立时就把神经绷紧了，最终还是把仪式做成了一场限于内部交流性质的座谈会、交流会。

王胜伟躬身致谢，饱含深情与诚意地感谢省委、省政府领导，省委党校、行政学院领导，欢迎并感谢各位专家学者前往新元产业园区进行专题调研。发言最后，王胜伟颇为动情地说道："长三角周边和县域经济体成为承接产业转移的重要基地，土地集约化、产业集群化、运作市场化的现代产业园不断涌现，成为驱动县域经济发展的关键力量。位于我省省会周边的新元产业园，就是'政府主导、企业运作、政企携手、产城融合'的鲜活案例。"

管振水宣读了两位省委常委对成立课题组的批示，张丽亚着重介绍了课题组调研团队成员："省委省政府对这次专题调研高度重视，省委党校、行政学院召集了由经济学、公共管理、经济管理、科学社会主义4个教研部主任领衔的专家团队，课题组成员由10位教授、10位副教授、10位博士组成。今天，4位教研部主任、10位教授都到场了。下周开始，课题组将先后前往东虹、新元、昌达这三个产业园进行实地调研，力争在5个月内完成调研报告呈报省委省政府主要领导参阅。"

互动交流阶段，各位教授大多打着哈哈，说着清汤寡水没有营养的场面话。有着"布衣委员"之称的省行政学院科学社会主义教研部主任朱可臻教授，是位认死理的老学究，他一把抢过话筒要求发言，首先质疑"产融新城"的提法，认为这个说法不够严谨、不够科学。

管振水马上进行反驳："娘是谁，不用解释，每个人都懂，为什么把媳妇叫新娘？晚娘又是谁？我觉得这些说法没必要太较劲。"

管振水似是而非的奇特回复，立即引发哄笑。朱可臻更是被弄了个大红脸，喘着粗气干瞪眼。

片刻后，朱可臻缓过神来，火力全开："开泰伟业做的是产城地产，说白了就是靠产业升级、产业招商迎合地方的政绩需求，低价圈地、高价卖房。新元产业园规划面积40平方千米，目前已经开发了15平方千米，密密麻麻一大片到处是房地产，到处是别墅，国家三令五申严控别墅用地，可开泰伟业还在宣扬一亩一栋独栋别墅，这是土地集约的做法吗？开泰伟业的整体收入有多少是产业促进产生的收入，又有多少是房地产的收入？房地产的收入在上市公司全年营收的比重超过了90%，这是典型的挂羊头卖狗肉！你们的工作人员同时也是新元产业园招商局局长，你们到底是商是官，还是官商一体？你王老板是要学胡雪岩做红顶商人吗？园区企业上缴地方税收的45%要返给开泰伟业，凭什么？"

好一个朱可臻，真不愧"河东省焦点访谈"的美誉，有理有据、侃侃而谈的一席话，不啻平地起惊雷，水面掀波澜。

王胜伟、易安、马建业的脸色一会儿青一会儿白，一支铅笔被王胜伟牢牢攥在掌心，他长长的大拇指硬硬地顶着笔头，稍一用力就能把铅笔杆断为两截。管振水、张丽亚交换了一个眼神，尴尬地沉默着。在座的教授固然不是第一次领略朱可臻咄咄逼人的风采，但像今天这样针尖对麦芒的架势却没有见识过，个个屏气凝神、神情专注。

朱可臻丝毫没有偃旗息鼓的意思，完全是"宜将剩勇追穷寇"的豪迈气势，铁了心要"弯弓搭箭照直了绷"。

朱可臻朗声说道："管理学大师德鲁克说，管理的本质是激发他人的善意。在我看来，开泰伟业的管理是激活了他人的恶意。相互攀比吃回扣，彼此竞赛中饱私囊，令人不齿的行为在开泰伟业好像已经成了显规则。我们行政学院一位教授应邀给你们写了篇'软文'，写了 2000 个字，给了 4000 元稿费。在你们公司内部，为这篇'软文'申请的费用是多少？ 10 万元。余下的钱被谁吞啦？"

朱可臻提高声调，努力把每一个字说得理直气壮："贵公司采购部门明目张胆地找供应商要回扣，不给回扣就入不了库，成不了供应商，回扣都被你们的耗子吃掉了，建筑材料能不偷工减料吗？听说王老板研究胡雪岩很有一套，希望你们盖房子要讲良心，一定要坚持做到采办务真，修制务精。王老板一直在强调产业，我可以负责任地说，你们对外宣称的很多所谓落地投资额是在造假。新元产业园的一个文化项目，对方兑现的落地投资是 1000 万元，你们竟然承诺给人家 3000 万元补贴。"

为了奖励招商，开泰伟业依照落地投资额按照一定比例进行内部奖励。朱可臻以命令的口气当众敲打王胜伟："好好查一查，搞产业招商的你那帮所谓子弟兵通过内外勾结、虚构数字的方式骗领了多少奖金。你们的销售鼓动一位大客户以团购名义购买了 40 套房，然后转手将那40 套房加价卖掉，一进一出净赚 200 万元。贵公司的管理如此粗放，内审形同虚设，硕鼠走街串巷，我大胆断言，你们开泰伟业这家上市公司5年之内要暴雷！"

王胜伟不会知道，朱可臻是李心远的导师，更是刘美娜的舅舅。从东虹大学硕士毕业后，刘美娜进入开泰伟业，成为王胜伟的第五任秘书。家在昌达县，距离省会城市东虹300多公里，刘美娜毕业后一直住在舅舅朱可臻家里。朱可臻老两口未育，将对孩子的所有深情全部倾注在刘美娜身上，异常宠溺。舅舅朱可臻是河东省知名专家，是刘美娜的偶像，公司遇到的奇葩人、奇葩事，刘美娜总是会在饭桌上向朱可臻倾诉一番。每一次，朱可臻都是低头扒拉着饭菜，默默倾听，从不评论。刘美娜的吐槽、倾诉，让朱可臻对开泰伟业有了不一样的认知。

"布衣委员"朱可臻的突然发难，让王胜伟极其狼狈，恼怒中带着不堪，不堪中写满屈辱，原本挺拔的腰背竟不自觉地佝偻起来。王胜伟不停地拿起桌上的湿毛巾擦着额头的汗，脸皱巴巴的，像一块抹布。从早上开始集聚的好心情全被这位得理不饶人的朱可臻教授无情摧毁了，他的每一句话都打在了王胜伟的心窝上，令他痛彻心扉。

天大地大面子最大，在开泰伟业，凡是公开顶撞过王胜伟的，无一例外地走人。朱可臻是学者，完全不看王胜伟的脸色，不顾及王胜伟的颜面。朱可臻竟然对开泰伟业内部的管理乱象如此知情，还在公开场合如实地披露了出来。王胜伟无比羞愤。

祸起于前年年底的年度经营计划会，集团副总经理以上级别共计500多人参会。逐个业务进行点评，逐个项目论功行赏，王胜伟在众目睽睽之下开出了2000万元奖金包，用于奖励伟业盛世区域拓展总经理程林峰及其团队。程林峰团队完成了38亿元的落地投资，按照开泰伟业制定的奖励办法，可以获得2000万元现金奖励。为了加速跑马圈地，王胜伟甚至规定，只要签下一个县域经济体，立马兑现奖励100万元现金。这为后来不择手段地盲目扩张、不计后果地无序扩张埋下了祸根。2000万元奖金发放后半年，因为分配不均，程林峰团队一位总监负气离职，在贴吧里匿名发帖，措辞严厉地攻讦程林峰侵占公款，团队招商人员借亲属之名自营 4 个产业招商入区企业，自身直接负责优惠谈判和扶持兑现等业务，涉及签约落地投资额 48 亿元。事实是，这些虚拟的所谓入园企业并未实际落地，扣除上述业绩后，程林峰团队根本没达到业绩底线。贴吧里张贴了程林峰与多家企业勾结的微信沟通截图以及各种虚假证明文件。王胜伟震怒，责令裴定军严查。裴定军下手有点狠，以程林峰涉嫌职务侵占为由向新元县公安机关报案。羁押在看守所的程林峰一进去就坦白了，而且把裴定军行贿的证据全部交给了公安机关。新元县公安局局长马建设深夜时分急电王胜伟："程林峰把裴定军咬出来了，提交的那份证据被我扣下来了，接下来怎么办？"王胜伟皱着眉头想了一会儿，咬牙切齿地说："屎不臭，翻起来臭，放人吧，千万不能让公诉机关介入。"程林峰很快出了看守所，迎接他的是裴定军，裴定军甩过去一个密码箱，里面装着 200 万元现金。裴定军恶狠狠地对程林峰说："永远消失，永远闭上你的嘴，否则……"程林峰拎起密码箱，摇头晃脑地消失在茫茫人海中。

程林峰的恶心事，只有马建设、裴定军等极少数人知晓，朱可臻怎么会知道？而且是在这样的场合以不点名的方式重重提及，这显然是要羞辱他王胜伟啊。

王胜伟越想越窝火，按捺不住要回敬朱可臻，随即针锋相对地道："新元作为经济小县、农业大县、财政穷县，2001 年的财政收入只有 7000 万元。经济要发展，民生要改善，怎么办？搞产业园是要大把资金投入的，没资金、没资源搞什么产业园？在省委省政府的指导下，新元县突破体制机制桎梏，大胆革新，采用'管委会 + 公司'的政企合作模式管理建设产业园区。2002 年至今，园区规划面积由 4 平方千米扩大到 24 平方千米，开泰伟业为园区投入基础设施建设资金 50 多亿元。新元县财政收入的一半来自产业园的贡献。新元县，自从我们去了，历任领导都提拔重用了。"

"新元好我好，我为新元好。教授们去新元产业园考察，一定要去看看我们给老百姓盖的安置房。当年盖安置房，最初找的是东虹市的一家普通设计机构，翡翠湾找的是国外顶级设计机构，我一生气把安置房的规划、设计图纸全撕了。最好的设计，最好的规划，用这样的标准和要求建安置房，而且6层还带电梯，老百姓能不满意吗？没有调查就没有发言权，期待教授们去新元产业园实地调研，想去哪里看都可以，园区所有楼宇向教授们全面开放。"王胜伟很聪明，他并没有正面回应朱可臻的质疑，而是按照自己的话语体系推介新元产业园，这就叫"你扔你的原子弹，我扔我的手榴弹"。

唇枪舌剑，剑拔弩张，火药味越来越浓。见多识广、久经战阵的管振水此刻也有点慌神了，正要宣布散会，朱可臻却始终攥着话筒不撒手，继续说道："媒体送我一个雅号'布衣委员'，敢言直言是我的作风，为民鼓呼是我的风格。我视金钱如粪土，今天来参加这个座谈会，就是要当面请教王老板。王老板真是很有钱也很大方，出了不菲的课题费。"

"课题费可以让一些人说一箩筐甜言蜜语，但是买不来我一句违心逆德的话。我们的调研报告，要保持独立性，不允许开泰伟业审稿、修订，这是原则问题。如果这一条不同意，我就退出课题组。下周的实地调研，我一定参加，各位教授也不要缺席，现在，让我们再次集体学习省委常委、常务副省长王守仁的批示——以新元县产业园的实践、经验为样本进行认真调研，审慎研判，科学论断，调研报告要经得起时间、历史和人民的检验。"朱可臻的每一句话都透着不容置疑的原则性，让人不自觉地在他的话语面前进行自我比照。

朱可臻最后这番话，分量实在是太过沉重了，好似千斤重锤砸在了省委党校、行政学院领导、教研部主任以及10位教授心上。

入戏太深，害得自己无法抽身

开泰希尔顿酒店中餐厅"浣溪沙"包间，凌云飞与河东省电视台副台长余又专相谈甚欢。李心远坐在凌云飞旁边。余又专邻座不是李心远心心念念的美女主播刘紫嫣或王梦蝶，而是姿容乏善可陈的余美丽，余又专的堂妹兼"白手套"。余又专的经济事务都由余美丽操持打理。

"醉里挑灯看剑，梦回吹角连营"，余又专的第一个偶像是辛弃疾，辛弃疾的词，余又专高中时期就能倒背如流。弃笔从戎一直是余又专的人生理想，可惜余又专初三就戴上了近视眼镜，征兵体检关过不去。他高中毕业顺利考上西北大学政治学系，各种场合发言必提《人民日报》，公开发言、行文写作都是标准的"人民日报体"。大学期间，余又专得了个绰号"余红旗"，隐喻他对政治的热衷与追逐。政治学系的本科求学经历给余又专留下了受用一生的真知——做人做事一定要讲政治。余又专是政治学习的标兵，经常在班级给同学读党报。余又专敏感地意识到，经济持续稳定地发展，发展企业才是硬道理。大四开始准备考研，余又专点灯熬油，考上了东虹大学研究生，学的是心心念念的企业管理。读完硕士念博士，从硕士到博士，发表了多篇重磅学术论文，这让余又专在学术圈小有名气。写企业管理类论文，情境代入感很强，余又专总是不自觉地把自己想象为管理上万人、拥有百亿元资产的企业家，这让他特有成就感。博士毕业的余又专进入河东省电视台就职，40岁时晋升为副台长。

余又专似乎不愿意继续进步，说白了是不愿放弃炙手可热的位子。他是三个职位一肩挑，既是副台长，又是卫视频道总监，拥有卫视节目内容的终审权，还是经济频道广告经营管理中心总经理，负责频道的广告经营。在长达10年的时间里，他同时担任省台内部分跨新闻与经营的重要职务。余又专80%的时间和精力用来混迹商业界，和各种类型的企业与企业家打交道。

对内，余又专很霸道，甚至可以说是跋扈，他常挂在嘴边的话是："想从我这儿走后门进电视台的硕士、博士，排队都排到了秦淮河，你爱干不干。"对外，余又专很强势，甚至是彪悍，他手里握有两张牌。第一张牌是每天定期播出的节目《天天315》，余又专坚信"315不如365"，勇敢无比地开全国卫视之先河，强势推出助力消费维权的日播节目《天天315》。这个节目一推出就大火，让无数企业谈之色变。《天天315》由此成了企业"有钱也难摆平"的公关劫。第二张牌是河东致敬人物颁奖，这让无数企业家趋之若鹜、心向往之，年度致敬颁奖由此成了企业"有钱就能上"的品牌节。

对上是激浊扬清传正声的喉舌，对观众是公平正义的公共媒体，对企业则是利益至上的商业媒体。余又专早已不是当年那个"到了省会手都哆嗦"的毛头小伙儿，而是"吃相难看贪到手软"的隐形富豪。

"1000万元上周就到账，城镇经济发展高层论坛的总冠名就是开泰伟业了，美丽已经为你们制定了全套总冠权益，我们会提供一条龙服务，绝对让1000万元花出震撼效果。"余又专轻轻捏着高脚杯，逆时针旋转，慢慢摇晃，煞有介事地与凌云飞、李心远逐个碰杯。

每当余又专提到余美丽，凌云飞就像吞了死苍蝇一样恶心，他在心里不住哀叹："为什么不是刘紫嫣？王梦蝶也行啊！"

"硬广这东西简单粗暴，软广这玩意儿最高级。你们要充分利用好专题节目这个平台，请靠谱的专家代言背书，安排王胜伟在镜头前亮亮相。听说王老板很低调，从来不出镜，哼，那就把王老板的第一次给我们河东台吧。"面红耳赤的余又专已经有了几分醉意。

凌云飞力主不惜代价与城镇经济发展高层论坛达成合作，为此，马建业、李渔三番五次向王胜伟进谗言。1000万元对于王胜伟来说当然是小钱，表面上他会装作不以为然，但如果论坛合作搞不好，内容传播搞不好，王胜伟会在心里记黑账。

"即使是打了水漂儿，也要整出点动静"，这就是凌云飞的真实想法。"三分论坛，七分传播"，请好嘉宾、做好背书、搞好传播，就是此番与河东卫视合作成败的关键。开泰伟业是什么、做什么、为什么，要通过王胜伟的代言来体现。开泰伟业模式的解读与阐释，县域经济发展的走势与趋势，产业经济发展的未来与态势，这三方面要通过专家的站台背书来呈现。王胜伟低调，是不得已而为之，是刻意伪装出来的。品牌管理的核心是老板个人品牌的运维，王胜伟拒绝公开露面，让开泰伟业的品牌管理缺失了关键一环，当然也省却了不少人为的麻烦。一些地产企业家经常因不当言行引发轩然大波，品牌公关团队就要去灭火。

毕竟是开泰伟业第一次公开亮相，凌云飞觉得必须及时请示："董事长您好，河东卫视承办的城镇经济发展高层论坛两个月后就要在省人民大会堂举行了，我们会在三方面做足文章：首先是做细节，通过现场展陈、主题演讲、互动论坛、答谢午宴等环节充分展示开泰伟业；其次是做关系，通过河东省电视台搭建的平台深度链接与县、区长的关系；最后是做影响，通过河东省电视台以及百家媒体的传播放大开泰伟业品牌形象。本届论坛由主旨演讲、高层论坛、主题论坛三部分构成，您看哪位高管代表开泰伟业登台亮相呢？"

"易总代表我参加论坛发言致辞，至于谁参加互动论坛环节，请马总定夺吧。"猫在开泰希尔顿酒店总统套房里，王胜伟心不在焉地敷衍着，他现在的心思全在郑春筠身上。孙夏花盯得越来越紧，王胜伟与郑春筠经常难以尽兴。

凌云飞拿着发言稿去邀请易安。易安微笑着婉拒："时间冲突了，抱歉，我不能发言，不能出席。"

易安不出席，李心远不感意外，毕竟是王胜伟批评过的项目，易安懂得拿捏分寸。按理说，马建业揆抚产城事业部全局，区域拓展、产业发展团队应该是参加城镇经济发展高层论坛的主力，但是，李心远有一种不好的预感，马建业会以自己的方式予以抵制。果不其然，马建业对城镇经济发展高层论坛毫无兴趣："我看了参加论坛的政府领导名单，大部分是副县长、副区长，参加论坛的都是我们看不上的弱势区域。我真的想不通为什么要拿 1000 万元去赞助这个论坛。"

"沈春平参加互动论坛，请他上台发言。沈总学历高、形象好，他最合适。"马建业的回复让凌云飞很是意外。

沈春平喜欢抛头露面，热衷于各种交际。当听说要代表开泰伟业参加河东卫视的节目录制时，他兴奋不已，以命令的口气说道："品牌管理中心得给我准备发言稿，下午参加城镇经济发展高层论坛的互动论坛环节，第二天上午去东虹大学做校招，有个主题发言。"

李心远不慌不忙地拿出一沓打印纸，干笑两声，转而说道："这是我们整理的内容大纲，要面带微笑直视镜头，把开泰伟业的模式说明白、讲清楚。重点是两句话，一定要背下来。第一句话：开泰伟业模式，诠释了县域经济高质量发展的方向，县域经济推动的新型城镇化是中国未来十年的高速引擎。第二句话：开泰伟业模式代表了产融新城的创新实践，是产业促进、城市发展双轮驱动的创新探索，是产业转移、转型升级双向递进的扎实实践。"

沈春平表情变得严肃，很快入戏。他捧着打印材料认真默诵。

开泰伟业每年一次的大学校招，更像品牌推广活动，之前的校招要么是易安参加，要么是郑春筠参加。这一次，王胜伟指定马建业参加，马建业却以事务缠身、时间冲突为由，强烈推荐沈春平参加。

李渔露出不得其解的困惑表情，眼中透着郁气："马总，城镇经济发展高层论坛的层次还是可以的，您应该参加，为啥让沈春平去？"

范德宝也是一脸茫然，略带不满地说："校招这种场面，怎么能让沈春平去呢？您不去可以让我去嘛。"

马建业露出诡异的笑容："这是沈春平第一次也是最后一次代表开泰伟业在公众场合露面。"

李渔、范德宝无不骇然地看向马建业。

"之前我们的策略是单打，目的是把凌云飞干掉，没想到他把我扔出去的炸弹甩给了李渔，怪就怪李心远勇猛，居然拿到了报社致歉函。李心远和王守仁关系那么硬，暂时动不了他，也不能动，要采取绥靖策略。李渔已经介入集团品牌，主要工作就是拉拢李心远。"马建业声音忽而激愤，忽而低缓。

"李心远和王守仁的关系，真像他吹嘘的那样？"李渔抖了抖眼皮。

"合影时王守仁是搂着李心远肩膀的，我有这样的待遇吗？王守仁心里还是把李心远当首席记者对待。"马建业斜了李渔一眼，有意在语气中添加了些许不悦的成分。

"现在的策略是目标中心战，不惜一切代价打掉沈春平这个假洋鬼子。下午的论坛，李渔要安排好，沈春平不是爱显摆嘛，你就让他多开口、多说话。东虹大学的校招，德宝要动点心思、上点手段。打掉沈春平，就直接将了军，到时候李渔调动'水军'制造些地产的负面舆情——大量'老带新'造假、项目管理混乱、项目质量问题，地产的这些烂事必须问责老易。"马建业的表情阴鸷无比。

李渔、范德宝心领神会，使劲地点了点头。

李渔走后，马建业把范德宝留在了办公室："听说你安排的美女小秘书已经得手了。之前的业主闹事、破产传闻，竟然都没搞垮易安，现在的目标就是沈春平，把他搞倒搞臭！"

范德宝狡黠地笑出声来，语气中充满了蔑视："那个小秘书叫苏丹红，是从美国回来的'95后'。这丫头有点贼，总想着'甘蔗两头甜'的好事，既拿了我的50万元色诱沈春平，又缠着沈春平要分他的财产。她嘴里没几句实话，我也是刚知道，她老公在美国西雅图念大学呢。"

"喔，那很好啊。一个是有妇之夫，一个是有夫之妇，婚外偷情，舆论就喜欢这种猛料。要拍到沈春平和苏丹红亲热的视频，然后让全世界都知道他们的丑事。我和易安，谁输谁赢，在此一举。这次必须稳准狠，搞臭沈春平是手段，搞倒易安是目的。"马建业咬牙切齿地说。

范德宝从裤兜里摸出一个 U 盘，炫耀式地抖了抖："沈春平和苏丹红的视频都在这里，最近我会安排人再拍，发给苏丹红的老公。"

深夜时分，王胜伟通过手机向凌云飞下达最新指令："城镇经济发展高层论坛，我要参加，安排在上午的主题发言环节，我的发言要上《河东新闻联播》，要上《河东日报》以及京州党政媒体，你去想办法。"

王胜伟的突然指令让凌云飞有点被动。看在 1000 万元赞助款的面子上，余又专满口应承："当天 18 点 30 分的《河东新闻联播》给王老板 1 分钟镜头，当天卫视频道《河东晚间新闻》继续给 1 分钟镜头，当天卫视频道整点新闻播报给 1 分钟镜头，连续两次，第二天河东卫视《早间新闻》给 1 分钟镜头。五个一，王老板应该满意了吧？"

没想到余又专答应得如此爽快，凌云飞连声道谢。

第二届城镇经济发展高层论坛在河东省人民大会堂三层小礼堂举行，新近调任河东省电视台常务副台长的管振水，以及副台长余又专等人在贵宾室与各位嘉宾寒暄交流。余又专以迎接嘉宾为由闪身离去，有意无意地冷落管振水。

37 岁的管振水博士是河东省最年轻的副厅级干部，任职公示时还曾引发不小的波澜。管振水履新河东台燃起的第一把火，是给卫视频道、经济频道全员上了一堂生动的反腐倡廉主题讲座："我到台里工作的第一天，就收到了很多举报信息，经济频道天天报道公司、财经、股市，是离钱最近的部门，希望经济频道从上到下洁身自好，劝君莫伸手，伸手必被捉。"台下的余又专如坐针毡、如芒在背。从那以后，或许是心里留下了阴影，余又专再也不敢拿正眼瞧管振水。

河东省台当家花旦刘紫嫣主持，农业农村部副部长、中国人民银行副行长、河东省副省长、国家发展改革委地区经济司司长先后登台演讲，主旨演讲环节压轴亮相的是王胜伟，演讲题目是"县域经济的升级路径：工业化、产业化、城镇化"。

"21 世纪县域经济的历史使命将是：在中国创造了奇迹般经济成就

的基础上，构建起具有国际影响力的推动产业升级的坚实的实践基础。"王胜伟铿锵有力的话语，引发现场阵阵热烈的掌声。

王胜伟发言甫一结束，李心远迅速将预先准备好的快讯通稿发送给网络媒体进行海量传播，重点是把王胜伟的演讲稿提供给《河东日报》《河东经济报道》《河东都市报》等媒体做观点刊登，进行增值传播。

电视是表现和表演的艺术，互动论坛的预设主题比较传统，但互动形式让人眼前一亮。以"如何打开招商引资新局面"为主题的互动论坛环节，台上三位县委书记各显其能。东浦县委书记张彦是位女士，现场唱起展现丰盛自然资源及悠久革命传统的《太湖美》，昌达县委书记请现场观众吃大米、品特产，锡山县委书记则拿出了有800年历史的古籍文本。

三位书记的表演太有张力，以嘉宾身份端坐台上的沈春平显得寂寥。县委书记们表演得差不多了，主持人刘紫嫣给沈春平递上话题：招商引资成功与否直接关系地方经济发展，招来商、引来资之后，如何最终达成多赢的局面？

沈春平略作思忖，侃侃而谈："装到篮子里的都是菜，这种盲目招商早已过时，必须树立'只有他发财，才有我发展'的全新观念，正确处理好眼前利益与长远利益、局部利益与整体利益的关系，才能实现双赢与多赢。开泰伟业是以产业升级、城市跃迁双轮驱动的发展模式投资建设运营产融新城，以产业价值最大化贯穿始终，推动实现园区价值最大化、城市价值最大化，以及县域经济、区域经济价值最大化。"

台上沈春平坐而论道，台下李渔无比焦躁。很快就是现场互动环节，李渔弓着背挪到王梦蝶身旁，递上一张字条并耳语几句。王梦蝶会意。

王梦蝶和李渔是"利同道合"的闺密。王梦蝶购置翡翠湾别墅，李渔为她申请到了六折的折扣，余又专出的购房款。李渔利用公司资源、自身权限为王梦蝶谋求福利，王梦蝶则及时向李渔透露卫视以及频道的关键信息。"宽入围、细评标、深考察、严定标"，这是开泰伟业遴选供应商的规则。然而，在李渔的运作之下，王梦蝶担任法人的盛和广告传媒公司挤掉资质过硬的代理公司，顺利成为开泰伟业户外广告的独家代理。作为回报，王梦蝶公司出资 1500 万元为李渔购置了一套独栋豪华别墅。李渔留了个心眼，手写了一张借条，借条不在债权人王梦蝶手里，而是她自己留存，只是为了应对开泰伟业可能的内部审计。一旦出事，李渔可以堂而皇之地说别墅购置款是向供应商的借款。

此刻，刘紫嫣的目光转向台下："现在是互动交流提问时间，把镜头和时间留给现场嘉宾、媒体和观众。好的，河东省台记者王梦蝶已经举手示意了，请递上话筒。"

王梦蝶接过话筒，立刻优雅起身，面对台上嘉宾朗声说道："我的问题提给沈春平沈总。开泰伟业投资开发运营的产融新城主要集中在长三角区域，听说开泰伟业计划将总部搬离河东迁到上海，并在京津冀一带加大布局，这是否意味着开泰伟业既要'吃着碗里的'，又要'看着锅里的'？谢谢。"

现场旋即爆发出善意的哄笑。

沈春平身体前倾，极有耐心又颇有风度地听完问题，定了定心神，面对摄像机镜头侃侃而谈："长三角是我们国家最大也是最成熟的城市群，长三角地区 GDP 总量超过了 30 万亿元，占全国 GDP 的 24%。上海是长三角经济带的龙头，开泰伟业总部迁到上海，我认为是英明的抉择。"

"实现京津冀协同发展，面向未来打造新的首都经济圈，已经上升为国家战略，开泰伟业的业务重心转向京津冀，我认为是正确的抉择。吃着碗里的，看着锅里的，这不是三心二意，而是摊薄风险、价值最大。"沈春平声音沉静，充满力量。

听到这里，台下端坐的李渔射出一道骇人的目光。针对总部迁址上海、业务重心转向京津冀的坊间传闻，开泰伟业刚刚发过澄清公告，沈春平竟然信口胡诌。李心远在台下不停地给沈春平做出"嘘"的动作，但沈春平说兴奋了，完全未予理会。

作为新兴媒体，蓝鲸财经抢了个头条，论坛现场的蓝鲸财经编辑快速编发两篇原创稿件：一篇是《开泰伟业副总裁沈春平确认：上市公司总部迁往上海》，另一篇是《独家消息：开泰伟业高层确认业务重心转向京津冀》。两篇稿件出现在腾浪财经要闻区，因为浏览量过大，被推上了腾浪财经焦点图以及腾浪网首页。

河东卫视第一时间播发现场报道——开泰伟业副总裁沈春平确认：上市公司总部将迁往上海。

李渔直接给公关公司发出短促而有力的指令：调动水军，让信息铺天盖地，重点是股吧以及 20 个主流炒股软件平台。新闻挂网之时，股市即将收盘，开泰伟业尾盘跳水，拉出了一条长阴线。

投资人打爆了证券事务办公室的热线，上交所监管员打来电话与董事会秘书唐春桧紧急沟通："《股票发行与交易管理暂行条例》第 61 条明确规定：在任何公共传播媒介中出现的消息可能对上市公司股票的市场价格产生误导性影响时，该公司知悉后应当立即对该消息作出公开澄清。建议你们参照本条，落实后续信息披露事项。"

按照规定，参与节目录制的嘉宾手机必须静音或关闭，沈春平的手机竟然没有关机。当铃声响起，沈春平本想将手机调成静音，可慌乱中摁下了免提，听筒里传来王胜伟愤怒至极的咆哮："瞎子算命，信口乱说，沈春平你个神经病。"

台上嘉宾一脸茫然如坐针毡，台下观众叽叽喳喳哄然不息，节目录制现场出现混乱，编导立刻终止录制。沈春平死死地攥着手机，仿佛捏着一颗手雷，恨不得立刻扔掉。沈春平完全是蒙的，他还不知道王胜伟为何如此大发雷霆。

因为有了意外的小插曲，互动论坛不得不草草收场。

三位县委书记显然意犹未尽，还在交流招商引资的心得体会。沈春平颓然走下嘉宾席，随手点开手机，看到苏丹红的留言："你火了！"

沈春平狼狈逃出会场，躲在隐秘角落给苏丹红回电话，急切询问：

"什么情况啊？"

"腾浪网发了你在论坛现场的发言，我把链接转你，吓死宝宝了。事情闹大了，董事长发火了，易总也在四处找你。"苏丹红叹了口气。

"别回公司了，你把事情搞砸了，我在给你擦屁股呢。"看着易安发来的短信，沈春平深感不安。

公司不能回，现在去哪里？沈春平猛然想起，明天上午9点在东虹大学下沙校区逸夫报告厅有场演讲，向大学生群体推介开泰伟业，于是赶紧叮嘱苏丹红："宝宝，东虹大学下沙校区旁边的皇冠假日酒店，定个豪华大床房。"

"晚上过去找你，我要用身体给宝宝压压惊，今天晚上你要好好表现了，每次都不能让我尽兴。"苏丹红发着嗲，笑着说。

就要这样的快活，我要我的快活

沈春平满脑子都是乱码，都是马赛克。他不回城里公寓，而是住到远离市中心的大学城附近的皇冠假日酒店，就是要避人耳目、远离烦扰。

年初，人力资源管理中心高级经理云水瑶抱了一摞简历，往沈春平办公桌上一堆："沈总，这些都是候选人的简历，有'80后'也有'90后'，有已婚，也有未婚，最年轻的是1995年的苏丹红，您看看是否有适合给您做秘书的？相中哪个您告诉我，我来安排面试。"

苏丹红？有毒啊！听到这个名字沈春平就倒胃口。他刚要把苏丹红的简历扔进垃圾桶，不经意地扫了一眼简历上张贴的照片，顿时来了兴趣。苏丹红当时刚结束华盛顿大学西雅图分校的课程返回河东求职，鉴于简历不够完整，沈春平按照她简历上留的邮箱发了一封邮件，要求完善简历后重新发一版过来。

半小时后，沈春平收到了苏丹红的回复邮件，下载了更新版简历，点开随邮件发送的云附件，沈春平傻眼了。苏丹红竟然发来了 5 个美颜视频、10 张三点式泳装美照。沈春平饶有兴致地将照片一帧帧放大，一幅幅欣赏。

之前，云水瑶要求苏丹红提供毕业证书和学历认证，苏丹红推说暂时没有拿到毕业证书，无法在中国高等教育学生信息网做学历认证。按照开泰伟业的公司制度，无法提供毕业证书和学历认证是不可能录用的。沈春平却坚持将苏丹红招录为实习生。三个月后，苏丹红顺利转正。

那是一个夏夜，苏丹红特意穿了一件性感的低胸吊带衫，前往沈春平租住的公寓送材料。就在苏丹红低头换拖鞋的当口，沈春平不经意地一瞥，顿时就有一种被电流击中的感觉。自然而然，沈春平沦陷了。两室两厅的豪华公寓是开泰伟业出资为沈春平租下的，苏丹红堂而皇之地搬入公寓。白天，苏丹红是沈春平的小秘；晚上，苏丹红是沈春平的"小蜜"。沈春平利用每个月 3 万元的职务消费报销额度，为苏丹红购买了价值不菲的古驰手提包。得成比目何辞死，愿作鸳鸯不羡仙。沈春平、苏丹红都不隐瞒彼此的已婚身份。每晚 11 点，沈春平躲在东虹的公寓和美国加利福尼亚州的太太、儿子视频聊天；苏丹红则猫在另外的房间和美国西雅图的丈夫视频聊天。

生于 1995 年的苏丹红到底是年轻，因为没有采取防护措施怀孕了。面色绀青的苏丹红，挥动拳头捶着沈春平的肩头撒娇："我和我老公一年都没中招，怎么和你在一起没多久就倒霉了啊？"沈春平眨着眼睛，露出神秘的笑："我是老司机，实施的是正面佯攻、侧后突袭战术。"后来，在沈春平的安排下，苏丹红悄悄做了流产手术。

东虹大学下沙校区，郑春筠召集云水瑶等人做着校招的场景布置和工作安排。校招就像比武招亲，各家地产公司不计成本、变着花样放飞自我，每家都想在气势与场面上压制其他公司。已跻身 Top20 房企排行榜的开泰伟业，在人才招聘方面始终坚持"三高"策略：高标准、高要求、高薪资。地产商都把每一年的校招搞成了推广品牌的嘉年华，上规模的地产商也都默默地奉行一个规则——非"211"高校、"985"高校学生不招。知名地产商都在树立各自的校招品牌，王胜伟亲自将开泰伟业的校招品牌命名为"太阳花"："太阳花生命力顽强，适应能力很强，给点阳光就灿烂，给点雨露就昂扬，应届大学毕业生就要像太阳花那样，向阳而生、向上生长，花开灿烂、青春烂漫。"开泰伟业严格规定，大专生一律不予录用。按照王胜伟的说法，"这个年代的大专生还不如我们当年的中专生"。"三年做经理，五年做总监，七年做总经理"，这就是王胜伟培养"太阳花"的目标。作为新锐上市房企，开泰伟业既被称为"高压锅"，又被称为职业经理人的"绞肉机"，意思是新人入职后能有平台极速成长，与此同时，压力巨大，特别是高管"阵亡率"畸高。能在开泰伟业供职超过 3 年的高管，基本都达到了"口是心非、虚与委蛇"的境界。

开泰伟业每年的校招"路演"，东虹大学都高度重视。今年的校招，校长盛飞和团委书记、就业指导办公室主任等相关领导确认参加。

"马总啊，明天的校招上午 9 点正式开始，还是您来宣讲最合适，沈春平不靠谱，我真怕他搞出乱子，东虹大学很重视这次校招，盛校长都要亲自参加。"郑春筠诚意请求。虽然贵为副总裁，但郑春筠的资历和马建业没法儿比，也没得比。

"明天早上 8 点半之前我赶到下沙校区，拜会盛校长，校企共建战略合作我可以见证签约。不过我 9 点必须离开，因为 9 点半要见河东银行行长樊国斌。至于宣讲嘛，还是沈春平讲，他是美国宾夕法尼亚大学沃顿商学院 MBA，沃顿商学院提供的可是世界上最先进、最现代的MBA 教育。"马建业嘴角生生挤出来的笑意，显得那么无力。

郑春筠发出一声意味深长的"喔"。

接听郑春筠来电时，马建业正在办公室给范德宝面授机宜。

"今天下午这场舆论战，李渔干得漂亮，明天上午就看你的了。沈春平晚上和'小蜜'住哪里啊？"马建业语气急切，心里偷着乐。

"皇冠假日酒店，下沙校区附近那家。"范德宝回答。

"房间号呢？"马建业追问。

"636房间。我们搞到了苏丹红老公的微博账号，成功'互粉'，也拿到了对方的邮箱。这家伙是个自拍狂，微博上全是他和苏丹红在一起的合影。"范德宝一脸坏笑地说。

"好啊，多拍些照片，主要是视频，明天9点沈春平不是做宣讲嘛，把照片、视频都发给苏丹红老公。"马建业冷笑。

苏丹红打了专车赶往30公里外位于下沙校区的皇冠假日酒店，掏出化妆镜优哉游哉地补妆，丝毫没有觉察后面紧紧尾随的黑色商务车。

到了皇冠假日酒店，苏丹红下车，手拎古驰包快步走进大堂，身后两名西装革履、头戴鸭舌帽的男子缓步跟上。苏丹红走进电梯，让服务生刷卡摁下了数字"6"，电梯门即将关闭时，西装男冲进电梯。皇冠假日酒店长长的楼道里，西装男不远不近地跟着苏丹红。苏丹红在636房间门口停下，西装男脚步不停地一直向里走去。

10分钟后，沈春平、苏丹红十指相扣，互相依偎，说笑着离开酒店。躲在楼道僻静处的西装男拉低鸭舌帽，戴上大口罩，遮住大半张脸，蹑手蹑脚地出现在636房间门口。只见他从裤兜里掏出一根钢条，轻轻滑动几下，门就被打开了。西装男闪身进入。5分钟后，西装男消失不见。

皇冠假日酒店大堂，鸭舌帽西装男边刷手机边盯着电梯。电梯门洞开，沈春平、苏丹红手挽手、甜腻腻地说着情话。鸭舌帽西装男举起手机开始连拍。原来，这是一款手机造型的数码相机。

酒店旁边一家美式西餐厅，沈春平、苏丹红挑了一个安静的角落坐下，鸭舌帽西装男就在他们斜对面，构成了拍照的最佳角度。苏丹红酷爱甜点，点了哈根达斯冰激凌。她晃动着兰花指，舀出一小块冰激凌深情款款地投喂沈春平。斜对面的数码相机精准地捕捉到了这一瞬间。

"你今天订的房间深得朕意，636，今生今世只爱你。宝宝，我对你是真的，我在京州、上海各有两套房，加起来5000多万元了，这些房产都是我的婚前财产，分一半给你，足够你快乐生活一辈子了。"沈春平脑子一热，信口开河道。

"这话你说了好几遍，哪一次是真的？"苏丹红一脸娇嗔。

看着苏丹红的眼睛，似乎要看透她的五脏六腑，沈春平淡淡一笑，言不由衷地说："这一次，每一次，都是真的。"

"那好，明天我们就去做变更，房本上要有我的名字。我想离开公司了，身边人好像知道了我们的关系，他们看我的眼神怪怪的，很可怕，我受不了了。"苏丹红内心一阵痛楚。

"没有人害得了你，是自己害了自己；没有人帮得了你，是自己帮了自己。"沈春平被自己吓了一跳，他不知道脱口而出的这句话到底蕴含着几个意思。

苏丹红眉眼微嗔，玩味地笑着。想想即将分得的 2500 万元，她脸上浮现出如愿以偿的惬意表情。

吃完西餐去泡吧，泡吧结束去蹦迪，如果不是沈春平坚持早点回酒店，苏丹红会闹到后半夜。晚上 10 点半，沈春平、苏丹红搂抱着回到了酒店房间。豪华大床正对面的电源插座散发出不易觉察的轻微亮光。

早上 6 点，沈春平突然惊醒，霍地从床上坐了起来。

"梦游啊你？"苏丹红惊呼一声。

"我有种不好的预感。"沈春平自言自语。

"嘿嘿。"苏丹红一把掀开厚厚的被子，将沈春平压在身下。

"苏丹红，你有毒！"沈春平表情很享受。

8 点半，沈春平出现在东虹大学逸夫报告厅贵宾室，身旁是俏丽可人的苏丹红。校企共建战略合作签约仪式准时举行，本着校企融合、优势互补、共享共赢的原则，开泰伟业与东虹大学携手共建"产融新城发展研究院"，郑春筠与东虹大学副校长签约，盛飞、马建业、沈春平等人见证签约。

签约仪式结束后，郑春筠用手拍着沈春平的肩膀，得意地介绍起来：

"盛校长，这位是开泰伟业副总裁沈春平，清北大学毕业生，美国宾夕法尼亚大学沃顿商学院高才生，9点宣讲会的主角。"

盛飞校长投来充满欣赏与厚爱的眼神，饶有兴致地颔首示意，和沈春平握手问好。

"为了准备今天的宣讲，沈总可是精心准备了一番，黑眼圈都出来了，昨晚没休息好？"马建业脸上带着挤出来的笑，阴冷而狡诈。

沈春平心里蓦然一震，故作镇定地笑了笑。

8点55分，云水瑶招呼嘉宾进场，范德宝突然出现在马建业身旁。

"都安排好了吗？"马建业意有所指地问了一句。

"都安排好了，我们现在就得出发赶过去了。"范德宝语带双关。

"盛校长，抱歉啊，我要失陪了，上午有个重要的会见，我得抓紧赶回市里。"马建业匆匆忙忙告辞离去。

"蝙蝠身上插鸡毛，沈春平算个什么鸟？遗憾啊，我倒是真想亲眼看看沈春平精英海归人设的崩塌。"走出东虹大学逸夫报告厅贵宾室，紧紧追随马建业的范德宝，眼里露出令人不寒而栗的凶光。

9点，开泰伟业校园招聘会正式开始。首先是盛飞校长致欢迎词，发言稿是盛校长亲自写的："又是一年就业季，没有最难，只有更难。就业是最大的民生，为了进一步深化校企合作，为企业和学生搭建沟通、交流、互动的平台，推动并促进学生高质量就业，今天，东虹大学联合开泰伟业举办此次校园招聘会……"

致辞完毕，盛飞校长缓步走下讲台，郑春筠、沈春平起立握手致意。

"接下来，有请开泰伟业投资集团副总裁沈春平先生做宣讲，沈春平先生本科毕业于清北大学，拥有美国宾夕法尼亚大学沃顿商学院MBA学位。有请沈总。"

宣讲PPT是人力资源管理中心、品牌管理中心联合制作的，PPT的内容沈春平看过多次，烂熟于心。沈春平快步走到舞台中央，面向台下深鞠一躬，盛飞带头鼓掌。在讲台前站定，沈春平娴熟地点击电脑桌面，可 PPT 点不开。见 U 盘依然插在电脑上，沈春平笨拙地触动鼠标点击 U 盘。这时，身后的大屏幕亮起，台下发出山呼海啸般的惊呼。

沈春平回头一看，大惊，脸色瞬间变得苍白，好似无数次漂洗的褶皱白布。沈春平用力拍打电脑，声音发颤："都是成年人……"

起哄声、惊呼声再度响成一片。

苏丹红撕心裂肺地带着哭腔喊道："把它关了，关了！"

沈春平定睛一看，出现在屏幕上的竟然是他和苏丹红的激情影像。

所有的精气神一股脑儿被抽离，仿佛被人在公众场合扒光衣服，备受煎熬的沈春平爆发出痛苦而绝望的嘶吼："这是谁在搞事情！"

台下有人冲上来扯下 U 盘，扣上电脑，拔掉电源，大屏幕终于安静下来。大学生纷纷起立离场以示抗议，脸色酱紫的盛飞等人拂袖而去。

一脸惊悚的郑春筠跟了上来，本想解释几句，但此时此刻，任何话语都显得苍白无力。

"羞耻，羞耻！你们开泰伟业在东虹大学的名声算是臭了！"温文尔雅的盛飞咬牙切齿地说。

沈春平在东虹大学出丑，大洋彼岸的美国西雅图有人出离愤怒。土豪常去拉斯维加斯，有品位的人最爱西雅图。西雅图是浪漫、文艺、诗意的爱情之城。华盛顿大学总共拥有 16 座图书馆，规模最大、最负盛名的当数西雅图分校苏扎洛图书馆。苏扎洛图书馆，有着全美最美大学图书馆的美誉，那是一栋哥特式教堂建筑，每年都有来自世界各地的数万名哈利·波特"粉丝""打卡"。邹知非穿过图书馆大门，沿石梯拾级而上。厚重的石砖、高耸的玻璃窗，让人瞬间置身"霍格沃茨魔法学校"的氛围。图书馆的静谧与美好，让邹知非流连忘返，沉醉其间。此刻，邹知非正伏案给远在东虹的苏丹红写情诗："柳叶若眉弄梳妆，夏夜如水似秋凉。月下玲珑影重重，却上心头念长长。"

邹知非是苏丹红的丈夫，一年前两人在西雅图领取了结婚证。邹知非、苏丹红是东虹二中国际部的高中同学，邹知非比苏丹红高两届，高中时两人就互生情愫，互递字条。四年前，邹知非拿到华盛顿大学西雅图分校录取通知书，成为这所公立研究型大学计算机科学专业的本科生。邹知非写给苏丹红的情书总是以"西雅图夜未眠"为题，相约春天来西雅图看樱花，夏天来西雅图看晚霞，秋天来西雅图看枫叶，冬季来西雅图看雨。家境殷实的苏丹红，各科成绩一般，上的是西雅图一所杂牌学校，邹知非帮她搞定了旁听生身份。所以苏丹红并非华盛顿大学西雅图分校的学生。到了美国，苏丹红娇生惯养、贪图享乐、心态依赖、自我放纵的"公主病"显露无遗。为了满足苏丹红的物质欲望，邹知非晚上、周末要打两份工。因为多门功课不及格，苏丹红被学校劝退，才回了东虹。

京州比美国西雅图早 15 个小时。这一天晚上 6 点，邹知非正在图书馆享受书写情诗的甜腻，突然手机振动了一下，显示有一封新的邮件，邮件的主题吓了他一大跳——苏丹红给你戴了一顶绿帽子。"苏丹红不守妇道，勾引他的上级、知名上市公司副总裁沈春平，他是个有妇之夫。入职一个月，两人就在沈春平租住的公寓同居。苏丹红为了沈春平流产一次。沈春平侵占公司巨额资金包养苏丹红，苏丹红名为沈春平秘书，实为情人。你是苏丹红的合法丈夫，现在被人戴了绿帽子，希望你像个男人那样去战斗！"

邮件的内容让邹知非十分震惊，邮件后附的照片、视频更是让他出离愤怒。陌生人发来的邮件隐去了上市公司的名字，但邹知非当然知道是开泰伟业，因为苏丹红面试通过的当天晚间就给远在西雅图的邹知非通报了好消息。想想这些年来对苏丹红的付出，面对苏丹红的背叛，邹知非决定用微博曝光这对狗男女。

很快，名为"西雅图未眠夜"的微博账号发布了"致开泰伟业董事长王胜伟及总裁易安"的举报信，实名举报"开泰伟业副总裁沈春平与留美大学生邹知非的合法妻子苏丹红发生不正当男女关系，沈春平涉嫌侵占上市公司巨额资金包养情人"。"西雅图未眠夜"的微博账号上张贴了沈春平、苏丹红亲热的照片，以及打了马赛克的视频截图，还贴出了邹知非、苏丹红微信聊天内容的截图。聊天内容清晰地显示，苏丹红在微信上告知邹知非："我为他流产，我爱他，我就是为了他的2500万元，这笔钱够我潇洒一辈子了。不要西雅图的樱花，不要西雅图的雨，我就要和他一生一世。"

"西雅图未眠夜"原本是为了记录与苏丹红美好生活的点点滴滴，关注者寥寥无几，但是发布实名举报信息后关注度暴增，一度登上热搜。网络上，留言一边倒地力挺邹知非，痛斥苏丹红。网友发起对苏丹红、沈春平的搜索，发现沈春平、苏丹红都不是彼此的唯一情人，在开泰伟业内部，沈春平、苏丹红各有情人。

东虹、京州、广州、上海以及各大媒体如获至宝，纷纷跟进报道并指出：开泰伟业副总裁沈某某与秘书苏某某的行为，不仅仅是关系个人私德的桃色事件，或将牵扯出贪腐问题。

走进开泰伟业大厦的那一刻起，沈春平真正体会到了什么叫人人喊打的"过街老鼠"。从前台走过，背后有人指指戳戳；在办公区游荡，所有人都自发地闪躲，唯恐避之不及。

沈春平一抬头，竟然来到了易安办公室门口。正要推门进去，柳依依赶忙拦下："沈总，您不能进去。"

"为什么不能进？"沈春平面部肌肉剧烈地扭曲着，神色狰狞可怖。

柳依依后退一步，皱了皱眉，眼神复杂地看着沈春平："易总不在办公室，他在和董事长开会。"

遇到烂事要躲闪，遇到烂人要打烂

柳依依没有撒谎，易安、马建业、凌云飞、郑春筠、李心远都在王胜伟办公室。

"沈春平的事情怎么办？这可是我们上市以来最大的丑闻！心远说说目前的舆情。"王胜伟一脸阴郁，脸色越来越难看。

原本不想第一个发言，既然王胜伟点了名，李心远赶紧将整理好的舆情报告递了过去。王胜伟伸手接过，一页一页地翻看。

"视频还在东虹各大高校论坛发酵，微博那边已经采取了一些相应管控措施，但这种事情传播起来是病毒式裂变，恶劣影响已经造成，短期内难以修复。当务之急是发声以正视听。八卦、花边的炒作终究会过去，现在要面对的是由桃色事件引发的次生舆情，都市媒体、网络媒体乃至财经证券媒体已经在聚焦公司内部的贪腐问题。"深吸了一口气，李心远不紧不慢地说。

"房地产是最挣钱的行业，没有之一。成本、工程、采购、装修、设计、营销、推广，哪个环节不是流金淌银、吞金吐银？哪个环节没有回扣？开泰伟业一定有。地产公司规模不小，利润却不多。为什么？贪腐把利润吃光了。这种事情在开泰伟业绝不能发生。开泰伟业的经理人要向苏东坡学习，终生恪守'苟非吾之所有，虽一毫而莫取'的准则。"王胜伟每一句话都尽量说得风轻云淡，但每一个字都锐利异常。

"沈春平入住的是星级酒店，显然是有人提前安装了偷拍设备，不仅实施偷拍，而且恶意散布，究竟是谁？为什么要这么做？偷拍是被法律明令禁止的行为，我咨询了法务，《治安管理处罚法》第四十二条规定，偷窥、偷拍、窃听、散布他人隐私的，处五日以下拘留或者五百元以下罚款；情节较重的，处五日以上十日以下拘留，可以并处五百元以下罚款。"凌云飞边说边偷瞄马建业。

易安心有感激地看了凌云飞一眼。

"东虹大学刚刚发来正式公函，宣布终止与开泰伟业的校企合作。原本明后天还要去京州、上海知名高校做校园招聘，现在这些高校也都明确拒绝了开泰伟业，并表示……"郑春筠面露难色，欲言又止。

"表示什么啊？吞吞吐吐的！"王胜伟显得很不耐烦。

"表示永远不与开泰伟业开展任何层面的校企合作。"郑春筠战战兢兢，低声说道。

易安嘴唇抖了抖，说不出一句话。

马建业心里甭提多爽了，但脸上始终挂着平和的微笑，说道："立刻展开调查，立刻发表声明，立刻公之于众。云飞、心远是搞紧急公关的，应该比我更清楚，面临声誉危机时，速度比态度重要。现在不是讨论事实的时候。什么是事实？和尚头上的虱子，明摆着。立刻解除沈春平的职务，要让沈春平的名字和开泰伟业切割开来。"

心蓦地震了一下，易安终于不可抑制地爆发："出轨，是沈春平个人私德问题，应该受到道德层面的严厉谴责，公司也会批评教育。有人竟用如此卑劣的方式针对沈春平，这是构陷，这是犯罪！"

"公司利益大于天，谁伤害公司形象，谁损害公司利益，谁就是犯罪！"马建业瞪着一双喷火的眼睛，明显是在针锋相对。

"出轨的事情坐实了，这固然是沈春平行为不检、私德不修，但伤害的是上市公司的品牌形象。至于是否存在经济问题，要让审计出面查一查。我同意马总的意见，立刻撤职，否则不足以平息舆论！"王胜伟嗓音喑哑。

易安回到办公室，打开门，见沙发上横躺着沈春平。一天没见面，沈春平苍老了许多，就像拉了秧的黄瓜、上了架的烟——蔫头耷脑。

"我被马建业算计了，范德宝安排苏丹红色诱我。"沈春平一脸懊丧，沉沉地长叹一口气，眉宇之间都是忧伤。

"兔子还不吃窝边草呢，马建业送上门的人你也敢碰？现在的这些小妮子，个个都鬼精鬼精的。"易安一副恨铁不成钢的复杂表情。

"王胜伟就专吃窝边草。"沈春平脸部有些变形，愤懑不平地说。

"开泰伟业你待不下去了，我是泥菩萨过河——自身难保。马建业这么羞辱你，他是在针对我啊！这让我想起了英国前首相丘吉尔的名言：'这不是结束，这甚至不是结束的开始，这只是开始的结束。'"易安神情落寞，艰难地开口道。

"马建业是我一辈子的敌人！"沈春平眼里透出狠戾的恶意。

"遇到烂事要躲闪，遇到烂人要打烂！人这一辈子不怕失败，怕就怕一失败就是一辈子。愚笨之人无法从自己的错误里学习，聪明的人从自己的错误里学习，智慧的人从别人的错误里学习。"易安富含深刻哲理的一番话，臊得沈春平面红耳赤。

一个小时后，开泰伟业通过官微、官博、官网发布官方声明：针对微博发布的举报信反映的情况，公司立即启动了内部调查程序，现已查实并作出如下决定：撤销沈春平副总裁职务，并与其解除劳动合同。沈春平与其秘书苏丹红确系存在不正当男女关系，公司已与苏丹红解除劳动合同，予以辞退。开泰伟业正在进一步核查举报信息提及的沈春平经济问题，一经查实，将移交司法机关处理。

马建业心肠坚硬，要再下狠手，于是把李渔喊到办公室："这是千载难逢的好机会，不能心慈手软。卖房子，挣百姓的钱，没得大问题；做产业，赚政府的钱，容易出大事。地产一直是老易负责的领域，你把地产的盖子揭了吧。"

李渔盯着马建业："地产的问题蛮多的，您指的是哪一块呢？"

"质量问题，这个问题搞不死公司，但是能搞死易安。"马建业的面容瞬间变得扭曲而狰狞。

"好的，明白。沈春平桃色事件的热度还在，我让水军再点一把火。"李渔感觉有些不自在，却也只好遵从。

李渔选择的是东方财富网开泰伟业股吧，因为王胜伟注册过一个账号"扫地僧"，经常上去浏览甚至留言。

"开泰伟业的朋友说了，沈春平的桃色事件，那都不叫事儿，公司内部这种事情多了去了。今天瓜哥给大家献上更大的瓜：开泰伟业在昌达县建造的翡翠湾山地别墅出现了塌陷，地下室惊现大裂谷，墙壁更是薄如蝉翼，业主们已经跑到县政府拉条幅维权了。业主们请了专业的工程监理，给出的结论是：道路、绿化、肥槽甚至房心回填土沉陷，导致地下室漏水，甚至断水、断电，以及地下室浸泡，回填土偷工减料非常普遍，这是造成沉陷、地下室漏水的主要原因。纵观开泰伟业所有楼盘，多数建筑外墙使用的保温材料燃烧等级均达不到要求，都是为了降低成本心存侥幸。知情人士告知，开泰伟业内部针对招投标的举报信不断，虽然查了很多，问题依然屡禁不止，关键是政策制度没有责任人，无法追究责任。定规矩的人太少，坏规矩的人太多，抓也抓不完，抓也抓不过来，长此以往，公司必生事端。"

"水军"短时间组织了百余篇"有图有真相"的帖文，广泛散布在业主论坛、贴吧、股吧。一时间舆论四起，纷纷指责开泰伟业是黑心开发商。在强大的舆论压力之下，昌达县住房和城乡建设局发文对全县在建及已交付商品房住宅项目开展集中检查，对存在质量安全隐患的在建及已交付商品房住宅项目进行查处。

李渔急匆匆跑进来，笑嘻嘻地邀功。马建业猛地一拍桌子，一脸愤然地说："再猛一点，直接点名。"

两天后，一家名为"财经猛人"的自媒体推出报道《起底开泰伟业区域拓展乱象：总裁易安该不该担责？》，历数易安就任总裁至今，开泰伟业内部诸多黑幕与乱象：知情人士告知，以开泰伟业新拓展区域长三角为例，重复立项导致立项超支 3 亿元，已收储土地 80% 闲置导致大量资金沉淀。东浦县是开泰伟业新拓展区域，以该县一处产业园为例，实际收地 5 亿元，实际征地拆迁支出高达 9 亿元，形成严重倒挂。

看到李渔制造的舆情，马建业气不打一处来："你这是在揭我的丑！"

监测到以上舆情，李心远第一时间向凌云飞做了报告。

凌云飞不自然地讪笑："区域拓展是马建业分管的工作，怎么把脏水泼到易总身上了，真是欲加之罪，何患无辞！整人都这么不专业。"

每期舆情简报都要以纸质形式专送相关领导。看着李心远送来的舆情简报，易安恻然长叹："本是同根生，相煎何太急。"

李心远诧异地挺直腰板，问道："这个舆情要不要跟进处置？"

"野火烧不尽，春风吹又生。"易安冲李心远做了个夸张的苦笑。

夹着雪茄的手僵在半空中，轻轻放下，定了定心神，马建业拨通了大华银行东虹分行行长钱书光的手机："钱行长晚上方便吗？开泰希尔顿酒店，咱们聚聚？好，我来安排。"

钱书光独自一人出现在开泰希尔顿酒店。"马总找我，谈的肯定是既重要又低调的要紧事，我没猜错吧？"钱书光眼巴巴地盯着马建业。

"那笔100亿元的贷款，沈春平、老易和您谈得挺好，各种尽调也都做完了，接下来……"马建业欲言又止，试探着对方。

"马总放心，春平和我是校友，易总、马总包括王老板咱们都是多年的交情了，贷款的事情没问题。"钱书光充满自信地拍了拍胸脯。

"钱行长，这笔贷款您不能放。"马建业一字一顿地说。

"为什么？"钱书光满腹狐疑地嘟囔了一句。

"沈春平滚蛋了，钱行长为何非要和他扯？贵行的授信是沈春平签的，这笔贷款放下去，圈里人怎么看钱行长？该说您是及时雨，还是该说您和沈春平是同类？"马建业咧嘴一笑，目光逼视，让钱书光颇不自在。

"我是给上市公司开泰伟业放款，不是给沈春平背书。易总反复叮嘱，说这100亿元是救命钱，一定要尽快到位。"钱书光不明就里。

"钱行长，听说贵千金刚刚中考结束？"马建业突然转换了话题。

"别提了，考砸了，下周就要报志愿了，恐怕只能上普高，原本还指望她去美国留学呢。"钱书光略带伤感地摇了摇头，郁闷地说道。

"对于老师、学校、校长来说，关键考核指标依然还是升学率、重点高中的上线率，在这样的指挥棒的作用之下，孩子不会成为家长想象和期望的样子，而会成为家长的样子，家庭教育是最好的素质教育。我家老大马晓薇，上的是东虹二中国际部 AP 班，拿到了耶鲁大学的录取通知。"马建业的语气中充满了自豪与炫耀。

"快讲讲你家千金是如何成功申请到耶鲁这样的顶流名校的？东虹

二中国际部，特别是中美合作国际高中课程项目（AP），每年都有80%的学生被美国Top50的大学录取。"钱书光羡慕的表情溢于言表。

"美国不像中国有高考，只保留了两个标准化考试：SAT和ACT。考试是中国孩子的强项，但是，SAT得了满分的往往会被哈佛、耶鲁拒绝。校内成绩、标化成绩、竞赛、课外活动到底是怎样的权重分布？不知道。"马建业抖了抖眉毛，显得很无奈。

"我听说美国高中生进入大学的比例很低？你家千金申请了几所学校？耶鲁的申请最看重什么？"钱书光俯身过来，低声说道。

马建业呷了口茶，依着自己的思路侃侃而谈："在中国，高中生上各类大学的比例超过90%，进入大学后的毕业率几乎是100%。在美国，高中生进入大学的比例很低，美国也有大专，高中毕业进入两年制大专不需要考试，就近入读，算上大专以及四年制本科，高中生进入大学的比例也就60%。美国大学的毕业率很低，通常在80%左右。之前有专家说美国是快乐教育，这是鬼话，千万别信。有一次后半夜我在哥伦比亚大学转悠，图书馆、教室里都是挑灯夜读的学生。"

既然钱书光对申请美国大学很感兴趣，马建业索性来个知无不言、言无不尽："关于申请，可以申请10~15所，我女儿晓薇收到了耶鲁、哥伦比亚大学、康奈尔大学、纽约大学、加利福尼亚大学伯克利分校等5所美国名校的录取通知。去年暑假，我带着晓薇把美国八大藤校以及斯坦福大学、加利福尼亚大学伯克利分校都跑了一遍，走马观花参观校园，还和各个大学的招生官做了交流。普林斯顿、斯坦福、康奈尔这三所大学的校园最漂亮，当我们走进耶鲁大学伍尔希音乐厅、哥特式教堂建筑斯特林纪念图书馆，晓薇当场就说耶鲁是她的第一梦校。"

马建业呵呵笑了起来，继续说："晓薇是学校英语辩论社社长，得过高中英语辩论赛团体冠军、最佳辩手，这个经历在申请耶鲁时会被另眼相看。美国名校的招生官更愿意看到高中阶段专注于两三项活动的学生，而不是十多项活动的学生。课外活动不是越多越好，一定要轰轰烈烈，只有'史上首次''独一无二'的活动才能让名校的招生官感兴趣，高中英语辩论赛就符合'独一无二'的要求。努力、实力和运气，我只负责我自己的精彩，其余的事都交给上帝。抱着这样平和的心态，孩子们的'爬藤''申美'之路就会更从容。"

"我女儿顺利拿到耶鲁大学录取通知，还要感谢一个人，投资界的'大咖'张捷。"马建业感叹道。

"仰望资本创始人张捷？张捷可是豪情万丈的奇才，32岁创立仰望资本，如今管理着1000多亿元资金。"钱书光啧啧称奇，应声附和。

"我认识张捷，人家不认识我。"马建业不免自嘲起来。

见钱书光面露疑惑，马建业呷了一口茶，继续说道："张捷给耶鲁大学捐款，树立的是中国企业家的良好形象。中国企业家在美国大学的捐赠越多，越有利于来自中国的高中生申请美国的本科。上次去耶鲁大学，我捐了40万美元，用马晓薇的名字冠名了耶鲁的三个教室，那三个教室是晓薇在耶鲁读书时常去的。美国大学为了吸引捐赠，无所不用其极，大楼、教室、图书馆、餐厅乃至桌椅板凳都可以冠名。美国大学对捐赠特别重视，任何一笔捐赠，哪怕只有1美元，捐赠人的名字都会被大学永远镌刻。"

"有没有想过送令爱去美国读高中？念完美高后申请美国的大学，比在国内上国际学校申请更有优势。如果想去读美高，我强烈推荐去得克萨斯州。"马建业眨着眼睛，信誓旦旦地说。

"为什么是得克萨斯州？"钱书光不解地问。

"支撑美国经济发展的主要是三个经济带，东部是以纽约为核心的城市群，西部是以加利福尼亚州为核心的城市群，还有就是以得克萨斯州为核心的中部城市群。美国著名女校霍克黛女子学校，就在得克萨斯州。留学生最多的州，得克萨斯州排第三。得克萨斯州有一项特别接地气的特殊规定，在得克萨斯州上了超过3年的高中，如果继续在得克萨斯州读大学，满足一定条件就可以按照得克萨斯州本地人的标准收取学费。对于很多家庭来说，送孩子去得克萨斯州读美高，是性价比很高的教育投资。"马建业言语真诚而坦率。

"养个男孩儿，最多也就是担心一阵子，熬过叛逆期，基本不用太焦躁。养个女孩儿，那可真是担心一辈子，即使过了青春期，一样心怀焦虑，不敢送她出去读美高。"钱书光悚然一动，幽幽地说。

"令爱有什么特长？钢琴、小提琴、大提琴哪个更擅长？会打高尔夫吗？"马建业说了一句显得很突兀的话。

钱书光把酒杯往桌上一搁，贱兮兮地说："小提琴练过，没练出来。钢琴八级，还凑合。她对高尔夫球挺有兴趣的，跟着我打过。"

"哈佛、耶鲁的本科生，很多都是钢琴十级，八级可不行。目前依然被美国名校看重，让中国学生出人头地的体育项目就是女子高尔夫。现在在美国，亚裔女生打高尔夫球蔚然成风。"马建业捂着嘴乐。

"哪天安排晓薇和我们家萌萌见个面，萌萌要向别人家的孩子好好学习。"钱书光不住地点头，听得津津有味。

"我已经和东虹二中校长说好了，给您的千金留好了名额，3 年的学费 60 万元由我负责。"马建业故意轻描淡写地说。

钱书光惊讶地瞪大了眼睛："太感谢马总了，您这是恩义如山啊。以后但凡有用得着兄弟的地方，一定效劳。"

"干吗以后啊，现在就有事相求啊！钱行长把贷款停了，这就是帮我。"马建业耸动肩膀，表情诡谲而狡黠。

"100 亿元的贷款叫停，开泰伟业还能熬几天啊？"钱书光不解地质问起来，眼光有点呆滞。

马建业嘴角微抬，露出讳莫如深的复杂表情，随后发出快意酣畅的大笑："钱行长，我今天把话挑明了。易安要下课了，开泰伟业总裁的位置说到底还是我的。我做总裁之后，第一件事就是把钱行长请进开泰伟业做负责融资的执行副总裁，年薪 600 万元，外加 300 万股股票。"

钱书光认真想了想，声音竟有些许发颤："成交。"

第四章 协助调查

冒险是成功的一半，财富的一半是大胆

大华银行东虹分行行长钱书光突然造访。

财神爷要来，王胜伟自然高规格接待，带着易安、马建业在开泰伟业大厦一楼迎接。王胜伟甚至亲自给钱书光开车门。

开泰伟业大厦二十七楼贵宾接待室，是按照每平方米1万元的标准进行软装的，装修陈设极尽奢华。5米层高的接待室，地面、墙面、茶几都是价值不菲的紫檀木，正中位置悬挂着一幅长550厘米、宽900厘米的水墨山水画《江山如此多娇》。

抬头望望浮华的吊顶灯，低头看看奢华的纯进口地毯，钱书光满脸堆笑地说："银行挣钱挣得是有点不好意思，但我们是国有大行，挣钱再多也就是挣了个寂寞。其实啊，房地产才是最有土豪气质的。"

王胜伟并不接话，微笑中透着豪气。

"贵公司最近新闻不断啊，既有花边新闻，也有各种负面，沈春平、易总都成主角了。"钱书光看了易安一眼，目光有点冷。放在过去，钱书光可是和沈春平称兄道弟的，今天居然直呼其名，连个"沈总"的称谓也省略了。

易安和钱书光关系一直不错，涉足房地产这些年，钱书光所在的大华银行对开泰伟业的支持力度最大，是开泰伟业最依赖的银行。但今天易安还是感觉到了钱书光对沈春平的漠视，以及对他的轻慢，这可是从未有过的。易安右眼皮猛地跳动起来。

"钱行长登门，蓬荜生辉，我们那笔100亿元的贷款何时能放呢？"马建业抢先开口，显得很是急切。

易安竖起耳朵，充满警觉地盯着钱书光。

钱书光嘿嘿一声笑了："要说对开泰伟业业务的熟悉程度、了解深度，我们肯定是最有话语权的。但是最近贵公司出了一些负面新闻，总

部对放贷的事情很犹豫。今天我来，就是正式通知各位，贷款的事情暂时搁置，准确地说，应该是无限期搁置，还请各位老总多多理解。"

情绪瞬间黯淡的易安，在心里慨叹："千条妙计抵不过人家无耻一拒。真是怕什么来什么，越是你害怕的，就越是躲不过。"

王胜伟忧心忡忡地扬起头，脸色铁青，语气激动："授信协议签了，意向授信规模300亿元，贵行对开泰伟业的信用等级进行了评估，对开泰伟业抵押项目的合法性、安全性都进行了尽职调查。据我所知，按照审贷分离、分级审批的贷款管理制度，贵行正在顺利推进贷款审批。怎么说停就停了呢？就因为那几篇负面？"

"贵行以及您钱行长都是看着开泰伟业从无到有、从零到一发展起来的，我们的友谊起码有10年了，友谊的小船不能说翻就翻啊。"易安垂头丧气地嘟囔道。突如其来的变化让易安猝不及防，他斟酌着用词，语气透着紧迫意味。易安也算是见多识广、经验老到，但此时此刻，分明觉得后背有点发凉，感觉被人推进了深不可测的冰窟窿，心绪陡然开始不可抑制地沉降、滑坠。

"花别人的钱，办自己的事，只好不省。花自己的钱，办自己的事，又好又省。银行是干什么的？就是晴天送伞、雨天收伞。锦上添花的事情经常有，雪中送炭的事情很难有。开泰伟业目前这种情况，我们是不可能放贷的，审批过不去啊。"钱书光摊开双手，做出无可奈何的样子。

"生意场上，黑心人不少，好心人不多。"想到这里，易安紧皱眉头，缄口不语。王胜伟愤怒地闭上了眼睛。两人的神情都充满困惑和沮丧。

见此情形，马建业故意颤声附和道："钱行长啊，不能这样，总行那里，还得劳您帮忙垫垫话。"

"能做的、该做的，我都做了。"钱书光语气淡然，表情中充满爱莫能助的无奈。

钱书光起身告辞，王胜伟强作欢颜挽留中午餐叙。钱书光婉言谢绝："这次实在是不行，我要赶回分行，有个重要会议。"

王胜伟、易安、马建业把钱书光送到一楼，车门都开了，钱书光却不上车，而是认真地看了看易安、马建业。两人知趣地闪到一旁。

钱书光把王胜伟拉到一边，压低声音说道："100亿元贷款的事情，还没到山穷水尽那一步，还是有转圜可能性的，关键就看王老板能不能下定决心了。"

"喔，说来听听。"王胜伟对钱书光的话充满了兴趣。

"要想拿到贷款，除非……"钱书光斜了一眼十米开外的易安，低声道。

"除非什么？"王胜伟面露困惑，急不可耐地问。

"除非……换马，结合最近的负面报道，另外我们也对贵公司的地产项目进行了风险测评、压力测试和综合评估，对易安总裁的经营能力表示怀疑，这是风控部门的专业意见。"钱书光腮帮子一抖，皱起眉头轻声说道。

王胜伟在心里仔仔细细地把这些天来的事情捋了一遍，眼光闪亮，朗声笑道："我明白了，谢谢钱行长。"

送走钱书光，王胜伟尽力表现出一副淡然的神情，招呼易安、马建业去他办公室。

"100亿元贷款进不来，后果很严重，各地的项目现在是等米下锅。高度不确定性，生与死、成与败往往就在分寸之间，这就是做企业的难处。穿荆度棘筚路蓝缕，被弄成了地产新锐首富，能吃几碗干饭自己最清楚，说破大天，我就是个耍杂技的，10口锅4个盖子来回折腾，什么时候倒腾不过来了，上市公司也就完蛋了。现金流的管理要以周为单元，真正的慎投资不是保生存的稳投资，而是要把握投资的原则、程序、排序。控投资是把控现金流的方式、方法，再难也不能熄火停车，要保持空挡滑行状态，要学会冰点生存，才能水暖超车。"王胜伟说着说着，不自觉地垂下了头，语气有点凄凉。

"挥泪斩马谡的事情我来干，否则公司的事永远没指望，不是杀鸡给猴看，而是杀猴给鸡看，最近出了这么多乱七八糟的事情，总该有人对此负责。"王胜伟语气寒冷如冰霜。

易安心里咯噔一下，露出了痛苦的表情。

"咱们仁这一路走过来，什么坎儿没经历过，比这难的事没少经历。中短期悲观，中长期乐观，怕就怕我们死在了今天，看不到明天。今天这道坎儿能不能过？谁能搞定贷款，谁就来和我谈条件。谁能搞定贷款，谁就做总裁。这也算公平吧？"王胜伟冷哼一声，先是白了易安一眼，又盯着马建业。

气氛仿佛凝固，易安沉声不语，沈春平出事让他心智已乱，如今钱书光突然毁约，他更不知如何是好。

"谁当总裁不是现在考虑的事情，当务之急是把贷款搞定。"马建业神情依旧犀利，语气有些怪异，刻意做出一副大度的姿态。

"钱行长一直是我们坚定的友军，最结实的一块房梁，现在塌了。"易安无奈地摇着头，好像摇头就能改变眼前的一切。易安想赶紧向孙夏花通报情况，请她出面和曾经的老同事钱书光好好说道说道。

"我给河东银行行长樊国斌打电话看是否有戏。"马建业阴阴地道。

"怎么可能呢？河东银行和我们关系一直比较僵。"易安瞪了马建业一眼，怏怏地垂下了头。

王胜伟不动声色地看着马建业表演，内心隐隐有了答案。

手机接通，马建业摁下了免提，手机里传来樊国斌中年男性磁性十足的浑厚之音："我和范德宝在一起，在商量 CMBS 的事情。"

"麻烦您移步开泰希尔顿酒店'罗浮春'会所好吗？我们王老板约您见面。"马建业热情地发出邀约。

"好的，半小时后见。"樊国斌爽快答应了。

"CMBS 是什么？"易安诧异地问。

"商业房地产抵押贷款支持证券，看样子，我们这次可以玩点不一样的。一家知名房地产上市公司通过入股方式参与区域性股份制商业银行H股IPO，为的是润滑贷款环境，图的是发展社区金融。资产证券化、地产金融化会加速到来，我们用了10年时间把产城地产做出了影响力，我要再用10年把地产金融做出点声响。第一步是一参两控，参股一家地方法人银行，控股一家私募证券投资基金，控股一家保险公司。第二步是双向控股，控股一家金融资产交易中心，控股一家证券公司。千开放万开放，不如让我开银行。所以，第三步是介入银行，控股一家资产规模3000亿元左右的股份制商业银行。最终的目标是集齐证券、基金、银行、期货、保险、信托六张牌照，成为长三角地区第一家民营金融控股集团。公司名称、证券简称，也要由开泰伟业变更为开泰金控。"脸上挂着豪气与胆气，王胜伟兴致盎然。

从地产到金融，是一条康庄大道。这一次的信贷之困，助长了王胜伟坚定推进转型的决心和意志。今天，当着易安、马建业的面，王胜伟第一次将进军金融的"三步走"战略和盘托出。

"推动产业升级，是政府所求、市场所需、企业所能，天时地利人和，所以我们成了。金融是经济血脉，政策层面的风险是最大的风险，我不赞成介入金融。"易安干了20年房地产，对金融既不懂也没兴趣，自然而然给王胜伟兜头泼了一瓢冷水。

"要么起飞，要么成灰。金融咱们真心不懂啊，这里面门道多、水太深，搞不好要水逆、要翻车。战略转型的事情，即使上了董事会，我担心也过不了关。千金之子，坐不垂堂，你现在已经是地产首富了，何必冒这么大风险去搞金融？"马建业用胳膊肘捅了捅旁侧的王胜伟，温言相劝。易安、马建业素来不睦，但在是否介入金融的战略决策方面，两人意见高度一致。

从地产到金融，路该怎么走，坎儿要怎么过，王胜伟思考了许久，越想决心越大。眼中的坚毅之色未减分毫，身躯沉稳如磐石，王胜伟长长地呼出一口气，态度坚决："先有胆后有识，有识无胆难成大事，有胆无识也难成事。2002年我说干产业园，你们都不同意，说刚从地产赚了点钱，刚过上安稳日子，就别折腾了，折腾不好家底都败光了。地产生意的核心是土地，干产业园最大的好处是一劳永逸地解决土地储备来源问题。冒险是成功的一半，财富的一半是大胆。干金融最大的好处是一揽子解决融资难、融资贵的问题。赶上小周期，地产生意脱层皮；赶上大周期，地产生意没生机。金融行业呢？大小周期都能贯穿。当年求教王天石，他教会我要擅用杠杆，一旦我们有了自己的金融平台，甚至不需要动用自有资金就可以启动任何规模的地产开发项目。"

开泰希尔顿酒店旁侧有一栋三层小楼，依山构筑、回廊曲径、优雅别致，掩映在绿树翠柏之中。王胜伟将这栋三层小楼命名为"罗浮春"，他一生喜爱苏东坡，苏东坡在惠州期间根据客家人的酿酒方式酿制出了"罗浮春"。如今，"罗浮春"是美酒的泛称。这栋三层小楼"罗浮春"，一楼是健身房、游泳池，二楼是包间，三楼是5个总统套房。"罗浮春"从不对外开放，这里是王胜伟接待贤达的私人会所。河东省第一高楼，450米的开泰伟业中心也已封顶，正在做内部装修，顶层89楼将被打造成只属于王胜伟的私密场所。

一方茶席、一张茶几，一套茶器、一袭茶服，茶艺师妆容端庄，举止优雅，擎杯冲泡，一颦一笑无不散发着清茶的幽香。"罗浮春"每个包间都有一位茶艺师现场表演茶道。

气质如兰的茶艺师，一边表演茶道，一边精心介绍：上等金骏眉均为鲜嫩芽茶，冲泡水温不宜过高，先用95℃开水冲洗茶具，既是洗杯也是醒茶，用茶具的温度唤醒金骏眉的花蜜之香。再用90℃热水洗茶，第一泡倒掉。第二泡4秒出汤，第三泡6秒出汤，茗茶泡数越多，出汤间隔时间越长。到了第十泡，要等60秒出汤。

创业创富时期是"万丈红尘三杯酒"，以白酒聚资源，以啤酒聚人气，以红酒聚财气；功成名就之后是"千秋大业一壶茶"，以茶道悟人生，以茶道悟商道，以茶道悟玄思。红茶性温，顺滑绵纯，回味甘爽，喜欢红茶之人多性格外向、善于交际。成为首富的王胜伟沉迷茶道，最喜金骏眉，金骏眉是红茶中的珍品，金、黄、黑三色相间，冲泡之后茶汤呈现金黄亮色。王胜伟生性对金黄澄亮的物件有好感。

在期盼的目光中，樊国斌摇摇晃晃地现身，旋即成为焦点。

"失敬失敬，见您一面不容易，过去不容易，现在更不容易。开泰伟业眼里只有国有大行，看不起省属地方法人银行。"樊国斌语气有些激动，喋喋不休地宣泄着心中的不满。

"行长皱眉头，我们很发愁；行长点个头，迈步向前走。银行是我们的上帝，行长是我们的贵人，金融是我们的血液，信贷是我们的杠杆。樊行长今天赏光一叙，这是给我们开光啊。"灵感所至，王胜伟竟然冒出一长串顺口溜。

王胜伟的一番调侃把樊国斌逗乐了，心中淤积的块垒消了大半。一旁的易安默默地发着呆，思绪烦乱地想着心事，他想不通一向交好的钱书光为什么说翻脸就翻脸，绝少交集的樊国斌怎么说来就来。

刚刚，范德宝一直在和樊国斌讨论以本地物业发行 CMBS 项目。开泰伟业旗下物业板块服务的业主超过 50 万户，以每户每年 2000 元物业费计，再加上小区广告等多种经营收入，合计超过 15 亿元。以符合资产证券化监管要求标的物业产生的现金流作为支撑，河东银行联动一家实力券商承销，项目规模暂定 15 亿元，期限 18 年。这次和河东银行合作的 CMBS 项目底层资产主要是开泰伟业位于京州、上海、东虹这三座核心城市的 10 多处优质物业。

前些年，王胜伟、易安、马建业去美国尔湾考察房地产，接待方递上名片，王胜伟一看不对啊，怎么是金融公司。对方也很奇怪，对啊，地产就是金融。随行翻译告诉王胜伟，在美国，房地产属于金融行业，房地产的开发、投资、运营、服务各个环节都是围绕金融展开的。而在我们国家，房地产属于和金融并行的第三产业。地产行业的上游是金融，下游是建筑。王胜伟一直憋着一股气，做房地产要力争上游。

"经济学上有个特别重要的概念叫'自发秩序'，任何一个行业通行的秩序和规则，并不完全也并不仅是由某个人或某个权威机构设计和制定出来的，而是由无数企业的行动聚合而成。CMBS 项目是联动金融机构的大胆尝试，现在一说金融，很多人自然而然联想到杠杆，好像杠杆成了万恶之源、洪水猛兽。产业发展、经济发展离不开金融的杠杆作用，住房消费、生活消费需要金融杠杆的作用。杠杆的本质是负债，股神巴菲特玩杠杆的秘密就是钱生钱、滚雪球。"王胜伟对范德宝的融资方案很满意，此刻他故意拖慢谈话节奏。越是有求于银行、急于融资，就越是要有耐心。

"王总您给分析分析楼市，咱们东虹距离上海这么近，上海的房价涨得太凶了，成交价、成交量都出现了两位数的增长。如果市场对房地产依然看多、坚定看涨，我们自然会考虑多放贷给开泰伟业。"樊国斌特意表现出对楼市走势很关心的假象。

"一位自称燕赵首富的开发商大言不惭地说，房价高都是川菜惹的祸，川菜太辣，太辣就容易下饭，导致大米、馒头消耗量增大，所以必须坚守 18 亿亩红线。因为有 18 亿亩的红线，住宅用地就受限，土地供应受限，土地价格就上涨，房价自然就上涨。这纯粹是扯淡。到底是什么在影响楼市价格？有人说是丈母娘。要我说啊，是猪肉价格。这是我独家、权威的研究结论。"王胜伟故意打起了马虎眼，猛然间收住话头。

樊国斌、易安、马建业、范德宝的好奇心都被调动起来了，开始全神贯注地倾听。

茶艺师手捧热茶，恭恭敬敬逐一递上，茶香袅袅，沁人心脾。

王胜伟呵呵一笑，呷了口金骏眉，娓娓道来："通过梳理过去十年猪肉价格波动和楼市走势的大数据，我发现了一个很有趣的现象：猪肉价格涨，房价就会跌；猪肉价格跌，房价就会涨。房价和猪肉价格走势正好相反，基本是两年一个小周期，四年一个大循环。2009 年猪肉价格回落，楼市上涨；2011 年、2013 年、2014 年都是这样涨跌交互的反向运动。2014 年楼市上涨，却是猪肉行情最糟糕的一年，全行业深度亏损。总有朋友问我什么时候买房最合适，要我说只要猪肉价格疯涨，就抓紧买房。一旦猪肉价格跌下去了，就抓紧卖房。楼市起伏沉落，既是供给和需求在起作用，也是资金和游资在推动。换言之，楼市依然是信贷的首选、投资的标的、炒房的目标。"

仔细听完，樊国斌把烟蒂摁灭在烟灰缸里，拍起了双手："妙啊，实在是妙！分析楼市不用看数据指标，只要关注下'二师兄'的动态就可以了。"

"樊行长，接下来给您奉上我独家研发的理财秘籍：像您这样的财富阶层，要用可支配的资源购买豪宅中的豪宅；中富阶层要处置所有零散物业，集中资金买豪宅；中产阶层切忌隔山买牛，买熟悉的区域、熟悉的物业，只买贵不会买错；白领阶层，不买满意的物业，只买能力范围内的物业。"王胜伟化身理财顾问煞有介事地分析着。

樊国斌缩了缩脖子，略带苦涩地应道："我只能勉强算个中产。"

马建业哑然而笑："樊行长不要怕露富嘛。"

"判断楼市走势，一定要对'二师兄'加个关注。除此之外，还要看三个关键指标：信贷、土地和需求。短期看信贷投放的强度和松紧度，中期看土地供给的速度和规模，长期还是要看住房消费需求的广度和深度。过去、现在和未来，个人房贷、开发贷依然是银行的优质贷款，楼市的快速上涨是货币宽松、信贷推动的结果，银行、开发商要一起分享地产的盛宴与红利。"王胜伟向马建业使了个眼色，提醒他赶紧接过话茬儿谈正事。

马建业当即心领神会，郑重其事地说："尊敬的樊行长，您得带着我们一起飞翔。"

不待樊国斌回复，王胜伟加重语气，说道："地产做得不好就是建筑业，做到极致就是金融。河东银行正考虑面向省内外优质法人单位进行定向增发，作为河东省第一家上市公司，开泰伟业出 20 亿元参与定向增发，要成为河东银行前十大流通股股东。"

易安、马建业都有点莫名惊诧，参与河东银行定向增发的事情，王胜伟是不是心血来潮？这么大的事情，他可是一点风声没透露啊！

"易总、马总都是董事，20亿元参与定向增发，对上市公司是大事，要提交股东会表决通过。也可能不通过上市公司，而由母公司开泰控股或关联企业参与。不管怎样，我们肯定要参与其中，还请樊行长给我们一个机会。"王胜伟也感到刚才的话有点唐突，赶紧找补。这就是王胜伟做事的风格，越是他求别人的事情，越要摆出更多事实，给对方造成"是你在求我，我在成就你"的压迫感，从而掌控主动权。

"今天真是不虚此行，CMBS项目谈成了，王董事长又给河东银行送了份大礼，这次定向增发，预计募集资金总额不超过70亿元，一定给贵公司留出份额，欢迎、期待开泰伟业成为河东银行的股东。"樊国斌眼里闪动着兴奋的光。

撤下茶具，换上高脚杯，琥珀色的晶莹光泽泛起，众人纷纷起身碰杯致意。樊国斌轻轻晃动高脚杯，轻抿一口，目光投向远方，随口说道："王老板今天请我喝的，是拉菲罗斯柴尔德酒庄出产的葡萄酒大拉菲——拉菲1982。来而不往非礼也，这样啊，我表个态，贷款不低于198亿元。"

听闻此言，易安备感失落与伤感，颓丧了好一会儿。

王胜伟欣喜不已，却又不能表现得太亢奋："这不公平，早知如此，我应该请行长喝拉菲2000，价格低不说，我还能有200亿元的贷款。"

樊国斌痛快大笑："198亿元的额度，王老板肯定是满意的，但是，我的条件您能答应吗？"

王胜伟仰着脖子注视他许久，一脸狐疑："愿闻其详。"

"开泰伟业员工工资代发，要全部转到我们河东银行。"樊国斌粲然一笑，语气坚定。

马建业心中一沉，强硬地抢先道："物业、产业板块一万名员工的工资代发先转到贵行，两个月之后，集团全员的工资代发都转过去。"

开泰伟业员工工资代发一直是大华银行东虹分行的业务，马建业要等钱书光入职后再和大华银行东虹分行完成切割。

听闻马建业入情入理的一席话，樊国斌爽快地答应了下来。

"股权质押融资，利率 8.8%，按照贵公司目前的市值，王老板的持股市值是 282 亿元，按照规定，最高质押贷款额度不得超过股权票面额的 75%，最多也就是七折，七折后差不多就是 198 亿元，这是一把梭哈的全押玩法。也可以押 38 亿元，另外 160 亿元还是走开发贷，但是必须有不动产作为抵押。具体哪种玩法，王老板定。合同就在手包里，今天就可以签。"樊国斌说完，拿出两份格式合同，递给了王胜伟。

"股价一旦跌破平仓线，届时若筹不到钱偿还贷款，股票就不属于我了。股权质押融资是一剂猛药，服用不当是要死人的。股权质押融资，有相当的副作用，有显著的经济后果性，所以，我选第二种方案。"王胜伟双眼没有波澜，冷静而理性，经过一番深思熟虑后郑重表态。

马建业双臂抱在胸前，开心地点了点头。之前，马建业和樊国斌谈妥的是 150 亿元融资。今天喝了两瓶拉菲 1982，樊国斌自己把额度提到了 198 亿元。

自融，把资金的水龙头控制在自己手里

易安、马建业对金融几无兴致，王胜伟一意孤行，成立了由开泰伟业 100% 控股的开泰金融控股有限公司，注册资本 200 亿元。

王胜伟要下一盘比产融新城更大的棋，开泰金融控股有限公司将成为王胜伟作为实控人控股参股金融资产的投资平台。

王胜伟心情大好，最近一个月真是心想事成、诸事顺遂。CMBS 项目落实了，融资 15 亿元；开泰金控出资 20 亿元参与河东银行定向增发谈定了，开泰伟业将成为河东银行前十大股东。因为有马建业、范德

宝前期3个多月的铺垫与努力，河东银行的贷款合同正式签订，总额度198亿元，其中160亿元是开发贷，38亿元是股权质押贷款，樊国斌动作很快，50亿元贷款已经打到开泰伟业账上。参与河东银行定增的20亿元就来自河东银行的贷款，真是"羊毛出在猪身上，牛来买单"。

为了600万元年薪，钱书光纳了两个"投名状"。毕竟在国有大行工作了25年，嗅觉灵敏，市场意识强，钱书光建议王胜伟尽快以法人股公司的名义设立省级金融资产交易中心。

王胜伟最关心的问题无非"金融资产交易中心"能为开泰伟业的融资带来哪些实际便利。双眼跃动着欢欣的神采，钱书光对王胜伟进行了一番金融科普：地方金融资产交易，是为国有资产、非标资产的处置和转让提供新渠道和新平台，为的是盘活流动性较差的金融股权、非标资产、国有股权等金融资产，是非标市场金融体系的关键一环。说得直白点，其实就是"助力企业融资，为老百姓理财"，把企业的金融资产包装成理财产品向合格的投资者进行售卖，实现非标资产的流转和盘活。

王胜伟何等聪明，一点就通。他脑子飞快转动，沉默了一会儿，点头附和："控股一家金融资产交易中心，把开泰伟业的地产、酒店、物业等资产证券化产品作为底层资产，包装成理财产品进行售卖，既可以是30万元、50万元、100万元的资产包，也可以拆细拆小，拆成数量更多、金额更低的小资产包，面向公众发售。这就是我的自融平台，取之不尽、用之不竭的蓄水池。省级金融资产交易中心，注册资本5000万元，开泰金控持股90%，再找一家公司持股10%，3个月之内搞定。"

"公司名字怎么定？"钱书光微微扬起下巴，冷不丁问道。

王胜伟思忖片刻，眼睛一亮，脸上露出兴奋之色："白居易的《长恨歌》里有一句'迟迟钟鼓初长夜，耿耿星河欲曙天'，就叫曙天金融资产交易所有限公司，简称'曙天金交'。"

钱书光心里快速盘算了一番，晃悠着脑袋，压低声音老老实实地说："省级金融资产交易中心，需要拿到省金融办的批复文件，如果由我来推动，一个月就可以了。现在金融资产交易中心遍地开花，我估计再过几年肯定会整合，比如一个省只能保留一家，先不管以后的事情，当务之急是快上车、抢个座。"

"具体事项由马建业、范德宝推动落实，批复文件就拜托钱行长费心了喔。"王胜伟肩膀一颤，面向对面的钱书光直作揖。

金交平台事项暂告段落。半个月后，钱书光相约登门拜访，王胜伟发出定向邀请："咱们明天去三亚打一场高尔夫，边打球边谈事。"

钱书光开心地接受了邀约。

就在湾流 G550，钱书光正式把刘宇轩引见给王胜伟、马建业。

"私募证券投资基金，王总、马总感兴趣吗？"钱书光试探地问。

"凡是和金融有关的事情，凡是有利于融资的事情，我都感兴趣。"王胜伟声音洪亮，语气毫不犹豫。

马建业一直对金融有所抗拒，但如今当着王胜伟的面，自然不能流露出二心，所以只好回以礼节性的微笑。

"这位是我的大学本科同学刘宇轩，南京大学金融博士，金牛证券资产管理有限公司副总裁，主管公募权益投资。宇轩拥有 20 多年的金融从业经验，管理的金牛沪港深基金曾经获得年度混基冠军。宇轩现在想出来单干，搞一家专注权益类二级市场投资的私募基金管理公司，很需要您这样的金主加持。"钱书光边说边盯着王胜伟。

王胜伟上下打量刘宇轩。刘宇轩到底见过大世面，在首富王胜伟面前一点也不慌乱，显得自信从容、气定神闲。刘宇轩先做了自我介绍，介绍他在金牛证券资产管理有限公司工作期间的业绩表现，还重点介绍创办私募基金的想法和干法。

"现在是成立私募基金最好的时期，私募基金不再审批，而是由中国证券投资基金业协会进行登记、备案、自律管理，备案需要两到三个月。我是券业老兵，资质审查、资格认定都没问题。我们先从私募证券投资基金做起，首期非公开方式募集资金规模在 100 亿元左右，明年把

172

公募基金代销做起来，时机成熟时申请公募基金牌照。公募基金如果能批下来，就是河东省第一只公募。"刘宇轩讲了 15 分钟，他充满自信的眼神里明显带着强烈的期许。

腮帮子一颤，王胜伟猛地站起来，招呼和春住开了一瓶拉菲 1982，手里把玩着高脚杯，望着舷窗外的蓝天白云，沉思起来。

"自融，就是把资金的水龙头控制在自己手里，私募基金做自融，违法吗？"王胜伟突然冷声道。

王胜伟、刘宇轩二人对视，目光交错，情绪复杂。刘宇轩呃了一声，硬着头皮回答："所谓自融，就是私募基金管理者把募集的资金投在关联方特别是大股东的项目中，目前法律对于私募基金自融是否违法还没有具体规定，但它在一定情况下会触及非法集资罪、非法经营罪。"

王胜伟不以为然地撇了撇嘴："风险当然有，我要你做的是合法合规的自融。"

刘宇轩没有顺着王胜伟的思路继续展开，而是不卑不亢地说："目前是私募基金的野蛮生长阶段，借道私募进行监管套利，很多私募大佬都这么干，只要不是太过分就好。我的判断是，假以时日，政策层面会允许私募基金以股权投资为目的，为被投企业提供借款或者担保，当然，不得超过私募基金实缴金额的一定比例。"

王胜伟眯起眼睛，露出一副高深莫测的神情。

刘宇轩愣愣地望向钱书光，钱书光呆呆地看着王胜伟，马建业也有点捉摸不定。

王胜伟拍了拍刘宇轩的肩膀，悠然自得地摇晃着高脚杯，轻啜一口拉菲，字正腔圆地道："开泰金控持股 80%，刘宇轩及团队持股 20%，私募证券投资基金我是一定要冠名的，名字都想好了——开泰基金管理有限公司，注册资本 2 亿元。私募基金的经营管理由你负责，作为大股东，我要派驻人员出任董事长、财务、人力负责人，董事会必须我说了算。如果这些条件你都答应，后面的事情就没什么障碍了。"

见王胜伟之前，刘宇轩找过 5 家知名国企、民营企业，没有一家谈成，没想到王胜伟只听了一刻钟就拍了板，这让刘宇轩喜出望外："您提的这几条合情合理，我都同意。但是，需要特别强调一点，私募基金以及我本人，和您以及开泰金控是资本层面的战略合作，并非隶属关系。希望王董事长不要过多干涉经营，经营方面我会在依法依规的前提下满足您对融资的需求，为股东赢得高于市场均值的价值回报。"

王胜伟耸了耸肩，眼里浮现出欣赏。虽然只是一面之缘，但王胜伟分明感觉面前的刘宇轩很有边界感，做人懂得审时度势，且能随机应变，做事有原则、有分寸。

"私募基金、开泰伟业、开泰金控不能有明面上的股权关系，私募基金、金交平台都要成为开泰金控旗下的隐名控制公司，我只是明面上的股东，王老板才是幕后的实控人。"刘宇轩唇边、眼角露出的都是得意之色，语气中多了一丝恭敬和谄媚。

"左手产融新城，右手隐名控制私募证券投资基金、金交平台、保险公司，向公众募资，直接参与产业和地产项目，必须做好风险隔离，通过代为持股、相互担保、交叉投资的方式对金融类公司进行隐名控制，既能有效防范风险，又能稳健扩大收益。"钱书光截口说道。

王胜伟点点头，露出赞许的目光。

"还有一个要求，你得答应我。"王胜伟的表情显得咄咄逼人。

"您请讲。"刘宇轩坐得笔管条直。

"你操盘的这只私募基金，要成为购买开泰伟业公司债的主力，要为开泰伟业融资出力。"王胜伟盯着刘宇轩的眼睛，满脸含笑。

"这个必须！我替轩宇答应下来。"钱书光抢先应承下来，刘宇轩也只得默默地点了点头。

"私募基金的名字，不建议叫开泰基金，这样太过招摇，外人一看就知道是王首富的产业，以后很多事情不方便操作。我想了个名字——水源基金。乾隆皇帝写过一首五言诗《谒孔林酹酒》，最后两句是'万载读书者，水源木本同'。木有本，水有源。水有源，故其流不穷；木有根，故其生不穷。"刘宇轩开始引经据典。刘宇轩极力主张叫水源基金，其实隐藏私衷，不肯尽情表露。两年后，刘宇轩的水源基金越做名气越大，王胜伟很想把名字改成开泰基金，就让李心远去给刘宇轩"传令"。没想到刘宇轩坚决拒绝更名，聊开之后，刘宇轩终于向李心远吐露实情："水源是我爷爷的名字，我搞水源基金也是为了纪念他老人家，所以坚决不能改。"

"'万载读书者，水源木本同。'水源基金，好，就这么定！"志得意满的表情浮现在王胜伟的脸庞。

"笔墨伺候！"王胜伟大喝一声。每次谈定商务大事，王胜伟总是会泼墨以言志，挥毫以抒情。和春住显然早有准备，大班台已铺上一方毡布，笔墨纸砚均已齐备。她信手铺开宣纸后专心研墨。

王胜伟沉思沉吟，提笔凝神，写下了 12 个大字——发上等愿，结中等缘，享下等福。

"宇轩，你可知这是谁的名言？"王胜伟放下狼毫，平静地问道。

"这是左宗棠的座右铭，华人首富李嘉诚的办公室就悬挂着这幅字，看来您对左宗棠推崇备至。"刘宇轩抬头仰视王胜伟，由衷地赞道。

"左宗棠属于大器晚成，年轻时屡屡受挫，20 岁才勉强考了个举人。此后 6 年 3 次赴京会试，都没成功。38 岁时，左宗棠和林则徐在长沙橘子洲一艘小船上彻夜长谈国家大事，林则徐盛赞左宗棠是绝世奇才。后来在征战过程中，左宗棠屡建奇功，终成一代名臣。"王胜伟以居高临下的姿态俯视着刘宇轩，淡淡地说道。

发完感慨，王胜伟提笔继续写下 12 个字——择高处立，寻平处住，向宽处行。

"宇轩，左宗棠的这 24 个字，送给你。"王胜伟趾高气扬地说，嘴角不期然地飘过一丝笑意。

"功名苦后显，富贵险中求。万米高空之上，偶得地产首富王老板墨宝相赠，实在是三生有幸！"刘宇轩恭敬接过墨宝，连连顿首。

王胜伟深谙胡雪岩书法之精髓，刻意模仿、潜心习练，所写遒劲、苍雄、大气、有度，竟自成体系、别有特色。

湾流 G550 抵达三亚凤凰机场，王胜伟、马建业、钱书光、刘宇轩直奔亚龙湾高尔夫球场。亚龙湾高尔夫球场依山面海，绿茵椰树与碧海蓝天交相辉映、融为一体。8000 多株观赏性绿植美化了环境，清新了空气，以高氧气含量形成了独特的"天然氧吧"。王胜伟拥有亚龙湾高尔夫球会的终身会籍，他每个月至少来一次。

驻足球场，王胜伟如数家珍："18 洞球场占地面积 68 公顷，12 万平方米人工湖穿插环绕，100 个沙坑星罗棋布，整体布局形似龙爪，球道设计精湛，造型细腻，球道看上去很平坦，其实暗藏玄机，一挥杆你们就知道深浅了。"

一场酣畅淋漓的高尔夫球赛结束，天边还有一抹酡红，折返东虹已是晚间 10 点半。深夜时分，刘宇轩拨通了沈春平的手机。

送走钱书光和刘宇轩，王胜伟难掩兴奋之情："钱书光是个人物，单凭他纳的这两个投名状，就值 5000 万元。下个月钱书光入职，他要成为你组阁的核心阁员，做首席财务官。曙天金交、水源基金这类金融业务以后由钱书光分管，券商、银行这块业务，还是得由你直管。"

马建业看了王胜伟一眼，想说点什么，却忍着没开口。

"你什么都别说，我知道你在想什么，也知道你想要什么。"王胜伟含笑拨通了郑春筠的手机。

我是讲规则的放肆，你是无底线的放纵

晚上 11 点，接完王胜伟的电话，郑春筠带领人力资源管理中心全员加班，重点是给所有员工群发短信，通知第二天上午 7 点 30 分准时

赶到开泰伟业大厦集合，统一搭乘大巴赶往位于新元产业园的希尔顿逸林酒店。群发短信附有温馨提示，将为参会人员准备早餐包。

李心远刚接到短信，人力资源管理中心高级经理云水瑶的电话又打了过来："麻烦您电话通知品牌管理中心所有员工，确保都要参会。"

"什么会议？为啥不在开泰希尔顿酒店？为啥要舍近求远，去希尔顿逸林酒店？"李心远大惑不解。

电话那头，云水瑶尴尬地一笑："您的问题我无法回答，请您多理解。好了，不打扰您了，我们还要继续广而告之，还要安排明天早上的接送大巴和早餐。唉，肯定是要折腾到凌晨了。"

李心远本来已躺下休息，不得已又爬起来，给品牌管理中心的员工挨个儿打电话，直到确认都能准时参加，方才安心地去睡觉。

"晚上11点通知，应该是临时决定的事项，到底是什么事情呢？"猜测着、猜想着，李心远沉入了梦乡。

早上7点30分，20多辆大巴排着整齐的队列浩浩荡荡地开向位于新元产业园的希尔顿逸林酒店。希尔顿逸林酒店是开泰伟业在产业园率先践行"六菜一汤"模式的"头道菜"。开泰伟业产融新城在全国各地遍地开花、批量复制，推行的是"六菜一汤"模式。所谓六菜，是指在目标城市建设迎宾大道、规划馆、五星级酒店、学校、医院、商业综合体。所谓一汤，是指所有地产项目都要有人工大湖。

见凌云飞一个人坐在大巴车前排，李心远笑嘻嘻地凑过去："领导，一大早把大家拉到新元，啥事情啊？"

凌云飞拿起早餐包递给李心远，白了他一眼："牛奶一盒，面包一个，湿巾一条，火腿肠一根，巧克力一块，早餐很丰富。"

李心远冲凌云飞吐了吐舌头："您这是让我住嘴的意思，我懂。"

8点刚过，大巴车顺利抵达希尔顿逸林酒店，所有人鱼贯而出，走向大宴会厅。不一会儿，会场内便人立如林，纷纷交头接耳。大宴会厅正中，矗立着一块10米宽、3米高的"朱唇红"底色的背景板，背景板用一大块红绸布遮盖着，无法看清上面的文字。

大宴会厅一角，李心远看到了一脸倦怠的和春住。和春住现在的身份很特别，执飞时是乘务长，不执飞时是王胜伟的助理。

和春住晃动着兰花指，优雅地捋了捋额前的刘海，抬了抬眉毛，轻轻叹道："你瞧这块背景板，昨晚 11 点通知要做，供应商在东虹做好后连夜拉过来安装的。"

"红绸布盖住了，背景板上写的什么啊？"李心远充满好奇。

"嗯……这个……"和春住正要开口，见李渔往这边走来，立马眨巴眨巴眼睛，故意提高嗓门儿："李总，您今天这身正装挺帅啊，西服什么牌子的？阿玛尼还是 Boss ？"

"杉杉西服，不要太潇洒。"李心远笑了起来。

李渔瞪了李心远一眼，慢悠悠地走开。

王胜伟、马建业、裴定军、凌云飞、唐春桧等一众高管依次进入会场，在前排位置一一坐定。

8 点半，会议准时开始，主持人是郑春筠。"尊敬的董事长，各位领导、各位同事，一日之计在于晨，今天，我们在这里隆重举行……"说到这里，郑春筠回头看了看背景板。

背景板上的红绸布徐徐落下，闪现出六个大字——总裁聘任仪式。

全场发出阵阵惊呼。

"近日，董事会收到公司总裁易安先生的辞职报告，易安先生出于个人原因请求辞去总裁职务。董事会尊重易安先生的个人意愿，接受其辞职申请。为保证公司生产经营的正常开展，兹聘任马建业先生出任公司总裁。董事会对易安先生任职期间为公司经营与发展所做出的卓越贡献表示衷心感谢。"郑春筠手里拿着一份文件，语调舒缓地朗读起来。

"我反对！"说话间，一个西装革履的帅小伙快步走到大宴会厅前方，一把夺过郑春筠的话筒。

来人是新元产业园翡翠湾项目总经理郝明亮，他气势汹汹，怒目逼视，一副暴起发难的架势。会场 5 名体格彪悍的安保人员旋风般冲过来，立时将他围了个密实，试图一举制伏郝明亮。

王胜伟挥了挥手予以制止："让他说话，天不会塌。"

郝明亮手持话筒，高声说道："昨晚 10 点我还在易总办公室和他一起讨论项目营销推广方案，易总和我约好今天上午 9 点继续开会讨论。郑总说'近日，董事会收到公司总裁易安先生的辞职报告'，我就纳了闷了，郑总所说的'近日'到底是哪一日？是不是日子太多了，自己都记不清到底是哪一日？可否请郑总向大家展示易总的辞职报告？"

郑春筠脸色极其难看，却又不好当场发作。

"这是全员大会，郝明亮，你不要无理取闹！"马建业站起来，正色道。安保人员又要冲过来，王胜伟依然摆了摆手，示意作罢。

"我是有理说理，据理力争。就在此时此刻，我们尊敬的开泰伟业总裁易安先生在哪儿？他 8 点赶到公司，连大厦一楼都进不去，门卫就是不让进。为什么把易总拒之门外？易总是公司创始人之一，易总进入公司那一年，地产业务的收入 3 亿元不到，现在是多少？ 700 亿元了！7 年前，我从清北大学土木工程系毕业后加入开泰伟业，易总领着我们这些新兵蛋子苦干实干加油干，地产业务是易总带领大家从零到一、从一到亿，一个项目一个项目做起来的，易总是开泰伟业的功臣，厥功至伟，但从不居功。"郝明亮说得慷慨激越，显然内心充满了不平与不愤。

宴会厅的空气紧张得几乎令人窒息。

李心远想鼓掌，被身旁的崔嵬摁住。李心远想站起来声援郝明亮，又被崔嵬死死摁在座位上。"千万不能站起来，听我的！"崔嵬在李心远耳边轻声低语，声音很坚定。

"易总可以退休，但绝不是以今天这样的方式。开泰伟业欠易总一个体面、光彩、隆重、热烈的退休仪式。我听说，易总曾经是王胜伟董事长的老师。一日为师，终身为父，请问董事长，您就是这样对待自己老师的吗？"郝明亮越说越激动，眼眶噙满泪水，声音也有点哽咽。

"郝明亮，你太放肆了！"马建业愤怒呵斥，他的面部表情极不自然，充斥着令人惊恐的狰厉。

"我是讲规则的放肆，你是无底线的放纵，这就是我们的区别！我希望开泰伟业是有温度、有规则、有原则、有底线的公司。我现在就退场，希望更多的同事和我一起离开，用我们的实际行动表达对今天这场闹剧的抗议，表达对易安总裁的敬意。我要对那些质疑易总、打击易总的宵小之辈说，做人妥帖，做事妥当，易总之后，开泰伟业不会有比易总做人做事更妥当的总裁了！"郝明亮激情陈词之后，面向台下深深鞠躬，抬起头时已经是热泪奔流。

郝明亮一番铁口直言，对马建业进行了无情的嘲讽，对易安进行了热烈的颂扬。一个、两个、三个、四个……陆陆续续有人站起来，跟随郝明亮的脚步昂首离开会场。崔嵬依然死死地摁住李心远，都把他的胳膊掐红了。

李心远想起有一次在新元产业园聚餐，喝得醉醺醺的裴定军撇撇嘴，瓮声瓮气地说："地产是易总做起来的，这不假，是事实。易总培养了一批骄兵悍将，经常被孟春怡她们欺哄，可又不得不依赖她们去冲业绩、造规模。如果公司按照易总的指示去搞，估计早跑沟里去了。你记住，开泰伟业的董事长和总裁都是王胜伟，公司从来没有什么影子总裁，易安只不过是名义上的总裁而已，他自己对此也很清楚。在战略管理、战术落地这两方面，易安远不如王胜伟。"裴定军的话，李心远部分认同。公司上上下下里里外外，都知道公司是王胜伟的，不是易安的。易安贵为上市公司总裁，有职有权，却没有真实话事权，更多人是把易安当作开泰伟业的"吉祥物"。说起来有点残酷无情，但事实终究如此。易安担任总裁期间，绝大部分职能中心一律默契地坚持"只看不管"的原则，也就是，不管易安会上说了什么，会下强调了什么，只要王胜伟没说要怎么做、该怎么管，各个职能中心一律"只看不管"。如今，易安以此种方式"被下课"，李心远情感上委实无法接受。

手机振动了一下，李心远点开一看，是赵菡舒发来的短信："太难过了，太寒心了，太可笑了，真没想到这家公司如此薄情寡义。"赵菡舒是以《城市时报》记者身份加入开泰伟业的，易安对李心远和赵菡舒格外垂青，分外关照。

易安曾在办公室的墙板上给李心远画过一条曲线，横坐标是"做大事"，纵坐标是"赚大钱"。易安别有深意地看了李心远一眼，宽和地一笑："最理想的状态是45度曲线，沿着这根曲线持之以恒地上行，跟着趋势走，既要'入对行'，还要'跟对人'，跟最能的人在一起。"这是从入职第一天开始易安对李心远说得最多的话。

从财经媒体首席记者到职场资浅经理人，李心远在开泰伟业有过很多糗事。比如入职伊始参加易安召集的内部会议，李心远连 Excel 都不会操作，易安只是呵呵一下，随即吩咐柳依依耐心示范如何又快又好地成为"一表人才"的"表哥"。

入职伊始，王胜伟按照最高标准打了李心远"一百杀威棒"。一天，王胜伟秘书刘美娜打来电话，声音透着焦灼："董事长让你写一份公司简介。"擅长耍笔杆子，写过7本财经书籍的李心远根本不把区区一个公司简介放在眼里。他打开电脑敲敲打打，2小时写了2000多字，提交给了刘美娜。一天后刘美娜反馈："董事长很生气，嫌简介写得太长，字数要控制在一张纸以内。"把字写多，不难；把字写少，很难。李心远呕心沥肚写了一个上午，又提交了900字的公司简介。刘美娜忠实反馈："董事长不满意，要求重写。"至于怎么不满意，王老板没说，秘书也不敢问。李心远继续写，老板依然不满意。就这样，一个月之内，李心远一共写了10个版本的公司简介，王胜伟都不满意，关键是人家王老板还非常生气。

处于崩溃边缘的李心远只好求助易安。易安抖了抖衣袖，劈头盖脸一句话："傻子过年瞧街坊，人家咋的咱咋的，明白了不？"

"我去参考、借鉴知名房地产上市公司的公司简介，看人家是咋写的。"李心远瞬间开悟。2个月内，李心远满脑子都是公司简介，又陆续提交了5个版本，终于过关。后来李心远才知道，王胜伟善于对新入职的部门总经理以及高管打杀威棒，为的是打杀知识分子的傲气。

有那么一次，《河东晚报》总编辑李健、副总编杨亮、地产版主编等人坚持做东，宴请易安和凌云飞，李心远、柳依依和蔡梦影陪同出席，地点在河东新闻大厦三层中餐厅。一开始挺好，不知不觉，李心远就有点喝高了。李健敬酒的时候，舌头发硬的李心远愣头愣脑地甩出一句话："我这是落草为寇了。"一句醉话引来满座哄笑。

李健反应很快，马上接茬："敢情今晚我宴请的是一群草寇啊？"

坐在李心远旁边的蔡梦影捧腹大笑，花枝乱颤，夸张地手舞足蹈。场面一度混乱，凌云飞一副无奈至极的神情。

李心远咧嘴干笑："哪里有缝儿？谁也别拦着我，我要钻进去。"

众人爆笑过后，易安开口了："李心远，你得脱掉'孔乙己的长衫'。讲个段子都说不明白，实在是既蠢又笨。他引用的是河东省电视台常务副台长管振水的'名言'。前些日子，李心远陪我和管振水吃饭，心远说离开媒体到企业了，很怀念在媒体的峥嵘岁月。管振水喝多了，就拿话噎人，说李心远你这是落草为寇。这个段子就是这么来的，哈哈。"

李健、杨亮等人齐齐举杯，异口同声地说道："易总，我们也想落草为寇，您收了我们吧！"

"遇到好妹妹，真的叫幸会；妹妹敬哥哥，杯杯都得喝。"蔡梦影口中念念有词，开始使劲地往李心远面前的高脚杯里倒红酒。李心远自然不得不一杯杯地和李健、杨亮再搞出几个"小豪华"。

宴席散去，胆战心惊的李心远向易安请罪。易安笑呵呵地挥挥手："没人会记得，都是酒后戏言，开心就行了。"

一想到两年前那场酒局的失态，李心远恨不得把当年的自己拖到今天猛抽一顿。每次一想到易安仗义解围，李心远内心深处都充满感动和感激。这要是搁在其他公司，就凭酒桌上的胡言乱语，李心远早就被开除一百次了。

想想过去三年易安的包容宽容、耳提面命，李心远心里一阵阵难受，不争气的泪水夺眶而出。崔嵬赶紧递上纸巾，并在李心远耳边低声说："一定忍住了，不要哭，不能哭。"

王胜伟情绪激动地站了起来，手里攥着话筒，目光冷峻地扫视全场："还有没有要离开的？凡是离开的，永远不要回来！现在我宣布，总裁聘任仪式正式举行，有请马建业先生上台，由我为他颁发聘书！"

马建业踌躇满志地走上台来，王胜伟将聘书双手递上，聘书展开，两人手捧聘书合影，台下手机、相机的咔嚓声响了起来。

王胜伟握住话筒不撒手，全场的目光汇聚过来，都期待他能说些什么。可他脸上漾起淡淡的苦笑，大喝一声："我宣布，散会！"

易安总裁就这样"被下课"了，李心远愤懑哀伤。他给易安发了长长的一条微信，表达感恩之情与不舍之意。片刻，易安回了一条微信："倚南窗以寄傲，审容膝之易安。"

李心远知道，这两句是陶渊明《归去来兮辞》里的经典。倚靠在窗边看风景，景由情在，情由心生，过眼风物寄托着傲世情怀，即使陋室逼仄不堪，也觉得怡然心安。陶渊明做了80多天县令即挂冠而去，归隐田园，写下千古名篇《归去来兮辞》。《归去来兮辞》全篇654字，"倚南窗以寄傲，审容膝之易安"，可谓通篇点睛之笔。"倚南窗以寄傲，审容膝之易安"，易安做到了。

崔嵬终于放过了李心远。李心远缓缓起立，步履沉重地向外走去。手机铃声响起，一看是陌生号码，李心远下意识地挂断。可对方很执着，继续拨打，李心远只好接听，听筒里传来雷未来的声音："李总，马上通知王胜伟董事长，40分钟后在开泰希尔顿酒店茶园单独见面，有非常紧急、非常重要的事情。一定告诉王总，不要带手机。"

裴定军被迫自首

乌泱乌泱的人群，像风和云那样快速流动散开，大宴会厅显得凌乱而喧嚣。李心远拨拉开众人，一路小跑，寻找王胜伟。找了一圈儿都没找到，不得不拨通王胜伟的手机，听李心远说完，王胜伟嗯了一声就快速挂断。

40分钟后，王胜伟出现在开泰希尔顿酒店茶园，因为没有手机可刷，只好闭目养神。

"王总您好。"王胜伟睁开眼睛，只见雷未来已经小心翼翼地坐下，半个屁股搭在沙发椅上，腰板笔直得像刀削一般。

"雷处长好，有什么事情？"雷未来最多也就是副处级，但他毕竟是王守仁的秘书。官场的规则是，就高不就低，一定要把人的职位往高处称呼，如果是副处长，一定要称呼处长。

雷未来先是警惕而警觉地四下张望，然后以极其微弱的声音吐出三个字："出事了。"

王胜伟大吃一惊，眼睛瞪得滴溜圆："怎么了？"

"杨胜兵被留置了。"

"啊！"王胜伟眼光黯淡，神态颓丧，腰背一软，仿佛被抽走了脊梁骨，"什么时候的事情？"王胜伟神情委顿，低声咕哝。

"上午9点。开泰伟业的业务主要在新元，您和他比较熟悉，我把这个消息向您通报一下。我得走了，只请了一个小时的假。再见。"雷未来行色匆匆，举止慌张，他要尽快离开。

"对了，我要提醒您，最近已经有关于您的匿名举报信到了省市纪检委乃至中纪委。我推测匿名信来自开泰伟业内部。"说着话，雷未来已经消失不见。

雷未来是怎么离开的，王胜伟完全不记得。王胜伟对政治向来敏感，雷未来的一番话让他猛醒，他深知此刻的自己已然沦陷于不可名状的风险之中。杨胜兵出事，王胜伟已有预感。上次他主动要求参加城镇经济发展高层论坛，并做主旨演讲"上头条"，就是因为听到了不利于自己的风声。竟然有人写匿名信告状，而且很可能是内部人在举报，这到底是谁干的呢？危情横亘，王胜伟能做的不是设法逃逸，而是束手就擒，这实在是让人沮丧。想到这里，王胜伟顿觉寒意侵袭而来。

心里麻阴阴的，王胜伟叫来服务生："给我来包烟！"

服务生神情漠然："对不起，酒店禁止吸烟。"

"少废话，赶紧去！"王胜伟狂怒地暴吼起来。

服务生吓傻了，一溜小跑向主管投诉。主管大踏步赶过来，远远地一望，恨不得给服务生一个大嘴巴子："他是王老板。"

王胜伟接过燃烧的烟卷，狠命吸了两口，因为用力过猛，呛得直咳嗽。烟雾萦绕，升腾而起，将王胜伟的面孔映得更加冷峻。燃尽一支烟，王胜伟把烟蒂狠狠地甩在地板上，似乎依然不解气，还踏上一只脚恨恨地转了几个圈。

面色阴沉的王胜伟回到办公室，给唐春桧发出指令："今天务必把易安辞职、马建业就任总裁的公告对外披露。"

王胜伟把马建业喊到办公室，轻轻叹了口气，吩咐道："请总裁落实三件事。第一件事，产融新城模式已经在30个县市区开花结果，把这30个区域的地产业务夯实，暂时不再拓展任何新区域。怀里揣着不如手里攥着，生存是第一位的。首要工作是抢抓回款、保现金流，其次才是投资节奏以及风险把控。度寒冬、迎暖春，一定要控制好投资节奏，我估计寒冬要持续6至9个月。"

"为什么？苏州、无锡、常熟、南通、扬州，这些区域我们都签了框架协议，都要放弃吗？太可惜了吧？"马建业不解地问道。

"不是一律放弃，而是一概暂停。战略就是选择做什么，选择就是决定做什么，欲望就是放弃做什么。企业可以眼前难，不能长久难。第二件事，金融业务要快速推进，曙天金交、水源基金要尽快成立，要给金交所物色一位适格的总裁，让钱书光推荐。要寻找一家适合控股的证券公司，让刘宇轩推荐。互联网金融我们得参与，孟春怡离开开泰伟业，让她自己创立一家互联网金融公司，名字我都替她想好了，就叫紫杉财富，开泰金控持股51%，资本金实缴要慢一点。投资要讲求纪律性，管理更要讲求纪律性。投资缺乏纪律性，损失的是一单业务、一笔金钱，如果管理失去了纪律性，失败的可能是一个体系、一家公司。孟春怡离职后，郑春筠负责地产的营销事务。"

"紫杉财富，这个名字有什么讲究？"尽管还在暗自诧异，但马建业依然客气地说着违心的话。

"我曾经去英国北威尔士康威的兰盖尔纽紫杉村参观，那里有一棵树龄4000至5000年的兰盖尔纽紫杉，是世界上第二古老的树。20多米高的紫杉，看上去非常震撼，因为年代太过久远，紫杉的树芯都已经腐烂了，但依然枝繁叶茂、生机盎然。"王胜伟面沉似水，语气淡淡。

"第三件事最重要，内部一定要稳定，团结一切可以团结的力量；管理一定要细化，杜绝跑冒滴漏。任命大会上闹事、离场的那些青瓜蛋子，都是为易安鸣不平的，说明易安还是得人心的。君子绝交不出恶语，最好你能挨个儿聊一聊，凡是愿意留下的，无比欢迎，坚持要走的，给足补偿。该走的让走，该留的要留。留人要留心，留人用心留，用心来留人，留心留下人。人留心留下，心留人就留。两心留一块，基业长青留。易安的人望你也看到了，去年就交代过你，要在地产业务板块多搞统战工作，各个区域的项目总都要成为你信得过的人。体系就是可靠的不依赖人的系统。好了，我交代完了。"王胜伟一脸忧伤，鼻翼两侧沟壑纵深的法令纹透射出他内心的惶恐。

尽管已经猜到了结果，可马建业的脸上故意堆满狐疑与恐惧："董事长，什么情况？你听到什么了？"

浑身僵直得一动不动，王胜伟愁云满布："杨胜兵被留置了。"

"会把我们咬出来吗？"马建业脸色遽然一变。

"最坏的预估，最全的应对。喔，对了，老易呢？请他来我办公室聊聊。"王胜伟轻描淡写的一句话，让马建业有点手足无措。半小时前，马建业已经指使范德宝将易安的办公室清空了。

"他把办公室腾空了，应该不在公司。"马建业急忙辩解。

王胜伟用办公室座机拨通了易安的手机："我们见面聊聊，好吗？"

"我最后一次称呼你一声董事长，我们认识有 20 年了，在一起共事也有 15 年了，知我罪我，其惟春秋，我做梦也没想到，你会用如此卑劣的方式让我下课！"易安一腔话语既有愤慨，更有嘲讽。

"老易，你在公司的股份不变，依然是公司股东、董事，60 岁之前你的工资和奖金一分钱不少、照发不误，相当于提前退休嘛。"惆怅落寞的王胜伟尽力安抚着，语气一软再软。

"王胜伟，你我缘分已尽，我问心无愧，你呢？报应马上就要来了，你准备好了吗？"易安硬邦邦地甩出一句狠话。

王胜伟和马建业心头同时一紧，眼神分明充满惊恐。办公室里烟雾萦绕，马建业陷入了沉思。

晚上 10 点，处理完公司事务，王胜伟恼怒地拍了一下脑门，随即抓起座机拨通了裴定军的手机，闷声说道："我在开泰希尔顿酒店总统套房等你。"

"什么事？"裴定军战战兢兢地问。

"哪那么多废话，赶紧过来！"王胜伟无比脆爽地说道。

半小时后，裴定军汗涔涔、急慌慌地赶到。一向粗枝大叶的他还是感觉到了某种异样。开门的是一身煞气的彪形大汉，总统套房里两个保镖垂手肃立，沙发上坐着一个文质彬彬、西装革履的眼镜男。

"老大，今天这是啥阵仗？怎么整这么多保镖？"裴定军满腹疑窦。

"定军，我一直想跟你说句心里话。"王胜伟脸色阴沉地埋头吞咽雪茄，烦闷地吐着烟圈。

"哥，您说。"裴定军贼贼的目光睃来睃去。

"不是我说你啊，你得改个姓，你这个姓真心不好，我该怎么称呼你？小裴？老裴？不管怎么称呼你，都是个赔。"王胜伟撇撇嘴，故意叹口气。

"哥，我跟您姓，今天开始我姓王，双汇王中王的王。"被王胜伟奚落也算是常有的事，裴定军丝毫不以为意。

他挤出一丝略带谄媚的笑容，快步迎了上去。

"就数你小子嘴甜，见天儿就叫哥，总有一天我得让你小子搁进去。"王胜伟招呼裴定军进了里屋，眼镜男跟了进来，裴定军诧异地看他一眼。

"杨胜兵被留置了。"王胜伟苦笑一声，忽然开口。

裴定军面容煞白，仿佛明白了什么，屁股上就像安了弹簧，一下子从座位上跳了起来，抬腿就要往外跑。两个保镖把他死死拦住，裴定军无奈地退了回来。

"杨胜兵已经被留置了，我仔细想了想，说不清楚的事情只有一件，就是那1000万元。"王胜伟长长地叹息一声，目光刻薄而阴沉。

见王胜伟面色凝重，裴定军立刻变得六神无主。

"这位是咱们公司常年的法律顾问，金鼎律师事务所主任张醒水律师。张律师对《水浒传》的犯罪学研究非常精彩，对社会边缘人群犯罪心理的研究很有建树。"王胜伟歪着身子，侧躺在沙发里，端起青瓷茶杯呷了口茶，看似漫不经心地介绍着。

在王胜伟心目中，裴定军是和《水浒传》里"李逵"画等号的。裴定军虽有"李逵式"的忠诚勇武，但终究只是"勇而无谋、顽劣粗鄙"之流。《水浒传》里"哥哥"这个称呼，一百零八将里唯有李逵叫得最亲、最真，李逵算得上是整部《水浒传》最本真的一个人物。王胜伟绝望地在心里自语："裴定军啊裴定军，既然你是李逵，那就喝下这杯毒酒吧。"

裴定军脸色变得晦暗无比，紧紧咬着下嘴唇，一句话也不说，满眼困顿和惶然。裴定军想不明白王胜伟这个时候说《水浒传》是什么意思。

张醒水律师写过一篇深度好文——以《水浒传》为视角分析古代社会江湖游民犯罪成因及初探。在张醒水看来,《水浒传》是一部反映北宋各个社会阶层,尤其是失去正当职业的"江湖游民阶层"与失去正常社会身份的"社会边缘人群"犯罪学题材的原生态犯罪笔记小说。早年间下海创业,王胜伟靠的就是《水浒传》的义气,以及《三国演义》的谋略。张醒水对古代游民阶层犯罪心路历程和诱发犯罪的症结与根源的深度挖掘,以及对江湖侠客犯罪的法理譬解,均让王胜伟击节称叹。理所当然地,张醒水成了王胜伟的私人法律顾问。

肃然端坐的金鼎律师事务所主任张醒水,审慎地看看左右两侧,略做沉吟,正色说道:"受贿罪的法益是国家工作人员职务行为的不可收买性,或者说是国家工作人员职务行为与财物的不可交换性。自然人行贿是为了谋取个人不正当利益,单位行贿是为单位谋取不正当利益。单位行贿也是通过具体自然人实施的,但这是在单位意志的支配下实施的。单位行贿一般是经单位集体研究决定,以单位的名义实施,而自然人行贿则是由个人决定,以个人的名义实施。"

"定军啊,那个事情我思来想去,还是得由你个人扛下来。进去之后,你的工资、奖金一分钱不少,而且加倍,每个月定期打到你的指定账户,直到你出来。如果你自首且自认个人行贿,就能免除很多事端,一旦被定性为单位行贿,我也吃不了兜着走。"王胜伟沉着脸,似乎在尽力斟酌措辞,到最后索性用力咬着牙,语气沉闷得近乎哀求。

大脑里一团乱麻,又好似结满了蜘蛛网,思绪也变得杂乱而迟滞。沉默了许久,裴定军面色僵硬,惊惶地点了点头。

"定军,如果你想通了,明天一早我陪你去自首。张律师就是你的代理律师,他会践行法律职业精神为你争取权益。"王胜伟双手按住裴定军宽大的肩膀,声音低沉、情绪低落。

"张律师,如果自首,会判几年?"埋头处于鸵鸟状态的裴定军猛然惊醒,抬起头怔怔地看着张醒水。

"由你送出的 1000 万元，涉嫌构成对有影响力的人行贿罪。为谋取不正当利益，向国家工作人员的近亲属或者其他与该国家工作人员关系密切的人，或者向离职的国家工作人员或者其近亲属以及其他与其关系密切的人行贿的，情节特别严重的，处七年以上十年以下有期徒刑。行贿数额达到 1000 万元，属于情节特别严重。依照现行法律的相关规定，自动投案并如实供述主要犯罪事实，成立自首。《人民法院量刑指导意见》规定，对于自首情节，综合考虑投案的动机、时间、方式、罪行轻重、如实供述罪行的程度以及悔罪表现等情况，可以减少基准刑的 40% 以下；犯罪较轻的，可以减少基准刑的 40% 以上或者依法免除处罚。"清了清嗓子，张醒水律师不失时机地接过话头，词锋滔滔地援引着法律条文。

"哥，我晚上得回家一趟，好多事情我得交代交代啊。"裴定军眼睛里充满了乞求。

"今晚就睡在这里吧。"王胜伟目光一凛，沉声道。

冲天的怒火火山一般爆发，裴定军愤怒地狂喊："我一直叫您哥，摊上这么大的事情，我回趟家都不行吗？您是不是太狠心了？"

膀大腰圆的保镖闻声冲了进来，一左一右站在裴定军旁边。浑身如筛糠一般的裴定军一下子明白了，王胜伟是担心自己跑路。满腔悲愤席卷而来，就像一片又一片沉重的乌云，濡染了一面星空，这可真是"一腔悲愤任我流"。

裴定军原本想还有回旋余地，对视一眼后，看着王胜伟阴森的目光，便知道今天是不可能离开总统套房了。总统套房当然不是第一次入住，今晚却最特别，辗转反侧难以成眠，直到后半夜裴定军才睡去。

翌日早上 7 点，裴定军一骨碌爬起来，神情郁悒，四顾茫然。他头发蓬乱，胡子也懒得打理，整个人显得邋里邋遢。

牛奶、豆浆、油条、小笼包、豆腐脑儿、包子、面条……中式早餐已经妥妥上桌。王胜伟生性简淡，早餐离不开小笼包、豆腐脑儿，出差在外，不管去哪儿，哪怕是去美国，裴定军也总是想尽办法给他弄小笼包和豆腐脑儿。看着一大桌丰盛的早餐，裴定军眼泪扑簌簌地掉落下来。

王胜伟、张醒水、裴定军默默吃早餐，谁也不说话，谁也没话说。

9点整，神情木讷、眼神呆滞的裴定军走进了东虹市公安局观澜分局，伤戚而幽怨的眼眸中透露出如漆黑夜色般深深的绝望。

望着裴定军远去的背影，王胜伟发出裹挟着复杂情绪的沉沉叹息，满含歉意，拱手作揖。王胜伟抄起手机对郑春筠说："把消息扩散出去，就说裴定军因为贪污公款被抓了。"

很快，裴定军出事的信息就传遍了东虹。

听到裴定军出事的消息，马建业扬手摔碎了那只价值不菲的紫砂壶，愤怒地嘶吼起来："黄泥巴塞进裤裆里，不是屎也成了屎。当年郝华年出事，给人家扣了个屎盆子。现在裴定军替你顶包，又往人家裤裆里塞烂泥巴！"

恨意难消的马建业拨通了一个电话："匿名举报信不要停也不能停，这次一定要把王胜伟送进去！"

"马总放心，王胜伟在劫难逃。"

王胜伟被留置

傍晚时分，王胜伟独自待在空旷而豪华的办公室，此刻正心浮气躁地刷着微信，刷到了一条短视频："这三种爸爸，是孩子的灾难。第一种，情绪暴躁的爸爸，抑制孩子的成长；第二种，终日忙碌的爸爸，忽视孩子的成长；第三种，不爱妈妈的爸爸，影响孩子的成长。"

短视频所说的"这三种爸爸"，说的就是王胜伟。前些日子，王胜伟去二儿子王敬伟就读的国际学校参加家长会，校长即席讲了半小时，其间妙语连珠、金句不断。校长说："家长一定要端正心态、摆正角色，扮演好角色才能当好家长。打个比方，学生就好比正在开车的司机，家长坐副驾。在副驾可以踩刹车,但不能因为司机开得不好去抢方向盘,要多理解司机的不容易,默默关注路况,及时做好风险提示。不要把自己当年开拖拉机的经验反复说给司机听,要知道他现在开的不是拖拉机,是高档轿车。"校长的精彩比喻引来家长们会心一笑。王胜伟显然不服气,站起身表明观点:"目前的学生还只是驾校学员,还不能独立驾驶。等将来他们都成了老司机,副驾位置也轮不到我们了。所以,该唠叨还是要唠叨,家长们要珍惜当副驾的那些不多的日子。"

中国式婆媳关系、父子关系,难度系数双高。王胜伟总是特别感慨二儿子王敬伟的青春期漫长。王敬伟上的是国际学校,每堂课都要用笔记本电脑,教室里 Wi-Fi 信号满格,外教在讲台上滔滔不绝,王敬伟低着头敲击键盘,在课堂上玩网络游戏,忘乎所以,被激怒的外教愤然将王敬伟赶出了教室。王敬伟周末在家,经常反锁卧室门,沉浸在虚拟的网络时空不能自拔,凌晨 1 点还在和同学联机打网游。王胜伟痛恨网络游戏,为此和王敬伟多次发生激烈的肢体冲突,笔记本电脑就摔坏过3 个。半大小子也能打死老子,身形健硕的王敬伟动起手来没个轻重,王胜伟的胳膊被儿子的硬拳头打成了软组织挫伤。万般无奈,王胜伟 3次拨打 110,警察将父子二人带回派出所做调解做笔录。片警感慨地说:"像您这样因为和儿子发生冲突拨打 110,要求把儿子拘留的,咱们东虹市您是独一份。"堂堂上市公司董事长,管着 2 万名员工,却管不住也管不好处于青春期的叛逆儿子,这让王胜伟羞愧难当、无地自容。

心绪烦闷的王胜伟,拖着沉重的脚步来到了开泰伟业大厦顶楼。

身着性感比基尼泳装的和春住,分花拂柳地迎了过来,含情脉脉地看着王胜伟:"董事长,我们去游泳吧。"目光娇羞的和春住,勾了勾唇角,闪出一束充满期待的热辣目光。

越是上了年纪,越是自己的主人,大脑的思维意识都能控制,即使冷不丁冒出个私心杂念,也能迅速将其扼杀在萌芽状态。然而,此刻面对性感妖娆的和春住,王胜伟坏笑着调侃:"你就像'灯箱广告',白天倒也刷不出存在感，一到晚上就发光发亮发热。"

开泰伟业大厦顶楼被改造成了无边泳池，这里是王胜伟的欢愉之地。天际线正被火烧云晚霞映成一道道绚丽的橘光，王胜伟手捧一杯鸡尾酒，轻啜慢饮，无比惬意。此时此刻，夕阳低垂，道路两旁的街灯一盏接一盏快速亮起，仿佛是明确的暗示与周到的提醒。

"董事长，您快下来啊，我都游了两圈儿了。"和春住咽喉深处挤出嗲嗲的声音。

开泰伟业大厦顶楼，两位公务员模样的中年男子快步走来："我们是河东省东虹市纪委监委工作人员，这是我们的工作证，现对你进行留置。这是协助调查通知书，请签字确认。"

王胜伟下意识地打了个寒战，也是他人生中第一次真切体会到汗毛倒竖的感觉。王胜伟哆哆嗦嗦地接过笔，颤颤巍巍地签上名字。从来都是以刚强形象示人的王胜伟，此刻心态崩塌，腿脚一软，险些瘫倒。

"颇有经验"的纪委监委工作人员立刻搭手搀扶王胜伟："跟我们走吧。"

"请给我几分钟换衣服。"王胜伟的语气变得苍凉而沉重，整个人颓唐无力，险些向后仰倒。

和春住目睹眼前这一切，娇媚的面容因极度惊恐而变得扭曲，脑海中泛起的奇怪念头像高速路上疾驰而过的车辆，一个也抓不住，一个也留不下。

纪委监委两位工作人员一左一右，半步也不离开王胜伟。开泰伟业大厦一楼停放着一辆黑色帕萨特，王胜伟抬腿钻进车里，两位工作人员依然一左一右将他夹在中间。两面夹击的状态让王胜伟很不习惯、很不适应。

"请问这是去哪里？请通知公司或我的家人，给我准备换洗衣物和洗漱用具。"强忍着收敛起惊讶与愕然，王胜伟弱弱地说了一句。

"去哪里你不用问，我们也不会说。市纪委监委会告知你公司的相关部门，并由你公司相关人员通知你的家属。但是，留置地点和留置理由是保密的。至于换洗衣物、洗漱用具，都会为你准备好的。"王胜伟敛衽垂首，不再言语，将头仰靠在后座上假寐。

40分钟后，车驶进一处幽静院落，稳稳停了下来，两位工作人员同时跨出车门，招呼王胜伟下车。根据行驶时间推断，王胜伟断定没有出东虹市。按照国家相关规定，每个省集中一地建立安全性强、保密性好的留置场所，河东省的留置大多在一个指定场所实施，特殊情况下会考虑实施异地留置。

在工作人员引导下，王胜伟来到一楼，穿过走廊，进入一个独立房间。进入房间的那一刻开始，全天候、无死角的摄像头随即开启，王胜伟的一举一动都在严密监控之下。王胜伟不知道，留置他一个人，市纪委监委安排了9个人分早中晚三班二十四小时全程"陪护"，两个小时一换班，办案人员与留置人员同吃同住，夜间"陪护"必须睁大眼睛，坚决不能睡觉。王胜伟快速扫视房间，果然与反腐警示片里展示的场景类似，墙壁都用厚绒布包裹，房间里没有锐器或玻璃，窗户很小，关键是距离地面较高，踩在床上都够不着。屋内陈设简单，只有一张床和一张桌子，床角、桌角都用软布包裹。床上放着换洗衣物，洗漱用品一应俱全。

"我有个请求，可以提吗？"王胜伟淡淡地说。

"请讲。"

"我想看报纸，可以吗？《东虹日报》《长三角经济报道》《河东日报》。"王胜伟虚弱而紧张地问。

"没问题，稍后给你送来。"门轻轻关上。

5分钟后，报纸送过来，王胜伟认真读报。《长三角经济报道》的报道《楼市调控不宜"一刀切"》引起了他的重点关注：文东市出台红头文件公开取消楼市限购，成为限购令执行3年多之后全国范围内第一个公开取消限购的城市。据媒体报道，文东市房地产供大于求的情况十分突出。业内权威专家表示，一些三四线城市住房积压较为明显，不宜采取"一刀切"政策，应根据市场变化采取有针对性的调控政策。

王胜伟的嘴唇下意识地抖动起来，眉头随之舒展，在心里默想："楼市限购已经实行多年，行政调控让位于市场调控正当其时。"

房门打开，工作人员送来盒饭：一个鸡腿、一份米饭、一份西红柿鸡蛋汤、一份青菜、一份鱼香肉丝。王胜伟埋头就餐，这是他此生享用的最特别的晚餐。"陪护"人员在一旁垂手站立，肃然无声。

安全绝对有保障，人权绝对有保障，这是留置第一天王胜伟的深切感触。晚餐后，王胜伟在斗室里打起了杨氏太极二十四式。

十多年如一日不辍习练，王胜伟已是太极高手。最初习练杨氏太极是在 2003 年，那一年王胜伟最痛苦。2003 年上半年非典突袭，地产业务、园区开发都摁下了暂停键，停一天的损失至少 1000 万元。截至 2003 年，全国各类开发区总数达到 6866 个，其中国务院批准的只有 232 个，省级政府部门批准的 1019 个，其余全部是省级以下单位设立的开发区。1992 年至 2003 年是全国各地上马开发区的跑马圈地时期，有条件要上，没有条件创造条件也要上。乡镇有园区，县城有园区，甚至村里也有园区，盲目圈地，兴办园区，蔚然成风。2003 年 7 月开始，国务院部署安排在全国范围内开展各类开发区清理整顿工作，各类开发区要减少75% 以上。按照国家相关文件规定，县办工业园区均在叫停之列。2003年，王胜伟被击垮，在医院里躺了 2 个多月。

王胜伟仔细研读自然资源部的文件《关于进一步治理整顿土地市场秩序中自查自纠若干问题的处理意见》，其中有这样的表述："认为具备开发区（园区）的基础条件、具有开发前景、确实需要保留，并符合土地利用总体规划确定的城镇建设用地规模范围的，2003 年 11 月 25 日前将整改意见报省开发区管理办公室（省计委）和省开发区清理整顿工作领导小组办公室（省自然资源厅）。经研究同意保留的，由省人民政府下达批复文件，并报国务院备案；逾期没有提出整改意见的，一律予以撤销。"这段表述让王胜伟看到了希望和曙光。他开始紧急公关，走访并游说省市相关部门，最终因规划合理、开发有度、管理高效，河东省人民政府特批，算是保下了新元产业园。听到好消息时，王胜伟正驾车行驶在高速路上，他把车停在紧急停车带，蹲在地上号啕大哭，哭完擦干眼泪，继续赶路。

如今，王胜伟立志将未来时光用于太极健身与道家养生等健康推广事业。别人练太极是为了修身养性、陶冶情操，王胜伟练太极是为了均衡气血、平衡气心。练太极这些年，王胜伟明白了一个朴素而深刻的道理：做人做事都要讲求平衡。心绪凌乱，则必失衡；心绪宁静，势必均衡。

一套杨氏太极二十四式打下来，王胜伟顿觉神清气爽、气定神闲。这时，房间门打开，两位工作人员平静地招呼王胜伟："请跟我们来。"

王胜伟知道，"过堂"的时刻到了。

两位工作人员在谈话室正襟危坐，神情庄严肃穆："你和杨胜兵是怎么认识的？你们之间有过哪些经济来往？杨胜兵有没有利用职权为你以及你的公司谋求利益？杨胜兵亲属名下的别墅是怎么回事？那些别墅都是你们公司开发建设的。"

王胜伟以稳稳的调门、缓缓的语速，回忆并讲述与杨胜兵相识的种种细节。王胜伟和杨胜兵自小一起在上海山阴路大陆新村长大，8 岁那年，王胜伟跟着父母回了东虹，从此二人再无联络。杨胜兵高中毕业后考上了清北大学，毕业后本来有机会回上海，但为了爱情来到东虹，开启了仕途生涯。2003 年，王胜伟经商小有成就，杨胜兵是昌达县分管城建工作的副县长。既然是发小、密友，说话也就毫不避讳，杨胜兵直截了当地告诉王胜伟他胞弟要买翡翠湾的别墅。王胜伟口气严肃："别墅免费给你，就是行贿受贿，还是打个六折吧。钱还是要付的，将来找机会再返给你。"杨胜兵细一琢磨，觉得有理，笑骂还是你想得周详。杨胜兵亲属及"表妹"陆陆续续以六折的低价买了 3 套独栋别墅，在独栋别墅又搭出了 200 多平方米违建，这些违建在程序上竟然完全合法合规。后来，杨胜兵好几次认真地找过王胜伟，要求把购置别墅的款项退回。就因为这事，王胜伟和杨胜兵闹得有点不愉快。王胜伟自始至终也没有把独栋别墅的购置款退还杨胜兵。正是这个"伤害感情"的坚持"救"了王胜伟。否则，别墅的事情还真就说不清楚了。

"如果你觉得还有哪些需要说明的人或者事，可以书面形式提交。"

两个多小时后，王胜伟回到房间，心态依旧平和。

进来的最初时刻，王胜伟仿佛染上了癔症，内心充满了深重的焦虑，有对个人事项的焦虑，也有对公司发展的焦虑。佛教是这样解释焦虑的："焦虑，是对无常的抗拒。"打了一套杨氏太极二十四式，王胜伟心间淤积的焦虑烟消云散。幸好搞定了河东银行198亿元贷款，已经开启进军金融的布局，否则，群龙无首的开泰伟业真就麻烦大了。

解决不了的问题从来都不是问题，难得有如此齐整的大块时间，王胜伟决意以书面形式把新元产业园过去这些年的经历全都写出来，权当是一种总结。想到这里，王胜伟索性铺开桌上的 A4 打印纸，提起笔，重重地写下标题——《过去、现在与未来：新元产业园的每一步》。

他写道："新元产业园的每一步，都与河东省、东虹市、新元县的高质量发展同步。数字不会撒谎，如今，新元县财政收入突破 50 亿元，新元产业园越加凸显县域经济快发展"火车头"的强势带动效应。2002年至今，新元县财政收入年均递增 40% 以上，在东虹市所属县（市、区）中位居第一，总量跃居河东省县域经济第一方阵。依托产业园，再造了三个新元。"

不同时段、不同人物、不同事件交错出现，叠化再现，平行蒙太奇场景重现，思绪如同电影镜头一般，被时间轴瞬间拉长，不断推远，王胜伟的眼睛里闪出别样的光芒。

钱书光的入职手续以加速度的方式办理完毕，危情时刻的开泰伟业，特别是马建业，异常需要钱书光这样既懂金融又懂政策的国有大行高管火线加盟。钱书光入职后的重要工作是做好金融机构的安抚。各项贷款不能停、不能断，信贷是房地产开发商的输液管，一旦拔掉输液管，分分钟得进 ICU。

唐春桧这些天忙得团团转，先是发布了总裁聘任公告，接着发布聘任钱书光出任首席财务官的公告。收市后，开泰伟业发布重大事项公告：收到东虹市纪委监委签发的关于公司执行董事、董事长王胜伟先生被留置的通知书，公司董事会已经启动应急预案。目前，公司新任总裁马建业先生兼任董事长，主持公司各项生产经营工作。上述事项不会影响公司的正常经营，公司将密切关注相关事项的进展，并按规定及时履行相应的信息披露义务。

重大事项公告一经披露，舆论炸了锅，财经、证券类媒体纷纷以"开泰伟业确认：王胜伟被留置"为题进行密集报道。明面上，开泰伟业的负面舆情骤增。暗地里，一封匿名举报信《黑心开发商王胜伟圈占耕地10平方千米》悄然寄往河东省东虹市党委、纪委监委、政府以及自然资源部。匿名信揭露：开泰伟业虚构所谓信息产业城项目，以工业用地名义用行政租用方式，占用耕地 1300 余亩，违规建设住宅楼，并以商品房名义公开对外销售。开泰伟业董事长王胜伟欺骗土地部门，违规获批千余亩建设用地指标。王胜伟目前正在配合协助调查，恳请省市党委、纪委监委、政府以及自然资源部严查彻查，一查到底。

省委党校、行政学院联袂的课题临近收官，一路调研，实地走访之后，绝大部分专家认为开泰伟业投资、开发、运营新元产业园是成功的，当然也有一些涉及土地问题的事项需要纠正。有感于杨胜兵被留置、王胜伟协助调查，朱可臻也没闲着，他以省人民代表大会常务委员会委员名义写了建议案，主张在全省范围内开展土地专项审查，彻底规范、从严规制变质变味的土地招商行为。匿名举报信和朱可臻的建议案引起河东省委省政府主要领导高度重视，王守仁在朱可臻的建议案上批示：违法违规占用国有、集体土地的行为绝不姑息，要坚决予以清理。

河东省自然资源厅迅速成立土地专项审查工作领导小组，抽调精兵强将，整合各方力量，重点针对河东省 15 个工业园区开展违法违规占用国有、集体土地进行专项审查工作，为期半年。

工作组进驻新元产业园，查封伟业盛世园区开发建设有限公司所有账目，所有资金不能进也不能出，马建业、钱书光当时就急眼了。伟业盛世是园区开发、建设、运营的主体，一旦被查封，意味着新元产业园土地事项暂停，地产项目会受到直接波及，没有土地供给，没有开发项目，就没有回款和收入。

工作组很强硬："产业园所有新增的土地事项一律暂停、暂缓，待审查结束，给出具体结论后再启动。"

"我们欢迎专项审查，一定全力配合工作组工作。你们照章办事我们完全理解、支持。但是，企业经营一刻不能耽误、一天不能停顿啊，停一天的损失至少 2000 万元。恳请向上面汇报，考虑园区经营的特殊性，分部查封账册。查完一个解封一个，这样行不行？恳请把企业损失降到最小，我们是上市公司，是要对海内外投资人负责的。"向来盛气凌人的马建业，口气软绵无力，近乎哀求。

工作组负责人拿不定主意，给上级拨打电话请示。半小时后，工作组负责人告诉马建业、钱书光："领导同意集中查账、分部查封，查完一个解封一个，尽量降低由于专项审查和查账工作对上市公司正常经营的消极影响，你们也要多理解。这是专项审查，是原则问题。"

马建业、钱书光连连作揖致谢。

返回开泰伟业大厦，马建业召集凌云飞、唐春桧、李心远、李渔等人开紧急会议，专题讨论当前的舆论形势以及应对策略。

凌云飞主张立即启动紧急公关程序，对内规范话术和口径，任何人不得接受媒体采访，不得通过各种形式对外发声。对外启动公关沟通，东虹当地媒体整体可控、压力不大，由李渔负责落实。省外媒体特别是京州、上海、广州三地媒体要做重点跟进和沟通，要向媒体说明三点：一是公司建立健全规范有序的高质量发展治理体系，拥有成熟而职业化的经理人团队，公司各项生产经营工作均属正常；二是专项审查工作不是针对新元产业园，而是河东省范围内的集中审查；三是公司上半年业绩已经发布，营收、毛利以及现金流、资产负债、利润数据都很健康。

神色严峻的唐春桧介绍了已披露的中报的相关情况："中报的各项数据确实很不错，今天股价的表现大家也看到了，涨停了，这说明投资人对公司上半年的成绩单还是认同的。"

履新后第一次以总裁之名部署工作，并代行董事长职责，马建业异常得意："负面舆情要控制住，不能继续发酵；正面声音要传出去，不能被动挨打。这就是我对品牌管理中心近期工作的要求。紧紧围绕中报的亮点，策划好、包装好、传播好，正面传播当然要有，但也要适度适量，过犹不及的道理你们比我懂。出于众所周知的原因，董事长协助调查不能视事，交代我三件大事：内部要团结，地产要稳住，金融要拓展。这三件事，就是我们工作的重心。"

马建业的目光有意识地扫过李心远和李渔。马建业一心想把李心远拉拢过来，但也知道李心远和易安的感情，所以一直很犹疑。裴定军自首，王胜伟被留置，主事的担子压在马建业身上。这些天来，马建业经常失眠，不是因为焦虑，而是因为大权独揽极度兴奋。

太和殿的匾，无依无靠

易安下课，柳依依瞬间成了"太和殿的匾"，无依无靠。马建业一个指令，把柳依依安排到奥特莱斯项目做品牌推广总经理，她的顶头上司正是"花心大萝卜"范德宝。

范德宝就像一块黏性十足的口香糖，粘上了便再也挣不脱甩不掉。范德宝习惯瞪着眼睛说话，神态好似贴在家门口的门神画像。之前，范德宝每次和柳依依说话，好像在北京五环路上兜圈子，一副不把你绕晕誓不罢休的架势。然而，自从易安被免职，范德宝开始肆无忌惮地纠缠柳依依，非要约着单独吃饭，大言不惭地说要把柳依依调岗到他所分管的营销部门或物管集团做副总裁。

犹豫了很长时间，柳依依勉强应承下来，她觉得必须和范德宝做个彻底了断。婀娜多姿的柳依依精心装扮，周身散发着令人赏心悦目的现代美，脸庞荡漾着笑意，含蓄而深沉。柳依依拉着李心远赴宴，范德宝很不开心，左半边脸冷若冰霜，右半边脸心塞沉郁。寒意和幽怨在这位油腻男的沧桑大脸上融合得很好。李心远的表情则显得深奥复杂，明明和范德宝彼此相熟，却做出初次会面的生涩。

刚才还横眉冷对的双眸开始烁烁放光，范德宝从手包里掏出个精致的小盒子，递给柳依依："小小心意，请笑纳。"范德宝固执地认为女人都有虚荣心，只是表现程度不同，他要以贵重礼物拴住柳依依的芳心。

不情不愿的表情写在柳依依脸上，藏不住也不愿意藏。柳依依打开首饰盒，原来是个晶莹透亮的玉镯子。冰雪聪明的柳依依一下子读懂了范德宝的用意，男人送女人玉镯子就是表达爱意。

努力整理纷乱的内心情绪，柳依依果断地挽起李心远的胳膊，做出凛然不容侵犯的亲昵状："范总您好，正式介绍一下，李心远，我的同居男友兼同事。"面露不豫的柳依依，认真地使用了"您"这个既显示对其尊重又拉远彼此距离的敬辞。

范德宝此时像一个被压扁的橘子，水汁四散喷溅。本想一亲芳泽，却被当面羞辱。玉镯子非但没收，还用李心远这个同居男友来打自己的脸，越想越气的范德宝，酒桌上频频给柳依依灌酒。柳依依躲酒的经验很丰富，频繁拿湿毛巾优雅地擦嘴，趁范德宝不注意就把口腔里的烈性白酒吐到湿毛巾里。一斤白酒下肚，舌头不再利索，范德宝的话越来越密，带着令人厌弃的狎昵之气。酒过三巡，菜过五味，不胜酒力的柳依依推门跑了出去，将一口白酒吐到了洗手间的水池里。走出洗手间，看到范德宝正走过来，柳依依做出醉意醺醺的模样，范德宝趁机上前，又是拉手又是搂腰。这场景对于李心远来说，犹如公牛见到眼前舞动的红斗篷，他顷刻间进入亢奋的战斗状态。

李心远大喝一声："把你的咸猪手给我撒开。"范德宝刚一扭头，男人的大长腿带着风声呼啸而来，狠狠砸在他的后脑勺，疼得他呲牙咧嘴。范德宝刚要拉开架势挥拳相向，李心远一个前踢将他踹翻在地。现场乱成一团，有人拨打了110。

警察将范德宝、李心远、柳依依带回派出所做笔录。李心远毕竟是跆拳道黑带六段，饶是范德宝膀大腰圆，竟也被李心远踹折了两根肋骨。李心远言辞激烈，指责范德宝骚扰他的女朋友柳依依。范德宝振振有词，坚持说自己是关心体贴女同事。缩着脖、猫着腰，范德宝的窘迫神态活像一只煨灶猫，眼前的场景让柳依依忍俊不禁。

事后，柳依依嗔怪李心远动作太狠。李心远眼中浮现冲天的豪气："下手越重，效果越好。"为了摆脱范德宝，柳依依把能想到的招数用全了，一通猛如虎的操作过后，范德宝像水母一样贴墙消失不见。

3个月后的一天，接到马建业来电的那一刻，柳依依完全蒙了。马建业痛骂柳依依，说话极其难听："你闯祸了知道吗？明天就是奥特莱斯商业综合体开业仪式，这么重要的活动，你是怎么审查的？竟然安排了不恰当的歌曲。"马建业声嘶力竭地骂了10多分钟。

接着就是东虹市委宣传部何副部长的来电："小柳啊，刚才区委宣传部王部长给我打电话，说你们明天要搞奥特莱斯商业综合体开业仪式，活动现场要翻唱古诗词。那首诗是名句，当然没问题，但是公开演唱就不一定合适。因为时间冲突，开业仪式我就不参加了。一个月前，我和你们公司负责营销的范德宝范总聚餐，当时还说起过那首古诗的事情，他都知情，怎么还犯这样的低级错误呢？"何副部长不满地抱怨。

直到这个时候，柳依依才反应过来，敢情是那首古诗惹的祸。将古诗作为演唱曲目是活动公司的极力主张，理由听上去很有说服力："由古诗改编的歌曲传唱很广，影响也很大。"作为奥特莱斯商业综合体开业仪式的总负责人，柳依依连脑子都没过，就一口答应下来。

活动公司是范德宝选定的，翻唱古诗存在一定风险，范德宝显然早就知情，柳依依越想越后怕。幸好有人给马建业告了状，如果没人提及此事，到时候在开业仪式上现场翻唱，那就麻烦了。

尽管紧急取消了翻唱古诗的安排，但市区两级重要部门负责人还是集体缺席奥特莱斯商业综合体开业仪式。奥特莱斯商业综合体，是开泰伟业介入商业地产的奠基之作，历时两年精心打造而成，堪称国内最大的室内奥特莱斯。这也是马建业挤掉易安履新总裁后第一个重大的公开活动，由营销管理中心具体负责，柳依依是开业仪式的总负责人。

国际钢琴大师倾情助阵，在开场环节弹奏《我和我的祖国》，瞬间将庆典的气氛引爆。在礼仪小姐的引领下，一身挺括的西装、面容冷峻的马建业从嘉宾席起身，缓步上台。柳依依猫着腰，三步并作两步跑上前去，将讲话稿递了过去。马建业站在立麦前，打开讲话稿，一字一顿地念了起来。

"尊敬的……"三个字刚一出口，马建业脸色骤变，额头渗出细密的汗珠，语气也变得结结巴巴。短暂停顿，马建业索性收起了讲话稿，浮皮潦草地说了几句场面话便狼狈地走下来。守在台下的柳依依战战兢兢地凑了过去，马建业铁青着脸将讲话稿甩过去，柳依依没接住，讲话稿掉在了地上。一阵风吹来，讲话稿被吹得飘了起来，柳依依追着讲话稿向前小跑，打开讲话稿一看，脑子几乎炸裂。原来，那是一年前楼盘竣工仪式上易安的讲话稿。

奥特莱斯商业综合体开业仪式结束，柳依依跟在马建业屁股后面，眼泪汪汪一遍一遍道歉。柳依依的情绪就像一张透明而轻薄的玻璃纸，稍微加点外力撕扯就碎裂一片。如果马建业劈头盖脸狠批一通，柳依依也就释然了，毕竟领导骂得越凶，说明越把你当自己人。在开泰伟业，每个人都以被老板痛骂过为荣。可是马建业居然一句话没说，只是轻轻拍了拍柳依依的肩头。一切都显得那么不以为意，就像黏在黑毛衣上的微末凡尘，掸一掸就甩掉了。马建业的反应，让柳依依心凉了。

范德宝疾风骤雨呲一通，柳依依也能自我麻醉，毕竟他是自己的顶头上司，他的态度至关重要。范德宝没有任何冷言冷语，竟然柔声安慰："小事情，我和马总解释过了，没事的没事的，放下包袱安心工作。"

范德宝确实和马建业通过电话，两人在电话里说的就是她柳依依。马建业质问："为什么把易安的讲话稿给我？她是在向我示威吗？"

范德宝刚说了一句："她和李心远都是易安破格提拔上来的。"

马建业不客气地截断范德宝的话头，没好气地说："知道了。"

柳依依、李心远联手"收拾"了范德宝，范德宝不动声色地"黑"了柳依依。马建业的阴招接踵而至。开泰伟业 OA 发布人事任命，柳依依被调离奥特莱斯项目，安排到集团总部行政管理中心做副总经理。柳依依蒙头蒙脑地前往行政管理中心报到，郑春筠居高临下地吩咐道："依依啊，你以后就负责小车班，每天给马总开车门。"

马建业如此安排易安的助理，分明是"癞蛤蟆上脚面——不咬人，恶心人"。柳依依愤然提出离职，郑春筠立刻"同意"。

赋闲状态的柳依依有了充沛时间和精力秀恩爱。临近下班时，李心远收到了柳依依的微信语音，娇媚的声音一语双关："亲爱的，我在海底捞等你，下班吃火锅，上班不背锅。"

足足迟到了一个小时，满头大汗的李心远才出现在海底捞："对不起啊依依，刚才马建业一直在给我们开会。"听到"马建业"这个名字，柳依依拧着眉毛，噘起了小嘴。李心远眼神变得温柔，忙不迭说着讨女孩儿欢心的甜言蜜语。

脸蛋精致，体态凸凹有型，柳依依好似官窑新鲜出炉的青瓷。和心爱的人在一起，她嘴角微微上翘，深深的酒窝格外迷人。李心远在一旁憨憨坏笑："女人酒窝深，男人成群跟。你以前是上班好看，现在我发现，你下班更好看。"

心里甜滋滋的柳依依，立刻开心地回了一句："你可真是瓦罐里冒烟——土气。"

"麻辣火锅以后一定要少吃，看你脸上都长痘痘了。"李心远皱起了眉头，一本正经地开着玩笑，"红豆没长在南国，都长你脸上了啊，看把你相思的。"

"重庆妹子身材好，都是吃火锅吃出来的。"柳依依甩过来一个轻蔑的眼神，振振有词地说。

"身材好不是你的错，可你今天的穿着如此'薄透露'，这就是你的不对了。你这是在用你的身体添柴加油，我心中的那一团火只会越烧越旺，小心酿成火灾事故。"李心远以夸张的一笑结束了戏谑。

举起筷子在涮锅里翻腾，李心远愤愤不平："郑春筠总给你使绊子，你既不理会也不反抗，为什么？"

柳依依沉吟片刻，俏皮地回应道："天天找我茬儿，说明她的生活不能没有我；我不搭理她，证明我的生活可以没有她。"柳依依突然站起身坐在李心远身旁，摆出一副温婉恬静的小鸟依人模样："心远，我要回上海了，我爸爸身体不大好，我要回去照顾一段时间。"

李心远眼角微微一缩，急声道："伯父生病了？上次我们回上海，看他老人家身体蛮健康的啊！"

柳依依目光复杂，苦笑一声："我爸爸有肾病，前天一口气吃了三个橘子，突然晕倒，被紧急送往医院，诊断结果为尿毒症、高钾血症。"泪水猝不及防地奔涌而出，柳依依轻声啜泣起来。

调整了一下思绪，李心远嘴唇抖动着说："明天一早，我陪你回上海，去医院探望伯父。"柳依依目光忧伤地点了点头。

李心远在上海待了一周，多半时间是在医院度过的，经过血液透析、降血钾等抢救治疗，柳依依父亲转危为安，但身体依然虚弱。

李心远离开东虹这一周，范德宝不遗余力地炮制虚假信息，不择手段地贬损李心远。虽然按照公司规定，李心远及时提交了休假申请，仍遭到马建业严厉斥责："你还想不想干？不想干随时可以提离职。公司现在什么情况你难道不知道？居然在如此紧要的关头擅离职守，跑到上海泡女朋友，真是拎不清。"

"马总，您听我解释……"李心远胸口起伏，情绪也变得不再平静。李心远的心情就像点着的火苗子一样，噌一下就起来了。

"指屁吹灯，指猫念经，你这个首席品牌官还能指望吗？你明天从上海飞京州，把半年报传播好，我需要更多的正面报道。"马建业粗暴地打断了李心远的话，劈头盖脸一通臭骂。

离开上海时，李心远给柳依依留下一张银行卡："这张卡里有100万元，密码是你的生日。我咨询医生了，伯父的病情必须尽快做肾移植。"

柳依依玉体一震，一种无以言表的复杂情愫浮上心头。

正值中报披露季，通过密集拜访、公关沟通，李心远巧妙地把京州媒体的选题引导到对开泰伟业中报的聚焦和报道上。毕竟在《财经周报》干了10年，京州媒体圈的人脉资源是李心远的优势。关系是生产力，朋友是硬道理。当年和李心远结伴"走穴"的记者朋友，绝大多数成长为部门主任或副总编辑，人走茶不凉，情意依然在，李心远的面子自然还是要给的。

行程表密密麻麻，每天日程安排以半小时为单位。最多的一天，从早上9点到晚上10点，李心远和崔嵬走访、沟通、宴请了6家媒体，共计15人次。为了规避拥堵、节省时间，李心远出行以搭乘地铁为主。李心远走路奇快无比，这可苦了崔嵬，晚上回到酒店扒下皮鞋一看，脚后跟已经磨破了皮、渗出了血。

即刻公关提报的中报推广方案不如人意，凌云飞决定品牌管理中心主导推进中报的媒体传播计划。李心远、崔嵬线上参会，凌云飞对媒体和网络进行了切分，原则是5万~10万元做半个版或整版"软文"，宁可多花钱也要把中报的正面传播做好。

一早，李心远、崔嵬赶往机场返回东虹。出租车上，李心远接到了凌云飞的来电："你和小崔改签机票去趟上海，上海一家证券类媒体《股市快报》，写了一篇负面《开泰伟业明目张胆财经公关 行家质疑坐庄提示风险》，即刻公关沟通不得力，发个'软文'反倒招来一篇负面。"

点开凌云飞发来的报道链接，李心远仔细看了起来：游资炒作人为控盘、股吧平台唱多唱好、财经公关拉抬股价，面向各大媒体密集发布利好。年度最牛地产股开泰伟业演绎现实版"窃听风云"：每股收益剧增30%，利好信息高调释放，财经公关有偿向各大报刊投放新闻通稿，唱多"开泰伟业模式"。本报呼吁监管层对此类疑似坐庄行为予以严查。

李心远心里暗骂即刻公关"不专业、帮倒忙、总添乱"。即刻公关号称是"公关第一股"，名气再大其实都是虚妄，关键是为你服务的团队和人员必须足够专业和敬业。即刻公关为开泰伟业提供年度服务，每个月10万元服务费，却没有配备得力的团队和人员，更没能提供与"公关第一股"名头相对应、相匹配的高品质服务。

《股市快报》编辑接到了即刻公关打来的电话，希望配合刊发有关开泰伟业中报的正面报道，如果发的是简讯就给稿费，如果发的是专题，版面费用好商量。《股市快报》也挺邪行，愣是把即刻公关的通话全都录了音，把交谈内容全都写进了报道。

"《股市快报》这个事情，你有什么办法搞定？"李心远抛出问题，想考考崔嵬。

崔嵬挠着后脑勺，嘴唇抖了抖，想了又想才说："我觉得，还是得像你上次公关《房地产观察报》那样找到一个'关键先生'作为公关目标。"

李心远满意地颔首微笑，随后躲在角落里拨打柳依依的手机："我马上要飞上海，《股市快报》负责人你认识吗？"

"你说你好歹也是上市公司品牌总经理，天天盯着媒体清理负面，这差事干着有点低三下四啊！《股市快报》总编辑高尚，5年前从电视台离职。高尚当年的女朋友吴莉莉性格泼辣，当时高尚以性格不合提出分手，吴莉莉一哭二闹三上吊，一直闹到台里。电视台是武警把门，哨兵神圣不可侵犯，有人接才能进入，高尚不可能去大门口接吴莉莉，哨兵坚决不让吴莉莉进。情急之下吴莉莉咬了武警一口，这个事情闹得动静挺大，直接影响高尚的前途，最后不得不离开电视台。如今，高尚已经是两个孩子的父亲，却又和吴莉莉搅在一起，不清不楚。"聊起别人的八卦，柳依依总是眉飞色舞。

"高尚这个人好打交道吗？"李心远痴愣着问。

"特别轴的一个人，属于六亲不认的类型，要想公关他，我给你出个馊主意吧，保准管用……"柳依依低声呢喃。

电话那头的李心远，脸抽搐了一下，随后开怀大笑："这招儿实在是高，我们上海见，不见不散。"

《股市快报》办公地点在浦东，机票定成了虹桥，从京州到上海，从虹桥到浦东，一通折腾下来，下午4点，李心远、崔嵬终于赶到位于杨高南路的陆家嘴世纪金融广场的星巴克。

高尚迟到了，媒体人迟到是常态，李心远早已见怪不怪。李心远表情轻松，语气悠然地和崔嵬打赌："今天我要好好给你上一课，最多20分钟，绝对搞定高尚。"

10多分钟后，一个贼眉鼠眼的中年油腻男走进星巴克，四处逡巡。崔嵬赶忙迎上去："您是高尚老师吧，请跟我来，李总已经在等您啦！"

来人正是高尚。崔嵬折回前台去点卡布奇诺、拿铁和摩卡。高尚大刺刺坐在李心远对面，二郎腿跷得老高，微微翘起的嘴角透着不屑一顾的傲慢："你们的财关太不专业了，1000块钱的稿费，就想在我们报纸发半个版的'软文'，真是泥鳅跳龙门，痴心妄想。也不打听打听我是谁，知道那个鼓吹上证综指冲上6000点的谷平佳教授吗？我策划了一期调查报道，起底谷平佳，彻底把他拉下马，又踏上了一只脚。裴定军主动自首、王胜伟协助调查，贵司真是好事不断，信不信我再出一篇报道，把你们搞臭搞死。"

尽管竭力控制，李心远终究忍不住，他脸色阴狠，语气低沉："1000块的稿费，您当然看不上，吴莉莉的日常开销比您太太冲动多了。"

"你，你什么意思？"高尚脸色煞白，一脸惊恐。

"高总是有妻儿老小的，在上海滩是有头有脸的媒体精英，难道要让吴莉莉把您的光辉形象搞臭？"李心远咄咄逼人的目光，让高尚无从躲闪、无可逃避。

"你，你都知道什么？你到底要干什么？"高尚瞪着眼，惊慌不已。

"这是一张卡，两万块钱。贵报的那篇负面一共有20个重要的网络链接，麻烦高总尽快清理。"李心远平静的话语中透着几分狠绝。

"算你狠。"高尚一把夺过银行卡，站起身就要逃离现场。

"高总请留步，加个微信嘛，您这个朋友我交定了。一会儿我把需要清理的网络链接发您，谢了啊。"李心远耸了耸肩膀，神情轻松怡然。

互加微信后，高尚满脸怒气，悻悻而去。

崔嵬端着三杯咖啡缓步而来，环顾左右不见高尚，一脸诧异："高总呢？去洗手间了？"

"高总很忙，赶回去帮我们清理负面了。"李心远意味深长地笑了。

"李哥，这也太神奇了吧，这也就几分钟而已，就把他……搞定了？李哥用了什么降妖除魔的法术？"崔嵬露出了难以置信的表情。

"你先手动检索一下，再让舆情监测公司赶紧把《股市快报》那篇报道的网络转载链接发过来，我要转给高尚。"李心远吩咐道。

崔嵬赶忙打开笔记本电脑，低头忙碌起来。半小时后，20多个网络链接全部清理完毕。

"小崔，晚上自由活动，你找你的新欢，我寻我的旧爱。"李心远畅快地笑了起来，笑得只见牙不见眼。

8月底的上海，热量在空气中汇聚蒸腾，溽热难耐，忽然飘来习习凉风，让人顿觉舒爽无比。信步走出星巴克，李心远和柳依依开始微信语音："一听到吴莉莉的名字，高尚立刻就疲软了。是男人都有软肋，找准了，扎进去，就能见血，哈哈。"

李心远心急火燎地赶到华山医院，只见洁白的病床上躺着一位面色浮肿、神情萎靡的中年男子，他就是柳依依的父亲柳正鸣。柳依依手捧一个火龙果，正用勺子舀出一勺耐心投喂："爸，医生说了，火龙果含有丰富的维生素、膳食纤维以及蛋白质，对身体恢复有一定好处。"

李心远拎着燕窝、冬虫夏草、海参等各式高档补品，站在病房中央，面色沉静："伯父您好，我来看看您。"

柳正鸣低垂着脑袋，眼皮都懒得轻抬一下，身体虚弱得像搭起来的积木，轻微触碰就会倾倒，但看到李心远，立马激动起来，低沉地道："心远，依依，你们抓紧结婚，我真怕有生之年看不到那一天。依依妈妈走得早，早年间我当爹又当妈，把依依拉扯大，我们是相依为命啊。"

嘴角溢出一丝伤戚，李心远诚恳地说道："伯父，您安心休养，医院在尽力为您寻找合适的肾源，只要接受肾移植，您就能彻底康复。"

柳依依顶着一脸笑容凑到病床前，压低声音安慰道："爸，您千万不要胡思乱想，现在最重要的就是调整好心情，好心情才有好状态。"

柳正鸣抿抿嘴，苦笑一下，默不作声。

护士进来送药片，脸上笑容温和，语气却透着不容置疑的严厉："病人现在需要休息，家属请回避。"

李心远、柳依依赶忙退出病房。柳依依脸色凝重，好长时间面无表情，好似进入黑魆魆的时间隧道。千般滋味万般感受奔涌而来，李心远满脑子晕晕乎乎只有一个念头：陪在依依身边，一天一天又一天。

重重吐了口气，李心远努力组织着语言："生活从未变得轻松，幸好我们依然充满热爱。同一件事，想开了就是天堂，想不开就是地狱。其实最好的日子，无非你和我在一起，温柔如水，浪漫一生。"

"温柔，是生命中最为声小的壮举。"内心柔软，目光温婉，柳依依静静地依偎在李心远的怀抱。此刻的柳依依，满身满心都是被生活蹂躏的苦涩与疲惫。

第五章　请君入瓮

不是感情淡了男人变了，而是时间长了面具掉了

从上海回到东虹，李心远一直惦记着柳依依父亲的病情，同时也在多方联络，积极推进肾移植的配型进展。

李心远缓缓打开小叶紫檀锦盒，里面是海宝蓝十八籽佛珠手钏，晶莹剔透，光彩夺目。按照柳依依的说法，这是她送给李心远的定情信物。李心远拿起十八籽佛珠手钏正要试戴，却在锦盒里意外地发现了那张存有100万元的银行卡。柳依依没有接纳李心远的一片心意，竟然原封不动退了回来。

李心远端详着那张熟悉的银行卡，发呆出神。

孟春怡敲门进入，笑容依旧温婉可人，一股馨香淡雅的气息扑鼻而来。"听说李总很懂品茗之道，还请赏光一叙喔。"孟春怡笑眯眯地凑过来，笑的幅度有点大，以至于眼角的鱼尾纹藏也藏不住。

"学姐相邀，不胜荣耀。"李心远起身，趋步向前，跟着孟春怡走出开泰伟业大厦。李心远不知道，孟春怡是来办理离职手续的。孟春怡身材高挑，丰满妖娆，走起路来袅袅婷婷，很容易让人想入非非。

孟春怡的座驾是一辆酒红色涂装的保时捷911，典雅而大气，豪奢而霸气。"和你坐的宾利慕尚没法比，今天委屈李总了。"孟春怡露出柔和的微笑。

李心远知道保时捷911售价不菲，孟春怡的这一款售价在300万元左右。李心远勉强挤出一丝笑意，苦涩地摇摇头："孟总又在取笑我，宾利慕尚是王老板的车，我只有使用权而已。"

孟春怡冷傲地望了过去："我和王老板整了这么多年，都没机会坐宾利，偷着乐吧你。"

之前听凌云飞说过孟春怡和王胜伟关系不一般，孟春怡居然用了一个"整"字来形容自己和王胜伟的特殊关系，这让李心远浮想联翩。

也许是意识到言语有点粗鄙，孟春怡赶紧切换话题："留给你和云飞总的时间不多了。易总赏识你，但他下课了，董事长欣赏你，但他协助调查了。不要心存幻想，难道非要等马建业动手？苏丹红是马建业安排色诱沈春平的，你看马建业下手多重。无耻之尤！搞得沈春平声名狼藉、名誉扫地。沈春平是前车之鉴，同样的手段难道不会用在你身上？只不过因为现在舆情不稳，需要你去平事。舆情一旦平稳，马建业肯定是要卸磨杀驴的。"

洞彻真相的孟春怡，敛起笑容，双眸闪过锐利的光芒。李心远听得竟有点心惊肉跳。一直对沈春平香艳事件心存疑问，如今被孟春怡一语点破个中玄机，李心远一下子心明眼亮。

保时捷911稳稳地驶抵富春江西街一栋别致的两层小楼。推开一扇深棕色木门，路过一排叶姿健美、花形别致的水鬼蕉，沿青色石阶前行，再沿暗红色楼梯拾级而上，经由茶艺师引导，李心远进入这家推广金骏眉茶文化的春怡茶馆。

孟春怡穿着一双细高跟凉鞋，跟高足有10厘米，院落之中的碎石小径让她颇不适应。李心远绅士地伸手搀扶，指尖不经意地触碰到孟春怡凝脂般的肌肤……李心远走神遐想之际，猛然听到有人在喊自己的名字。是李浩天，竟然是他。

李浩天端坐在二楼露台的沙发椅上，跷着二郎腿，悠闲地品着醇厚鲜爽的金骏眉，在这隐于喧嚣都市的世外桃源中寻得片刻清闲。

"浩天，什么风把你吹来啦？"李心远冲过去给了李浩天一个熊抱。

"什么风？今年最流行的大女人风，我现在可是孟总宠幸之人。"李浩天忍不住捧腹大笑，身旁的孟春怡满脸嗔怒。

裴定军、王胜伟先后出事，让孟春怡深受震动。王胜伟大概很难出来，这是孟春怡悲观的预估和判断。正是基于这样的预判，孟春怡决定离开，她要自己当老板，干一票大的，想成大事的她要挣大钱、挣快钱。

王胜伟已经将公司要紧的事整体托付马建业。马建业当然知道孟春怡与王胜伟的特殊关系，因而并不想得罪孟春怡。遗憾的是，横竖就是难以把孟春怡拉拢过来为己所用，反倒是郑春筠、唐春桧，马建业几个眼神抛过去，全都老老实实臣服。

鉴于王胜伟对孟春怡、郑春筠已有安排，马建业郑重其事地向郑春筠传达王胜伟的口头任命。郑春筠闻言，喜不自胜。郑春筠很快拟定自己的任命文件，马建业签字确认后即在公司内网挂出，一时间公司舆论大哗。不懂地产、不懂营销、不懂财务的郑春筠接替孟春怡兼管地产业务的营销，统管每年 20 亿元的营销费用，让很多人大跌眼镜。

主管地产营销工作伊始，为东虹市一个占地 2 平方千米，整体货值 300 亿元的新开项目起案名，郑春筠一拍脑袋，定下案名"DBC"。DBC 是 Dream Being City 的简称，即"梦想中的城市"。为了全力推广新开项目 DBC，一个月花掉了 5000 万元广告费，机场、高速路、路牌、地铁、公交车身到处都是"DBC：梦想中的城市"的形象广告。广告打得轰轰烈烈，蓄客、认筹却非常惨淡，倘若贸然开盘，40% 的去化最低目标都达不到。郑春筠百思不得其解。

一次，地产行业活动上偶遇已任荣光地产总裁的易安，郑春筠愁眉苦脸地请教："DBC 这个项目咋推不动呢？"

易安抿嘴一乐，轻笑着说："赶紧改案名。"

"DBC 这个案名难道不好吗？梦想中的城市。"郑春筠困惑不解。

"你知道东虹的老百姓咋说 DBC？有人说 DBC 是'东北村'的汉语拼音首字母缩写，有人说 DBC 是'大白痴'的汉语拼音首字母缩写。"易安捂着嘴笑出了声。

郑春筠刚接手地产营销业务就闹了这个大笑话，从那以后，地产圈人士纷纷讥讽郑春筠是 DBC。

李心远在上海与柳依依缠绵悱恻时，孟春怡已打定主意要离职，事实上她的命运和易安差不多，也是被马建业算计。孟春怡没想到马建业会对她使绊子、下狠招。没有事先知会程序，孟春怡稀里糊涂被免了职。

马建业递出的这把软刀子，生生把王胜伟的"后宫"切割得稀碎。

人世间有四苦——孩子的叛逆、老人的糊涂、女人的嫉妒、男人的套路。男人是一定要命，才能和女人玩套路；女人是可以不要命，也要和嫉恨之人"死磕"。那天"夜总会"刚结束，晚上10点多，孟春怡走进马建业办公室。履新总裁之后，马建业原本可以选择更宽敞、更奢华的办公室，偏偏选定那间之前属于易安的办公室。马建业进驻之前，范德宝尽职尽责地将办公室内易安的痕迹全部抹掉。

一把手说一不二的威权让马建业嚣张而自负，此刻的他惬意地燃起一支雪茄，办公室里顿时烟雾缭绕。

孟春怡心头一凛，索性打开天窗说亮话："我要离职。"

孟春怡不卑不亢，马建业假意挽留。孟春怡分明感觉到，马建业的挽留毫无诚意，因为谈话一开始，马建业竟然硬邦邦地说："如果孟总要离职，我现在就批准。"

"话不投机半句多，我们之间没什么可说的，道不同不相为谋。"孟春怡脸上露出毫不掩饰的轻视与蔑然。

"误会了，我是诚心实意要把孟总留下来的，您在公司已经十多年了，地产业务哪儿能离得了您。"马建业僵硬地笑了笑，神态和语气都有点古怪，竟然用"您"来称呼孟春怡。自从投入王胜伟怀抱，孟春怡主动和马建业断了情缘，马建业一直将孟春怡定义为水性杨花之人。

马建业突然兴起，充满报复意味地用力拍了拍孟春怡的臀："小六子恐怕是出不来了，你还是我的。""小六子"是王胜伟的乳名，马建业此刻喊出来，充满了蔑视。

孟春怡的身体像是被蛇蝎咬了一口，遽然一抖。她冷笑道："磨盘压住手，动也动不得。"

马建业怒喝一声，用力摁住孟春怡的肩头，咬牙切齿地说："老王心狠手辣，跟着他，你死都没地方哭去。"

森森寒意扑面而来，孟春怡眉脚收紧，光洁的额头顿时蹦出几道青筋细纹。她充满厌恶地看着马建业："还有什么要和我说的吗？"

"没有。"马建业斩钉截铁。

"真的没有？"孟春怡咄咄逼人，猛然质疑。

"没有！"马建业依然振振有词，眼中的疯狂依旧强烈。

"我有件重要的事情要和你好好说道说道。这是半年前董事长亲手画的一张图，这张图的意图很明确，指示由我来主导成立紫杉财富管理有限公司，股权结构、注资安排，董事长都有明示。"外表柔软的孟春怡，内心深处隐含悍勇之气。

趋步近前，孟春怡将王胜伟手绘的 A4 打印纸甩在了茶几上。

马建业悚然一惊，仔细翻看那张 A4 打印纸，没错，的确是王胜伟的笔迹，上面清晰地写着紫杉财富管理有限公司的注册资本、股权结构、注资安排、董监高人员等重要信息，并注明紫杉财富管理有限公司要在一个月内成立，落款处加注时间并有王胜伟的亲笔签名。

马建业惶恐不已。公司一应大事和盘托孤的具体内容，唯有王胜伟和马建业知道。马建业当然不是疏忽或遗忘王胜伟的交代，而是故意不和孟春怡提紫杉财富的事情。履新总裁，处心积虑的马建业终于可以从容挟私报复他看不惯的人了，包括孟春怡。此时，孟春怡竟然拿出了王胜伟手书的图纸，马建业慌了。马建业当然知道这不是一张普普通通的 A4 打印纸，这上面写的可是价值上百亿元的大生意。

脑筋一转弯，马建业立马变换出一副笑逐颜开的神情，语调充满柔情："阿春，紫杉财富是你的创业项目，我当然会施以援手，事成之后你怎么谢我呢？"

"阿春"是马建业与孟春怡之间隐秘的昵称，孟春怡看穿了马建业的心思，语气中自是多了一丝娇嗲："669，你行吗？"

马建业跷起二郎腿，嘴角露出一丝隐晦的笑意："我知道你缺钱，我以个人名义借你 1000 万元，你要把持有的紫杉财富 10% 的股权作价 1000 万元转让给我。一年之后，你以 1200 万元的价格回购，如果到期后你不履行回购义务，你在紫杉财富 10% 的股权将归我所有。"

孟春怡语气沉重，严肃而认真地说："这不是股权转让，这是股权让与担保。股权让与担保本质上属于担保而不是股权转让，作为债权人，你也不是紫杉财富真正的股东。"

马建业揶揄道："有进步，看来你不是当年的吴下阿蒙了。一年之后，如果你不履行溢价回购义务，那 10% 的股权就是我的了。"

孟春怡神态自若地说："股权让与担保，我同意。我们之间要签股权转让合同，同时要签补充协议，约定 10% 股权的回购条件和时间。"

马建业甩过来一份协议，口气咄咄逼人："股权转让协议，我已经签字了，你也签个字，盖个章，10% 的股权过户之后，1000 万元的借款马上到账。我还要紫杉财富 15% 的干股，如果你能答应，我可以向你承诺，6100 万元的注册资金 3 天之内由开泰金控打到指定账户。"

通过股权让与担保方式，马建业间接控制了紫杉财富 10% 的股权。一分钱不出，马建业又要拿走价值 1500 万元的干股，这简直是抢劫，想到这里，孟春怡的脊背不免一阵发凉。

马建业已经全面掌控开泰伟业，负责资金的钱书光早已和马建业沆瀣一气，经由钱书光炫目财技的巧妙运作，整个开泰伟业以及旗下关联企业都成了二人的提款机。马建业是玩阴谋的高手，各种阴招损招有的是。和马建业相比，王胜伟算是阳谋高手。因此，孟春怡不敢得罪马建业，自然也就没有把话说死，只是淡淡地说了一句："我考虑考虑。"

"3 天为限，3 天之内不回复，后果自负。"马建业鼻腔里喷出不屑与不愤的气息。

"不是感情淡了男人变了，而是时间长了面具掉了。"孟春怡甩手离开，抹了把脸，竟是泪水涟涟。遥想当年，孟春怡走出大学校门，走进开泰伟业，马建业、王胜伟都曾让她激情燃烧，开泰伟业是她事业与感情的全部和唯一寄托，如今却被马建业趁火打劫。

在马建业看来，让孟春怡搞金融就是乱弹琴。王胜伟承诺出资入股，不过是偿还孽缘情债而已。

马建业没有去孟春怡的别墅，他身边最不缺的就是肤白貌美的妙龄女郎。迫不得已签下股权转让协议换来 1000 万元借款之后，孟春怡就再也没有理会马建业。干股没拿到，马建业愤恨不已。孟春怡有王胜伟的"手谕"，紫杉财富的注资还是要做个样子出来，免得将来被王胜伟斥责。不过，马建业没有出面，他安排钱书光与孟春怡谈妥了进军互联网金融的事项，共同成立紫杉财富管理有限公司，注册资本 1 亿元，开泰金控持股 51%，孟春怡持股 49%。

孟春怡的离职手续还没办完，紫杉财富的工商注册已经搞完，马建业承诺的 1000 万元借款到位，孟春怡打入 3900 万元作为注册资本。办公地点定在河东新城 CBD，和各大金融机构比邻而居。

李浩天是孟春怡招募的第一位高阶员工，他将出任紫杉财富首席运营官，全权负责线上平台、App 平台的开发建设与运维。李浩天从京州来东虹已经一周，一直忙着招聘、面试产品经理、UI 设计、安卓与苹果平台开发工程师、服务端开发工程师、测试工程师。万事开头难，最缺的就是人。孟春怡的目标是要在春节前举行盛大的紫杉财富品牌发布暨产品上线仪式，所以留给李浩天的时间只有 5 个月。

左等右等，开泰金控的资本金迟迟不到位。孟春怡多次催问钱书光，每一次钱书光都言之凿凿："孟总放心，没得问题。"

两个月过去了，钱书光说"没得问题"的资本金依然不见踪影。孟春怡当然知道这是马建业在搞鬼。既然你不仁，休怪我不义。孟春怡把李浩天喊到办公室，低声耳语几句，李浩天脸色变得严峻。

一周之后，李渔拿着一个牛皮纸档案袋走进马建业的办公室："马总，刚才有个快递，特别嘱咐一定要您本人查收。"

马建业不以为意地接过档案袋，随手扔在了办公桌上。

5 分钟后，一个陌生号码打到马建业手机上："马总，档案袋收到了吧？不管您有多忙，还是打开看看吧。"电话那头，声音沉闷，透着阴森之气。

马建业打开档案袋一看，登时脸色大变，档案袋里全是自己和郑春筠幽会的照片。恐惧是人的基本情绪，当自己身陷他人的监控状态时，这种恐惧便会加倍放大。马建业像是在大庭广众之下被剥光了衣服一样尴尬，愤怒的情绪火焰已经被点燃。

"你是谁？你到底要干什么？"马建业一声怒吼。

"不光有照片，还有视频，要不要放到网络上去啊？哈哈。"

"说出你的条件。"马建业攥着档案袋的手微微颤抖。

"做人靠心不靠嘴，交友靠真不靠伪，奉劝你不要为难孟总。"说完，对方便切断了电话。

把照片扔进碎纸机，看着它们一点点化为碎末，马建业很不情愿地拨通了钱书光的手机："紫杉财富那里，先打 3000 万元过去。"

开泰金控的 3000 万元到账，马建业的 1000 万元借款，加上自己的 3900 万元，7900 万元启动资金在手，孟春怡的心情瞬间大好。

孟春怡请李心远喝茶，不仅是为了会朋友、叙叙旧，更重要的是想说服他一起创业。在孟春怡看来，当下进军互联网金融产业，天时地利人和。上海市人民政府印发《关于促进本市互联网金融产业健康发展的若干意见》，这是全国首个省级地方政府促进互联网金融发展意见，这是天时。中共河东省委河东省人民政府发文加快推进金融改革创新，这是地利。王胜伟坚定地看好互联网金融，他的开泰金控是紫杉财富的大股东，这是人和。

"和王老板在一起，干了这些年，我已经实现了财务自由，人生最重要的是拥有之后的舍得，我现在站上的是互联网金融这个超级平台。iPhone 颠覆手机、谷歌颠覆网络广告、淘宝颠覆零售业、特斯拉颠覆汽车行业、滴滴颠覆出租车、360 颠覆安全软件、微信消灭短信、微博取代博客，互联网要对传统金融进行破坏式重构。"孟春怡优雅地端起茶杯放到唇边，脸上露出了得意扬扬的神情。

孟春怡嘴里飘出的那一句"和王老板在一起，干了这些年"，再一次让李心远窃笑。

孟春怡优雅地抿了一口茶，不疾不徐地说："现在你看不起，将来你攀不起，传统金融机构对小额贷款不屑一顾，而这正是互联网金融的核心主业。"传统金融的代表是银行机构和证券交易所，银行是间接融资渠道，证券交易所是直接融资渠道，孟春怡要做的是基于移动互联网的端对端、一对一的借贷平台。

目前网贷行业几乎处于监管的真空期，这是政策端、市场端的风险敞口，却是孟春怡、李浩天做互联网金融业务的机会窗口。孟春怡两道冷峻的目光盯得李心远心里发毛，只见她抬手一摆，语气兀自犀利起来："看得见才会去相信，看不见才需要去相信。以确定的方式穿越不确定性，再难的事情也会越做越容易。"

李心远深吸一口气，禁不住在心里暗暗赞叹"过去可真是小看了这个孟春怡"，一直以为孟春怡是中看不中用的花瓶一个，现在看来，她还是很有金融思维和商业头脑的。王胜伟说过一句很粗俗的话："孟春怡这个女人不一般，她的胆子比胸脯大。"胆大敢为、敢于折腾，这一点像极了王胜伟。孟春怡自己想不到，两年之后，她将成为河东省乃至全国互联网金融领域的明星企业家，风头劲健，一时无两。

"心远，听说你顺利通过了国家司法考试，你倒是给我支支招，股东会、董事会、监事会、经营层这'三会一层'的架构，怎么才能让我拥有绝对的控制力？"孟春怡双眸媚光流转，脆声说道。

"实行同股不同权的 AB 股制度，开泰金控是 A 股，每股对应的是一票投票权，紫杉财富管理层持有的是 B 股，每股对应的是 6 票的投票权。只有实行了 AB 股制度，以创始人为核心的管理层才能牢牢掌握主导权。"

孟春怡啧啧慨叹。

"章程是公司内部的法律，是'公司宪法'，要通过公司章程把'三会一层'约定清楚。董事会设 5 名董事，开泰金控提名推荐 3 人，紫杉财富提名推荐 2 人，紫杉财富董事长由开泰金控代表担任。监事会由 3 名监事组成，开泰金控两席，紫杉财富一席。架空董事会，让董事会形同虚设。"李心远轻笑着点点头，说道。

"牢牢掌控经营层，紫杉财富的日常经营由你负责，法定代表人由你担任，切断董事会对经营层的约束。"说到这里，李心远露出高深莫测的一笑。

"钱书光可以挂个名做紫杉财富的董事长，一定不能让马建业、范德宝、郑春筠、唐春桧搅和进来。这四个家伙是开泰伟业的'四害'，什么时候消灭了'四害'，我请大家吃螃蟹，两公两母，哈哈。董事会的事情我和马建业提过，他好像没啥兴趣，既然如此，董事会就三个人，董事会也控制在我手里。"孟春怡冷酷而尖酸地说。

"马建业是控制欲极强的人，既然他对紫杉财富的董事会不感冒，我想一定是王胜伟的授意。王胜伟为什么这么做呢？要知道，水源基金、曙天金交、大麦保险的董事席位，王胜伟可是寸土必争啊！"李心远手托腮帮子，喃喃自语。

尽管知道孟春怡是王胜伟的枕边人，但李心远并无取悦孟春怡的谄媚之念。孟春怡却在心里一点点认可李心远，这种认可与认定，来自王胜伟的点赞，来自易安的称赞，也来自李心远一起又一起危机公关事件的成功应对。

不可能花前月下，不可能桑间濮上，王胜伟当然是孟春怡的贵人，易安一直是孟春怡的恩人。易安被下课，孟春怡心里很酸楚，地产业务方面，易安是孟春怡的导师。善良的孟春怡无法容忍更无法理解马建业怎么能用如此卑劣、污浊的方式做局、下套。

裴定军、王胜伟出事后，专项审查的力度、强度和广度明显加强，开泰伟业旗下所有园区项目、地产项目的账册一概暂时封存，拓展区域停滞、待建项目叫停、在建楼盘停顿、在售楼盘停摆，客户不断流失，员工陆续离职。钱书光的表现实在是可圈可点，在他的拼力斡旋之下，信贷总算没有停，否则开泰伟业必死无疑。

总裁聘任仪式上现场发飙、愤然离场的郝明亮等人陆续被开除，马建业加速布局，凡是易安提拔起来的经理人都在盘查清理之列，凡是易安弃之不用的经理人都在考察提拔之列。心腹嫡系范德宝成为地产业务的操盘人，就连孟春怡也被边缘化。

马建业的下作手段多的是，最擅长的是钱诱、色诱。京州一家财经媒体记者跑到新元产业园区做调查报道，据说是挖到了猛料。马建业把记者拦截了，晚上请吃饭、喝大酒、洗桑拿，还安排了"特别服务"。第二天一大早，记者要赶回京州，马建业拿出记者昨晚的照片甩过去，声称要把照片寄往报社。记者当时就跪地认错。

"当年业主维权风暴的幕后主使就是马建业，为的是把易安拉下马。还有那起破产传闻的舆论风波，也是马建业递出的举报信引起的。"孟春怡声音有些深沉。

李心远的眉毛拧成了一团乱麻，脸色阴沉，语气如冰："马建业为什么要这么干？"

"开泰伟业破产的消息最早是云天明指使人放出来的，马建业趁势弄出了针对王胜伟的举报信。王胜伟协助调查，和马建业的匿名举报信直接相关，他的用意很明确，就是要取而代之。"孟春怡脸上好像蒙上了一层黑纱布，阴沉如墨。

李心远惊得瞠目结舌，半晌回不过神来。

"董事长的事情，孟总怎么看？"李心远谨慎地转换着话题，他依然天真地以为，王胜伟平安了，他和凌云飞也就安然了。

"杨胜兵家里搜出了1个多亿元的现金。那些现金被他整整齐齐码放在地下室，为了防止纸币受潮，专门配备了3台抽湿机，日夜不停地抽湿。他把受贿当成了一种兴趣，把纸币当成了一种收藏。平时他的穿着多朴素啊，甚至可以说是寒酸，现在看来，都是演戏给外人看的。他实在是入戏太深了。裴定军的事情还好，张醒水律师已经介入，裴定军有自首情节，估计判个六年左右吧。董事长是协助调查，纪委独立办案，只能静待静观。"孟春怡慢条斯理地说着，沮丧地垂下眼睑。

李浩天一脸漠然，李心远神情惊骇，他实在想不到那个装扮像村民、举止很朴实的杨胜兵，竟然是真实版的"小官巨贪"。事出反常必有妖，人若反常必有刀。杨胜兵磨得起褶皱的衬衣袖口、皱了吧唧的皮鞋、磨出糙皮的公文包，一一浮现在李心远眼前。官场考验的是人性，商场锤炼的是心性。杨胜兵看似粗粝的性情与粗朴的言行，积聚着的却是大奸若忠、大贪若清的假象与伪装。杨胜兵已经落马，王胜伟能否平安？

"孟总，D 计划到底是什么？"李心远勉强挤出淡淡的笑容，微不可察地递了个眼神过去。从进入开泰伟业那一天开始，关于 D 计划的疑问，关于郝华年事件的疑问，始终萦绕在李心远脑际。李心远想不明白，一些重要媒体的报道计划、选题计划为什么王胜伟总会提前知晓。

孟春怡秀眉轻蹙，颇有深意地看了李心远一眼，她斟酌再三方才谨慎地说："D 计划是马建业一手策划出的秘辛，dove 是鸽子的英文，D 计划就是取 dove 的首字母来定义的，鸽子是对声音最敏感的动物。马建业在传媒界、税务、工商、银行等相关部门养了很多线人，这些线人每个月都会收到开泰伟业发的工资。线人的责任就是每周以周报方式，紧急时可通过手机直接联系马建业、王胜伟，提供可能对开泰伟业业务发展产生重要影响的敏感信息。相关领导的秘书，住建、金融等部门的干部很多是马建业、王胜伟发展的'鸽子'。"

"这个名单里到底有多少人？"李心远眼睛瞪得溜圆，沟壑明显的抬头纹暴露无遗，满脸惊异。

此种潜伏式公关，王胜伟是开山鼻祖。"鸽子"的名单由郑春筠管理，"鸽子"直接向马建业、王胜伟汇报信息，易安都没见过名单。传媒界的线人以部门主任、主编为主，因为这个层级可以调控选题，省市主流媒体无一遗漏，全面覆盖。

"被马建业设局色诱的那位京州记者，早已成为和马建业单线联系的线人，开泰伟业给他开的工资是他在报社收入的3倍。每一年给'鸽子'的开支保持在4000万元，他们彼此不认识，也绝对禁止串联。"孟春怡脸上飘浮着轻冷的笑意，柔柔的目光漫不经心地扫过李浩天。

李心远眼皮一跳，嘴角微微抖动："浩天，你是'鸽子'？"

"过去是。现在是孟总的创业伙伴。"李浩天面色如常，镇定自若。

D计划浮出水面，此前的种种猜测，此刻在李心远头脑中扑闪、连续，拼接成一幅完整的拼图。李心远未置一词，久久沉默，面部表情变得扭曲，鼻翼两侧凸显而出的法令纹，犹如两道伤疤，触目惊心。

"上市公司在打一场保卫战，我是在打一场荣誉战，我要用铁的事实向马建业之流展示我的成功转型。心远，公共关系、政府关系、市场推广你来负责，紫杉财富做大了完全可以单独上市，你和李浩天都是创始合伙人。"孟春怡正被巨大的幸福包围着，柔美的脸颊呈现出诱人的亮色与喜色。

李心远踌躇片刻才说："感谢孟总赏识。但是，裴定军自首、董事长协助调查，山雨欲来风满楼，上市公司目前这个样子，正是需要我的关键时刻。"

虽遭婉拒却不急不恼，眼光灿灿仿若少女，身体里的每一个细胞都在欢腾雀跃，线条分明的美丽脸庞露出一丝炽烈的期许，互联网金融对孟春怡的诱惑实在是太过强大了。

拉满弓弦，摆好架势，张网以待

为了打压孟春怡，马建业想方设法；为了拉拢钱书光，马建业千方百计。马建业说到做到，痛快利索地办妥了钱书光千金钱萌萌入读东虹二中国际部的所有事项，且以个人名义一次性支付钱萌萌高中三年的全部学费。钱书光、王萍萍两口子一合计，在开泰希尔顿酒店请马建业吃大餐，当面表示诚挚的谢意。马建业爽爽利利就答应了。

处于十六岁花季的钱萌萌个子蹿到了一米六八，长相甜美，气质大方，清纯而略带羞涩，待人接物彬彬有礼，席间主动当起服务生，不停地给马建业添茶斟酒。马建业欣赏地竖起大拇指。

拍拍钱萌萌的肩膀，马建业心生无限爱怜，豪爽地递上万元大红包："好好学习，天天向上。"

钱书光慌了神，赶紧推让："这可使不得，使不得。"

"有什么使不得？你闺女，我侄女，今儿高兴。"马建业打了个酒嗝，透露出一股子跋扈之气。

钱书光只好作罢。

王萍萍是课题组成员，向马建业披露着课题报告的进展："课题报告已经写完了，15万字，朱可臻是终审。"

一听到"朱可臻"这个名字，马建业条件反射般反胃，神情恼火。

王萍萍莞尔一笑："不光您马总，很多人对朱可臻教授没有什么好感。他这个人是脸难看、话难听、门难进、事好办。"

马建业阴阳怪气，脱口说道："民不与官斗，惹不起躲着走喽。"马建业一直把朱可臻视为"官场人"，因为他拥有河东省人民代表大会常务委员会委员的职务光环。

"15万字的课题报告《基于产城融合创新实践之顶层设计商业模式研究：以开泰伟业为例》，朱教授逐字逐句斟酌、反复修订，从来没见他这么认真过，马总不用担心，课题报告整体的基调中性偏正。课题报告已经通过内参形式呈报省委、省政府、省人大、省政协主要领导参阅。"王萍萍语气一如既往的淡定，脸上不带多余的表情。

"'中国县域经济：推动产业升级实践'这样的题目不挺好吗？通俗易懂，指向明确。现在的这个题目太拗口了，像是博士论文。"钱书光擦了擦嘴角，眯起眼睛盯着王萍萍。

"题目是朱可臻教授定的，他有他的用意。"王萍萍不置可否地笑了。

"朱教授定的这个题目好，产城融合、创新实践、顶层设计、商业模式，用得好啊！"马建业难得地展颜一笑，他在心里想的是，"课题报告这个时候呈上去，也算是个好时机，能为开泰伟业正名"。

钱书光和马建业对望一眼，喉咙深处嘟囔了一句："既然课题报告整体基调中性偏正，对王老板来说应该算是利好吧？"

嘴角露出一丝不易觉察的狡黠，马建业的眼神变得蒙眬，声音也有些不情愿："或许吧。"

豪华午宴花掉了王萍萍教授半个月的工资，但守财奴一样的王教授一点儿也不心疼，心里、脸上都乐开了花。

午宴结束，寒暄作别之时，马建业一把将钱书光拉到近前，冲着王萍萍嚷道："弟妹，我和老钱还有公务，先走一步了。"

"喝了那么多酒，先找个地方睡一觉醒醒酒吧。"王萍萍心疼地望着钱书光。

"弟妹放心。"马建业表情认真而严肃。

马建业、钱书光勾肩搭背地上了一辆加长款林肯外交官。钱书光不喜欢美国车，特别是这种巨无霸 SUV，觉得太招摇。

桃木酒吧、卫星电视、航空按摩座椅，一屁股坐进林肯外交官，钱书光才真切感受到什么叫奢华享受。

坐在车里，马建业微闭双眼，想想这么多年以来，还真没有如此煞费苦心地讨好过谁。马建业用实际行动让钱书光感动到哭，就是要让他彻底成为自己的心腹。

"马总，我们这是去哪里？"钱书光轻声道。

"少安毋躁，任你逍遥。"马建业一脸神秘。

钱书光好像猜到了什么，满脸不自然。"五十度灰"是王胜伟、马建业的秘密，易安、裴定军、孟春怡、郑春筠、唐春桧均不知晓。整个开泰伟业，王胜伟只发展了马建业这一个下线加入"五十度灰"。今天，马建业要把钱书光领进"五十度灰"俱乐部。

"五十度灰"竟在东虹市中心繁华地带，门脸极为隐蔽，铁栅栏门横亘在前，如果没有预约、没有内线，就找不到门，也进不去。林肯外交官驶进铁门，三栋教堂式组合建筑呈现于前。"朱唇红"旗袍女恭敬迎候在侧，马建业点点头，径自冲了进去。钱书光心生感慨，东虹市中心竟然有如此幽邃静谧之所在。

黏腻的湿气升腾缭绕，飘逸浮动着温柔梦乡的迷离。马建业、钱书光躺在按摩浴缸里闭目养神，默契地保持着沉默。

"水源基金、曙天金交，我拿15%的干股，你拿5%，弄个有限合伙的壳公司，找个可信的人做法人，把这20%的干股装到壳公司代持，对外就说是为骨干员工预留的'股权池'。这些股份是给我们的干股，你我都不用出一分钱。"马建业阴沉沉地盯着钱书光。

"刘宇轩能答应吗？"钱书光脸上忧心忡忡。

"必须答应，没得商量，否则让他滚蛋。"马建业脸色变了。

"我明白了，我和刘宇轩去说。"此刻的钱书光心乱如麻。开泰伟业的年薪足够他享用后半生了，他根本没想过要拿干股，但如今马建业显然是要把他绑在同一辆战车上了。

钱书光堆着笑脸，忐忑地问道："马总，证券公司感兴趣吗？"

马建业模仿着王胜伟的口气说道："凡是和金融有关的，凡是有利于融资的，我都感兴趣。"

钱书光听出了个中奥妙，谄媚地凑到马建业身旁："香江证券总部在鹏城，控股方是鹏城的一家财团香江资本，持有80%的股份，大鹏湾金控持股20%。香江资本想全身而退，我们可以先拿下80%的股份。成功控股香江证券后，迁址到东虹，这将是河东省第一家证券公司，名字可以变更为开泰证券。"

"估值多少？"马建业饶有兴致地问。

"不能简单地参照PE方式做估值测算，香江证券目前还是亏损状态，值钱的就是牌照。目前已知的买家有六家，四家是上市公司，另外两家是荣光地产和上海一家私募基金。协议转让还是以公开挂牌方式转让，没最后定，价高者得的原则不会变。"钱书光慢悠悠地说。

"荣光地产？易安也要来搅局？赶紧联系香江资本的话事人，我和你坐湾流 G550 去鹏城见对方。另外你得好好想想，香江证券控股权拿下来之后我们的利益如何体现和确保。"马建业慵懒地点了点头，肥嘟嘟的身躯从按摩浴缸里慢慢爬了出来，他用力抖了抖身上的水珠，披上一条洁白的浴巾，缓步走向桑拿房。

马建业一边把桑拿房的温度调高，一边挑衅式地看着钱书光："谁先出去，就算谁输。"结果，肥胖体质的马建业熬不住先冲了出去。

蒸完桑拿，搓背，敲背，然后泰式按摩，马建业特意加了个钟，两小时后二人才从浅浅的梦境中醒来。

钱书光自此成了马建业的死党。

沈春平在观澜湖高尔夫球场潇洒地挥杆。观澜湖高尔夫球场是国内唯一的 72 洞高尔夫球场，堪称亚洲最大的高尔夫球场。

球童递过铃声骤响的手机，见是易安的号码，沈春平果断接听。

"给你一个报仇的机会。马建业要买香江证券，香江证券目前的合理估值在 20 亿元左右。荣光地产也会参与竞购，拉满弓弦，摆好架势，张网以待，引诱马建业上钩。"易安的来电，开始得很突兀，结束得很突然，电话那头很快没了声响。

沈春平顿时一激灵，迅疾拨通了华成投资总裁成东平的手机："我们去趟鹏城，拜会香江资本总裁李恒成，这可是一桩大买卖。"

"我要约一下李总时间，你等我电话。"成东平答应得很爽快。

作为鹏城豪门望族，李家历来是显赫一脉。香江资本总裁李恒成是少壮派，刚从父辈手中接过旗帜和权杖。器宇不凡的李恒成自小接受的是纯正的英伦教育，就读英国剑桥大学贾奇商学院期间和华见枭、成东平成为莫逆之交。

一个小时后，成东平给了回复："深南中路唐宫海鲜舫，鹏城最地道的港式茶楼，明天上午8点在那里和李恒成吃早茶，我订了包间。我现在就从京州赶过去。"

成东平的私人飞机也是湾流G550，和王胜伟同款。虽然不知道沈春平急着要见李恒成所为何事，但既然沈春平诚意请托，成东平自然要全力帮衬。前些日子沈春平的丑闻闹得尽人皆知，成东平既为沈春平鸣不平，也忍不住抱怨江湖险恶、人心叵测。

成东平赶到位于深南大道的洲际大酒店已是夜里9点，沈春平正在大堂苦苦守候。办好入住，两人在1018房间促膝长谈。

在鹏城见到成东平，沈春平眼角眉梢都是笑意："这场戏，你和李老板都是男一号，全靠你俩了。"

成东平心中骤然一紧，神情却故作轻松："京州到鹏城2157公里，我穿越大江大河打着飞的来见你。今日谁与我共同浴血，他就是我的兄弟。"

嘴巴惊得半天没合拢，沈春平自作聪明地解读："你刚才背诵的是莎士比亚经典剧作《亨利五世》里面的台词吧？"

《亨利五世》以1414年至1420年英法两国之间"从战争到和平"的真实历史为背景，展现了亨利五世战前筹谋、君臣密谋、铲除内奸、浴血奋战、结亲媾和等精彩桥段。亨利五世少年时代自由不羁，青年时期壮志激越，1420年，时年33岁的亨利五世统领铁甲之师占领了大半个法国，自己也成了法国王位继承人。可是，亨利五世距离自己苦心孤诣、精心构造的英法帝国千古帝王梦只差一步。令人唏嘘的是，攀上权力巅峰的亨利五世，不幸染上恶性痢疾，殁于巴黎郊外，终年35岁。

当年同在清北大学话剧社，成东平饰演的是亨利五世，沈春平饰演的是亨利五世身边的股肱权臣首席大法官加斯科因。

"亏你小子还记得，如果没有加斯科因的煽风点火，亨利五世不会渡过英吉利海峡发动英法战争。加斯科因因为一己私利，将大英帝国拖入战争泥淖。你把我喊到鹏城，是要发动一场新的战争吧？"成东平露出了"只可意会不可言传"的眼神。

沈春平尴尬地摸了摸后脑勺，缓缓说道："战争充满血腥和惨烈，亨利五世也因为战争英年早逝，但是他收获了无上的荣光，成就了经天纬地不世出的传奇。"

成东平嘴角翘起、精神一振，不过很快目光变得黯淡："华见枭才是亨利五世，只不过……唉。"

"见枭？见枭怎么了？"沈春平心头一紧，连忙追问。

华见枭最近从悉尼到了香港，住在四季酒店，现在以及今后一段时间都不敢回来，要么在悉尼，要么在香港。做人要低调，做事要高调。在资本市场，华见枭、成东平掌舵的华成投资博了个名号——华成系，华成系金融资产规模超过了 2 万亿元。国内的金融控股公司现在都是国企、央企，最知名的是中信、招商局、光大、华润这"四大红筹"。金融说到底是国之重器，历来是严格实行牌照监管的特殊产业。华见枭、成东平、纪玉珠都有一种不好的预感，民营金融控股超级敏感，搞不好是要出问题的。成东平现在最重要的工作，就是把华成投资的金融产业稳定好，最关键是能卖的尽快卖掉。华成银行的控股权华见枭也准备让渡。3000 亿元的资产规模，200 亿元的营业收入，40 亿元的净利润，是绝对的香饽饽。如果说有原罪，金融甚于地产千百倍。在资本市场四处围猎、四下征伐，低调游走在灰色地带的华见枭、成东平，干的是监管套利、空转套利、关联套利的危险生意，只要监管层实施穿透式严查，问题就是和尚头上的虱子——明摆着的。纪玉珠常年身居海外，只求自保。华见枭、成东平显然警觉到了风险，想尽快从金融控股的复杂旋涡中抽身。王胜伟、马建业还在憧憬金融带来的流动性繁盛的兴奋，要从地产进军金融特别是银行业。这就是典型的围城效应，城里的想出去，城外的要进来。

沈春平露出淡淡的凄然表情，不过很快，眼神陡然闪出狠绝的杀意，就在那一刻，一个更大胆、更激进的复仇计划在他头脑中快速形成。

230

"走吧，你总得请我吃个夜宵。"成东平提出了一个合情合理的突兀要求。

"你可能想象不到，鹏城人最爱吃的夜宵竟然是烧烤。要不，咱也撸个串？我一下子想起了京州的五道口和当年咱们撸过的那些串串。"沈春平嘻嘻一乐。

"撸个串串、吹瓶啤酒，就把我打发啦？吃海鲜，到盐田，盐田海鲜一条街，走起。"成东平毫不客气地驳回了沈春平的提议。

一说到海鲜，沈春平眼睛透出光亮。每次去盐田海鲜街，总让成东平莫名地想起美国波士顿很有名气的海鲜连锁餐厅——Legal Seafood，以及悉尼海鲜市场。Legal Seafood 最知名的是海鲜蛤蜊汤，这是美国总统招待外宾的国宴必备，盐田海鲜街的品质和 Legal Seafood 没法比。

但盐田海鲜街别有一番烟火气息。盐田海鲜街依傍海滨而兴，几十家海鲜酒家鳞次栉比，一水儿三层小楼，顶层是海景露台，底层是海鲜自选。美食客、观光客三三两两呼朋唤友越聚越多，灯火璀璨的海鲜市场立刻喧腾起来。哪儿人多去哪儿，成东平、沈春平踅摸了一家人气最旺的海鲜酒家，先在一楼挑选了澳大利亚大龙虾、南非鲜鲍鱼、红心濑尿虾、新鲜大圆贝、青口贝，随后直上三楼吹着海风听着小曲侃起大山。

沈春平仰脖灌了一大口百威纯生，将玻璃扎啤杯重重一掷："我要布下圈套，让马建业和开泰伟业一步步尽入彀中。"

沈春平脸上的笑容早已荡然无存，取而代之的是如同鹘鹰般犀利的狰狞表情。沈春平嘴里吐出的每一个字，都写满了对马建业的恨。恨念一起，不可收拾，沈春平絮叨完庙算的复仇计划，感觉酣畅快意。

成东平嘴角上翘，目光定定地直视沈春平："这个计划还算完美，既然是演戏，就要把桥段设计好，我们有两家注册在宁波和杭州的投资公司，不管怎么穿透都不会穿透到华成投资。华成投资和那两家投资公司都参与进来，再加上荣光地产，我们四家联合做局，就一定能把收购价推上去。"

"现在有两个不确定性，李恒成会不会配合我们，马建业会不会上钩。"双手油亮的沈春平，剥开一只大龙虾，放进嘴里悠然地咀嚼。

"我们组团游说李恒成，戏只要演到位，马建业那个笨蛋会咬钩的。你知道金融圈怎么评价地产江湖这帮土鳖吗？人傻，钱多。"成东平放肆地大笑。

钱可以横冲直撞，人不可以直来直往

"事成之后，你我平分 2 亿元。"沈春平嘴角抽动，神情有了几分激昂，声音变得越发低沉。

"情是真的，钱是腥的，路是弯的，理是直的，钱可以横冲直撞，人不可以直来直往。弱者选择复仇，强者选择原谅，智者选择忽略。你要学会放下，放下敌视和仇恨。我不是在帮你，只是让你能够找到一条自己不委屈的路。我们早就不是意气书生了，我们是商人，商人讲求的是和气，和气生财、和气致祥。"成东平板起面孔，循循善诱，神情有点飘忽不定，语气有些缥缈无迹。

"被恨的人没有痛苦可言，去恨的人却是伤痕累累。"幽幽的沉重叹息之声，从沈春平口中喷出。

铃声响起，成东平接听着手机，忽然冷冷地瞟了沈春平一眼，把手机递了过去："这个新闻，你干的吧？"

新闻《华成投资总裁成东平抵达鹏城，密谋接盘香江证券》，由中国网财经独家发布。沈春平主动披露给圈内密友，圈内人士再向中国网财经爆料。沈春平瞥了一眼中国网财经的稿子，眼神淡定："你回到酒店后一定要给我打个电话，我会以华成投资的名义，预订明天 10 点在洲际大酒店的会议室，你的团队和李恒成团队见面谈正事。"

"我们做局，对方布局，有点局中局的味道了，刺激，我喜欢。"成东平拍着巴掌，咧嘴笑了起来。

按照马建业的要求，李心远联动外协建立了香江证券专项舆情监测机制，实施二十四小时监测，任何舆情动态第一时间及时上报。舆情监测信息发送给马建业后，他心头一惊，赶忙转发给钱书光、刘宇轩、范德宝，并拨通了范德宝的手机："华成投资总裁成东平已经到鹏城了，我们和香江资本约定明天下午的见面地点是深南大道洲际大酒店，成东平有可能也住在洲际，查下他的房间号，上手段。查下明天在洲际大酒店，有没有华成投资、香江资本预订的会议室。另外，我们的行程要提前，明天一早飞鹏城，11点半见香江资本李恒成。"

范德宝执行力强，先后查到了成东平的房间号，以及第二天10点的会议室，很快便把窃听装备安排妥当。夜半时分，服务员装扮的酒店"工作人员"手拎一件宽大的浴袍，摁响了洲际大酒店1018房间的门铃。见房内迟迟没有人回应，"工作人员"悄然打开房门。

凌晨时分，成东平回到洲际大酒店1018房间，沈春平没有随他一起回洲际，而是警惕地住在距离洲际较远的香格里拉酒店。

一番洗漱后正要上床就寝，忽然想起了沈春平的郑重交代，成东平苦涩地摇了摇头，先摁响了手机铃声，随后煞有介事地自说自话："董事长好，给您报告，晚上我和李恒成聊过了，到底是协议转让还是公开竞价，香江资本还没考虑清楚，现在还在试探、询价阶段。我已经请专业人士做了评估，我们坚持40亿元的出价，通过公开竞价或者协议转让方式拿下香江资本持有的80%股权。对，我们做了专业评估，40亿元的出价不高。嗯，我们志在必得。好的，后续进展随时向您汇报。"

关掉手机，成东平头一歪，直挺挺倒向柔软舒适的豪华大床。

翌日8点，唐宫海鲜舫包间，沈春平早已静候在此，成东平到后，不免一怔："你怎么来得这么早？"

沈春平眼神始终充满警觉，如同躲避猎人围剿的巨隼猛禽，语气却透着算计与精明："我仔细排查过，这个包间及周边都是安全的。你的房间和上午见面的会议室有监听设备，你的一举一动被马建业安排的人监控了，一会儿我们仨聊完，你和李恒成先走，我多待半小时再撤。"

李恒成准时赶到，和成东平热情拥抱，互道问候。成东平郑重地引见沈春平，李恒成顿时来了兴趣，把沈春平上上下下打量了一番。沈春平默不作声，但神情一直紧绷。李恒成略显犹豫，旋即爽朗大笑："我听东平说了，你可以让我多挣 20 亿元？"

杏汁白肺汤、榴梿酥烧鹅、虾饺凤爪、乳鸽、肠粉、流沙包、红枣糕依次摆上桌面，成东平频频举起公筷向李恒成面前的碗碟夹送各式美食，李恒成绅士地用手遮挡着鼓胀的腮帮子，口中啧啧称叹："洁白似雪、薄如蝉翼、香滑可口，我最爱的还是肠粉。"

"眼宽望四海，大嘴吃八方，东平是美食家，给李老板讲讲肠粉的来历。"沈春平眨眨眼。

"一方水土养一方人，一方美食英雄佳人。肠粉是岭南一带早间的主要吃食，特点是入口即化、绵软舒滑。肠粉的历史足有 3000 年，清朝以前一直称为龙凼糍。纪晓岚是渣男也是吃货，懂得养生之道，活到了 82 岁，在那个年代绝对是高寿。他压根儿不吃米饭，一生以肉为饭。煮肉一盘，熬茶一碗，别无他物，这就是纪晓岚每天的饮食。乾隆游历，遍尝岭南美食，纪晓岚向乾隆推荐龙凼糍。乾隆对龙凼糍赞不绝口，对名字很不满：'名字是糍，又不是糍粑，看起来像猪肠子，就叫肠粉吧！'肠粉是广东人早餐当仁不让的'网红款'，又被称为'抢粉'。香江证券现在是炙手可热的抢手货，那么多买家争着抢。"成东平嘴角露出艳羡之意，眼光快速掠过沈春平，给出了一个清晰而坚定的暗示。

沈春平点头附和，随后将自己的计划和盘托出。

李恒成沉着脸表达内心的疑虑："如果潜在买家的出价达到我们的预期，完全可以协议转让。如果低于预期，那就公开竞价，不管怎么样，价高者得。你们有多大本事把价格推上去？香江证券 80% 股权能卖 20 亿元就算很不错了。投资券业，我们不算成功，9 年前介入券业，香江证券只有 2 年是盈利的，九年七亏啊！中小型券商的路会越走越窄，将来的券业竞争一定是强者恒强、大者恒大。正因为不看好，所以要把股权出清，让出控制权。目前有 4 家上市公司参与竞购，还有 2 家表达竞购意愿，估计成交价在 20 亿至 30 亿元。"

"如果最终成交价在 30 亿元以上，我们要拿走 2 亿元。"沈春平嘴角微翘，双眼一眯，好似在菜市场讨价还价一样漫不经心。

李恒成慨然应允，嘿嘿笑着："在商言商，我们对赌，如果成交价在 30 亿至 40 亿元，你们拿走 2 亿元；如果成交价在 40 亿至 45 亿元，你们拿走 3 亿元；如果成交价在 45 亿至 50 亿元，你们拿走 4 亿元。就看你们有没有本事。"

"我们仨，谁都不能食言而肥，要说话算话。"沈春平趁热打铁地说。

李恒成表情有点僵，听着英语长大的他，中文底子很潮，全然不知"食言而肥"究竟是何意。成东平语气和缓地做着解释："不能食言而肥，就是要信守诺言的意思。"成东平扬扬自得地晃着脑袋，提醒李恒成，"你是大富人家，这种事情就不要自矜了。朋友的朋友是朋友，朋友的敌人是敌人。马建业是春平的死敌，我和春平是死党。听说明天你见马建业，一定要假戏真做。假作真时真亦假嘛。"

"马建业这个人贱得很，你对他越冷淡，他就越是上赶着求你。"沈春平没好气地补了一刀。

李恒成无奈地翻了个白眼，装作很无辜的样子，委屈地嘟囔了一句："我这可都是被你们逼的。"

成东平猛吸一口气，不满地说道："没有人逼你就范，略施小计多挣 20 亿元，你可不要得了便宜还卖乖喔。"

李恒成噎了一下，连连点头称是，忽又纵声大笑。

马建业带了豪华班底飞往鹏城见李恒成，随行的有首席财务官钱书光、副总裁范德宝、副总裁唐春桧、水源基金总裁刘宇轩，以及新近入职的曙天金交总裁郜涌。

鉴于过往的骄人战绩，刘宇轩以实力赢得了银行、券商特别是众多投资者的信赖和追随。刘宇轩一出手就是顶点，让业界为之侧目。他联手开泰金控创立的水源基金，正式开售首只私募基金——水源稳盈1号，发行首日，单日售出100亿元，创下国内二级市场私募基金单日募集的新纪录。

湾流G550之上，马建业急不可耐地把问题抛给了刘宇轩："刘总是券业大咖，你觉得香江证券值多少钱？"

刘宇轩手持一支签字笔，在一张打印纸上勾勾画画："证券公司从事的业务具有显著的杠杆性质，自营、资管、融资融券等各项业务之间存在一定的交叉风险，监管层对证券公司控股股东有着严格的资质审核。如果是财务投资，香江证券80%股权最多值20亿元；如果是战略投资，开泰伟业要从地产向金融实现全面转型，那么估值上限的接受度可以提升一些，但也不超过30亿元。尽管香江证券目前只是单一牌照而非全牌照，但券商的牌照资源依然稀缺，毕竟，券商综合牌照已经停发了10多年，这就是价值。"

"单一牌照是什么意思？"范德宝真是不大懂，只好虚心请教。

"资管业务是香江证券的唯一业务，自营业务是券商重要的利润来源，代理买卖证券业务是券商重要的收入来源，证券承销和资管业务越来越头部化，像香江证券这样的单一牌照的中小券商，如果没有重大的变革与创新，如果不能尽早申请到承销、财顾、经纪、自营、融资融券等更多牌照，路子会越走越窄。"刘宇轩与范德宝交换着眼神，考虑到对方是金融小白，他索性把券商的营收构成说得更细致些。

马建业皱起眉头，用力敲了敲桌角："我有可靠信息，荣光地产的出价在35亿至40亿元，华成投资的出价是40亿元。"

"40亿元，这么高？！"范德宝、唐春桧惊讶得瞪大了眼睛。

"也没什么可惊讶的，华成投资在金融市场就是以大开大合著称。市场就是这样，需求决定供给，价格创造供给。华成投资的金融版图里，唯独缺少一张券商牌照，银行、基金、保险、期货、信托，华见枭都有。短期来看，券商牌照的放开不大可能，这是香江证券还能卖出高价的底层逻辑。长期来看，业务牌照的放开是大概率事件，下放到由地方局对券商的业务资格申请进行批复、核准，当然也要以证监会的意见为准。华见枭出 40 亿元，就是在赌业务牌照的放开。一旦放开，就可以申请承销、财顾、经纪、自营、投资咨询等业务牌照，华见枭的最终目标一定是让香江证券成为全牌照。否则，香江证券 80% 股权怎么可能值 40 亿元？"刘宇轩双手一摊，不由得感慨起来。

"券商牌照，必须拿下。"现如今的马建业乾纲独断、霸气外露，只见他双手紧握，放在桌面上，上半身直直挺立，脸上浮动着令人难以捉摸的笑意，眼里闪烁着锐利的光。

深思熟虑了一番，刘宇轩尝试着说服马建业："如果华成投资参与进来，我们没必要硬拼，银行牌照才是重点，应该尽早寻找合适的股份制商业银行下手。"

刘宇轩的"诚恳好意"，竟然激怒了马建业。马建业满不在乎地挥了挥手，眉头一绞，乜斜双眼，从牙缝里开始向外蹦字，戗了刘宇轩一句："40 亿元，我能说了算。"

刘宇轩心绪平静，内心窃喜并未写在脸上："金融并购，靠的是精确的计算，而不是工于心计的算计。马建业用这种心态去做金融，一定会输得很惨。"刘宇轩咬了咬嘴唇，终究没有说出一个字，在他眼里，马建业活脱脱一个暴发户形象。

11 点半，马建业一行浩浩荡荡出现在洲际大酒店十八层行政楼层，钱书光、范德宝、刘宇轩、唐春桧、郜涌围拢在马建业两侧，一字排开，颇有气势。

会议桌对面空空如也。马建业不满地瞪了范德宝一眼。

范德宝无奈地叹了口气："我刚催过了，香江资本的人说，李恒成在和成东平单独聊，他们也不好去催，只能干等着。"

此时此刻，李恒成正窝在总统套房里优雅地练习高尔夫，他在总统套房布置了一个房间大小的室内高尔夫模拟器，方便模拟松树谷高尔夫俱乐部的球场畅打高尔夫。松树谷高尔夫俱乐部位于美国新泽西州，拥有世界排名第一的高尔夫球场，李恒成是常客。

11 点 45 分，助理过来温馨提醒："开泰伟业的马总他们有点不耐烦了，您看要不要下楼？"

"不耐烦？不耐烦可以滚蛋啊！"李恒成专心致志地手握球杆，取姿瞄球，挥杆击打，送杆收杆，动作流畅，一气呵成。

助理嗯了一声，正要转身离去，李恒成轻声叫住："财务、风控、投资负责人先去会议室，我换身衣服就过去。"

等待，让马建业焦躁难耐，黧黑的面庞好像刷了一层铅色，黯淡无光，范德宝大气不敢喘，赔着笑脸。钱书光、刘宇轩、唐春桧、郜涌低头刷手机，都不敢发出声响，生怕惊扰了正处于恼怒状态的马建业。

12 点，香江资本财务、风控、投资负责人来到会议室，范德宝立马笑脸相迎，寒暄起来。一开始，马建业以为是李恒成到了，刚要礼节性地站起来打个招呼，听范德宝一念叨，敢情都只是李恒成的"马仔"，于是马建业屁股没挪窝，眼皮也没抬。

"马总好，各位老总好，非常抱歉，少东家还在和华成投资的成总闭门商谈，实在不好打扰。我们可以先谈，好吗？"香江资本首席财务官李家欣是香港人，说起话来彬彬有礼。他是李家产业的"大管家"。

李氏家族贵为鹏城首富，遴选职业经理人，最看重忠诚和信义，李家欣从香港中文大学商学院拿到硕士学位后即加入李家，至今已服务了 30 年，"大管家"的地位实至名归。

马建业头也不抬，平静而坚定地抬起手掌说："既然李恒成先生和华成投资的成总在闭门商谈，我们还是打道回府吧！"

李家欣脸上始终保持着优雅的笑意，语调和缓而轻柔："香江证券的股权出让事项，我也是有一定话语权的。华成投资的成总希望协议转让锁定买家，我倒是建议少东家做公开竞价，这样呢，贵公司也还是有机会的。"

马建业是急脾气，最讨厌不守时，最讨厌等别人。今天可倒好，李恒成既不守时，还让人空等空耗，实在是傲慢无礼。纵然李家欣每一句话都谦恭有礼，但在马建业看来，他说的每一个字都毫无意义。

不知不觉又过去半个小时，12点半，马建业疲惫地站起身，轻轻拍了拍脑门，抬腿向门口走去："看来我们是在一个错误的时间、错误的地点，和错误的伙伴在谈一件错误的事情。"

马建业正要用力拉下门把手，会议室的门被推开了，李家欣等人赶忙起身，李恒成在众目睽睽之下，风度翩翩地向马建业伸出右手。

"马总您好，我是李恒成。非常抱歉，刚才一直在和华成投资的成总谈事情，我和成总基本谈好了，华成投资将以40亿元的价格收购香江资本持有的香江证券80%的股权。"

此言一出，会议室内顿时躁动起来，钱书光、范德宝、刘宇轩、唐春桧、郜涌窃窃私语，马建业僵在原地一动不动。

李家欣倒是很镇定："少东家，我会建议董事会通过公开挂牌方式转让香江证券80%的股权。"李家欣的眼神停留在马建业身上，意思好像在说"开泰伟业还有机会"。

李恒成颔首微笑，未置一词，肩膀微垂，做轻松自如状。李家欣顺势将老板椅向外拖了拖，李恒成自然而然地坐在了马建业对面。

马建业陷入沉思，钱书光、刘宇轩等人都不知所措。

李恒成眼睛一眯，半认真半打趣地说："这就像嫁女儿一样，既要讲究门当户对，也要看意向方是否适格。华成投资在投资界的实力和名气比我们李氏还显赫，把香江证券的控股权交给成东平先生，我放心，更安心。荣光地产和开泰伟业都是地产公司，恐怕是有资本无管理吧？"

刘宇轩按捺不住，抢先呛声："既然华成投资出价40亿元，走协议收购程序，我们选择退出。香江证券只是一家单一牌照券商，完全不值

40亿元。"

李恒成吃惊地瞟了刘宇轩一眼，以郑重的语气说道："券商六类常规业务资格审批的行政许可事项，已经下放地方证监局审核，从单一牌照到证券承销、证券经纪、证券投资咨询、财务顾问、证券自营多张牌照，只是时间问题而已。买公司就是买预期、买未来，不是买现在。据我所知，马总才是最终拍板人，你也就只是个幕僚而已吧。喔，准确地说，应该叫门客或者食客。"

显然，李恒成把刘宇轩比作徒有虚名、骗吃骗喝之人。毫不留情的讥讽让刘宇轩很是难堪，一脸酱紫色。

马建业颇有涵养地微笑着摆手，示意刘宇轩少安毋躁。他不卑不亢地说："作为一家市值近千亿元的上市公司，开泰伟业既有资本，也有管理，否则也不可能把收入做到700亿元，资产规模做到2000亿元。对于华成投资来说，香江证券充其量是华见枭、成东平的棋子，当然也可能会成为弃子。开泰伟业已经投资设立了私募基金、金交平台、互金平台，券商牌照、保险牌照、银行牌照我们志在必得。对于正在从地产向金融转型的开泰伟业来说，香江证券会成为开泰伟业大金融整体布局的棋盘。河东省的经济实力在全国排名前三，但是迄今为止还没有一家民营证券公司，我们要让香江证券成为河东省第一家民营资本控股的券商。既然是嫁女儿，那就要对香江证券的未来负责吧，李总愿意让香江证券成为被他人玩弄于股掌之间的棋子，还是更乐意让香江证券成为谋篇布局纵横捭阖的棋盘？参与竞购香江证券80%的股权，华成投资拼的是炫目的财技，开泰伟业靠的是十足的诚意。"

李家欣频频点头，一脸赞赏。见马建业如此轻易、如此坚定地主动咬钩，李恒成早已是心花怒放，可为了进一步把戏做深做透，却也不得不尽力压抑心绪："财技卓然的华成投资总裁成东平比马总更有诚意，成总可是带着合同来鹏城的，刚才我们单独聊了一个多小时，我差点就在合同上签字画押了。贵公司的诚意呢？我要提醒马总，按照监管部门的规定，收购必须是自有资金，不允许玩杠杆。"

"香江证券 80% 股权的让渡，要上香江资本董事会讨论，马总再等些日子。"李家欣面容柔和，嘴角露出一丝隐晦的笑意。

马建业调动面部肌肉，甩了个眼神过去，钱书光立刻接上话头，挤眉弄眼地对李家欣说："还请大管家多多关照。"

半小时后，助理走到李恒成身后轻声低语。李恒成借故离场，同时拉长语调表示歉意："很抱歉我要失陪了，请家欣代表我，宴请马总一行，鹏城的海鲜，真的很新鲜。期待下一次在东虹相见。"

走出会议室之际，李恒成特意扭头，冲着李家欣略带顽皮地眨了眨左眼。这是李恒成与李家欣的秘密，也是两人 20 多年前就约定的暗号。眨左眼意味着一切刚刚好，眨右眼意味着事情很麻烦。很显然，李恒成对李家欣的"即兴表演"很是赞赏，也很满意。

鹏城公子李恒成主动示好，马建业面部表情终于"多云转晴"。一个红脸一个白脸，李家欣、李恒成配合得相当默契，这是完全不需要提前沟通、预先彩排的天然默契，这种默契源自两人长达 30 年的相依相伴。李家欣以管家身份进入鹏城首富李家，做的第一件事就是看护刚刚 3 岁的李恒成，入幼儿园、上国际学校、到英国读书、回国接班，李恒成人生的每一步都由李家欣精心谋划。

李家欣把马建业一行招待得既舒服又舒坦。海鲜大餐结束后，李家欣引领马建业、钱书光、范德宝、刘宇轩、郜涌蒸桑拿，安排唐春桧去做 SPA。

到了晚上，马建业反客为主，开泰伟业鹏城公司答谢李家欣等人，照例又是豪横的海鲜大餐，餐后"夜蒲"，去鹏城的兰桂坊——蛇口海上世界酒吧街继续潇洒，一直闹到凌晨时分才散。酒量霸气的钱书光，滴酒不沾的李家欣，愣是混成了铁磁。

醉醺醺的钱书光抱着李家欣的脖子猛啃，边啃边失态地号叫："不就是 40 亿元嘛，我们马总说了，干，干他！"

贪婪是最真实的贫穷，满足是最真实的财富

入夜时分，鹏城深南大道，灯光璀璨，霓虹闪烁。

洲际大酒店 1018 房间，成东平正对着手机愤愤不平："李恒成没签字，看来协议转让没戏了，开泰伟业总裁马建业见了李恒成，摆出了势在必得的架势。听说两边聊得不错，晚上去泡吧了。我的基本判断是，香江资本大概率会通过公开挂牌的方式转让股权。协议转让是暗牌，公开挂牌是明牌，既然李恒成待价而沽要打明牌，我们奉陪到底！对，董事长，我还是坚持 40 亿元的出价。"

成东平的激烈"反应"，全都被房间内布下的监听设备收录其中，第一时间经由范德宝反馈给了马建业，当时马建业正在情调浓浓的蛇口海上世界酒吧街和一位外国小姐调情。范德宝一通低语，马建业摆动着汗毛浓密的手臂，摇晃着肥硕笨重的身体，扬起头颅，现出傲气凌人的神情，举止也变得越发猖狂。

很快，香江资本在鹏城联合产权交易所公开挂牌转让其持有的香江证券 80% 的股权，挂牌底价 5 亿元。

一个月之后，开泰伟业第八届董事会第四十四次会议，审议通过了《关于子公司拟参与竞拍香江证券有限责任公司股权的议案》，同意全资子公司东虹开泰金融控股有限公司，以自有资金参与竞拍香江证券有限责任公司 80% 的股权。

当晚，马建业在"五十度灰"俱乐部见到了一号"鸽子"。最初启动"D 计划"，王胜伟就是想建立一支效忠自己的情报组织。所有的"鸽子"都有代号，一号"鸽子"层级最高，日常都是由王胜伟单线联系。王胜伟协助调查后，一号"鸽子"静默了好长时间，今天突然一反常态，紧急约见马建业。

"省自然资源厅成立的土地专项审查工作领导小组，派驻到全省 15

个工业园区的工作组很快就要撤了，针对违法违规占用国有集体土地的专项审查工作就要告一段落。工作组查出的问题都在落实整改，这次持续 5 个多月的专项审查提前结束，因为对河东省招商引资工作的消极影响非常大，好几个百亿元级别的投资项目不敢来，来了又被吓走了。省委、省政府领导都批示了，大项目带动、大投资驱动、大企业拉动，抓招商、促引资、拼经济，依然是当前以及今后的工作重心。这个信号还是很明确的。"一号"鸽子"舒服惬意地躺在大号按摩浴缸里，一如既往地保持着应有的尊贵和淡淡的冷漠。

"喔，对了，那些针对王胜伟的举报信是你干的吧？你和王胜伟到底有什么过不去的坎儿？另外，阮吴力回到了东虹，应该还是要翻当年的案子，你们都当心点。"一号"鸽子"慢条斯理的一席话，说得马建业心惊肉跳。

"阮吴力不是在东北躲起来了吗？听说小日子过得也很滋润，怎么又要闹腾？"举报信的事情，马建业不承认也不否认，只是闷哼一声，低声反问。阮吴力告状的事情，马建业一点也不担心，因为那是王胜伟的原罪。

"马建设被撤了职，定军被判了八年，阮吴力可能是觉得翻案的机会来了吧。谁知道呢？"一号"鸽子"说话总是漫不经心，让人无法捕捉到他言语中的侧重点。

马建业倒吸一口凉气，猛然意识到了什么，语气变得吞吞吐吐起来："王胜伟的事情……"

"明天解除留置，王胜伟自由了。裴定军是条汉子，他的至绝至坚救了王胜伟，裴定军把事情都大包大揽了。"一号"鸽子"居高临下，语气凛然。

马建业浑身一激灵，脸色煞白，他没想到裴定军居然愚忠到如此地步，舍生取义只为搭救王胜伟，甘心做个"冤大头"。不对啊，马建业越想越觉得不对劲，裴定军虽然头脑简单、举止鲁莽，但骨子里从来都是明哲保身、趋利避害。出事之前，裴定军刚抱上龙凤胎，还专门搞了个小范围的家宴庆祝，当场表示要洗心革面，回归家庭，担起责任。唯一的解释只能是王胜伟和裴定军搞了攻守同盟，一定是王胜伟对裴定军许下了让他无法拒绝的承诺。一念及此，马建业脸上阴云密布，心绪在一点点下沉，他无力而沉重地摇了摇头。

想到王胜伟即将平安归来，马建业心头好似打翻了五味瓶，啥滋味都有，除了甜。过去半年，马建业早已习惯在开泰伟业君临天下的感觉，早已迷恋上身兼董事长、总裁的威权。王胜伟终究还是王者归来，马建业还是要回归到二把手"说二不一"的位置，实在是老大不情愿。马建业确实已经在酝酿干掉凌云飞、李心远，用心腹李渔取而代之。王胜伟突然归来，委实打乱了马建业的精心部署。

眼泪扑簌簌滑落，冰凌般悬挂在双腮，马建业不自觉地耷拉下脑袋，神色悲恻，语多唏嘘。

一号"鸽子"惊诧地望着马建业："没想到你和王胜伟感情这么深。"

马建业痛苦地摇了摇头，禁不住泪流满面："定军是我小舅子，他是我看着长大的。"一号"鸽子"瞠目结舌。

解除留置的王胜伟，第一个电话打给董秘唐春桧，唐春桧在电话里兴奋得啜泣不止。

"明天晚间发公告做披露，股东会、董事会选举我做董事、董事长，开泰伟业董事长王胜伟当日已正常履行职责，要向资本市场和广大投资人传递信心。"王胜伟情绪没有变化，声音却显得更加威严。

紧接着，王胜伟一个电话把马建业喊到了他的宅邸。半年没见面，王胜伟原本就发福的躯体更加"横向发展"，啤酒肚更鼓胀了，脸上显得肉嘟嘟的，脖子也好像突然消失了。

王胜伟自嘲地咕哝了一句："身虽肥而心则疢。伙食不错，每天也没啥运动量，如果不是我每天坚持早中晚练习杨氏太极二十四式，恐怕会更胖。心宽则体胖，心宽、心静、心正，大事也成了小事，小事也就没事了。"

"近视眼镜，以后不戴啦？"马建业脸上似笑非笑，疑惑地问道。

"心明则眼亮，耳聪则目明。贪婪是最真实的贫穷，满足是最真实的财富。这6个月，我看得最多的是《东虹日报》《河东日报》，算是把很多事情想清楚了，也看清楚了。我写了10万字的详细报告，把创办新元产业园的来龙去脉，事无巨细全都写了下来，交给了组织，是非功过任人评说。河东正在全面推进'金融强省'战略，作为河东省第一民企，开泰伟业必须坚定不移提速推进大金融战略。"王胜伟微微一笑，脸上浮动着坚毅与隐忍，语气坚定而平静。

马建业叼着雪茄阴恻恻地道："定军判了八年，竟然有人造谣说定军是因为贪腐被抓。"

王胜伟并没有接话茬儿，而是轻轻地叹了口气："定军寻花问柳的那些破事，我睁一只眼闭一只眼，不就挥霍些银子嘛，无所谓。定军脑袋瓜好使，我出钱送他去东虹大学商学院读了个EMBA。但是，遗憾，废柴青年裴定军，说到底还是个李逵。"

马建业瞪着眼，涨红了脸，争辩道："水泊梁山一百零八将，真正和宋江横竖一条心的，只有黑旋风李逵。劫法场救宋江，李逵厥功至伟。但李逵被宋江害得最惨，是替宋江背黑锅最多的一个。"

王胜伟的笑容僵在半路，面色阴沉如墨云席卷："不会亏待定军的，工资双倍，每月照发，直到他出狱为止。"

马建业在心里恶狠狠地咒骂着王胜伟："天天看《水浒传》，满脑子都是整人的伎俩、害人的套路。"

"知道老易去哪里了吗？"王胜伟赶紧岔开话题。

"去荣光地产了，云天明把总裁的位置让给了易安，易安带着郝明亮10多个人去了荣光。咱们走的是'产业园拿地、房地产开发'全国扩张的路子，荣光坚持深耕河东，目前在河东省已经有120多个项目，东虹市有10个，郝明亮现在是荣光地产东虹区域总经理，已经和咱们的项目接上火了。"马建业用手掸了掸烟灰，语气不疾不徐。

荣光地产的"小动作"，让王胜伟心头不禁一沉。

马建业沉默不语，闷头抽着雪茄。王胜伟满怀期待地看向对方："咱哥俩对对表，过去6个月都发生了哪些事情？接下来还有哪些棘手的事情要面对？"

马建业把水源基金、曙天金交的展业情况，以及孟春怡离职创办互联网金融平台紫杉财富的事项一五一十做了通报，重点介绍了竞购香江证券80%股权事项的进展和卡点。依照马建业的如意算盘，开泰伟业出并购资金，钱书光稍微动下手脚，自己就能轻易拿下香江证券15%的干股，但如今王胜伟归来，这种冒险游戏必须暂停。

"既然我不能拥有，就让你王胜伟去当冤大头吧。"马建业眼神一凛，面露寒光。

"紫杉财富势头很猛，交易总额节节攀升，已经突破100亿元了。紫杉财富董事长、总经理、法人都是孟春怡，我们毕竟是大股东，董事、监事一个没派，只派了财务总监过去。要不要把董事会控制在我们手里？"马建业目光阴冷地看向王胜伟。

"一兵一卒都不派，资本金也不要再打一分钱，派过去的财务总监撤回来。大股东我都不想当，紫杉财富跑得越快，我就越担心。"思考了好一会儿，王胜伟终于蹦出这几句话。

马建业满脸困惑地点点头。

"关于香江证券80%的股权争夺，据可靠情报显示，荣光地产的出价在35亿至40亿元，华成投资的出价是40亿元，我和钱书光经过测算认为40亿元的出价是相对合理的，刘宇轩坚持认为40亿元以上肯定不值。在出价方面，我们内部存在一定分歧。"马建业把问题抛给王胜伟，观察并等待他的反应。

"40亿元拿下香江证券80%的股权，值得。再勇敢一点，50亿元以内我们都可以去摘牌。券商是我们布局大金融第一张真正意义上的牌照，必须全力以赴。进军券业是第一步，接下来的重点是杀入银行业。抢银行的不如开银行的，开银行的不如开培训班的，开培训班的不如卖房子的，卖房子的不如卖药的，卖药的不如卖保险的。银行、教培、地产、医药、保险，这些都是暴利行业。"嘴唇有节奏地轻微抖动，王胜伟越说越激动，神情也变得亢奋。

"要说股份制商业银行嘛，目前还真有一家优质标的。"马建业卖着关子，欲言又止的样子。

"哪家？说来听听。这6个月，我和外面的世界彻底失联了。"王胜伟惬意地抖了抖肩膀，眼中忽地闪过一抹不易觉察的喜色。

"营业收入200亿元，净利润40亿元，总资产3000亿元，员工2万人，是一家区域性股份制商业银行，在全国设有50家分行，400多个营业网点。营业收入是我们的1/4，净利润是我们的1.5倍。"马建业随手抄起纸和笔，一边写着数字，一边勾勾画画。

"巨无霸，看来我们要蛇吞象了。这是哪家银行？"王胜伟充满好奇地追问。

"华见枭成为京州商业银行实控人后，将其更名为华成银行，这是华成投资旗下最优质的金融资产。华成投资的创始人华见枭长期在悉尼，估计是出事了，一直滞留境外，不敢回来。如果华见枭同意让出控制权，我们可以考虑接盘。这次和我们面对面争抢香江证券80%股权的就是华成投资。"马建业眉间抖动，对于自己的大胆设想既沉醉又恐惧。

"没有利益的维系，朋友也会成为对手；有了利益的实现，对手也会成为朋友。我们和华成投资没准儿真的会从对手变为朋友。不管是对手还是朋友，香江证券我们都要拿下。"王胜伟用清晰无比的声音表达着内心的想法，此刻的他就像一棵笔直向上的大树，以倨傲的姿态挺立。

养活一团春意思，撑起两根穷骨头

一个月后的一天，9点整，开泰伟业总经理以上职级经理人百余人汇聚在开泰伟业大厦一楼报告厅，聆听王胜伟训话。

当王胜伟意气风发地走进报告厅，全场人员起立鼓掌。王胜伟站在舞台中央面向台下，深鞠一躬，当他抬起头来时，眼中已是星光点点。

王胜伟从不接受媒体采访，因此他的智慧与幽默鲜有披露。越是逆境越有韧性，越有难事越显坚毅，举重若轻、大巧若拙是王胜伟的特性。解除留置之后，王胜伟又给自己关了一个月的禁闭。这一个月，他翻看了美国学者 W. L. 贝尔斯写的《左宗棠传》。

今天的见面会，王胜伟要给开泰伟业的高阶经理人讲讲左宗棠的故事。商界大佬多热衷追捧曾国藩，把曾国藩家书、家训奉为圭臬，王胜伟最敬重的则是和曾国藩同为晚清四大名臣的左宗棠。

曾国藩死后，左宗棠成了湘军统帅，名义上有 8 万名骁勇湘军，实际进入新疆的就 2 万多名。64 岁的左宗棠抬棺出征，带领能征善战的湘军，花掉清朝一半财政收入，最终收复新疆，这是了不起的历史功绩。大清王朝日渐艰难、国库空虚，军饷不足、兵源匮乏，信奉"海防、塞防并重"的左宗棠打的是速战速决的闪电战，因为他和湘军都耗不起、拖不得。冷兵器时代战争的血腥和惨烈，一次次让左宗棠老泪纵横。到了后期，更多的博弈是在谈判桌上，左宗棠想通过谈判收复伊犁。战场上抢不到的利益，很难在谈判桌上得到。曾国藩次子曾纪泽是有名的外交家，此人扬名立万是在外交场、谈判桌上，但也有抱愧饮恨之时。

左宗棠和沙俄的谈判很艰苦，枕戈待旦的湘军每一天都虎视眈眈，这让沙俄心存忧惧。谈判不成绝不撤军，这是左宗棠的原则。保持必要的军事威慑，坚持必需的底线原则。有一次谈僵了，左宗棠索性说："来啊，上瓜子，边吃边聊吧。"沙俄的谈判代表好生诧异。几大盘瓜子端上来，左宗棠和沙俄谈判代表开始嗑瓜子，谁都不说话，谈判场成了嗑瓜子国际友谊赛。一个多小时过去了，屋子里只有嗑瓜子的声音，瓜子皮乱七八糟地掉落一地。

眼看时辰不早了，左宗棠猛地站起来，一撩长袍，昂首迈步而出。沙俄谈判代表低头看了看满地的瓜子皮，一脸惊骇。左宗棠坐过的地方，留下的是用瓜子皮"画出来"的整整齐齐的两个鞋印子。沙俄谈判代表的瓜子皮随地乱扔，左宗棠嗑的瓜子皮看似随意丢弃，其实是摆成了两个图形，就是伊犁地形图。沙俄谈判代表立马叫住已走到门外的左宗棠，双手作揖，那意思是：咱们接着谈。

1881 年，69 岁的左宗棠和沙俄签订了《伊犁条约》，将近 30 万平方千米的伊犁宣告收复，新疆问题全部解决。

"不说不说又说了，说着说着又多了。为什么要给大家讲这个故事，学就要学左大帅的心有静气、心有定力。人有静气，气度不凡；心有定力，天地更宽。面朝大海，春暖花开，那是普通人的诗和远方。面朝大海，心若止水，这是开泰伟业人的修为和担当。幸福，和财富无关，与内心相连。幸福与否，很大程度上取决于和绝对财富无关的其他因素，所以我们的最终目标不是最大化财富，而是最大化人们的幸福。"滔滔不绝说了一个多小时，王胜伟意犹未尽。

王胜伟豪气地用袖子抹了抹脸，拱手施礼，心潮澎湃："人性是与生俱来的产物，人品是后天教化的约束。什么是命运？《康熙字典》的解释是：命也，不可改；运也，可以转。可以以命搏运，不要以运搏命。自处超然、无事澄然、有事斩然、得意淡然、失意泰然。静得下心，是一种修行；沉得住气，是一种格局；拐得了弯，是一种智慧。成熟的人不恋过去，豁达的人不问将来。失去自由的这 6 个月，是我这辈子经历的最漫长的 6 个月，这 6 个月我想了很多，想起了当年开烤肉店的千种艰辛，想起了那年险些倒闭的万般凄凉。我还想到了一位大家，他就是鲁迅先生。我出生在上海，出生地距离山阴路大陆新村9号鲁迅故居，走路5分钟。我小时候常去鲁迅故居，那时候纯粹就是好奇、好玩。1930年3月，鲁迅先生发起并组织成立了中国左翼作家联盟，左联成立大会上，鲁迅特意在黑板上大书了一个字。什么字？韧！韧是什么？认准目标、百折不挠、锲而不舍。只要你做事，就会有逆境和坎坷，任何事情都不可能一帆风顺、一马平川，挫折、失败总是难以避免。"

台下的郑春筠心潮澎湃、情难自已，因为过于激动，身体失态地抖动起来。郑春筠猛地从座位上站起来，挥动双手使劲鼓掌。在郑春筠的感召下，与会人员起立，掌声经久不息。若干年后，郑春筠依然大发感慨："这是我这辈子听过的最激动人心的演说。"

香江证券控股权让渡，是当年唯一一家券商控股权出让，因而备受财经证券媒体的关注。王胜伟恢复自由两个月后，开泰金控获得受让资格，成为适格竞买人。

接到郑春筠电话时，李心远既惊喜又意外。惊喜的是，王胜伟竟然点名让自己陪同前往鹏城，自己终于可以搭乘王胜伟的私人飞机湾流G550。意外的是，居然不是王胜伟的秘书来电，而是人力资源副总裁郑春筠亲自告知。

核心高管或股肱心腹才有资格坐上湾流G550，就连顶头上司凌云飞都没轮到机会，可好事偏偏落在了自己头上，李心远欣喜不已。在开泰伟业，有两件事情值得炫耀：被王胜伟骂，以及登上湾流G550。没有被王胜伟骂过，不可能被信任、被重用；没有上过湾流G550，也就不可能成为嫡系爱将。

私人飞机的独立候机楼俗称FBO。FBO是基地的代名词，因为要为公务机、私人飞机提供停场、检修、加油、清洁等标准化服务；FBO也是服务商的代名词，因为要为公务机、私人飞机所有者以及搭乘者提供休憩、接驳等贵宾级服务。相距航站楼1千米，一栋别致的独立小楼，东虹机场的 FBO 与贵宾楼是连体建筑，虽然合二为一，却也泾渭分明。接待大厅左边是贵宾楼，主要接待副省级以上领导；右边是 FBO，主要为非富即贵的私人飞机、公务机所有者服务。

李心远拖着拉杆箱出现在 FBO，略施粉黛、仪容优雅的和春住迎了上来。香气幽微的和春住接过拉杆箱，向身旁的一位空乘耳语交代了几句，那位空乘不声不响地拖走了拉杆箱。

"丁字步"站立，大拇指交叉，右手放在左手上，轻贴在腹前，身体直立，挺胸收腹，和春住的站姿礼仪既标准又娇媚，招引得李心远魂不守舍。

"请问登机牌在哪儿办？"话一出口，李心远就懊恼不已。

和春住诧异地瞪大眼睛，无声地露出深深的不屑，她的表情让李心远颇不自在。很快李心远就会知道，乘坐公务机是不需要登机牌的。

"您可以稍等几分钟，董事长马上就到。"和春住持续保持优雅的站姿，声音甜美而平和。

想着能和性感柔媚的美丽空乘和春住独处几分钟，李心远竟然涨红了脸，还不知不觉笑出了声。

和春住全然没有理会李心远的异状，正全神贯注地盯着正门，然后快步向前几步，为王胜伟拉开车门。李心远分明看到，王胜伟假意要去握住和春住的手，却不经意地在和春住的手心捏了一下，和春住顿时面颊绯红、满脸娇嗔。李心远一下子明白了王胜伟、和春住的暧昧关系，那一刻，李心远如同吃了根冰棒，一种透心凉的感觉涌上心头。

王胜伟今天的座驾是黑色"玛莎拉蒂总裁"，作为一款高性能豪华轿车，"玛莎拉蒂总裁"是政要、皇室的最爱。王胜伟迈步进入接待大厅，身后传来汽车刹车的声音，一辆黑色奥迪稳稳停住。王胜伟扭头一望，脸色陡变，两步并作一步冲到近前，抬手施礼："刘书记您好。"

被王胜伟称呼"刘书记"的正是河东省委常委、纪委书记刘卫东。留置杨胜兵、王胜伟，都是刘卫东办的。

礼节性地握住王胜伟伸过来的右手，刘卫东沉稳的面庞透出令人敬畏的气息。刘卫东曾任职中纪委，前年从京州到河东任职。10 年前在京州举办报业年会，当时还是中央部委机关报社长的刘卫东参会并做了主题演讲《守正出新　惟实励新：高质量办好机关报》。当年李心远以记者身份专访过刘卫东，他眉骨高、眉毛浓，英武的面相给李心远留下了深刻印象。多年前，李心远在香港黄大仙祠算命铺求签问卦，算命先生一看李心远的面相便啧啧称奇："先生是眉骨高之人，这是富贵相。"对于如此这般毫无依据的恭维话，李心远不以为然，但是算命先生的后半句话——"眉骨高之人，昭示着遇事沉静、做事沉稳"，他是记在心里的。眉骨高的刘卫东生动地诠释了什么是遇事沉静、做事沉稳。

　　王胜伟双手交叉，紧紧握住刘卫东的右手，固执地攥着，久久不愿松开，低声说着感激的真心话。刘卫东谨慎地用余光观察四周，见周遭并无异常，随即开导王胜伟："不要背包袱，要把背负的压力转化为全心全意推动河东省经济发展的不竭动力。你是党员，是河东省民营企业家的突出代表，对党忠诚、个人干净、敢于担当，这是经商之魂、立身之本、成事之要！一步错步步错，一步都不能错啊，胜伟同志！"

　　"同志"二字分量太重，就像一只千斤顶顶在王胜伟心口。王胜伟像个听话的小学生似的，不停地点头。

　　刘卫东左手指向李心远，严肃认真地说："10 年前，李心远采访过我，和我有一面之缘，他有我的手机号。为了你的事情，他那段时间给我发过很长一条情真意切的短信，还连续三次跑到河东省纪委找我。有一次，我乘车外出，看到西装革履的李心远就在纪委大院门口的台阶上坐着，跟个越级上访者差不多。依照工作纪律，我不可能给他回短信，也绝对不可能见他。这小子对你的忠诚，我是领教了。"

　　王胜伟静静地听着，淡淡地笑了笑，笑容里夹杂着意外和感动。

　　马建业、钱书光、刘宇轩、郜涌出现在贵宾休息室，没有看到唐春桧、郑春筠，这让李心远有点意外。李心远不知道，王胜伟定的规矩是

"和金钱有关的交易活动，一律不允许女性高管现场参与"。

湾流 G550 上，王胜伟拉着李心远坐在身边，李心远下意识地端正身体，摆正身姿。王胜伟眉宇渐次舒展，唇角露出无比欣慰的深沉笑意。

王胜伟欣慰地道："心远够仁够义，从今往后，心远是我一生一世的兄弟！心远，我送你一幅字。"王胜伟语气硬朗，他是故意说给马建业、钱书光、刘宇轩、郜涌听的。

和春住捧上紫檀木质地的笔架，笔架之上依序悬挂着狼毫笔、羊毫笔、兼毫笔、长锋笔。论毛笔质地优劣，书家自古有"尖""齐""圆""健"之说。狼毫笔由黄鼠狼之毫制成，笔毫健挺，弹性十足，适合书写行楷一类的动态书体。羊毫笔用羊的胡须或尾巴上的毫毛制成，笔毫柔软细腻，适合书写篆、隶、楷一类线条高古的书体。兼毫笔由羊毫和狼毫按一定比例制成，内毫为健、外毫为柔，满足绝大多数场景的书写需求。长锋笔比一般毛笔的笔锋要长，书写时笔锋多端，变化丰富。

王胜伟擅长使用狼毫，他自幼临摹颜体楷书。王胜伟记得小学时书法课老师说过，小楷要学钟繇、王羲之，中楷要学欧阳询，大楷应学颜真卿。初学书法，大多始于大楷，以颜真卿的楷书入手，可谓研习书法的不二正途。

和春住铺开宣纸笔墨伺候。垂下头略做思忖，但见王胜伟秉笔圆正，气力纵横，挥毫写下两句话："养活一团春意思，撑起两根穷骨头。"马建业、钱书光、刘宇轩、郜涌等人一边啧啧称赞，一边心有困惑，因为都不大懂这两句话是啥意思。

放下狼毫，换上羊毫，俯身写完题跋，加盖私人印章，王胜伟默默地后退了两步，沉醉于翰墨之乐："这是曾国藩 48 岁时写给自己的一副对联，这两句话蕴含着曾国藩做人做事的深刻哲理：不管身处何种境地，都要像春天一样充满生机、阳光大气；无论遭遇什么样的坎坷磨砺，都要挺起脊梁、保持风骨。"

李心远站在原地心绪激昂。

809% 高溢价竞得香江证券控制权

湾流 G550 落地鹏城国际机场，王胜伟慢慢直起身，抻着脖子把视线投向舷窗外，显然在极力保持"每临大事有静气"的宁静，但面部肌肉却不争气地一直绷紧。

"什么时候进场举牌？"王胜伟突如其来的一句话让所有人都吃了一惊。

钱书光高大的身躯微微前倾，轻言慢语，字斟句酌："产权交易不是举牌拍卖，实行的是委托代理制，我们已经委托了鹏城产权经纪有限公司，这家公司会授权产权经纪人代理开泰金控进行产权交易并办理相关事项。"

王胜伟眉心一颤，鼻腔里嗯了一声，那声音波澜不惊。解除留置之后的王胜伟，好似一台被人动了手脚、人为调慢了指针的时钟，虽然还是像往常那样有节奏地嘀嘀嗒嗒，但指针走动速度明显减缓。不管是马建业还是钱书光，但凡当面请示重点事项，王胜伟不再像以前那样脱口而出，而是沉吟片刻、优柔寡断，特别是与产业相关、地产相关的业务。而金融相关业务的布局和推进，王胜伟倒是显出几分迫切和冲动。

马建业深知王胜伟对香格里拉情有独钟，所以一开始预订的就是鹏城香格里拉酒店。王胜伟迷恋香格里拉是因为它独特、淡雅的香氛，每次走进香格里拉酒店大堂，其淡雅清新的香氛总是令人心神愉悦、身心放松。王胜伟常以香格里拉香氛为例，教导李心远："品牌讲关键价值，推广讲核心卖点，营销讲个性场景。什么是品牌？品牌是味道，是符号，是记忆。好的品牌，一定要看得见、记得住、留得下。"

临下飞机之际，王胜伟仿佛想起了什么，猛然抬起头来，询问钱书光："你们和李恒成见面谈判，是在哪家酒店？"

"洲际大酒店。"钱书光毫不犹豫地回答。

"不住香格里拉，住洲际。"王胜伟语气无比笃定。

开泰伟业鹏城分公司的接待工作无可挑剔，动用一辆 7 米的加长林肯，载着王胜伟一行去盐田海鲜一条街吹海风、喝扎啤、吃海鲜。酒足饭饱，王胜伟提议去永利时代夜总会唱歌。永利时代夜总会是王胜伟的福地，只要是在鹏城会朋友、谈商务、搞合作，王胜伟必定要来永利时代，必点《一无所有》，这首歌是开泰伟业年度工作总结会暨表彰会的压轴曲目。左手指指点点、左脚打着节拍，王胜伟唱歌可谓全情投入。

永利时代夜总会包厢，王胜伟举着一瓶科罗娜啤酒，一仰脖灌下去大半瓶，喉咙处不断发出有节奏的咕咚咕咚响。他拿起骰子筒，用让人眼花缭乱的手法煞有介事地摇晃了好半天，然后把骰子筒重重地蹾在桌上。众人屏声敛气，等待开筒。

浓烈的香水，豪奢的包间，斑斓的灯光，充斥着迷离暧昧的纷乱气息，让人乐而忘返。烈度洋酒开始发挥作用，刘宇轩双手捧着头，嘴里发出时断时续的哼唧声。包间里聚集的是开泰伟业高管团队，一个个喝得东倒西歪，唱得鬼哭狼嚎。

钱书光很是不习惯这种纸醉金迷的氛围，缓缓开口："据可靠消息，香江证券股权转让项目在鹏城联合产权交易所公开挂牌后，一共征集到 35 家意向受让方，都递交了保证金并最终参与竞买。"

王胜伟把眼神从骰子筒偏转过来，鼓胀着眼泡，盯着钱书光看了好一会儿，咬了咬嘴唇，用不容置疑的命令口气大喝一声："全体，全体都有，把钱包里的钱都给老子掏出来。"

王胜伟的语气里，夹带着颐指气使的威压。原本喧闹的包间瞬间恢复到安静状态。马建业、钱书光、刘宇轩、郜涌、李心远都是一脸惊疑。

钱书光动作最快，拽起身旁的背包，麻利地打开拉链，将一捆捆钞票倾倒在包厢吧台上，引得众人一阵起哄式的惊呼。

"多少钱？"此情此景让王胜伟也有点吃惊。

"30万元。"钱书光紧张地低声说。这30万元是预备结账的公款。

马建业、钱书光、刘宇轩、郜涌、李心远杵在原地,都有些丈二和尚摸不着头脑,尽管如此,也都纷纷开始翻口袋、掏钱包。

王胜伟下意识地将一左一右依偎在怀的两个美女抱得更紧,半真半假地说:"包厢里一共10个人,我和马总各出60万元,你们8个人去凑80万元,我要现金,一共200万元。"

王胜伟假意轻咳一声,表情变得神秘而微妙,他的眼睛在包厢里飘来飘去,最终停留在李心远身上。他饶有兴致却又不怀好意的眼神,让李心远心里直发毛。

"小赌怡情,大赌伤身,200万元是赌资,我们就赌多少钱能拿下香江证券,谁出的价码最接近,谁就赢。谁赢了,这200万元就归他。"

港币、美元、人民币,花花绿绿的钞票堆上吧台,马建业、钱书光、郜涌一边掏腰包,一边报出一个个出价数字。李心远是头一遭遇到如此炫富的场景,一时半会儿还没从惊愕中缓过神来。

"超过35亿元,我们就应该放弃。"刘宇轩振声说道。

王胜伟眉头一皱,用眼神鼓励李心远:"你的出价呢?"

李心远咬了咬牙,有些迟疑地说:"45亿2000万元。"

刘宇轩面露不悦:"你这是信口胡诌,是在误导王老板。"

王胜伟抬手将一瓶330毫升的科罗娜倒进口腔,啤酒入腹,胆气陡生。勃然豪气好似电灯被摁下了开关,王胜伟眼前一亮,豁然开朗,拍了拍大腿说:"兄弟们,赶紧去弄现金,半小时后全上交。"

钱书光、刘宇轩等人一哄而散,醉醺醺的郜涌跟着李心远,两人先是在楼下的招商银行ATM机取款,取了2万元就取不出来了,ATM机每天取款金额有上限。李心远翻遍了钱包,找出3张银行卡,不声不响的郜涌递过来8张银行卡。李心远、郜涌几乎是搂抱着上了一辆出租车,醉醺醺地吩咐司机:"随便开,看到银行ATM机就停车。"

司机被惊到了,把李心远、郜涌当成了蓄谋抢银行的醉鬼。

一个小时后，李心远、郜涌满脸疲惫地回到永利时代夜总会包厢。吧台堆满了钞票和啤酒瓶子，马建业、钱书光、刘宇轩等人要么在玩骰子，要么在唱歌。王胜伟摆了摆手，李心远、郜涌从他的手势里读到了不满。他们俩手足无措地站在包厢中央，紧张地搓着手。

王胜伟用目光表达着内心的不满，面色一绷："你们俩太慢了，溜溜一个小时了都。"

郜涌醉得支撑不住了，脚下一软，瘫倒在地，嘴里还在喃喃自语："现金，老板要现金。"

马建业此刻看到李心远、郜涌，他趾高气扬地指着堆积如山的钞票："你俩就是笨，王老板说让大家取现金，什么方式都行啊，除了去 ATM 机取钱，你们就没有更快捷的方式吗？"

李心远拿起一支雪茄嘬了一口，淡淡烟雾笼罩之下，神情显出几分无奈。钱书光把李心远拉到身边坐下，拍了拍他的肩膀："找夜总会啊，他们那里现金多的是。"李心远恍然，知趣地吹了一瓶科罗娜。

凌晨 2 点多，王胜伟喊来夜总会经理："把点钞机弄过来，把这些钱清点好，给我装好。"夜总会经理一挥手，工作人员带着点钞机忙活起来，清点完毕，把 200 万元现金装入 3 个科罗娜啤酒箱，箱子外面缠上一圈胶带，裹了个严严实实。

翌日 9 点，香江证券股权转让在鹏城联合产权交易所"开槌"。"40亿元以内，鹏城产权经纪公司全权作主"，这是王胜伟给产权经纪人的书面授权。

35 家竞买人跃跃欲试，通过中国产权交易报价网进行公开竞价。依照规则，竞价主要有多次报价、一次报价、权重报价、动态递增报价四种方式。鹏城联合产权交易所采取的是动态递增报价方式，在确定的轮次和时间内，竞买人以确定的加价幅度进行多次网络竞价，报价最高者即为最终受让人。

100 多轮报价之后，半小时不到，报价蹿到了 30 亿元；又是 100 多轮报价之后，一小时不到，报价蹿到了 35 亿元；继续 100 多轮报价之后，一个半小时之后，报价蹿到了 40 亿元。

易安拨通沈春平的手机，调侃道："报价已经拱到了 40 亿元，荣光地产撤了，你们陪着王胜伟愉快玩耍吧。"

沈春平目光阴沉，冷声说道："玩死王胜伟。"

产权经纪人拨通了王胜伟的手机，王胜伟顺势摁下免提，手机听筒传来焦灼的声音："荣光地产退出，报价 40 亿元了，还跟不跟？"

王胜伟嘴里叼着雪茄，升腾的烟雾掩饰不住他满脸的亢奋："竞买方还有几家？"

"算上我们，一共四家。宁波一家投资公司报价 41 亿元，杭州一家投资公司报价 42 亿元，华成……华成投资报价 43 亿元。"产权经纪人紧张得语调都有点磕巴了。产权经纪人没法儿不紧张，按照规则，每一应价时间一般不少于 60 秒，这也就意味着，王胜伟要在 1 分钟内做出"跟与不跟"的快速决断并给出明确指令。

听到 43 亿元这个数字，钱书光、刘宇轩都略带苦涩地摇了摇头。刘宇轩干脆举起右手冲着王胜伟一通摇摆，那意思分明在说："不能再跟了。"可王胜伟视若无睹，争强好胜的劲头勃然而起。

"跟，继续跟！"王胜伟两眼放光，神情坚毅，语气果决。

"华成投资报价 45 亿元，是否继续跟？"产权经纪人催问。

"跟！"王胜伟咬牙切齿，声音变得更加铁血。

"华成投资报价 45 亿 2000 万元，是否继续跟？"产权经纪人的语气明显越发急促。

"跟！"王胜伟嘶哑着嗓音吼道，眼神充满赤裸裸的欲望。

马建业、钱书光、刘宇轩、郜涌、李心远等人的眼中写满了震惊，特别是钱书光、刘宇轩，表情异常严峻，还微微张大了嘴巴。

经过 1 小时 50 分钟，400 多轮报价，东虹开泰金融控股有限公司最终以 45.44 亿元成功竞标，成为香江证券 80% 股权的受让人，成交价格较挂牌价格增值 809%，单笔项目增值额高达 40.44 亿元。

王胜伟长长地吐出一口气，跺了跺脚，沮丧地说："馋狗等骨头，急不可耐。今天太冲动了！"

将近 2 个小时的线上厮杀仿佛耗尽了王胜伟的精气，此刻的他俨然成了"沙发土豆"，斜躺在沙发上闷头抽雪茄，手里攥着遥控器，全然没有竞买胜出的狂喜。一众人等包括马建业，皆垂手肃立、态度恭谨。

总统套房里，钱书光、刘宇轩、郜涌面色僵硬，神情恍惚，似乎还没有从刚才的搏杀中回过神来。钱书光是首席财务官，自然对数字异常敏感，45.44 亿元是什么概念？比开泰伟业全年的净利润都要多。王胜伟竟然用一年半的净利润去换取一家单一牌照券商的控制权，钱书光、刘宇轩都认为这个买卖实在拧巴。

"王老板这是在交智商税啊……"刘宇轩暗自腹诽，面部表情却刻意保持着一如既往的风轻云淡。

钱书光是银行业老兵，操盘过多起轰动一时的并购重组案，思绪倒转，镜像切换，他在脑海中对上午的竞购过程进行了整体复盘，发现一切合规合法合情合理，但是不知为何，还是让人生出疑窦。虽然不知道究竟是哪里出了状况，但钱书光也说不上来，因为纯粹就是猜疑而已。

竞买结束，原本寂寂无闻的开泰金控一战成名。券业同行反应最快，对于开泰金控以 809% 的高溢价竞得香江证券的控制权，顶流券商申银万国首席分析师王国兵指出："参与竞拍的意向受让方过多，导致供需失衡，由此产生高溢价。"

媒体快讯纷至沓来，多以"809% 高溢价竞得香江证券：河东首富王胜伟布局大金融"为题跟风炒作。

我们走在大路上

最终竞价定格在 45.44 亿元，这个数字让李心远窃喜不已，他被铺天盖地的幸福笼罩了。那场夜总会"赌局"，李心远的出价是 45.2 亿元，无疑最接近最终成交价。王胜伟的出价是 40 亿元，应该说这就是他的心理底线。上了牌桌身不由己，气氛被成东平烘托到了白热化程度，王胜伟难免会间歇性丧失理性。

李心远用眼角扫视总统套房墙角，装有 200 万元现金的 3 个科罗娜啤酒箱静静地码放在那里。片刻后，李心远的双眼投射出别样的光彩。

李心远抿紧嘴唇，将身体重心向前移动，靠近王胜伟，主动表态："老板，中午和晚上都由我来做东吧。"

直到此时，王胜伟才含混不清地喔了一声，然后一拍脑壳，大叫起来："大家都不要这么傻站着，快刀斩乱麻，拿下香江证券，我们要好好庆祝。心远赢了 200 万元现金，午饭、晚饭都由他安排！"

钱书光用手刮着鼻翼两侧向下延展的法令纹，轻轻眯起眼睛，半是陶醉半是认真地建议："我们去吃'海藻酸面团焗 90 天小鸡'。鸡腿肉研磨精细，再混合些海螺肉，放到海藻面团里烘烤，面包的麦香以及海藻的鲜味，都被鸡肉吸收融合。鸡皮包裹的'酿'和面包，使鸡肉保持鲜嫩酥爽。米其林三星大厨主理，现场鸡胸切片，外加十年女儿红调制的浓缩汤汁，再搭配芥蓝和奶白菜一起上桌。雪沫乳花浮午盏，蓼茸蒿笋试春盘，人间有味是清欢。哈哈。"

王胜伟起身，一步一挨地迈向门口："老钱带路，带上茅台。"

但凡出行，王胜伟必定要带茅台五十年陈酿年份酒礼盒，外加两箱飞天茅台，年份酒用于送礼，飞天茅台用于商务宴请。

念念不忘，必有回响。让钱书光碎碎念的是位于鹏城福田香格里拉大酒店顶层的纳帕谷餐厅，伫立在三层楼高的落地窗前，俯瞰鹏城全景，远山云海蓬勃壮观。纳帕谷餐厅整体空间设计灵感来自纽约设计师，数千万元倾力打造，将奢华中国风与纳帕谷自然风情完美融合。

茶熏鳗鱼、千岛湖鱼子酱、澳大利亚和牛眼肉、卷心菜蒸海钓东星斑……各式招牌菜陆续摆上桌面，王胜伟正要招呼大家大快朵颐，嘟的一声，手机不合时宜地响了起来。

低头看了一眼手机屏幕，王胜伟面色突变，立马起身离席。电话是王守仁打来的，向王胜伟透露的是好消息。河东省委党校、行政学院联合执笔的课题报告，得到了主要领导的批示与肯定，该课题报告内容经过压缩、精编后以内参形式向上呈报。新元产业园被评定为产业升级示范园区，很快，将发布《关于推广县域经济产业升级示范区典型经验的通知》，已明确将新元产业园作为成功案例向全国推广。

只要王胜伟不上桌，就没人敢动筷子。这是一个平平常常的日子，却是难得的好天气。暖阳高悬，斜倚窗边极目眺望的钱书光、刘宇轩、郜涌，算得上是王胜伟仰赖之人，却不能对王胜伟一手布下的大金融棋局的云谲波诡未卜先知。

刘宇轩身体略微摆动，别有用心地看着马建业："钱够吗？"

马建业正在闭目养神，先是愣了一下，眼睛蓦然瞪圆，然后信誓旦旦地说："没问题啊。"马建业说话斯文，但总有一股子霸蛮之气。

"那就好，那就好。"刘宇轩面上保持微笑，心里却在嘲讽。

一个月后，马建业的电话追了过来，语气没有任何不自然，一切好像理所当然，直通通地说："钱不够了，董事长请你帮忙凑点儿。"

刘宇轩胆战心惊地问："差多少？"

马建业理直气壮地说："25亿元。"一共45.44亿元，缺口25亿元，归齐到最后还是刘宇轩用水源基金去堵窟窿。后来，王胜伟70亿元拿下大麦保险30%的股权也是钱紧，水源基金筹措了40亿元，还成了大麦保险的三股东，但那40亿元也没倒腾回来，以至于好几年水源基金账面上挂着40亿元亏空。因为这个事情，刘宇轩一直急吼吼的。

马建业"没问题啊"四个字，让钱书光皱起眉头，恻然长叹。账面上有没有钱，马建业说了白说，王胜伟定了不算，首席财务官钱书光说了才算。一个月内要抽调 45 亿元现金，钱书光很为难。

刘宇轩急急发问，就是不想让马建业、王胜伟惦记水源基金新近募集的 100 亿元。"悭吝人"，这是刘宇轩对王胜伟的认知和评价。王胜伟是商人，唯利是图是本性使然。吃了人家的好处，就要原汁原味地吐出来。刘宇轩深知，从接受王胜伟投资的那一天起，就预示着水源基金必将成为开泰伟业的提款机。刘宇轩只是善意期望且衷心祈祷："必须把合规放在第一位，你王胜伟可以伸手，但是不要把手伸到我怀里乱摸。"

众人各怀心思，缺了王胜伟这个主角，场面一度有点尴尬。因为不懂金融，马建业在刘宇轩、郜涌面前，常有一种被轻视之感。马建业属于典型的过敏性体质，潜意识里总认为专攻金融的刘宇轩、郜涌瞧不上他这个产城地产出身的总裁。因此，马建业和刘宇轩、郜涌一直维系着若即若离的弱关系，不像钱书光、范德宝，已经和马建业建立了强关联，形成了硬绑定。

实木地板发出有节奏的咯吱咯吱响声，王胜伟迈着悠闲自在的四方步回来了。

"怎么了？出啥事了？"马建业审慎地望过来。围在马建业四周的钱书光、刘宇轩、郜涌、李心远，都有点战战兢兢。

王胜伟走到近前，双目逼视："老马，《我们走在大路上》这首歌还会唱吗？"

马建业一脸讪笑，轻耸肩膀，抖动嘴唇低声吟唱："我们走在大路上，意气风发斗志昂扬……向前进！向前进！"

王胜伟左右手各抓起一根筷子，模仿指挥家小泽征尔，摇摆身躯打着节拍轻声哼唱。眼前滑稽的一幕让刘宇轩、郜涌、李心远忍俊不禁。

王胜伟手舞足蹈闹腾了一番，折腾出了一脑门儿汗，略显疲态，一屁股坐进沙发椅。他尽力抑制内心的狂喜，眼角浮起浅浅细纹，如微风使水面泛起道道波纹："1973 年我上小学，音乐课上学的第一首歌就是《我们走在大路上》。搞产城地产快 20 年了，今天才算是真正彻底地走在了大路上。"

钱书光、刘宇轩等人不可思议地张大了嘴，一句话都没说出口。王胜伟不再卖关子，将王守仁透露的利好消息和众人做了分享。听闻此讯，最兴奋的是李心远，他没想到一份课题报告起到了这么重要的作用。

王胜伟舒心地笑了，眼里充满无限惬意："过去的这些年，每一天都胆战心惊、如履薄冰，最怕的就是开泰伟业的商业模式被全盘否定。现在，我们终于得到了官方的认定。3 年之内，我们要把产业园区扩张到 100 个。大干快上，批量复制！100 个产业园区完成之后，我们的营收至少可以做到 3000 亿元以上。"

一股热血涌上脑际，马建业率先举起酒杯，皮笑肉不笑地说："为了 3000 亿元，干杯！"

丁零当啷，清脆悦耳的碰杯声响成一片。

王胜伟还向大家通报了另外一个好消息，虽然比原定计划略有延迟，但孟春怡的互联网金融产品紫杉财富 App 上线 3 个月，收获了 100 万用户，成交金额突破 100 亿元。

声音高亢的王胜伟，神情凄然的马建业，形成了鲜明反差。马建业预想的孟春怡创业失败的翻车事故非但没有发生，她反而鼓捣出了一个充满奇迹的创富故事。上市公司美女高管响应国家政策号召，投身互联网金融大潮，这样的好题材哪家媒体都不会错过，纷纷极尽吹捧之能事。孟春怡的"小宇宙"已经爆发，要么频繁接受媒体专访，打造个人品牌，要么盯着李浩天对紫杉财富 App 迭代升级，目标是要把用户量做到 500 万，成交金额突破 1000 亿元。

看王胜伟兴致高昂，钱书光向上推了推眼镜，忍不住低声说了一句："紫杉财富的势头看上去很猛，开泰金控在紫杉财富持股 51%，要不要派驻财务和董事，履行相应的监管职责？"

王胜伟点点头，表情却有些奇怪："我和建业早就说过了，一兵一卒都不派，让孟春怡自己折腾。"钱书光本来想说"互联网金融起得太快未必是好事，一定要做好必要的风险管控和风险隔离"，但既然王胜伟有了明确表态，钱书光也就不好再发表意见了。

纳帕谷餐厅一顿午餐，花掉了100万元，菜品倒不算贵，贵就贵在酒水和雪茄。结账时李心远递过去2个科罗娜啤酒纸箱，一摞摞拎出来数钞票。那场景委实太有喜感。

王胜伟一行人在纳帕谷餐厅举杯欢庆，华见枭、李恒成、成东平、沈春平则聚在香港四季酒店总统套房里笑成了一团。

蛰居香港深居简出半年有余，华见枭心宽体胖乐得逍遥自在，全无委顿颓丧之气，宽大的额头闪闪发亮，活像刚出锅油渍渍的一张油饼。成东平把前后经过详细说了一遍，华见枭先是一怔，随即身体发颤，拊掌大笑："王胜伟这么容易上钩，东平你不妨把网撒得更大一些、更开一点，让他也闻一闻华成银行股权那诱人的味道吧！"

李恒成扳着手指头算账，语速刻意保持低缓，话说得很流畅，吐字也是非常清晰："按照我们仨的君子约定，东平、春平可以拿走4亿元，王胜伟已经打过来10亿元，我让财务把4亿元打到了东平指定的账户，这4亿元怎么分，你们自己定，不要伤了和气喔。"

成东平、沈春平彼此对望，心照不宣地笑了。是夜，维多利亚海湾灯火阑珊、海风拂面，心神舒爽的沈春平以微信语音方式和刘宇轩聊了起来："5000万元打你账上了，请查收。刘兄的演技实在厉害，不光骗过了马建业、王胜伟，就连李恒成也被蒙在鼓里呢。"

刘宇轩嘿嘿地笑了："竞购香江证券股权，一定要逆着马建业、王胜伟，这两个土老帽都特别好面子，我越是说40亿元很贵，不值得，马建业、王胜伟就越容易咬钩。"

沈春平随后接通易安的电话："给我个账号，给您打5000万元。"

易安先是沉默不语，忽而语气变得冷厉："可以报仇，但不要结怨。

一念放下，万般从容。放下执念，放过他人，饶过自己。"

沈春平嗯了一声，像被冰冻了，呆若木鸡。

沐浴暖阳，赶奔机场，当天晚间就要从鹏城返回东虹。李心远留了个小心思，向王胜伟请假，希望在鹏城多待两天，说鹏城当地的重点媒体要走动走动。没想到王胜伟竟然拒绝了："一起回东虹，明天 9 点我和郑春筠要给品牌管理中心开个重要会议，总监级人员都要参加。"

"什么会议？需要我们做哪些准备？"李心远探究地问道。

王胜伟并不理会，而是和马建业交换了一下眼神。马建业的小眼睛瞪得滴溜圆，嘴角透出丝丝寒意。

湾流 G550 翱翔在万里云天，钱书光、刘宇轩、郜涌已经处于躺平状态，间或响起轻微鼾声。王胜伟是两斤不醉的海量，洋酒加茅台也没把他放趴下。

李心远犹豫再三，终于还是弱弱地问了一句："董事长，能不能和您单独说几句话？"

"喔，你来吧。"王胜伟起身，在和春住的引导下来到豪华包间。"施夷光是品牌管理中心策划总监，近期不断有同事对其进行实名投诉，经过调查，发现施夷光的很多行为严重违反公司规定，严重影响团队和谐。这是公文笺，请您阅示。"李心远垂手肃立一旁，语气略带艰涩。

王胜伟接过公文笺，脸上显出不悦："这个事情你和马总沟通就可以了嘛。"

"作为品牌管理中心负责人，我做了详尽的调查取证，施夷光经常传播同事之间的小道消息，挑拨部门、同事之间的关系，多次在茶余饭后传播集团高管之间的八卦，甚至，甚至……"李心远故意拖长了语调，等待王胜伟的反应。

王胜伟故作淡雅温和状，头也不抬地盯着公文笺，不期然地皱起眉头。李心远尴尬地摸了摸鼻头，赶忙说道："多个同事向我证实，施夷光多次在公司内部传播您和孟春怡孟总、郑春筠郑总的所谓绯闻。"李心远故意用了"绯闻"这个词，为的是激怒王胜伟。

此举果然奏效，王胜伟压低嗓音咒骂了一句，眼神变得狰厉可怖。

李心远下定决心干掉施夷光，不是因为和她的那些龃龉，而是因为施夷光吃里爬外，充当了马建业、李渔的耳目，集团品牌管理中心的一举一动都向马建业、李渔报告。李心远做了调查才发现，李渔和施夷光是大学同班同学，李渔把施夷光招进来安插在集团品牌管理中心，就是为自己的上位铺路、搭桥。施夷光的人际关系很糟糕，把集团品牌管理中心所有人得罪了个遍。施夷光在集团品牌管理中心的生存空间越来越逼仄，遂和李渔暗通款曲，决意转岗到产城事业部品牌管理中心，马建业欣然应允。得知信息，凌云飞神情严肃："心远，拿脚指头你都能想明白，施夷光这个搅屎棍一旦去了产城事业部品牌管理中心，能说我们一句好话吗？绝对不能让她去产城事业部，否则后患无穷。"

在开泰伟业，公文笺就是圣旨，只是马建业签字的公文笺没啥强制力，王胜伟签字的公文笺才具有刚性约束力。不过，王胜伟签字的公文笺，有两个人敢忤逆不遵，一个是郑春筠，一个是唐春桧，特别是唐春桧，飞扬跋扈、嚣张至极。废黜施夷光的公文笺，凌云飞、李心远多次商议、反复修订，为了防止马建业、郑春筠从中作梗、中途拦截，公文笺没有走正常公司流程上报，而是由李心远随身携带，一俟合适机会，当面呈递王胜伟签批。

李心远在公文笺里列示施夷光的三条"罪状"：拈轻怕重不务正业，工作时间从事代购生意；传播公司领导小道消息，肆意搬弄是非，影响团队和谐以及稳定；不负责、不担当，与开泰伟业企业文化背道而驰。

孟春怡离职前后一段时间，不知是何方信源扩散开来，开泰伟业内部以及东虹坊间，都在传播"孟春怡是王胜伟的情人"之类的花边信息，让王胜伟恼火不已。施夷光是恶意传播的肇事者之一，李心远坚信只此一条就够了，王胜伟愤怒的表情已经说明了一切。

"去把马总请进来。"王胜伟恼怒地命令道。

李心远立马应了一声，诚惶诚恐地转身离开。李心远抬手看了看运动手表，飞机将于 1 个小时后飞抵东虹开泰机场。财大气粗的王胜伟已经正式以开泰伟业名义冠名东虹机场。

一再强撑的眼皮终于耷拉下来，李心远心神恍忽地眯瞪过去了。

夕阳红似火，晚霞美如画。湾流 G550 以软着陆方式落地滑行，钱书光、刘宇轩、郜涌打着哈欠聊着天，李心远尴尬地擦了擦嘴角的哈喇子。

郜涌沉着面孔打趣："心远，你打呼噜了。"

李心远憨直地一笑，冲着郜涌一抱拳。

临下飞机的那一刻，王胜伟和马建业并肩走出豪华包间。两人达成了共识，凌云飞不能留，施夷光必须走。

王胜伟走到近前，用胳膊肘碰了碰李心远，把公文笺递还回去。《关于策划总监施夷光问题的汇报与请示》的公文笺上，王胜伟赫然写下批示意见：劝退处理，不予续聘。

第六章　局中之局

幕后的导演是老板

下机后，李心远借故上厕所，迅速逃离众人视线，果断拨通了凌云飞的手机，充满疑惑地说："王胜伟说明天 9 点要和郑春筠一起给品牌管理中心开会，啥内容？神秘兮兮的。"

电话那头，凌云飞沉默了好一会儿，露出了沮丧的表情："我在京州出差，晚上航班回东虹。赵菡舒、刘美娜、郑春筠、马建业、王胜伟分别给我打了电话，我数了数，一共 12 个电话，都是提醒、催促我今晚务必赶回东虹，明天 8 点王胜伟要和我单独谈话。"

"到底啥事，领导？"李心远不由得惊讶起来。

"王胜伟给我打电话，说得最多的一句话竟然是'京州不可久留'，这让我一下子想起了岳飞的故事。最近不是在热播电视连续剧《精忠岳飞》嘛，我太太和我开玩笑说，你不会成为岳飞吧？"凌云飞额头上青筋跳动，心中早已翻江倒海乱成一团。

李心远的肩膀情不自禁地抖动起来。

"经过秦桧的策反和离间，最让人震惊的是岳飞手下 12 个心腹大将，竟然有 9 个人都站出来指证岳飞有'谋反'之意。9 个心腹大将的背叛，特别是王贵的证词，让秦桧一点点'坐实'岳飞'谋反'的所谓证据链。心远，你不会成为我身边的王贵吧？"凌云飞自顾自絮叨着，末了哈哈大笑起来。

李心远撇撇嘴，神色严肃："你身边的施夷光就是王贵，我是张宪，对，就是和岳飞、岳云一起在风波亭蒙难的忠烈将军。纵有 12 道金牌，张宪当时坚决反对岳飞班师回朝。"李心远咬着牙，沉声道，"岳飞被诬告下狱之后，最初是由御史中丞何铸审理，何铸是个清官，他一再为岳飞做无罪辩护。秦桧非常生气地告诉何铸：'此上意也。'是宋高宗赵构要治岳飞的罪。所以，我觉得现在要搞清楚，到底是马建业在挖坑使坏，还是王胜伟在下狠手。"

凌云飞沉默片刻，幽幽地说："此上意也。你不要总觉得马建业或者唐春桧在搞事情，其实都是王胜伟的授意和安排。前台表演的是范德宝、郑春筠、唐春桧这帮人，幕后的导演是老板王胜伟。"

李心远惊愕地张大了嘴巴，哀怨与疲惫袭上心头，他突然觉得有些绝望。

每次执飞结束，王胜伟都要设宴款待机长、乘务长、乘务员，以表谢忱。这次也不例外，机组人员答谢宴设在新近开门纳客的八十九层、450 米高的开泰伟业中心顶层的"九朝春"中餐厅。王胜伟主导建造的开泰伟业中心是河东省第一高楼，总投资 50 亿元，历经 5 年完工。开泰伟业中心顶层的"九朝春"是王胜伟的私人会所，不接受外界预订。说白了，即使你大富大贵，也无法进入"九朝春"消费。

18 点 15 分，一身正装的王胜伟踱进包间。"五十度灰"为王胜伟配备了贴身服务的专职发型师、仪容师，他们会提前若干天拿到王胜伟的行程表，这张行程表就是发型师、仪容师工作的指引和安排。发型师会根据王胜伟的脸型特点有针对性地设计发式发型，仪容师则根据王胜伟每天参加活动出席场合的不同来设计特色化着装搭配。因此，出现在公众场合的河东首富王胜伟，从来都是西装革履，从来都是一丝不苟，从来都是光彩照人。

分酒器、酒盅、高脚杯已经摆上桌，马建业语带双关地调侃机长："您姓过，您太太姓强，要说你们两口子，晚上是过强，白天是强过。"

没想到自己以及太太的姓氏竟被如此调笑，机长气得手有点发抖，硬着脖子和马建业对峙起来。

王胜伟用教训的语气说道："建业，这玩笑有点下作，让人耻笑。"

马建业故意一激灵，做出心怀惴惴的样子。

见机长情绪有所缓和，王胜伟温言相劝："建业没说清楚，他的意思是说您酒量过强，我们强过。"

机长摆弄着面前的分酒器，对马建业怒目相对："一两二两不是酒，三两四两漱漱口，五两六两才是酒，七两八两扶墙走，九两十两墙走人不走。今天我要和马总单挑。"

马建业悚然一惊，高举双手做投降状。

包间服务员手拿遥控器调换频道，地面频道东虹影视频道正在播放《水浒传》，服务员刚要换台，王胜伟喊了一声"停"："先看一会儿《水浒传》，到了6点半，你记着调成河东卫视。"

《水浒传》正在播放的是玉麒麟卢俊义活捉史文恭的桥段，为了调节气氛，王胜伟掸了掸烟灰，缓缓说道："晁天王临死前说得很明白，谁能捉了史文恭，谁就是水泊梁山的老大。宋江文不能安邦，武不能服众，手无缚鸡之力，身无寸箭之功，凭他这刀笔小吏，断然是无法活捉史文恭的。谁也没想到，史文恭兵败之后慌乱逃窜，进了卢俊义的伏击圈，被活捉。这就产生了新的难题，按照晁盖的遗嘱，坐头把交椅的应该是卢俊义而不是宋江。宋江、吴用演了一出双簧，加上李逵等人的配合，宋江挤掉卢俊义，坐稳了山大王的位子。"

钱书光带头拍起了巴掌，满脸堆笑："听别人的故事，想自己的心事。读经典学管理，董事长所言实在精彩。"

电视屏幕被调成了静音状态，河东卫视《河东新闻联播》的当红主播正在播报内容提要。《河东新闻联播》是河东政坛风向标，王胜伟每天必看，特别是解除留置之后，定时收看CCTV-1《新闻联播》，已经成为王胜伟日常生活中不可或缺的重要组成部分。

眼见酒桌气氛被自己搞得有点沉闷，王胜伟赶忙抬抬下巴，笑眯眯地道："古今多少事，都付笑谈中，不分贵贱一碗酒，你有我有全都有。干了这杯酒，今天一醉方休。"

和各级政府部门打交道，觥筹交错总是避免不了，坐在王胜伟左手边的马建业，早已锤炼成酒局老手。在众人目光的注视下，马建业兀自端起酒盅："这第一杯，敬董事长，开泰伟业最近好事连连，产融新城模式得到了主要领导的高度肯定，得到了更高层面的点名表扬，按照董事长的说法，从今往后，我们就是理直气壮地走在大路上。董事长亲自带领我们南下鹏城，成功斩获香江证券控股权，开启开泰伟业大金融布局的全新篇章，可歌可泣、可喜可贺。"

机长、和春住、钱书光、刘宇轩、郜涌、李心远等人齐刷刷地起立，举杯同祝："饮和食德，俾寿而康，敬董事长！"

王胜伟很绅士地起立躬身，与大家逐一碰杯，后又凝神打量了对面的李心远一眼，嘴角轻轻勾起，让人看不出他的褒贬之意："祝酒词是李心远设计的吧？你这小子，知道我最喜欢胡雪岩这两句，你这叫精于钻营、投其所好。"

李心远一副汕皮搭脸的样子，摊开双手，窘迫一笑。

"很多人说我很自大，我自大而不自负，得意时不忘形，垂头时不丧气，理直时更要气壮。说大话、走大道、想大事、挣大钱、成大业，这就是我的自大！饮要和谐，食要道德，长寿健康，胡雪岩算是悟透了。这些年我也一直在修身参悟，现在算是想明白了，到底什么是幸福？幸福其实很简单，不是更多的贪婪和得到，而是更少的比较和计较。成功其实也很简单，就是在正确的时间用正确的方式做正确的事情。"王胜伟端起白酒酒盅，将茅台陈酿倒入口腔，53度白酒的火辣热力从咽喉倾泻而下。

坐在王胜伟右手边，英俊潇洒的"中国机长"已近知天命的年纪，他显然是被面前这位河东首富的诚挚心言触动，精神一振，颇为动情地说："英国作家奥斯卡·王尔德说过：'我能抵抗一切，除了诱惑。'要想过好下半生的生活，就要管好上半身的饮食，更要管理下半身的欲望。法国作家大仲马的传世经典《基督山伯爵》的结尾部分写道，世界上既无所谓幸福也无所谓不幸，只有一种状况和另一种状况的比较，如此而已。人类的所有智慧就包含在两个词里面——等待、希望！"

到底是腹有诗书气自华，刘宇轩粲然一笑："下半生、下半身的话可不是王尔德或者大仲马说的吧？是您的私人感悟吧？"

面对刘宇轩的调侃，机长一脸平静淡然："《基督山伯爵》我读过至少 10 遍，格言警句式的结尾至今让人记忆犹新，等待、希望，人生的意义和价值全都浓缩在这四个字里了。"

机长得意地端坐在座位上，等待众人钦佩目光的注视和洗礼。之后，众人开始干杯，连干三杯的规定动作之后是自选动作，李心远拽着刘宇轩、郜涌正要绕过大圆桌敬王胜伟，王胜伟却摆摆手予以制止。王胜伟有严格遵行的酒桌仪式规矩，只见他缓缓起身，弯下腰身，手腕一用力，把酒盅压得很低。机长见状，慌忙起身，使劲把酒盅向下压得更低，嘴里喃喃自语："敬董事长，敬董事长。"

刘宇轩、李心远、郜涌拎着分酒器冲着王胜伟信步而来，他们仨酒量不济，只好采用这种抱团自救、组团敬酒的方式。

一盅茅台下肚，空杯留香持久，王胜伟抿着唇角咂巴着嘴，好似在回味酒体的醇厚、酱香的悠长，其实是在目不转睛地盯着电视屏幕，目光充满惊讶，端着白酒酒盅的手也在不住地抖动。

李心远示意调大电视音量，《河东新闻联播》主播字正腔圆地播报新闻：原新元县委书记杨胜兵收受贿赂、巨额财产来源不明一案，日前由湖州市中级人民法院进行一审宣判，被告人杨胜兵犯受贿罪，判处无期徒刑，剥夺政治权利终身，并处没收个人全部财产；犯巨额财产来源不明罪，判处有期徒刑九年。数罪并罚，决定执行无期徒刑，剥夺政治权利终身，并处没收个人全部财产；扣押、冻结在案的受贿所得赃款赃物及巨额财产来源不明中的差额部分，共计折合人民币 1.55 亿元。

王胜伟的眼睑不自觉地抽动，他轻咳一声，极不自然地要把身体扭转过去，显然不想让席间众人看到他的失态。

《河东新闻联播》主播依然在严肃认真地播报联播快讯：另据东虹市纪委消息，经东虹市委批准，东虹市纪委对河东省电视台副台长余又专严重违纪问题进行立案审查。

河东省电视台报道"河东台副台长被抓",这当然不是笑话,而是真实发生的事件。

连续两条重磅快讯的播发,让王胜伟、马建业等人惊骇不已。一阵无奈的沉默之后,王胜伟、马建业同时发出幽幽的叹息。

余又专咎由自取不值得同情,裴定军判了八年,杨胜兵的事情也落槌了,莫可名状的焦躁浮上心头,王胜伟面色凝重,喉咙忍不住一阵翻动,如果不是强力抑制,只怕是又要泪流满面。要说王胜伟怎么也算得上是铁石心肠的人了,但近年政商界友人"翻车"事故频繁发生,他的眼窝子越来越浅,不是哭杨胜兵,不是哭余又专,而是感叹"世事无常终有定,人生有定却无常"。

马建业显得更愁闷,只为他的小舅子裴定军。《河东新闻联播》已经结束,天气预报前播放的30秒广告片是新元产业园的形象广告。马建业示意李心远关掉电视,郑重地举起酒盅,试图打破席间的冷寂与尴尬:"地标河东,新元榜样,开泰伟业,推动中国产业升级。这个广告语是董事长亲自提炼、亲自确定的,大气磅礴,很有格局。"

王胜伟狠狠地给自己灌了口茅台,面部表情慢慢变得凝重:"品牌slogan是李心远他们整出来的,比李渔之前弄得要好,之前那个版本完全是抄袭万达。李心远打的是虎虎生风的少林拳,我最欣赏的还是以柔克刚的太极拳。"

李渔是马建业的嫡系,批李渔就是不给马建业面子。本来想拍个彩虹屁,不承想被王胜伟撑,马建业双手抱臂,脸上讪讪的,强自镇定。

心情可以掩饰,表情不会撒谎,《河东新闻联播》两条快讯彻底搅扰了王胜伟的好兴致。在机长的怂恿下,和春住连续三次过来敬酒,主动要求和王胜伟喝交杯酒,这要在以前,王胜伟自然是来者不拒,一律笑纳,但今天实在是没状态。

和春住噘着小嘴悻悻而去,回眸的那一瞬抛来的媚眼让人遐想无限。机长见王胜伟状态不佳,主动提议今晚到此为止。

老板的权威比对错重要

李心远生平最佩服两种人，一种是酒量好的，一种是不近视的。饭局酒局各种局，宁伤感情不伤身体，这样的原则坚守，李心远横竖做不到。

自知不胜酒力，可架不住钱书光、刘宇轩、郜涌轮番鼓动，李心远喝了至少半斤茅台。对于沾酒就倒的李心远来说，甭管是茅台还是拉菲，喝到嘴里都是浪费，更伤肠胃。这一晚真是难熬，原以为吐干净就清爽了，没承想越到后半夜越是难受，李心远蜷缩在床上，卷起被子把自己裹成个粽子。梦也有连续剧，这一夜李心远做了好几个梦，梦到衣着朴素如山野老农的杨胜兵，梦到跋扈如江湖枭雄的余又专……余又专扯着李心远胳膊不撒手，嘴里神神道道："负面！王胜伟最怕负面！发负面！"

听到"负面"二字，李心远惊出了一身冷汗，愣是吓醒了。

8点整，崔崽的电话准时响起："李哥，知道你昨晚喝大酒了，怕你起不来，我特意打个电话过来问问，要不要给你请假？"

李心远摆动僵硬的脑壳儿，摇摇晃晃地从床上坐了起来："9点的会议很重要，必须参加啊。"

"李哥，你要有心理准备，9点的会议应该不是什么好消息。"崔崽眉眼之间结着淡淡的忧郁。

8点45分，会议室里已经坐满了人，品牌管理中心7位总监群而来，男士是西装革履，全都规规矩矩打着领带；女士是深蓝或深灰色职业套装，每个人都化着淡妆。李渔竟然涂了口红，鲜红的唇色明亮夺目，心情雀跃，脸上发光。她显得格外兴奋、异常活跃，亲昵而欢快地和施夷光、蔡梦影一口一个"亲爱的"说着悄悄话。长方形的会议桌，按照老规矩，王胜伟的座签依旧醒目地摆放在居中位置，左边是郑春筠、云水瑶，右边一溜排开依次是李心远、李渔、曾素芬、施夷光、蔡梦影、赵菡舒、刘大江、石力严、郭云涛。看着李渔和施夷光的亲密劲儿，李心远心中燃起一股无名怒火。王胜伟签了字的那份劝退施夷光的公文笺，李心远夹在了笔记本里，他想着一会儿当面交给郑春筠。

4年前，王胜伟、易安、马建业与集团品牌管理中心总监首次见面，先是每位总监自我介绍，然后是凌云飞的工作汇报。王胜伟双目精光四溢，显然对凌云飞组建的品牌管理团队很满意："凌云飞你很牛，这个团队很牛，都是能干的人。品牌管理团队让我感受到了信心，起码你们长得像能完成千亿元目标的人。不是说你们长得多帅，而是说个人气质、精神面貌很好。"这算是王胜伟对凌云飞最慷慨的一次表扬。

云水瑶低眉垂手，跟在郑春筠身后进了会议室。李心远迟疑片刻，还是站了起来，踱到郑春筠身旁，递上公文笺，低声道："郑总您好，这是老板签过字的公文笺，请您阅示。"

郑春筠一直对李心远算是礼遇有加。不知道为什么，今天的郑春筠显得很冷淡，甚至有点恶形恶相。郑春筠打开公文笺，浮皮潦草地看了一眼，先是嗯了一声，然后用圆珠笔使劲戳着桌面，毫不客气地大声批评："所有公文笺都要经过人力资源管理中心上报董事长签字，这是公司规定的流程，每个人都要遵守。"

李心远精神恹恹地回了一句："好的。知道了。"

僵直的面色没有任何舒展，郑春筠正要借机继续"敲打"李心远，这时，云水瑶用胳膊肘轻轻碰了她一下，提醒王胜伟已经到了会议室门口。郑春筠旋即把出溜到嘴边的话咽了回去。

开泰伟业的会议现场很像小学课堂，"老师"走进教室，所有"学生"起立，在"班长"的带领下朗声高呼"老师好"，"老师"回以"同学们好"，然后落座。开泰伟业的会场，虽然不用高呼"老板好"，但是要以起立来表达对老板发自肺腑的尊重，要以眼神来体现发自内心的敬意。

王胜伟仿佛驱赶苍蝇般挥了挥手，所有人方才如释重负地坐下。

甭管晚上喝大酒闹到凌晨几点，每天早上6点，王胜伟准时起床跑5千米，运动健身的良好习惯十年如一日。王胜伟是马拉松运动爱好者，开泰伟业已连续十年赞助金牌赛事河东马拉松。

王胜伟面部肌肉丰腴，鼻基底周边坠着一坨赘肉，稍微一摆动就晃晃荡荡的，连带着眼睑、面颊向下抖动，活脱脱真人版弥勒佛。

李心远还在遐想，王胜伟看了一眼郑春筠，脆声道："开始吧。"

郑春筠会意地点了点头，低头打开一个文件夹，清了清嗓子，有点慌乱地念道："经，经公司研究决定，凌云飞先生不再担任上市公司副总裁职务，公司董事会对凌云飞先生任职期间为公司做出的贡献表示衷心的感谢……"

郑春筠后面又说了什么，李心远全然没有听进去，他的心里是那种彻骨的冰冷，好像肚里被人活生生塞进一大块冰，大脑一片空白，好似电脑被格式化。为什么？凭什么？李心远在心里痛苦地呐喊。

王胜伟平静地环顾会场，语气轻松而和缓："大家都表个态吧。"

"作为老员工，我坚决服从公司的人事安排，我将带领品牌管理中心坚定前行，我会尽全力、尽所能，凝心聚力、团结干事，携手并肩、协力向前，把品牌管理中心工作做得更好。请老板放心，请公司放心。"最先发言的是李渔，她的脸上泛着廉价而庸俗的笑，从眼角到腮边，脸上的褶皱幻化成层层梯田，谄媚的笑容显得卑微且渺小。

李渔话音落地，郑春筠诧异地看向王胜伟。王胜伟皱起了眉头，露出了不易觉察的不满。马建业确实提名李渔出任集团品牌管理中心总经理，但是王胜伟根本没同意，郑春筠更是毫不知情。

李渔的话让李心远无比震惊且异常愤怒。到现在为止，我李心远还是经过任命的集团品牌管理中心总经理，要说带领，也是我李心远，你李渔有什么资格说"带领集团品牌管理中心努力前行"？想到这里，李心远恨恨地攥起了拳头，死死地压在桌面上，眼睛乜斜着趾高气扬的李渔。李心远等待着，耐心等待着反击的时机。

最得意的当数施夷光，她感觉到李渔一定是得到了王胜伟的某种承诺，否则不会如此明目张胆地信口开河。

"凌云飞的工作能力、工作业绩，确实与副总裁的职位不相匹配，我坚决服从公司的人事安排，相信在李渔总的带领下，集团品牌管理中心各项工作一定会蒸蒸日上。"既有对凌云飞的恶意攻讦，又有对李渔的阿谀献媚，施夷光夹枪带棒几句话，包藏祸心，狠辣十足。

施夷光的话让王胜伟的表情发生了变化，王胜伟不动声色地插话："你叫什么名字？"

"报告董事长，我叫施夷光，毕业于河东师范学院。"施夷光忙不迭地说，眼角都笑出了鱼尾纹。

嗤笑声从王胜伟的鼻腔里奔涌而出，端坐一侧的郑春筠当即颔首，她又打开李心远递来的那份公文笺，在上面重重地画了个三角，这是提醒自己尽快办理的意思。

在开泰伟业，清北大学的博士算起来有100多个，施夷光为啥敢在王胜伟面前炫耀？自我表现成了自取其辱，施夷光的结局和下场在那一刻已经注定。看着施夷光的表演，李心远心里有点躁，汗毛都竖了起来。

李心远愤恨地闭上了眼睛，绝望如同藤萝一般爬满全身。片刻后，他猛然睁开双眼，腾地从座椅上站了起来，眼神里射出咄咄逼人的光泽："过去4年，在云飞总的带领之下，集团品牌工作的成果和贡献有目共睹，云飞总是集团品牌工作取得亮丽成绩的第一功臣。请问郑总，请问王总，凌云飞不再担任上市公司副总裁职务的理由和依据是什么？是他本人提出了辞职，还是有人在搞莫须有的阴谋诡计？施夷光，你有什么资格评论云飞总的工作能力、工作业绩？你违反公司规定，每天上班时间通过微信向公司同事推销你的海外代购产品。你在同事之间肆意传播公司领导的不实信息，特别是郑总、王总的所谓绯闻，你居心何在？按照公司规定，早该开除你一百次了，你有什么资格在这里任性发言？到现在为止，我还是集团任命的品牌总经理，我有资格更有能力引领集团品牌工作再创佳绩，不需要某人越俎代庖！"

慷慨陈词一席话，说得自己热血沸腾，李心远彻底豁出去了，既然你施夷光公然诋毁凌云飞，那我就在会场扒了你的画皮把你打回原形。舍得一身剐，也要把施夷光拉下马。李心远是这么想的，也是这么做的。绯闻这个词，是李心远反复斟酌的，最后一刻还是用上了，为的是把施夷光一举击溃，绝不能让她倒向李渔的怀抱，助纣为虐、兴风作浪。

郑春筠阴沉着脸，恶狠狠地瞪着施夷光，李渔一向眉高眼低，好像高人一等，此刻早已仓皇无措。

这种场面，对多数人来说都是难得一见的。所有人屏住呼吸，目光齐齐射向王胜伟。李心远敏感地注意到，坐在自己正对面的郑春筠，握着签字笔的手在不停地抖动，在复杂情绪的冲击之下，她整张脸都有点变形。

"李心远留下，其他人退场。"王胜伟一腔怒意的声音传来，带着淡淡的愤恨之气，凌厉而强势，狞厉而霸气。李心远的连环诘问，看似对人事调整不满，其实都是冲着他而来，既然如此，索性当面鼓对面锣说个明白。

郑春筠、李渔等人夹着包缩着脖逃离会议室。

"江山易改，本性难移，你还是当年的……样子。"王胜伟阴恻恻地道，本来他想说的是"德行"二字，忍了忍，还是没说出口。他不想用言语挑动李心远本已脆弱的敏感神经。

"你好好看看这个，我给云飞也看过。"王胜伟随手甩过来两张打印纸。

李心远接过来一看，大吃一惊。那是一份实名投诉材料，拉拉杂杂充斥其间的都是对凌云飞在部门管理方面的指责与诘问，落款署名有李渔、施夷光、蔡梦影、曾素芬、郭云涛这5名总监。李心远猛然想起王贵等9名心腹大将对岳飞的背叛。

"你也签个字，现在签字，也还来得及。"王胜伟不阴不阳地说。

李心远坚定地摇了摇头，哽咽着开始讲述在凌云飞的带领下，他们一次次处理舆情危机的艰辛与不易，讲述在凌云飞的指导下，他们一遍遍跟进课题报告的付出与辛劳。说到动情处，两行委屈的清泪顺着李心远的面颊流淌而下。

易安"被下课"，李心远没有像郝明亮那样挺身而出，这让他备感自责，无数次在内心深处痛斥自己的无能和懦弱。今天，凌云飞面临和易安一模一样"被下课"的命运，李渔幸灾乐祸，施夷光趁火打劫。李心远果断开炮，是对李渔、施夷光的猛烈回应，也是对后面等待发言同事的一种提醒，人嘛，还是要摸着良心、守住本心，李心远一厢情愿地期望部门同事都能多念念凌云飞的好。要真说起来，李心远对凌云飞的怨言和指责最多，但那些说到底都是内部矛盾。胜则举杯相庆，败则拼死相救，在李心远看来，这才是精英团队应有的样子。

李心远骨软筋疲、心寒如冰，固执地给王胜伟甩着脸子："不管我怎么卖力，都不可能像李渔那样和您成为自己人。"

王胜伟脸色一板，话一出口便是嘲讽："说话带着奶气，你真是幼稚。人们往往把圈子文化作为一种可支配、可利用的资源，划到圈子里，就要当牛做马支持你。所谓两个老乡顶个图章，就是这个意思，因为是老乡，图章才能盖得上，不是老乡图章就盖不上。所谓圈子，其实是圈套。所谓自己人，往往演化为内斗。"

"公司登记在册的高管108人，如果明天开始连续一个月，连续半年乃至一年不发工资，108名高管以及2万名员工，能有多少人继续跟着我干？我告诉你，不超过10个人。这10个人里，有你李心远吗？我心里没底。"王胜伟重重地吸了一口雪茄，一双大手轻轻拍打着桌面。

当年，易安把李心远推荐给王胜伟。王胜伟得知候选人就是愚人节那晚和自己斗气的记者，当即表示反对。易安毫不气馁，连续3次举荐李心远，用"以情动人，吐哺归心"8个字换来王胜伟的勉强点头。末了，王胜伟不忘戏谑易安一句，说可不能"瑕疵之人，累赘上身"。易安咧嘴笑言："放手放心，用人不疑。"

对于李心远，王胜伟一直抱有本能的敏感、天然的反感。那次在私人飞机上给李心远写下曾国藩的醒世名言，不是收买人心，而是情之所至。王胜伟万万没想到，在自己留置期间，李心远会想着法子求见刘卫东。这让王胜伟彻底改变了对李心远的成见和偏见。从李心远进入开泰伟业的第一天开始，他的一举一动都在王胜伟的监控之下，只不过监视工作委托给了李渔，李渔把大学同学施夷光安插进来，对凌云飞、李心远进行密切监视。王胜伟还向宋秋阳做过李心远的背调。宋秋阳如此评价："意气书生直笔发论，报社最优秀的记者，他就是个铁皮核桃。"

信任是有成本的。经过长达4年的观察和共事，王胜伟看清了，李心远很硬直，但拗犟起来，就是立在眼前的一堵墙他也能砸个洞穿过去。李心远的笔杆子让王胜伟心有余悸，李心远的腰杆子让王胜伟心有忌惮。"铁皮核桃"居然让鼎鼎大名的河东首富王胜伟都有点怵火。

"凌云飞已停职，你可以不像施夷光那样落井下石，但也要认清形势、分清是非，遇险自保、逢危当弃，要和他划清界限、一刀两断。"王胜伟虎着一张脸，目光定定地看着李心远，"做人要圆通，做事要圆润，不要圆滑。圆通是见机行事，圆滑是投机取巧。身为打工人，你要寻找职场生存的平衡感，要学会穿着小鞋跳舞，光想着被穿了小鞋就不可能跳出优美的舞蹈，光想着迈出优美舞步，却忘了脚上的小鞋，就容易摔跤。"

王胜伟展露出霸道本性，试图吞噬任何拒绝同化的异见人士："老板的权威比对错重要。在证明你正确之前以及之后，老板总是正确的，所以，不要尝试以说不的方式来证明你的忠义，因为这毫无价值。"

李心远抬起手背胡乱一抹，擦掉眼角的泪花。不安分的大脑快速转动，李心远渐渐想起王胜伟曾在公司内部强烈推荐阅读林语堂写的《苏东坡传》。想到这里，李心远的眼神一下子变得无比坚毅，他要给王胜伟说一说苏轼和苏辙的故事。

"'但愿人长久，千里共婵娟'写的是苏轼、苏辙的兄弟情。进退出处无不相同，患难之中友爱弥笃，我和凌云飞的关系就相当于苏轼和苏辙，怎么可能划清界限？"李心远蔫蔫地斜靠在座椅上，语气却铿锵。

喝醉酒一般，情绪上头了。王胜伟气息略微一窒，嘴角狠狠地抽搐了一下，满眼寒意地说："撅着屁股晒太阳，你脸咋那么大？"

众鸟高飞尽，孤云独去闲

迈动僵硬的双腿离开会议室，一个念头在李心远大脑中挥之不去——辞职。像郝明亮、孟春怡那样"道不同不相为谋"，与开泰伟业毅然决裂，像诗仙李白那样"仰天大笑出门去，我辈岂是蓬蒿人"。

仿佛身体里安装了先进的自动导航系统，不知不觉来到凌云飞办公室门口，李心远抬手敲了敲，推门而入。

凌云飞抬起头，露出了微妙的笑："刚才蔡梦影、赵菡舒都来找我，说你在会议室和王胜伟吵起来了，让我劝劝你。不要和重要的人计较不重要的事，不要和不重要的人计较重要的事。你和王胜伟正面刚，能刚出个气清天朗、惠风和畅？开泰伟业2万多名员工，哪一个见了他，不都是小心翼翼？"

对于当众顶撞王胜伟的行为，李心远并无悔意，但对自己的未来还是心怀不安。端坐在凌云飞的办公室里，李心远压根儿无法正面接触凌云飞的视线，他深知凌云飞内心的伤感与惆怅。凌云飞手下7个总监，5个联名写了材料实名投诉，最得力的干将李心远因当面顶撞王胜伟，也将面临"下课"厄运。

凌云飞僵着一张脸。李心远此刻百感交集，凌云飞对自己有知遇之恩，为了力撑凌云飞，李心远已拼到无能为力，坚持到感动自己。"王胜伟把米吃光了，就该吃糠了，我的结局也不会好。王胜伟的偶像是曹操，他应该知道'以一人之患，绝四海之望'是成大事者的大忌。"李心远胸脯起伏，气鼓鼓地说。

"不论出身，不论德行，曹操不拘一格用人才，所以才有曹魏时期人才辈出的盛景。王胜伟哪有曹操的胸襟和气魄？"凌云飞恨恨地说，"职场就是这样，落井下石幸灾乐祸者比比皆是，路见不平拔刀相助者寥寥无几。"

"'落井下石'也得有石头，可是我一块石头也没有。我绝不做诬陷别人、解脱自己的事！"李心远眉宇舒展，神情带着淡淡的自豪。

"岂能尽如人意，但求无愧我心。职场中的尔虞我诈见得太多了，虚情假意、虚与委蛇之人不胜枚举，像你这样率真耿直的实诚人真是稀缺。今天你能站出来为我说句公道话，我很感动。跟着我这4年，你这块璞玉已经成为通灵宝玉，你已经是个称职的首席品牌官，完全可以独当一面了，我由衷地为你高兴。李渔替代你的职位，甚至成为你的上级，这是马建业布的棋子，就看你能不能接受这种局面了。"凌云飞看了李心远一眼，不再吭声，默默地等待着答案。

"我不接受！她李渔德不配位。人打江山狗坐殿，真是抬举它。《红楼梦》里贾琏有一句名言'宁撞金钟一下，不打破锣三千'。宁愿和德行端正的能人多接触，也不屑和平庸低劣的人打交道。"李心远愤愤不平地骂道。

"如果你能接受，那就要逆着天性做人，顺着天赋做事，与李渔和平共处、友好相待。如果你接受不了，那我只能说，你在开泰伟业的职业经历到此为止了。"凌云飞苦口婆心地劝告。

李心远张大了嘴巴，他没想到李渔入主集团品牌管理中心竟已是铁板钉钉的事情。手机突然振动了一下，李心远点开一看，刘美娜在微信上给他留言："你惹老板生气啦？刚才他回到办公室就在怒吼，说公司2万多名员工没有一个人敢顶撞他，只有你李心远不知好歹非要敬酒不吃吃罚酒。然后开始摔东西，边扔东西边骂你，骂得挺难听的……"

李心远冷笑，冲着地面恶狠狠地啐了一口唾沫。

还有一条是李浩天的微信留言："听说你和王老板干仗啦？干得不

开心就闪了吧，不伺候了。遭逢逆旅愈阳刚，敢与天公较短长。来紫杉财富吧，我们现在势头非常好，已经有200多名员工了，用户量突破了200万，总成交量突破了200亿元。"

金句励志，文采斐然，李浩天文绉绉的书卷气一上来，一下子让李心远内心破防了。"去紫杉财富，跟着孟春怡干互联网金融，怎么样？"李心远征求凌云飞的意见。

"嗯。"凌云飞漠然地动了动嘴唇。

两天后，李心远去紫杉财富见李浩天。紫杉财富在河东新城CBD互联网金融大厦十七层，孟春怡买了整整一层用于办公。

在各种重要场合，观澜区吴区长表态要把观澜区打造成为互联网金融发展的区域标杆、全国样板。观澜区成立了互联网金融特区，建立了全国领先的数控金融监管平台，依托大数据对小额贷款、互联网金融进行精准管控，一度被冠以"互联网金融示范区"的名头。河东新城CBD互联网金融大厦揭牌时，吴区长慷慨激昂地表示："只有想不到，没有做不到，不怕不敢做，就怕不敢想。"

孟春怡醉心于互联网金融，王胜伟则斥资收购了一蹶不振的河东足球俱乐部，并将其更名为"河东开泰伟业足球俱乐部"，还承诺每年至少投入5亿元，助推球队从中甲升入中超。马建业出任河东开泰伟业足球俱乐部董事长，范德宝做总经理，并以2000万元年薪高调延揽"国脚"唐国烈出任主教练。

此刻，孟春怡、李浩天正在互联网金融大厦十八层来回转悠，指指点点。见李心远来了，李浩天精神振奋："2000多平方米，4500多万元，孟总又买下来了。"

李心远用手扶了扶厚厚的近视眼镜，镜片后眼神闪烁："孟总大手笔啊！半年不到，已经成为河东省互联网金融第一家。真是老龙王搬家——厉害（离海）。"

孟春怡在哪里，哪里就飘浮着香腻的气息，让人浮想骋思。李心远刚把心神收回，孟春怡已经大笑起来："旗杆上绑鹅毛——好大的胆子（掸子）。顶撞王胜伟，算你有胆。利索索地来我这儿吧，不要把时间浪费在和马建业、李渔恲气上。马建业的心思一半用在了搞足球上，一半用在了搞女人上，反正都是球事。"

李心远面带忧郁，下巴一僵，语气软塌塌："今天我是来入伙的。"

孟春怡露出善解人意的笑容，口吐兰香，宽慰道："云飞和你是文人，马建业、裴定军是匪气不减的草头王，你们哪里是他们的对手。开泰伟业特别是王胜伟本人的危机已经救平，他们现在是要卸磨杀驴。以前，王胜伟常说一句话，干了房地产，啥生意都不来劲。今天我要说，干了互联网金融，啥生意都没这个来钱快，简直比开银行还爽。"

空空荡荡一层楼，孟春怡带着李浩天、李心远边晃悠边显摆："心远，这儿以后就是你的办公室，我给你留好了。品牌部、市场部、公关部都归你管，至少 30 个人。你以后负责包装我，一定要广泛动员媒体不遗余力地吹捧我。我可不想当'网红'，我是为了推广紫杉财富。打赢打好脱贫攻坚这场硬仗，紫杉财富和我本人要全面参与，我们要成为金融扶贫的标兵。"

李心远心中荡漾的投身创业热潮的昂扬激情，在孟春怡发号施令的强大气场压迫下，登时失了光泽、减了锐气。孟春怡个人品牌的包装和打造已经启动，《河东晚报》《河东都市报》、河东新闻网等多家属地媒体纷纷推出孟春怡创业故事的专访报道，孟春怡本人频频现身各大重要的公众场合。孟春怡名片上悄然添加了两个头衔——河东省人大代表、东虹市工商联副主席。用户量从零到 200 万，总成交量从零到 200 亿元，孟春怡和紫杉财富用了 8 个月。紫杉财富异军突起，孟春怡声名鹊起，均得益于河东首富王胜伟的加持。王胜伟从来没有在公开场合承认过投资了紫杉财富，但孟春怡毕竟是做推广出身，自然会比附、借势。App、官网、门头、名片、户外广告等，紫杉财富所有推广物料都以"上市公司开泰伟业旗下成员企业"的方式对外强势露出。河东省第一家上市公司开泰伟业的背书，使万千用户笃信不疑、热烈追捧。

孟春怡要求李心远一个月之内到岗，出任紫杉财富副总裁兼首席品牌官。

回到开泰伟业大厦，李心远分明感受到集团品牌管理中心异样的气氛。凌云飞已悄然消失，这让李心远心里酸酸的，陷入无人倾诉的落寞状态。凌云飞一直是品牌工作的主心骨，过去这些年，李心远在凌云飞的庇护下做事，他的离任让李心远六神无主，方寸大乱。各种小道消息满天飞，有人说李渔接任集团品牌总经理，有人说李心远惹恼了王胜伟，已经"下课"。最让李心远无法容忍的是，施夷光依然在办公区逍遥自在，拉着李渔在会客室说私房话。

那天会议一结束，王胜伟就给郑春筠打了电话："施夷光必须走，我最讨厌卖主求荣的玩意儿！"

郑春筠刚约谈施夷光，马建业的电话随之而来："施夷光不能开，我和老板去沟通。"

董事长要开除施夷光，马建业却死保，这让郑春筠如同到了没路标的三岔口，左右为难。解决不了的问题不是问题，索性搁置争议，维持现状。这样一来，施夷光的事情也就不清不楚、不尴不尬地撂下了。

施夷光可真是"数九寒天穿裙子——抖起来了"，每次开部门会议，言必提"李渔总"，根本不提李心远，每每在办公区看到李心远，也是轻蔑地哼一声，晃着肩膀横冲直撞。

李渔进入角色很快，参加品牌管理中心的周例会和工作会，都以集团品牌总经理的身份自居，并开始按部就班地安排工作。马建业每周一9点主持召开的EMT会议，其他职能中心都是总经理一人参加，集团品牌是李心远、李渔两人参加，马建业在会上介绍李渔时也给她加了集团品牌总经理的头衔，李心远也曾向马建业服软示好，可人家贵为总裁，压根儿不予理会。在EMT会议上，马建业布置工作，涉及集团品牌的事项，都是直接吩咐李渔，好像李心远不存在似的。

一周过去了，既没下文免掉李心远的职务，也没发文正式任命李渔，李心远和李渔保持着"谁都在管、谁都不管"的奇特对峙。

大敌当前，攘外安内，赵菡舒、崔嵬善意提醒李心远："千万别和李渔、施夷光公开撑，忍无可忍还需再忍，人家故意设局下套激怒你，盼着你憋不住情绪擦枪走火呢，谁开第一枪谁就输。"一天天过去，赵菡舒、崔嵬实在看不下去了，劝李心远赶紧求见王胜伟讨要说法。自从上次顶撞王胜伟，李心远早已心凉如水。

傍晚快下班时，施夷光闯进李心远的办公室，仗着马建业、李渔撑腰，越来越自以为是，连敲门的基本礼节都故意跳过了。"今天是李渔李总生日，她让我请你赴宴，晚上6点半，楼下晋风饭庄鸿雁包间。"施夷光拿腔拿调地冷哼一声，撇了撇嘴，转身离开。

施夷光在办公区飘来荡去，捏着喉咙地对曾素芬发着狠："瘸子踩高跷，早晚有他的好看，今晚就要让他难堪。"

品牌管理中心现在的工作氛围很诡异，办公区每个人都紧张兮兮的。支棱着耳朵的崔嵬，敏感地捕捉到了施夷光的狠话，赶紧给李心远发了条微信："晚宴是鸿门宴，我真怕你绷不住火，现场发飙。"

李心远委实不想去，一想到要给李渔唱生日快乐歌就觉得反胃。过去这些年，凌云飞倚重李心远披荆斩棘，李心远仰赖凌云飞谋篇布局，两人搭班子那真是情谊无间。如今大事小情都要李心远自个儿拿主意，他反倒没了想法、失了方寸。李心远抬手关掉办公室的灯，让自己置身"黑暗森林"之中。思绪流转，李心远想到了那场破产舆情风波的应对，凌云飞当时给出的锦囊是四个字"以火攻火"。"以火攻火"的目的是"以战止战"，李心远想通了，今晚"安心赴宴、静观其变、以战止战"。

赵菡舒、蔡梦影、林玉辉、崔嵬簇拥着敲门而入："走啦走啦，同去同去，吃席吃席。"

"鸿门宴有啥可怕？她有项庄，我有樊哙。"李心远冷笑一声。

晋风饭庄就在开泰伟业大厦一楼，是开泰伟业重点引进的餐饮连锁品牌。早年间的晋风饭庄也就是中档餐饮品牌，近年来，晋风饭庄品牌越做越奢，菜品价格一路攀升，成功跻身中高档餐饮阵营。每次来晋风饭庄，总让李心远心里暖暖的。晋风饭庄的服务员特别爱冲着人笑，是那种质朴无华、善良无邪、发自内心的笑，任你内心深处千里冰封也能顷刻融化。

一进包间，李心远发觉阵仗有点大，集团品牌管理中心 15 名员工都到了，李渔今天莫名其妙地谦让，推搡着把李心远搡到主位就座。

15 名员工，其中 10 人是女性，女性多的地方就有各种八卦。一桌人彼此开着咸淡相宜的玩笑，场面倒也其乐融融、一派祥和。后来，叽叽喳喳逐渐成了聒噪，这让李心远有些烦。

饭局一开始，连个过门都没有，一直磨刀霍霍的施夷光立马"图穷匕首见"，一手一根筷子，节奏欢快地敲着面前的玻璃杯："大家安静一下，今天为什么吃饭？我觉得咱们品牌管理中心至少有四件喜事。其一嘛，祝贺尊敬的云飞总终于离任。其二嘛，祝贺李渔李总出任集团品牌总经理。其三嘛，今天是李渔李总的生日。其四嘛，我要特别感谢李心远的不杀之恩。喔，说了这么多，忘了最重要的事情，李心远请客啊，大鱼大肉大骨头棒子大家都整起来啊，我可不管那么多，我把晋风饭庄最贵的菜都点了。为什么是李总请客呢？因为他坐了王老板的私人飞机，我印象中这是品牌管理中心的第一次啊！"

洗萝卜不嫌泥多，看戏的不嫌事大。施夷光一番话把点燃的火把扔进了柴草堆，刘大江、曾素芬、郭云涛、蔡梦影等人开始起哄架秧子。

施夷光拿话刺激，不就是希望李心远发火发怒吗？李心远在心里一遍遍提醒自己，谁生气，谁就输。

可施夷光还没完没了，蹬鼻子上脸了。她冲着李渔谄媚地一笑，指着摆满一大桌子的各式菜肴，眉毛一竖，感叹起来："凌云飞拿着500万元年薪，给河东台送了1000万元的合作，除此之外，他都干了啥？关键是，他多抠啊，从来不请我们吃饭，跟着咱们李渔总经理，天天有鱼、顿顿有肉。"嘴巴发瓢根本停不下来，絮絮叨叨变本加厉，施夷光的话越说越过分，让人无法承受。

李心远当即厉声叱喝，反唇相讥："在座的7位总监，论能力、论业绩、论贡献，施夷光你觉得自己能排老几？可是要论收入，你施夷光最高，年薪160万元，是蔡梦影的2.5倍，赵菡舒的2.1倍，石力严的1.8倍，郭云涛的1.7倍，曾素芬的1.6倍，刘大江的1.5倍，'太阳花'小伙伴的20倍，请问你都干了些啥？不杀你的是李渔，做梦都在杀你的是我，你该好好敬李渔一杯酒。提醒你一下，我坐的是请客的主位，你坐的是结账的位置。"

甬看这些女总监平日里都以"亲爱的"相互称呼，热络得好似姐妹、闺密，其实都是不折不扣的套路和假象。但凡你的工资、奖金比我多一分钱，都要不择手段地掰扯，都会不舍不弃地计较。女人不狠，地位不稳，职场没有闺密、没有朋友，只有对手。李心远就是看准了这一点，才毫不犹豫地揭露施夷光的年薪，打出一发155毫米口径的榴弹炮。

李心远反戈一击，轻而易举地让施夷光成了众矢之的，把施夷光推向6位总监对立面，让她成为眼中钉、肉中刺，这就是李心远"以战止战"的策略。在开泰伟业，工资、年薪、奖金等所有和数字相关的个人信息都是严格保密的，不管是谁都不能泄露。既然施夷光在拿凌云飞的年薪说事儿，李心远也就没必要心慈手软给她留情面。

蔡梦影、赵菡舒、石力严、郭云涛、曾素芬、刘大江6位总监相顾骇然，脸上的表情极不自然地来回切换，先是惊诧，继而愤怒，他们都没想到施夷光的年薪竟然是所有总监中最高的。这就像一阵寒风吹过水面，引发几多惊异、嫉妒，所有人的目光都开始变得愤恨，围拢在餐桌的一众人等爆发出了嘈杂的异响。

最先开腔的是清北大学高才生赵菡舒，她半是气恼半是讥讽地说："年薪是我的2.1倍，工作量是我的0.21倍，有什么资格质疑凌云飞凌总？太可笑了，真是太可笑了。""太可笑了"是赵菡舒的口头禅，特别是情绪激动的时候，还会多次重复，反复强调。

李渔默默地端起桌上的高脚杯，独自品了一口洋酒，以此来掩饰心底的慌乱和焦躁。进入开泰伟业之前，施夷光年薪 50 万元，为了能定下 160 万元的高薪，李渔让猎头公司为施夷光炮制了虚假的银行流水。

施夷光一双小眼睛满桌子扫来扫去，寻找能撑自己一把的盟友，她心脏扑扑乱跳，仿佛有十五个吊桶打水七上八下般难受。

"年薪 160 万元"这句话，打中了施夷光的七寸。听说施夷光年薪 160 万元，曾素芬、赵菡舒恨不得立时扑过去挠破她的脸。蔡梦影苦恼地收起了怨怼之气，下意识地瞟了李渔一眼，慢吞吞端起高脚杯："夷光以后就是品牌管理中心的首席总监，这才算是实至名归。今天是李渔李总生日，李总生日快乐！"

凌云飞已经"下课"了，李心远很快就"下野"了，李渔也该上位了。品牌管理中心拢共 7 位总监，数蔡梦影情商最高，她看清了当前的形势，适时讨好李渔。

施夷光可算是抓到了救命稻草，顺着蔡梦影的提议，赶紧用手肘碰碰身边的曾素芬和石力严，举起了高脚杯。

清脆的碰杯声响起，一下子激起斗酒闹酒的热情。酒桌上"四个不能放过"：红脸蛋的、扎小辫的、揣药片的、不吭声的。女人只要敢端杯，绝对不能轻视。蔡梦影左手抄起一瓶马爹利 XO，右手优雅地托着高脚杯，转着圈挨个儿敬酒。施夷光端着杯子立在原地等待，蔡梦影目光一触即闪开，端直把施夷光略过，好像电脑页面还没打开就直接跳转。蔡梦影一举拉开酒桌乱战捉对厮杀的序幕，大家相互敬酒，彼此碰杯。

刘大江、郭云涛争相要和李渔碰杯。刘大江抢先站起来，酒杯一端，嘴里念念有词："什么叫天涯？远呗！什么叫思念？想你呗！什么叫压抑？闷呗！什么叫沟通？喝呗！什么叫女朋友？你呗。"

蔡梦影拍着巴掌在一旁起哄："干一杯，喝交杯。"

李渔满面春风，说起话来一副得意忘形的嚣张神情："兄弟之间不喝酒，一点感情也没有；男女之间不喝酒，一点机会都没有！我当然想和帅气的大江喝交杯酒，但是又怕伤害勇猛的云涛。"

刘大江摘下老花镜，开始叫板："云涛，虽然酒量我不如你，但是感情这件事，我绝对不让你。李总明明是我的，你凭什么和我抢？"

蔡梦影强势地一摆手："你们俩每人讲个段子，谁的精彩谁就有资格和李总喝交杯酒。"

"讲段子分不出输赢，我知道李总喜欢简单粗暴，咱俩吹啤酒，谁最快谁就赢，谁赢了谁和李总喝交杯酒。"郭云涛说。

众人拍着桌子大声叫好，两瓶金陵啤酒摆上桌，刘大江、郭云涛每人抄起一瓶，一仰脖子就开始咕咚咕咚喝。李渔、曾素芬、蔡梦影拍着巴掌扯着嗓子，一通号叫喊加油。

身强体壮的郭云涛率先干掉一瓶金陵啤酒，还充满挑衅地倒拎起啤酒瓶子，使劲抖了几下，愣是一丁点儿啤酒沫子都没流出来。

刘大江痛苦而沮丧地放下啤酒瓶子，抬起衣袖擦了擦沾满啤酒泡沫的嘴角——他输了。

接下来，李渔先是和郭云涛喝了交杯酒，然后又和满脸通红的刘大江喝了交杯酒。当李渔正要放下酒杯时，刘大江不依不饶地吵了起来："继续继续，不能停。"

在品牌管理中心，赵菡舒有"三最"的美誉——颜值最高、学历最高、青丝最长，此刻的她早已忍俊不禁："刘大江，你笑得我肚子疼。"

曾素芬笑嘻嘻地揽住李渔的脖颈，噘着嘴作亲昵状，玩起了自拍，这一幕让所有人大跌眼镜。曾素芬是凌云飞早年间在创想的同事，一直被认为是"凌云飞的人"。共事这些年，曾素芬、李渔吵架最多、斗嘴最多，两人素来不睦，怎么突然捐弃前嫌，成了闺密？

像口香糖一样黏着李渔嬉闹了一阵，曾素芬突然毫无征兆地大哭起来，边哭边控诉凌云飞的种种不是，指责凌云飞在管理上的问题和毛病，埋怨凌云飞不该抛下品牌管理中心这帮手下当"逃兵"。说到动情处，曾素芬瘦弱的身子不住地颤抖，她伏在李渔肩头嗷嗷痛哭："李总您早点过来主持大局就好了，品牌管理中心快被凌云飞折腾散架了。"

"太阳花"沈阳、范芳芳、林玉辉、崔嵬都低头刷微信。窗外早已迎来黑漆的夜幕，黑暗让"太阳花"们越来越没有方向感和安全感，他们不知道自己该如何选边站队，更不知道谁才是品牌管理中心总经理。

李心远坚持不喝酒，端着一杯饮料逐一碰杯，重点是4位"太阳花"。最初是8位"太阳花"，4年里陆续走了4位，其中2位是施夷光气走的。李心远对留下来的4位"太阳花"充满感情。杯子触碰是酒桌仪式，眼神交流才是真情流露。李心远正在用心去读4位"太阳花"眼中的复杂情绪，有的人眼中残存不舍，有的人眼中是无奈和遗憾，也有的人眼中飘过狡黠，毫不遮掩内心的窃喜和欢愉。

李渔成为酒桌追捧的主角，总监打头，高级经理、经理、"太阳花"都在尽力表现，生怕被旁人抢了机会，抱不上李渔的大腿。

手里始终拎着马爹利XO的蔡梦影脚下打晃，一个趔趄，顺势栽倒在李渔怀里。李渔熊抱着比自己高一头的蔡梦影，刚要开口说上几句暖心话，蔡梦影不可遏止地放声大哭，边哭边指责凌云飞对品牌管理中心的管理不当："盼星星盼月亮，终于盼来亲人。李渔李总，统领品牌管理中心，我现在的所有心情都在这首歌里。"

止住抽泣的蔡梦影点开手机上的QQ音乐，先是一首曲风欢快的《今天是个好日子》，然后是一首吉庆祥和的《好运来》，施夷光、曾素芬跟着旋律打着节拍，扭动腰肢，手舞足蹈。

惊愕在喉咙里滚动，搅得人心绪紊乱，思想抛了锚，意识断了篇。李心远险些尖叫起来，他疲乏地瘫在椅子上，冷眼旁观曾素芬、蔡梦影的出演，大有时空错乱之感。脑袋胀，手脚麻，李心远不敢相信自己的耳朵和眼睛。职场这些年，李心远还真没见过此种滑稽场面。

凌云飞身居高位时，曾素芬、蔡梦影表现得最积极，拍马屁、献殷勤。陪同出差，蔡梦影把一应事项安排得井井有条，把凌云飞照顾得妥妥帖帖。曾素芬一直是凌云飞的坚定追随者。一次，凌云飞偶然说起要给女儿买一把演奏家马友友同款大提琴作为生日礼物，但就是买不到。说者无心，听者有意，曾素芬大费周折通过德国朋友联系上大提琴制造商，花费 30 多万元买了一把纯进口马友友同款大提琴。这份情意，把凌云飞感动得热泪盈眶。

凌云飞黯然"下课"后，曾素芬、蔡梦影的表现依然最积极，只不过，这一次她们拍马屁的对象不是现任品牌总经理李心远，而是候任品牌总经理李渔。李心远曾经向凌云飞讨教：品牌管理中心这么多女员工，如何判别她们是否忠心？凌云飞的回答是，不能沉醉于女员工的水蛇腰，要盯着她们的后脑勺，不能只听她们在你面前说了什么，更要看她们在你身后做了什么。

可惜啊，凌云飞也是被曾素芬、蔡梦影迷醉了，他从来没想着去看看她们的后脑勺。谁说反骨是男人的专利？女人的反骨更强壮。

"众鸟高飞尽，孤云独去闲。"此刻的李心远孤独枯坐，却也情意悠然。无法言说的苦恼浮上心头，好似一根根鱼刺卡在咽喉要道。痛苦与绝望，如同野草一样肆意生长。眼前的一番奇景让李心远心神烦乱，心有郁结而不得疏，大脑一片嗡鸣。

施夷光、曾素芬还在荒腔走板地欢唱。李心远心中涌起灰暗的挫败之感，他痛苦万分地在心里哀叹："天命之改，莫是大势已去。"

包间灯光突然黯淡，晋风饭庄的服务员满脸堆笑地推着生日蛋糕徐徐而来，李心远很不情愿地挪动身体，让开一条通道。三根蜡烛就像熠熠闪光的凤冠，挺立在生日蛋糕顶部。抚掌大笑的施夷光欢天喜地，抓起生日帽扣在了李渔头上。

《生日快乐歌》的旋律已然压过了《今天是个好日子》《好运来》，鼓掌、唱歌、许愿、吹蜡烛、拔蜡烛、切蛋糕，李渔的庆生会在欢畅愉悦的氛围中被推向高潮。

喝高了的施夷光、曾素芬、蔡梦影疯闹起来，围着李渔追跑打闹，竞相往她脸上涂抹奶油。每个人都很兴奋，唯有李心远怏怏不悦；每个人都很投入，唯独李心远浓眉紧锁。

一屋子人，谁都没有注意到，两位身着藏青色翻领夹克衫的男士已经出现在包间。他们垂手肃立，面容紧绷。

"安静一下，谁是李渔？"一声断喝，镇住了所有人。

"我是李渔，你们是？"李渔一脸狐疑，此刻的她还沉浸在欢乐之中无法自拔。

"我们是东虹市东城区公安分局经侦大队的，请你协助调查。跟我们走。"

李渔发出一声尖叫："什么情况？这是什么情况啊？"

"走吧，换个地方说话。"

前所未有的恐惧，如张开的血盆大口瞬间把李渔吞噬。所有人噤若寒蝉，每个人脸上都写满惊惧和悬疑。在众人惶恐的目光中，李渔被东虹市东城区公安分局经侦大队经侦警察带走了，准确地说是被拖走了。

崔嵬点开手机音乐，顿时传来噼里啪啦的鞭炮声。天塌地陷的表情浮现在李渔的脸上，包间里回荡着她的嘤嘤悲鸣。刚才还在欢腾雀跃、张扬疯狂的施夷光、曾素芬、蔡梦影吓得魂飞魄散，个个面如土灰。

事情原委渐渐清晰。余又专出事之后，王梦蝶、余美丽先后被带走。余又专以余美丽的名义成立了5家公司，承揽河东卫视广告业务，赚得盆满钵满。王梦蝶供认出资1500万元为李渔购置别墅，这个无法说清的事项，成为压垮李渔的最后一根稻草。

回到办公室，打开电脑，浑身上下刺痒痒的李心远继续书写那封还没有完成的辞职报告："尊敬的董事长：您好！流年笑掷急如梭，芳华弹指不虚过；时间最是无情物，何堪回首付春波。递交辞呈之际，心情十分沉重，可谓百感交集……"

李心远是典型的处女座，据说这个星座的男人和女人，追求完美到了令人惊诧的地步，对别人是吹毛求疵，对自己是拿粗挟细。"世界那么大，我想去看看"，这是最流行的辞职信。在李心远看来，"世界那么大，我想去看看"这10个字太过敷衍，他要把辞职报告写得情感真挚、声情并茂。

敲完最后一个字，点了保存键，登录OA系统。一眼看到凌云飞的名字，李心远心头一热，快速按动鼠标，就要把凌云飞拖到流程设置里。正要点击发送，忽然惊觉凌云飞已经离开了开泰伟业，李心远在心里郑重地向凌云飞致敬行礼，然后重重点击了刘美娜的名字，发出了这封沉甸甸的辞职报告。明天一早，刘美娜就会把李心远的辞职报告打印出来呈报王胜伟。一想到终于要离开开泰伟业，李心远板结的心绪、紧绷的神经顿时轻松了许多。

线上发出辞职报告，李心远就这样亲手剪断了与开泰伟业的关系。

施夷光像幽灵一般摸进办公室，鬼鬼祟祟的样子让李心远忍不住打了个寒战。不待李心远开口，施夷光膝盖一软，竟然跪倒在地："李总，您就放过我吧，让我去产城事业部品牌管理中心吧，求您了。"

李心远狠狠地瞪了施夷光一眼，甩给她一道决绝的背影，自顾自地离开。

二级市场抢筹，云天明偷袭

清风拂面柳生烟，映日荷花别样鲜。清晨6点，一身运动装束的王胜伟环绕秦淮河晨跑锻炼，在他身后始终保持半个身位的是乔峰。乔峰手里拿着矿泉水，一边奔跑，一边警觉地观察着前后左右。

大脑清空、心态清零，跑得越远离心越近。跑步释放的多巴胺带来的愉悦、快乐和兴奋，仅次于恋爱和性爱，3千米专治各种不爽，5千米专治各种内伤，跑完10千米全是坦荡。

半小时后，大汗淋漓的王胜伟缓缓停下脚步，抬腕看了一下运动手

表："5 公里，5 分 40 秒的配速，每一步，都算数。"

乔峰殷勤地递上矿泉水，王胜伟接过来喝了一小口，继续摆动臂膀做着扩胸运动。

"阮昊力的事情打听清楚了吗？"王胜伟语带关切。

乔峰赶忙上前一步："阮昊力在东虹，一举一动都在我们的监控下。"

彳亍前行的王胜伟停下脚步，猛然回头，眼中闪过一丝寒意："郝华年跳楼的时候，你和裴定军可都在现场。"

古铜色的腱子肉上依然淌着汗珠，在阳光照耀下熠熠生辉。乔峰闷声说道："我进去的时候，她已经跳了，我什么都没看见。"

两团虬眉拧在一起，王胜伟不再言语。

7 点刚过，马建业目不斜视地走进"罗浮春"会所。嗒嗒嗒，高跟鞋敲击地面的声音响起，风情万种的郑春筠迎了上来。郑春筠今天穿的是迪奥淡粉色套裙，领口露出锁骨线条，恰到好处的收腰裁剪勾勒出优雅迷人的腰线。粉色对形象气质要求很高，像郑春筠这样气质清纯、肤质白皙才能穿出高级感。

几分钟后，刘宇轩、钱书光、唐春桧陆续赶到。7 点半，西装革履的王胜伟，准时出现在"罗浮春"会所，陪伴在侧的是一身黑西服、戴墨镜的乔峰。

王胜伟约请核心高管共进早餐商议近期重点工作。鸡鸣汤包、蟹黄灌汤包、牛肉锅贴、鸭血粉丝汤、白米糕、豆腐脑、豆浆、牛奶、油条、大饼、小米粥、皮肚面、粢饭团等已经摆上桌，王胜伟招呼众人坐下。

刘宇轩看着面前的蟹黄灌汤包，正在犹豫如何下手。钱书光手里拿着塑料吸管，忙不迭地给刘宇轩做着示范："吃汤包是有诀窍的，轻轻提、慢慢移、先开窗、后吸汤。"

王胜伟端详着餐桌上的各式美食，举着筷子，一时有些踟蹰："豆浆、油条、大饼、粢饭团，上海早餐的'四大金刚'都有了。"他夹起粢饭团放进嘴里，腮帮子鼓出了个包，"软糯酥香，比包子好吃多了。哦，对了，建业，昨晚和天山球队那场球赢得漂亮。"

欢欣的表情在内心升腾，马建业不无得意地说："地产业务每年的品牌推广花掉 30 亿元，都不如我们搞足球的影响力大。搞足球搞对了，目标明确，政治正确。"

王胜伟旋即露出关切的表情："昨晚那场球虽然 2：0 赢了，但是你听听满场的嘘声，胜之不武啊。到昨天为止，球队已经六连胜了，凡事都要有个度，打假球也不要太明显嘛。听说滨城的球迷协会在举报了，收敛些吧！"

马建业脸上堆积出僵硬的笑，冷冷地说："六连胜，升中超没悬念了。奔狼队输球，最崩溃的是滨城队，因为滨城队升中超没戏了。赛前，滨城队总经理吴奈何飞到西京，几乎是跪求奔狼队不要放水，不要打假球。我也去了西京，当场许诺可以给奔狼队 1000 万元。奔狼队非但不领情，还口口声声说要捍卫足球的尊严，还说要举报我们。情急之下，还是范德宝想了个绝招儿。"

"什么招儿？"众人异口同声地问。

"500 万元买通奔狼队主力前锋外援克丝达赫，开场没多久克丝达赫在拼抢时摔倒，躺在草坪上打滚，被担架抬下场。奔狼队觉得输得有点窝火，赛后拉着克丝达赫做伤情鉴定，结果是轻微伤，不影响比赛。奔狼俱乐部给中国足协发了公开信，请求对克丝达赫进行调查。很快，克丝达赫被驱逐出境，这件事情不了了之。"马建业满脸不在乎的样子。

"怪不得，我还奇怪呢，克丝达赫上场踢了也就不到 10 分钟。中甲联赛亚军，杀入中超联赛，只要达到这两个目标，可以不择手段。"王胜伟狠狠地瞪起眼珠子，厉声说道。

"老板。"唐春桧怯怯地叫了一声，似乎有话要说，却又吞吞吐吐没有继续开口。王胜伟的好兴致一下子被搅得有点凌乱。

顿了几秒钟，表情复杂的唐春桧缓缓说道："出事了。"王胜伟心里咯噔一下，气呼呼地将筷子重重地搁在桌上。

唐春桧快步来到王胜伟身旁，哆哆嗦嗦递过去一张传真件。王胜伟接过后刚看了两眼，脸色立刻变得铁青："正安保险对外转让所持有的开泰伟业16%的股权，一个月前就给董办发了传真，以书面形式通知我方。如此重要的信息，为什么今天才把传真件给我看？"

唐春桧低声下气地说："是我的工作疏忽，这个传真件被忽略了，昨天在整理过往传真时，证券事务代表突然发现的。昨天我已经给正安保险董事长孙允正打了电话，明确告知对方，我司不同意向股东以外第三方转让股权。"

王胜伟语气严厉地说："公司章程是怎么规定的？"

唐春桧低沉着声音说道："按照公司章程第十八条的规定，股东向股东以外的第三方转让其全部或部分股权，应当以书面形式通知其他方股东，并征求其同意。其他方股东不同意转让的，应当购买该转让的股权，不购买的视为同意转让。经股东同意转让股权，在同等条件下，其他股东有优先购买权。"向来跋扈嚣张的唐春桧，在王胜伟面前，俯首帖耳得像个温顺的小白兔。

郑春筠眼里闪过一丝幸灾乐祸的轻蔑，转瞬即逝。马建业则刻意做出不动声色的表情。

刘宇轩轻轻吮吸着蟹黄灌汤包的汤汁，勉强挤出一丝笑意，定定地看向王胜伟，欲言又止。

王胜伟瞪大眼睛，脸色越发阴沉："宇轩，二级市场最近的异动你也说说吧，我看你比唐春桧这个董秘更懂。"

刘宇轩语气异常沉稳："截至目前，荣光地产通过二级市场吸筹方式吃下了开泰伟业4%的股权。荣光地产一定是请到了庄家助力，庄家先把开泰伟业的股价推高，散户放出手里筹码，庄家再把股价打下去，荣光地产进场扫货，以便在相对低位继续建仓。综合目前盘面来看，荣光地产已经不再是低位吸货，而是处于拉高吸货阶段，从昨天收盘的情况来看，荣光地产在拉升建仓，一点点不断拉高股价，打开散户的出货空间，然后吃进筹码。"

"外界嘲笑开泰伟业是 DBC，大白痴！证代、董秘你们都是大白痴吗？野蛮人已经破门而入了，证代、董秘竟然浑然不觉。荣光地产不声不响就拿下了 4%，我看至少动用了 20 多亿元，云天明好手段。正安保险持有的 16% 股权，要转让给谁？"王胜伟冷笑着看向唐春桧，眼睛瞟了瞟马建业。

唐春桧眼神闪烁，支支吾吾。马建业脱口而出："荣光地产。"

王胜伟脑门上顿时浮现出一条黑线，苦笑道："云天明在二级市场抢筹拿下 4%，接着拿下正安保险手里的 16%，就成了第三大股东，再联手持股 28% 的二股东河东建投成为一致行动人，就可以完全掌控上市公司，改组董事会，调整经营层，到那时，在座诸位都得卷铺盖滚蛋。"

钱书光不安地点点头："我了解清楚了。荣光地产在二级市场吸筹的资金来自河东银行的并购贷，吸到手里的筹码又通过质押方式，从银行拿到更多的资金，他们是在通过加杠杆的方式不断吸筹。一旦荣光地产购入开泰伟业股票超过 5% 以上，就只能继续买入或持有，而不能随意卖出，一旦触碰 5% 这个关键节点，是要举牌的，还要发公告。"

王胜伟诧异地看着钱书光："通过银行的并购贷，买入上市公司股票，政策允许吗？"

钱书光解释道："只要符合相关监管规定，企业在二级市场收购上市公司的股票是可以获得银行并购贷款支持的。当然，现行政策并不支持企业在二级市场进行财务投资，更不支持用并购贷炒股。而且，必须满足并购方与目标企业之间具有较高的产业相关度和战略相关性的要求。从运作层面看，银行最多只提供并购资金 40% 的贷款，而且期限不会很长，通常是 5 年以内。"

马建业已经把伸向郑春筠的"咸猪手"收回，托着下巴，做深思熟虑状："云天明和易安玩偷袭，在二级市场抢筹，我怀疑这是佯攻。通过协议收购方式，拿下正安保险持有的 16% 的股权才是目的。"

王胜伟重重地点了点头，快速拨通了一个号码。接通之后，王胜伟满脸堆笑地说："孙董事长好，在京州吗？什么时候得空？我去拜访。"

正安保险董事长孙允正优哉游哉地说："你们两口子可真是默契，夏花刚给我打过电话。我在'风吹草低见牛羊'的乌拉盖大草原，一周后等我回到京州见面如何？"

王胜伟提高声音："孙董事长好潇洒，电影《狼图腾》上映，一下子带火了乌拉盖大草原。我要行使优先认购权，我去大草原找你。"

孙允正沉吟片刻，说："后天晚上我们在哈素海见面吧，我给你引见一位重量级大咖。"

挂断电话，王胜伟快速部署："唐春桧、刘宇轩今天去拜访云天明，摸清楚对方二级市场抢筹的意图和动向，不管云天明是佯攻还是主攻，都要说服他及早停手。5%这个举牌线，一步也不能逾越。"

听到王胜伟安排自己去见云天明，唐春桧那原本就黧黑的脸庞变得有点扭曲。包括刘宇轩在内，在座的都知道，云天明是唐春桧的前夫。早年间东虹国际车展上，地产大亨云天明出手阔绰，豪掷300万元买下一辆玛莎拉蒂，随手将车钥匙甩给身边一位妙龄女郎。女郎挽着云天明正要去提车，唐春桧气势汹汹地冲过来，二话不说，冲着女郎抢起了嘴巴子。云天明则狠狠地打了唐春桧一记耳光。这个花边新闻当年还上了《东虹晚报》文娱版的头条。离婚后，云天明净身出户，创立荣光地产。唐春桧则投入王胜伟的怀抱，早和云天明断了联络。

经过一番深思熟虑，王胜伟已然洞彻棋局，二级市场抢筹是云天明的障眼法。为今之计，唯有抢在云天明前面尽快拿下正安保险持有的16%的股权。一旦拿下，王胜伟作为实控人的开泰控股将持有上市公司51%的股权，这才是上市公司摆脱泥淖的制胜之道。

王胜伟霍然起身，从书架上抽出一本《白鹿原》，感慨道："有人说《白鹿原》是女人的悲剧史和男人的野心史，照我说，它更像是写尽世间百态的浮世绘。商场如战场，向来都是福祸相依、得失相随。世事你不经它，你就摸不准它。天底下的世事说穿了，就是两个字：福祸。'福'和'祸'这两个字，左半边一样，右半边不一样。就是说，福和祸是相互牵连的。就好比箩面的箩筐，咣当摇过去是福，咣当摇过来就是祸。书里有一句话写得特别好，我给大家念一下：凡遇好事的时光，甭张狂，张狂过头后面有祸跟着。遇到祸了，不乱套，忍过了受过了，好事就跟在后面了。"

马建业愤愤然地道："不宣而战，不讲武德，云天明玩阴的。"

王胜伟重重地将那本《白鹿原》拍在餐桌上，咬牙切齿地说："成败在此一举，云天明不好对付，宇轩给人家准备一份大礼吧。"

深谙股市个中套路的刘宇轩，脸上浮现出难得一见的精明和老辣："从 K 线图来看，已经形成了一波牛长熊短的 N 形 K 线形态。近段时间以来，在积极性买盘的推动下，开泰伟业的股价稳步走高。当股价经过慢牛走高之后，云天明会用少量筹码迅速将股价打压下来，以便在低价继续建仓。只要股价下跌我们就吃进，和云天明大战一百回合，在二级市场抢筹，今天先买 5 亿元，资金方面水源基金搞定。"

王胜伟满意地点点头："战场上得到的，要在谈判桌上巩固下来。我们阻击荣光地产的手段很多，关键时刻可以停牌，把云天明在二级市场吃进去的筹码全部套牢。还可以修改公司章程，约定五年不能改组经营层。最后万不得已，还可以运用坚壁清野的焦土政策。总之，唐春桧、刘宇轩，你们要告诉云天明，劝他及早在二级市场停手，趁着股价高一点就获利了结，及早退场。"

刘宇轩大脑飞快转动，赶忙表态："只要云天明逢低抢筹，我们坚决跟进。如果今天没有抢筹，我会调动几家私募把股价往上拉抬，每天让股价涨 3%~5%，不给云天明继续抢筹的机会。"

王胜伟拍着桌子连声叫好："宇轩，好使！香江证券，喔，现在叫开泰证券，开泰证券董事长的位置你先兼着，尽快把经营团队建起来。开泰证券的行政总部迁到东虹，业务总部放在鹏城，坚持'小而精、小而专、小而强'的定位，把资管作为业务重点，打造精品券商、特色券商，以相对差异谋求基于细分领域的绝对领先。宇轩你要带领水源基金、开泰证券，在二级市场合力拦截云天明。"

原本紧绷的神经渐次舒展开来，王胜伟语气坚定地说："从股权结构来看，我们是大股东，河东建投是二股东，正安保险是三股东，绝对不能让老二和老三联合起来对付老大，必须把老二老三的联盟拆散。老二和老三打起来最好，就像三国时期吴和蜀交恶，互相杀伐，斗得两败俱伤，反倒是魏和西晋渔翁得利，先灭蜀，再灭吴。"

王胜伟扭头看了看一直沉默不语的郑春筠："抓紧安排一下，后天下午1点飞呼和浩特，从呼和浩特去哈素海。"

"随行人员都有哪些？"郑春筠仰起娇俏的下巴，问道。

王胜伟沉吟片刻，说："马建业、钱书光、凌云飞、李心远，加上你、我，一共六个人。"

异样的神色在脸上飘来荡去，马建业用怀疑的目光看着王胜伟："凌云飞已经'下课'了，李心远也递交了辞呈。"

王胜伟眉头微皱，依旧板着脸："义是最大的道，忠是最大的德。凌云飞对李心远有知遇之恩，凌云飞被撤职，李心远不离不弃，而且不惜和我起冲突，这样的忠义之人，还是要用。凌云飞只是不再担任上市公司副总裁，另有任用。组织架构要调整，成立金融集团，建业兼任总裁，凌云飞任执行总裁，李心远任主管公共事务的副总裁。春筠拟个任命通知，今天就发布。金融集团要在人、财、物三方面保持独立，把和春住派到金融集团做公关总监。和春住做公关还是很有一套的。"

听到"和春住"三个字，郑春筠表情显得很痛苦，为了掩饰，她不得不僵硬地笑了笑。

起用凌云飞，提拔李心远，是王胜伟在晨跑时想通想好的人事安排。逼走易安，马建业的势力范围实现了大一统，公司内部没有人敢对他说个不字。王胜伟最近在读《明史》。隆庆年间担任内阁首辅的是高拱，高拱非常欣赏张四维，高拱和张居正是政敌。张居正当权后不计前嫌重用张四维，复出后的张四维无所作为，一直保持隐忍。张居正死后，张四维升任首辅，疯狂报复张居正，甚至要对张居正"开棺鞭尸"。读到这一段，王胜伟心惊胆战，担心马建业会成为身边的"张四维"。

凌云飞、李心远是王胜伟精心布下以制衡马建业的棋子，"90后"和春住则是王胜伟的新欢，派到李心远身边充当耳目，起到监视作用。

见马建业、郑春筠依旧一脸迷惑，王胜伟轻笑两声："当年辞职下海，岳父大人孙国胜送我三句话：对下属要不弃不离、亲疏有度、诛大赏下、严以立威；对权力要大权独揽、小权分散、防患未然、分权制衡；对人才要疑人也用、用人要疑、人尽其才、用人唯信。这三句话让我受用一生。'好人里面选能人'是官场标准，'能人里面选好人'是企业标准。选人、育人，要'好人里面选能人'；识人、用人的时候，尤其高层管理团队的任用，一定是'能人里面选好人'。大家知道万历首辅张居正为什么不用刚直不阿的清官海瑞吗？"

众人全都安静下来，眼神齐刷刷地汇聚过来。

喝了一口海参小米粥，王胜伟缓缓地说道："海瑞这个人，有理想，但是过于理想化。穷人和富人打官司，不问是非不管对错，他总是让穷人赢。有钱的大户人家害怕海瑞，纷纷跑路，富人都跑了，税收自然锐减，应天府一带财政收入减少了三分之二。海瑞不会搞经济，只会迎合民意，致使原本富庶的应天府经济凋敝、萧条不堪。张居正成为首辅之后，吏部尚书反复劝说张居正，一定要起用官场清流海瑞，张居正却坚持不用海瑞。为什么？张居正认为海瑞是品德高尚的好人，但是他有政德而无政绩，并非能出政绩的官员。"

"抗倭名将戚继光也有阴暗面，但他带兵有方。在张居正看来，戚继光是可堪大用的循吏。什么是循吏？有丰富的实践经验，踏实务实、脚踏实地、真抓实干。所谓循吏，就是同流不合污、知白不守黑、和光不同尘，奉公守纪照章办事。试玉要烧三日满，辨材须待七年期。在我看来，易安是海瑞式的清流，凌云飞、李心远是戚继光式的循吏。"王胜伟鼻腔里轻轻一哼，嘴角浮现出笑容。

半小时后，早餐会结束，众人起身散去，王胜伟示意郑春筠留下。秘书刘美娜捧着一大摞公文笺走了进来，恭恭敬敬地放在王胜伟面前。王胜伟从西服内兜摸出一支派克钢笔。这款世纪蓝金岁月墨水笔，是郑春筠在英国伦敦最负盛名的哈罗德百货精心挑选的。

公文笺在 OA 系统走完了会签流程，相关领导已经签批同意，到王胜伟这里就是走个流程。因此，王胜伟签批公文笺的速度很快，浏览公文笺最后一页上面相关领导的会签意见，3 秒钟不到就在公文笺右上角龙飞凤舞一番，签下自己的名字。当看到李心远的辞职报告，王胜伟脸上露出不屑一顾的冷笑，随即拨通了李心远的手机："心远啊，我认为你确实不适合做集团品牌总经理。"

李心远嘴角一抽搐，分明感觉到王胜伟是在借机羞辱自己。尽管如此，李心远依然充满礼节而又言不由衷地表达着感激之情，无非就是感谢董事长提点与栽培之类虚情假意的话。

"10 点，郑春筠代表我和你谈话。"冷冷说完，王胜伟挂断了电话。

待王胜伟将所有公文笺批阅完毕，郑春筠脸上显出疑惑："这个李心远，用还是不用？"郑春筠心里纳闷，刚才王胜伟还说李心远是值得重用的循吏，怎么现在突然对他如此冷淡。

王胜伟轻轻放下派克钢笔，右手做了个拿烟的手势，立马有人递上一支点燃的古巴雪茄。王胜伟右手夹着雪茄，左手手指有节奏地叩击桌面，突兀地说道："刘备为什么不重用赵子龙？"

郑春筠错愕不已，茫然摇头。

王胜伟额头一跳，淡淡地道："刘备之所以不重用赵云，是因为赵云说话太直白，做事太直率，不懂得藏锋隐拙，不懂得圆润、圆通。蜀汉历史上根本没有所谓五虎将，赵云只是个杂号将军。赵云并非对刘备绝对忠诚，他只是忠于内心信奉的匡扶汉室的事业。匡扶汉室是刘备笼络人心的政治口号，一旦赵云看透了这一层，还会忠于刘备吗？刘备有两个儿子刘封、刘禅，名字连在一起是'封禅'，封禅是有德行的帝王在泰山举行的祭祀天地的大型典礼。刘备的榜样是刘秀，刘备不是为了匡扶汉室，而是要成为开国之君。在生活中，不能不知道自己要什么，在工作中，不能不知道老板要什么。赵子龙虽然勇猛彪悍、战功卓著，终其一生却不被刘备重用的根源，就在这里。"

郑春筠喜欢的是琼瑶、席慕蓉，尽管对三国毫无兴趣，却也不得不假装沉思，点头称是。

"方正之士，人人称贤；敬而远之，难成大事。海瑞、赵子龙都是方正之士。李心远是循吏，那是说给马建业听的。在我心目中，李心远就是赵子龙。用人要疑，疑人要用，李心远其人，可以使用，不可重用。利己之心转变为利人之行，用足身边人胜于用多身边人，没有发现别人的错误，所有的错误便都是你自己的。"眉毛一扬，王胜伟非常认真地说。

铁石心肠阎王脾气，房地产界数你最像曹操

万里长空，朵朵白云，层层叠叠，暧暧似妆，云雾迷蒙，花开花落两不言，云卷云舒万里天。

湾流 G550 公务机穿云破雾，凌空翱翔，厚重的云层悬浮在蔚蓝天际，宛若惊涛拍岸，卷起千堆"雪"。李心远斜靠舷窗，思绪万千。原本已经做好了离职的各项准备工作，却又被郑春筠宣布的任命拉回王胜伟身边，李心远越来越强烈地感觉到，自己和王胜伟俨然是对立统一的矛盾关系，既有依附又有背离，既有依赖又有质疑，莫可名状不可言说，充满阴晴不定的变幻。

"董事长，这是今天的《河东晚报》。"李心远双手捧着报纸，恭敬

地递了过去。

摊开对开大报《河东晚报》，王胜伟习惯性先看第三版"体坛纵横"，三版头条的套红标题异常醒目——《唐国烈率队九连胜：中甲收官开泰伟业冲超成功》。记者在报道中写道："裹挟着金元足球的气息和味道，夹杂着此起彼伏的噪声和杂音，河东开泰伟业，硬生生用10亿元大手笔投入，砸出了充满神迹也饱含争议的冲超小奇迹。"金元足球的说法让王胜伟不爽、不悦。

王胜伟目光转移到第二版，第二版以半版篇幅刊发重磅报道——《王胜伟抢筹：云天明意外失手5宗黄金地块》。该篇报道绘声绘色地描述了在开泰伟业总裁马建业的策动下，通过瞒天过海之计在招拍挂现场拿下关键地块的详细经过。报道的结尾部分如此写道："土地竞拍落槌的那一刻，荣光地产董事长云天明甚至都还没搞清楚究竟是哪家公司抢了自己的风头，竟然斥巨资高价拿地。众所周知，开泰伟业极少在土地二级市场逞强，然而这一次，河东首富王胜伟结结实实地抄了云天明的底。开泰伟业对战荣光地产，河东地产界同城德比的精彩商战，已经在股票市场、地产市场等多个战场徐徐展开，且让我们拭目以待。"

王胜伟翻动报纸，粗粗浏览，发出一阵短促的轻笑，笑意在唇周木偶纹两侧快速泛起，又迅速消失。

马建业眉毛抖动，故作神秘地说："接下来的中超联赛怎么个打法？唐国烈完成了冲超的使命，已经递交了辞呈。"

王胜伟用诡异的眼神斜睨着，看了马建业好一会儿，无声地干笑起来："少打假球！7000万欧元买来了阿根廷国家队主力拉巴库奥，这还不够，要砸3亿元引进外援，中超联赛拼的是真本事。唐国烈这个人啊，是个用脑子踢球的球员，但是太贪婪了，我真是巴不得他赶紧走人。"

马建业笑吟吟地点点头："多买外援，少打假球，我明白。假球那些烂事，都是唐国烈搞串联搞出来的，送走他这个瘟神，咱们也能消停消停了。另外，这次和云天明作战，他以为股票市场、谈判桌前是主战场，其实我们开辟了攻其不备的多个战场，土地市场是重头。在滨海省5个地市的土地市场，我们出其不意，从荣光地产手里抢到了5宗优质地块。"

耸了耸肩膀，王胜伟得意地笑了起来："开泰伟业从来不在二级市场招拍挂高价拿地，因为产业园为我们提供稳定而优质的低价土地。为了打击云天明的嚣张气焰，我们一反常态，不惜代价，虎口拔牙。"

钱书光语气激动地说："如果云天明还不罢手，分分钟切断他的资金通道。"

王胜伟表情一振，自言自语地说："忍一时越想越亏，退一步越想越气。云天明跟我玩偷袭，我就直接抄他的底。如果云天明继续好勇斗狠，我会让他失去更多的土地储备。"

凝思了片刻，钱书光方才说道："股票市场激战正酣，两天时间，刘宇轩投入10亿元，已经在二级市场抢下了2%的股权。虽然云天明还没有收手的意思，但是抢筹的势头明显减弱了。"

破例随行的郑春筠沉着脸，左手托着下巴，右手握着万宝龙签字笔，一下一下敲击着桌面："荣光地产的几个区域总，手里攥着云天明的黑材料，想投奔过来，咱们收吗？"

抬眼看着郑春筠娇媚的面容，王胜伟冷声回道："降将可以用，叛将不可留。忠义千秋的关羽也当过降将，但绝非千夫所指的叛将。三国是典型的乱世，武将谋臣炒主公鱿鱼的事情太多了。江东孙氏集团高管团队最稳定，曹魏、蜀汉都有招降纳叛的传统，曹魏实行的是军功制，武将的家眷都圈在许昌，曹操恩威并施、赏罚严明，曹魏叛将寥寥无几。刘备仁德治国，蜀汉叛将最多，关羽、张飞遇害都和叛将密切相关。要说死抠细节、品质地产，云天明绝对是高人，就是管理方面太过绵软。云天明柔而不刚，易安硬气不足，这两人凑在一起搭班子，荣光地产的叛将还会更多。"

王胜伟一番话暗含机锋，让人哑口无言。

王胜伟打开两副扑克牌，手法娴熟地洗着牌，把扑克牌在桌面上用力一拍："建业、书光、心远，来，三打哈。"扑克牌是开泰伟业文化公司特制的，大王是王胜伟的头像，小王的头像之前是易安，如今换成了马建业，另外的 52 张牌展示的是开泰伟业遍布全国 52 个城市的 52 个地产项目。

"三打哈"扑克牌游戏源于湖南，如今风靡河东省，和升级、拖拉机的打法类似，去掉 3、4，始终打 7，王、2、7 是常主，一人为庄家，其余三人为闲家，闲家拿分，三打一，共同对抗庄家。

人生如牌，牌如其人，王胜伟强势不羁的个性，在牌桌上显露无遗，手里的牌还没摸几张，就开始抢庄。他一边奋力抢庄，一边念念有词："先投入战斗，然后见分晓。"

牌局一开，王胜伟抢庄成功，马建业是上家，李心远是对家，钱书光是下家。第一把，三个闲家配合不当，被王胜伟打了个大光。

两把牌过后，李心远渐渐看出门道：马建业，特别是财务出身的钱书光，虽然偶尔玩诈牌小把戏，但多数情况下属于谨小慎微的类型，两人绝少抢庄，主牌不多绝不轻易亮，叫牌时只叫手里最多的花色，出牌也是循规蹈矩，大的副牌先出，手里的对子、拖拉机总是先出。反观王胜伟，真真假假虚虚实实，让人琢磨不透，叫牌、亮牌、叫分都没有固定套路，有时候叫分是为了抢庄，有时候叫分是为了做局，有时候叫牌是手里花色最多的，有时候叫牌居然是手里花色最少的。再比如，王胜伟手里的对子、拖拉机，要么先出，要么后出，总之他打牌花样迭出、神出鬼没，让人防不胜防。三个闲家对撼一个庄家，相互配合、团结对战是关键。王胜伟擅长挑动三个闲家相互猜疑乃至指责，最后从中得利。

守正出奇，诡道诈立，看似无招胜有招，连续坐庄成功的王胜伟主动分享自己的战斗经验："无对不打庄，手里的牌少于 4 对，单牌如何好也不要打庄。多打闲家少赌底，即使手中牌面不错，现成没三对不要叫庄，主牌好、副牌差不能太争强。"

"'先投入战斗，然后见分晓'，这是拿破仑的名言吧？"李心远脸上始终保持着公式化的笑容。

王胜伟下意识地点点头，语气和缓地说："我打牌的风格和拿破仑打仗的特点是一样一样的，那就是出其不意、攻其不备。伦巴第战役是拿破仑军旅生涯的经典战例，这场战役拿破仑把'兵者，诡道也'演绎到了极致。为了渡过波河，拿破仑调动多个主力师进驻波河上游，摆出强渡河的架势，多次亲自指挥，发起佯攻，这给奥地利博利厄元帅造成错觉，将增援部队纷纷布防在上游。之后拿破仑率 6000 名精锐突然出现在波河下游，渡河之后，背河而战的拿破仑以破釜沉舟的顽强战斗力，一举击溃奥地利军队。"

李心远正准备随声附和几句，王胜伟忽生感慨："心远，你要向拿破仑学习品牌传播的道与术。指挥千军万马横扫欧洲大陆，拿破仑特别重视宣传，他把遭遇写成战役，把战役写成历史事件。拿破仑说：'世上只有两种力量：利剑和思想。从长而论，利剑总是败在思想手下。'"

"股权争夺战尘埃落定之后，心远可以请媒体好好报道报道。"马建业闻之动容，缓声说道。李渔出事之后，马建业开始向李心远抛橄榄枝。李心远尽管不情不愿，但知道绝不能和马建业闹翻，于是便做出一副谦卑姿态，极为顺从地使劲点头。

两个小时后，湾流 G550 公务机缓缓降落在呼和浩特白塔国际机场，一辆奔驰商务车、两辆黑色奥迪 A8 一字排开，凌云飞等人已经在停机坪恭候多时。无官一身轻的凌云飞正处于休假状态，郑春筠在电话里宣读了对他的新任命，于是他从京州直奔呼和浩特会合。

王胜伟、马建业一行陆续走下舷梯，凌云飞快步迎上来。

"董事长好，总裁好。"凌云飞脸上洋溢着一如既往的热情。王胜伟和凌云飞使劲握手，并用自己的左手在凌云飞的肩膀上用力拍了拍，比较而言，马建业和凌云飞握手就显得有点公事公办的敷衍。

走下舷梯，马建业紧紧尾随，和王胜伟保持着半个身位的适当距离，王胜伟挥手示意凌云飞、钱书光、李心远、郑春筠上了加长奔驰普尔曼商务车。

一辆黑色奥迪 A8 开道，一辆断后，奔驰商务车居中，三辆车驶往 90 千米以外，位于哈素海的敕勒川草原文化旅游区。哈素海有着"塞外西湖"的美誉，面积有 32 平方千米，相当于 2/3 个杭州西湖。

坐在商务车里，优雅地跷起二郎腿，马建业开口："董事长还记得吧，当年我们和孙允正第一次见面就是在呼和浩特。"

王胜伟满含笑意，一脸玩味地看着窗外一闪而过的景致："20 世纪 70 年代孙允正插队在乌拉盖草原，他对大草原有着特殊感情。上市前夕引入战略投资者，我们在呼和浩特和孙允正相谈甚欢，一拍即合。事实证明，正安保险战略入股开泰伟业是极其明智的，5 年时间为孙允正赢得了 6 倍的回报。"

钱书光脸上露出一丝笑容："希望这次能说服孙允正。"

手机铃声响起，王胜伟快速接通。手机里传来刘宇轩沉稳有力的声音："今天我们砸进去 5 亿元，吸筹不能太明显，动作不能太招摇，收盘阶段股价和开盘时差不多，走出的是十字星形态。我们目前采取的策略是打压价格后慢慢吸筹，但又不想过快推高价格，动作不宜太大，振幅不宜过大。荣光地产吸筹的行为被抑制，我们已经初步达到了高控盘的目的，后续随时可以强势锁仓，迅速拉升。"

"宇轩你做得很好，我给你的目标是通过两家投资公司合计吃下 5%，具体策略和节奏你来把控。"王胜伟语气坚定而豪迈。

合上手机，王胜伟眼睛立刻眯缝起来："孙允正说晚上吃诈马宴，心远，你知道诈马宴是怎么回事吗？"

李心远沉思了一会儿，清了清嗓子，说："诈马宴起源于元朝，成吉思汗宴请功勋卓著的功臣，都是诈马宴。在元朝，诈马宴是规格最高、规模最大、时间最长、民族特色最浓的最高等级宴会。这么说吧，诈马宴就是蒙古族的'满汉全席'。整个诈马宴长达两个小时，蒙古族饮食文化的精华都在其中，让人回味无穷。"

听到这里，所有人嘴角都露出深深笑意，眼神中充满热切渴望。

湖水的潋潋波光，与斜阳掩映、巍峨挺拔的大青山交相辉映，一幅清新秀丽的塞外风光，如诗如画地呈现在众人眼前。

"太像了，像极了大理的苍山洱海。哈素海的风花雪月四景，特别是雪景，一定比大理更正宗。"郑春筠望着窗外，失声说道。

"郑总说得没错，我和太太就来哈素海看过雪。"凌云飞兴奋地说。

奔驰商务车在成吉思汗广场停下，车门打开，王胜伟、马建业等人鱼贯而出。走下车之际，李心远分明看到一个熟悉的倩影，那一刻，只觉得脑子嗡的一声。

"老王，热烈欢迎啊。"一位鬓角斑白、气度不凡的中年男人，小跑过来，和王胜伟来了个热情的拥抱，此人正是正安保险董事长孙允正。只见他脚蹬耐克鞋，身穿一件红色 T 恤，上面醒目地写着 12 个字——弘扬知青文化，赓续红色血脉。

"孙董，这是什么情况？"王胜伟指着孙允正的红色 T 恤，问道。

"乌拉盖草原是我早年插队的地方，那里每年都搞知青文化节，今年我们的党建活动就放在了乌拉盖，来了 1000 多人，抚今追昔，忆苦思甜。我把正安保险经营层的高管都带过来了，晚上一起诈马宴。"孙允正兴致勃勃地挥动大手，说着说着，就爽朗地大笑起来。

"给你介绍两位新朋友，这位是我清北大学的学弟，鼎鼎大名的华成投资总裁成东平，这位美女是华成投资副总裁柳依依。"话音未落，孙允正把成东平拉到了王胜伟的身边。

王胜伟、马建业脸上露出惊讶之色，没想到会在这样的场合遇到成东平、柳依依。香江证券股权争夺，王胜伟、马建业与华成投资隔空角力，低调神秘的华成投资以及成东平隐居幕后，遥控全局。仿佛被施了神秘魔法，李心远浑身僵硬，失神地盯着柳依依。虽然知道柳依依找到了新东家，没想到她竟然离开上海去了京州，投奔了鼎鼎大名的华成投资。柳依依的保密工作真是到位，连李心远都没有实言相告。

成东平一身休闲装束，戴阿玛尼棒球帽，着 BOSS 衫，右手一串佛珠，左手腕间佩戴的一块手表显得颇为奇特，与众不同，彰显着非凡气质，表壳镶满晶莹剔透的钻石，整体外观酷似冰块。后来还是柳依依解了谜，原来，这块表就是享誉世界的肖邦超级冰块，采用多颗 60 克拉钻石制成，完美切割成若干小方块，价值 110 万美元。

马建业主动伸出右手："成总您好，久仰久仰，还请多多关照。"

成东平嘴角慢慢松弛下来，露出做作的笑意："香江证券股权争夺，王董、马总大手笔，一言不合，横刀夺爱，从我们手里抢走了金元宝。"

"无巧不成书，不打不相识。成总是允正的朋友，朋友的朋友是朋友。"王胜伟脖子一梗，故作大气地笑了起来。

成东平脸上的神情不自然地扭曲了一下，心里则在嘿嘿冷笑。

李心远的目光依旧聚焦在柳依依身上。柳依依那张娇艳如花的初恋脸，总让人有种怦然心动的感觉，栗色的波浪长发披肩，眼眸流转间尽显知性魅力，薄施粉黛就已美出天际。柳依依着装深受"海派服饰"审美风尚影响，自带温柔感的一袭白色挂脖连衣裙，被她穿出熟女韵味，加上手腕配戴着一只晶莹剔透的玉镯，优雅高贵，婉约养眼，给人一种眼前明亮、赏心悦目的视觉美感，足以让郑春筠相形见绌。

李心远发呆的当口，孙允正、王胜伟、成东平一行人迈步向前。巨大的成吉思汗坐像呈现在前，坐像周围环绕着成吉思汗的四个儿子，下面两排分别是"四杰""四犬"，寓意忠心耿耿的铁血精神。岁月无声，世事沧桑，成吉思汗的坐像枕靠大青山，面朝哈素海，威武雄壮地凝视着崛起又衰落的茫茫敕勒川。孙允正、王胜伟、成东平一行人，面向成吉思汗坐像，双手合十，弯腰鞠躬。

"成吉思汗是男人的偶像，他一生娶了 44 位妻妾，血脉后人超过 1500 万人。成吉思汗是基因传播最广的男人，他把联姻与和亲做成了世代进行的紧密联盟，有据可查的和亲就有 136 次，这个数字是两汉时期和亲的 5.7 倍，是隋唐时期和亲的 2.7 倍。"脸上满是敬畏之色，眼睛猝然放出光亮，孙允正说得兴致盎然、眉飞色舞。

王胜伟皮笑肉不笑地说："集中优势兵力攻击主帅阵区，这是成吉思汗最擅长的掏心战法，云天明倒是深得成吉思汗的真传。这次在资本市场搞偷袭，云天明玩的就是掏心战法。"

孙允正蹙眉劝阻道："成吉思汗一生征战，最擅长的不是掏心战法，而是联盟，通过联盟铲除仇家、孤立敌人，最终各个击破。东平就是我给你搬来的救兵，傍大款、走正道，开泰伟业要和华成系结盟。"

王胜伟幽幽地叹了一口气，话到嘴边却咽了回去，心里莫名地升起一丝伤戚。他在心里感慨："所谓结盟，往往是'驱豺狼迎虎豹'；所谓盟友，往往是'背后捅你一刀'。成吉思汗和札木合是发小，三次结为义兄弟，算得上是最牢靠的盟友，可起兵反对成吉思汗打得最凶的就是札木合。西夏投降后和成吉思汗结盟，成吉思汗攻打金国，西夏背叛盟约，在背后摆了成吉思汗一道。宋徽宗和金结盟共讨大辽，辽灭亡后仅两年，金攻陷宋都，北宋消亡。南宋和成吉思汗三儿子窝阔台结盟共讨金国，金国灭亡后，窝阔台的侄子忽必烈消灭了南宋。"

众人前往呼和敖包参观。敖包具有三种功能：祭天的祭坛，埋葬英雄的坟冢，茫茫大草原的路标。呼和敖包由 1 个主敖包和 12 座小敖包组成，敖包之上飘扬着各色各样祈福的经幡。

孙允正和王胜伟肩并肩走在一起。孙允正沉声说道："一定要和成东平搞好关系，他是能帮你帮到位、帮到底的大金主，华成投资的资产规模超过了 2 万亿元。云天明、易安明天 12 点赶到，咱们之间的正事明天在饭桌上谈。不出樽俎之间，而折冲千里之外。"

王胜伟哦了一声，微不可察地皱了皱眉，便不再言语。

李心远放慢脚步，瞅准四下没人，迅速靠近柳依依，压低嗓门儿说道："伯父的病情怎么样了？"

柳依依平静地一摆手："换肾手术很成功，他一直在催我们结婚，一再说你是个好小伙儿，反复叮嘱我'走过路过不能错过'。"

李心远长舒一口气，疑惑地说："搞什么，你怎么去华成投资啦？"

柳依依高深莫测地笑了笑："拿着高薪，坐着宾利，享着福利，我知道你不会跟我再回到京州。我知道我伸出手，你是不会跟我走的，于是我伸出腿把你绊倒，果然你马上就站起来追着我跑。深情不留人，总是套路得人心。"柳依依说完，挤眉弄眼做了个鬼脸，跑向蒙古包，那里很快将举行一场盛大的诈马宴。

诈马宴分为七个重要流程：金帐迎宾、千官质孙、诸王入宴、祈福求祥、御膳珍肴、可汗赐福、盛宴惜别。

诈马宴首先是一场角色扮演秀，仪式感突出，代入感很强。男女均需换装蒙古袍，男士是藏蓝色，女士是深粉色。孙允正、王胜伟被推选为最尊贵的男士，他们是本场诈马宴的"大汗"；郑春筠、柳依依被推选为最尊贵的女士，她们是本次诈马宴的"王妃"。四人着装最为华贵。

诈马宴的座席颇有讲究，以中为尊，右次之，左为下。成东平、马建业、钱书光、凌云飞、李心远以及正安保险一众高管先行进场，在各自座位坐定。

但听得主持人一句"恭请大汗和王妃"，音乐声顿时响起，"大汗"孙允正、王胜伟，"王妃"柳依依、郑春筠缓缓入场。"大汗"孙允正、王胜伟端坐在蒙古包大帐中高台"七宝云龙御榻"之上，其余人等依照尊卑顺序入席。席位面前，摆满了各种蒙古特色点心——蒙古馓子、黄油酥、乌日莫、查干胡日达、醍醐、奶条、炒米……

司仪用蒙古语高声念颂："至高苍天之上，统领万物众生，光辉普照瞻洲，恩赐十方百官千职……"

蒙古族自古能歌善舞，诈马宴不仅仅是美食饕餮，更是一场蒙古族原生态音乐的视觉盛宴。悠远绵长的马头琴声渐次响起，歌者隽永，舞者投入，天籁回响激荡。众人一边欣赏歌舞表演，一边享受已经端上案几的蒙古族美食——五畜汤、哈素海炖鱼、柳蒸羊、苁蓉滋补汤、红扒驼掌、炙凤腿、草原烩菜、杞子芥蓝炒木耳……

开怀畅饮、大快朵颐之前，还有一个必不可少的重要仪式——行萨察礼。饮酒时用右手无名指蘸杯中酒向天与地弹三次，食肉时切下三小块抛向天空，喝茶前用汤勺把奶茶洒向天空三次，意思是敬苍天、敬大地、敬祖先。在主持人的解说与主持下，大家一起完成了萨察礼。

萨察礼毕，"大汗"孙允正兀自站了起来，声情并茂地演唱了一首《鸿雁》，唱得浓情悠远婉转动听。蒙古包掌声雷动，众人不依不饶。孙允正加唱了一首《蒙古人》，又与柳依依合唱了一首《敖包相会》。意犹未尽的孙允正拉着王胜伟的手，合唱了一首《天边》。王胜伟粗豪的嘶吼夹杂着些许破音，尽管如此，悠扬的旋律仍激荡肺腑，饱满的激情仍直击人心。如果说舞台是画布，那孙允正、王胜伟的深情咏叹，特别是正宗呼麦，"画"出了辽远宏阔的意境。

"诈马"是蒙古语，指褪掉毛的整牛或整羊。诈马宴的压轴环节到了，系着红丝绸布、香气四溢的烤全羊被郑重而隆重地推了上来。两位"大汗"孙允正、王胜伟，两位"王妃"柳依依、郑春筠，移步到烤全羊前。孙允正、王胜伟每人一把锋利的蒙古刀，在羊背上划出一记十字刀，将第一块羊肉投喂给"王妃"。

歌声不用等待，酒气冲天豪迈。开泰伟业的酒文化极其彪悍，"东北虎西北狼，喝不过我们河东小绵羊"，王胜伟一声粗豪嘶吼，引领着马建业、钱书光、凌云飞、李心远和成东平、孙允正团队捉对厮杀。

三个小时后，诈马宴结束。曲终人散皆是梦，繁华落尽一场醉。李心远被人搀扶着进了蒙古包。

翌日早上8点，李心远被叮铃作响的手机铃声唤醒，滑动接听键，传来的是柳依依甜美的声音："大兔兔，快起来，哈素海的风景太美了，我在栈桥等你。""大兔兔"是柳依依对李心远的亲昵称呼，"美羊羊"则是李心远对柳依依的甜腻称谓。

哈素海的蒙古包可谓休闲度假的正确打开方式，完全参照五星级酒店的标准打造，装饰得豪华脱俗，浪漫温馨，特别是那可以享受草原风光的落地浴缸。

走出蒙古包，一缕暖阳扑面而来，李心远闭上眼睛，贪婪地呼吸着露水泽润的气息。芳草碧连天，极目云卷舒，哈素海的羊群、草地和云朵，湖水、莲叶与荷花，美得让人无法呼吸。

手搭凉棚遥遥望去，木质栈桥之上，柳依依正向李心远频频招手。一瞥便是惊鸿，芳华乱了浮生。晨曦中柳依依顾盼生姿的倩影，似置身云烟缓缓而来，又似误落凡尘的采荷仙子。灵感所致，诗兴大发的李心远拿出手机，在走向栈桥的 10 分钟里填了一首词《清平乐·惊鸿倩影》发给柳依依：“天际云边，守心自安然。任由时光舞翩跹，花开叶落总相见。风过无痕谁知，敢问何物相思。晓来一夜霏微，唤起诗意况味。”

柳依依在微信上回复了一个笑脸表情，外加四个字：“酸文假醋。”

木质栈桥曲径通幽，倚栏观望，湖面微澜不兴，偶有丝丝涟漪，恰如绫罗绸缎的褶皱，微风过后复归平滑。柳依依深情地挽住李心远的臂弯，目光略带娇羞。迎着朝阳，沐着清风，两人依偎向前，悠然漫步，不知不觉来到栈桥尽头。朵朵白莲池中开，翠绿荷叶满眼海，微风徐徐吹过，阵阵清香扑面而来。

“每次我们的见面，都是不意外的意外，充满不意外的淡然，充满意外的惊喜。这次看到你，我有点激动，却又不敢动。”李心远露出了亢奋的神情。

“你是动心又动手，每次我都难逃你的魔爪。”柳依依撇撇嘴角，调皮地眨着眼睛。

“老板们都在，今天只能动心不能动手，没敢和你牵手，现在这样，挽个手也挺好。”李心远继续贫嘴。

“贵公司遇到难事了吧，孙允正帮不了王胜伟，你们现在最需要的是力挽狂澜的白衣骑士。”柳依依声音中隐隐透着别有企图的意味。

“云天明这一次是铁了心，志在必得，如果他坚持不停手，战局就会成为僵局和乱局。"李心远脸上难掩苦涩。

"我给你讲个故事吧。2009 年 1 月，日本朝日啤酒从英博手中接过了青岛啤酒 19.9% 的股权，这让时任青岛啤酒董事长金志国警惕而焦虑。英博手里还有青岛啤酒 7.01% 的股权，如果继续卖给朝日，朝日将持有青岛啤酒 26.91% 的股权。朝日继续增持，就会威胁国有大股东的地位。堂堂百年品牌，怎么能让日资控股？ 4 个月后，英博把剩余持有的青岛啤酒 7.01% 的股权，以 2.35 亿美元的价格卖给福建富商陈发树。由此，青岛啤酒控股权可能旁落日本朝日啤酒株式会社的警报解除。请问，你们的陈发树在哪里？"面向李心远，柳依依嘴角闪过一丝微笑。

李心远充满感激地说："看来我们的应对策略还是出了问题，阻击云天明是手段，寻找白衣骑士才是目的。"

柳依依深以为然地点点头："套用一句话，留给你们的时间不多了。"

尽管心绪变得凝重，李心远依然故作轻松，爱抚地拍了拍柳依依的肩："走吧，我带你见识一下蒙古族的'硬核'早餐。"

走进蒙古包，眼前的场景让柳依依忍不住发出一声惊呼，餐桌上已经摆满了各种高热量食物——羊肉粥、汤粉饺子、焙子、蒙古包子、蒙古馅饼、烧麦、杂碎、哈达饼、蒙古馃子……

属羊的柳依依忌吃羊肉，李心远颇费心力地为她挑选了牛肉制成的馅饼、烧麦、包子，抓了一把果条，再来两盘炒米，盛了两碗喷香浓郁的蒙古奶茶。两人寻了个静谧的角落，相对而坐，用心品尝。

好奇的柳依依玩起了自拍，拍下了蒙古包里的各式美食，顷刻间发了个朋友圈："'不明觉厉'的豪横，来哈素海吃早餐。"

美好的时光总是短暂，相处的快乐却是永恒。柳依依满足地擦了擦嘴，向李心远投来依依不舍的目光。临别之际，李心远有些伤感，拥抱了一下柳依依，问道："什么时候再见面？"

柳依依投来温存的目光，带着憧憬和兴奋说："快的话今晚就能见面。"李心远呆呆站立，表情复杂，既有深深的憾然，更有深沉的茫然。

11 点，孙允正拨通王胜伟的手机："刚才云天明给我打电话，飞机晚点了，刚落地，12 点半左右赶到。"王胜伟口气凉凉地喔了一声。

下午 1 点，姗姗来迟的云天明终于走进蒙古包，跟在他身后的是双鬓斑白的易安，以及一位西服男。冤家见面，分外眼红。王胜伟安然端坐，纹丝不动，冷冷地瞟了一眼云天明和易安。

众人坐定，为了打破尴尬，孙允正先开了口："我给大家讲讲苏东坡的逸闻趣事。苏东坡卷入'乌台诗案'，罢了官职，关进死牢 103 天，狱卒对他一通折磨。司马光升任宰相后，起用苏东坡，让他当了翰林学士。一个偶然的机会，苏东坡遇到了当年羞辱自己的狱卒。狱卒的神情显得仓皇、慌张。苏东坡笑着给狱卒讲了个故事。毒蛇咬死了人，阎王说要判死刑，毒蛇说你不能杀我，我身上的蛇胆、蛇黄都是可以造福人间的。一头牛踢死了人，阎王说要判死刑，牛说你不能杀我，我身上有牛黄，可以造福众生。一个刁民杀了人，阎王要判他死刑，凶手说你不能杀我，我身上有黄。阎王说蛇有蛇黄，牛有牛黄，你有什么黄？那人说，我身上有仓皇和慌张。苏东坡临时起意编的这个故事，是为了打消那个狱卒的慌张和仓皇。"

说到这里，孙允正左手拉着王胜伟，右手拉着云天明："两位要向苏东坡学习，从容、淡定！"

孙允正的话诙谐幽默暗含机巧。王胜伟、云天明礼貌地点了下头，但面部表情都有些冷淡。

暖融融的气息难以冲破王胜伟、云天明内心尘封的冰河，孙允正使劲挤出一丝笑容，端着酒杯站了起来："欢迎王总、云总以及各位朋友，今天安排的是全鱼宴，共有 50 道菜品，用水都是哈素海的水，味美无比，原汁原味。朋友来了有好酒，今天大家一定要给我面子，吃好喝好，当然更要聊好。"

孙允正先干为敬，王胜伟、云天明二话不说，纷纷抄起酒杯一仰脖，灌了一大口茅台。

王胜伟、云天明端坐孙允正左右两侧，孙允正拿起公筷，殷勤地为两人各夹一块白汁鲈鱼："我给两位夹的都是鱼肚，这是别有用意的，今天一定要推心置腹。"

云天明边道谢边忙不迭给孙允正夹了一块荷包鱼："孙哥，我给您夹的是鱼嘴，我们之间的关系是唇齿相依。"孙允正默默地夹起鱼嘴，放入口中。

王胜伟不慌不忙，先给孙允正夹了一块瓦块鱼："孙兄，我给您夹的是鱼眼，这叫高看一眼。"孙允正满意地点点头。

王胜伟转而又给云天明夹了一块番茄鱼："天明，我给你夹的是鱼臀，这叫定有后福。"

鱼臀肉已经放在面前的餐盘，云天明看都没看一眼，大喊一声"美女，换盘子"。身着蒙古袍的美女快步过来，云天明直接把盘子递过去："换个新的，谢谢。"鱼臀肉是夹给失意者的，云天明当然不爽。

孙允正咂摸咂摸嘴，夹了一筷子龙凤鱼丝，饱含真情地讲起正安保险党建活动的见闻和感受："我们去的是位于乌拉盖河畔的知青小镇，其前身是京州军区内蒙古生产建设兵团六师五十一团一连的营房，1972年我在那里生活了3年，从肩不能扛、手不能提的毛头小伙，成长为日出而作日落而息的牧马人。都说草原人不讲卫生，一辈子只洗3次澡，这是鬼扯。草原人认为洗澡的时候，身上的污秽会进入水里，就污染了水源，会惹怒神灵，会给草原带来灾难。插队时，我半年才洗一次澡，洗过的水继续洗衣服，还不能倒，要留着饮牛羊。"回忆草原插队的激情岁月，说到动情处，孙允正当众抹起了眼泪，"不好意思啊各位，岁数大了，眼窝子浅。"

王胜伟神情专注地倾听，颇为感慨地说："前些日子我们公司的党建活动放在了遵义。中共中央在遵义境内，几乎天天'把嘴皮子磨热'，靠共识去实现凝聚、寻求共识、捍卫共识。承蒙允正做东，我们今天心怀诚意聚在一起，推心置腹寻求共识。"

云天明眉头微皱，冷冷一笑："王老板煞费苦心啊，最近搞了不少串联，股票市场抢筹，人才市场抢人，土地市场抢地，串联金融机构试图切断我的资金链，手法狠辣，其心可诛。"

王胜伟、马建业、钱书光讪讪一笑，却也不予置评。末首位置端坐的西服男一直沉默不语，王胜伟看向西服男，又看向易安。

易安努力挤出一丝笑意，介绍道："这位是冯永粮律师，为了确保本次股权转让协议合法合规，荣光地产、正安保险联合聘请冯律师团队为股权转让事项保驾护航。"

没想到易安把法律顾问都搬出来了，马建业决定发挥讲段子耍幽默的特性，活跃下现场气氛。

冯永粮听后，只是嘿嘿一乐，并未说话。

郑春筠没绷住，冒冒失失地开口了："正安保险与荣光地产的股权转让协议是无效的，因为公司章程明确规定，股权转让必须经股东过半数同意，且需经董事会通过。"郑春筠之所以搬出公司章程这一条，是因为上市公司董事会控制在王胜伟手中。

一直冷冷旁观的冯永粮加重语气，说道："郑女士提到的关于公司章程约定的那一条规定，与公司法的相关规定相悖，所以对当事人各方没有约束力，股权转让无须经由董事会一致通过。"

王胜伟表面平静，内心却对郑春筠的冒失颇为不满。

凌云飞给李心远递了个充满暗示的眼神，分明在说："你小子不是有律师从业资格吗？显摆一下吧！"

李心远清了清嗓子，一字一顿地说："正安保险与荣光地产的股权转让协议，有效。"

王胜伟、凌云飞、郑春筠都睁大了眼睛。孙允正、云天明、易安都松了一口气，得意地笑了。冯永粮则一脸平静。

马建业歪着脑袋，不满地看向李心远："疯子说梦话，胡言乱语。"

根本没有理会马建业，李心远整理了一下思路，继续说道："《中华人民共和国公司法》保护有限公司的人合性，但不能就此认定股东未经其他股东过半数同意而签订的股权转让合同无效。未经其他股东同意对外签订的股权转让合同原则上是有效的，但是……"

说到这里，李心远直视冯永粮，笑呵呵地说："股权转让合同有效，并不代表股权变动。"冯永粮额头开始冒汗，下意识地松了松领带。

"《中华人民共和国公司法》第七十一条是管理性规范，并非效力性、强制性规范。虽然股权转让合同有效，但荣光地产与正安保险很难完成股权变更。股权属于商法中的私权，在工商部门办理股权变更时，需要上市公司开泰伟业盖章确认，需要出具全体股东签字的股东会决议。这些关键事项，如果掌握公章的开泰伟业不配合，持股 35% 的开泰控股不配合，正安保险将所持有 16% 的股权转让给荣光地产，是不可能实现的。王老板和东虹市工商部门的领导很熟，我想，东虹市工商部门一定会严肃履职、照章办事。"李心远咧开嘴笑着说，同时抱歉地看了易安一眼。

王胜伟脸上洋溢着胜利的笑容："万物各得其和以生，各得其养以成。什么是商人？就是凡事都可以商量的人。能在饭桌上解决的问题，就不要动手动脚了，大家以和为贵，和气生财。"

易安恼怒地看着冯永粮。冯永粮无奈地点点头，声音依然强硬："公司章程第十八条规定，其他方股东自接到书面通知起满 30 日未回复的，视为同意转让。40 天之前，正安保险已经通过传真方式将股权转让的决定和相关信息书面告知贵方，但是直到前天才接到贵方要求行使优先购买权的电话通知。尊重股东优先购买权，我们已经以实际行动做到了，并且合法履行了通知义务，为的就是避免掉入交易泥潭。"

孙允正皱起眉头，脸色有些转阴："收到传真件 30 天之内，你们没有任何回复和表态，鉴于此，正安保险和荣光地产已经正式签署股权转让协议，如果正安保险违约不卖股权，我们是要向荣光地产支付 10 亿元违约金的。"

王胜伟撇了撇嘴，不以为然地说："违约金我来承担。"

云天明露出轻蔑的笑："不要违约金，我要的是16%的股权。"

"有些人头脑中只有问题，没有解决问题的方法和路径，所以问题永远存在，这是抱怨者；有些人能够看到问题，并思考出解决问题的方法和路径，这是管理者；有些人在问题出来之前就把问题消灭掉了，这是智慧者；有些人没有问题，却创造了一堆问题，这是没事找事。云总你属于第四种人，平白无故给大家惹下一堆问题。"王胜伟脸色阴沉，说话不留情面。

鼻腔里喷出一团轻蔑的气息，云天明毫不客气地回道："豁达开朗又疑神疑鬼，聪明绝顶又冥顽不化，狡黠奸诈又坦率真诚，宽宏大量又斤斤计较，既狡猾又憨直，既狠辣又温情，既宽容又怨毒。铁石心肠阎王脾气，儿女情长放荡不羁，房地产界数你最像曹操！"

好像正喝着藿香正气水，嘴里被塞了一勺蜂蜜，王胜伟露出开心的笑容："曹操是我的偶像，有幸成为他，那是我的荣耀。鲁迅先生非常佩服曹操，他这样评价：曹操是一个很有本事的人，至少是一个英雄。"

云天明目光阴冷地看向王胜伟："不引以为耻，反引以为荣。千层鞋底做腮帮子，好厚的脸皮！"

云天明、王胜伟的唇枪舌剑，令闻者无不哑然失色。后来，两人的斗嘴在地产界很快传为笑谈。

孙允正使劲摇摇头，一脸苦涩："赢在和气，败在脾气，成在大气。两位大佬当着众多下属的面，就不要打嘴仗了。我要退出，天明接盘，30天之内老王你没有宣示优先购买权，于情于理我和天明都没错。"

王胜伟心里一阵疼痛，正要反驳几句，孙允正粗暴地摆摆手予以阻止："已经超过了30天，老王说要行使优先购买权，对于我这个卖家来说，卖给谁都可以，只要价格合适。我的股权还是卖给天明，天明承诺不谋求改变经营层，这样行吗？"

云天明、王胜伟对视一眼，不约而同地都摇了摇头。

"我在公司内部常说两句话：从别人身上找原因，一想就疯了；从自己身上找原因，一想就通了。咱们仨离场，找个安静的地方，把话说透，把事挑明。"孙允正话语中自带一种凛然的权威感。

孙允正一脸怒意带头离开蒙古包，王胜伟、云天明陆续离席。

很快，李心远听到激烈的吵嚷声，以及玻璃杯碎裂的声音。

华见枭放出的是有毒的"考尔贷款"

约莫半小时后，孙允正、王胜伟、云天明回到蒙古包，云天明满脸喜色，孙允正一脸平静，王胜伟一脸凝重。

走进蒙古包坐定，云天明做了个手势，易安和冯永粮律师快速离席。孙允正礼节性起身，紧握云天明的双手，用力晃了晃，眼神中既有歉然，也有淡然。王胜伟连个欠身的动作都省略了，仿佛云天明、易安等人根本不存在似的。

王胜伟镇定地抖了抖筷子，夹起一块哈素海炖鱼，津津有味地咀嚼，然后盛了一小碗鱼汤泡着米饭，细嚼慢咽，自得其乐。

走出蒙古包，易安正要开口，云天明得意地笑了起来："刚才我们仨已经说好了，10亿元的违约金，王胜伟支付给我们。"

暗自松了一口气，易安飞快地点头："过去两个多月，二级市场抢筹，我们账面浮盈已经超过10亿元。"

云天明越发得意，满是佩服地看向易安："实实虚虚，真真假假，易总这一仗打得漂亮，玩资本比玩地产来钱还爽。"

易安双手一摊："难题甩给王胜伟了，看他的造化和运气了。"

云天明脸上保持着寒冰一样的冷漠："咱们的出价是116亿元，王胜伟同意以120亿元吃下正安保险手里16%的股权。只给王胜伟15天时间。15天之内，如果他凑不够120亿元赎身，正安保险持有的16%

的股权还是归荣光地产所有。孙允正和成东平通了电话，希望成东平借120亿元给王胜伟。"

"成东平答应了吗？"易安忍不住问道。

"人家精得很，只同意见面。"云天明得意地说。

易安用手轻抚下巴，眼睛里射出一道寒芒："之所以选择在这个时候不宣而战，就是因为这两个月开泰伟业要集中偿付银行的贷款本息。"

云天明手掌向下一压，打断了易安的话："王胜伟手里有私募、保险、金交平台，这些自融平台要切掉。"

易安调整好心态和状态，稳稳地说："曲目精彩，好戏连台。"

云天明、易安离开后，孙允正端着酒杯又和王胜伟、马建业等人打了几圈，气氛倒算融洽。

王胜伟憋红了脸，瞪着李心远："给柳依依打电话，以我的名义约见成东平，越快越好。"

凌云飞冲着李心远挤眉弄眼，表情有点暧昧。李心远和柳依依的特殊关系，在场每个人都看在眼里。

接通电话时，柳依依陪着成东平刚到京州机场："呵呵，你等我电话，我问下成总的时间。"

很快，柳依依回复："成总后天下午有时间，可以在京州见面。"

李心远把成东平的时间安排如实传递。王胜伟显得很急迫："建业、春筠回东虹，我和书光、云飞、心远今晚到京州。"

蒙古包外，王胜伟拉着孙允正的胳膊，语气中带着恳求："成东平不同意借款，正安保险家大业大，你来当我的债权人吧。"

孙允正瞪大眼睛，一脸苦笑："正安保险借款给你，你再拿这个钱买股权，这不合规，肯定不行。"王胜伟沉默不语，神情落寞。

孙允正平静地一摆手："明天我也赶回京州，后天和你一起见成东平，争取合计出一个安全可行的办法。"

从哈素海返回呼和浩特，王胜伟全然没有了先前的好兴致。

王胜伟皱着眉头问钱书光："账面上可以动用的现金有多少？"

钱书光恭敬地答道："大概有100亿元。"

王胜伟一拍大腿："我很满意！"

钱书光抬起头，颤巍巍地开口道："这100亿元里，70亿元是必须在本月偿还银行的贷款本息，已经逾期了，本来是上个月偿还的。20亿元是应支付且未支付的土地出让金以及项目建设费用。"

王胜伟的表情瞬间变得黯淡："云天明是算准了，知道我们这个月手里没有活钱。建业，你回到东虹后，想尽一切办法搞钱，越多越好。水源基金、曙天金交、紫杉财富、大麦保险要拿出100亿元，15天之内凑足120亿元，否则股权就是荣光地产的了。"

马建业眼前一黑："肚子里长牙，云天明心真狠。"

手机铃声响起，见是刘宇轩的号码，王胜伟果断摁下接听。

"一个好消息，一个坏消息，董事长先听哪一个？"刘宇轩卖关子。

"先说好消息。"王胜伟硬邦邦地甩出一句话。

"好消息是，只有一个坏消息。"刘宇轩调侃道。

"赶紧的，说正事。"王胜伟没好气地说。

"这两天二级市场抢筹，通过关联的两家资管公司已经拿下了4%的股权，荣光地产的抢筹动作被逼停。"刘宇轩得意扬扬地说。

"坏消息呢？"王胜伟有点急迫。

"刚接到河东省证监局指令，要对水源基金进行为期两周的现场检查。曙天金交、紫杉财富、大麦保险接到省银保监局、省金融办指令，要进行为期两周的现场检查，据说是接到了举报。"刘宇轩解释道。

王胜伟露出了意外的神色，自言自语："咱们的自融平台暂时没法儿搞小动作。阳谋阴谋、损招黑招都上了，这一次的资本运作应该是易安的策划，老易怎么对我下手这么狠？"

"股权质押融资，也是个路子，我找找樊国斌，看看河东银行能否再给我们贷些款。"钱书光讨好地说。

李心远叹了一口气说："做股权质押是有上限规定的，通常情况下主板上市公司的质押率是五折到六折，普遍是五折，小盘股或优质创业板股票三折到三点五折，一般是三折，期限基本是半年到两年。我们是主板上市的大盘股，按五折来算，最多能贷出60亿元。"

王胜伟脸色越发严峻，苦涩地摇着头。

晚上8点，湾流G550降落在京州国际机场T1航站楼。接机的是柳依依，李心远控制心绪，矜持地打了个招呼。

柳依依一个劲儿地说着抱歉的话："成总有重要公务，已经赶去北戴河了，特别叮嘱我，一定要把王总一行接待好。"

王胜伟心里明镜似的，此番星夜赶至京州，是"有求于人"，自然要"礼下于人"，所以对于成东平故意冷落，自然没理由"挑理"。

沿机场高速进入东直门北桥，经北二环、西二环、阜成路，奔驰商务车一路向西急驰。40分钟后，李心远睁开双眼向外一望，不由得一惊："怎么到了这里？这是钓鱼台国宾馆的东门啊！"做记者时，李心远多次出入钓鱼台国宾馆参加高规格的新闻发布会，但能下榻，是生平头一遭。尽管已经适度对外开放，但要想入住钓鱼台国宾馆，可不是一般人能做到的事情。由此可见成东平人脉关系之非凡。

王胜伟一行人被安排入住钓鱼台国宾馆芳菲苑。办完入住手续，柳依依悄无声息地溜进了李心远的房间。

第二天一早，开泰伟业京州分公司的黑色奥迪载着王胜伟离开钓鱼台国宾馆。一整天，王胜伟陪同王守仁先后拜会了央行、证监会、银监会、保监会领导。王守仁带着河东省国资委、金融办、证监局、银监局、保监局负责人专程赶赴京州，就河东省金融强省的战略规划，与"一行三会"领导进行了亲切友好的交流，达成了在河东省率先开展绿色银行、绿色金融、绿色基金、绿色证券、绿色保险试点的多项共识。"一行三会"领导一致同意，在河东省发起设立定向支持绿色生态经济投融资的绿色银行、绿色证券、绿色保险、绿色小贷、绿色担保、绿色基金等多元化绿色金融体系。

王守仁将王胜伟推向前台，为的是让开泰伟业联合河东省国资，在金融强省战略的大棋局中充当急先锋。此时王胜伟手里已有证券、基金、互金、保险、信托、期货六张金融牌照，独缺分量最重的一张牌照——银行。

华成投资总部在国贸三期写字楼顶楼，国贸三期是京州的最高建筑，主塔楼建筑高度 330 米，共 80 层。下午 2 点，孙允正、王胜伟、钱书光、凌云飞、李心远一行人走进了成东平的办公室。

奢华、宽大的办公室空无一人。

柳依依满脸歉意："成总还在从北戴河赶回的路上，请稍等片刻。"

这一"稍等"，就是一个小时。孙允正急吼吼地直看手表，王胜伟则气定神闲，如老僧入定，根本不为所动。手里没钱，英雄气短，王胜伟知道这是成东平在摆谱。

王胜伟心里愤懑，依然谈笑风生。王胜伟刚讲完一个段子，成东平突然出现，场面登时有些尴尬。

成东平手里攥着一瓶矿泉水，一屁股坐在沙发上，连声道歉也懒得说，开门见山："借钱肯定不行，我这儿也没余粮啊。"

孙允正不耐烦地摆摆手："不找你借钱，借条通天大路，借个通道总可以吧？"

成东平略微一欠身："愿闻其详，怎么个通道？"

孙允正压低声音，说道："正安保险出资 120 亿元购买华成投资旗下的信托、资管产品，华成投资以信托产品融资形式将这笔钱划给开泰伟业。借款的利息 10% 付给正安保险，通道费 12% 付给华成投资。"

李心远在心里快速盘算，正安保险出资 120 亿元，名义上是购买华成投资的资管产品，其实是利用华成投资的资金通道把钱洗白，华成投资再把这 120 亿元以信托产品形式输送给开泰伟业，王胜伟用融来的这 120 亿元收购正安保险手里持有的 16% 的股权。绕了一个圈，120 亿元再回到正安保险的资金池。

王胜伟表情平稳，拳头却始终紧紧地攥着。

成东平阴阳怪气地说："允正兄，通道这种方式的合作，咱们干过不是一次两次了，这次依然是哑巴上学，没得问题。"

王胜伟递了个眼神。钱书光皱了皱眉头，口气生硬地说："借款120亿元，正安保险优先挑选我们在京州、上海、河东省的写字楼作为抵押物。开泰伟业旗下子公司东虹房开通过华成信托设立的信托计划融资120亿元，这笔融资采取资产收益权转让与回购相结合的方式，回购期12个月，回购期内东虹房开以每年12%的回购溢价向华成信托支付溢价回购款。"钱书光继续讨好地道，"在这次融资中，上市公司开泰伟业以及开泰控股提供连带保证。"

孙允正手里握着开泰伟业的写字楼，如果一年后120亿元回不来，抵押的写字楼就归正安保险所有。华成投资控制10家上市公司，旗下有信托、基金、保险、银行、期货，关联公司成百上千，把120亿元彻底洗白是轻而易举的事情，成东平收取的是零风险但昂贵的"通道费"。

成东平笑容可掬地说："我们三方的财务、法务，要坐下来好好商议具体的路径，一定要严丝合缝、无缝衔接。"

孙允正、成东平喊来财务、法务负责人，吩咐他们和钱书光现场讨论具体细节。两小时后，股权转让协议、资管产品认购协议、信托产品融资协议，全都起草完毕。

协议摆上桌面，孙允正、成东平、王胜伟正要签署各自的协议，柳依依拿着手机走了进来："成总，您的电话，是华董事长。"

成东平喔了一声，快速起身，走出办公室接听电话。

10分钟后，成东平返回办公室，苦笑着："很抱歉，协议要缓一缓。"

"为什么？"孙允正、王胜伟异口同声地说。

"华董邀请我们去悉尼面谈。"成东平僵硬地笑了笑。

"华老板搞什么幺蛾子，就是个通道业务嘛，把我们折腾到悉尼干啥？"孙允正语气里的烦躁犹如一把利剑刺向成东平。

"各位加急办签证，我们去悉尼吃海鲜，我和依依先去，给各位打前站，尽地主之谊。"成东平收敛笑容，淡淡地说了一句。

"签证不是问题，我们都有 APEC 商务旅行卡，前往澳大利亚不需要签证，而且至少可以停留 60 天。"王胜伟努力挤出一丝笑容。

见孙允正、王胜伟心情有点低落，成东平赶忙招呼并引领大家前往后海餐叙。傍晚时分，后海被灿烂的夕阳照耀，充满浪漫惬意的气息和氛围。在后海，成东平拥有一座价值不菲的中式四合院，改造为私人会所，定向接待贤达、名流。成东平、王胜伟在酒桌之上活跃气氛，是一等一的高手。只消片刻，气氛便被推向酒酣耳热的高潮。

一周后，湾流 G550 降落在悉尼金斯福德·史密斯机场，在柳依依的引导下，王胜伟、孙允正、马建业、凌云飞、李心远等人鱼贯而行，有序穿过贵宾通道，快速办妥入境手续。

对于李心远时不时抛来的眼神，柳依依面容柔媚，高傲地扬起头，视而不见。柳依依化身尽职尽责的"导游"，边走边细心讲解："悉尼机场建于 1924 年，设施比较陈旧，一直被嘲笑为'第三世界水平'，T1 航站楼刚刚启用，所有的硬件设施都是全新的。"

孙允正淡淡地道："即便是全新启用的 T1 航站楼，也就相当于京州机场 T2 航站楼的水平。要说这硬件设施，都不如东虹机场。"

快步走出航站楼的柳依依不好意思地笑了笑："从悉尼机场到市区的路况相当一般，别说和京州比，和东虹的机场高速都没法比。不过嘛，今天我要带各位贵宾以高高在上的视角看悉尼。"

孙允正嘴角一抖，王胜伟眉毛一动，两人几乎同时发出一声轻微的喔，神情也都有一丝期待。

柳依依突然停住脚步，充满喜色地手指一架军绿色直升机："请各位贵宾登机。"

孙允正、王胜伟僵在原地，身后的马建业、凌云飞、李心远也都吃惊地瞪大了眼睛。

"黑鹰直升机，起飞重量 10 吨级的中型直升机。美国人曾无比自豪地说，世界上没有什么直升机能代替黑鹰。如果一定要说有，那么肯定是下一个升级型号的黑鹰。"军迷王胜伟双眼闪动着兴奋的神色。

黑鹰直升机机舱很宽大，乘坐 11 人没有任何问题。副驾驶位置的柳依依回眸一望，见众人都已扣好安全带，戴上降噪耳机，旋即向飞行员竖起大拇指。轰鸣声中，黑鹰直升机拔地而起，呼啸着冲向蓝天。湛蓝的天空、旋转的气流让每个人血脉偾张、神经亢奋。

蓝天、白云、海浪、沙滩、绿荫……壮丽多姿的海岸线扑面而来，浪漫温柔的海风拍打机身。舷窗外，脚底下，朵朵海浪拍打着砂岩峭壁，305 米高耸入云的悉尼塔，游人如织的邦迪海滩，芳草萋萋的海德公园，一览无余，尽收眼底。近了，近了，更近了，宏伟壮阔的海港大桥，贝壳造型的悉尼歌剧院，瞬间映入眼帘。

柳依依冲着机长做了个手势，黑鹰直升机先是一个俯冲，引得机上人员爆发出一阵惊呼，而后平飞，兜兜转转，在海港大桥、歌剧院上空稳稳地盘旋了两周。

黑鹰直升机继续在海港大桥、悉尼歌剧院上空盘旋，使他们以绝佳角度在高空俯瞰，发现悉尼的震撼与壮美。柳依依冲着海港大桥使劲舞动手臂，仿佛发现了新大陆般兴奋。

孙允正、王胜伟默默地向下望去，神情保持着冷静与淡定。李心远早已按捺不住，举起尼康相机咔嚓咔嚓狂摁快门。

20 分钟后，黑鹰直升机降落在丛林环绕的空旷之地。走下直升机，孙允正、王胜伟仿佛置身偌大的植物园。此处风景秀丽，空气清新，各种绿色植物让人眼界大开，湖水荡漾令人心情愉悦。

在悉尼，也有东富西贵的说法，富人区沃克吕兹坐落于悉尼东郊，此地豪宅的价格动辄上亿元，能在此间置业安家的均为富商名流，就连国内知名电商品牌创始人也在沃克吕兹购置豪宅。

金融界赫赫有名的隐形大鳄华见枭的别墅位于沃克吕兹，单是这花园就足足有两亩。华见枭的别墅群共有三栋，一栋用于自住，一栋用于办公，一栋用于宴请。别墅外形酷似英伦城堡，走进去一看，更显奢华。

柳依依充满歉意地对孙允正、王胜伟说："华董和成总去爬海港大桥了，估计还有一个小时才回来，我领各位先参观一下。"

"海港大桥允许攀爬？"王胜伟诧异地问。

柳依依满面笑容地说："刚才我在直升机上就是冲着攀爬海港大桥的华董、成总挥手。海港大桥是悉尼地标建筑，远看像衣架，是世界第一单孔拱桥，最高处到水平面有134米。攀爬海港大桥很刺激，但并不危险，因为全程都有防护。华董、成总选择的是快速攀爬，也要两个半小时。"

"攀爬海港大桥是勇敢者的游戏，参与的人不多吧？"李心远沉不住气地问道。

"到现在为止，有超过300万人攀爬了海港大桥。海港大桥的攀爬，是一个非常有趣的创业故事。"柳依依故作神秘地说。

见众人充满兴趣，柳依依边走边说："1989年世界青年领袖大会在悉尼召开，会议期间，一位名叫保罗的年轻人安排攀爬海港大桥，受到了与会者的欢迎。从那时起，保罗一直想着把攀爬海港大桥发展为一项面向公众的商业项目。因为安全问题，以及担心对桥体造成破坏等因素，攀爬海港大桥一直都只是个商业创意，难以推行。10年时间里，苦心坚持的保罗花费了大量金钱，耗费了大量人力，终于解决了所有难题。1998年10月1日，海港大桥正式允许攀爬，一经推出，大受追捧。"

跟随着柳依依的脚步，孙允正、王胜伟、马建业等人在城堡式别墅参观游览。私人酒窖、酒吧、健身房、KTV、室内恒温泳池、桑拿房、私人影院……王胜伟贵为地产首富，但眼见华见枭悉尼豪宅之奢华，还是让他震惊。

用于办公的那栋别墅的顶层，是华见枭的私人博物馆，里面珍藏着张大千、齐白石、傅抱石、潘天寿、徐悲鸿等名家的书画作品。

推开一扇红漆木门，柳依依驻足停留："华董的书房，唯有这一间是中式风格。"

王胜伟立在原地，看着门楣上的三个大字，喃喃自语："非非堂，有什么讲究和来历？"

柳依依求助地看了李心远一眼。

李心远略作沉吟，缓缓说道："北宋大文豪欧阳修的书房就叫非非堂。欧阳修是个书痴，私人藏书1万多册，那时北宋的国家图书馆藏书才3万册。欧阳修写过一篇散文《非非堂记》，'心静则智识明，是是非非，无所施而不中'，意思就是，是非纷扰，闭目澄心置身其外就能无所谓是，无所谓非。"

孙允正、王胜伟频频点头，柳依依的眼眸中更是飘来崇拜的气息。

长期以来，华见枭在金融市场是充满争议的奇特存在。时至今日，百度上搜不到他的任何个人信息和图片，捧的人赞他是金融奇才，谤的人骂他是金融大盗。李心远甚至想，柳依依被成东平招致麾下，就是为了利用她曾经的媒体身份应对舆论和舆情。隐居海外就能躲过是是非非？这恐怕是华见枭的一厢情愿。

三栋别墅参观了一圈，一个小时不知不觉就过去了。一名菲佣跑来，在柳依依耳边低语了几句。

柳依依喜形于色："华董、成总回来了，请各位贵宾随我去餐厅。"

餐厅有200多平方米，西式装修风格，光亮而柔和，营造出一种温馨雅致的居家氛围，尤其是餐厅的吊灯，精巧夺目、耀而不灼。

成东平正与一位男士轻声低语，王胜伟猜想此人应该就是名震江湖的金融大鳄华见枭。

"孙总、王总，我是华见枭，幸会。"

孙允正、王胜伟仔细打量眼前的传奇人物华见枭，但见此人浓眉大眼，鼻梁立体，五官端正，挺阔帅气，笑起来阳光又温暖，眉宇间豪气飒爽，光亮照人，腰间系着的爱马仕皮带煞是醒目。

王胜伟热情而爽朗地回应："江湖都是你的传说，华董果然是大咖，迎接我们的是黑鹰直升机，参观的是你的华美大宅，如此摆阔炫富，让我们这些土老帽情何以堪啊。"

华见枭笑得合不拢嘴："我这是背着哈哈镜走路，不怕被地产首富笑话。"华见枭、成东平与众人一一握手寒暄，轮到马建业时，成东平非但用力握了握手，还使劲拥抱了一把。

手里举着一瓶茅台，成东平热情招呼马建业："今晚我们喝这款茅台如何？华老板珍藏了 23 年的老酒佳酿。"

孙允正、王胜伟、马建业凑过去一看，不由得拍手叫好，原来成东平拿的是铁盖茅台。铁盖茅台是稀罕物，生产于 1986 至 1996 年，一瓶铁盖茅台的拍卖价如今攀升到了 30 万元。收藏的是贵州茅台 1992 年推出的高端奢侈酒品牌，价值数千万元的汉帝茅台酒，宴请宾客的是铁盖茅台，华见枭的豪气让王胜伟自叹弗如。

酱香型白酒也讲究醒酒，铁盖茅台在醒酒器里沉淀了 15 分钟，孙允正、王胜伟、马建业贪婪地欣赏着铁盖茅台的淡黄色泽，吮吸着那满屋的酒气生香。成东平耐心地指挥侍者打开一瓶飞天茅台，按照 1 ：1 的比例和铁盖茅台进行勾兑。

宴席一开，华见枭站起身端着酒杯刚要致祝酒词，成东平打趣道："酒桌上可是有规矩的，屁股一抬，喝了重来。"

华见枭呵呵一笑："屁股一动，表示尊重。热烈欢迎各位大佬莅临悉尼，到访寒舍。我知道，孙总、王总是一斤不当酒，两斤扶墙走的海量。我确实不胜酒力，这第一杯酒我先干为敬。酒桌上，我的原则是，酒逢知己千杯少，能喝多少喝多少，喝不了赶紧跑。"

华见枭是名动寰宇的金融大鳄，他一起身，纪玉珠、成东平、柳依依、王胜伟、孙允正、马建业、凌云飞、李心远齐刷刷起立，相互碰杯，仪式感十足。

一杯茅台下肚，话匣子一下子打开了，成东平诚意十足地说："层林尽染枫叶红，秋韵盎然诗意浓。这个季节是悉尼最美的秋季，明天我陪各位去蓝山看枫叶。一步一风景，一转一流连。山水之乐，得之心而寓之酒也。环绕悉尼的是蓝山山脉，特别是三姐妹峰，蓝蓝的山谷，空灵而静谧，实在是心旷神怡。"

柳依依晃动着兰花指，优雅地介绍道："之所以名为蓝山，是因为蓝山漫山遍野生长的桉树会分泌一种特殊的油，这种油经过阳光照射蒸腾到空气中，会形成一种蓝色的云状物。桉树是澳大利亚的国树，桉树虽好，却是易燃之物，澳大利亚频发的山火，桉树算得上是肇事者。"

华见枭是岭南客家人，掌勺的是粤菜厨子，地道粤菜讲究精细的选材、清淡的口味。白切鸡、红烧乳鸽、脆皮烧鹅、鲍鱼、上汤焗龙虾、香滑鱼球、糖醋咕噜肉、蒜蓉炒菜心，依次摆上桌面。

一盅佛跳墙摆在面前，马建业视而不见，他夹起一筷子袋鼠肉，慢慢咀嚼，感觉和牛肉味道差不多，随后放下筷子，慢条斯理地说："桉树在澳大利亚是个宝，但在中国被称为断子绝孙树。我们新元县已经在开展桉树专项整治行动。桉树被称为林木的抽水机，容易造成土壤板结，还会污染环境和水源。"

王胜伟反客为主，殷勤地将澳洲海鲜三宝龙虾、皇帝蟹、白牡蛎逐一摆放在华见枭面前的餐盘。华见枭正在大快朵颐，听到马建业对桉树的"诋毁"，便严肃地盯着他，眼神中带着些许鄙夷："我经常开着房车去蓝山国家公园，山水之间夜宿蓝山，感受着欧阳修《醉翁亭记》的意境：'野芳发而幽香，佳木秀而繁阴，风霜高洁，水落而石出者，山间之四时也。'向上的高度超过 100 米，向下的深度有 10 米，坚毅端直、挺拔伟岸的桉树，是澳大利亚国家精神和文化的象征。中国为什么抵制桉树？和种植方式有关。为了提高产量，中国一些地方桉树的种植密度太大，澳大利亚的林地多是 10 多种桉树套种，还包括低矮植被，物种间链条复杂、多样，形成内外循环的生态体系。"

孙允正咧嘴笑道："华董是富可敌国的金融大腕，今日有幸从容把盏，相谈言欢，看来你是醉翁之意不在酒，在乎山水之间也。"

华见枭微微一笑："《醉翁亭记》是时年40岁的欧阳修被贬为滁州知州后，颓然而醉写的一篇传世佳作，欧阳修之所以从三品官被贬为四品官，是因为一桩莫须有的绯闻。"

见众人纷纷投来猎奇的目光，华见枭歪着脑袋，眯缝着双眼，忍不住笑道："在一首艳词里，欧阳修把十四五岁的女子比作柔媚的江南柳，言语轻佻，词语暧昧，字里行间充斥着对那位少女的倾慕与怜爱。政敌处心积虑，借这首词攻击欧阳修行为不检点。这首词当年在汴京城内广为传诵，老百姓都在热议欧阳修的'瓜'。"

几杯茅台下肚，酒力不佳的凌云飞满脸涨红，敲着桌子说："心远对欧阳修也很有研究，说说你的发现。"

饶有兴致托腮静听的李心远，顿了顿，积极回应道："欧阳修是苏东坡的启蒙老师，两人都是一代文宗。后世这样评价苏东坡和欧阳修的文风：苏文如海，苏东坡的词大气磅礴洒脱达观；欧文如兰，欧阳修的诗词波光涟滟简易自然。青年时期，欧阳修曾在颍州邂逅一位歌姬，两人一见钟情。分别之时，欧阳修和歌姬相约某年某月某日此地重聚，执子之手，与子偕老。若干年后，欧阳修终于调到颍州当知州，他如约来到约会地点，那位心心念念的歌姬却不知所终。伤感之余，痴情的欧阳修写下千古名句：'柳絮已将春去远，海棠应恨我来迟。'"

华见枭颇为欣赏地点点头，促狭地说："对于流传于世的署名欧阳修的谈情说爱、缠绵婉约的艳词，欧阳修的拥趸强烈质疑，指称是别有用心的伪作。其实，这些艳词，确确实实都是欧阳修的作品。"

柳依依笑盈盈地说："知识丰富，记忆超强，华董的诗词造诣如此深厚，实在让人钦佩。"

品了一口茶，华见枭话锋一转："商人总是被小人控制，因为在发家过程中被人抓住了把柄；官员经常被女人掌控，女人把官员拉下水的例子不胜枚举。最后的结论是，小人和女人控制局面。所以，就连孔夫子都说，唯女子与小人为难养也。"

端坐一旁的纪玉珠一脸愠色，道："酒没喝多，话倒是多，刚才王总给你夹澳洲海鲜三宝，就是让你多吃少说。"

王胜伟慌忙摆手："我这次来澳大利亚是有事求华董的，华夫人您这一句话，可是在拉仇恨哈。"

华见枭摆弄着餐盘里的皇帝蟹，爽朗大笑："我这个人最大的优点是'惧内'，太太发话，我就得遵命而行。"

王胜伟手指点着马建业、凌云飞、李心远给华见枭敬酒。

马建业脸色通红，粗声粗气地说："刚才欣赏您的藏品，发现有一张 50 英镑的纸币被精心装裱起来了，不知道这张纸币有什么来历？"

华见枭耸耸肩，指着成东平喊道："你给王总、马总解释下 50 英镑的来历。"

成东平放下酒杯，嘿嘿一笑，道："我和见枭在英国剑桥大学贾奇商学院读书期间，导师是皮尔森教授。毕业前，皮尔森教授把我俩喊到他家吃饭，他拿出一张 50 英镑的钞票，给我们讲这张钞票的故事。50 英镑的背面是两位男士的肖像，一位是蒸汽机改良者詹姆斯·瓦特，一位是瓦特的天使投资人马修·博尔顿。早年瓦特穷困潦倒，妻子死后给他留下 6 个子女，恓惶度日。博尔顿慧眼识才，以天使投资人身份挽留意欲流亡俄罗斯的瓦特一起创业。瓦特出智，博尔顿出资，齐心协力开创伟业，改良蒸汽机的知识产权收入，使瓦特晚年尽享富庶。"

华见枭用手重重地拍了拍座椅扶手，接话道："皮尔森教授对我和东平说，你们不是一直谋划着回中国开创事业吗？我就是你们的博尔顿，这是我的 7 万英镑，我做你们的天使投资人。那是 1999 年，7 万英镑可以换 100 万元，我们用这笔钱成立了华成投资，开始在资本市场纵横捭阖。3 年之后，我们准备把 40 万英镑汇往伦敦，却意外得知皮尔森教授已经离世。"

说到这里，华见枭竟然开始抹眼泪，成东平的语气也有点哽咽："我和见枭累计投入1000万英镑，在英国剑桥大学贾奇商学院设立了皮尔森奖学金，专款专用，定向奖励立志创业的大学生。"

眼见时机已到，孙允正放下筷子，蹙起的眉头舒展开来："王胜伟先生是地产首富，他现在遇到了坎儿，这次专程来悉尼，是搬援兵的，希望华董做一回博尔顿，仗义疏财，施以援手。"

华见枭不以为然地摇摇头："信托、融资、通道，东平和我说了，我觉得你们商量的路径太麻烦，我不同意。"

王胜伟一听来气了，心想："一个电话就能搞定的事情，非得折腾我们大老远赶过来，左等右等，等来的却是你的不同意。"

成东平一脸坏笑，孙允正沮丧不已，马建业愁眉不展，凌云飞沉默不语，李心远困惑地看着柳依依。

思忖片刻，华见枭冷不丁说道："王总，我不想做你的资金通道，我要做你的股东。"

成东平失声叫了起来："见枭，你这是什么意思？"

华见枭语气坚定地说："正安保险手里16%的股权，华成投资出资120亿元买下，华成投资成为开泰伟业的第三大股东，成东平进入董事会，和王胜伟先生成为一致行动人。一年之后，开泰伟业要溢价回购我手里的全部股权，如果届时你们的市值低于700亿元，开泰伟业以160亿元定向回购16%的股权；如果市值高于700亿且不低于1000亿元，华成投资在二级市场或通过大宗方式减持6%，另外10%的股权作价120亿元由开泰伟业回购。王胜伟先生要把价值120亿元的自持商业物业抵押给我，如果一年后你们赖账，这些物业就归我了。"

王胜伟激动万分，露出感激的笑容，訚訚恻恻地说："名股实债，我的最爱。华董，您是我的贵人。"王胜伟的大脑好像置入了一台电动马达，飞快地转动起来，他在心里盘算来盘算去，认为这是一桩划算的买卖。接下来的一年，自己要做的就是拼命推高市值，让华见枭在股票市场获利了结，实现退出，这样自己就可以少掏40亿元真金白银。

成东平赶忙过来解释："见枭喝多了，他说得不对，华成投资没打算接手股权，我们可以做个资金通道。"

停顿了一下，华见枭继续说："天空飘来五个字——那都不是事。回到国内就签合同，期待着开泰伟业尽早进军悉尼房市。"

成东平重重地叹了口气，一副老大不情愿的样子。

尽管内心狂喜，却尽力压抑，王胜伟召集马建业、凌云飞、李心远向华见枭、成东平敬酒。王胜伟愣是搞出了个"六六顺"的暴力喝法，华见枭、成东平各自喝一杯，王胜伟、马建业、凌云飞、李心远每人陪着喝六杯。为了融资化解股权争夺危情，这一次王胜伟真是拼了。

华见枭与王胜伟举杯相约，一年半之后，在悉尼歌剧院庆贺开泰伟业营收、市值突破1000亿元。华见枭貌似喝高了，亲昵地搂着王胜伟的肩膀，故意凑到他的耳边，小声说道："你搞的那些金融平台都不灵光，玩金融要玩银行，银行才是产生源源不断现金流的永动机。120亿元都是华成银行出，华成银行就是我的提款机。"

王胜伟微微一怔，浑身打了个激灵。

送走王胜伟、孙允正一行人，成东平留宿在华见枭的别墅。

成东平打着酒嗝，语气激动地说："沈春平、易安的策略是成功的，二级市场偷袭以及股权争夺，通通都是障眼法。开泰伟业的资金通道被切断，为的就是逼迫王胜伟和我们签城下之盟，走华成投资的资金通道，我们净赚14亿元。你怎么同意做开泰伟业的三股东呢？我们从来都是控股上市公司，参股都很少。"

华见枭颔首微笑，沉默不语。

话锋突变，成东平不满地说："为什么不按商量好的剧本走，戏精似的，不断给自己加戏。"

华见枭放声大笑："名股实债，我放给王胜伟的是考尔贷款。《孙子兵法》曰：'善动敌者，形之，敌必从之；予之，敌必取之。以利动之，以卒待之。'善于调动对手的人，向对手展示或真或假的情报，对手必然据此判断而跟从；给予对手一点实际利益作为诱饵，然后用重兵来阻击它。你要做个懂事的董事，和王胜伟打成一片，混成哥们儿，只有这样，后面才能上演精彩大戏。"

成东平恍然大悟："趁他病，要他命，你玩的是洛克菲勒抢夺矿山的把戏。"

见二人兴高采烈，纪玉珠不明就里，成东平绘声绘色地讲起了洛克菲勒抢夺矿山的故事："19世纪初，德国人梅里特兄弟移居美国，在密沙比拥有一座资源丰裕的铁矿，惹得洛克菲勒垂涎三尺。后来，梅里特兄弟遇到危机，陷入流动性困境。一位牧师主动上门帮忙，和两兄弟签下一纸借据——今借到考尔贷款42万美元整，利息3厘，特此为证。半年后，牧师上门讨债，梅里特兄弟无力还债，被告上法庭。原来，考尔贷款是随时可以索回的贷款，一旦债权人要求还款，借款人要么立即还款，要么破产。梅里特兄弟迫不得已宣布破产，矿产以52万美元的价格卖给了洛克菲勒。"

华见枭诡异地笑了起来，语气阴冷："一步步，每一步，都是套路。"

第七章　愿赌服输

孙夏花主动与王胜伟离婚，分手费价值 60 亿元

12 月 1 日晚间，开泰伟业发布关于股东权益变动的提示性公告，正式官宣王胜伟、孙夏花离婚。公告显示，开泰伟业董事长王胜伟与孙夏花经友好协商，解除婚姻关系，并就股份分割等事宜做出相关安排。王胜伟拟将其持有的 2 亿股股份分割至孙夏花名下，孙夏花所持股份占公司总股本 5%，据最新收盘价计算，上述股份对应市值高达 60 亿元。媒体纷纷以"A 股惊现天价离婚！分手费价值 60 亿元"为题进行炒作。

主动提出协议离婚的是孙夏花。很有钱但不快乐的孙夏花又失眠了，过去的种种在脑海里翻腾、闪回。对于患有轻度抑郁的孙夏花来说，入睡并非易事，只要一躺下，脑子就被塞得满满当当。很多事情不能想，越想越焦虑，就越睡不着，像被蚊子叮了个包，越挠越痒，越挠越难受。

孙夏花想起令她刻骨铭心的 2003 年，那一年最艰难也最危险，云天明拉了一帮人马自立门户，产业园面临叫停风险，地产生意资金链紧绷。后来，来了一位梳着大背头的老板孙允正，自称在京州做保险，指名道姓要和王胜伟、孙夏花合作，并承诺给予资金上的最大支持，每年借给王胜伟、孙夏花 1 亿元，利息按银行同期贷款利率计。

正焦头烂额的王胜伟，面部表情起了显著变化，语气里充满讨好与取悦的谄媚："我们是新元县规模最大的开发商，您可以成为我们的股东，每年有定期分红，这可比利息划算多了啊。"

"以后我就是你们的董事，我的正安投资就是你们的股东。我要的是资本所有权，公司的经营管理你们说了算，我不干预也不介入。"孙允正抖了抖嘴角，露出意味深长的笑。

历经商海沉浮的王胜伟悟出一个道理——开头越顺利的事情往往都埋着雷。王胜伟、孙夏花一面好吃好喝招待着，带着孙允正在东虹周边游山玩水，一面派裴定军飞往京州打探这位神秘商人的底细。第二天，

裴定军拨通了王胜伟的诺基亚手机，快嘴八哥一样说道："哥啊，我在京州金融街全都搞清楚了，人家是货真价实的大老板，那买卖做得大了去了，人家那办公楼老气派了……"

孙夏花、易安都觉得这位"救星"自己送上门好生蹊跷，可彼时的王胜伟如同溺亡之际猛然抓到一块漂浮的木板，耸了耸眉毛，一脸轻松："对外要会骗敢骗，对内要能吹会吹，凡是能做到这两条的都是牛人。他主动给咱们钱，骗也是咱们骗他的钱，这个骗子我当定了。"

签约仪式在东虹最好的星级酒店举行，孙允正担任法人的正安投资以1亿元拿下开泰伟业10%的股份，后一路增持至16%。及至2009年，新版《中华人民共和国保险法》允许保险资金投资不动产，掀起了险资入股地产的狂潮。孙允正顺势将正安投资所持股份转至正安保险。等到开泰伟业上市，正安保险所持股份增值20倍，孙允正赚得盆满钵满，心花怒放。

多年前的一天，王胜伟、孙夏花拎着大包小包前去看望孙国胜，一进家门就愣住了，只见孙国胜、孙允正正把盏品茗、谈笑风生。

孙允正反客为主，热情招呼王胜伟、孙夏花，以长辈的口吻严肃地说道："国胜兄光荣退休，平安落地。国胜兄是我见过的最廉洁干净的银行行长，20世纪90年代那会儿如果不是他顶着压力批那笔贷款，我早破产了。为了表示感谢，除了没送美女，美金、金条、高档礼品和各种卡都送了，可国胜兄一律拒绝。国胜兄是伟大的父亲，既要支持你们干事业，又不能违反原则。2003年他给我打电话说自己退休了，终于可以为女婿的事情请托，求我在尽可能的前提下支持你们。我到新元县把开泰伟业开发的楼盘都转了一遍，当即决定每年给你们1亿元。"

孙夏花抱着两鬓飞雪的孙国胜，泪流满面。

王胜伟冲着"泰山大人"深鞠一躬："谢谢您，亲爱的老爸！"

这些年以来，孙夏花一直活在王胜伟的阴影里，特别是全面退出公司，赋闲在家专职带娃之后，常有心凉如水之感，因为灿烂阳光毫无遮拦地都打在了王胜伟身上。过去 20 年，孙夏花陆续为王胜伟生养了三个男孩——老大王山川、老二王敬伟、老三王敬轩，三人均为美国国籍。远离职场回归家庭至今，孙夏花始终满足于并致力于让王胜伟更成功，所有的光环与荣耀都给了王胜伟，而她就是首富背后默默无闻的家庭妇女。孙夏花无私付出，无怨无悔，无欲无求，用虚假的微笑掩饰伤心的苦楚，用假意的豁达掩盖内心的煎熬。

独立而不独行，隐忍而不苟活。孙夏花平生最爱舒婷的诗作《致橡树》："我如果爱你，绝不像攀援的凌霄花，借你的高枝炫耀自己；我如果爱你，绝不学痴情的鸟儿，为绿荫重复单调的歌曲。"

深沉的疲惫从灵魂深处冒了出来，孙夏花翻身起床，在手机上写了删，删了写。面庞浮现出固执而木然的表情，孙夏花咬紧后槽牙，给王胜伟发了一条只有 4 个字的微信："明晚回家！！！"

将工工整整打印好的《离婚协议书》递过去，气氛显得凝重肃然。王胜伟的内心突然充满惶恐，就像猛然看到体检报告上赫然显示的恶性肿瘤的字眼。甭管在外面有多光鲜，离开了女人，家就不再是家，王胜伟翻看着离婚协议书，露出了冷若冰霜的表情："这样的离婚，是对我的羞辱。"

孙夏花轻声笑起来，笑得很不自然："活着活着，就活成了自我人设的反义词。现在这样的婚姻，是对我的羞辱。理性的薄情和无情，才是女人的生存利器。"

缩着头蜷缩在沙发里，就像个怕见光的通缉犯，王胜伟声音越发滞涩："上市之前你把持有的公司股份全都转给我代持，现在我要把这些股份转回给你，如今已经价值 60 亿元，你还是公司的股东。我以你的名字在美国成立了家族信托基金，受益人是三个孩子，后面我会陆续转 100 亿元到家族信托基金，希望用这种方式来表示我的忏悔。"

"来是偶然，去是必然，尽其当然，顺其自然。如果将来你出事，我可以回来支撑局面，儿子也可以回来接班。只是川儿这孩子，恐怕只能永远待在美国了。"孙夏花像圆规一样立在原地，脸一沉，牙齿咬住了下嘴唇。

元旦前夕，孙夏花带着王敬伟、王敬轩飞往美国纽约。孙夏花的离开，一定程度上意味着王胜伟很难再有真正意义上的婚姻，因为他是地产首富，一旦离婚，就是一次元气大伤的资产分拆。

年终岁尾，东虹市民习惯以新年音乐会这种高雅的艺术形式辞旧迎新，这一切皆源于坚持了15年的"伟业之声新年音乐会"。过去15年，小泽征尔、马塔维奇、瓦尔罗利等世界级指挥大师以及中国交响乐团、英国皇家爱乐乐团、香港中乐团等世界名团，先后受邀登上"伟业之声新年音乐会"的舞台。

大半年前，王胜伟眉开眼笑地对李心远说："把维也纳爱乐乐团请到悉尼，在悉尼歌剧院举办一场新年音乐会。预算不是问题，费用不是问题，你可劲儿造。"维也纳新年音乐会，是世界顶级音乐会，维也纳爱乐乐团每年1月1日固定参加维也纳新年音乐会。为了能请到维也纳爱乐乐团，凌云飞、李心远费尽周折，最终通过外交途径打通所有关节。"悉尼·维也纳伟业之声新年音乐会"于1月1日在悉尼歌剧院举办，中国交响乐团、皇家墨尔本爱乐乐团、维也纳爱乐乐团轮番献演。

遇见26℃的冬天，就在1月1日新年伊始的悉尼。上午11点，"悉尼·伟业之声新年音乐会"准时在悉尼歌剧院上演。澳大利亚政界、文艺界、商界知名人士盛装出席，河东省委常委、常务副省长王守仁带团出席。

一身合体的晚礼服外加优雅的举止，孟春怡一脸骄傲地挽着王胜伟的手臂，瞬间成为众人瞩目的焦点。

当天晚间，同样是在悉尼歌剧院主厅音乐厅，开泰伟业举行了声势浩大的迎新晚会，2679个座位座无虚席。为了接待来自全国各地的员工代表，悉尼及周边20多家五星级酒店被开泰伟业预订一空。通往悉尼歌剧院的道路两侧，红旗招展、彩旗飘飘，摆满簇新的100辆宝马、奔驰、法拉利，这些车都是王胜伟重奖员工的大礼。众多国内顶流歌手悉数到场，参加开泰伟业年会并激情献唱。

王胜伟一袭蓝色丝绸衫，带着16名身穿白色太极服的美女走上舞台。王胜伟一再强调，上场的都是员工，开泰伟业的企业文化就是打太极。柔中带刚的一招一式，配合古典韵律的音乐，行云流水般的太极拳，似杨柳拂面，如轻盈翩跹……

晚会的压轴环节是王胜伟独唱《向天再借五百年》，唱到动情处，他向台下VIP席做了个谦恭的邀请动作，高管团队成员缓缓登台。王胜伟手持话筒，矗立舞台中央，纵声高唱："我站在风口浪尖，紧握住日月旋转，愿烟火人间，安得太平美满，我真的还想再活五百年……"

海港大桥亮起彩灯迎接新年。20时30分，千架无人机演绎的激光秀正式开始。王胜伟、马建业、钱书光、郑春筠、凌云飞、唐春桧等20位核心高管的硕大头像依次出现在悉尼歌剧院上空。

掌声如潮，欢呼四起。

激光秀之后是烟火秀，悉尼歌剧院、海港大桥被五彩缤纷的各式烟花点亮，犹如鲜花绽放，又似流星划过，特效烟花先后在悉尼歌剧院上空打出"开泰伟业、盛世基业"的字样。烟花秀持续了半个小时，悉尼夜空亮如白昼，流光溢彩铺陈开来，火树银花绚烂多姿。

那是一个充斥着亢奋、冲动、癫狂、欲望的夜晚。牛津街、达令港的酒吧、歌厅、舞厅、夜总会、赌场，当然主要是悉尼红灯区英皇十字区的脱衣舞店，处处可见出手豪阔的开泰伟业高管、员工寻欢作乐的身影。悉尼《华人日报》头版头条详细报道了开泰伟业在悉尼掀起的轩然大波，并配发多幅开泰伟业高管在红灯区寻欢的照片。

深夜时分，成东平、马建业回到柏悦酒店，走进总统套房。成东平嘴角一撇，冷哼一声，不屑地说："一年半时间，从700亿元干到了1200亿元，市值也从600亿元蹿到了1100亿元，王胜伟做市值管理也是狠角色。每周都搞投资者交流、反向路演，私募、公募基金、券商分析师都成了你们的拥趸，卖方卖力推票，每个月至少一篇知名券商的研报，各种渠道极力唱多，买方尽力下注，各种方式全力做多，你们提供的信息差让买方卖方各得其利。王胜伟的白手套干脆弄了个壳公司，在二级市场坐庄炒作开泰伟业股价，挣了20多亿元。"

马建业嘴角哆嗦了一下，忽然正色道："这么私密的事情，你是怎么知道的？"

成东平的声音不疾不徐，却冷厉十足："针对高管推行跟投机制，圈了100亿元，针对员工推出收益不低于10%的理财产品，圈了200亿元，还把你们在各地的地产项目包装成理财产品，通过信托、私募、金交等多种平台售卖，又圈了500多亿元，开泰伟业把自融玩到了触目惊心的程度。媒体说开泰伟业站在了地产界的风口浪尖，我觉得王胜伟已经站在了悬崖边缘。这些残暴的欢愉，终将以残暴结束。"

马建业含混地点点头，装作若无其事的样子，硬着头皮和成东平虚与委蛇："自从那次在悉尼和华见枭谈定了参股事项，王胜伟回到东虹就制定了'双千战略'，即市值和营收双双突破1000亿元。通过快开发、快交付、快回款、快周转、慢还款的'四快一慢'战术，拉长建筑商的还款周期，拖慢合作方的支付周期。拿地后3个月开盘，4个月资金回正，5个月资金回流，过去这一年半，开泰伟业通过自融平台输血，通过压榨供应商，把杠杆加到了无以复加的地步。不管怎样，总归是创造了地产与股市的奇迹和神话。"

成东平、马建业对视一眼，默契地笑了起来。

"露多大脸，现多大眼。"成东平脸上浮起丝丝冷笑。

"冲过1000亿元这个关口，资金链绷得更紧了，任何一个项目出现问题，就会火烧连营。"马建业吞了吞口水，旋即呵呵一声笑了起来。

"我是越看越觉得不对劲，半年前就建议尽快退出，如今，我们持有的16%股权全部退出，18个月前华成投资投入了120亿元，换回来的是160亿元的真金白银。"成东平得意地笑了。

犹豫了好一会儿，马建业全神贯注道："来悉尼之前，看到媒体报道说华成银行正式启动上市进程，听说东南金控正在洽购华成银行股权？你兼任华成银行董事长，王胜伟特意叮嘱我，这次跟着你回京州，详细了解华成银行。"

成东平一脸满足地笑着。马建业提到的媒体报道，其实是他授意柳依依故意向外释放的消息，为的就是吸引王胜伟咬钩。

面部肌肉不自觉地抽动了一下，成东平说："东南省金融控股集团董事长赵志军和华总见过面了，赵志军有意吃下华成银行51%的股权。"

马建业把身体往前挪了挪，直言不讳地道："华见枭有意出让华成银行控股权？王胜伟可是一直充满兴趣喔。"

成东平眉毛一抖，冷冷地道："华成银行现在的估值是1200亿元，51%的股权，你算算值多少钱？赵志军出价590亿元，华见枭没同意，你们的价格得多一些，诚意要足一些，我才好去和华见枭说。"

"怎么叫诚意足？"马建业追问。

"估值要高，定金要高，双方对赌。"成东平说。

"怎么对赌？"马建业谨慎地问道。

"交易对价的一半作为首付款，如果我方反悔，双倍退还；如果你们反悔，首付款一分不退，这样你们就可以顺利锁定交易。"成东平意兴阑珊地解释道。

马建业严肃而认真地点了点头。

突然，成东平脸上闪现出不可名状的怪异表情，他礼貌而又讥讽地说："给你看样东西，是惊喜，也是惊吓。"

成东平打开档案袋，随手将几份文档和照片扔在茶几上。马建业拿起来一看，瞬间感觉到一股寒气直冲脑门。原来，这些文档是马建业通过自己实控的体外公司吃下水源基金、曙天金交干股的证据，以及自己与郑春筠、唐春桧幽会的图片。

"这是谁干的？"马建业愤怒地咆哮道。在铁的事实面前，马建业的人设滤镜碎了一地。

成东平平静地摆摆手，一脸厌恶地扭过头去："这些东西都是沈春平弄的，为的是报仇雪恨，我已经成功拦截了。"

双肩低垂的马建业，面部肌肉轻微地颤动了一下，声音有些异样："你想要我做什么？"

成东平促狭地眨眨眼："跟我回京州，对华成银行进行尽职调查。"

尽力控制好情绪，马建业方才开口："我明白了，我会说服王胜伟拿下华成银行的控制权。"

成东平撇撇嘴，语气郑重而冷冷地说道："王胜伟的偶像是曹操，王胜伟和曹操有同样的毛病，疑心重。所以，你应该告诉王胜伟，华成银行估值太高，风险太大，不要介入。"

从成东平的做派中，马建业读到的是狂妄和肆意。

成东平用力拍了拍马建业的肩膀，仰天大笑，转身离去。

马建业、钱书光在京州待了一周，聘请的独立第三方一同进场，对华成银行的经营情况、财务数据进行摸底调查。白天，马建业走访华成银行营业网点；晚上，成东平、马建业、钱书光出入高档娱乐场所。一周时间很快过去，分手之际，马建业、钱书光乐不思蜀。

独立第三方向王胜伟呈报了摸底调查的初步结论，马建业、钱书光都认为风险太大，建议要慎重。

愣神片刻，钱书光喃喃道："资金耗费太大，51% 的股权需要资金610 亿元，开泰伟业可动用资金无力支撑。"

马建业将成东平提出的对赌方案和盘托出，他脸色严肃地说："从基本盘来看，华成银行的各项指标很健康，特别是净利水平、赢利能力，在城市商业银行中属于佼佼者。华成银行正在考虑启动上市进程，银行上市周期太长，平均周期 27 个月，依照目前银行排队情况来看，华成银行四年之内难以登陆国内资本市场。"

仔细看完第三方的报告，王胜伟沉思良久，抱臂站立一旁，双眸绽放厉芒，缓缓开口道："开泰伟业的地产业务全部置出，华成银行的金融资产置入，这不就可以在 A 股上市了吗？再不济，可以上港股或者美股。可以考虑说服河东省金控，河东省金控拿下 20% 的股权，剩下的 31% 归我们，将华成银行总部从京州迁到东虹，在政府的助力下推动华成银行整体上市，成为东虹首家上市银行股。"

马建业、钱书光悻悻然，低头不语。

一个月后，王胜伟只带乔峰低调前往澳大利亚，在墨尔本第一富人区图拉克，见识了华见枭那栋价值 6500 万至 7000 万澳元的超奢豪宅。

这是一次"王对王"的私密交谈，王胜伟心怀希冀而来。甫一见面，品茗聚谈，王胜伟盯着眼前的一把紫砂壶出神发呆："小口球腹，肩部连以半月形提梁，圆纯端重的造型，筒巧虚空的提梁设计，历来为壶界珍品，这是东坡提梁壶啊。"

华见枭竖起大拇指赞道："王总好眼力，这是 2011 年在保利拍卖会上拍下的，花了 1000 多万元。苏东坡是北宋年间的文豪，现今出土最早的紫砂壶是明朝的提梁壶，所以啊，东坡提梁壶和苏东坡没有半毛钱关系，东坡提梁壶成型于近代。"

王胜伟憨憨地笑了起来："原来如此，受教受益。去年在悉尼，听您讲了欧阳修的奇闻逸事，华董最近又在读哪些经典名著啊？"

华见枭的目光在王胜伟脸上停留了片刻，嘴角轻轻扬起："柔日读史，刚日读经。'刚日'是阳日，也就是单日；'柔日'是阴日，也就是双日。今天是双日，自然要读史书喽。"

说着话，华见枭抄起两本线装书递了过来。王胜伟接过来一看，一本是《宋史》，一本是《资治通鉴》。

华见枭点燃一支雪茄递给王胜伟，轻轻叹了一口气："读遍《宋史》，我最钦佩的不是'一蓑烟雨任平生，也无风雨也无晴'的大文豪苏东坡，不是'墙角数枝梅，凌寒独自开'的改革家王安石，而是'正心以为本，修身以为基'的司马光。"

王胜伟一脸困惑地摇着头："司马光的头上可是一直顶着保守派、守旧派的帽子喔。"

华见枭耸耸肩，丝毫不以为意："这是一桩应该平反昭雪的历史冤案。王安石是保守的变法派，司马光是理性的稳健派。王安石和司马光是不世出的一代名相，两人的原则性都很强，性情相似，为人率真，为官清廉，都是喜欢做大事、不喜做大官的正人君子。司马光对王安石的评价是 8 个字——用心太过，自信太厚。为了富国强兵，王安石刻意忽略人人皆知的常识，这是'用心太过'。王安石个性刚强，坚决拒绝严厉打击所有针对自己的批评意见，这是'自信太厚'。"

王胜伟语气有些迟疑，欠身说道："王安石站在利的角度，司马光站在义的高地，两人的矛盾注定不可调和。司马光阻碍王安石变法革新，这也是事实啊！"

华见枭抖了抖烟灰，呼出一口气："南宋理学家朱熹评价王安石变法是庸医给人看病，本来得的是感冒，开出的药是砒霜。朱熹严词指责王安石变法是杀人之术。王安石变法，因为用药太猛，成为宋朝由盛转衰的分水岭，这样的变法难道不应该抵制吗？司马光坚持认为政府特别是官员不能与民争利，增加税收、增加财政收入没错，但是，不能以乱仁义、乱道德为前提。司马光是真正的市场派，他比王安石更有格局。"

王胜伟苦笑着一张老脸，很不自然地说："青苗法是王安石新法的核心，一些专家把青苗法看作中国历史上最早的农业金融实践。"

华见枭欣慰地点点头，打开了话匣子："行政手段强行摊派，政府主导农业信贷，利率高企违背市场规律，用官办金融的方式解决三农难题，青苗法是王安石在正确的时间以错误的方式发起的一场错误的金融实验。宋神宗的如意算盘是用王安石为国家增收，用司马光为国家立义，但是政见相左的两人都不同意。只要司马光在大殿外等待宋神宗召见，王安石一定会及时出现，而且宋神宗一定会先见王安石再见司马光，等司马光面圣时，宋神宗已经被王安石洗脑。刚愎自用，党同伐异，身为当朝宰相的王安石是个狠角色，同朝为官时司马光就是个只会写文章发牢骚的受气包。王安石在常州知州任上，好大喜功修建运河，结果搞成了烂尾工程，10个月后王安石离任，把工程烂尾的责任推给了上级和下属。王安石做事的原则是向外归因，司马光做事的原则是反求诸己，这就是两人的格局。"

王胜伟皱着眉头笑出了声，心里在说："马建业也是这个样子，贪功诿过。"

华见枭眉毛轻轻一抖，表情一如既往："老百姓以地里的青苗作为抵押，向政府'贷款'进行农耕生产，王安石制定的利率比民间高利贷低，但是也有20%。'贷款'是你情我愿的市场行为，但是王安石规定，老百姓不'贷款'就违法。政府负责发放，官员负责收回，中央给地方制定了'贷款'的目标和任务，地方为了多收利息，春季发放'贷款'，3个月后收回，到了秋季再放贷再收回，相当于一年两次放贷，累计40%的利率让老百姓苦不堪言。青苗法成为官府专营的高利贷，司马光的预言应验了，青苗法的危害比增加赋税更严重。"华见枭眼里闪过一丝狡黠，转瞬即逝，"王安石变法原本也是可以圆满成功的，如果有一个人能帮他。"

"谁？"王胜伟追问。

"胡雪岩。"华见枭哈哈大笑。

"政府不能直接放贷，官员不能与民争利。让胡雪岩的钱庄去放贷，王安石的变法就成了。早年间，正是从王安石变法的失败教训中得到启示，我才下定决心，一定要搞一家市场化、资本化、品牌化的民营银行，也就是现在的华成银行。我已经在考虑启动上市进程，华成银行三年之内登陆内地和香港资本市场，这个时候格外需要志同道合的资本伙伴进场。"华见枭脸上浮现出固执而坚定的表情。

王胜伟压低了嗓门儿，以喑哑的语调说："华成投资到底持有华成银行多少股权？"

华见枭谦和地回复："您觉得呢？"

王胜伟两手一摊，抖了抖眉毛："按照监管规定，不可能超过 51%。"

华见枭下巴颏高傲地扬起："华成银行机构股东 99 户，持股比例为 95%，其中，明确归属华成系的机构股东有 70 户，持股比例达 90%，我们拥有绝对控制权，同时又巧妙地规避了银监部门的监管。分散股权、层层控股、隐名控股，手段多的是，70 户机构股东不管怎么穿透，都穿透不到华成系和我本人。"

怔怔地望着华见枭，面部表情狠狠地扭曲了一下，王胜伟似笑非笑地说："我的目标是拿下华成银行 51% 的股权，通过 4 家公司拿下其中 31% 的股权，甚至可以考虑把剩下 20% 的股权让渡给河东省金控。开泰控股联合开泰伟业以及河东省金控，还有其他非关联方联合进行股权收购，表面上看每个收购行为都是独立的，实质上，我们是一致行动人。这样可以规避相关法律规定。"

"51% 股权，股权转让对价 610 亿元，首付款 300 亿元。我们对赌，如果开泰伟业违约，首付款不退；如果华成投资违约，两倍也就是 600 亿元返还。"华见枭冷冷地逼视着王胜伟。

王胜伟嚅动嘴唇，缓缓开口："收购华成银行 51% 股权的对价，我希望是两种方式，一种是现金支付，一种是股权支付，用开泰伟业 10% 的股权去换华成银行 10% 的股权。换股并购的方式对我是损失，稀释的是原有股东的权益，每股收益会发生不利变化，改变了上市公司的资本结构。"

"现金与股权的组合、现金和承债的组合、现金与认股权证的组合，这些都是我玩剩下的。华成银行股权出让，我只要现金，否则一切免谈。"华见枭语气中陡然充满狠戾。

本来是故意说个软话，引华见枭退一步，没想到华见枭竟然寸步不让。王胜伟有点心虚，内心充满焦灼。股权收购款的一半来源于华成银行，用华成银行的贷款收购华成银行的股权，在王胜伟看来，这才是金融游戏。想到这里，王胜伟尽量以淡定的语气说道："首付款 300 亿元全部到位之后，华成银行要以信贷方式将后续的 310 亿元注入开泰伟业，我会把这 310 亿元再支付过去，从而完成对华成银行 51% 股权的收购。"

华见枭以质疑的眼光反复打量王胜伟，无可奈何地笑了笑："王总的财技，我还是蛮钦佩的。"

王胜伟没好气地瞪了华见枭一眼："惯例而已，华成系当年拿下华成银行控股权，用的就是这一招。"

华见枭冷哼一声，原本荡漾在唇边的一丝笑意瞬间消失殆尽。

王胜伟双手抱臂，心思一动，故作漫不经心地说道："首付款可以追加到 300 亿元，但是华董要帮我办成一件事。"

"愿闻其详。"华见枭用眼神鼓励道。

王胜伟不安地深吸一口气，细声细语地说出了请托事项，华见枭微笑着应承下来。

"白手套"在出货，操盘手在吸筹

傍晚时分，马建业起身准备离开办公室，最近出差频繁，熬夜过多，他要去"五十度灰"放松放松。

唐春桧手里攥着一沓 A4 纸，匆匆而来，随手将马建业办公室的房门重重关上。她脸色阴沉如墨："快看看这个吧，董事会传签文件，各位董事签字后今晚要上传交易所审核。"

马建业漫不经心地接过唐春桧递上的 A4 纸，浏览一遍，不由得大吃一惊："《关于筹划重大收购事项的停牌公告》，什么情况？小六子没有和我商量过啊。"

"中午 12 点，王胜伟给我打电话说要停牌，具体是啥事，他什么都没说。我得走了，还要和上交所沟通。"肤色黧黑的唐春桧扭动腰肢故作妖娆，转身而去。

马建业坐回老板椅，皱着眉头左思右想，联想到最近几天股价的异动，突然眼前一亮。

马建业拨通了成东平的手机，通报了今晚将发布停牌公告的信息。

双目闪动，成东平阴森森地说："麻子不叫麻子，叫坑人。小六子做事不地道，这两天我们进场拉涨，他的'白手套'却逢高出货，落袋为安。这一停牌，可把我们的20亿元闷杀了。"

马建业愣怔片刻，气恼地笑了起来："要怪也只能怪你们动作太大，把股价搞得像一只顽皮的猴子，上蹿下跳，不听使唤。"

成东平愤愤地挂断了电话。

对于王胜伟来说，停牌是不得已而为之。澳洲归来一个月，开泰伟业的股价要么不停涨，要么不停跌，第一直觉告诉王胜伟，这是华见枭在利用内幕消息坐庄牟利。毕竟，华成银行股权并购的详情和细节是王胜伟、华见枭二人单独商定的。王胜伟指令刘宇轩去查，果然是华成投资的"马甲"干的。内幕交易，炒作股票，华见枭的小手段，让王胜伟一下子把他看低了。

刘宇轩是券业大咖，给王胜伟做了专业分析：如果不停牌，股价上下翻飞来回波动，一旦连续三天涨跌幅超过10%，就要发布股价异动公告，易引发监管层关注，会对股权收购造成不利影响。刘宇轩给出的结论是：尽早停牌，把门关上，减少干扰，安心推进股权收购事项。

王胜伟采纳刘宇轩的建议，决意"至少停牌6个月"。停牌前一周，王胜伟叮嘱乔峰降低仓位，把非相关自然人持有的开泰伟业股票减仓一半。于是就出现了有趣的一幕，王胜伟的"白手套"在出货，成东平的操盘手在吸筹，前者是逢高出货，斩获收益，后者则是不停地滚动做T，降低持仓成本。

短短一周，在乔峰的精心安排下，王胜伟的"白手套"通过内幕消息做短线挣了10个"小目标"。当然，更为重要的是，王胜伟要充分利用这 6 个月宝贵的停牌期，抓紧筹措 300 亿元的首付款。

抓起万宝龙签字笔，王胜伟开始在一张 A4 纸上写写画画——开泰伟业 100 亿元，开泰控股 50 亿元，大麦保险 50 亿元，水源基金 30 亿元，曙天金交 20 亿元，紫杉财富 50 亿元。

拧着眉毛想了又想，王胜伟继续在 A4 纸上涂涂抹抹，把紫杉财富的 50 亿元改成 60 亿元，把开泰控股的 50 亿元改成了 30 亿元，把大麦保险的 50 亿元改成了 60 亿元。险资资金成本低，当然要多做贡献，开泰控股是王胜伟的实控平台，自然能少出就少出。

办公室座机响起，唐春桧的声音传来："停牌的公告，交易所已经审核完毕，目前正在上传，估计半小时后巨潮资讯网就有了，媒体的报道也会铺天盖地。"

王胜伟默默地听着，心绪恍惚地喔了一声。沉思片刻，王胜伟拉开抽屉，取出一张 SIM 卡插入手机，摁下一串号码。向监管机构报备的那个手机号，王胜伟从来不会涉及资本市场相关内容，乔峰通过假身份证买了 20 个 SIM 卡，专供王胜伟使用。

手机接通了，传来磁性十足的男中音："喂，你好，哪位？"

王胜伟硬生生堆积出笑容，开口道："华董好，我是胜伟，有件事情要通报一下，开泰伟业明天正式停牌。实在没办法啊，股价连续异动，证监局领导请我喝茶了，已经被监管盯上了。如果不停牌，咱们的交易是要出乱子的。"

华见枭心里一沉，幽幽地回了一句："巧言乱德，小不忍则乱大谋。"

王胜伟终究还是听懂了华见枭话语里的不满与嘲讽。"巧言乱德，小不忍则乱大谋"出自《论语》。"巧言乱德"的意思是，没有诚意的花言巧语，足以使人败坏原有的道德。

简简单单两句话后，华见枭一声不响地快速挂断。王胜伟取出 SIM 卡，抓过一把剪刀剪了个稀烂。

王胜伟、华见枭都是商场老戏骨，老戏骨对戏，真的挺带感，话里话外皆是戏。

筹款 300 亿元的"任务"分解下去，刘宇轩和孟春怡抗性最大。刘宇轩的语气带着哭腔："老板，香江证券、大麦保险的股权收购，资金缺口都是水源基金顶上的，现在我们账上还挂着 20 多亿元的亏空。"

王胜伟拍着胸脯说："这钱算是借款，抵押物你随便挑。"

刘宇轩低声嘟囔着："借款啥时候还过。"

王胜伟木然地笑了笑："干大事而惜身，见小利而忘命，非英雄也。"

关系特殊的孟春怡，双手叉腰，任性发飙："开泰伟业是紫杉财富的大股东，注册资本金认缴不到位不说，这些年没有投入过一分钱，让我出 60 亿元，抢劫啊。我这真是'湿手找面，甩也甩不掉了'。"

"你好好看看。"王胜伟把装帧精美的图册、宣传页扔到孟春怡脚下。

孟春怡弯腰捡起来一看，竟是紫杉财富的品牌画册和宣传物料。

王胜伟漠然的面颊浮动着不屑的冷笑："官网、名片、App、广告画面、品宣物料，甚至你接受媒体采访，都在向外界高调宣扬，紫杉财富是上市公司开泰伟业控股的企业。如果没有千亿元市值上市公司的品牌背书，老百姓凭什么相信紫杉财富？紫杉财富凭什么快速崛起？上市公司的背书值不值 60 亿元？在紫杉财富平台，开泰伟业员工购买的理财产品早就不止 60 亿元。资金腾挪一下而已，你干嘛那么激动？"

孟春怡尽力克制情绪，摇头叹息道："6 个月，要凑够 60 亿元。"

"听说你搞了很多壳公司，本省、外地都有，一共有多少个'马甲'？你心里有数不？"王胜伟露出高深莫测的笑。

仿佛被点中了穴位，孟春怡瞬间石化。不得吸收公众存款，不得将线上归集资金做线下资金池，这是网贷平台不可触碰的红线。创办紫杉财富之初，孟春怡还能信守铁律，坚持信息平台、金融中介的根本属性，但当看到线上平台流动的资金上百亿元计，她架不住身边朋友的撺掇和蛊惑，开始在体外搞起了壳公司，将线上平台资金转移到壳公司，通过壳公司对外放高利贷。这些年来，大大小小的壳公司近百个，分布在全国 10 个省份。壳公司与紫杉财富虽无关联，却相互担保，层层嵌套，一想到这里，孟春怡吓得抖如筛糠。

孟春怡使劲将思绪拉回，怯怯说道："有 10 多个吧。"

表情阴晴不定，王胜伟笑道："60 亿元凑好后，分别转入你的壳公司，由这些壳公司打给华成投资的关联公司账户，名义上是购买信托产品，实质上是华成银行股权收购款的一部分。"

强烈的压迫感扑面而来，孟春怡只觉得心里猛地一抖，自言自语地说："这 60 亿元如果不能在一年内回转，我们都得吃牢饭。"

看着孟春怡哀怨的眼神，王胜伟表情有点狰狞，内心充满恶毒的快感。王胜伟的阴暗用意不言自明，如果紫杉财富安然无恙，60 亿元就是华成银行的股权收购款，如果紫杉财富出了乱子，转出去的 60 亿元就是随时可以炸响的雷，和开泰伟业无关。

60 亿元的资金来往，没有留下开泰伟业一丁点儿痕迹，所有的风险和王胜伟没有一毛钱关系。孟春怡当然知道王胜伟是在给自己挖坑，却也无可奈何。孟春怡深知，60 亿元付出去，很可能意味着万劫不复，她所能做的便是在坠崖之前为自己备好降落伞。

孟春怡凉凉一笑，心中暗想："壳公司是我弄的，如今不得已成为王胜伟的资金管道，但它更是我的洗钱密道。"

花容易老春易去，美人难敌岁月逝。孟春怡常年服用避孕药，导致内分泌失调。如今孟春怡发福严重，原来的水蛇腰变成了水桶腰，过去的小 V 脸变成了大饼脸，以至于每隔三个月就要去一次医美医院。

当面吵架越狠，男女关系越稳，这就是王胜伟和孟春怡。王胜伟万万没想到，率先凑够现金的竟然是紫杉财富，而且比原定的 6 个月提前了 20 天，孟春怡将 60 亿元分别打入自己和家人掌控的 60 个壳公司，再由这些壳公司转入华成投资指定的 30 家关联公司。办完这一切，孟春怡喊来李浩天，交代了一项紧急任务，李浩天听得目瞪口呆。

300 亿元全部到账，开泰伟业复牌，复牌后一个月，开泰伟业发布关于签订收购股权框架协议的公告，正式对外披露：将联合河东省国资及相关市场主体，以总计不超过 610 亿元收购华成银行 51% 的股权，首付款 300 亿元已经支付完毕。

公告一发，舆论引爆，开泰伟业股票连续四天涨停，如果不是王胜伟授意刘宇轩想办法刻意平抑，应该还会继续拉涨停板。

上市公司开泰伟业成"网红"，河东首富王胜伟飘飘然。举凡重大并购，多是成王败寇的勇敢者的游戏，成功了上天堂，失败了下地狱。并购成功，势必一步登天，河东省自此将诞生第一家《财富》世界五百强企业。

在凌云飞、李心远的运作下，主流财经证券媒体纷纷对开泰伟业的跨界并购大加褒奖，河东省媒体更是对王胜伟不吝言辞极尽赞誉。

王守仁秘书雷未来打来电话，声音中夹杂着不悦："领导很生气，你们发的公告，省国资委毫不知情，联合省国资的说法从何而来？两天之内，你们要向省政府、省国资委做出必要的解释和说明！鉴于公告已经发出，影响已经造成，你们必须把舆论引导好、管控好，先不要提省国资了。"

李心远倒也机警，赶紧接话道："好的明白，我马上跟进董秘和董办，责成她们尽快给您一个满意的答复。"

唐春桧不仅只是董秘，新近还兼管人力资源，心术不正的唐春桧把人力部门弄成了万恶不赦的"东厂西厂"，搞得人人自危、民怨沸腾。李心远觉得正好借机参唐春桧一本，于是便拨通了王胜伟的手机，以更为强硬的语气转述了雷未来的抗议。

王胜伟平淡地撂下一句话："唐春桧去处理。"

王胜伟没有被喧嚣的舆论冲昏头脑，依然保持足够的冷静和理性，迅速召来马建业、钱书光面授机宜。王胜伟没有把话说全，只是让马建业、钱书光尽快和成东平对接，及早落实从华成银行贷款 310 亿元的事项。马建业、钱书光何等精明，听到 310 亿元这个数字，全都明白了。

3 个月内，马建业、钱书光先后 6 次前往京州，就贷款发放的路径规划特别是风险规避，和成东平以及华成银行行长进行了反复商讨，并达成了口头协议：100 亿元直接放贷给开泰伟业的产业园区或者地产项目，另外 210 亿元贷给与开泰伟业有业务关联的 10 家城建公司，10 家关联公司再以业务往来的名义把 210 亿元辗转转给开泰伟业。

钱书光催着成东平签贷款协议，每一次成东平都是满口答应，但就是没有下文。

一晃大半年过去，王胜伟拨打越洋电话跟催华见枭，华见枭一如既往地卖弄文采："每临大事有静气，不信今时无古贤。"

华丽的辞藻噎得王胜伟无话可说。

马建业、钱书光也在催促成东平，成东平的回复振振有词："涉房贷款全面收紧，土地开发、房产开发贷款严格约束，这个时候任何举动都是顶风作案。"

私密手机的铃声响起，知道这个号码的人寥寥无几，王胜伟抓起一看来电，显示"未知号码"，他据此断定是一号"鸽子"。一号"鸽子"的来电让王胜伟既感意外又充满期待，说意外是因为彼此早有约定，除非紧急情况，轻易不相互联络。

王胜伟提议去"五十度灰"潇洒走一回。一号"鸽子"愣怔了一下，旋即苦笑道："就是因为以前太潇洒了，前列腺都钙化了，还是去春怡茶馆坐坐吧！"

春怡茶馆老板是孟春怡，装修简洁雅致，院中遍布茂盛绿植，干净清澈的水池游弋着数尾锦鲤，偶尔还有翩翩蝴蝶在院中飞舞。包间名字里包含了风、花、雪、月、云、水、尘，为王胜伟预留的包间名字是"风轻云"。看到"风轻云"三个字，一号"鸽子"法令纹横生的脸上露出了诡异的笑容。

王胜伟与一号"鸽子"面对面，满脸柔和与安宁，手中把玩着一只紫砂壶，烫洗茶壶、悬壶高冲，手法娴熟、一丝不苟。

王胜伟用公道杯倒出分汤，而后用茶巾稍加擦拭公道杯底部，开始分茶，他恭恭敬敬地将一杯金骏眉放在近前。一号"鸽子"微微颔首，用食指轻敲三下茶桌，以示感谢。

一号"鸽子"是茶馆的常客，也是金骏眉的拥趸。王胜伟顺势做了个请的手势，一号"鸽子"表情凝重地点点头，压抑着语调说："华成银行股权并购的事情进展怎么样？"

王胜伟忽地勾起嘴角，低眉顺眼地说："总体还好，都在掌控之中，只是嘛，目前有点不顺，我一直牢记您的教导——大道至简、事急必乱、事缓则圆。"

一号"鸽子"轻啜一口茶："最近有没有听到什么风声？"

王胜伟茫然地点了点头，忽又摇了摇头。

"哪有什么风轻云淡？我给你带来了两个坏消息。"一号"鸽子"的眼神显得有点凌乱。

王胜伟周身僵硬，面部肌肉不听使唤地紧绷起来。

一号"鸽子"沉吟了一下："监管政策极有可能收紧，非金融企业投资金融机构必须是自有资金，央行会从股东资质要求、资金来源、关联交易监管等多方面做出相应规定。"

王胜伟发出长长的一声哦，面无表情地反问："消息确实吗？"

一号"鸽子"绷着脸，不耐烦地说："我的信源你也怀疑？"

王胜伟愁眉不展地说："对于政策层面的紧绷，我是有预感的，只是有点不敢相信，不愿相信，没想到来得这么快。"

一号"鸽子"生气地揶揄道："保险、保险资管、证券、基金、期货、信托、消金、金交平台，一把牌照在手，媒体把你们称为'开泰系'。金融市场这个系，资本市场那个系，个顶个兴风作浪，要我说啊，都是洪水猛兽。非金融企业把银行贷款、保险资金、发债资金、理财资金用来收购金融机构的股权，甚至虚假注资、循环注资，结果就是像秃鹫一样野蛮而凶残地掏空金融机构。"

王胜伟显得很不自然，却也不得不敛容静气："这个政策估计什么时候会出来？"

一号"鸽子"不紧不慢，语气淡淡："很快，央行的态度很坚定也很鲜明，非金融企业投资金融机构必须使用自有资金。"

王胜伟突然有些失态："时来天地皆同力，运去英雄不自由。这不是让人'痛不欲生'的紧箍儿，而是让人'生不如死'的生死符啊。"

不易觉察地微微皱起眉头，一号"鸽子"谨慎地笑了笑，说道："握紧拳头，两手空空；伸开手掌，自信从容。吃独食会噎死人的，华成银行20%股权归你，另外31%可以放给省国资接盘。"

眼神中晃动着心有不甘的郁闷，王胜伟平静地说："这是皆大欢喜、多方共赢的方案，我当然乐见其成。"

一号"鸽子"含而不露，缓缓说道："尽快向上面汇报此方案，如果他认可并且拍板，后面的事情就水到渠成了，只不过……"

一号"鸽子"欲言又止的样子让王胜伟心里发毛，他下意识地紧紧追问："只不过什么？"

"王守仁调走了，履新海北省省长，河东省的书记、省长有可能都要换，我担心省委、省政府的话事人对华成银行的事情不会上心。"

"两个坏消息，另外一个是？"王胜伟认真地问。

"阮吴力前两年就回到了新元，一直在实名举报你和裴定军蓄意谋杀，举报马建设贪赃枉法。明年我就要退了，郝华年的事情千万不要节外生枝。马建设被免职后，在县政协挂了个常委，为他的事情，我说了不少好话，但是他屁股不干净，脏事儿太多了。最关键的是，那个硬盘被裴定军藏起来了，我担心会被马建设控制住。"一号"鸽子"不无忧虑地说。

"硬盘？当年裴定军可是当着我的面销毁了的。"王胜伟惊讶地说。

"郝华年办公室监控视频的专用硬盘，根本没有销毁，裴定军复制了一份。硬盘一旦公之于众，你就身败名裂了。明年裴定军就刑满释放了，你找人弄他的黑材料，单凭非法持有、私藏枪支弹药这一条，至少还要在里面再待三年。至于马建设，让人去拍拍他的肩膀。唐国烈涉嫌严重违法，一个月前已经被北江省监委监察调查。唐国烈被抓，是要在足坛掀起惊涛骇浪的，当年打假球那些破事，马建业可都有份儿。"一号"鸽子"双目闪动，面露凶相。

在开泰伟业内部，一直有"马帮"的说法，指的是马建业的党羽。想到这里，王胜伟愤愤地说道："裴定军、范德宝、马建设，包括马建业本人，这次要把'马帮'彻底清理掉。"

一号"鸽子"嘴角泛起一抹不屑的笑，淡淡地说："当年你被留置，就是马建业递的黑材料。你被留置的半年多，最操心的是孙夏花，最张狂的是马建业。当时孙夏花第一时间找到我，说她无法容忍马建业的胡作非为，她仔细研究了公司章程，章程里写得很明白——1/2 以上的董事一致通过即可罢免董事长，她说她有信心说服 1/2 以上的董事投票罢免马建业，自己来当董事长、总裁。我劝夏花说，你最重要的事情不是搞掉马建业，而是把王胜伟捞出来。夏花听从我的意见，写了 5 万字申诉材料，找了包括王守仁在内的省里乃至京州的重要人物，终于为你查明了真相。如果不是孙夏花，你根本不可能那么快出来。马建业就是个人渣，有一次，他笑着对我说，别看小六子平日里那么霸气，性生活他就是个软蛋。"

仿佛整个身体被水泥浇筑了，僵硬而结实，王胜伟缓慢地瞪大眼球，好像动作太快会吓到对方。他表情郑重，异常真诚地说："夏花为我做了这么多，我实在是愧对人家，他们一家对我恩重如山。如果我是鹰，全因为夏花是我翅膀下的风，没有孙夏花、孙国胜，我什么都不是。"

"那你为什么和人家离婚？"一号"鸽子"一脸讶然地说。

王胜伟一脸苦笑："离婚是我的赎罪，是对夏花最好的报恩。"

"哦，对了，听说你把郑春筠送到美国去了？"

王胜伟脸上快速掠过诧异的神色，有些难为情地说："阿春怀孕了，去美国尔湾待产。"

一号"鸽子"环抱双臂，不无嘲讽地笑了笑："马建业亲口跟我说过，郑春筠怀的是他的种，不是你的。"

"眼窝子里插棒槌，马建业欺人太甚！"王胜伟把牙咬得嘎嘣响，眼眸了充满滔天的恨意和决绝的狠戾。

"你们仨啊，合作了20年，却一辈子陌生。你就好比是东邪黄药师，乖张孤僻，多疑善谋；老马呢，好比就是西毒欧阳锋，是极端的利己主义者；老易嘛，我觉得他像南帝一灯大师，卑以自牧，道德君子。"一号"鸽子"故意让语调变得轻松平静。

此刻王胜伟的心情，就像一盆被搅碎的饺子馅，被倒上了油和一勺辣椒，五味杂陈，莫可名状，是那种万般感受无处言说的复杂情绪。

王胜伟小心翼翼地把面前的茶杯向一号"鸽子"挪了挪，用一种异常细微的声音缓缓说道："不用我出手，有人会替我来一次斩马行动。"

一号"鸽子"原本懒散的身躯微微一震，干脆地一摆手，决然道："欲知前世因，今生受者是；欲知后世果，今生做者是。"

梦想将我高高抛起，现实让我自由落体

每次去澳大利亚，王胜伟必到悉尼赌场。华见枭多次劝诫王胜伟少去赌场："遍布澳大利亚6个州的14家赌场都设有风水阵，密不透气的风水阵对沉溺赌场之人的财运、财气会造成很大伤害。"

王胜伟根本不以为意，反而调侃道："你说的那些都是封建迷信流毒糟粕。"

每次去澳大利亚，王胜伟必到悉尼国王十字街的脱衣舞酒吧，而这也正是华见枭的心之所爱。

在灯红酒绿的脱衣舞酒吧，华见枭给王胜伟画了个更大的"饼"——

华成银行80%的股权都由你来主导，定向寻找适格的战略投资者。

华成银行80%股权的对价是960亿元，就因为华见枭的一句"承诺"，过去的两年，足以让王胜伟心力交瘁。功夫不负有心人，经过多方筹谋，王胜伟终于和两家基金以及鹏城一家民营企业签订了框架协议，对方承诺承接华成银行30%的股权。理想很丰满，现实很骨感，流动性遇困的王胜伟只能吃下华成银行30%的股权，同时把省市国资平台吸引进来持股。

通过一号"鸽子"的高层关系，王胜伟将万言书《关于恳请支持开泰伟业收购华成银行股权事项的紧急请示》呈上了河东省委书记宋建波、省长武巨龙的办公桌。

王胜伟亲自修订的这份"求救函"，声情并茂地书写了过去10年，开泰伟业对河东省特别是东虹市足球事业、经济发展、民生改善所做的巨大贡献，接着陈述了华成银行股权并购对于打造金融强省的重大意义，并汇报了股权并购的详细进展。最后，笔锋一转，特意把问题描述得很严重、很急迫——随着国家对房地产宏观调控的持续收紧，作为我省规模最大的民营企业，开泰伟业的经营压力极其巨大、资金压力极其沉重，已经沉陷流动性困局。倘若开泰伟业经营状况发生突变而不符合重大资产重组的相关政策要求，势必导致华成银行股权并购失败，届时恐将引发一系列重大风险。河东省政府和东虹市政府也可能因金融投资者维权、房地产纠纷维权等引发群体事件而面临极大的维稳压力。省市两级国资将错失千载难逢的战略机遇期，金融强省战略也将遭受重大损失。政府增信、银行授信，民营企业才能更自信。恳请省政府支持协调如下事项……

三个月后，武巨龙大笔一挥，写下12个字的批复——科学研判、审慎研究、妥善酌处。

在河东省政府秘书长的召集与主持下，省国资、省金控、省金融办、中国证监会河东省监管局、中国银保监会河东省监管局等多部门负责人与会，就省国资参与华成银行股权收购的可能性与可行性进行商讨。秘书长刚讲了几句场面话，还没来得及给会议定调子，就被秘书喊去参加重要会议。秘书长前脚离开，与会各个部门一把手均以各种理由先后离场，被王胜伟寄予厚望的协调会尴尬收场。

河东省委书记宋建波关心的是河东银行何时上市，自然对王胜伟呈报的"折子"不理不睬，省长武巨龙的批示"原则性很强"。没有书记的具体指示，没有省长的具体意见，河东官场谁敢贸然行动？华成银行股权收购反反复复折腾了三年有余，王胜伟痛苦地感觉到，兜兜转转，一切又都回到了最初的起点。

300亿元自有资金难以落定，国资入局一波三折，正当王胜伟苦思冥想下一步行动方案时，突然接到了海北省长王守仁亲自打来的电话。海北是典型的旅游大省、经济小省、财政穷省，国家层面已经明确，要将海北省海州市打造成比肩夏威夷的海岛休闲度假旅游胜地。

"这么近，那么美，欢迎你来海北。"王守仁熟悉的声音传来，王胜伟内心猛然升腾起一股久违的亲切感。

"谢谢省长，前些天得知您荣升，我一直想着得空去拜会您，汇报工作呢。知道您日理万机，心怀惴惴，不敢叨扰。您有什么吩咐？请指示。"王胜伟立正表态，笑容可掬地说着言不由衷的话。

其实，王守仁调任海北省已经半年多。海北缺资金、缺项目，最缺的是人才。王守仁此番奉调出省赴任，经组织同意，陆续有5位博士前往海北就职，其中便有就任海州市代理市长的管振水，出任海北省新能源投资集团董事长的樊国斌，以及履新海州市委常委、天涯县委书记的雷未来。

"择日不如撞日，撞日不如今日，我期待在景色优美的度假胜地海州尽早见到你。我们海北省确实是经济小省，全省的 GDP 加在一起还不如东虹市，但我们拥有全中国最优质、最稀缺的价值资源——阳光。海北要成为光伏大省、光伏强省，在省政府工作报告中我提出了'一企一县'的建设模式，一企一县、规模开发，这是开泰伟业的优势。怎么样，有没有兴趣来海北投资兴业？"电话那头，王守仁诚意满满。

王胜伟眼神摇摆，故意用不确定的语气说道："一企一县，资金需求量很大啊！"

王守仁收敛了笑意，一本正经地说："连我都知道开泰伟业在各地搞投资遵守的是'三三制'，项目所需资金自己筹措 1/3，政府帮助解决 1/3，银行贷款 1/3。这种方式在海北有效。"

王胜伟激动不已地说："我安排好时间，尽快赶到海州拜会省长。"

结束通话，仰靠在宽大的老板椅上，王胜伟双手交叉，拇指与食指竖起摆出一个手枪的造型，然后缓缓地垫在下巴处，脸上的表情略显深邃，似笑非笑，让人无从揣摩。

持续紧绷、日益沉重的资金链，让王胜伟痛感自己就像那只孙猴子，被如来佛祖压在五指山下动弹不得。如有一味绝境，非历十方生死。沉陷困境，缴械投降，不是王胜伟的性格。濒临绝境，拼死力搏，才是王胜伟的本性。王守仁的意外来电，让王胜伟开始大胆酝酿新的计划。想到这里，王胜伟先后拨通了成东平、孙允正的手机。

三天后，王胜伟、成东平、孙允正、钱书光、柳依依一行抵达海州。此次低调来海北见王守仁，王胜伟只带了首席财务官钱书光一人。钱书光俨然王胜伟的"宠臣"，不是王胜伟越来越信任钱书光，而是生性多疑的王胜伟已经不知道该信任谁。

缓步走下舷梯，见前来接机的是雷未来，王胜伟显得很是惊讶。

满脸笑意快步迎上来，虽然还隔着好几米，但雷未来早已热情而殷切地伸出右手："王总您好，热烈欢迎，我代表省长来接机，我现在是海州市委常委、天涯县委书记。"

王胜伟露出欣赏的笑容："恭喜恭喜，官至厅级领导了。"

相互交流着意味深长的眼神，雷未来凑到王胜伟身边，附在他的耳畔，一字一顿，轻声说道："副厅。"

王胜伟用余光扫视一眼众人，微笑着提醒雷未来："我请来了两位大咖，这位是鼎鼎大名的华成银行董事长成东平，这位是赫赫有名的正安保险董事长孙允正，都是财神爷。"

雷未来瞪大了眼睛，脱口而出："华成系、正安保险都是金融大鳄，成董、孙董拨冗莅临海州，荣幸之至。"

听到"华成系"三个字，成东平有气无力地点点头，唇边浮现出一抹浅笑。

唇角微微翘起，孙允正表面上微笑着应和："华成系的资产规模超过2万亿元，是海北省 GDP 的4倍多，东平是名副其实的金融大鳄。我们正安保险保费收入刚过 1500 亿元，还是小萝卜头，呵呵。"

听到2万亿这个数字，雷未来一脸仰慕。

海州湾国宾馆海棠厅包间，雷未来逐一介绍参加午餐会的政府人员和银企人士——海州市代市长管振水、海北省新能源投资集团董事长樊国斌以及海州市常务副市长、发改委主任、投促局局长、天涯县县长等人。在海州见到管振水，王胜伟先是一脸意外，然后恍然大悟。

管振水礼节性地笑了笑，情绪和声音莫名地亢奋起来："我来海州三个多月，现在还是代理市长。王董是河东首富，成董是金融大鳄，孙董是保险大佬，各位企业家朋友一定要多多加持，助推我们海州绿色光伏产业高质量发展。"

孙允正拿腔作调地模仿东北话说了三个字："必须的。"

成东平向上撇撇嘴，笑而不语。

管振水干咳一声，不由自主地挺直腰杆，条件反射地站了起来，众人也跟着起立。目光闪亮，情绪高昂，王守仁快步走进包间，认真而热情地与成东平、孙允正握手问好，轮到和王胜伟握手时，特意重重地抖了两下。王守仁盯着王胜伟，声音如同蚊蝇低鸣："听说你们资金链非常紧张？"

王胜伟立刻变得紧张而警觉，目光幽幽地望向成东平，当众大着嗓门儿说："开泰伟业是华成银行的大股东。"

这一句话让王守仁、管振水吃了定心丸。

孙允正微笑着与王守仁寒暄，无比轻快地说道："王省长成'网红'了，上周您在海北卫视《对谈》节目中驳斥专家的那段话，实在是精彩。"

王守仁连连摆手，干脆地说："专家说海北只能发展旅游业，不能发展大工业，我不同意！"

王守仁正要继续讲下去，看着一桌子各式菜肴，换了一种口吻，兴致勃勃地说："胜伟是酒中豪杰，有着'四斤哥'的美誉，但很抱歉，今天不能陪企业家朋友们喝酒。我到海北后，发布了最严禁酒令，进一步明确和细化了公务接待禁止饮酒的规定。以茶代酒，敬大家，欢迎并感谢企业家朋友们来海北投资兴业。"

清脆的碰杯声响起。王胜伟呷了一口茶，摸着日渐隆起的"将军肚"，自我嘲讽道："'烹羊宰牛且为乐，会须一饮三百杯。'这是诗仙李白的独有境界。对于我这样的升斗小民来说，'饥来吃饭倦来眠，只此修元元更元'才是修为、修行。"

王胜伟引经据典，众人皆一头雾水，唯有王守仁颔首微笑，他深知情商甚高的王胜伟在援引王阳明的诗句，为的是取悦如今的王省长。

王守仁举起公筷给坐在自己右手边的成东平夹了一块肉，语气平缓地说："今天虽然只有10个菜，却是刚刚评选出来的'海州十大名菜'，这道菜叫'荔枝沟鹅肉'，'海州十大名菜'的第一名。"

"哦，好吃好吃。"成东平夹起鹅肉，自然而然地附和着，流露出大快朵颐的愉悦神情。

王守仁满意地笑了两声，转而用公筷分别给孙允正、王胜伟布菜："修身以待终，何至陷饕餮。晨烹山蔬美，午漱石泉洁。胜伟，尝尝这道菜——南山素斋。"

王胜伟婉转地说道："全中国人民都知道，海北的南山是著名的长寿之乡，省长赠我陆游的名句，分明是在提醒我要沉醉于色彩斑斓的素食生活，品味人生的超然与洒脱。"

王胜伟文绉绉的一番话，博得满桌人会心一笑。

欢声笑语逐渐停息，孙允正追问道："海北省的海天纸业，拥有号称世界上最长、最大的造纸厂房。如今一提到造纸业，总会自然而然地联想到污染，海北为什么要搞这样的项目？"

王守仁冷不丁地反问道："海北为什么不可以搞？全球前十大纸业公司一直被美国、芬兰、瑞典、日本垄断，这些国家对生态、环保的要求那么苛刻，人家都在搞无污染的先进纸业。"

孙允正肩膀耸动，表情颇有些不自然。

注意到了孙允正异样的眼神和神态，王守仁调整了一下语气，继续说："目前的财政体制下，海北省发展工业，是不得已而为之。中央的转移支付解决不了海北省的财政困局。第一产业不足以支撑海北经济，第三产业又难以在短期内发展起来。海北要发展，老百姓要过上幸福生活，怎么办？发展工业，增加税收，充实财政。"

管振水不失时机地恭维道："在守仁省长的亲自指挥和调度下，海北启动了多个投资规模上千亿元的工业项目，'大企业进入、大项目带动'的成效非常显著。守仁省长在海北的工作作风很创新、很硬朗，多次在重要场合鼓励各级干部一定要敢想、敢闯、敢干。"

"海北的工业化之路怎么走？不承接落后产业的梯度转移，要向以高科技为支撑的大项目集中发力，迈开大步走上去，比如绿色光伏产业。"眼神清澈透亮，眉宇间夹杂着期许，王守仁向成东平、孙允正、王胜伟、樊国斌投来探询的目光。

从河东银行行长到海北省属骨干国企董事长，樊国斌急于出政绩。轻咳一声，恭敬地笑了笑，樊国斌轻声道："向守仁省长汇报，我们联合光伏领军企业星光太阳能在天涯县进行了考察和论证，我们计划和星光太阳能成立合资公司，在天涯县投资 20 亿元建设生产基地，占地1000 亩。计划今年年底动工，明年年底投产，达产后可实现年产值 25

亿元、利润 3 亿元、利税 2 亿元，可提供 2000 个就业岗位。"

眼里好似充满亮晶晶的小星星，王守仁微笑不语，转而盯着孙允正和王胜伟。

迎着王守仁期盼的目光，王胜伟快速整理好思路，抛出了酝酿已久的方案："开泰伟业、海北新能源投资集团、星光太阳能三家成立合资公司，三企包一县，总投资 2000 亿元，对天涯县 20 平方千米进行整县分布式光伏的建设试点。"

王胜伟的话一出口，立刻引发震动，管振水、雷未来等人窃窃私语。

王守仁依旧沉默不言，双手交叉，下巴微抬，眼神沉静。

王胜伟手里拿着一张写满数字和文字的 A4 纸，慷慨激昂而又郑重其事地说："把天涯县打造成为全国规模最大、门类最全、技术领先的绿色光伏产业新城，位于天涯县的绿色光伏全产业链项目，涉及光伏组件、光伏电池、工业硅、高纯多晶硅、单晶硅拉棒、单晶硅切片、坩埚、配套新材料等 20 个子项目，规划用地面积 10 平方千米。此外，再预留 4 平方千米用于未来配套储能等项目，项目投资强度每亩 500 万元以上，项目投产后预计可实现年开票销售约 4000 亿元，年纳税收约 75 亿元，可提供 10 万个就业岗位。"

一脸爽气地挥动手臂，上位者的气质扑面而来，王守仁语重心长地说："早入局先立足，先立足得先机。就在上个月，海北银监局、保监局等八部门联合印发《海北银行业保险业助推绿色光伏产业发展行动方案》。绿色光伏产业成长性好、现金流稳定，险资作为长期限资金，可以通过设立专项基金、股权合作等多种方式介入进来。"

孙允正嗯哼一声，当即开口道："既然省长点名了，我表个态。刚才我提到海天纸业，其实是在试探省长的政绩观和发展观，在我看来，守仁省长在海北大力发展的是绿色生态经济。绿色生态经济的高质量发展，要由华成银行的绿色金融来驱动，要由正安保险的绿色保险来保障，为此，我希望在海北省率先发展绿色保险，为海北省提供环境污染责任保险、船舶污染责任保险、自然灾害公众责任保险等产品。"

成东平捂嘴偷笑，假意愤愤不平地说："中国保险界都知道老孙最擅长的就是卖保险，老孙你太狡猾了，不能只想着在海北卖保险。"

孙允正脸色微微涨红，鼻翼翕张，疲惫地笑了笑："我们一直非常看好绿色光伏产业，正安保险将持续加大保险资金对海北省绿色光伏产业的支持。正安保险可以和海北省电力公司合作发起设立专项基金，投向绿色光伏产业。正安保险可以和开泰伟业、海北新能源投资集团合作，参股绿色光伏产业新城项目的合作开发，构建'银行＋险资＋投资＋产业'的四方联动格局。"

管振水下意识地环顾四周，恰好与王胜伟的目光交会，两人都露出了满意的微笑。

管振水猛干了一杯茶，高声道："王董事长您刚才说的可是 20 平方千米，另外的 6 平方千米做什么呢？"

"房地产。"王胜伟得意忘形地说。

王守仁、管振水等人的眉眼之间露出了些许鄙夷之色。

王胜伟看在眼里，却丝毫不以为意，自顾自地说道："房地产是当之无愧的国民经济的支柱产业，房地产能拉动经济增长，就在于产业链长，带动力强。房地产拉动建材、家装、家电、家居等上百个关联行业。房地产投资在固定资产投资中的比重超过 20%，房地产对投资的整体贡献超过 50%，海北省财政的 65% 来自土地收益，老百姓最大的资产是房产。"

王守仁语气沉重而又异常坚决："股市、债市加起来规模在 100 万亿左右，全国的房地产加起来有 300 多万亿元，是 GDP 的 3 倍多。银行贷款的 1/3 给了房地产，再加上信托、资管、私募、基金等通道类金融业务，房地产占用的金融资源超过 50%。房地产的过剩是必然，房地产狂飙时代的终结也是必然，绝对不能继续依赖房地产。"

王胜伟、成东平、孙允正都各怀心事地别过脸去，场面和气氛微妙而尴尬。

管振水无辜地眨眨眼，嘴角是一抹纯粹的只为社交需要而生的微笑。他说："政府要有序引导、市场要有效作为、产业要高效实施，政府不可能也不应该替代市场，但政府又是产业布局当仁不让的架构者。政府不宜也不能通过财政资源对光伏产业进行行政主导式投资，即使再强势的政府，都不如市场力量更有效、更高效、更长效。投资规模、投资强度，市长说了不算，董事长说了算。"

王守仁嘴角松弛下来，从善如流地点点头："对于海北、海州来说，新能源是最具竞争优势的绿色产业，政府要做的是千方百计地营造良好的营商环境，凭借有利的营商氛围，创造出有为的市场空间、产业空间。遇到问题，不是企业听官员指示，而是官员征求企业意见。企业家朋友们需要的政策，只要合情合理、合法合规，政府都会给予积极响应、全面满足，企业家朋友们需要的政府服务，政府能做到的竭尽全力。依照'官助民办、市场优先'的原则在天涯县建设绿色能源产业新城，政府把该做的、能做的，真正做到位、做到底。企业家朋友们在天涯县投资不成功，那就是我们的失败。"

午餐会后，成东平、孙允正、王胜伟、钱书光、柳依依一行在管振水、雷未来的陪同下，前往天涯县实地考察。一位是代理市长，一位是市委常委，管振水、雷未来推掉了所有公务，在天涯县陪了三天三夜，敲定了投资事项的诸多细节，并协调海北银行给予信贷支持。

招商引资推介会暨重点项目签约仪式在海北省的大礼堂举行，共计签约33个项目，计划投资总额4000亿元，其中，天涯县绿色光伏产业新城项目是海北省近年来引进的投资额最高、规模最大的项目，是海州市首个绿色光伏全产业链项目。

听说要举行银企授信（放贷）签约仪式，还要接受海北卫视《海北新闻联播》《海北日报》等众多媒体的采访，成东平脸上的笑容倏然消失殆尽，声音竟然有些发抖："我们华成从来不接受任何媒体的采访，签约仪式也没必要搞。"

低垂的腮帮子有节奏地颤动着，预示着某种负面情绪在集聚。一种情况不妙的预感袭上心头，王胜伟很想驱散这种不好的感觉，却有种挥之不去的无奈。担心的事情总会发生，一想到那个该死的"墨菲定律"，王胜伟的心一下子悬了起来。

众人反复劝说，成东平勉强同意参加仪式，但坚决不接受采访。

宴会厅济济一堂，鲜花绽放，处处洋溢着热烈、喜庆的氛围，各路媒体的聚光灯闪烁不停，让王胜伟、成东平、孙允正的企业家形象闪闪发光。所有人都喜形于色，唯独成东平一副郁郁寡欢的样子。

王胜伟、孙允正、樊国斌上台签订框架协议。框架协议约定，开泰伟业、海北新能源投资集团、正安保险三方出资 50 亿元成立合资公司，开泰伟业持股 70%，海北新能源投资集团持股 20%，正安保险与海北省电力联合发起设立的绿色光伏产业投资基金持股 10%，在天涯县投资 2000 亿元，打造占地 20 平方千米的绿色能源产业新城，一期工程将于 2020 年年初竣工投产。

随后，王胜伟与成东平签订银企授信（放贷）协议。协议约定，华成银行为天涯县绿色光伏产业新城项目提供 1000 亿元意向性综合授信额度，同时，海北银行提供 500 亿元授信额度。

手握 1500 亿元授信额度，王胜伟越想越激动，感觉自己分明已经站上了人生巅峰。

王守仁在百忙之中拨冗莅临，现场见证签约之前，发表了 5 分钟的即席讲话："海北的经济形态是两头在外，投资靠外、需求靠外，全力以赴扩大投资需求是海北省的头等大事。无论外界如何评说，我们都要为海北省植入绿色实业的新基因。绿色光伏产业正在成为未来经济增长的核心产业，山东、江苏、上海纷纷出台了光伏产业振兴规划，我们海北完全可以更勇敢一些。"

签约仪式结束后，管振水、雷未来等人恭送王守仁，王守仁很坚持地拒绝了，唯独把王胜伟拉到身边，语气严肃地说道："现在的光伏市场已经过剩，如果市场需求没有激活，投资者怎么可能来投资？怎么可能拉动地方经济？相比于传统发电，光伏发电成本居高不下，全世界范围内都要依靠政府补贴、政策法规支持，唯有如此才能实现商业化应用。很多地方把钱花在支持光伏产业上，我不赞成。应该把更多的资金用于激活、教育光伏市场，一旦市场被激发，产业才能激活。"

面前的王守仁，诚挚坦言，忧乐交并，直抒胸臆，如见肺腑。

钱书光屁颠屁颠地跟在王胜伟身后。王胜伟以轻松、愉悦的语气说："1500亿元授信范围内尽快落实贷款，重点是华成银行的贷款。"

钱书光脸色有些不自然，压低了声音说："1500亿元授信额度给的使用期限是3年，单笔贷款期限是1年。我们可以在额度范围内申请放贷，但是，不一定能贷出来，因为贷款是要重新走流程、做审核的。"

王胜伟愣了一下，不满地看着钱书光："盯住成东平，华成银行的贷款要尽快落实，股权收购等米下锅呢。"

钱书光的嘴角不自觉地轻微抖动，茫然无措地点了下头。

签约仪式结束，王胜伟、成东平、孙允正结伴返程，海州市代理市长管振水、海州市委常委、天涯县委书记雷未来等人送行，声势浩大。

考斯特商务车里，成东平冲着管振水无奈地一笑："这动静，造得忒大了，这样真的好吗？"

管振水淡然一笑，语气充满感慨和坚定："来的是身家千亿元的商界大佬，你们想低调，但是实力不允许啊。这充分体现出海州市委、市政府对投资商的尊重和礼遇。"

海州天涯机场贵宾楼，管振水、雷未来与王胜伟、成东平、孙允正、钱书光握手告别，经由专人引领，通过绿色通道进入贵宾室休息。终于摆脱了官商互动的繁文缛节，王胜伟、成东平、孙允正如释重负。

柳依依仪态端庄地坐在距离门口最近的位置，远远地听着成东平与众人寒暄、客套。柳依依深知，凡是遇到此种社交场合，既不能和成东平距离太近，又不能距离太远，但是一定要确保随叫随到。

为了抵偿债务，王胜伟的私人飞机湾流 G550 已经贱卖。成东平显然知情，带有羞辱意味成心问道："王老板的私人飞机这次没来吗？坐我的私人飞机一起回吧。"

男人的面子就是里子，王胜伟当然不能当众折面儿，他假装满是委屈地说："咳，别提了，借给一个朋友嘚瑟几天。"

成东平夸张地拉开音调，长长地哦了一声。

王胜伟坦然自若地抖了抖衣袖，神色悠然。

孙允正、钱书光斜倚在沙发里，低头刷着手机，对王胜伟、成东平的交谈置若罔闻，柳依依则漫不经心地刷着微信朋友圈。

成东平凑到王胜伟身边，神情惶然，嗓音低沉："我的前列腺出毛病了，晚上起夜七八次，看了西医吃了药，一直不见效，有没有信得过的老中医推荐？"

王胜伟开口宽慰道："我认识一位老中医，祝由术的专家，下周我把他带到京州给你调理调理。"

"祝由是什么？"成东平郁郁不安地问。

王胜伟环顾左右，神秘兮兮地说："我老爹前些年中风面瘫，找了国内最好的西医，治了一年多也不见好转。后来经人介绍请了擅长祝由术的老中医，老中医口中念念有词，在我老爹的脸颊、嘴角贴上符咒。你猜怎么着，三天之后，面瘫消失了，你说神不神？"

成东平难以置信地摇了摇头："怎么听起来像巫术。"

见成东平如此不屑，王胜伟狠狠地瞪眼道："科学是一种态度。中医十三科，最神奇的就是祝由，祝由是气场医学、大道医学，我已经是祝由术的信徒了。"

成东平面露不悦，尴尬地嘿嘿一笑。

这时，甜腻而柔媚的女声传来："各位贵宾，可以登机了。"贵宾楼地面贵宾服务人员朝着王胜伟等人款款而来。

王胜伟、成东平、孙允正、钱书光纷纷起身，柳依依乖巧地扶着门框，在地面贵宾服务人员的引导下，众人快步走出贵宾室。

"站住，哪位是成东平？"三位身穿便装的年轻人冲到了面前。

成东平表情僵硬，不耐烦地说："你们是谁啊？"

"东山市公安局经侦警察。这是我们的证件，你涉嫌向国家公职人员行贿，请跟我们走吧。"

沉沉地叹了口气，成东平神情黯淡，脸上好像涂了一层酱油。

"我要给海北省长打电话，你们不能带走成总。"气急败坏的王胜伟阴沉着脸喝道。

自称东山市公安局经侦警察的三位年轻人，板起面孔，架起成东平就走。

一周之后，《财讯调查》杂志刊出封面报道《谁的华成银行》，是主编方勇峰带着两名记者采写的。因为当年那则失实报道，方勇峰、吴晓榕先后离职，吴晓榕如今是《财讯调查》总编辑。

《财讯调查》的报道措辞犀利地指出：

> 华成银行存在重大金融风险，根源在于大股东华成投资有诸多性质严重的违法违规行为。作为华成银行第一大股东，为了规避监管，华成投资通过隐藏实际控制人、隐瞒关联关系、股权代持、表决权委托、一致行动约定等多种方式，实际持有华成银行90%的股权，长期违规占用华成银行1000亿元资金。华成银行现任董事长、行长均为华成投资代言人，华成银行通过开展关联交易、借道同业、理财、表外等业务，通过空壳公司虚构业务等隐蔽方式向华成投资违规放贷、输送利益。华成投资多次通过由其实际控制的空壳公司，以虚假合同等方式，套取华成银行贷款合计500亿元。此前，上市公司开泰伟业公告披露，已与华成投资签订收购华成银行股权的框架协议，以总计不超过610亿元收购华成银行51%的股权，首付款

300亿元已经支付完毕。本刊记者独家了解到，开泰伟业董事长王胜伟多次前往澳大利亚，与长期隐匿海外的华成投资实控人华见枭密约商定，华成银行股权收购的尾款将以华成银行向开泰伟业发放贷款的方式支付。后因央行释放强监管政策信号，王胜伟不敢顶风作案，不得不有所收敛。知情人士告诉本刊记者，开泰伟业资金链已经岌岌可危，也因此，王胜伟始终没有放弃通过华成银行贷款收购华成银行股权的努力。此番在海州市，王胜伟与华成投资总裁成东平签订银企授信（放贷）协议约定，华成银行为海州市天涯县绿色光伏产业新城项目提供1000亿元意向性综合授信额度。而就在协议签订之后，因涉嫌向国家工作人员行贿，成东平在海州机场被自称是东山市公安局经侦警察的相关人员带走。本刊记者获知，王胜伟的本意是通过天涯县绿色光伏产业新城项目，从华成银行套取贷款，再将贷款用于收购华成银行股权。

《财讯调查》的独家报道引发轩然大波，央行、银保监会严肃表态：将对华成银行进行股权和关联交易专项整治，媒体报道的问题与乱象一经确认，将对华成银行采取最严格的监管和处置措施。

开泰伟业股票连续三天跌停，交易所发来关注函要求开泰伟业对媒体报道作出解释和说明。华成投资方面则向《财讯调查》发去了火药味十足的律师函，指称该报道蓄意抹黑造谣污蔑，并称保留采取进一步法律行动的权利。

一夜之间，王胜伟仿佛苍老了许多，此刻的他正在办公室里拼命地拍桌子，用上海话酣畅淋漓地咒骂媒体，恶狠狠地指着面前的凌云飞、李心远狂训："这篇报道会把交易搅黄，会把开泰伟业置于死地，这么严重的负面报道，记者调查了一个多月，你们吃干饭的啊？一点动静没有，一点应对没有。十三点，你们俩还能不能干？不能干都给我滚。"

入职七年，从未见过颇有涵养的王胜伟如此愤怒地咆哮，李心远呆立在原地，内心波澜起伏。凌云飞则出奇地镇定，不做任何反驳和解释，只是垂手默默地听着，全程保持着漠然状态，沉默得像一口枯井。

拍桌子、跺脚、摔东西、爆粗口，王胜伟足足发泄了半个多小时，忽又话锋突变，重重警告道："你们都该下课了。"

一张脸绷得见棱见角，线条冷峻，李心远尽力摆出一副举重若轻的样子，声音喑哑地认真解释："董事长，我马上去京州危机公关，争取把稿子撤掉，该删的删掉，把影响降到最低。"

怒气未消的王胜伟，心头恻然却也无奈："莫之为而为者，天也；莫之至而至者，命也。华成银行这么严重的问题，记者调查一个月就搞清楚了，我们花了上千万元请的审计、法务却成了睁眼瞎。知我者谓我心忧，不知我者谓我何求。棋在局外，人在局中，无言的结局。"

"梦想将我高高抛起，现实让我自由落体。"王胜伟无奈地摆摆手，颓然地跌坐在沙发里，神情沮丧，意志消沉。

即兴的誓，烂尾的诗

一篇报道搞垮了华成银行，最恨方勇峰的是成东平。成东平派人给乔峰送了500万元现金，让他干一票大的，要产生惊天动地的效果。乔峰带着两个彪形大汉飞抵京州，买了一辆行将报废的丰田商务车，换上一副假车牌，戴着头套，捂得严严实实。他跟踪了方勇峰三天，彻底搞清楚了他每天的行踪轨迹。

事实上，乔峰飞抵京州之前数日，凌云飞、李心远低调约见了吴晓榕，向其抛出了5000万元的"大礼包"。王胜伟是要用5000万元成为《财讯调查》杂志社的股东，条件是吴晓榕必须撤下所有负面报道。吴晓榕干脆地拒绝，凌云飞、李心远与吴晓榕的"密谈"瞬间陷入当场死机的尴尬状态。

方勇峰是《财讯调查》主编，是要每天坐班、每日打卡的，他的生活很有规律，8 点准时从住地京州潞城区京贸国际公寓地下车库开车，赶往位于上城区 CBD 的华贸中心写字楼上班，晚上 10 点左右必定绕着运河夜跑。每天早上 8 点，小保姆准时下楼，步行 10 分钟，将方勇峰 3 岁的女儿方怡宁送到小区对面的金摇篮幼儿园。

电话里，乔峰得意扬扬地说："今天晚上 10 点，趁方勇峰夜跑时把他绑了。"

成东平的表情有点狰狞可怖："摁住葫芦抠籽，女儿是方勇峰的软肋，要绑就绑他女儿。"

早上 8 点，小保姆准时下楼，拉着方怡宁的小手送她去金摇篮幼儿园。刚走出小区没多远，一辆贴了深色车膜的丰田商务车驶来，车门突然打开，乔峰和打手一人一个麻袋，兜头蒙上去，将小保姆和方怡宁塞进车里，迅速驶离。

女儿失踪的消息传来，心急如焚的方勇峰首先怀疑是小保姆拐跑了。仔细想想应该不至于，因为小保姆是从安徽老家农村找的，论关系还是没出五服的血亲。

换上一张京州的 SIM 卡，乔峰拨通了方勇峰的手机，传出的是变声的厚重男声："你女儿在我手里，给你一个小时的时间，把网络上的稿子删干净，并在你们杂志官网、官微、微信公众号刊发致歉函，公开承认《谁的华成银行》存在严重失实，否则等着收尸吧……"

财讯调查杂志社吴晓榕办公室，方勇峰号啕大哭，哭得撕心裂肺："快打 110 报警吧，吴总。"

吴晓榕抚摩着方勇峰的后背，轻声安抚道："先不报警，我先安排把网络分发的报道删一删，能删的尽量都删掉。致歉函可以写，但是先不挂网，确认孩子平安无事之后再挂网。"

方勇峰瞪着哭红的双眼，怒意不减，狠狠地嚷嚷道："为什么不报警？难道任由这帮浑蛋为非作歹？"

沉吟了一会儿，吴晓榕苦笑着摇头："要么是华成投资干的，要么是开泰伟业王胜伟干的，哪一个咱都惹不起。只要孩子安全，任何事情都可以妥协。一旦报警，我担心对方走极端。"

　　一个小时后，手机铃声响起，方勇峰快速摁下免提，听筒里依然是乔峰那变了音的男声："致歉函为什么还没上网？你女儿的小手真好看，要不要我砍下她的小拇指送给你啊？"

　　手机里传来小保姆、方怡宁凄厉的哭喊。方勇峰终于沉不住气了，大喊："我要和我女儿通话。"

　　戴着头套的乔峰把手机递给方怡宁，方怡宁冲着手机哭喊："爸爸救命，爸爸救我！"

　　乔峰抢过手机，恶狠狠地说："致歉函马上挂网，否则，后果自负。"

　　神经极度紧绷的方勇峰，早已乱了方寸，软塌塌地瘫在椅子上。吴晓榕深吸一口气，平复着波澜起伏的内心情绪，沉声说道："我是杂志社总编辑吴晓榕，我们没有报警，网络上的稿子能删的也都删掉了，只要你把孩子放了，致歉函马上挂网。"

　　"不行，先挂网，我已经把小保姆放了，足够诚意了。"

　　"把小孩子放了！"吴晓榕斩钉截铁地说。

　　"半小时后，幸福里广场，来接方怡宁。如果现场有便衣，我会当场引爆方怡宁身上的炸弹。"

　　吴晓榕喊来杂志社的 5 个保安，换上便装，和方勇峰一起赶往幸福里广场。熙熙攘攘的幸福里广场，方勇峰、吴晓榕焦急地四下张望，5 个保安扮成"路人甲"，隐蔽在优衣库店内。

　　"你身旁的人是谁？"

　　"杂志社的总编辑吴总。"

　　"马上把致歉函挂网，挂网后你就能看到你女儿了。"

　　吴晓榕掏出手机，吩咐立刻将致歉函推上官网、官微、官博。

　　乔峰那变了音的男声放肆地哈哈大笑："地下一层麦当劳，方怡宁身上绑着炸药呢，你要抓紧啊。"

方勇峰发疯似的冲了出去，吴晓榕慌忙拨通 110 求救。幸福里广场铃声大作，所有人员紧急疏散。闻讯赶来的各路媒体架起了摄像机、三脚架，好事的网络主播纷纷开启网络直播，现场气氛异常紧绷。

远在温哥华的成东平悠闲地欣赏着网络直播，嘴角露出狰狞的笑。

腰间缠满炸弹的方怡宁，孤零零地站在幸福里广场中央，早已哭成了泪人。身穿厚重排爆服的拆弹专家现身，一步步靠近方怡宁，炸弹定时器显示还有 4 分钟，拆弹专家俯下身，蹲下来，冲着方怡宁扮了个笑脸。方怡宁瞬间止住了抽泣。

空空荡荡的幸福里广场，陷入可怕的寂静，定时炸弹倒计时的嘀嗒声清晰可闻。数百米之外，所有人的目光牢牢锁定拆弹专家和方怡宁。拆弹专家端详方怡宁腰间缠满的炸弹，举起剪刀开工。几秒钟后，拆弹专家起身，拉着方怡宁，冲着人群做了个 OK 的手势，一时间只听得人群中欢声笑语，掌声四起。

方勇峰快步冲过来，一把抱起女儿紧紧拥在怀里，亲了又亲。

拆弹专家摘下排爆头盔，长长地吐出一口气，满脸轻松地说："炸弹是假的。"

在京州最繁华的商业中心掀起惊天波澜的乔峰，把那辆丰田商务车开到了荒郊野外，下车后燃起一把火，将穿过的衣物连同商务车一并烧毁。乔峰等人换上一身新衣服，包了辆车连夜逃回东虹。

王胜伟在开泰希尔顿酒店"罗浮春"会所约见一号"鸽子"，密谋如何干净利落地清理马建业、马建设兄弟。

一号"鸽子"冷声说道："上海滩大佬杜月笙有个江湖准则，无论为人还是行事，都要'刀切豆腐面面光'。处理马建业，一定不能留下你公报私仇的痕迹。唐国烈在里面咬出了不少人，省足协、中国足协的秘书长都被抓了，下一个就是当过河东开泰伟业足球俱乐部董事长的马建业。你明白了吗？"

一号"鸽子"对面的王胜伟，唇角微微翘起，心领神会，诺诺而应。

"处理马建设，这是一个艰难的决定，更是一个绝妙的安排。"王胜伟挺直腰板，周身涌动着澎湃活力。

一号"鸽子"眼睛笑成了一条细缝："至于对付马建业嘛，就不要手软了。"

"我的女人他也敢动，不知死活。"王胜伟暗骂一声，一想到即将彻底铲除异己马建业，他心中立刻涌起了满足感。

手机铃声响起，一号"鸽子"慢慢悠悠地接听，听着听着，他的声音变得寒冷："快打开中央2台，快！"

CCTV-2正在播放《经济信息联播》，主播正襟危坐、字正腔圆地播报新闻：现在插播刚刚收到的重要新闻，央行、银保监会联合发布公告，华成银行股份有限公司出现严重信用风险，现决定对华成银行实行接管，在华成银行风险处置过程中，黎正北担任华成银行接管组组长。

笑容僵在半路，王胜伟心有余悸地皱了皱眉，他想尽力抑制内心的极度焦灼，神情却不由自主地变得颓丧。王胜伟悚然意识到自己掉进了一个巨大的圈套，本能地感受到了让人极度不安的不祥气息。

看着慌乱无神的王胜伟，一号"鸽子"的眼神发生了微不可察的变化，他重重地叹了口气："风生水起，全因自己；风声鹤唳，全赖自己。"

钱书光当天深夜时分抵达京州。第二天一大早，钱书光心事重重地拜会华成银行接管组组长黎正北。

"成东平是华成银行董事长、法定代表人，由他签订的协议，是具有法律效力的，我这次来拜会，就是想推动授信业务及早落地。"不安分的大脑快速运转，钱书光谨慎地斟酌着措辞。

接过钱书光递上的银企授信（放贷）协议，黎正北脸色大变，慌忙起身让秘书喊来法务总监段小方。

黎正北的眼神有着让人难以捉摸的冷峻，以及令人生畏的穿透力，钱书光竟然不敢与之对望。一种隐隐作痛的不安与焦虑，从钱书光心底弥漫开来。

摊开银企授信（放贷）协议再次端详，黎正北伸出食指放在唇前，来来回回轻轻摆动，他和颜悦色地说："贵公司存在重大误解，我要郑重说明的是，成东平已经不是华成银行董事长和法定代表人了。"

钱书光心里咯噔一下，怯生生地说："什么时候的事情？"

黎正北一脸正色地说："三个月前。"

"怎么会？怎么会这样？"钱书光喃喃自语，心中盘桓着一个大大的问号，拳头不自觉地握紧。

"非法定代表人成东平，若要代表华成银行签订合同或者协议，必须有华成银行的明确授权。他有授权吗？应该没有吧。钱总，您看要不要报案？"段小方身体倾斜过来，语气也变得微妙。

钱书光无比烦躁地搓着手："成东平被东山市公安带走了。"

黎正北撇了撇嘴，一副不以为然的样子，语气充满"京味"调侃："东山的动作比银保监会都快啊，小方，你马上联系东山市公安，了解具体情况。"

约莫半小时后，段小方折返黎正北办公室，垂手肃立，直愣愣地盯着钱书光："东山市公安局没有对成东平采取过任何措施。"

钱书光眼神空洞，脸色苍白，语气满是哭腔："我亲眼看见成东平被带走的啊！"

黎正北扬起嘴角，露出一个充满嘲讽的笑容。

王胜伟把怨愤之气一并抛向马建业。8点半通知，9点整开会，8点半刚过，公司高管、中层干部100多人已经满满当当地围坐在大会议室，七嘴八舌，交头接耳，谁也不知道今天会议的主题。

会议室里的李心远备感孤单无助。之前一周，凌云飞正式提交辞呈，远赴美国陪伴一双女儿。在凌云飞的精心调教下，一双女儿学业斐然，老大在美国耶鲁大学艺术学院攻读硕士，老二就读于常春藤名校康奈尔大学。临别之际，凌云飞一再叮嘱李心远提防唐春桧，劝李心远尽早离开，因为"对公欠税、对内欠薪、对外欠费的开泰伟业资金链即将断裂"。行前，凌云飞神色凝重地告诉李心远："君子不立于危墙之下，现在的开泰伟业就是一堵随时可能坍塌的危墙。听骗不听劝，'不知道如何结束'的王胜伟已经穷途末路了。"

当王胜伟走进会议室，会场内所有人脚底好似安了弹簧，齐刷刷起立致意，没有起立的是马建业和范德宝，正在放肆地说着黄段子。

以往王胜伟会微笑着和大家挥手致意，但今天的他一直黑着脸。他端坐于奢华的老板椅上，一股上位者的气势喷薄而出。

王胜伟眉心紧绷，语气沉重："经公司研究决定，即日起，免去马建业在开泰伟业以及足球俱乐部的所有职务。开泰伟业总裁一职由首席财务官钱书光出任，范德宝任执行总裁，散会。"

现场100多人，惶恐地相互对视。

积蓄已久的愤懑，瞬间如洪水决堤，在100多人古怪眼神的注视下，马建业的声音歇斯底里："我是执行董事，执行董事的法律地位和董事会相同，是公司的执行机关和业务决策机关，对股东会负责，你无权罢免我！"

乔峰带着六个壮汉冲进会场，手脚利索地把马建业倒剪双背推出去。王胜伟双臂交叉抱于胸前，目光平行移动，冲乔峰轻轻摇了摇头。

马建业面部肌肉剧烈抖动，冷声斥责："范德宝，你竟然出卖我。"

嘴角浮现一抹笑容，范德宝好整以暇地点点头："我是在正确的时间，做出了正确的选择。"

乔峰示意壮汉松手，会场内闪出一条通道，马建业灰溜溜地向外逃。

厚重的紫檀木门被人从外推开，几位干部模样的人面色冰冷地出现在门口。走在前面的两位身穿深灰色夹克衫，后面两位身穿黑色夹克衫。

两位中年人迈步走来，定定地站在马建业的面前："是马建业吗？"

"你们是？"不可一世的马建业声音开始有些发颤，腿肚子在止不住地瑟瑟抖动。

"东虹市监察委员会工作人员。这是我们的证件，你涉嫌严重违法犯罪，现对你实施留置。跟我们走吧。"

两位穿黑色夹克衫的小伙子拥上，一左一右架起马建业就往外走。

马建业猛然回头，眼睛直勾勾地盯着王胜伟，发了疯似的怒吼："王胜伟，下一个就是你。"

后面的事情都是按照王胜伟编排好的剧本向前推进，临时股东大会、董事会临时会议当天召开，陆续免去了马建业执行董事、总裁的职务。开泰伟业当晚发布公告称，接到东虹市监察委员会通知，公司执行董事兼总裁马建业，因涉嫌违法犯罪对其实施留置。目前公司各项经营管理工作正常有序，前述事项不会对公司日常经营产生重大影响。公司治理结构及决策机制健全稳定，马建业分管的工作已由首席财务官钱书光接任，并已任命范德宝为执行总裁。

翌日，《开泰伟业总裁马建业疑涉足坛反腐案被留置》的报道被推上今日头条，登上热搜榜，成为广大网民的热议谈资。

伴随着马建业的出局，其苦心经营数年的"马帮"瞬间崩塌。

因为《财讯调查》的负面报道，天涯县绿色光伏产业新城项目被紧急叫停。原本毕其功于一役的天涯县绿色光伏产业新城项目胎死腹中，再一次将王胜伟逼到了悬崖之上。

全然不顾华成银行被托管的既定事实，王胜伟就像飞蛾扑火一样，但凡哪里有点光亮就往哪里扑腾。王胜伟深知已经无路可退，唯有与华成投资死磕到底。

钱书光用"进无可进、退有可退"这八个字，一针见血地指出华成银行股权收购的极端尴尬，并多次力劝王胜伟及时止损果断退出。

王胜伟幽怨地苦笑起来："如果现在放弃，已经付出去的300亿元荡然无存。如果想方设法逼迫华成投资放弃，就有可能拿回600亿元。"

钱书光疲惫地摇摇头，蔫头耷脑。

越来越紧绷的资金链眼看就要断裂，逼得王胜伟几乎要发疯，他像头困兽，心情烦躁地在办公室来回踱步。

手机铃声响起，王胜伟低头一看来电号码，是孟春怡。

"老板，实在扛不住了，放出去的款收不回来，平台已经出现了延期兑付，出借人正在广泛串联，看样子是要闹事，一旦出现挤兑风潮，紫杉财富就彻底垮了。"孟春怡语气颤抖地说。

两年前抽走的60亿元，至今仍未归还，紫杉财富暴雷是迟早的事情。为了延缓暴雷的时间，钱书光用尽了办法。变相强制高管购买紫杉财富的理财产品20亿元，联动河东银行给员工发放消费贷，2万名员工运用消费贷，通过加杠杆、博利差的方式，购买紫杉财富的理财产品，金额总计有40亿元。孟春怡借新钱还旧债，变相集资的同时，王胜伟还多次指使钱书光动用上市公司资金缓解紫杉财富的现金流。然而，让王胜伟没想到的是，孟春怡将出借人的投资款或者私放高利贷，或者用于归还旧债以及个人挥霍，同时大量发行虚假标的进行非法集资。一笔笔高利贷无法收回，导致紫杉财富的资金缺口不断放大，坏账也如滚雪球般持续扩大。

王胜伟极力克制情绪，爆发出一阵高深莫测的大笑："既然出借人要闹事，那就把事情闹大，别在东虹闹，去京州闹，闹他个天翻地覆！"

孟春怡郁郁不安地说："京州这一闹，可就没有退路了。"

王胜伟强压着心头怒火，撂下一句狠话："紫杉财富破产，你出逃海外，大家才能彻底解脱。"

孟春怡有气无力地挂断了电话。

全国各地的出借人涌向京州，累计有上千人之众。孟春怡已经给广大出借人洗脑，出借人把一腔怒火对准了华成银行被托管。孟春怡以及紫杉财富向出借人传达的话术是：紫杉财富平台的投资款用于购买华成银行的理财产品，华成银行被托管，导致广大出借人的投资款无法收回。

愈演愈烈的"维权风波"引发高层震怒，他们责令河东省落实属地责任，加强舆论引导，做好维稳工作，并要求尽快召开新闻发布会澄清事实。东虹市政府向王胜伟施压，要求其切实履行大股东职责，全力配合省市金融办以及公安部门，做好紫杉财富暴雷的各项维稳工作。

晚上9点，一号"鸽子"给王胜伟打来电话，语气一如既往地冷峻："刚开完会，要抓人了。"王胜伟心头浮起难以名状的凄苦。

换上一张新的SIM卡，王胜伟拨通了孟春怡的手机："你在哪儿？"

"在香港机场，两小时后的红眼航班飞美国，然后从迈阿密去圣文森特和格林纳丁斯。这一走，恐怕就是永别了。"孟春怡嘴角抽颤，神情越发黯淡。王胜伟眼神恍惚，脸色略显滞涩。

"即兴的誓，烂尾的诗，风已经吹过了我们那一页。江湖规矩就是人走茶凉，默契散场。与其孤悬海外生死在天，不如在你的肩头痛哭一晚。曾经拥有的已经失去，情如流水逝去难归。"心中一痛，孟春怡眼角流出一滴清泪。

王胜伟哪有心思和孟春怡玩缠绵，他深知"当断不断反受其乱"的道理。剪掉手机卡，王胜伟用座机拨通乔峰的手机："去观澜区分局报案，指控孟春怡、李浩天等5人挪用公款、非法吸收公众存款。"

"老板，今天比较晚了，明天一早去可以吗？"乔峰心里一惊，语气却诚恳如常。

"不行！钱书光带着证据材料出发了，半小时后你们在分局门口会合，今晚必须立案，不管多晚！"王胜伟语气不容置疑。

东虹市公安局观澜区分局当天晚间依法对紫杉财富董事长、总经理孟春怡等5人涉嫌集资诈骗、挪用公款、非法吸收公众存款罪立案侦查。

翌日上午，东虹市公安局调集精干警力，分别对孟春怡、李浩天等5人实施抓捕，全都扑空。

河东省成立网络借贷风险专项整治工作领导小组，东虹市成立网贷专项打击专案组。一周后，专案组召开新闻发布会，正式发布《关于紫杉财富集团有限公司涉嫌非法吸收公众存款案的情况通报》：紫杉财富平台从未购买华成银行理财产品，紫杉财富暴雷系因涉嫌挪用公款、集资诈骗、非法吸收公众存款、非法经营所致，与华成银行被托管毫无关联，此系紫杉财富董事长、总经理孟春怡蓄意编造不实信息意图扰乱视听，以达到其不可告人的目的。望广大出借人不信谣、不传谣。已对紫杉财富集团有限公司账册予以封存、账户予以冻结，并查封了孟春怡等5名骨干拥有的别墅、豪车、商铺、写字楼等资产。为深入打击借款人恶意逃废债务行为，截至目前，累计冻结涉案账户544个，追缴资金1亿余元，查封涉案房产956套，冻结涉案公司股权8990万股。其中，在查封的956套房产中，商铺多达890套，占比超过九成。

东虹市公安局副局长马红玉是专案组副组长，此刻正在向新闻媒体通报案情：以孟春怡、李浩天为首的紫杉财富核心团队成员5人已潜逃境外，现初步查明，10亿元资金已被孟春怡通过特殊渠道转移至海外。

突然，原本安安静静的新闻发布会现场，出现了小小的骚动，记者纷纷低头看手机、看电脑，像一群叽叽喳喳的小鸟，好不热闹。

马红玉不停地敲击着桌面，十分不悦："安静，请大家安静。"

主持新闻发布会的是东虹市政府新闻办副主任张贤狮，接过台下工作人员递上的字条，张贤狮的脸唰地白了。

网上一篇《致广大市民朋友的一封公开信》上了热搜：

亲爱的出借人、合作伙伴：

当大家看到这封公开信时，紫杉财富经营团队的5位核心人员，正在加勒比岛国吹着海风、晒着太阳、吃着海鲜、唱着欢歌，是的，我们卷款跑路了。

很抱歉，大家的钱，准确地说是10亿元，早已被我们运用专业的手段、隐秘的方式分期分批转移出境。我们在加勒比岛国很安全，这里和中国没有建交，也没有引渡条约。

你们盯着我们的高息，我们吃定你们的本金。很多时候，我们自己都很感慨，这个世界，真是骗子太多了，傻子都不够用了。为什么你们还是不觉醒?

很抱歉,我们欺骗了你们,你们就不要再欺骗自己了。擦干眼泪,咬紧牙关,请你们相信,别人的财富传奇不是你的理财故事,这个世界从来都是弱肉强食的丛林法则,天上不会掉馅饼,地下总会有陷阱。

世上没有绝望的处境,只有对处境绝望的人。西方有句谚语:"上帝从不为难头脑简单的人。"当你珍惜过去、满意现在、乐观未来时,你就站在生活的高处;当你明白失败不会击垮你、平淡不会淹没你、成功不会阻挡你,你就站在生命的高处。

为你们加油!

依依东望,天日昭昭

气清天朗,飘浮的云朵漫卷开来铺陈天际,绽放着摄人心魄的壮美,恰似一幅幅灵动、飘逸的水墨画。

这天是周一上午9点,开泰伟业大厦人来人往,熙熙攘攘。突然,一声沉闷的声响传来,旋即是令人心悸的惊恐呼喊"有人跳楼了"。

倒在一汪血泊中的是开泰伟业品牌管理中心公关总监刘大江。压垮刘大江的是臭名昭著的"三件套"。所谓三件套,普遍存在于房地产上市公司。其一是购买上市公司旗下关联公司的高回报理财产品,开泰伟业依照职级设定购买额度,职级越高,需要购买的理财产品额度也就越高;其二是购买上市公司的股票;其三是携资跟投地产项目,职级越高,跟投的金额也就越高,副总裁以上职级跟投金额1000万元起步。经不住年化10%收益的高额回报诱惑,刘大江说服亲友集资600万元,全部用来购买紫杉财富的理财产品,伴随着紫杉财富的崩盘,600万元投入血本无归。刘大江加杠杆借了 300 万元，买入开泰伟业股票，伴随着开泰伟业的出险，股价不可遏制地一落千丈。刘大江拿出压箱底的 200 万元跟投开泰伟业开发的地产项目，回报没有了，本金也无法收回。

刘大江家人抬着棺材，披麻戴孝，拉起"血债血偿"的条幅出现在开泰伟业大厦，撕心裂肺的哭喊声响彻云霄。

刘大江之死，激起更多员工血泪斑驳的共鸣。四天之内，陆续有四位员工从开泰伟业大厦一跃而下。跳楼的这些员工，和刘大江一样，无不负债累累，皆是万念俱灰。

深夜时分，开泰伟业大厦西北方向惊现两个硕大的土坑，有人鬼鬼祟祟地向土坑里埋入长椭球形恐龙蛋化石。刘大江跳楼后，王胜伟祈请上师加持。上师言之凿凿地告诉王胜伟，开泰伟业大厦对面是直柱体建筑——450 米的开泰伟业中心，这是"穿心煞"，会侵蚀事业财运，会有血光之灾。上师给出的化解方案是，在开泰伟业大厦的财位西北方，埋入恐龙蛋化石。王胜伟笃信不疑，照做不误。然而，首富王胜伟以及开泰伟业的时运，依然不可遏制地走向衰败。

与其说是袖手旁观，不如说是亲手造成紫杉财富的暴雷，王胜伟怅然若失——扯动荷花拽出藕，抠到根上了。

紫杉财富暴雷引起的连锁效应，成为瓦解开泰伟业的多米诺骨牌。紫杉财富、大麦保险、开泰证券、水源基金、曙天金交、开泰信托是王胜伟手里的六家金融机构，六家机构之间的资金运用、关联交易异常频繁，且存在诸多灰色空间。王胜伟通过极为隐秘的股权结构安排，让"开泰系"掌控的六家金融机构形成互为通道、相互拆借、相互担保的复杂关系。六家金融机构之间通过资金拆借、委托理财、交叉担保等多种方式，形成了剪不断理还乱的连环债。

王胜伟用"关联交易"这根铁链将六家金融机构紧密绑定，伴随紫杉财富暴雷，必然产生火烧连营的严重后果。底子最薄的曙天金交率先倒下，接着是开泰信托，拿到公募基金牌照的水源基金元气大伤，集齐四张牌照的开泰证券备受拖累，高度依赖银保渠道的大麦保险惨淡度日。

开泰伟业的裁员行动简单而粗暴，东北大区、西南大区、华北大区成建制裁撤，只剩下财务、行政等零星人员看场。因为欠付离职补偿款，"被离职"的员工集体维权，引发千余起劳动纠纷。因为欠缴5亿元税款，开泰伟业上了东虹市税务局的黑名单。因为100亿元贷款逾期，建行河东省分行、工行河东省分行、河东银行陆续启动司法程序，开泰伟业遍布全国30个城市的40家项目公司涉诉。

李心远带着赵菡舒、崔嵬、林玉辉等6位同事，全力应对铺天盖地的负面报道，但负面舆情非但没有明显减少，反而越来越多。王胜伟每天都会给李心远打电话责骂一通，骂得很难听。

9点刚过，崔嵬着急忙慌地冲进李心远的办公室："李哥，我给你转发了微信，赶紧看一下。"

点开微信，映入眼帘的消息让李心远大吃一惊——《财经周报》分管经营的副社长许明莉被带走调查。放下手机，李心远重重地叹了口气。

"全中国的地产公司品牌官苦许明莉久矣。许明莉太彪悍了，以采编身份从事广告经营10年，每年能给报社挣回1亿元。没个100万元的合作费用，根本进不了'有偿不闻'的白名单。"崔嵬恨恨地说。

"6年前，《财经周报》搞'大包干'，当时我就预感要坏事。内容部门成了为广告部门服务的责任田，财经记者成了以负面报道之名要挟地产公司的帮凶。每签下一单合作，记者都是可以拿提成的。凶徒是用暴力胁迫，记者是用负面恐吓，本质上都是敲诈勒索。按理说，我还曾是许明莉的上级，此人完全不讲武德，连我都不放过，而且下手更狠、更重。因为拒绝了她的暗示，没有投放合作费用，许明莉授意记者一次次发来指向明确的采访沟通函敲打，如果还不签商务合作，或者额度太低，就一篇一篇写负面，逼着你向她求饶。给了50万元的合作费用，许明莉负责的地产版搞定了，金融版主编又不依不饶地找来了。还是那个套路，先发采访函，再出负面报道，实在被逼得没办法，和金融版也签了 50 万元的合作，去年和《财经周报》签了 100 万元的商务合同。不过，我玩了个心眼，把他们都耍了。"言辞激烈的声讨与倾诉过后，李心远的表情慢慢沉静下来。

"哦，差点忘了，唐总请你去一号会议室开会，那个格格巫老妖婆一肚子坏水，你可要当心了。"崔岿一脸警惕。

走进一号会议室，李心远立时觉察到了气氛的诡异。唐春桧趾高气扬地坐在主位，会议桌一侧坐了一溜人。李心远仔细一看，有法务、财务人员，主要是审计管理中心的人员。

云水瑶拉出一把椅子，引导李心远坐下。

拘谨落座，李心远觉得：不对啊，这是要三堂会审？

李心远暗自嘀咕之时，唐春桧黑脸一绷，拉得像个紫茄子，喋喋不休地指责："自从首席记者李心远入职我司，负面报道不是越来越少，而是越来越多。过去 7 年花掉了 5 亿元品牌预算，《财经周报》的合作费用从 50 万元涨到了 100 万元。有人举报你联合你的老东家《财经周报》，通过发我司负面的方式敲诈公司拿黑钱。"

李心远一脸困惑地摇着头，振振有词："不是王董事长签批了多少金额，我就花多少钱，我会根据实际情况统筹安排费用，一切以能省则省、能减则减为原则，实际支出的费用远低于签批费用。品牌管理中心到底花了多少钱，我要把过去 7 年的账盘一遍，但一定不是 5 亿元。不是因为我来了开泰伟业负面报道越来越多，而是因为华成银行股权收购事项历时 3 年久拖不决闹出奇闻，因为公司欠税、欠贷、欠薪，特别是由你主导的暴力裁员引发无穷事端，才让全国的媒体聚焦报道。《财经周报》的合作费用去年增加到 100 万元，这 100 万元是框架协议，我司根据需要定版面、发正面，到现在为止，合同已经到期，100 万元的合作压根儿就没有履行，一分钱也没有支付。既然一分钱都没有付出去，我从哪里拿回扣？"

唐春桧余怒未消，冷不丁问道："你和柳依依到底是什么关系？"

李心远一脸无辜地叹了口气："我和柳依依什么关系？这是个人隐私，无可奉告！"

唐春桧继续投来不屑的目光，眼神也变得尖刻："柳依依是你的恋人，是华成投资副总裁。你和柳依依都是成东平的走狗，你和柳依依不光依依相恋，你们依依东望就是利用阴谋诡计搞垮我司、攫取私利！"

李心远愤怒的双眼紧盯唐春桧，讥笑道："依依东望，望的不是你所理解的荣华富贵，是虽经岁月涤荡依然如兰芬芳的质朴初心；依依东望，望的是天日昭昭，照出你的阴暗内心！"

唐春桧呼哧呼哧喘着粗气，分明是在尽力压抑内心的憋闷。

李心远强压心头怒火，继续说道："你是谁的情人？你和马建业是什么关系？马建业和成东平早就狼狈为奸、沆瀣一气了！"

唐春桧很慌乱，变得语无伦次："你，你，二流子骂街，胡言乱语！"

李心远用力拍了拍桌子，加重语气说道："依依东望，望的是初心，望的是时间，你可以泯灭内心，但是，时间不会饶过你。开泰伟业大厦楼下，迟早会竖起你的跪像，你是开泰伟业的女秦桧！"

"任难任之事，要有力而无气；处难处之人，要有知而无言。"这是凌云飞离职前送给李心远的忠告。意思是说，遇到难以处理的棘手事项，需要的是力道而不是置气；在与难以相处之人打交道时，需要的是智慧而不是多言。

面对唐春桧的恶语相向、无端指责，忍无可忍的李心远早已出离愤怒。摔门而去的那一刻，深深的疲惫感从灵魂深处冒了出来，李心远心中感慨，熬不过七年之痒，终究还是要离开开泰伟业。

李心远喊来赵菡舒、崔嵬、林玉辉，4个人忙活了一整天，终于把过去7年品牌管理中心所有账目全部盘清。过去7年，王胜伟签批的费用确实有5亿多元，但品牌管理中心实际支出的媒体合作、广宣费用合计1.5亿元。看着摊在桌面上的一堆合同、账目，李心远心绪难平，他怀着激愤难平的心情写下了万言书和辞职信。洋洋洒洒的万言书，将过去 7 年的每一个合作、每一笔支出均详细列明。下班前，李心远将装有万言书、辞职信的档案袋交给了刘美娜，请她转呈王胜伟。

东虹直飞拉萨的早班航班，平稳降落在拉萨贡嘎机场，隔着舷窗看云卷云舒，李心远贪婪地向外张望。这么多年以来，李心远一直心心念念的是"我要去拉萨，亲吻雪莲花"。2006 年 7 月 1 日，青藏铁路全线正式通车。时为《财经周报》采访部主任的李心远策划了 8 个整版的西藏专题报道，带领 8 位记者兵分四路，沿滇藏、川藏、青藏、新藏线驱车入藏，广为采访，记述沿途所见所闻。李心远带队走的是传统青藏线，从青海格尔木一路行进到海拔 4539 米的沱沱河，晚间投宿沱沱河兵站。当晚，李心远出现了严重的高原反应，高烧 41℃，盖了两床厚棉被依然冷得直哆嗦。沱沱河兵站站长亲自驾车，连夜将李心远送往格尔木。李心远一到海拔 2780 米的格尔木，所有症状全部消失。正是因为当年那次严重的高原反应，李心远和他心驰神往的西藏擦肩而过。

挥之不去的高反"阴影"让李心远异常谨慎，迈出机舱的每一步都小心翼翼。从机场打车赶往拉萨香格里拉大酒店，一路上，看到磕长头的朝圣者，诗性勃发的李心远在心中感慨："五体匍匐十万计，身虽旷野心天堂。"仰望拉萨的"天上云朵"，让人心神荡漾。

拉萨香格里拉大酒店大堂正中，矗立着一盏 6.5 米高的钟形水晶灯，朱红布料包裹着 61000 片水晶，状似转经筒，让人顿生敬神之意。

办完入住手续，自我感觉良好的李心远拉着行李箱，背着双肩包快步进入电梯，在通向客房的甬道上，脑子里又蹦出几句酸词："只为宁静以怀远，无惧尘埃与喧嚣。闲看旧日云游处，绿意风吟花虫鸟。"

取出房卡正要刷开房门，李心远脑袋一沉，腿脚一软，瘫倒在地。李心远醒来时，已是深夜，守在房间的两位"白大褂"和酒店服务员都长长地舒了一口气："你要是再醒不过来，我们就要送你去急诊了。"

呼吸急促的李心远鼻子里塞着软管，他疲惫而感激地望着"白大褂"，不知不觉又睡了过去。再醒来时已经是第二天上午 10 点，头昏脑涨的感觉减轻了许多，李心远慢慢起身，挣扎着洗漱后，享受了客房送来的早餐，感觉元气恢复了一大半。

拉开窗帘，映入眼帘的是巍峨雄壮的布达拉宫。一整天，李心远窝在房间里，眺望着布达拉宫发愣，发呆时间长了，就开始写古体诗自我消遣。傍晚时分，躺在露台的藤椅上，远眺布达拉宫，天边突然惊现两道彩虹，李心远拍下绚丽的美景，转发朋友圈并附上一首诗作："月落枝丫风吹柳，云追斜阳花满楼。俯仰山巅皆风景，回望天际任自由。"

接下来的三天，怀着敬畏之心，李心远参观了布达拉宫、大昭寺、哲蚌寺、色拉寺、仓姑寺、下密寺，怀着闲适心境，游览了罗布林卡、八廓街。在八廓街，李心远接听了王胜伟的来电。王胜伟在电话里言不由衷地道了个歉，然后是诚意挽留，坚决不同意李心远的辞职申请，同时要求李心远尽快回到东虹，要和他好好谈谈心。

一个陌生号码拨打了四次，李心远才老大不情愿地滑动接听。手机里传来一个陌生的女声："李总你好，我是裴定军的姐姐裴月娥。"

李心远脑子有点短路，好半天才反应过来裴月娥是马建业太太。

"昨天我去南郊监狱看过定军，他一再叮嘱我一定要把硬盘交给你。定军说你是最早报道郝华年事件的记者，这些年来你一直在寻找真相，硬盘里有你要的真相。"

"什么硬盘？"李心远不解地问。

对方停顿了几秒钟，显然是在斟酌。李心远可以感觉到，电话那头的气氛，似乎有点不对劲。

"不要问了，等你拿到硬盘，就什么都明白了。因为这个硬盘，马建业被抓了，马建设出车祸死了，定军的刑期又被加重了。"

"马建设死了？怎么回事？"

"原本和马建设约好的，昨天上午我们一起去南郊监狱探视定军，我在监狱门口等了半个多小时，马建设都没出现。我是单独见定军的，听说建业被抓，定军当时就哭了。定军说你知道该把硬盘交给谁，不管你交给谁，都要说清楚是定军站出来指证的，这算是定军检举他人的重大立功表现。探视结束回到家，我就听说了噩耗，马建设的轿车刹车失灵，被一辆大货车活活撞死了。"

李心远颇为伤感地咬着牙，坚定地说："我在拉萨，你把硬盘转交给阮吴力吧，请记下他的手机号码。"

"我知道阮吴力，他是郝华年的老公。"裴月娥轻声说。

"一定要注意安全！"李心远不放心地叮嘱道。尽管并不知晓硬盘存储的内容，但大胆的猜想如同烧红的烙铁，烙在李心远胸口。

夜幕低垂，霓虹绚烂，整个城市流光溢彩，拉萨的夜晚浪漫、神秘、迷人，空气中飘散着纯净的气息，夜风吹过，直抵心灵深处。李心远要去体验拉萨灯红酒绿的夜生活，于是径直去了朗玛厅。

走进朗玛厅，李心远的第一感觉是，空间巨大、气场奢华。光线炽烈，音乐醉人，朗玛厅的喧嚣与躁动会一刻不停歇地持续到凌晨。

时间在推移，朗玛厅的气氛越发激昂。主持人用汉语大喊一声："下面是互动环节，有请来自上海的美女演唱《云上拉萨》，掌声有请！"

嗓音纯净、清澈透亮的女声飘然而来，台下掌声四起，甚至有人打起了呼哨。这声音实在是太熟悉了，难道是柳依依？李心远情绪激动地站了起来，抻直脖子寻找，只见台上热情奔放、长袖飘逸的藏族姑娘纵情舞蹈，却不见歌者。

一曲歌罢，台下起哄"再来一个"。在主持人的邀请之下，来自未知角落的天籁女声再度响起，这次是脍炙人口的《遇上你是我的缘》。

第一次听到《遇上你是我的缘》是 2006 年 7 月在格尔木，恬静空灵的旋律，悱恻悠扬的唱腔，让李心远感受到了缠绵情诗的圣洁与高贵。从那以后，这首《遇上你是我的缘》一直被李心远放在心底默默珍藏。

此刻的李心远早已泪流满面，他不无敏感地胡乱猜想起来，喃喃自语："是你，真的是你吗？"

曲已终，人未见。灯光绚丽，节奏欢快，气氛热烈，高潮迭起，台下的客人们纷纷上台，手拉手跳起了欢乐的锅庄舞。

怔怔地望着，眼中飘荡着莹莹泪光。李心远表情痛苦，眼中噙满泪花，眼前的一切早已模糊不清。

感觉到有人在拍打后背，李心远没有理会，直到有人在他耳旁大喊两声"大兔兔"，李心远才无比惊诧地猛然回头，看到的是异常熟悉却又难以置信的娇媚容颜，站在眼前的竟然是笑意绵绵的柳依依。

李心远显然没回过神来，竟有点发愣，半晌才心虚地嗫嚅道："我是不是在做梦？"柳依依伸出手，左右甩动，做出一个扇巴掌的俏皮动作，小嘴一噘，故意发出啪啪的声响。

柳依依的步子无比轻快，紧紧拽着李心远的手腕，生怕他会人间蒸发。李心远、柳依依十指相扣相拥相依，来到八廓街上的黄房子——玛吉阿米，拉萨最知名的酒吧。

"看你活蹦乱跳的样子，你难道没有高反吗？"李心远不解地问。

"你难道没听说过吗？'欺男不欺女，欺强不欺弱'是高原反应的客观规律，像我这样'弱弱流水任自然'的柔弱女子，谈之色变的高反自然避而远之啦。"柳依依自信而得意地说。

酒吧里的光线有些暧昧，喝了一小口百威啤酒润润嗓子，李心远有些疑惑地说："你怎么也在拉萨啊？"

"我是读着你发在朋友圈的诗，跟随它的指引，来到拉萨的。"托腮凝视着李心远，柳依依的神情和语气充满骄傲。

"我要离职了……"李心远、柳依依异口同声地说，两人相视一笑，手握得更紧了。

"你先说，我洗耳恭听。"柳依依双手撑住下巴，微微抬头将俏丽的脸庞迎向李心远。

"我心里一直有个天大的疑问，很多媒体也在追问和质疑，开泰伟业并购华成银行股权，王胜伟是不是被华见枭骗了、坑了？"李心远的眼神写满疑惑。一个个疑问，如同水银泻地一样，在李心远心中蔓延。

脸色缓和了些许，柳依依沉静地说："华见枭常年躲在境外，就是因为华成银行罪孽深重，华成系早把华成银行掏空了。华见枭、成东平早知华成银行迟早会被托管乃至破产清算，为了规避监管层的强监管，为了延缓华成银行的死期，就找个冤大头垫背。聪明一世糊涂一时，王胜伟太想掌控华成银行，刚愎自用的他根本不是华见枭的对手。荣光地产二级市场偷袭开泰伟业，搅起股权争夺战，是易安、沈春平策划的。成东平见有机可乘，便说服孙允正将急于筹钱的王胜伟推向华成系。将欲废之，必固举之；将欲取之，必固予之。华见枭从华成银行套出120亿元，买下正安保险16%股权，和王胜伟成为一致行动人，目的就是让王胜伟彻底放松警惕，为下一步华成银行股权交易打好感情牌。"

"3年多了，300亿元还有可能拿回来吗？"李心远不无忧虑地说。

柳依依毫不犹豫地说："下了套子夹了自己，300亿元不可能回转。"

"为什么？"李心远急切地追问。

"六年前，王胜伟以三个儿子王山川、王敬伟、王敬轩为受益人在库克群岛设立家族信托。王胜伟用了很多办法才把10亿元转入家族信托。华成银行和库克群岛银行有业务往来，而华见枭在库克群岛有壳公司。于是，王胜伟和华见枭秘密商议，将已支付的华成银行股权收购款300亿元中的100亿元，通过华成银行注入华见枭在库克群岛的壳公司，注资后再把壳公司股权转让给以王山川、王敬伟、王敬轩为受益人的家族信托，从而完成资产转移。"柳依依一脸平静，仿佛在讲述一个遥远的故事，语气却越发冰冷。

"筹谋离岸信托进行资产隔离，这真是一个精妙的财务安排。"李心远提高声调，不由得叹道。

沉默了好一会儿，柳依依方才感慨地说："100亿元确实转到了华见枭在库克群岛的壳公司，王胜伟也多次催促将壳公司股权转让给家族信托，但华见枭以各种理由搪塞，一拖就是两年多。王胜伟恼羞成怒，招募雇佣兵要干掉华见枭，但都没有得逞。华见枭的家在加拿大温哥华，根本不在澳大利亚。华见枭在悉尼、墨尔本接待王胜伟的豪宅，都是成东平花高价租来诓骗王胜伟的。华见枭攥着王胜伟的把柄，王胜伟只好打落牙齿往肚里吞。想要成就很多，必然失去更多。王胜伟其实早就猜到结果，只是不敢面对、不愿承认。拿破仑去世前这样反思：我的失败是咎由自取。这样的反思同样适用于王胜伟。"

漫不经心地啜饮一口加冰可乐，李心远忽然意有所指地感慨起来："我想起了弘一法师的名言——人生最不幸处，是偶一失言，而祸不及；偶一失谋，而事幸成；偶一恣行，而获小利。后乃视为故常，而恬不为意。则莫大之患，由此生矣。王胜伟把过去 16 年靠运气和侥幸挣的钱，在 3 年时间里以实力输得精光。最大的成功是差一点失败，最大的失败是差一点成功。华见枭的狂欢，王胜伟的灾难。地产首富终于还是斗不过金融大鳄，王胜伟固然贪婪，华见枭实在是阴险。有时候真想不通，王胜伟这么精明的首富，怎么会被华见枭骗得一愣一愣的。"

"苍蝇不叮无缝的蛋，一切都是咎由自取。十个淹死的，九个都是会水的。不可思议的事情，不可避免地发生，为什么？首富也在人世尘间，不是神仙下凡。浮心太盛，则视人视事视物皆不能见其本性。只有时刻保持自持，方不会被外界所牵、外欲所惑。"柳依依嘴角泛起淡淡的笑意，不无傲娇地给出了自己的分析和结论。

一瓶百威啤酒下肚，不胜酒力的李心远，整个人松松垮垮地塌软下去。他目光虚怯地看着柳依依，眼神也变得有些暧昧："我的情敌成东平，他现在在哪儿？"

仿佛一道闪电划过，激活了记忆，柳依依缓缓地说道："我也是后来才知道实情，那天在机场被抓，是成东平自导自演的苦肉计。成东平提前得知相关机构将要对他采取边控措施，于是策划了这么一出闹剧，他当天就飞去了温哥华。"

正在暗自思忖，手机轻微振动，李心远点开一看，是个视频。

点开视频细看，李心远全身都在战栗。视频显示，8 点，裴定军、乔峰将一捆捆钞票放到郝华年办公室顶棚。8点半，郝华年来到办公室。8点45分，王山川、裴定军走了进来，王山川冲着郝华年愤怒咆哮。郝华年步步后退，裴定军猛然掏出一把匕首指着郝华年。满脸惊恐的郝华年站上窗台，愤怒地指责王山川、裴定军，三人僵持了好一会儿。裴定军将匕首对准郝华年，郝华年情绪激动，迈腿跨在窗棂上，做出要跳楼的架势。裴定军一步步逼近，郝华年将两条腿都放在了窗外，王山川猛然冲过去，一把将郝华年推了下去。很快，乔峰、王胜伟先后跑进郝华年办公室，王胜伟用手指着王山川愤怒咆哮。李心远只觉得后脊梁冷风阵阵，吓得心惊胆战。

手机铃声骤然响起，李心远浑身一激灵，一看来电号码，是阮吴力。

阮吴力显然情绪失控："王山川是凶手！"

"李首席，你快回东虹吧，我们把硬盘交给警方。郝华年出事后，王山川就失联了，原来是王胜伟在包庇，安排他去了美国，一定要把王胜伟、王山川绳之以法！很多人都取笑我的名字，说我既软又无力，从今天开始，我要既刚又强！"阮吴力大声吼叫道。

"等了这么多年，终于等来了真相。明天早班飞机返回东虹，我们在东虹市公安局门口见。"李心远目光坚毅地说。

"我去机场接你，我们一起去市公安局。"阮吴力的神情变得严肃。

愣怔半晌，李心远答应了。

"难得而易失者，时也；时至而不旋踵者，机也。难以得到而容易失去的是时间，时间到了真相就会来，转瞬即逝的是机遇。为了这个真相，你在开泰伟业卧底等待了7年，一切都是值得的。"柳依依的语气此刻变得格外有力。

拉萨贡嘎机场，李心远、柳依依深情拥抱，互道珍重。未办完离职手续的柳依依，依然是华成投资副总裁，要赶往鹏城接机，迎接低调潜回内地的华见枭。华见枭约柳依依面谈，说是有极其重要的事项交代。

"知道我现在的心情吗？"李心远拉过柳依依的手按在自己胸口。

温柔的光切割了思绪，唤起了太多感怀与记忆。"依依泪眼依依恋，依依不舍依依见。"李心远深情缱绻地说。

心里涌起难言的苦涩，柳依依温柔一笑，泪水夺眶而出。李心远亲吻着柳依依的脸颊，阻挡着她满脸泪水的滑落。

登机之前，李心远拨通了东虹市公安局副局长马红玉的手机。马红玉对硬盘高度重视，当即表示："我安排专人去取硬盘，我会在机场高速出口等你们。"李心远乘坐的航班从拉萨贡嘎机场起飞后半小时，硬盘被东虹市公安局刑侦支队三大队两名刑警取走。

东虹国际机场出口处，李心远拖着拉杆箱缓步走来，阮吴力挥舞手臂大声呼喊"李首席"。阮吴力露出了久违的温和的笑容，平添了几许灿烂与真挚。阮吴力的满头白发异常刺目，可以想象他这些年来的艰辛与不易。李心远一阵阵心酸，生出暌违多年的恍惚之感。

阮吴力驾驶着黑色桑塔纳轿车，急速行驶在机场高速上。他打开车载收音机，中国之声的频率瞬间弹了出来。首席主播苏阳正在播报新闻："央行发布最新消息称，华成银行将被提起破产申请。接下来，我们连线中国之声特约观察员张翼，请他就华成银行将被提起破产申请这条重磅财经新闻进行评论。"

"应该没有悬念和意外，银保监会也将原则同意华成银行进入破产程序。坚决打破刚性兑付，依法保护金融消费者合法权益，华成银行将成为改革开放以来我国第一例银行破产的案例。"

昨天是历史，明天是疑问，今天是金色的礼物。太多事情冲进脑际，李心远的反应如同触电一般，先是欣慰地点点头，又苦涩地摇摇头。

阮吴力欢快地吹着口哨，黑色桑塔纳刚下机场高速，在十字路口等红灯时，一辆重型卡车风驰电掣尾随而来。李心远声嘶力竭，指挥阮吴力闯过红灯加速前行。载重50吨的重型卡车，即使时速只有10多公里，瞬间冲击力也能高达200~500吨，如果时速提到60公里，瞬间能达到千吨以上的冲击力和破坏力。想到这里，李心远不寒而栗。

重型卡车猛然提速，疯狂追逐，顷刻间便冲到黑色桑塔纳的左后方。

五辆警车横亘于前，警灯闪烁，警笛鸣响，东虹市公安局副局长马红玉手持高音喇叭，霸气喊话："停车！立刻停车！"

乔峰双眼血红，浑身散发着决绝的戾气。他凄然一笑，这一笑充溢着玉石俱焚的决绝，倾注着万念俱灰的悲凉。乔峰快速抬起右脚，重重地踩下油门，重型卡车厚重的车体与黑色桑塔纳并排疾行。隔着车窗，内心惶急的李心远清晰地看到了乔峰那张扭曲到变形的面孔。

紧握安全带的手瑟瑟发抖，乱蓬蓬的心绪毛刺刺的，脸上闪过惊惧的神情，李心远痛苦而绝望地闭上了眼睛。眼前的巨大险情让李心远大脑短路，只感觉天旋地转。薄雾浓云愁永昼，李心远周身似被一团阴影笼罩，挥之不去。

啪啪两声枪响划过天际，橡胶轮胎与水泥地面剧烈摩擦发出尖厉的噪声，乔峰驾驶的重型卡车左侧前胎瞬间爆开，车身侧翻……

当天晚间，开泰伟业紧急发布公告称，接到相关部门通知，公司执行董事及董事长王胜伟因涉嫌违法犯罪，已被依法采取强制措施。

被强制带离开泰伟业大厦时，王胜伟怅望西北方向，脸色灰败，嘴角隐约浮现一丝冷笑，凝望的眼眸和翘起的下颌张扬着他曾经的骄狂。直到那一刻，王胜伟方才真正领悟，过往的荣光，并不是完全以实力作为铺垫，更多是以背景作为陪衬。

遵行上师意志深埋地下的恐龙蛋化石，终究没有逆转王胜伟的运势。

熟悉的旋律在风中飘荡：繁华落尽，一身憔悴在风里，回头时无情也无雨……

尾　声

孙夏花回国出任开泰伟业执行董事、董事长，接管王胜伟留下的千亿元产业。远在美国尔湾的郑春筠高调回国，牵着两岁的孩子大闹股东大会，宣称自己应当成为开泰伟业的实际控制人，一场豪门恩怨由此拉开序幕。

2020 年 6 月 4 日，鹏城市第一中级人民法院对鹏城市人民检察院指控华成投资有限公司、华见枭犯非法吸收公众存款罪、背信运用受托财产罪、单位行贿罪一案进行了公开审理。鹏城市第一中级人民法院依法公开宣判，对被告单位华成投资有限公司数罪并罚，决定执行罚金 640 亿元；对被告人华见枭数罪并罚，决定执行有期徒刑二十年，并处罚金 2 亿元。

2020 年 8 月，央行、银保监会等机构针对房地产企业划定"三道红线"。"三道红线"加码"去杠杆"，新冠疫情加剧"去化难"，房地产下行趋势持续强化，开泰伟业成为第一家暴雷的千亿房企：负债 4500 亿元，逾期债务 900 亿元，亏损 400 亿元。"披星戴帽"后，因连续 20 个交易日股价低于 1 元，开泰伟业被终止上市交易，成为国内资本市场第一家退市的房企。

从盛极一时的千亿房企沦落到黯然退市，开泰伟业用了 5 年时间。